BIBLIOTHEEK Hoeksche Waard

D1349746

DE ECHO VAN DE SCHULD

Charlotte Link

DE ECHO
VAN DE SCHULD

BIBLIOTHEEK Hoeksche Waard

the house of books

Eerste druk, mei 2008
Tweede druk, september 2008

Oorspronkelijke titel
Das Echo der Schuld
Uitgave
Blanvalet Verlag, München
Copyright © 2006 by Blanvalet Verlag,
in der Verlagsgruppe Random House GmbH, München
Copyright voor het Nederlandse taalgebied © 2008 by The House of Books,
Vianen/Antwerpen

Vertaling
Yvonne Kloosterman
Omslagontwerp en beeld
marliesvisser.nl
Foto auteur
© Robert Brembeck
Opmaak binnenwerk
ZetSpiegel, Best

All rights reserved.
Niets uit deze uitgave mag worden verveelvoudigd en/of openbaar gemaakt door middel van
druk, fotokopie, microfilm of op welke andere wijze ook, zonder voorafgaande schriftelijke
toestemming van de uitgever.

ISBN 978 90 443 2143 2
D/2008/8899/102
NUR 332

Proloog

April 1995

In zijn dromen zag hij de kleine jongen voor zich. De fonkelende ogen. De stralende lach. Het spleetje tussen zijn tanden. De zomersproeten die 's winters verbleekten en bij de eerste stralen van de lentezon weer opbloeiden. Het dikke, donkere haar, dat zo eigenzinnig alle kanten op stond. Hij kon zelfs zijn stem horen. Heel helder, heel melodieus. Een zachte, vrolijke kinderstem. Hij kon hem ruiken. Het was een heel bijzondere geur, die alleen bij deze jongen hoorde. Het was hem nooit gelukt die geur precies te omschrijven, omdat hij zo uniek was. Een vleugje zout misschien, dat af en toe door de zeewind tot ver in het binnenland werd meegevoerd en dat alleen nog maar zwak en vaag waarneembaar was. En van de sterke geur die de zonnestralen aan de boomschors ontlokten. En van de grassen die 's zomers aan de kant van de weg groeiden.

Soms had hij zijn neus in het haar van de jongen gestoken om die geur diep in te ademen.

Nu, in zijn dromen, deed hij dat wéér. Zijn liefde voor het kind deed bijna pijn.

Dan begon het beeld van de stralende jongen te vervagen en maakte plaats voor andere beelden.

Het grijze asfalt van een straat. Een levenloos lichaam. Een krijtwit gezicht. Zon aan de blauwe hemel, bloeiende narcissen, voorjaar.

Hij ging met een ruk rechtop zitten in bed, ineens klaarwakker, nat van het zweet. Zijn hart bonsde luid en snel. Het verbaasde hem dat de vrouw die naast hem lag te slapen er niet van wakker werd. Zo ging het sinds het ongeluk elke nacht: hij begreep niet dat zij kon slapen, terwijl hij gekweld werd door de beelden die hem uit zijn dromen deden opschrikken. Steeds weer diezelfde beelden van de straat, het lichaam, de blauwe hemel, de narcissen. Op de een of andere manier maakte het feit dat het lente was alles nog erger. Hij koesterde de irrationele gedachte dat hij de beelden beter zou kunnen verdragen als ze vergezeld gingen van vieze sneeuwrestjes op de stoep. Maar dat was waarschijnlijk niet waar. Hij zou ze hoe dan ook niet kunnen verdragen.

Hij stond zachtjes op, liep op zijn tenen naar de kast en haalde er een schoon T-shirt uit. Het doorweekte T-shirt dat hij droeg trok hij over zijn hoofd en liet het op de grond vallen. Hij moest elke nacht van T-shirt wisselen. Zelfs dáár merkte ze niets van.

Er zaten geen luiken voor het slaapkamerraam en bij het licht van de maan kon hij haar goed zien. Haar smalle, intelligente gezicht, de lange, blonde haren, die over het kussen uitwaaierden. Ze haalde rustig en regelmatig adem. Vol liefde sloeg hij haar gade, maar vrijwel onmiddellijk speelde de vraag door zijn hoofd die hem elke slapeloze nacht bezighield: hield hij zoveel van de jongen omdat hij haar liefde niet kon winnen? Had hij zíjn geur zo gretig opgesnoven omdat zíj ongeduldig werd als hij met gesloten ogen háár haar, háár huid probeerde te ruiken? Had hij zich door de glimlach van het kind laten betoveren omdat zíj hem nauwelijks nog een glimlach schonk?

Misschien, dacht hij, is het zinloos je daarover het hoofd te breken.

Want de jongen zou sterven. 's Nachts wist hij dat met honderd procent zekerheid. Overdag zei zijn verstand hem dat het niet zo hoefde te gaan, dat hij het in elk geval niet kon voorzien. Maar 's nachts, amper uit zijn dromen ontwaakt, sprak niet zijn verstand tegen hem, maar een stem uit zijn onderbewustzijn. En die stem was niet tot zwijgen te brengen.

De jongen zal sterven.

En het is jouw schuld.

Hij begon zachtjes te huilen. Hij huilde elke nacht.

Hij wilde niet dat de mooie blonde vrouw in zijn bed wakker werd. Ze merkte niets van zijn tranen, net zomin als van zijn bonzende hart en zijn gejaagde ademhaling. Haar interesse voor hem was al zo lang geleden verdwenen dat ze, alleen omdat zich in zijn leven een ramp had voltrokken, echt niet meer in staat zou zijn opnieuw belangstelling voor hem op te brengen.

Een paar nachten eerder had hij erover nagedacht hoe het zou zijn als hij gewoon wegging en zijn leven hier achter zich zou laten: het huis, de tuin, zijn vrienden, zijn veelbelovende carrière, de vrouw die zich niet meer voor hem interesseerde, misschien zelfs zijn naam, zijn identiteit. Alles wat bij hem hoorde. Het liefst ook de beelden die hem zo kwelden. Maar wat dat betrof maakte hij zichzelf niets wijs: juist die beelden zou hij niet kwijtraken. Ze zouden hem achtervolgen als een schaduw. Maar misschien dat hij ze beter kon verdragen als hij steeds in beweging bleef en zich nooit meer ergens voor langere tijd zou vestigen.

Je kon je schuld niet ontlopen.

Maar je kon wél proberen je zo snel voort te bewegen dat je hem niet voortdurend in zijn verwrongen tronie hoefde te kijken.

Misschien was dat een goed idee.

Als de jongen stierf, zou hij weggaan.

Deel een

Zondag 6 augustus 2006

Rachel Cunningham zag de man toen ze vanuit de hoofdstraat het doodlopende straatje inliep dat naar de kerk en het nabijgelegen parochiehuis leidde. Hij stond in de schaduw van een boom, met een krant onder zijn arm, en keek een beetje onverschillig om zich heen. Als hij de vorige zondag niet op precies dezelfde plek had gestaan, zou hij Rachel nauwelijks zijn opgevallen. Nu dacht ze: Wat gek! Daar heb je 'm weer!

Ze kon het gedreun van het orgel en het gezang van de gemeente in de kerk horen. Mooi zo, de kerkdienst was nog niet afgelopen. Dan had ze nog tijd genoeg voordat de kindermis begon, die werd geleid door Donald, een aardige, jonge theologiestudent.

Rachel dweepte met Don, zoals de kinderen hem noemden. Ze kwam graag een beetje te vroeg om een plaats op de eerste rij te bemachtigen. Don hield zijn dienst in het parochiehuis. Als je helemaal vooraan zat, kreeg je vaker een beurt, had Rachel ontdekt, en dan mocht je meer taken verrichten. Zoals het schoolbord schoonvegen, of helpen met de diaprojector. Vanwege die verliefdheid aasde Rachel op dergelijke voorrechten. Haar vriendin Julia vond overigens dat de achtjarige Rachel veel te jong was voor een volwassen man, en dat ze van de liefde nog helemaal níets wist.

Alsof Julia dat kon beoordelen! dacht Rachel.

Rachel ging elke zondag naar de kindermis, behalve wanneer haar ouders plannen hadden om iets met de kinderen te ondernemen. Volgende week zondag, bijvoorbeeld, was haar tante jarig en dan zouden ze 's morgens in alle vroegte naar Downham Market rijden. Rachel slaakte een zucht. Geen Don. Een saaie, vervelende dag met de hele familie, die constant over dingen praatte waarvoor Rachel geen enkele belangstelling had. Direct daarna zouden ze bijna twee weken op vakantie gaan. In een of ander stom vakantiehuisje op het eiland Jersey.

'Hallo!' zei de vreemde man toen ze langs hem liep. 'Slechtgehumeurd?'

Rachel kromp ineen. Waren haar sombere gedachten zo duidelijk van haar gezicht af te lezen?

'Nee, hoor,' zei ze. Ze merkte dat ze een kleur kreeg.

De man glimlachte. Hij maakte een sympathieke indruk. 'Het geeft niet. Je moet een vreemde niet meteen vertrouwen. Zeg eens, ga je naar de kerk? Dan ben je namelijk een beetje te laat.'

'Ik ga naar de kindermis,' zei Rachel, 'en die begint pas als de grote kerk uit is.'

'Hm, ja. Dat snap ik. Die dienst wordt toch geleid door... hoe heet hij ook alweer...?'

'Donald.'

'Donald, ja. Een oude bekende van me. We hebben een paar keer samengewerkt... Ik ben priester in Londen.'

Rachel vroeg zich af of het in orde was dat ze hier met een wildvreemde man stond te praten. Haar ouders zeiden altijd dat ze zich niet door vreemden moest laten aanspreken en direct moest doorlopen als zoiets gebeurde. Maar deze man kwam aardig over, zodat van een gevaarlijke situatie geen sprake leek. Wat kon er op een heldere, zonnige dag als deze, met het gezang in de kerk en de wandelaars daar, aan het begin van de straat, nou gebeuren?

'Eerlijk gezegd,' zei de man, 'hoopte ik al iemand van de kinderkerk tegen te komen. Iemand die me kan helpen. Jij maakt een heel pientere indruk. Denk je dat je een geheim kunt bewaren?'

En óf Rachel dat kon! Julia had haar al veel geheimen toevertrouwd, en ze had er nog nooit eentje verklapt.

'Natuurlijk,' antwoordde ze.

'Ik zou het namelijk leuk vinden om mijn oude vriend Donald te verrassen,' zei de man. 'Hij heeft er geen idee van dat ik weer in de buurt ben. Ik ben lange tijd in India geweest. Ken je India?'

Rachel wist dat het een heel ver land was en dat de mensen die ervandaan kwamen een donkerder huidskleur hadden dan de Engelsen. Er zaten twee Indiase meisjes in haar klas.

'Ik ben er nog nooit geweest,' zei ze.

'Maar ben je erin geïnteresseerd dia's van dat land te zien? Van de kinderen in hun dorpen. Hoe ze leven en spelen en waar ze naar school gaan. Zou dat niet spannend zijn?'

'Ja hoor.'

'Zie je nou! Ik heb veel dia's van India. Die zou ik graag tijdens de kindermis willen laten zien. Maar ik heb iemand nodig die me daarbij assisteert.'

Rachel kende dat woord niet. 'Wat betekent dat?'

'Nou, iemand die me helpt de dozen met de dia's naar binnen te brengen en het scherm op te hangen. Denk je dat jij dat zou kunnen?'

Het leek Rachel helemaal een taak voor haar. Ze stelde zich voor hoe verbaasd Don zou zijn als ze met zijn oude vriend aan kwam zetten en samen met hem dia's van dat verre land liet zien. Julia zou stinkend jaloers zijn!

'Ja, dat kan ik wel! Waar zijn die dia's dan?'

'Wacht even,' onderbrak de man haar. 'Die heb ik nog niet bij me. Ik wist immers niet dat ik hier zo'n begaafd, behulpzaam meisje als jij zou tegenkomen. Volgende week zondag?'

De schrik sloeg Rachel om het hart. Uitgerekend komende zondag! De dag die ze bij haar tante in Downham Market zou doorbrengen... En aansluitend de vakantie op Jersey...

'O, wat verschrikkelijk! Dan ben ik er niet. Mijn ouders...'

'In dat geval moet ik proberen iemand anders te vinden,' zei de man.

Dat idee was bijna onverdraaglijk.

Rachel begon te smeken. 'Zou u alstublieft nog...' ze rekende snel, 'nog drie weken kunnen wachten? We gaan namelijk op vakantie. Maar als we terug zijn, doe ik beslist mee! Zeker weten!'

'Hm,' zei de man peinzend. 'Maar dat duurt nog heel lang.'

'Alstublieft,' smeekte Rachel opnieuw.

'Denk je écht dat je het geheim zo lang kunt bewaren?'

'Jazeker. Ik hou mijn kiezen op elkaar. Erewoord!'

'Je mag niets tegen Donald zeggen, want die wil ik immers verrassen. En ook niet tegen je moeder en je vader. Denk je dat je dat kunt?'

'Ik zeg tóch al nooit iets tegen mijn ouders,' zei Rachel, 'ze hebben helemaal geen belangstelling voor míj.'

Dat was niet helemaal waar, dat wist ze best. Maar drie jaar geleden, na de geboorte van Sue, het zusje dat Rachel nooit had gewild, was alles anders geworden. Vroeger was zíj, Rachel, voor mama en papa het middelpunt van de wereld geweest. Nu draaide alles om die kwelgeest, die voortdurend in de gaten moest worden gehouden.

'En je beste vriendin? Zul je haar ook niets vertellen?'

'Nee. Ik zweer het!'

'Goed, ik geloof je. Luister, we ontmoeten elkaar zondag over drie weken, niet ver van mijn huis. We rijden naar mijn woning, en jij helpt me om de spullen in mijn auto te laden. Woon je in King's Lynn?'

'Ja. Hier in Gaywood.'

'Oké. Dan ken je vast en zeker Chapman's Close?'

Die kende ze. Een nieuwbouwwijk met lage flats die nog in aanbouw waren. Chapman's Close eindigde in een landweg. Een vrij verlaten buurt. Rachel en Julia fietsten er vaak rond.

'Ik weet waar het is,' zei ze.

'Zondag over drie weken? Om kwart over elf?'

'Ja. Ik zal er beslist zijn!'

'Alleen?'

'Natuurlijk. U kunt écht van me op aan!'

'Dat weet ik,' zei hij en glimlachte haar vriendelijk toe. 'Je bent een grote, verstandige meid.'

Ze nam afscheid van hem en liep verder in de richting van het parochiehuis. Haar hart zwol van trots.

Een grote, verstandige meid.

Nog drie lange weken. Ze kon haast niet wachten.

Maandag 7 augustus

Op maandag 7 augustus verdween Liz Alby's enige kind.

Het was een wolkeloze zomerdag. Zó warm dat je had kunnen denken dat je in Italië of Spanje was, maar in geen geval in Engeland. Hoewel Liz zich altijd ergerde aan de minachtende opmerkingen over het Engelse weer. Zo slecht was het namelijk helemaal niet. De mensen konden zich gewoon niet losmaken van hun stereotiepe ideeën. Het hing in elk geval van het gebied af. Het westen, dat de wolken kreeg die duizenden kilometers boven de Atlantische Oceaan hadden afgelegd, was inderdaad erg vochtig, en ook in Yorkshire en Northumberland regende het vaak. Maar in het zuiden, in Kent, klaagden de boeren 's zomers vaak over droogte. Ook in East Anglia, waar Liz woonde, kon je in juli en augustus behoorlijk zweten. Liz hield van Norfolk, ook al vond ze haar leven niet altijd makkelijk. En al helemaal niet sinds Sarah vierenhalf jaar geleden was geboren.

Het was tragisch om op je achttiende zwanger te worden omdat je zo dom was geweest iemand te vertrouwen die zei dat hij 'op zou passen'. Mike Rapling had kennelijk geen idee gehad wat dat 'oppassen' inhield, want toen Liz voor het eerst met hem vrijde, was het meteen raak geweest. Later was Mike tekeergegaan en had hij beweerd dat hij was beetgenomen. Liz had erop aangedrongen te trouwen, maar hij peinsde er niet

16

over zich op zo'n jonge leeftijd al aan banden te laten leggen.

Liz had heel veel tranen vergoten. 'En hoe zit het met míjn jonge leeftijd? En míjn banden? Ik zit nu met het kind opgescheept. Mijn leven is verwoest!'

Zoals verwacht, had Mike zich daar niet echt druk om gemaakt. Hij had botweg geweigerd met Liz te trouwen. Toen het meisje was geboren en hij voor haar onderhoud moest betalen, had hij zelfs een vaderschapstest geëist. Daarna had er in elk geval geen twijfel meer over bestaan dat hij de vader was. Hij betaalde met tegenzin, maar wel vrij regelmatig. Na twee of drie korte bezoeken had hij elke belangstelling voor zijn dochter verloren.

Niet dat Liz erg veel belangstelling voor Sarah had, maar er zat niets anders op dan zich om het kind te bekommeren. Ze had gehoopt dat haar moeder, bij wie ze nog in huis woonde, haar zou helpen. Maar Betsy Alby kreeg het op haar zenuwen bij het idee dat er straks een jankende baby in haar piepkleine woningwetwoning in de troosteloze wijk King's Lynn zou liggen, en maakte haar dochter op niet mis te verstane wijze duidelijk dat het niet háár probleem was.

'Het is jouw kind! Door die idiote geilheid van je ben je in deze situatie verzeild geraakt! Denk maar niet dat er iemand klaarstaat om je uit de penarie te helpen. Ik in elk geval niet! Wees verdomme blij dat ik jullie niet alle twee op straat zet!'

Betsy Alby had gefoeterd en gevloekt, en ook later, toen de baby was geboren, had ze geen greintje grootmoederlijk gevoel getoond. Onvermurwbaar bleef ze erbij 'dat ze zich niet met dat rotkind liet opzadelen!'. Ze zat de hele dag televisie te kijken en chips te eten. In de namiddag – maar dat werd steeds vroeger – begon ze aan de alcohol. Ze dronk dagelijks een enorme hoeveelheid goedkope sterkedrank. Zelfs als Liz boodschappen ging doen, mocht ze haar dochtertje niet achterlaten en liep ze met een hinderlijk grote bak van een kinderwagen en een huilende baby door de supermarkt. Voor Liz was er geen twijfel mogelijk: zij moest in haar eentje opdraaien voor de gevolgen van een lichtzinnige, verliefde aprilnacht.

Soms was ze de wanhoop nabij, maar dan vermande ze zich en nam zich plechtig voor haar leven niet te laten verwoesten. Ze was jong en aantrekkelijk. Ergens moest er toch een man zijn die zijn leven met haar wilde delen, ondanks de last die ze meetorste.

Want één ding stond vast: ze wilde niet eeuwig in het donkere krot bij haar moeder zitten. Ook als het stralend weer was, gingen alle rolgordijnen 's morgens vroeg al naar beneden, zodat haar moeder televisie kon kijken en er geen warmte kon binnenkomen. Daar was Betsy, die voortdurend zweette, bang voor, als de duivel voor wijwater. Liz wilde een leuk flatje, het liefst met een klein balkon vol bloemen en planten. Ze hoopte op een aardige man, die af en toe een kleinigheid voor haar meebracht, mooi ondergoed of parfum, en die zich de vader van Sarah zou voelen. Hij moest genoeg geld verdienen, zodat ze niet meer voor een schamel loontje achter de kassa van de drogisterij hoefde te zitten. In het weekend konden ze er met z'n drieën op uit trekken, picknicken en fietstochten maken. Hoe vaak zag ze geen vrolijke gezinnen samen op stap gaan? Terwijl zíj altijd in haar eentje met haar jengelende kind rondtrok, steeds op de vlucht voor de schetterende televisie thuis en voor de aanblik van haar veertigjarige moeder, die wel zestig leek en voor Liz het schrikbeeld van een verprutst leven was.

Deze augustusdag beloofde al vroeg in de morgen een heerlijke dag te worden. Sarahs kleuterschool was wegens vakantie gesloten, en daarom had Liz ook vakantie moeten nemen. Ze was van plan de dag op het strand van Hunstanton door te brengen, te zonnen, te zwemmen en een beetje te showen met haar buitengewoon fraaie figuur. Ze hoopte maar dat iemand er zo door werd gefascineerd dat hij het vierenhalfjarige, ontevreden kind aan haar zijde niet echt als een beletsel voor een relatie zou beschouwen. Ze deed een zwakke poging om een beroep op de behulpzaamheid van haar moeder te doen en Sarah voor deze dag bij haar achter te laten, maar Betsy Alby zei gevoelloos 'Nee!', zonder haar blik ook maar één seconde van de televisie af te wenden en de automatische greep in de zak met chips te onderbreken.

Liz en Sarah zaten in de bus, die door elk dorp in de omgeving van King's Lynn hobbelde. Pas na een dik uur kwamen ze in Hunstanton aan. Maar Liz was zo hoopvol en in zo'n goede stemming dat het haar niets kon schelen. Bij elke kilometer die ze aflegden meende ze de zee beter te kunnen ruiken. Hoewel ze zich dat beslist inbeeldde, want om haar heen rook het alleen maar naar de dieselolie van de bus. Maar ze was zo dol op de zee dat ze in haar neus de geur ervan kon ruiken, ook al was dat in feite nog onmogelijk. En toen de zee zich ineens glinsterend in het zonlicht voor haar ogen uitstrekte, voelde ze plotseling een diepe vreugde. Even was ze zich alleen nog maar bewust van haar jeugd en het feit dat het leven voor haar lag, en vergat ze de jengelende lastpost naast haar.

Maar Sarah maakte daar snel een eind aan. De bus reed de grote parkeerplaats van New Hunstanton op, waar de toegang naar het strand was, met de eettentjes, de souvenirwinkeltjes, de draaimolen en de ijscomannen. Sarah begon meteen te gillen bij het zien van de houten paardjes van de draaimolen, waar je voor een pond een ritje op kon maken.

'Nee,' zei Liz, die geen zin had het weinige geld dat ze bezat voor dat soort flauwekul over de balk te smijten. 'Vergeet het maar! Als ik je één ritje toesta, wil je er nóg een en dan nóg een, en op het laatst ga je tóch huilen. We gaan nu op zoek naar een mooi plekje, voordat het te vol wordt.'

Het was vakantietijd, niet alleen in Engeland maar vrijwel overal in Europa. Zowel mensen uit de omgeving als toeristen stroomden massaal naar het strand. Liz wilde zo snel mogelijk haar spullen op een ruime plek uitstallen, en niet op een klein stukje strand, ingeklemd tussen twee grote families. Maar Sarah zette haar hakken in het zand. 'Mama... ik wil... draaimolen,' snikte ze.

Liz hield in haar ene hand haar tas, die gevuld was met een fles mineraalwater, een paar belegde broodjes en het schepje waarmee Sarah kon scheppen en graven. Met haar andere hand probeerde ze haar hevig tegenstribbelende dochter mee te trekken.

'Kom op, we gaan een fantastisch kasteel bouwen!' zei ze, in een poging Sarah te verleiden.

'Draaimolen!' schreeuwde Sarah.

Liz had haar het liefst een flinke draai om de oren verkocht, maar er waren te veel mensen om haar heen, en tegenwoordig mocht een psychisch ontredderde moeder zich niet tegen haar kind teweerstellen. 'Later misschien,' zei ze. 'Kom mee, Sarah, wees lief!'

Sarah piekerde er niet over om lief te zijn. Ze schreeuwde en ging wild tekeer. Ze liet zich onder hevig verzet slechts millimeter voor millimeter meetrekken. In een mum van tijd was Liz bezweet; haar goede humeur was verdwenen. Die vervloekte Mike had haar leven écht verwoest. Logisch dat ze geen vent meer vond. Wie haar in een situatie als deze meemaakte, liep natuurlijk met een enorme boog om haar heen, en dat kon ze niemand kwalijk nemen. De tas viel uit haar hand. Een aardige meneer raapte hem op en gaf hem aan haar terug. Ze had de indruk dat hij haar medelijdend aankeek. Toen viel het zandschepje op de grond. Een oude dame pakte het op en gaf het aan haar terug. Ze stelde vast dat de kinderen van andere mensen veel aardiger waren. In elk geval kon ze nergens een moeder ontdekken die net zo moest knokken als zij. Ineens schoot haar te binnen dat ze destijds aan abortus had gedacht. Ze was niet gelovig, maar ze had wel een ondefinieerbare angst gehad voor een soort wraak van het noodlot als ze het kind in haar buik zou doden. En terwijl ze nu zwetend over het strand liep en dat kleine monster met zich meetrok, dacht ze plotseling: had ik het tóch maar gedaan! Had ik de moed er maar voor gehad! De gevolgen, hoe negatief ook, hadden niet erger kunnen zijn dan dít!

Op een gegeven moment had Liz een plek gevonden die haar geschikt leek om er de dag door te brengen. Ze spreidde haar handdoek en die van Sarah uit, en begon een zandkasteel te bouwen – in de hoop dat Sarah eindelijk stil zou zijn. Het kind hield inderdaad op met krijsen en bouwde ijverig mee. Liz slaakte een zucht van verlichting. Misschien vergat Sarah de houten paardjes wel. Misschien werd het toch nog een rustige, vredige dag.

Ze trok haar nieuwe bikini aan en wist dat ze er geweldig uitzag. Ze had de bikini in de opruiming gekocht. Toch was hij eigenlijk nog te duur geweest voor haar karige loontje, maar ze had de verleiding niet kunnen weerstaan. Haar moeder mocht hem natuurlijk nooit ontdekken. Anders zou ze gaan schreeuwen dat Liz een hoger bedrag moest gaan bijdragen, nu ze haar geld kennelijk aan luxe spullen kon verspillen. Alsof ze eeuwig in het afgedragen badpak, dat inmiddels vier jaar oud was, kon rondlopen! Als ze een man wilde vinden die haar uit alle ellende zou halen, moest ze eerst iets investeren. Maar het was volstrekt zinloos om dat soort dingen met haar moeder te bespreken.

Sarah bouwde nog steeds met overgave aan haar kasteel. Liz ging op haar handdoek liggen en sloot haar ogen.

Vermoedelijk had ze een hele tijd geslapen, want toen ze rechtop ging zitten en om zich heen keek, merkte ze dat de zon al hoog aan de hemel stond. Het moest rond het middaguur zijn. Op het strand was het nog veel drukker dan 's morgens. Om haar heen krioelde het van de mensen. Velen lagen alleen maar te zonnebaden. Anderen waren aan het badmintonnen, deden een balspel of liepen naar het water. Kinderen schreeuwden en lachten. De zee kabbelde rustig voort. In de verte was het vage gebrom van een vliegtuig te horen. Het was een volmaakte dag.

Liz' gezicht brandde. Ze had te lang in de zon liggen bakken zonder zich eerst met zonnebrandolie in te smeren. Gelukkig kon haar huid veel hebben. Ze keerde zich om en zag dat Sarah ook in slaap was gevallen. Blijkbaar hadden het gekrijs en het bouwen van het kasteel haar moe gemaakt, want ze lag opgerold op haar handdoek. Ze ademde diep en regelmatig, haar mond stond een beetje open.

Godzijdank, dacht Liz. Ze vond haar dochter altijd het liefst wanneer ze sliep.

Ze merkte dat ze honger had gekregen en dat ze geen zin had in haar eigen broodjes met flauwe margarine en kaas die altijd naar zeep smaakte. Vlak bij de bushalte was een rijdende snackbar waar je overheerlijke pistoletjes kon kopen die dik met tomaten en mozzarella waren belegd. Liz was dol op die broodjes. Sarah ook. En daarbij een lekkere, ijskoude cola in plaats van het warme mineraalwater uit haar tas... Liz stond op en haalde haar portemonnee tevoorschijn. Even keek ze naar haar slapende kind. Als ze Sarah nu wakker maakte en meenam, zou het kind opnieuw de draaimolen met de paardjes zien en alleen met veel tranen en geschreeuw mee teruggaan naar hun plekje op het strand.

Als ik opschiet, dacht Liz, ben ik zo weer terug, zonder dat ze er iets van merkt. Ze slaapt als een roos...

Er waren zoveel mensen om hen heen. Wat kon er nou gebeuren? Zelfs als Sarah wakker werd en naar het water liep, kon ze toch niet verdrinken onder het oog van zoveel mensen?

Ik ben hooguit tien minuten weg, dacht Liz, en liep weg.

De afstand was groter dan ze had gedacht. Blijkbaar hadden zij en Sarah 's morgens een heel eind over het strand gelopen. Maar het was fijn om zich te bewegen, en het ontging haar beslist niet dat veel mannenblikken haar volgden. Ze had nog een prachtig figuur, ondanks de geboorte van het kind, en de bikini was gewoon perfect voor haar. Dat had ze meteen gezien toen ze hem in de winkel paste. Niemand die haar zo zag kon vermoeden dat ze een krijsend blok aan haar been had. Ze was gewoon een jonge vrouw van drieëntwintig, aantrekkelijk en begeerlijk. Ze probeerde vrolijk en optimistisch te kijken. Aangezien ze heel veel huilde vanwege Sarah, was ze altijd bang dat ze wallen onder haar ogen en hangende mondhoeken zou krijgen. De mensen mochten absoluut niet aan haar zien dat ze vaak ongelukkig was.

Bij de snackbar had ze pech: voor de toonbank stond een heel handbalteam. De meeste jongens wisten nog niet wat ze wilden bestellen en overlegden luidkeels met elkaar. Een paar van hen flirtten met Liz, waar ze verheugd en met de gevatheid waarom ze bekendstond op reageerde. Wat heerlijk toch om tussen aantrekkelijke, zongebruinde mannen te staan en te merken dat ze zich tot haar aangetrokken voelden. Terwijl ze koortsachtig nadacht over een oplossing van het probleem Sarah, gesteld dat een van de jongens een afspraakje met haar wilde maken, maakte de trainer van het elftal een einde aan het geflirt en spoorde hij zijn ploeg aan weer in beweging te komen. Binnen een paar seconden stond Liz alleen bij de snackbar en kon ze eindelijk haar broodjes en cola kopen.

Toen ze op de terugweg was, zag ze dat er al vijfentwintig minuten waren verstreken. Verdorie. Als ze terugkwam, was ze meer dan een halfuur weg geweest. Dat was echt niet de bedoeling. Ze hoopte maar dat Sarah niet wakker was geworden en huilend tussen de vreemde mensen ronddwaalde. Ze zag de verwijtende blikken al voor zich. Een goede moeder deed zoiets natuurlijk niet. Die liet haar kind niet zonder toezicht achter om haar eigen wensen te vervullen. Een goede moeder hád helemaal geen eigen wensen, maar leefde louter en alleen voor het welzijn van haar kind.

Verdomme, dacht Liz, weten die lui veel!

Nu flaneerde ze niet meer onder de bewonderende blikken van mannen maar rénde ze. De cola klotste in de fles, de broodjes hield ze dicht tegen zich aan. Ze hijgde en kreeg steken in haar zij. Het was inspannend om in het losse zand te lopen. Steeds opnieuw vroeg ze zich af hoe het mogelijk was dat ze de afstand totaal verkeerd had ingeschat!

Daar was haar handdoek. Haar tas. Het schepje. Het kasteel dat Sarah had gebouwd. Sarahs handdoek, lichtblauw met gele vlindertjes.

Maar geen Sarah.

Liz bleef hijgend staan. Even kromp ze ineen van de pijn in haar zij, maar ze rechtte meteen weer haar schouders en keek nerveus om zich heen. Hier had ze toch gelegen, diep in slaap. Zojuist nog.

Niet zojuist. Ongeveer veertig minuten geleden.

Veertig minuten!

Natuurlijk kon ze niet ver weg zijn. Eenmaal wakker, was ze bang geworden omdat mama er niet was, en nu liep ze rond op het strand. Was het maar niet zo druk! Het wemelde van de mensen. Het leken er met de minuut meer te worden. Hoe moest ze zo'n klein kind tussen de vele benen ontdekken?

Ze legde de broodjes en de fles op haar badhanddoek en hield de portemonnee in haar hand. Ze had geen greintje honger meer. Integendeel, ze was misselijk en zou geen hap door haar keel kunnen krijgen.

Waar was die kleine, verdomme?

Angstig wendde ze zich tot een vrouw die vlak naast haar lag. Ze was dik en had vier kinderen om haar heen, die herrie maakten.

'Neem me niet kwalijk, hebt u misschien mijn dochter gezien? Zo groot ongeveer.' Ze gaf met haar hand Sarahs lengte aan. 'Donker haar, donkere ogen... Ze draagt een blauwe, korte broek en een gestreept T-shirt...'

'Het kind dat hier heeft liggen slapen?' vroeg de dikke vrouw.

'Ja. Inderdaad. Ze sliep als een os, en ik... ik ben gauw wat te eten gaan halen. Maar nu kom ik terug en...'

Het was duidelijk dat de dikke vrouw haar gedrag afkeurde. 'Hebt u die kleine meid alleen gelaten en bent helemaal naar de snackbar gelopen?'

'Ik was snel weer terug,' loog Liz. Veertig minuten, spookte het door haar hoofd.

'Ik heb haar voor het laatst gezien toen ze daar lag te slapen. Daarna heb ik niet meer op haar gelet, omdat mijn Denis niet lekker werd. Te veel zon.'

Denis zat op zijn hurken in het zand. Hij zag er inderdaad bleek en tamelijk beroerd uit. Maar hij wás er tenminste!

'Ze kan niet ver weg zijn,' zei Liz, om zichzelf moed in te spreken.

De dikkerd wendde zich tot een kennis, die een handdoek verder lag. 'Heb jij het kleine, donkerharige meisje gezien dat hier sliep? De moeder is naar de snackbar geweest, en nu is het kind verdwenen!'

Natuurlijk moest de kennis ook uitdrukking geven aan haar verontwaardiging over het wangedrag van Liz. 'Helemaal naar de snackbar? Zo lang zou ik mijn kind nooit alleen laten!'

Stom wijf, dacht Liz uit de grond van haar hart.

In feite was er gewoon niemand die op Sarah had gelet. De dikke niet, haar kennis niet, en ook niemand van de andere mensen die Liz in groeiende paniek en wanhoop had aangesproken. Ze liep in steeds grotere cirkels, en het werd steeds onwaarschijnlijker dat ze op iemand zou stuiten die iets over de verblijfplaats van het kleine meisje wist te zeggen. Ze liep naar het water, maar ook daar was geen spoor van Sarah te bekennen.

Ze kon niet verdronken zijn. Geen kind verdronk voor het oog van zoveel mensen.

Of wél?

Ze kreeg weer een beetje hoop toen ze op het idee kwam dat

Sarah misschien in haar eentje naar de draaimolen met de paardjes was gelopen. Per slot van rekening was ze daar verrukt van geweest. Dus liep Liz nogmaals in de richting van de bushalte. Ze zag een paar kinderen bij de draaimolen, maar Sarah was er niet bij. Ze vroeg het aan de eigenaar van de draaimolen. 'Ze valt op. Ze heeft lang, zwart haar en superdonkere ogen. Ze draagt een blauwe, korte broek en een gestreept T-shirt.'

De man dacht lang na. 'Nee,' zei hij ten slotte, 'nee, zo'n kind is hier niet geweest vandaag. Dat weet ik zogoed als zeker.'

Liz liep terug. Intussen begon ze te huilen. Ze was in een nachtmerrie beland. Ze had zich volstrekt onverantwoordelijk gedragen, en nu werd ze daar op een wel heel bittere manier voor gestraft. Voor alles: voor haar gedachten aan abortus, voor haar tranen van woede toen Sarah na de geboorte in haar armen werd gelegd, voor de vele keren dat ze gewenst had dat het kind niet bestond, voor alle gekijf en gevloek. Voor haar gebrek aan moederlijke gevoelens.

Toen Liz weer terugkwam op haar plek op het strand was Sarah er nog steeds niet. De aanblik van haar kleine handdoek deed Liz plotseling zoveel pijn dat de tranen, die ze zojuist met veel moeite had teruggedrongen, opnieuw tevoorschijn kwamen. Naast de handdoek lagen de colafles en de papieren zak met de onzalige pistoletjes. Wat waren die dingen onbelangrijk! En toch had Liz er iets langer dan een uur geleden zo'n onbedwingbare trek in gehad dat ze zich zelfs niet meer druk had gemaakt om de veiligheid van haar kind.

De dikke vrouw, die op haar post bleef, keek haar vol medeleven aan. 'Geen spoor?' vroeg ze.

'Nee,' zei Liz huilend, 'geen spoor.'

'Waarom heb je me niet meteen aangesproken? Dan had ik op het meisje kunnen letten terwijl jij eten haalde!'

Ja, waarom had ze dat niet gedaan? Liz kon het zelf niet begrijpen. Wat was er simpeler dan aan een andere moeder te

vragen of ze een oogje in het zeil wilde houden terwijl het kind
sliep!

'Ik weet het niet,' mompelde ze, 'ik weet het niet...'

'Je moet de politie waarschuwen,' zei de kennis van de dikkerd. Ze maakte de indruk dat ze écht onthutst was, maar het
was ook duidelijk dat ze dit dagje aan het strand onverwacht
spannend vond. 'En de strandwacht. Misschien...' Blijkbaar
durfde ze de zin niet uit te spreken.

Liz keek haar boos aan. 'Hoe kan een kind hier nou verdrinken? Er zijn minstens honderd mensen in zee! Een huilend
kind dat in het water ligt zou iemand toch wel opvallen?'

De dikke vrouw legde haar hand op Liz' arm. Haar medelijden leek heel oprecht. 'Ga maar naar de strandwacht. Daar
zullen ze wel weten wat er verder moet gebeuren. Misschien
kunnen ze je dochtertje omroepen. Het is heus niet de eerste
keer dat een kind zijn ouders kwijtraakt in deze drukte. Hou
de moed erin!'

Bij het horen van die vriendelijke woorden verloor Liz eindelijk haar zelfbeheersing. Ze barstte in huilen uit. Toen plofte
ze neer in het zand en boog zich voorover. Ze kon geen woord
meer uitbrengen. Eventjes had ze totaal geen energie meer.

De dikke vrouw zuchtte, boog zich naar haar toe en pakte
haar hand. 'Kom, ik loop met je mee. Elli kan op mijn kinderen passen. Je bent aan het eind van je Latijn, maar je moet de
moed niet opgeven!'

Liz liet zich willoos meetrekken.

Ze had het onverklaarbare gevoel dat ze Sarah nooit meer
zou zien.

Woensdag 16 augustus

Toen hij tegen haar zei dat ze de volgende dag de reis met hun zeilschip zouden voortzetten en met eb zouden vertrekken, wist ze niet of ze blij of verdrietig moest zijn. De Hebriden, een groep van vijfhonderd eilanden die tot Groot-Brittannië behoorden en ten westen van Schotland lagen, was geen plek waar ze wekenlang had willen verblijven. Ze had last van het klimaat en ze miste de kleuren van de zomer. Zelfs in de maand augustus was het hier, op het eiland Skye, vrij fris en winderig. Het regende vaak, en dan versmolten zee en hemel tot één loodgrijs geheel. Als het stormde, spatte het schuim hoog op tegen de havenmuur van Portree en liet een koud spoor op de lippen achter. Ergens in de wereld was het zomer en daar was de maand augustus behaaglijk, met rijpe vruchten, warme nachten, vallende sterren en late rozen. Ze moest steeds denken aan het gevoel van warm gras onder haar blote voeten. Soms verlangde ze daar zó naar dat ze er tranen van in haar ogen kreeg.

Hun reis voortzetten betekende dat ze op een gegeven moment in warmere streken zouden komen. Ze wilden naar de Canarische Eilanden, daar proviand inslaan en daarna de Atlantische Oceaan oversteken. Nathan was van plan de winter in het Caribisch gebied door te brengen. En hij drong aan op vertrek, omdat hij daar vóór het begin van het orkaanseizoen wilde arriveren. Maar zíj was bang om Europa te verlaten. Ze rilde bij het vooruitzicht wekenlang op de Atlantische Oceaan rond te drijven. Het Caribisch gebied leek een vreemde, verre wereld, die haar een ondefinieerbare angst inboezemde. Ze had het liefst op de Kanaaleilanden overwinterd, op Jersey of Guernsey, maar Nathan had gezegd dat de winters daar wel zacht waren, maar ook heel nat. Een schip was niet de meest comfortabele plek als het dagenlang regende en de mist zo dicht was dat je niet van het ene eind van het schip tot aan het andere eind kon kijken.

Ze hadden een kleine week op Skye doorgebracht. En ze begon net een beetje aan het eiland te wennen, ondanks het slechte weer. Dát maakte haar triest bij de gedachte aan het vertrek. Wat haar betrof, leed dit hele project – met een zeil-schip een wereldreis maken – onder haar behoefte aan een veilig thuis, een vast patroon in haar leven. Zij verlangde ernaar om elke dag in dezelfde supermarkt boodschappen te doen, de bekende paden te bewandelen, gezellig met steeds dezelfde vrienden en bekenden om te gaan. Ze wilde 's morgens haar broodjes halen bij een bakker die vroeg of het beter ging met haar verkoudheid, en ze wilde naar een kapper tegen wie ze alleen maar hoefde te zeggen: 'Zoals altijd, alsjeblieft.' Regelmaat was belangrijk voor haar. Hóé belangrijk, wist ze pas sinds ze geen regelmaat meer had.

Dat ze niet de hele dag op de *Dandelion* kon doorbrengen, hun schip dat in de baai van Portree voor anker lag, was in de afgelopen zes dagen duidelijk geworden. Eigenlijk hadden zij en Nathan afgesproken dat ze beiden zouden proberen een baantje op het eiland te vinden, want ze waren zogoed als blut. Alles wat ze bezaten had Nathan gebruikt om het schip te kopen. Maar om de een of andere reden leek Nathan niet overtuigd te zijn van de dringende noodzaak om geld te verdienen.

'Skye inspireert me enorm,' had hij gezegd, 'en daar moet ik van profiteren!'

Het weer, had hij gezegd, was precies wat hij zocht. Wind uit het noordwesten, windkracht vier of vijf. Wolken die boven de bergen van het eiland langs de hemel joegen. Regen die op het oliepak kletterde dat hij droeg. Elke dag had hij haar met de sloep naar de wal geroeid. Daarna was hij naar het schip teruggegaan en om het halve eiland heen gevaren, op weg naar zijn lievelingsbaai bij Loch Harport. Wat hij daar urenlang deed, wist ze niet. Toen het een keer niet regende, had hij de Black Cuillins beklommen. Tenminste, dat had hij gezegd. Meer had hij, zoals gewoonlijk, niet over zichzelf losgelaten.

Als ze laat in de middag met de bus naar Portree terugkeerde, vroeg ze zich soms af of ze hem nog zou aantreffen. Of dat hij er voorgoed vandoor was gegaan met zijn zeilschip, zonder haar. Ze wist nooit precies of dat idee haar bang maakte, of dat iets in haar bijna wénste dat het zou gebeuren.

Ze had werk gevonden in het vakantiehuis van een Engelse familie in Dunvegan. Dat was een heel eind bij Portree, de hoofdstad van het eiland, vandaan. Maar met de bus was het goed bereikbaar. De Engelse familie had een briefje opgehangen in de supermarkt aan de haven. Wegens ziekte van hun werkster zochten ze voor de vakantieperiode een hulp voor huis en tuin. Ze had meteen contact met hen opgenomen. Nathan was ertegen geweest, want hij vond dat het werk van schoonmaakster toch echt beneden haar niveau was, maar omdat hij niets beters kon bedenken om aan geld te komen, had hij er uiteindelijk in toegestemd.

Het huis stond iets buiten Dunvegan. Het had een prachtig uitzicht op de baai. Het was ruim en knus, en ze voelde zich er prettig. Aardige mensen, met wie je gezellig kon praten, gemakkelijk werk, ook in de reusachtige tuin, die ze mooi vond. Het was meestal slecht weer. De eilandbewoners benadrukten dat het deze zomer wel erg vaak regende op hun eiland. Ze had al die tijd niet goed kunnen begrijpen waarom de Engelsen hun vakantie in dit deel van de wereld doorbrachten, maar ze had meteen gemerkt dat het voor háár belangrijk was om vaste grond onder de voeten te hebben, een ommuurde tuin, een open haard, orde en regelmaat. Ze was graag bezig in het huis. Ze stofte de vensterbanken af, schrobde de vloertegels in de keuken tot ze glansden en zette verse bloemen in een vaas op de grote, houten tafel in de zitkamer. Tussen de regenbuien door plantte ze klimop aan de zuidkant van het huis en maaide het gras achter in de tuin. Het ging goed met haar, beter dan voorheen.

Tot ze aan het eind van de middag naar de boot terugkeerde. Het was het schip, het waren niet de Hebriden of de Kanaaleilanden. Het zou ook niet beter worden in de Zuidzee, op witte zandstranden onder palmbomen. Ze was niet voor het nomadenleven geboren. Ze had een hekel aan havens. Ze had een hekel aan een deinend dek onder haar voeten. Ze had een hekel aan het eeuwige vocht, het ruimtegebrek, dat krappe gedoe. Ze vond het vreselijk om geen thuis te hebben.

Morgen zouden ze uitvaren.

Donderdag 17 augustus

Nathan had het zich in de stuurkuip van de *Dandelion* gemakkelijk gemaakt en was dicht tegen de wand van de kajuit aan gekropen. Half tien 's avonds. Het dure thermo-ondergoed dat hij droeg bewees zijn waarde hier in het noorden – zelfs in augustus. De koude, nachtelijke zeelucht voelde hij alleen op het puntje van zijn neus en op zijn wangen. Nadat zijn boosheid was afgenomen, begon hij zich een beetje beter te voelen.

Hij was woedend op Livia geweest en, erger nog, ook op zichzelf, omdat hij opnieuw had toegegeven. Dat gebeurde vaak, enkel en alleen om zichzelf haar monologen en haar tranen te besparen. Hij was van plan geweest vroeg in de morgen, om zes uur, een uur na hoog water, de haven van Portree uit te varen, zodat hij in elk geval bij daglicht door de Sound of Harris kon zeilen. Livia, die sinds ze op Skye hadden aangelegd over het slechte weer op het eiland had gejammerd, klaagde nu net zo hard over hun vertrek, hoewel het haar eigenlijk goed uit had moeten komen. Nathan had vaak het idee dat het haar louter om het jammeren ging. Ze was niet tevreden als ze niet ergens over kon klagen.

Ten slotte had ze gezegd dat ze de mensen in Dunvegan, bij wie ze sinds een week schoonmaakte, had beloofd nog een keer terug te komen, en nu kon ze echt niet zomaar met de noorderzon vertrekken. Aangezien ze van dit probleem alweer wanhopig dreigde te worden, had hij hun vertrek tandenknarsend tot de late namiddag uitgesteld. Hij was er vrijwel zeker van dat Livia er nog een paar uur op het vasteland wilde uitslepen, maar dat kon hij niet bewijzen.

Hij was naar het Pier Hotel gegaan, een pub waar voornamelijk vissers en havenarbeiders rondhingen, en had een tijdschrift zitten lezen dat hij in een winkel aan de haven had gekocht. Tamelijk laat merkte hij pas dat het een heel oud nummer was, verschenen in februari van dat jaar. Niets van wat hij las was nog actueel. Zou niemand hier zich daaraan storen? Op de Hebriden tikte de klok een beetje anders, het levensritme verschilde van dat van de rest van de wereld. Hij had zich de hele tijd afgevraagd hoe mensen zo konden leven. Hij had veel aantekeningen gemaakt, zijn gedachten en overpeinzingen opgeschreven. Het was interessant om erover na te denken; fascinerend, om een blik in het leven van andere mensen te werpen.

Tegen vijf uur 's middags waren ze eindelijk vertrokken.

Sinds de vorige dag voorspelden de BBC op de radio en de luchtdruk op de scheepsbarometer eindelijk een stabiel hogedrukgebied. Hij had de grote genuafok uit de zeilzak gehaald en vastgemaakt, om in elk geval vaart te kunnen maken terwijl hij de koers haaks op de vuurtoren van Rodel op de kaart uitzette. Misschien lukte het hen nog de zee-engte bij een beetje daglicht te passeren. Even overwoog hij of Livia het vertrek had uitgesteld om hem te dwingen tussen de eilanden Uist en Skye door de directe weg naar het zuiden te nemen, in plaats van de Atlantische Oceaan over te zeilen. Ze hadden daarover gediscussieerd. Het vervelendste was dat Livia zo bang was voor de zee.

Toch had hij besloten om de Hebriden heen te zeilen.

Even voor negenen hadden ze de moeilijkste doorvaart achter de rug gehad. Livia was allang beneden in de kajuit verdwenen, met de mededeling dat ze moe was en hoofdpijn had.

Hij had er niet om getreurd. Die blik van haar, als van een dodelijk getroffen ree, werkte hem erg op zijn zenuwen.

Vanuit de Atlantische Oceaan stond er van oudsher een westelijke deining. Ze bevonden zich al in de getijdestroming en voeren ertegenin. Het maakt niet uit, dacht hij, één knoop tegenstroom, het schip loopt twee knopen, dus blijft er één knoop over die ons naar het zuidwesten brengt.

Misschien voer hij toch maar niet – zoals hij oorspronkelijk van plan was geweest – naar de haven van Youghal in Zuid-Ierland, maar zeilde hij meteen door naar het zuiden, richting La Coruña. Hij had geen zin meer in vertraging. Weg uit Europa. Eindelijk vrijuit over de Atlantische Oceaan varen. Het Caribisch gebied. Witte stranden, zonnebaden, palmen. De bijna mystieke sfeer op Skye, wanneer het er regende of mistte, had hem erg geboeid, maar voor de winter kon hij zich een leven in de warmte ook goed voorstellen. Heel goed zelfs.

Hij zat in de stuurkuip te genieten van de rust en de heldere nacht en liet zijn gedachten de vrije loop.

Hij zag de lichten heel duidelijk. Ze naderden van achteren. Twee groene lichten, een rood, dan nog een wit licht erboven. Blijkbaar twee vrachtschepen, die dezelfde koers voeren als hij. Hij was ervan overtuigd dat ze hem konden zien; hij had zijn navigatielichten ook aangedaan, en de radarreflector in de mast zou een duidelijk echo te zien geven. Hij hoefde zich nergens druk om te maken. Nadat hij de Sound of Harris had verlaten, had hij de automatische piloot ingeschakeld, die nu zacht zoemend zijn werk deed.

Hij voelde dat zijn ledematen steeds zwaarder werden. Toen zijn hoofd naar voren viel, werd hij met een ruk wakker. Hij geeuwde. Verdorie, wat maakte hem zo slaperig? Hij was een nachtmens, iemand die 's avonds, 's nachts eigenlijk, pas goed op gang kwam. Maar de hoge luchtvochtigheid van de laatste dagen, de woede over het lange wachten op het vertrek, de moeilijke doorvaart bij schemerlicht – dat alles had hem kracht gekost. Zijn hoofd zonk op zijn borst. De vermoeidheid was zó hevig dat het nauwelijks zin leek te hebben zich ertegen te verzetten. Van het ene op het andere moment viel hij in een korte slaap, die, zoals hij later reconstrueerde, waarschijnlijk slechts een paar minuten had geduurd. Maar wel beslíssende minuten.

Hij werd even plotseling wakker als hij was ingedut.

Hij wist niet of hij gewekt was door het geluid van de zacht klapperende zeilen of door de schoot van het grootzeil – waarschijnlijk door geen van beide. Hij was gewekt door een eigenaardig, hard geluid dat deed denken aan een enorme hamer die op een stalen plaat beukt.

Toen hij opkeek, zag hij dat de genuafok alleen nog maar door de deining van de Atlantische Oceaan werd bewogen. De wind was helemaal gaan liggen.

Dat geluid... de hamer die op staal sloeg...

De lichten, dacht hij.

Op hetzelfde moment zag hij ze opnieuw. Het waren er nog maar drie, een rood licht, een groen licht en daarboven een wit licht. En ze waren op z'n hoogst nog een halve zeemijl van de *Dandelion* verwijderd. Ze kwamen recht op hem af.

Hij sprong op, en de gedachte flitste door zijn hoofd: verdomme, zien ze ons dan niet?

Hij vloog naar het stuurwiel en schakelde de automatische piloot uit. Hij moest meteen de motor starten en de *Dandelion* zo snel mogelijk minstens honderd meter verder naar bakboord sturen, anders zou er een aanvaring plaatsvinden. Verdomme, hij had niet in slaap mogen vallen. In dit gebied werd de zee veel te druk bevaren om je midden in de nacht een dutje te kunnen permitteren terwijl je de wacht hield.

Waarom sloeg de motor niet aan? Zelfs de starter deed het niet. Hij probeerde het nog een keer... en nóg een keer. Er gebeurde niets.

Als de voorkant van een torenflat rees de boeg van een groot schip voor hem op, veel en veel groter dan de *Dandelion,* en hij naderde met angstaanjagende snelheid. Het schip voer recht op de zeilboot af, die plotseling tot een notendop verschrompelde. Het was duidelijk dat de *Dandelion* een botsing niet zou doorstaan, dat er binnen twee of drie minuten alleen nog maar een hoop schroot van over zou zijn.

Livia's hoofd verscheen op de trap naar de kajuit. Hij zag haar verwarde haren en grote ogen van angst. De motoren van het enorme vrachtschip maakten inmiddels een hels kabaal.

'Nathan!' schreeuwde Livia. Maar ze bleef roerloos naar het naderende onheil staan staren. Met één beweging haalde hij het reddingsvlot onder de stuurstoel vandaan.

'Ga van het schip af!' brulde hij. 'Hoor je me? Onmiddellijk van het schip af!'

Livia bewoog niet.

'Spring!' schreeuwde hij. En toen ze aarzelde pakte hij haar armen vast, trok haar op het dek, duwde haar met al zijn kracht overboord, gooide het reddingsvlot achter haar aan en sprong in die laatste seconde zelf overboord.

Het water was ijskoud en ontving hem met ontzettend pijnlijke naaldenprikken. Heel even dacht hij dat zijn hart door de kou zou blijven stilstaan, maar toen merkte hij dat hij nog leefde, dat zijn hart dus nog sloeg. Proestend en naar adem happend dook hij weer op uit de golven. Gelukkig droeg hij zijn zwemvest, zoals altijd als hij aan boord was.

Het geluid van de op staal beukende hamer bevond zich nu precies boven hem. Een enorme golf tilde hem op en smeet hem een paar meter opzij. De stalen wand van het schip was nu zo dichtbij dat hij hem bijna kon aanraken en trok als in slow motion aan hem voorbij.

De *Dandelion* werd door de boeg van het vrachtschip frontaal geraakt en onmiddellijk onder water gedrukt.

Hij begon te snikken. Híj! Hij huilde nooit. Hij had niet

gedacht dat hij ooit nog eens zou huilen. Hij had voor het laatst gehuild als kleine jongen, toen de doodkist met zijn moeder erin langs hem heen werd gedragen. Sindsdien had hij nooit meer een traan gelaten. Maar het meemaken van deze executie was te erg, misschien was het ook te snel gegaan. Daarnet had hij nog in de stuurkuip zitten mijmeren en een paar onvergeeflijke minuten lang geslapen, en nu dreef hij in het koude water van de Atlantische Oceaan. Datgene waar hij van hield, wat zijn leven was, werd voor zijn ogen verwoest.

Het reddingsvlot, dat zich in het water had ontvouwd, was waarschijnlijk ook door de boeggolf van het vrachtschip gegrepen. Een paar meter bij hem vandaan tolde het vlot rond met een opengescheurde kap, in het kielzog van het schip. Daarnaast kon hij Livia zien. Ze was zo uit bed gekomen en had dus geen zwemvest om. Hij riep haar, maar ze reageerde niet. Met een paar krachtige zwemslagen was hij bij haar.

'Zwemmen, Livia,' spoorde hij haar aan. 'Vooruit, zwemmen! We moeten op het reddingsvlot zien te komen!'

Ze maakte geen aanstalten om in de richting van het vlot te zwemmen. Met zwakke, automatische bewegingen hield ze haar hoofd boven water, en haar wijd opengesperde ogen stonden verstard. Ze leek niet aanspreekbaar te zijn. Nathan ging op zijn rug liggen, pakte Livia onder haar armen vast en trok haar mee naar het vlot. Hij proestte en kreeg steeds opnieuw water binnen. Livia bood in elk geval geen weerstand. Hij liet haar even los en trok zich langzaam en moeizaam omhoog, tot hij op het vlot zat. Toen draaide hij zich om en hees vervolgens Livia omhoog. Hij gaf het niet op, hoewel hij af en toe het gevoel had dat hij het geen seconde langer meer volhield. Op het moment dat ook Livia in veiligheid was, stortte hij volkomen uitgeput in.

Pas na een tijdje kon hij weer helder denken.

Ze hadden het gered! Ze waren niet de diepte ingesleurd! Ondanks alles slaagde hij er een paar tellen in dankbaarheid te voelen. Ze hadden het beiden overleefd, terwijl hun leven vrijwel geen cent meer waard was geweest. Ze bezaten alleen nog maar datgene wat ze aanhadden: zij een lichtblauwe pyjama, die uit een korte broek en een versleten topje bestond; hij had in elk geval nog zijn spijkerbroek, ondergoed, een wollen trui en een paar sokken. Zijn schoenen was hij kwijtgeraakt toen hij in het water dook.

En een reddingsvlot, dacht hij met een tikkeltje sarcasme, een reddingsvlot bezitten we ook nog. Dat kun je altijd wel gebruiken.

Het was nog steeds een heldere nacht. Hier en daar fonkelde een ster aan de hemel. Met een apathische blik staarde hij over het donkere water. Zijn verstand weigerde op dit moment om verder te denken. Noch wat het verleden, noch wat de toekomst betrof. Zelfs de wanhoop, die hem een paar minuten daarvoor nog aan het huilen had gebracht, voelde hij niet meer. In hem was slechts leegte, een volkomen uitgeputte, bijna barmhartige leegte.

Zaterdag 19 augustus

1

Op de ochtend van zaterdag 19 augustus hoorde Virginia Quentin dat er in de nacht van donderdag op vrijdag een schip was vergaan, niet ver van de Hebriden. Er was een klein radiostation op de eilanden dat berichten verspreidde die vooral voor de eilandbewoners interessant waren. Het ging in eerste instantie om het weer. Dat was van groot belang, aangezien veel mensen van de visvangst leefden. Natuurlijk werd er ook melding gemaakt van rampen: van vissers die niet waren teruggekeerd, en menigmaal hadden de woeste, koude winterstormen de pannen van de daken gerukt. Eén keer was er zelfs een vrouw van de kliffen gewaaid. Maar wat nog nooit was gebeurd, tenminste voor zover Virginia wist, was dat buitenlanders zo'n tragedie overkwam.

Virginia was al heel vroeg opgestaan om bij de zee te gaan joggen. Ze hield van de stilte en de helderheid van de eerste morgenuren, en vond het geen enkel probleem om vóór zes uur op te staan. Dan genoot ze intens van de frisheid en de ongereptheid van de beginnende dag. Ook thuis in Norfolk jogde ze 's morgens vroeg, maar hier, op Skye, was het een heel aparte ervaring. Een glas ijskoude champagne kon naar haar mening niet zo stimulerend, zo prikkelend, zo bijzonder zijn als het inademen van de zeewind.

Ze vond ook dat ze op Skye meer uithoudingsvermogen had dan thuis. Dat kwam ongetwijfeld door het zuurstofgehalte in de lucht om haar heen. Hoe dan ook, ze was in een goede conditie. Ze nam lange, verende stappen, bewoog in haar eigen ritme en zorgde ervoor dat haar lichaam en haar ademhaling in volmaakt everwicht waren. Het joggen in de ochtend was iets van haar alleen. Het was een krachtbron voor de rest van de dag. Ze had er nooit iemand anders bij willen hebben. Ze genoot van het alleen zijn, vooral in de verrukkelijke verlatenheid van het eiland Skye.

Thuis nam ze een douche en ging daarna met een handdoek om haar hoofd aan de tafel in de woonkamer zitten. Ze dronk koffie met veel warme melk en luisterde naar de radio. Ze voelde kracht en rust in haar lichaam en zei tegen zichzelf dat haar huwelijk met Frederic in menig opzicht weliswaar saai was, maar dat het twee prachtige geschenken had opgeleverd: haar zevenjarige dochter Kim en dit huis in Dunvegan.

Ze was in gedachten verzonken en nam de radio alleen als achtergrondgeluid waar. Maar ze spitste haar oren toen er op de radio melding werd gemaakt van een ongeluk met een Duits echtpaar. Midden in de nacht waren ze door een vrachtschip geramd, toen ze zich in het vaarwater ervan bevonden. Kennelijk had een reeks ongelukkige gebeurtenissen een uitwijkmanoeuvre verhinderd. Van het kleine zeilschip was vrijwel niets meer over. De restanten lagen op de bodem van de zee, die hier overal heel diep was. Niemand kende de naam van het vrachtschip dat het ongeluk had veroorzaakt, ook wist niemand uit welk land het schip afkomstig was. Vissers hadden het reddingsvlot in het water zien drijven en hadden zich over het echtpaar ontfermd. Er werd bericht dat de jonge vrouw in een shocktoestand verkeerde. Zij en de man waren onderkoeld geraakt, nadat ze uit het koude water waren geklauterd en bijna twaalf uur op het reddingsvlot hadden doorgebracht. Ze waren naar een dokter gebracht. Sinds de vorige dag waren ze in Portree in een bed & breakfast ondergebracht.

'Dat zullen toch niet...' zei Virginia tegen zichzelf. Maar ze maakte de zin niet af. Hoeveel Duitse echtparen die in een zeilboot een wereldreis maakten waren op dit moment op de Hebriden?

Toen ze Frederics voetstappen op de trap hoorde, stond ze automatisch op, pakte een tweede kopje en vulde het met koffie en melk. In de vakantie veroorloofden ze zich de luxe om de ochtenden te verdoen met koffie en gekeuvel. Ze spraken over het weer, over nieuwtjes uit het dorp, soms ook over bekenden of familieleden. Ze gingen behoedzaam met elkaar om en vermeden hun relatie als gespreksthema, zonder dat daar een duidelijke reden voor was. In de vakantie, maar soms ook thuis in Norfolk, kreeg Virginia plotseling een vredig en dankbaar gevoel als ze dacht aan haar leven met Frederic en de kleine Kim, die zo knap en zo lief was. Een leven zonder materiële zorgen in een geordende, overzichtelijke wereld die misschien wel beperkingen had, maar ook zonder gevaren, angsten en demonen was. Af en toe had Virginia heel even het idee dat haar wereld niet helemaal reëel was en ervoer ze dat als beklemmend, maar dat waren echt alleen maar momenten, ogenblikken die snel voorbijgingen.

Frederic kwam de kamer binnen. Thuis zag ze hem bijna altijd in het pak met een stropdas, maar ze hield ervan als hij er zo uitzag als nu: in een spijkerbroek en grijze coltrui, uitgeslapen en ontspannen, zonder de verbeten trek om zijn mond die hij anders vaak had, omdat zijn beroep en zijn carrière een beetje te veel van hem vergden.

'Goedemorgen,' zei hij, en hoewel het antwoord duidelijk was, voegde hij eraan toe: 'Je hebt vanmorgen vroeg al gejogd, hè?'

'Het was fantastisch. Hoe kunnen andere mensen leven zonder flink wat beweging?' Ze gaf hem zijn koffiekopje. Hij ging zitten en nam een slok.

'We hebben alleen vandaag nog,' zei hij, 'en dan moeten we terug. Of wil jij met Kim nog een poosje hier blijven?'

De scholen begonnen pas over twee weken. En ze vond het heerlijk om op Skye te zijn. Ook Kim genoot ervan. Toch schudde Virgina haar hoofd.

'We gaan met je mee. Dacht je soms dat ik je alleen zou laten?'

Hij glimlachte. Hij was tóch al vaak alleen, in elk geval zonder zijn gezin. 's Morgens om half acht verliet hij het huis, en vaak kwam hij niet vóór tienen of half elf 's avonds terug. Dagenlang was hij in Londen, waar zijn bank was gevestigd. In Norfolk was hij eigenlijk alleen maar als het politieke werk in zijn kiesdistrict dat vereiste. Zijn dochter zag hij soms de hele week niet, en zijn vrouw in het voorbijgaan, of 's avonds, als ze op hem had gewacht en nog tien minuten met hem praatte, tot hij uitgeput in bed kroop.

Hij was niet echt blij met deze toestand, en tot twee jaar terug was het ook heel anders geweest. Toen hadden Virginia en Kim nog bij hem in Londen gewoond en had hij veel meer het gevoel gehad dat hij deel uitmaakte van een gezin. Niet dat Virginia het fraaie huis in South Kensington vaak had verlaten om iets met hem te ondernemen. Hij kende haar alleen als iemand die de neiging had zich terug te trekken om zich tegen de buitenwereld te beschermen, niet zozeer uit angst. Volgens hem had het iets te maken met de zwaarmoedigheid waar ze bijna altijd last van had. Nu eens sterk, en bijna tegen een depressie aan, dan weer zwakker. Blijkbaar had ze de ziekte – Frederic noemde het heimelijk een ziekte – beter onder controle als ze alleen was. Dat ze ten slotte besloten hadden naar het vrij donkere, oude landhuis van de Quentins in Norfolk te verhuizen, had hem goed geleken, maar het was uitgelopen op het soort gezinsleven dat ze nu leidden.

Ze was tegenover hem gaan zitten. Haar wangen waren nog rozig van de frisse ochtendlucht.

'Je herinnert je vast nog wel die jonge vrouw uit Duitsland die ons de afgelopen week in het huis en de tuin heeft geholpen,' zei ze. 'Livia heet ze.'

Hij knikte. Hij herinnerde het zich, ook al zou hij het gezicht van die Livia nu al niet meer hebben herkend. Een kleurloze vrouw, onopvallend en schuw.

'Ja, dat herinner ik me. Ze zijn nu toch weer vertrokken?'

'Ja, ze wilden donderdagavond vertrekken. Zojuist hoorde ik op de radio dat ze een Duits echtpaar uit zee hebben opgevist. Ze dreven rond op een reddingsvlot, niet ver van de kust. Hun zeilboot is door een vrachtschip geramd en gezonken.'

'Mijn god. Dan boffen ze dat ze het er levend van afgebracht hebben. En jij denkt dat het om die... die Livia gaat?'

'Op de radio werden geen namen genoemd. Maar ik denk dat zij het zouden kunnen zijn. Qua tijd zou het kloppen. En ik heb geen andere Duitsers op het eiland ontmoet.'

'Maar dat zegt nog niets. Er zijn hier heel wat mensen die we niet ontmoeten.'

'Maar toch. Ik heb écht het gevoel dat zij het zijn.'

'Nou ja – wilden ze niet een wereldreis maken met hun boot? Dat kunnen ze nu wel vergeten!'

'Livia heeft me verteld dat ze al hun bezittingen hebben verkocht om de boot te kunnen kopen. Dat betekent dat ze niets meer hebben, behalve de kleren aan hun lijf.'

'Hopelijk waren ze goed verzekerd. Als de zeilboot door een vrachtschip is geramd, is er weinig meer van over.'

Virginia knikte. 'Voorlopig logeren ze in Portree, in een bed & breakfast. Ik ga eens een kijkje bij ze nemen. Ze kunnen wel een bemoedigend woord gebruiken, denk ik.'

Die mensen konden hem absoluut niets schelen. Hij begreep niet wat er leuk aan was om de wereld rond te zeilen en maandenlang op een bootje te moeten wonen. Ook vond hij het dom om alles wat je bezat te gebruiken om een boot te

kopen. Plotseling bekroop hem een onbehaaglijk voorgevoel
– louter intuïtief.

'Ik weet het niet,' zei hij, 'misschien moet je niet bij hen op
bezoek gaan.'

'Waarom niet?'

'Omdat... misschien waren ze níet verzekerd, en...' Hij
maakte de zin niet af.

Ze keek hem niet-begrijpend aan. 'Ja, en?'

'Over het algemeen bezuinigen mensen op hun verzekerin-
gen. Natuurlijk sluiten ze wel de verplichte aansprakelijkheids-
verzekering af, zodat de schade die ze anderen toebrengen
wordt vergoed. Ze hopen dat henzélf niets overkomt en houden het bij die ene verzekering. Misschien staat dat echtpaar
wel totaal met lege handen en hebben ze geen cent meer, geen
huis, niets. Ze zullen een aanklacht indienen vanwege een
schadevergoeding, maar...'

'Kennelijk hebben ze niet eens de naam van dat vrachtschip,' zei Virginia, 'en ook niet uit welk land het komt.'

Hij zuchtte. 'Zie je wel? Nog erger. Dat echtpaar weet niet
eens op wie ze de schade kunnen verhalen. Het kan jaren duren
voor ze, eventueel, schadevergoeding krijgen.'

Virginia begreep het nog steeds niet. 'Ja, maar waarom mag
ik hen dan niet bezoeken?'

'Omdat... omdat je dan, of beter gezegd, wíj dan misschien
hun enige strohalm zijn. Voor je het weet, zitten we met hen
opgescheept. Ze zullen zich aan iedereen vastklampen die hulp
belooft.'

'Daarginds in Duitsland hebben ze vast en zeker familie die
zich om hen zal bekommeren. Ik wil Livia alleen maar een
beetje troosten. Ik vond haar sympathiek, en ik had de indruk
dat ze niet erg gelukkig was. En nu dít...'

'Wees voorzichtig,' waarschuwde hij.

'We vertrekken morgen, hoe dan ook.'

'Ja, maar zij zullen hier ook niet blijven.'

'Precies. Ze zullen naar Duitsland terugkeren.'

'Als ze daar tenminste nog onderdak hebben. Of kunnen vinden.'

Virginia lachte. 'Wat ben jij toch een onverbeterlijke pessimist! Ik vind het niet meer dan fatsoenlijk dat ik Livia een bezoekje breng. Misschien kan ik ook wat kleren van mij voor haar meenemen. We hebben ongeveer dezelfde maat.'

Hij kon haar er niet van weerhouden naar die Duitsers te gaan, dat voelde hij wel. Misschien was hij echt te pessimistisch. Hij had de neiging de wereld als slecht en vijandig te beschouwen, maar was er desondanks niet bang voor. Hij vatte altijd de koe bij de horens. Maar dan moest je ook precies weten waar de horens zaten! Virginia vergiste zich daar nogal eens in.

Het maakte niet uit. Op één punt had ze gelijk: morgen vertrokken ze, hoe dan ook.

2

Het was niet moeilijk om erachter te komen waar het Duitse echtpaar was ondergebracht. De schipbreuk was hét onderwerp van gesprek. Iedereen kende alle details.

Virginia vroeg aan de eigenaar van de supermarkt aan de haven van Portree of hij wist wat de verblijfplaats van de Duitsers was. Hij kon haar meteen de gewenste informatie geven.

'Ze zijn bij de O'Brians! Goeie genade, wat een pech, hè? Het is per slot van rekening echt niet zo eenvoudig om op zee met een ander schip in aanvaring te komen. Het moet een samenloop van omstandigheden zijn geweest. Mevrouw O'Brian was hier om boodschappen te doen, en ze vertelde dat de jonge vrouw een shock heeft. Stel je voor, het enige wat ze nog bezit is haar pyjama! Haar pyjama! Dat is toch verdomde ellendig!'

Virginia wist dat de winkelier vandaag al zijn klanten op de hoogte zou brengen van de betreurenswaardige omstandigheden van de jonge Duitsers. En het was duidelijk dat ook mevrouw O'Brian al het nieuws dat ze van haar gasten oppikte over het eiland zou verspreiden. Plotseling had ze ook in een ander opzicht medelijden met die twee. Ze hadden niet alleen iets verschrikkelijks meegemaakt, wat hen wellicht voor de rest van hun leven nachtmerries zou bezorgen, maar ze waren plotseling ook compleet weerloos overgeleverd aan het algemene medeleven én aan de sensatiezucht.

De O'Brians woonden aan de rand van Portree. Virginia had hun huis te voet kunnen bereiken, maar ze had er opeens geen zin in andere mensen op straat tegen te komen en over de schipbreukelingen te praten. Daarom pakte ze de auto. Een paar minuten later parkeerde ze voor het pittoreske bakstenen huis met de roodgelakte voordeur en de witte raamkozijnen. Mevrouw O'Brian was een verwoed tuinierster. Ondanks de moeilijke klimatologische omstandigheden van de Hebriden was het haar gelukt een jaloers makende, weelderige bloementuin voor haar huis te toveren. Virginia liep langs roestkleurige asters en bontgekleurde gladiolen. De herfst was onmiskenbaar in aantocht. Op Skye begon het najaar vroeg. Eind september moesten ze al met de eerste grote stormen rekening houden, en dan kwam de mist, die maandenlang boven de eilanden bleef hangen. Virginia vond het een aantrekkelijke atmosfeer, maar misschien kwam dat omdat ze hier niet woonde en de koude, grijze winters, die duurden van oktober tot april, niet hoefde te doorstaan. Zoals de eilandbewoners. Eén keer had ze Frederic kunnen overhalen de kerst en de jaarwisseling in het vakantiehuis door te brengen. Hij had het afschuwelijk gevonden en haar gesmeekt hem dat niet meer aan te doen.

'Er is weinig op deze wereld dat me depressief maakt,' had hij gezegd, 'maar één winter op Skye, en het zou absoluut lukken.'

Jammer, dacht ze nu, ik zou graag nog een keer in november of december naar Skye gaan.

Ze klopte een paar keer op de deur. Er kwam geen reactie. Daarom deed ze zelf de deur open en stapte naar binnen. Dat was gebruikelijk op het eiland. Niemand deed zijn voordeur op slot, en als een bezoeker niet werd gehoord, mocht hij zelf naar binnen gaan. De mensen kenden elkaar goed genoeg. Aangezien Frederics vader en grootvader hier altijd met hun gezinnen de vakantie hadden doorgebracht, hoorde de familie Quentin erbij.

'Mevrouw O'Brian!' riep Virginia. Ze kreeg geen antwoord. Ze zag dat de keukendeur aan het eind van de gang dicht was. Misschien was mevrouw O'Brian in de keuken en kon ze niets horen.

Maar toen Virginia aarzelend de ruime keuken met de stenen vloer en de vele blinkende, koperen pannen aan de muren betrad, was het niet de vrouw des huizes die ze daar aantrof. Livia zat aan de tafel, met een kopje, een theelicht en een theepot voor zich. Het kopje was leeg. Kennelijk dacht ze er niet aan het opnieuw te vullen. Ze staarde apathisch naar het tafelblad. Ze keek wel op toen Virginia binnenkwam, maar haar blik was leeg.

'Livia,' zei Virginia geëmotioneerd. 'Mijn god, ik heb gehoord wat jou en je man is overkomen! En ik dacht...' Ze sprak niet verder, in plaats daarvan liep ze naar Livia toe en trok haar tegen zich aan. 'Ik móést je gewoon zien!'

Ze keek door het raam naar buiten en zag dat mevrouw O'Brian in de tuin de was aan het ophangen was. Hopelijk was ze daar nog een tijdje mee bezig. Virginia was liever met Livia alleen.

Ze ging tegenover Livia zitten en nam haar aandachtig op. Livia had een ochtendjas aan met een felgekleurde Schotse ruit. Kennelijk een kledingstuk van mevrouw O'Brian. Het was te kort voor Livia. Mevrouw O'Brian was vrij klein, terwijl Livia groot maar erg mager was.

'Ik heb kleren voor je meegebracht,' zei Virginia, 'de tas staat in mijn auto. Ik zal hem later aan je geven. We hebben ongeveer dezelfde maat. De kleren van mevrouw O'Brian zijn in elk geval te kort.'

Livia, die tot dan had gezwegen, deed eindelijk haar mond open. 'Bedankt.'

'Dat spreekt toch vanzelf! Is de thee lekker? Neem nóg een kopje. Dat is goed voor je.'

Virginia wist niet precies waarom ze dat zei, maar warme thee leek haar altijd goed in moeilijke omstandigheden. Ze pakte een kopje voor zichzelf, schonk de twee kopjes in en roerde een schepje suiker door de thee. Livia leek volkomen apathisch en tot niets meer in staat

'Wil je erover praten?' vroeg Virginia.

Livia aarzelde. 'Het... was... zo... verschrikkelijk,' zei ze na een tijdje. 'Het... water... Het was zo koud.'

'Ja. Ja, dat kan ik me voorstellen. Wat vreselijk dat jullie dit moest overkomen. Heb je nog iets kunnen redden?'

'Niets. Helemaal niets.'

'Maar wel je leven, en dat is het allerbelangrijkste!'

Livia knikte, maar niet erg overtuigend. 'We... hebben niets meer.'

Virginia herhaalde: 'Je hebt je leven nog!' Tegelijkertijd bedacht ze dat zij makkelijk praten had. Als ze zelf al haar aardse bezittingen had verloren, zou de opmerking dat ze het in elk geval had overleefd haar misschien ook geen troost bieden.

Ineens dacht ze aan Frederic. 'Waren jullie... zijn jullie verzekerd?' vroeg ze voorzichtig.

Livia schudde langzaam haar hoofd. 'Niet voor onze eigen schade.' Ze sprak moeizaam. Plotseling keek ze naar beneden, naar die lelijke ochtendjas, en de tranen sprongen in haar ogen. 'Ik háát dit ding! Het is afgrijselijk! Ik vind het afschuwelijk om dit te moeten dragen!'

Virginia besefte dat Livia op dat moment grotere proble-

48

men had dan de kleren die ze droeg, maar ze begreep die uitbarsting wel. De lelijke, veel te korte ochtendjas stond voor het enorme verlies dat ze had geleden, en voor haar plotselinge, gedwongen afhankelijkheid. Voor de armoede en voor het feit dat ze op de liefdadigheid van vreemden was aangewezen.

'Ik ga meteen mijn spullen voor je pakken,' zei Virginia terwijl ze overeind kwam.

'Nee! Niet weggaan!' riep Livia bijna panisch.

Virginia ging weer zitten.

'Goed. Ik blijf zolang je wilt. Ik kan die tas ook straks ophalen.' Ze keek om zich heen. 'Waar is je man eigenlijk?'

'Boven. In onze kamer. Hij belt met een advocaat in Duitsland. Maar... hoe kan hij nou een aanklacht tegen iemand indienen? We weten immers niet wie het was!'

'Misschien kan dat nog worden uitgezocht. De kustwacht weet ongetwijfeld welk schip op welk tijdstip passeert. Ik weet daar weinig van af, maar... Moed houden, Livia! Ik begrijp dat je nu wanhopig en geschokt bent, maar...'

Livia onderbrak haar met zachte stem: 'We kunnen dít hier niet eens betalen.' Ze keek door het raam naar mevrouw O'Brian. 'Ze zullen op een gegeven moment toch geld voor de kamer willen ontvangen. En ook voor ons eten. En voor de telefoon.' Ze begon opnieuw te huilen. 'Ik heb tegen Nathan gezegd dat hij niet moet telefoneren, maar hij zit al een uur met jan en alleman te bellen, en ook nog naar het buitenland! Dat is toch idioot! Mevrouw O'Brian zal ons niets cadeau doen. Maar we hebben geen geld! Helemaal níéts!'

'Hebben jullie geen geld meer op een bankrekening in Duitsland staan?'

'Nathan heeft alle rekeningen opgeheven. Hij noemde dat "de absolute vrijheid". Geen cent hebben en af en toe een baantje in een haven nemen. Hij heeft het huis verkocht, het was bouwvallig en er zat ook nog een zware hypotheek op, dus veel heeft het ons niet opgeleverd. Hij heeft de bankrekeningen leeggehaald en toen de boot gekocht. Ik stond erop dat we ons inschreven op het adres van kennissen en dat we een ziektekostenverzekering afsloten voor in het buitenland. Maar voor de rest... Als financiële reserve hebben we alleen de juwelen meegenomen die ik van mijn moeder had geërfd. Die waren vrij veel waard. Nu liggen ze op de zeebodem.'

'Misschien kunnen duikers...'

Livia streek over haar betraande ogen. 'Dat heeft Nathan al aan de politie gevraagd. We waren namelijk eerst op het politiebureau, omdat de vissers niet wisten wat ze met ons aan moesten. Maar de politieman lachte alleen maar en zei: "We weten niet eens waar de *Dandelion* precies is gezonken. En waarschijnlijk ligt alles overal verspreid. Bovendien is de bodem van de zee rotsachtig, vol spleten en kloven." Hij was van mening dat de duikers niets zouden vinden, en elke zoekdag zou ons een vermogen kosten... Het zou waanzin zijn om dat te doen...' Ze keek Virginia troosteloos aan. 'Het zou waanzin zijn,' herhaalde ze.

Frederic had die morgen blijkbaar een vooruitziende blik gehad, bedacht Virginia, toen hij over de verzekering van het zeilschip was begonnen. Zijzelf had het vreemd gevonden om aan geld te denken als iemand net aan de dood was ontsnapt. Maar nu ze tegenover dat hoopje ellende zat, begreep ze hoe ingrijpend ook de materiële tragedie van deze mensen was. Hoe kon je leven als je níéts, helemaal níéts meer bezat en amper hoop had iets terug te zullen krijgen van wat je verloren had?

Ze dacht even na. 'Hebben jullie geen familie? Ouders, broers, zussen? Iemand die jullie zou kunnen helpen tot jullie... weer op eigen benen kunnen staan?'

Livia schudde haar hoofd. 'Nathan heeft zijn ouders al vroeg verloren. Familie was er niet. Hij is in verschillende tehuizen opgegroeid. En bij mij was alleen mijn vader nog in leven. Hij is vorig jaar september overleden.' Ze glimlachte triest. 'En dat was het begin van alle tegenspoed...'

Virginia wilde vragen wat ze daar precies mee bedoelde, maar de keukendeur ging open en er kwam een man binnen. Ze vermoedde dat het Nathan was. Hij was zongebruind, maar toch lag er een vale glans over zijn gezicht, die vooral bij zijn lippen opviel. Daar kon ze aan zien dat het niet goed met hem ging. Hij was groot, slank en gespierd. Een typische zeevaarder. Behalve dan zijn gezicht. Hij had de gelaatstrekken van een intellectueel, vond ze.

'Livia, ik...' begon hij. Toen zag hij dat er bezoek was.

'Neem me niet kwalijk,' vervolgde hij in het Engels, 'ik dacht dat je alleen was.'

'Nathan, dit is Virginia Quentin,' zei Livia. 'De vrouw die ik de afgelopen week in haar vakantiehuis heb geholpen. Virginia, dit is mijn man, Nathan.'

'Nathan Moor,' zei Nathan, en gaf Virginia een hand. 'Mijn vrouw heeft veel over je verteld.'

'Wat er gebeurd is vind ik heel erg,' zei Virginia. 'Het is een verschrikkelijk ongeluk!'

'Inderdaad,' stemde Nathan in. Hij zag er uitgeput uit, maar hij was niet zo gebroken als zijn vrouw. Soms, dacht Virginia, hangt dat soort indrukken samen met uiterlijkheden. Livia zag er ook zo ellendig uit omdat ze gekleed was in die afschuwelijke ochtendjas van mevrouw O'Brian. Blijkbaar droeg Nathan zijn eigen kleren: een spijkerbroek en een trui. Ze waren gekreukt en aangetast door het zoute water, maar ze pasten en ze waren van hemzélf. Dergelijke kleinigheden konden de psyche van een mens weer enigszins stabiliseren.

'Wat zegt de advocaat?' vroeg Livia aan haar man. Ze maakte niet de indruk dat het antwoord haar écht interesseerde. In elk geval leek ze niet te geloven dat het een hoopvol antwoord zou zijn.

'Hij zegt dat het moeilijk wordt,' antwoordde Nathan. Er

klonk voorzichtig optimisme in zijn stem door. 'Vooral als het ons niet lukt erachter te komen welk vrachtschip ons heeft geramd. En dan moeten we het nog bewijzen.'

'Hoe dan?'

'Ik zal proberen een manier te vinden, maar heb wat geduld. Ik ben óók pas gisteren uit het water opgevist. Ik heb tijd nodig om de schok te verwerken.' Het klonk enigszins geprikkeld.

'Als ik op de een of andere manier kan helpen...' bood Virginia aan.

'Dat is aardig, heel aardig,' zei Nathan. 'Maar ik zou niet weten...' Hij hief in een hulpeloos gebaar zijn handen op.

'Nathan, we kunnen hier niet blijven,' zei Livia. 'Mevrouw O'Brian zal er geld voor willen hebben, en...'

'Dat hoeven we niet uitgerekend nú te bespreken!' antwoordde hij. Virginia kreeg opeens het gevoel dat ze stoorde. Nathan wilde natuurlijk niet dat een wildvreemde zijn desolate financiële situatie kende.

Ze ging snel staan. 'Ik heb nog het een en ander te doen. Livia, ik ga gauw de kleren halen en dan vertrek ik.'

Op weg naar haar auto kreeg ze een idee. Ze wist weliswaar niet wat Frederic ervan zou vinden – in feite was ze er tamelijk zeker van dat hij er weinig mee op zou hebben – maar ze besloot Frederic eventjes aan de kant te schuiven.

Toen ze in de keuken terugkeerde, stond Nathan snel en zo te zien bijna agressief tegen zijn vrouw te praten. Aangezien hij Duits sprak, kon ze niet verstaan waarover het ging.

'Ik heb zojuist een idee gekregen,' zei ze, en deed net of ze niets van de geprikkelde stemming had gemerkt. 'Mijn man en ik gaan morgen weg. Naar huis. Dan staat ons huis in Dunvegan leeg. Waarom trekken jullie daar niet zolang in, tot jullie hier alle zaken hebben geregeld?'

'Dat kunnen we niet aannemen,' antwoordde Nathan. 'We kunnen echt níéts betalen.'

'Dat weet ik. Maar jullie zouden als wederdienst voor het huis en de tuin kunnen zorgen. Wij vinden het altijd geruststellend als er iemand in het huis woont. We vragen vaak aan vrienden of bekenden of ze hier niet een poosje willen logeren.'

Hij glimlachte. 'Het is heel vriendelijk, mevrouw Quentin. Maar vrienden en bekenden... dat is wat anders. Wij zijn eigenlijk wildvreemden voor u, gestrande schipbreukelingen... Met vreemden moet je je niet inlaten, dat weet u vast wel.'

Ze ging niet op zijn schertsende toon in. 'Denk er maar eens over na. Je vrouw is in elk geval géén vreemde voor me. Maar het is natuurlijk aan jullie om te beslissen.'

Ze zette de tas met kleren naast de tafel.

'Zoals ik al zei, morgen zijn we weg,' herhaalde ze. 'Jullie zouden vóór die tijd even moeten langskomen om de sleutel op te halen.'

Ze streek over Livia's arm en gaf Nathan een kort knikje. Daarna verliet ze de keuken. Ze had gezien dat mevrouw O'Brian buiten klaar was en nu naar het huis kwam lopen. Om de een of andere reden had ze er absoluut geen zin haar te ontmoeten. Misschien omdat ze zich plotseling grote zorgen maakte. Natuurlijk zouden Livia en Nathan Moor op haar aanbod ingaan, ze hadden geen keus. Ze aarzelden, uit beleefdheid en trots, maar waarschijnlijk zouden ze haar in de loop van de dag, uiterlijk morgenvroeg, om de sleutel komen vragen.

Voor je het weet zitten we aan hen vast, had Frederic gezegd.

Ze moest hem vertellen dat het inderdaad zo was gegaan.

Hoewel, zouden ze er écht last van hebben? Ze zouden in Norfolk zijn en hun dagelijkse leventje leiden. De Moors zouden een week of twee op het eiland blijven, om te zien of ze een oplossing konden vinden voor hun ellendige situatie.

Dat was alles. Geen reden voor Frederic om zich op te winden. Toch had ze het gevoel dat er ruzie in aantocht was.

3

Frederic Quentin ging in zijn vrienden- en kennissenkring door voor een vriendelijke man, die ook zwijgzaam en soms zelfs een beetje gesloten was. Een man die zich voornamelijk bezighield met zijn beroep en niet al te veel tijd en energie in zijn privéleven stopte. Weinigen konden zich voorstellen dat hij ooit nadacht over zichzelf, zijn vrouw en hun huwelijk. Maar af en toe dacht hij daar wél over na. Het was beslist niet zo dat zijn gezinsleven hem koud liet.

Hij wist dat hij veel te weinig tijd met zijn vrouw en zijn dochter doorbracht. Hij nam zich af en toe voor Virginia niet zo vaak alleen te laten, ook al vond ze dat zelf blijkbaar niet onprettig. Het kon niet normaal zijn dat een vrouw voornamelijk in het gezelschap van haar zevenjarige dochter verkeerde, in de eenzaamheid van een veel te groot huis. Het landhuis stond in een enorm park, waarvan de hoge bomen de kamers in leken te groeien. Ferndale House, het landgoed van de Quentins in Norfolk, was heel donker. Eigenlijk geen goede omgeving voor een vrouw van zesendertig die midden in het leven zou moeten staan.

Frederic vond dat hij meer tijd en energie moest besteden aan de vraag hoe het kwam dat zijn vrouw vaak zo triest en depressief was. Gesprekken zouden misschien helpen, maar hij had weinig ervaring met het doorgronden van de gecompliceerde gemoedstoestand van een ander mens. Hij was bang om zich op onbekend terrein te wagen, waarvan hij niet wist wat hij er allemaal zou aantreffen. Sommige dingen wilde hij gewoon niet weten.

Bovendien had hij juist nu heel weinig tijd.

Frederic Quentin wilde absoluut tot lid van het Lagerhuis worden gekozen, en hij wist dat hij goede kansen had.

De kleine, chique particuliere bank die zijn overgrootvader had gevestigd en die Frederic nu zeer succesvol leidde, verzekerde hem van een aanzienlijke welstand, en ook van contacten met de invloedrijke, vermogende personen van het land. Harold Quentin & Co. gold als het beste adres voor de leden van de *upper class*. Frederic Quentin was er altijd in geslaagd voor zijn klanten niet alleen een betrouwbare, beleidvolle bankier te zijn, maar ook een vriend, die hen op groots opgezette feesten bij hem thuis uitnodigde, deelnam aan golftoernooien en zeiltochtjes, en die contact kon leggen met mensen die nuttig voor hem konden zijn. Hij had voor zichzelf een uitstekende springplank naar het parlement gecreëerd. Op vierenveertigjarige leeftijd stond hij vlak voor de verwezenlijking van zijn doel.

En het laatste wat er nu mocht gebeuren, was dat Virginia's psychische gesteldheid door intensieve gesprekken zou verslechteren.

Wat restte, was een slecht geweten ten opzichte van zijn vrouw.

Toen ze hem tijdens de lunch vertelde dat ze de Duitsers van het gezonken schip in hun vakantiehuis wilde laten wonen, dat ze dat zelfs al met hen had afgesproken, wilde hij geërgerd vragen wat haar bezielde om zomaar over het huis te beschikken, dat in feite niet alleen van háár was. En ook nog om precies dát te doen wat hij haar had verzocht juist niet te doen. Maar met enige moeite onderdrukte hij zijn ergernis en de bijbehorende opmerking.

Vrouwen die te veel alleen zijn doen rare dingen, dacht hij gelaten. Sommige vrouwen halen plotseling twintig zwerfhonden in huis. Anderen bieden vreemde schipbreukelingen onderdak aan. Waarschijnlijk moet ik nog blij zijn dat ik thuis niet voortdurend tegen drugsverslaafde kinderen aanloop die ze ergens heeft opgepikt. Al met al heb ik niets te klagen.'

'Wees toch maar voorzichtig,' zei hij.

Ze keek hem aan. 'Het zijn sympathieke mensen. Echt waar.'

'Maar je ként ze helemaal niet.'

'Ik heb heus wel een beetje mensenkennis.'

Hij zuchtte. 'Dat spreek ik toch niet tegen? Maar... vanuit hún situatie zouden ze zich wanhopig in ons kunnen vastbijten, als teken. Hoe sympathiek ze ook zijn. Dat moet je je wel realiseren.'

Hij had de indruk dat ook zíj een zucht slaakte. Onhoorbaar, maar het was aan haar gelaatsuitdrukking te zien. 'Ze trekken hier morgen – misschien – in, en dan vertrekken wij meteen. Ik zie gewoon het probleem niet.'

'Is het schip van die mensen voorgoed weg?' vroeg Kim, die lusteloos in haar spinazie zat te prikken.

'Voorgoed,' zei Frederic. 'Die twee zijn zo arm als een kerkrat.'

'Als een kerkrat? Hoezo?' vroeg Kim verbaasd.

'Dat is een bepaalde uitdrukking, een gezegde,' zei Virginia. 'Het betekent dat die mensen helemaal níéts meer hebben. Maar dat maakt hen niet tot slechte mensen!'

'O, maar ze hebben nog wél iets,' zei Frederic op scherpe toon. 'Een gratis onderkomen voor onbepaalde tijd. Ik zou zeggen, dat is helemaal niet zo slecht!'

'Voor onbepaalde tijd! Wie zegt dat nou? Alleen zolang ze hier moeten zijn om hun problemen op te lossen, zullen ze...'

'Virginia,' onderbrak Frederic, 'soms ben je écht een beetje naïef. Heb je met hen afgesproken wanneer ze dit huis weer moeten verlaten? Heb je een datum genoemd?'

'Natuurlijk niet. Ik heb...'

'Dan is hun verblijf in ons huis voor onbepaalde tijd. En wat het oplossen van hun problemen betreft: er vált niets op te lossen. Dat is juist de ellende voor hen. Wat dat betreft maakt het niet uit of ze het eiland vandaag of morgen of over drie maanden verlaten.'

Ze gaf geen antwoord. Hij vroeg zich af of ze hem harteloos vond.

'Overigens,' voegde hij eraan toe, 'heb je bedacht waarvan ze moeten leven? Je nieuwe vrienden, bedoel ik.'

Hij zag aan haar gezicht dat ze daar nog niet over had nagedacht.

'Ze hebben nu een dak boven hun hoofd,' zei hij, 'maar ze moeten ook eten en drinken. Onze voorraadkamer is vrijwel leeg. Bereid je er maar op voor dat ze geld van je willen lenen. Een andere mogelijkheid hebben ze niet.'

'We zullen niet failliet gaan als we hun wat geld lenen,' zei Virginia. 'Ik ben er zeker van dat ze alles in het werk zullen stellen om ons...' Ze maakte de zin niet af. Ze was onderbroken door een klop op de voordeur.

'Dat zouden ze kunnen zijn,' zei ze. 'Ze moeten immers de sleutel nog ophalen.'

Frederic legde zijn vork neer en leunde achterover.

'Op de een of andere manier heb ik geen trek meer,' zei hij.

Nathan en Livia stonden inderdaad op de stoep. Livia zag er een stuk beter uit dan die morgen. Ze droeg een spijkerbroek en een sweatshirt van Virginia, en ze had haar haar gewassen en gekamd. Ze maakte nog altijd een wanhopige indruk, maar niet meer zo totaal verloren. In haar hand hield ze de tas die Virginia met kleren had gevuld.

'Voorlopig mag je alles houden,' zei Virginia. 'Je hoeft de kleren niet meteen terug te geven!'

Livia kreeg een vuurrode kleur en sloeg haar ogen neer.

'We vinden het heel vervelend,' zei Nathan, 'maar... nou, we zijn hier niet om de spullen terug te geven. We hebben ze meegenomen omdat... Zou het mogelijk zijn dat we hier vandaag al intrekken? Het is brutaal van ons, misschien verpesten we jullie laatste vakantiedag, maar het punt is dat we mevrouw O'Brian gewoonweg niet kunnen betalen, en nóg een nacht bij haar...' Hij zweeg abrupt. Met een hulpeloos handgebaar gaf hij aan dat hij geen andere uitweg zag dan een deemoedig verzoek tot vreemden te richten.

Het was wel een ironische speling van het lot, vondVirginia, dat alle voorspellingen van Frederic zo snel en zo precies uitkwamen. Hij had dan wel niet expliciet gezegd dat de vreemdelingen vroeger dan gepland hun intrek in hun huis zouden nemen, maar hij had wel duidelijk gemaakt dat hij vreesde dat de zaak zich snel zou ontwikkelen. Nu stonden Nathan en Livia met hun weinige bezittingen voor de deur. Ze kon hen toch niet wegsturen?

'Natuurlijk kunnen jullie vandaag al bij ons intrekken,' zei ze. 'Dom dat ik daar niet gelijk aan heb gedacht...' Ze had er natuurlijk wél aan gedacht, maar omwille van Frederic had het haar beter geleken dat de Duitsers hun huis pas betrokken nadat zíj het hadden verlaten.

Nathan leek haar gedachten te kunnen lezen. 'Is je man het ermee eens?' vroeg hij.

Virginia gaf een ontwijkend antwoord. 'Maak je daar maar geen zorgen over.' Ze had echter het idee dat de Duitser allang wist dat meneer Quentin er problemen mee had.

Livia leek dat ook te voelen. Aan haar gezicht te zien stond ze op het punt in huilen uit te barsten. Virginia pakte haar bij een arm vast en trok haar snel naar binnen.

'Ik laat jullie eerst je kamer zien,' zei ze.

Er was een ruime logeerkamer op de eerste verdieping. Hij grensde aan de slaapkamer van Frederic en Virginia. De badkamer moesten ze delen. Virginia kon zich Frederics protest goed voorstellen. Ze had het gevoel dat ze onverhoeds klem was komen zitten tussen twee molenstenen.

Een halve dag en een nacht, dacht ze, ik wou dat ze al voorbij waren!

Ze merkte dat ze hoofdpijn kreeg toen ze naar beneden ging om Frederic te vertellen dat de twee vreemden zich zojuist in de logeerkamer op de bovenverdieping hadden geïnstalleerd. Zoals ze al verwachtte, reageerde hij agressief.

'Dat méén je toch niet! Heb je ze écht binnengelaten? En slapen ze pal naast onze kamer?'

'Wat had ik dán moeten doen? Frederic, die mensen...'

Hij was gaan staan en begon heen en weer te lopen in de kamer. Ze zag dat hij zijn best deed om zijn kwaadheid te beheersen. 'We hebben níéts met die mensen te maken! Ik vind het prijzenswaardig dat je de barmhartige Samaritaan wilt spelen, maar je ziet waar dat toe leidt. De boel loopt nu al uit de hand. In elk geval gaat het niet meer volgens plan, en ik voorspel je dat het steeds erger zal worden!'

'Ik vind dat we niet moeten...' begon Virginia. Maar ze maakte de zin niet af, want Nathan kwam de kamer binnen, op de voet gevolgd door Livia.

Het was vanaf de eerste seconde duidelijk dat Frederic en Nathan elkaar niet mochten. Virginia kreeg de merkwaardige indruk dat het niets te maken had met de situatie waarin de twee mannen zich bevonden, waarbij de een de smekeling en de ander de weldoener was. Als ze op een feestje of tijdens een diner aan elkaar waren voorgesteld, zouden ze elkaar ook niet hebben kunnen uitstaan. Vermoedelijk had geen van beiden kunnen zeggen waarom dat zo was. Het klikte gewoon niet tussen hen. Onder normale omstandigheden zouden ze na een korte, koele begroeting hun weg vervolgen. Maar nu moesten ze elkaar een hand geven en het op de een of andere manier met elkaar uithouden.

'Ik vind het heel erg voor u, meneer Moor,' zei Frederic beleefd, 'en voor u natuurlijk ook, mevrouw Moor.'

'Dank u,' fluisterde Livia.

'Een zeer ongelukkige samenloop van omstandigheden,' zei Nathan, 'die voor ons tragisch en rampzalig uitpakt. Het is een heel onaangenaam gevoel om plotseling helemaal niets meer te bezitten.'

'Om dit soort toestanden te vermijden, is het verzekeringswezen in het leven geroepen,' antwoordde Frederic. Hij sprak nog steeds op een zeer beleefde toon, maar het was overduidelijk dat hij boos en geërgerd was.

Virginia hield haar adem in.

Even meende ze haat in Nathans ogen te zien opflikkeren, maar hij beheerste zich. 'U hebt volkomen gelijk,' zei hij, net zo beleefd als Frederic, 'en gelooft u mij, ik zal het mezelf tot aan mijn dood niet vergeven dat ik me – uit bezuinigingsoverwegingen – onvoldoende heb verzekerd. Het was lichtzinnig en onverantwoordelijk. Ik heb geen rekening gehouden met een dergelijke rampspoed.'

'Dat zoiets kan gebeuren gaat toch ieders normale voorstellingsvermogen te boven?' zei Virginia vlug. Ze hoopte maar dat Frederic niet zou doorzeuren over de kwestie van de verzekering. Nathan Moor kon het in zijn situatie niet op onenigheid laten aankomen, maar het was niet nodig hem nog langer te vernederen. Ze vond dat hij al genoeg was gestraft.

'Wat zijn uw plannen voor de directe toekomst, meneer Moor?' vroeg Frederic. 'U zult toch niet eeuwig op Skye willen rondhangen?'

'We hebben nog niet veel kunnen ophelderen,' antwoordde Nathan, 'maar het belangrijkste is de identiteit van het vrachtschip dat ons overvaren heeft. Alleen als we dát weten, hebben we een kleine kans op schadevergoeding.'

'Het zou weleens heel moeilijk kunnen zijn om het vrachtschip te vinden,' zei Frederic. 'Als u mijn mening wilt horen...' Hij aarzelde.

'Natuurlijk ben ik geïnteresseerd in uw mening,' zei Nathan uiterst koel maar beleefd.

'Dan raad ik u aan uw tijd niet op het eiland te verdoen. Dat brengt u niet verder, en het lost uw problemen niet op. U moet zo snel mogelijk naar Duitsland terugkeren en uw oude leven weer oppakken. U hebt daar toch nog wel connecties? Wat deed u voor de kost?'

Hij ondervráágt hem gewoon, dacht Virginia met toenemend onbehagen.

Ze merkte dat ook Livia haar adem inhield.

'Ik ben schrijver,' zei Nathan.

Frederic leek verrast. 'Schrijver?'

'Ja. Schrijver.'

'En wat hebt u gepubliceerd?'

Je kunt het niet maken om zó tegen hem te praten, dacht Virginia.

'Meneer Quentin,' zei Nathan, 'uw vrouw was zo vriendelijk ons onderdak aan te bieden. Maar ik kan me inmiddels niet aan de indruk onttrekken dat u daar absoluut níéts voor voelt. Waarom zegt u niet gewoon dat we moeten gaan? We hoeven amper iets in te pakken. Binnen drie minuten zijn we verdwenen.'

Virginia wist dat Frederic die vreemde mensen dolgraag wilde lozen, maar dat zijn goede manieren hem beletten zijn vrouw voor schut te zetten.

'Als mijn vrouw u onderdak heeft aangeboden,' zei hij, 'dan stem ik daar uiteraard mee in. Beschouw uzelf alstublieft als onze gasten.'

'Dat is heel aardig van u,' antwoordde Nathan.

Als blikken konden doden! dacht Virginia. Aangezien ze dol was op Skye, had ze er nog nooit behoefte aan gehad het eiland te verlaten. Integendeel, ze zag altijd tegen het vertrek op.

Maar nu wenste ze dat de komende twintig uur voorbij waren en ze zich al op het schip bevonden dat naar Lochalsh op het vasteland voer.

Dinsdag 22 augustus

Sinds de verdwijning van haar dochter moest Liz Alby spits-roeden lopen. Iedereen in de buurt was op de hoogte. Er had een foto van Sarah in de krant gestaan, en de politie had de bevolking in een uitgebreid persbericht om hulp gevraagd. De omstandigheden waaronder het kleine meisje was verdwenen waren vrij tactvol omschreven als *een korte afwezigheid van de moeder*, maar Liz voelde heel goed met hoeveel minachting er over haar werd gekletst. *Een korte afwezigheid van de moeder* op een overvol strand was in het geval van een vierjarig kind onvergeeflijk. Vooral omdat de mensen in Liz' nabije omgeving maar al te goed wisten dat Liz toch al niet de zorgzame, liefdevolle moeder was die je zo'n klein meisje zou toewensen. Het kind had bijna de hele dag op de kleuterschool doorgebracht, terwijl Liz als caissière in een drogisterij werkte. Maar als Liz laat in de middag met de kleine aan haar hand naar huis terugkeerde, had ze een knorrige en verveelde indruk gemaakt, alsof het al een beproeving voor haar was om twintig minuten met Sarah samen te zijn. Vaak had Liz opmerkingen opgevangen als 'wat gaat ze toch kribbig met dat arme kind om!' of 'ze is écht zo'n vrouw die geen kinderen zou moeten hebben!' Dat had haar niets kunnen schelen. Ze had zo diep nagedacht over haar hachelijke situatie dat het haar echt niet interesseerde wat anderen ervan vonden. Bovendien was ze gewend aan op-

62

getrokken wenkbrauwen en smadelijk gefluister. Al voordat Sarah was geboren, was ze vanwege haar korte rokjes en haar opvallende make-up vaak het onderwerp van roddel geweest.

Maar sinds die verschrikkelijke dag op het strand kon ze plotseling de blikken die haar volgden voelen, als gloeiende pijlen in haar rug. De vijandigheid van de mensen trof haar onverwacht pijnlijk. De mensen begonnen nu meer dan ooit te fluisteren als ze in de buurt kwam, maar de flarden van zinnen die ze opving leken in haar oren na te dreunen.

Het móést gewoon een keer gebeuren... nam nooit de verantwoordelijkheid voor dat arme kleintje... slechtste moeder die je je kunt voorstellen... zou echt beter zijn geweest als het kind helemaal niet ter wereld was gekomen...

Wat zijn mensen toch gemeen, dacht Liz dan, boosaardig en gemeen! Het had hen óók kunnen overkomen!

Maar een innerlijk stemmetje zei tegen haar dat dit niet iedereén overkwam. Kinderen van andere mensen verdwenen ook, ze werden op weg naar school gekidnapt of vielen in handen van gestoorde mannen die bij speelplaatsen rondhingen. Maar meestal waren het afschuwelijke toevalligheden, vreselijke klappen van het noodlot, die je de ouders niet kon verwijten. Tenzij kinderen dag en nacht werden bewaakt en niet één stap zonder toezicht mochten doen. En dat was niet bevorderlijk voor hun zelfstandigheid. Maar een meisje van vier... een strand... en een moeder die veertig minuten lang niet bij haar kind was...

Veertig minuten.

Tijdens de eindeloze gesprekken met de politie had Liz steeds geprobeerd wat met die veertig minuten te smokkelen, maar het viel niet te ontkennen dat haar plekje op het strand een eind bij de snackbar vandaan was – verder dan Liz destijds had ingeschat. Bovendien herinnerde de eigenaar van de snackbar zich dat de jonge vrouw, die hem was opgevallen omdat ze er zo aantrekkelijk uitzag, vrij lang op haar pistoletjes had moeten wachten, aangezien hij juist een grote groep sporters van proviand had voorzien.

'De jonge vrouw was in een vrolijke bui,' herinnerde de man zich, 'ze flirtte met de jongemannen. Achteraf verbaast het me wel. Als je bedenkt dat ze haar kind alleen had achtergelaten... Dan zou je normaal gesproken toch wat nerveuzer zijn, niet?'

Op de een of andere manier was ook bij de politie het beeld versterkt van een lichtzinnige moeder die haar plicht had verzaakt.

'Hebt u uw dochter vaak alleen gelaten?' had een van de politiemannen met een onmiskenbare afkeuring in zijn stem gevraagd.

Liz had tegen haar tranen gevochten. Het was zo oneerlijk! Natuurlijk, Sarah was allesbehalve welkom geweest, en ze had de kleine meid vaak nors en ongeduldig behandeld. Maar ze had zich wél om haar bekommerd. Ze had haar vóór die tijd nooit alleen gelaten als er geen toezicht was, en juist dát trok iedereen blijkbaar in twijfel.

Eén keer! Eén enkel keertje! En uitgerekend toen verdween ze spoorloos!

De kustwacht had de omgeving afgezocht, maar niets gevonden. De badgasten op het strand waren ondervraagd, maar niemand had een klein kind in z'n eentje bij het water zien staan. Sarah was kennelijk niemand opgevallen. Speurhonden hadden dagenlang het gebied rond het strand uitgekamd. Tevergeefs. Alsof de aardbodem Sarah had verzwolgen, zomaar ineens. Alsof er plotseling was gebeurd wat Liz heimelijk altijd gewenst had, en soms ook duidelijk had uitgesproken: Sarah was er niet meer.

'Het was onvermijdelijk,' was Betsy Alby's commentaar op de situatie. 'Dat jij te stom bent om een kind op te voeden, was me meteen al duidelijk. En nu? Nu heb je last van je geweten, hè?'

Liz was niet dom. Ze begreep heel goed dat ook zíj bij de politie op de verdachtenlijst stond. Niemand zei dat in zoveel woorden, maar ze kon het opmaken uit het soort vragen dat ze stelden. Ze wisten allang dat ze ongewild moeder was geworden, dat ze zich had verzet. Natuurlijk lette de politie ook scherp op Mike Rapling, de vader van het kind.

'Er zijn vaders die hun kind ontvoeren omdat ze eronder lijden dat ze te weinig contact met het kind hebben,' had een politievrouw gezegd. Twee dagen na Sarahs verdwijning had Liz met haar gesproken en toen voor het eerst sinds het ongeluk gelachen, een vreugdeloos lachje. In gedachten noemde ze het gewoon 'het ongeluk'; dat klonk beter dan 'mijn falen'.

'Dat kunt u bij Mike wel vergeten! Hij heeft Sarah misschien vier keer in haar leven gezien, en alleen omdat ik met Sarah de deur bij hem platliep. Hij had haar elk weekend kunnen hebben, ik heb hem erom gesmeekt. Maar hij had absoluut geen zin in zijn kind. Al had ik hem geld aangeboden, hij zou zich niet om Sarah bekommerd hebben!'

Toch werd Mike aan een verhoor onderworpen. Hij had voor de bewuste uren een ijzersterk alibi: hij had op een politiebureau gezeten, omdat hij met een enorm hoog alcoholpromillage in zijn bloed van de weg was geplukt. Het gesprek met hem bevestigde het beeld dat Liz van hem had geschetst. Mike Rapling wilde koste wat kost vermijden dat hij met de kleine Sarah werd opgezadeld, zoals hij het noemde. Een ontvoering van het kind zou niet bij hem zijn opgekomen.

'Liz zou de kleine met het grootste genoegen aan mij hebben toevertrouwd,' had hij verklaard, 'maar ik ben toch niet gek! Ik heb er nog geen uur op gepast, zo bang was ik dat Liz haar dan niet meer zou ophalen!'

Bij elk gesprek dat Liz met de politie voerde, kon ze merken dat ze een steeds grotere afkeer van haar kregen. Het beeld dat van de kleine Sarah ontstond, was maar al te duidelijk en verschrikkelijk: het was het beeld van een kind dat door niemand gewenst was, dat vanaf de eerste minuut van haar leven door elk mens in haar omgeving was afgewezen. Door haar moeder, haar vader en haar oma. Een kind dat iedereen in de weg stond, niemand had zich verantwoordelijk gevoeld voor haar welzijn.

Ze begrijpen er allemaal niets van, dacht Liz. Er waren twee weken voorbijgegaan sinds Sarahs verdwijning. Liz was vijf kilo afgevallen. Ze had nauwelijks een nacht geslapen. Ze ging gebukt onder zelfverwijt en vroeg zich af waar haar kind zou zijn, en of Sarah háár misschien zocht, doodsbang en wanhopig. Hoe vaak had ze Sarah niet naar de hel gewenst, en nu was ze wérkelijk verdwenen! Was dat de straf voor haar slechte gedachten, voor de vele keren dat ze onterecht tegen Sarah had geschreeuwd en haar had uitgescholden?

Als ze terugkomt, zwoer ze bij zichzelf, doe ik alles anders. Ik zal lief voor haar zijn. Ik zal mooie kleren voor haar kopen. Ik zal met haar naar Hunstanton rijden, en dan mag ze een heleboel ritjes in de draaimolen maken. Ik zal haar nooit meer zonder toezicht achterlaten!

Op de vierde dag na Sarahs verdwijning had ze Mike gebeld, omdat ze dacht dat ze gek zou worden als ze van niemand een troostend woord hoorde in die toestand. Dat was van haar moeder niet te verwachten: die liep alleen maar moord en brand te schreeuwen en zei dat dit allemaal niet goed kon aflopen, waarbij onduidelijk bleef wat ze met 'dit allemaal' bedoelde.

Toen Liz met Mike belde, kreeg ze hem tot haar verbazing direct aan de lijn.

'Ja?'

'Ik ben het, Liz. Ik wilde... het gaat helemaal niet goed met me.'

'Heb je nieuws over Sarah?' vroeg Mike geeuwend. Het was half twaalf in de morgen, en kennelijk kwam hij net uit bed.

'Nee. Niets. Ze is spoorloos. En ik... Mike, ik kan niet meer slapen en niet meer eten. Ik voel me écht rot. Kunnen we een keer afspreken?'

'Wat schieten we daarmee op?'

'Ik weet het niet, maar… O, Mike, alsjeblieft, heb je niet een beetje tijd voor me? Alsjeblieft!'

Hij liet zich ten slotte overhalen om met haar naar Hunstanton te rijden en daar te gaan wandelen. Hij zei erbij dat hij op de dag van Sarahs verdwijning zijn rijbewijs had moeten inleveren omdat hij te veel had gedronken, en dat ze dus niet met de auto naar Hunstanton konden gaan. Daarom namen ze de bus. Dezelfde lijnbus waarmee Liz een paar dagen eerder met haar dochtertje naar zee was gegaan. Het was lang geleden dat ze Mike voor het laatst had gezien. Het viel haar op dat Sarah en Mike als twee druppels water op elkaar leken. Ze had weliswaar het donkere haar en de ogen van haar moeder, maar de neus, de mond en de glimlach had ze van haar vader. Het was duidelijk te zien dat hij zichzelf verwaarloosde. Hij was niet meer de knappe jongen op wie ze verliefd was geworden en die in een lichtzinnig moment een kind bij haar had verwekt. Zijn haar was te lang en erg slordig, blijkbaar had hij zich dagenlang niet geschoren, en de wallen onder zijn ogen duidden op alcoholmisbruik.

Hij zou nooit voor Sarah en mij hebben kunnen zorgen, dacht ze.

Het was een frisse, winderige dag, en er waren maar weinig mensen op het strand. Liz moest tegen haar tranen vechten toen ze uit de bus stapten en ze de draaimolen zag – Sarahs laatste, vurige wens.

'Had ik haar maar een paar ritjes laten maken! Dan had ik nu in elk geval het gevoel gehad dat ze nog iets moois had meegemaakt voordat ze…'

'Voordat ze wát?' vroeg Mike.

'Voordat ze wegliep,' antwoordde Liz zacht. Het was het enige dat ze kon denken en zeggen: dat Sarah was weggelopen.

Weggelopen betekende dat het om een onbezonnen kinder-streek ging. Sarah was weggerend, misschien om haar moeder te zoeken, misschien had ze naar de draaimolen gewild. Toen was ze de weg kwijtgeraakt en verdwaald. Dat was erg, dat was vreselijk, maar op een gegeven moment zou iemand het rond-dwalende kind hebben opgemerkt en de politie waarschuwen. Daarna zou Sarah naar huis worden gebracht en was het dra-ma voorbij. Weggelopen betekende: ze was niet verdronken. Ze was niet ontvoerd.

Weggelopen betekende: hoop.

'Nou, drie of vier ritjes met de draaimolen zouden niets aan de huidige situatie hebben veranderd,' zei Mike op een nuch-tere toon. Hij viste een sigaret uit zijn jaszak. Pas na een stuk of wat mislukte pogingen slaagde hij erin de sigaret aan te ste-ken. Het waaide te hard.

Hij vloekte. 'Verdomme, wat een klote-idee om naar zee te gaan! Het is altijd zo waanzinnig koud in Engeland! Ik zit er-over te denken om naar Spanje te verkassen.'

'En waar wil je daar dan van leven?'

'Ach, er is altijd wel een baantje te vinden. In Spanje heb je niet veel kleren nodig, het is er altijd warm. En desnoods kun je buiten slapen. Nou, ik heb het écht koud. Of we rijden meteen terug, óf we lopen een eind.'

Liz wilde lopen. Ze dacht aan al die spelingen van het nood-lot. Als ze tijdens Sarahs vakantie geen vrij had gekregen... Als het niet zo'n warme dag was geweest... Als Sarah niet in slaap was gevallen...

Als, als, als.

'Als we vanaf het begin een echt gezin waren geweest,' zei ze, 'zou Sarah er nog zijn!'

'Hé, wacht eens even,' zei Mike. Hij nam een flinke trek van zijn sigaret. 'Meen je nou echt dat het anders zou zijn ge-weest als we getrouwd waren en een superburgerlijk gezinne-tje hadden gehad?'

'Ja.'

'Wat een flauwekul! Typisch iets voor jou om zulke onrealistische dingen te denken! Je had dan net zo goed met Sarah op het strand kunnen liggen. Ik zou er niet bij zijn geweest, omdat ik werkte...'

Dat is pas écht onrealistisch, dacht Liz.

'... en je zou haar alleen hebben gelaten en... Klote! Het is gewoon klote, hoe dan ook!'

Liz bleef staan. 'Hier was het. Kijk, daar is zelfs nog haar zandkasteel.'

'Hoe weet je nou dat dat háár kasteel is?'

'Ik heb het samen met haar gebouwd. En deze holte in de muur heeft Sarah uitgegraven. Daarna legde ze haar sandalen erin. Ze zei dat het een geheim vakje was.' Haar stem trilde, verstikt door tranen. 'De laatste tijd had ze het altijd over geheime vakjes.'

Mike staarde naar het zandkasteel dat steeds meer door de wind werd afgebroken. Nog één dag, dan zou het amper meer te zien zijn. Hij gooide zijn sigaret in het zand. 'Verdomme,' zei hij zacht.

Daarna zeiden ze alle twee niets meer, maar keken zwijgend naar de plek die door hun kind was verlaten. Later werd Liz zich ervan bewust dat dit moment op een winderige augustusdag in Hunstanton én die nacht waarin ze de liefde hadden bedreven, de enige ogenblikken waren waarin zij en Mike elkaar echt nabij waren geweest. En het ging steeds om Sarah. De eerste keer hadden ze haar verwekt. De tweede keer namen ze afscheid van haar.

Twee weken na Sarahs verdwijning ging Liz in haar eentje naar Hunstanton. Ze liep het hele strand af, in de hoop nog resten te vinden van het kasteel dat Sarah gebouwd had. Ze wist beslist niet waarom haar dat plotseling zo belangrijk leek. Het kasteel was het laatste levensteken van Sarah geweest, iets tastbaars.

Maar de wind had het zandheuveltje weggeblazen. Liz wist niet eens meer waar zij en Sarah op het strand hadden gelegen. Ze stond daar op het strand en huiverde door de wind. Ze staarde bijna onbewogen naar de zee, die net zo grijs en donker was als de hemel erboven.

Toen ze haar huis naderde, zag ze al van verre dat er een politiewagen voor de ingang van haar flat stond. Hoopvol legde ze de laatste meters rennend af. Misschien hadden ze haar gebracht! Misschien was ze al thuis en stopte ze net een paar chocoladekoekjes in haar mond of knuffelde ze haar barbiepop.

Liz vloog met twee treden tegelijk de trap op. Ze merkte dat de deuren op een kier werden gezet, dat ze werd nagekeken. De andere bewoners hadden de politiewagen ook gezien. Ze snakten naar nieuws.

Liz had twee pogingen nodig voordat ze de sleutel in het slot van de voordeur had gestoken, zo trilden haar vingers. Ze hoorde de stem van haar moeder – op de achtergrond het geluid van de televisie, natuurlijk. 'Daar zul je haar hebben.'

Twee politiemannen kwamen vanuit de zitkamer naar haar toe. Het halletje was bijna te klein. Ineens kreeg Liz het benauwd. Haar keel werd dichtgeknepen. Misschien kwam dat omdat het heel lange politiemannen waren, die als bergen voor haar oprezen. Maar dat was het niet alleen: hun gelaatsuitdrukking beviel haar niet. Ze kon het niet verklaren, maar ze werd er bang van. Ja, daardoor dacht ze niet meer te kunnen ademen: plotseling was ze doodsbang.

'Mevrouw Alby,' zei een van de mannen. Daarna schraapte hij zijn keel.

Ze keek om zich heen. 'Waar is ze? Waar is Sarah?'

De andere politieman nam het woord. 'Mevrouw Alby, we willen u vragen met ons mee te gaan...'

Ze staarde hem aan. Tussen de twee mannen door kon ze in de zitkamer met de dreunende televisie kijken. Haar moeder zat in de stoel waarin ze altijd zat, met de onvermijdelijke chips naast zich. Maar Betsy Alby keek nu niet naar het beeldscherm, wat ongebruikelijk was. Normaal gesproken miste ze geen seconde van de televisieprogramma's. Ze keek naar haar dochter. Ook op háár gezicht lag iets wat Liz angst inboezemde.

'Meegaan?' vroeg ze traag. 'Waarheen?'

Ze had de voordeur nog niet achter zich dichtgetrokken. Een van de mannen stak zijn hand uit en sloot de deur.

'Mevrouw Alby, ik wil u er uitdrukkelijk op wijzen dat het wellicht niet om uw dochter gaat,' zei hij. 'Maar er is vanmorgen een kinderlijkje gevonden. Volgens het signalement zou het Sarah kunnen zijn, maar natuurlijk weten we dat nog niet zeker. Er zijn twee weken voorbijgegaan en het uiterlijk van de dode is nogal aangetast. Daarom willen we het u besparen haar te identificeren. Maar we willen u wel graag de kledingstukken laten zien.'

Naast het gevoel te zullen stikken, werd ze nu ook heel duizelig. Een kinderlijkje... Het kón Sarah niet zijn. Geen sprake van!

'Hoe...' Haar stem klonk alsof hij van heel ver kwam. 'Hoe... hoe is dat kind gestorven? Is het... verdronken?'

Op een strand vol mensen kan er geen kind verdrinken. Alleen al daarom kan het Sarah niet zijn.

'We weten het nog niet precies. Het schijnt om een geweldmisdrijf te gaan.' De twee mannen keken erg bezorgd. 'Mevrouw Alby, wilt u een glas water?'

Ze wist dat ze lijkbleek was geworden, dat kon ze voelen.

'Nee,' zei ze met hese stem.

'Wilt u misschien dat de vader van uw dochter met u meegaat? We zouden bij hem langs kunnen gaan.'

'Mijn... Sarahs vader slaapt nog op dit tijdstip. Ik... nee, hij hoeft er niet bij te zijn.'

De mannen stelden Betsy Alby niet eens voor om mee te gaan. Iedereen, ook mensen die haar niet goed kenden, voelde direct aan dat ze om niets ter wereld uit haar televisiestoel zou opstaan.

'Denkt u dat u het redt?'

Liz knikte. Het was Sarah tóch niet. Het ging alleen maar om het verkrijgen van zekerheid.

Die arme ouders van het kind, dacht ze. Ze had nog steeds het gevoel dat de grond onder haar voeten bewoog. Wat verschrikkelijk voor hen! Een geweldmisdrijf!

'We kunnen gaan,' zei ze.

Donderdag 24 augustus

Ferndale House was al generaties lang in het bezit van de familie Quentin, maar het was meer dan honderd jaar geleden dat er voor het laatst mensen in hadden gewoond. Later was het enorme huis in East Anglia alleen nog maar als vakantiehuis gebruikt. Dat kwam vooral doordat Harold Quentin & Co., de bank waarvan de Quentins leefden, in Londen was gevestigd. Niemand wilde zo ver van de Engelse hoofdstad wonen, want dan moest je elke dag een heel eind heen en weer rijden.

In de tweede plaats was Ferndale House bepaald niet uitnodigend. Wie het sombere, donkere stenen gebouw had ontworpen en gebouwd, moest óf zelf zwaarmoedig zijn geweest óf anderen zwaarmoedig willen maken. Alle vertrekken hadden een donkerbruin gebeitst houten plafond en een zwartmarmeren vloer. De ramen waren zo klein dat ze nauwelijks daglicht binnenlieten. Bovendien waren de bomen, die een onnadenkende tuinman dicht bij de muren had geplant, intussen metershoge monsters geworden, met kronen die zich wijd uitstrekten en trouw elke zonnestraal onderschepten die in een van de kamers had kunnen verdwalen.

Tot Frederic Quentins verbazing leek het Virginia niet te storen dat er zo weinig licht in haar zelfgekozen thuis was. Toen ze er twee jaar geleden steeds dringender voor had gepleit van

Londen naar Ferndale House te verhuizen, had Frederic voorgesteld in elk geval de bomen die vlak bij het huis stonden te laten kappen, om niet het gevoel te krijgen dat ze geleidelijk aan door het bos zouden worden overwoekerd en verslonden.

'Nee,' had Virginia gezegd, 'het bevalt me zoals het is, ik wil het zo houden.'

Er was geen inwonend personeel. Al bijna vijftien jaar werd het landgoed door een opzichter en zijn vrouw onderhouden. Die woonden in een klein huis bij de ingang van het landgoed, tien minuten lopen van het grote huis verwijderd. Grace en Jack Walker liepen beiden tegen de zestig, zeer terughoudende, bescheiden en vlijtige mensen. Jack maakte af en toe nog ritten voor Trickle & Son, een expeditiebedrijf waar hij vroeger in vaste dienst was geweest. Verder zorgde hij ervoor dat de hoveniers het park bijhielden. Hij zorgde er ook voor dat reparaties aan het huis of aan de hoge muur, die als omheining van het landgoed diende, snel werden uitgevoerd. Veel deed hij zelf, en anders wist hij wel wie hij moest inschakelen. Grace hield het huis schoon, in elk geval het gedeelte dat door de familie Quentin werd bewoond. Een hele vleugel stond leeg, omdat Virginia vond dat het zinloos was om elke dag door vijf salons te wandelen en 's avonds te piekeren over de vraag in welke van de vier eetkamers ze wilden dineren. Daarom had ze het grootste deel van het huis gesloten. Slechts eenmaal per maand ging Grace er met een schoonmaakploeg heen, stofte af, luchtte de vertrekken en controleerde of er iets was wat haar man moest repareren. De Quentins woonden in het westelijke gedeelte: met een mooie, grote keuken, waar Virginia zelf kookte, een zitkamer, een bibliotheek, die bij sociale gelegenheden als eetkamer diende, en vier slaapkamers. Vanuit de keuken kon je rechtstreeks het park inlopen. Daar, op een van de weinige zonnige plekjes, stond Kims schommel. Aan de waslijn ernaast droogde Virginia de was. Het was een overzichtelijke, schemerige, kleine wereld.

74

Elke dag was gelijk aan de voorgaande. Als er gevaren waren, dan waren die ergens anders, ver weg, aan de andere kant van de omheining van het park.

Er was niets wat aanleiding tot ongerustheid gaf.

Dit was het leven dat Virginia Quentin voor zichzelf had verkozen.

Op de ochtend van 24 augustus maakte Frederic zich gereed voor een reis naar Londen. Het was donderdag, een ongebruikelijke dag om te vertrekken, maar hij had uitnodigingen voor het weekend en de maandag erna, waarop dit jaar een feestdag viel, *Summer Bank Holiday*.

Virginia voelde zich uitgerust en ze was goedgehumeurd. Ze verheugde zich op de maand september, die spoedig zou beginnen en zijn komst al onmiskenbaar aankondigde. Ze hield van de tijd waarin de zomer langzaam afscheid nam en je alweer kon denken aan lange wandelingen over de nevelige velden, aan rode bessen, kleurrijke bladeren en lange avonden bij de brandende open haard, terwijl de storm om het huis gierde.

De herfst was haar favoriete jaargetijde.

Kim sliep nog. Virginia had al gejogd. Ze had zich erg gehaast, om daarna rustig met Frederic te kunnen ontbijten voordat hij vertrok. Ze had een groot bord met gebakken spek en eieren en een kopje sterke koffie voor hem neergezet. Het was een ontbijt zoals hij het het liefste had. Ze vond het fijn om iets te doen wat hem blij stemde. Ze aten in de keuken. Ergens aan de andere kant van de hoge bomen scheen het goudkleurige licht van de ochtendzon, maar Virginia had rillend vastgesteld dat het 's morgens al fris was.

De herfst is begonnen, dacht ze.

In de keuken was het warm. Frederic las de krant, Virginia roerde in haar koffiekopje. Zoals bijna altijd heerste er een vredige, vriendelijke stemming tussen hen. Het kwam haast niet voor dat ze ruziemaakten. Sinds ze elkaar kenden was hun hevigste ruzie die van het afgelopen weekend geweest, toen Virginia de schipbreukelingen in huis had gehaald. En zelfs dat, dacht Virginia nu, kun je geen échte ruzie noemen.

Ze vroeg zich af of je met Frederic eigenlijk wel ruzie kon maken, of er íemand was die dat kon. Plotseling verbrak hij de stilte.

'Verschrikkelijk,' zei hij, 'hier staat dat een klein meisje uit King's Lynn is omgebracht.'

Virginia schrok op uit haar gedachten.

'Een klein meisje? Door wie? Door haar ouders?'

'Nee, door een onbekende. Blijkbaar is ze op het strand van Hunstanton ontvoerd, op het moment dat haar moeder niet oplette.'

'Wanneer is dat gebeurd?'

'Toen we nog op Skye waren. Het kind was vier jaar.'

'Wat vreselijk! Zegt de naam van die mensen je iets?'

Frederic schudde zijn hoofd. 'Het kind heette Sarah Alby.'

Virginia dacht na. 'Nee. De naam Alby ken ik niet.'

'Ze is ruim twee weken geleden in Hunstanton verdwenen. Afgelopen dinsdag hebben ze haar in de buurt van Castle Rising gevonden. Seksueel misbruikt en vermoord.'

Het was niet te geloven! Ze staarde haar man aan en zei: 'Seksueel misbruikt? Een vierjarig kind?'

'Iemand die zo in elkaar zit, vergrijpt zich zelfs aan baby's,' zei Frederic. 'Afgrijselijke types.'

'Weten ze wie het was?'

'Nee. Volgens het artikel in de krant is er geen enkel bruikbaar spoor.'

'Ik zal tegen Kim zeggen dat ze alleen nog maar mag spelen op een plek die vanuit het huis te zien is,' zei Virginia. 'In elk geval tot ze die vent hebben opgepakt.'

'Maak je niet te veel zorgen. Ik denk niet dat zo iemand zich op vreemd terrein waagt. Hij heeft die kleine meid op een heel druk strand gekidnapt. Blijkbaar zwerft hij niet door de bossen, maar kijkt hij te midden van een mensenmassa uit naar slachtoffers.'

Virginia huiverde. 'Hij kijkt uit naar slachtoffers... dat klinkt alsof jij gelooft dat hij het opnieuw zal doen?'

Hij legde de krant weg. 'Denk jij dan van niet? Als jij al zegt dat je voortaan nog beter op Kim zult passen?'

Hij had gelijk. Zij geloofde het ook. Want het ging kennelijk om een zedenmisdrijf. En van zedendelinquenten wist je dat hun perversiteit steeds opnieuw gevoed moest worden.

'Ik hoop maar dat ze hem gauw te pakken hebben,' zei ze fel, 'en hem dan voor de rest van zijn leven opsluiten.'

'Tegenwoordig wordt er nauwelijks nog iemand levenslang opgesloten,' zei Frederic. 'Zo'n figuur vindt altijd een begripvolle psycholoog, die na een paar jaar schriftelijk verklaart dat zijn cliënt volledig is genezen.'

Hij wilde opstaan, maar bedacht zich. 'Er is nóg iets...' zei hij.

Virginia zat nog aan het afgrijselijke misdrijf te denken en schrok op. 'Ja?'

'Ik...' Hij had moeite om zijn verzoek te formuleren. 'Je weet dat ik een zetel in het Lagerhuis ambieer en dat ik goede kansen heb. Maar het maakt geen positieve indruk dat ik me altijd en overal alleen vertoon. Ze weten dat ik getrouwd ben, en ze vragen zich af waarom ze mijn vrouw nooit te zien krijgen.'

'Maar...'

'Dat leidt algauw tot speculaties over ons huwelijk. Ze denken dat er misschien iets niet in orde is tussen ons.'

'We hebben een kind van zeven jaar!'

'Maar we zijn niet bepaald onbemiddeld. Het is voor iedereen duidelijk dat we ons een nanny, een au pair of minstens een oppas voor een paar avonden in de week kunnen veroorloven. Ze zouden het als een smoesje beschouwen als ik zei dat je thuis moest blijven vanwege het kind.' Hij zweeg even en voegde er toen aan toe: 'Ze beschouwen het nu al als een smoesje.'

'O ja? Weet je dat zeker?'

'Dat is me verteld, ja.'

Ze keek hem niet aan. 'Hebben ze je van de kant van je eigen partij te verstaan gegeven dat je kansen kleiner worden als het gerucht gaat dat je huwelijk niet in orde is?'

'Dat is bij de Conservatieven nu eenmaal zo.' Hij ging staan. Hij had zich opgewonden, en dat had hij nu juist willen vermijden. 'Weet je, een zetel in het Lagerhuis... is niet niks. Die wordt je niet zomaar in de schoot geworpen!'

'Is het hebben van een perfect, ideaal gezin ook een vereiste? Dat wist ik helemaal niet.' Hij vond haar spot volstrekt misplaatst en begreep ook niet waarom ze plotseling zo agressief werd.

'Virginia, wat is het probleem? Wij zíjn toch een perfect gezin? We hebben een harmonisch huwelijk. Jij bent een aantrekkelijke, intelligente vrouw. Waarom mag ik je niet tonen?'

Ze stond ook op. Plotseling had ze geen trek meer in koffie. 'Moeten we dat nú bespreken? Tien minuten voordat je het huis voor bijna een week verlaat? Ik vind het tijdstip gewoon... ik voel me overrompeld. Ik kan niet rustig nadenken en niet in alle rust met je praten!'

Hij slaakte een zucht. Tijdens de vakantie op Skye had hij een paar keer gedacht dat hij het beste van de rust en de tijd van de vredig voortkabbelende dagen gebruik kon maken om dit fundamentele gesprek te voeren. Dat was ongetwijfeld beter geweest dan het onderwerp tussen neus en lippen door aan te snijden. Ongelukkig genoeg voerden ze vrijwel alleen nog maar tussen-neus-en-lippen-door-gesprekken. Maar hij had het steeds voor zich uit geschoven. Hij had de rust van de dag niet in gevaar willen brengen, aangezien hij vermoedde dat dit thema niet probleemloos kon worden afgehandeld.

Waarom eigenlijk? vroeg hij zich af. Begreep ik maar waarom we daar zulke problemen mee hebben!

'Dat is juist het punt,' zei hij, 'we kúnnen niet rustig praten. We leven veel te veel gescheiden van elkaar. Op den duur is dat niet goed voor ons.'

'Dat we elkaar zo weinig zien ligt niet aan míj!'

'Maar ook niet alleen aan míj. Je wist vanaf het begin dat mijn werk vereiste dat ik steeds naar Londen moest. Desondanks wilde je dat we hier, op het platteland, gingen wonen. Ik heb destijds gezegd dat dat voor onrust in ons leven zou zorgen.'

'Het is onrustig omdat jij je helemaal aan de politiek wijdt.'

Hij wist dat ze gelijk had.

'Ik kan nu eenmaal niet anders,' zei hij hulpeloos.

Ze goot haar koffiekopje leeg in de gootsteen. 'Ik heb je nooit een verwijt gemaakt. Ik heb nooit geprobeerd je af te remmen.'

'Daar was ik je altijd dankbaar voor. Maar... ik heb meer nodig. Ik heb je steun nodig. Ik heb jóú nodig.'

Hij kon bijna voelen dat ze het liefst door de muur zou willen verdwijnen. Ze wílde dit gesprek niet. Ze wílde niet dat hij smeekte. Ze wilde over alles praten, maar niet over dít onderwerp. Nooit!

'Ik moet ervandoor,' zei hij. 'Jack kan elk moment hier zijn.'

Jack zou hem naar het station in King's Lynn brengen. Vaak reed Frederic met de auto naar Londen, maar vandaag wilde hij nog een paar dossiers doornemen.

'Denk er eens over na,' smeekte hij, 'ter wille van mij. En ik wil dat je weet...' Hij aarzelde even. Hij was niet zo bedreven in het uiten van zijn gevoelens. 'Je moet weten dat ik van je houd. Altijd. Of je mijn verzoek uiteindelijk inwilligt of niet.'

Ze knikte. Maar hij zag de ergernis in haar ogen. Door die laatste zin voelde ze zich nóg meer onder druk gezet.

Wat kan mij het schelen, dacht hij, ik heb mijn zegje gezegd. Hij hoorde buiten een auto. Jack kwam hem afhalen. Het was de hoogste tijd dat hij zijn jasje aantrok, zijn aktetas met dossiers pakte en op weg ging naar Londen.

Hij overwoog of hij naar Virginia toe zou lopen om haar een kus te geven, wat hij anders altijd deed als hij afscheid van haar nam, maar deze keer was er iets wat hem ervan weerhield. Waarschijnlijk de blik in haar ogen, die niet was veranderd.

'Tot ziens!' zei hij.

'Tot ziens,' antwoordde ze.

Zaterdag 26 augustus

In het weekend keerde de zomer nog één keer in East Anglia terug. 's Ochtends en 's avonds was het duidelijk dat de herfst in aantocht was, maar overdag werd het zó warm dat de mensen massaal naar zee en de zwembaden trokken. De hemel had een bovenaardse kleur blauw. De bloemen in de tuinen schitterden in hun kleurenpracht. Wat een geweldig afscheidsgeschenk! Want voor de volgende weken hadden de meteorologen regen en kou voorspeld.

Op zaterdagmiddag bracht Virginia Kim naar een vriendinnetje van school die haar verjaardag vierde met een slaappartijtje. Ze had bijna de hele klas uitgenodigd en gezegd dat ze een slaapzak moesten meenemen. Zondagmiddag zou het feest eindigen met een uitgebreide pizzamaaltijd.

De moeders die net hun kinderen hadden afgeleverd, spraken over de kleine Sarah Alby en wat haar was overkomen. De hele streek was er ondersteboven van. Een van de vrouwen kende iemand die Sarahs moeder kende, 'oppervlakkig', benadrukte ze.

'Tamelijk asociale mensen,' vertelde ze. 'De vader is een losbol zonder werk die nooit naar zijn kind heeft omgekeken. De moeder is nog heel jong en dol op pleziertjes, en óók niet in het kind geïnteresseerd. En dan moet er nog een oma zijn, die de kroon spant en zuipt als een ketter.'

'Ontzettend,' zei een andere vrouw. 'En ik heb ook gehoord dat die moeder haar kind nogal lang op het strand alleen heeft gelaten en in een snackbar met mannen aanpapte. Moet je je voorstellen... een kind van vier!'

Iedereen was verontwaardigd. Virginia, die zich, zoals altijd in dergelijke situaties, op de achtergrond hield, kon ook niet begrijpen dat een vrouw haar kind zonder toezicht op het strand achterliet. Toch stuitte die veroordelende houding van de anderen haar tegen de borst. Ze behoorden allemaal tot de betere maatschappelijke kringen, waren fatsoenlijk getrouwd of fatsoenlijk gescheiden, ze werden in elk geval ondersteund en onderhouden door de vader van hun kinderen. Hun zwangerschappen waren hen niet overkomen als een vreselijke ziekte, maar ze waren gepland geweest. Misschien had de jonge moeder van Sarah Alby met problemen, angsten en verwoeste verwachtingen te kampen gehad die deze vrouwen zich zelfs in hun dromen niet konden voorstellen.

'O, mevrouw Quentin,' zei een van hen, alsof ze zich nu pas bewust was van Virginia's aanwezigheid, 'ik heb een interview met uw man in de *Times* gelezen. Hij ambieert een zetel in het Lagerhuis, nietwaar?'

Ze richtten allemaal hun blik op Virginia. Wat had ze er toch een bloedhekel aan om zó te worden aangestaard.

'Ja,' zei ze slechts.

'Dan wordt het voor ú ook een vermoeiende tijd,' zei een ander. 'Bij zoiets is altijd het hele gezin betrokken.'

Virginia voelde zich net een in het nauw gedreven dier.

'Ik laat het op me afkomen,' antwoordde ze.

'Ik ben blij dat mijn man geen politieke ambities heeft,' zei een van de moeders. 'Geef mij maar een rustig gezinsleven!'

'Uw man is geen eigenaar van een particuliere bank. En hij bezit ook geen landgoed!'

'Dat heeft er toch niets mee te maken!'

'Natuurlijk wel, beste meid. Hoe hoger de politieke positie

is die iemand nastreeft, hoe belangrijker geld en goede connecties zijn.'

'Geld en goede connecties zijn toch altíjd belangrijk? Ik vind dat...'

Virginia kreeg plotseling het gevoel dat ze stikte, ze had moeite met ademhalen. Zoals zo vaak kreeg ze het benauwd als de mensen haar te dicht benaderden.

'Ik moet gaan,' zei ze snel. 'Ik krijg gasten vanavond en moet nog veel voorbereidingen treffen.'

Ze nam afscheid van Kim, die zo druk met de andere kinderen bezig was dat ze maar heel even naar haar moeder zwaaide. Op het moment dat Virginia wegliep, was ze ervan overtuigd dat alle vrouwen haar nakeken en dat ze over haar begonnen te smoezen zodra ze buiten gehoorsafstand was. Haar vertrek was bijna panisch geweest, dat hadden ze kunnen merken. Ze was niet overgekomen als een vrouw die haast had, maar als een vrouw die een paniekaanval voelde aankomen.

Verdorie, dacht ze, toen ze bij haar auto kwam en heel even op het warme dak leunde. Waarom kan ik het toch zo slecht verbergen?

Terwijl ze wegreed, vroeg ze zich af wat ze eigenlijk met 'het' bedoelde. Wát kon ze zo slecht verbergen?

Hét deed zich in elk geval alleen voor in gezelschap van andere mensen, vooral als ze plotseling in het middelpunt van de belangstelling stond en de vragen en het commentaar die men op haar of haar situatie had te indringend werden. Dan lukte het haar niet om afstand te nemen. Dan begon ze heel snel adem te halen en leek het alsof haar keel werd dichtgeknepen. Dan kon ze alleen nog maar aan vluchten denken, en aan niets anders.

Fantastisch, dacht ze, voor de politieke carrière van een man ben ik onmiskenbaar buitengewoon geschikt! Paniekaanvallen zijn nou net datgene wat je daarbij nodig hebt!

Toen ze de oprijlaan van Ferndale House opreed, kon ze wat gemakkelijker ademen. Ze keerde terug in haar eigen wereld, het afgelegen huis, het uitgestrekte park, absoluut geen mensen om haar heen, behalve Grace en Jack Walker, die op grond van hun maatschappelijke positie voldoende afstand hielden. Als ze hier was, samen met Kim, had ze zo weinig last van paniek dat ze het probleem volledig kon vergeten. Dan was ze jong en levendig. Een vrouw die al vroeg in de morgen wakker werd, fit was en in het bos jogde, die haar kind verzorgde, haar huis op orde hield en opgewekte telefoongesprekken met haar vaak afwezige man voerde. Dan was er niets aan de hand.

Ze mocht er alleen niet over nadenken of dat nu het leven was dat een vrouw van zesendertig behoorde te leiden.

En dat wilde ze ook beslist niet: over haar leven nadenken.

Ze stopte voor het huis, stapte uit de auto en genoot van de zachte warmte van de nazomeravond na de koude lucht van de airco. Ze zou het zich gemakkelijk maken en nog een beetje van de fluweelzachte lucht genieten. Het was even na zessen, niet te vroeg voor een drankje. Ze besloot een lekkere cocktail voor zichzelf te maken, iets kleurigs, iets zoets, met veel ijs. Dan zou ze op het terras achter de keuken gaan zitten, de krant lezen en de dag laten eindigen. Hoeveel ze ook van Kim hield, het was af en toe heel fijn om zonder haar constante gekwebbel te zijn, en zonder al die vragen die ze onophoudelijk stelde. Deze avond was helemaal van haar alleen.

Misschien waren er mensen die zich dan eenzaam voelden, maar daar hoorde zíj niet bij.

Ze voelde alleen maar vrede en rust.

Toen ze in de keuken stond en een beetje Blue Curaçao met citroensap in een glas mixte, zette ze automatisch de kleine televisie aan die op het aanrecht stond. Er was een programma over ouders die een kind hadden verloren. Virginia wilde al gaan zappen, omdat ze geen zin had in zo'n triest onderwerp, maar toen ze de naam Sarah Alby hoorde, bleef ze hangen.

Het was de naam waar de kranten al dagen vol van stonden, de naam van het vermoorde vierjarige kind.

Het bleek dat Liz Alby, de moeder van Sarah, te gast was in het praatprogramma. Virginia zag een heel jonge vrouw, bijna een meisje nog, erg aantrekkelijk en bijzonder verward. Ze maakte de indruk dat ze nog niet helemaal kon bevatten wat er was gebeurd. Het was duidelijk dat ze eigenlijk niet in staat was voor de televisiecamera te verschijnen, maar kennelijk was er niemand in haar naaste omgeving die zich verplicht had gevoeld dit optreden te verhinderen. De presentator van het programma ondervroeg haar uitgesproken indiscreet, waarbij hij zo op het oog rekening met haar shocktoestand hield, maar in feite juist de daaruit voortvloeiende hulpeloosheid uitbuitte om naar haar intiemste gevoelens en gedachten te vragen.

'Heb je nu eigenlijk geen spijt van elk conflict dat je met je kind hebt gehad?' vroeg de presentator. 'We zijn allemaal weleens boos op onze kinderen, hè? Komen je geen beelden voor de geest – van jouw kleine Sarah, die huilt omdat mama boos is en foetert? Of dat je geen tijd voor haar had?'

Het was goed te zien dat die vragen Liz Alby als messteken troffen.

'Dat kan hij toch niet maken!' riep Virginia, die voor het beeldscherm stond.

'Ik moet steeds aan die draaimolen denken,' zei Liz zacht.

De presentator keek haar vol medelijden aan en tegelijkertijd moedigde hij haar aan. 'Vertel daar eens iets over, Liz,' vroeg hij.

'Op de dag... dat Sarah verdween,' stotterde Liz, 'waren we in Hunstanton. Op het strand.'

'Dat weten we allemaal,' zei de presentator. 'Alle kijkers zullen zich kunnen voorstellen hoe vaak je er al spijt van hebt gehad dat je daarheen bent gegaan.'

'Er is daar een draaimolen,' vervolgde Liz, 'en mijn... mijn dochtertje smeekte of ze een ritje in de draaimolen mocht maken. Ze... huilde toen ik nee zei.'

'Zei je nee omdat je dacht dat je er geen tijd voor had of omdat het te duur was? Waarom zei je nee?'

'Dat gaat je geen donder aan!' zei Virginia woedend.

'Ik... ik weet het ook niet precies,' zei Liz, 'het was... alles bij elkaar. Ik heb niet veel geld, maar ik had ook geen zin om daar te staan wachten. Ik... wist dat ze eindeloos door zou willen gaan en dat we op het laatst hoe dan ook ruzie zouden krijgen. Het was gewoon...' Ze stak hulpeloos haar handen op.

'En daar heb je nu spijt van?'

'Ik... denk constant aan die draaimolen. Ik weet dat dat niet het belangrijkste is, maar ik vraag me voortdurend af waarom ik haar niet een paar ritjes heb laten maken. Waarom ik haar niet een laatste pleziertje heb gegund.' Liz boog haar hoofd en begon te huilen. De camera zoomde genadeloos in op haar verdrietige gezicht.

'Het is om kotsmisselijk van te worden,' riep Virginia, en zette de tv uit.

In de plotselinge stilte hoorde ze dat er hard op de voordeur werd geklopt.

Ze hoopte dat het Grace was of Jack, hoewel die altijd naar de keukendeur kwamen. Als het maar geen bezoek was! Het was háár avond. Ze overwoog net te doen of er niemand thuis was, maar dan zou ze de hele tijd bang zijn dat iemand haar op het terras onaangenaam zou verrassen.

Zuchtend zette ze haar glas neer.

Voor haar stond Nathan Moor. Ze was zó verbaasd dat ze eerst geen woord kon uitbrengen. Nathan was ineengekrompen op het moment dat ze de deur opendeed.

'O,' zei hij ten slotte, 'ik dacht al dat er niemand thuis was. Ik sta al een hele tijd te kloppen.'

'Ik heb het niet gehoord,' zei Virginia, toen ze eindelijk weer kon spreken. 'De televisie stond aan.'

'Stoor ik?'

'Nee, nee, ik wilde... ik heb de tv zojuist uitgezet.'

'Ik had eerst moeten bellen, maar...' Hij maakte de zin niet af, zodat Virginia niet te weten kwam waarom hij niet had gebeld.

'Neem me niet kwalijk,' zei ze, 'maar ik ben nogal verbaasd. Ik dacht dat jullie nog op Skye waren.'

'Dat is een lang verhaal,' antwoordde Nathan. Virginia begreep eindelijk dat ze hem behoorde te vragen of hij binnen wilde komen.

'Kom erin. We gaan op het terras zitten. Ik heb net een drankje voor mezelf ingeschonken. Wil je ook iets drinken?'

'Alleen water, alsjeblieft,' zei hij, en volgde haar.

Toen ze op het terras zaten, Virginia met haar felgroene, glanzende Curaçao en Nathan met zijn glas water, vroeg ze: 'Waar is je vrouw eigenlijk?'

'In het ziekenhuis,' zei Nathan, 'en dat is ook de reden waarom we Skye hebben verlaten. Ik had niet al te veel vertrouwen in de artsen daar.'

'Wat heeft ze?'

'Dat is moeilijk te zeggen. Vermoedelijk een shock door het ongeluk. Of een zware depressie. Ik weet het niet. Ze hield plotseling op met praten. Ze at en dronk niet meer. Ze... ze leek in een eigen wereld weg te zinken, waarin ik haar niet meer kon bereiken. Woensdag werd het me duidelijk dat ze zou omkomen van honger en dorst als ik niets ondernam. Daarom zijn we donderdag in alle vroegte uit Dunvegan vertrokken.'

'Dat hadden we kunnen bedenken,' zei Virginia. 'Na alles wat er gebeurd is, had ze meteen door een psychotherapeut moeten worden behandeld.'

Hij knikte. 'Ik verwijt het mezelf ook. Ik begreep niet wat er in haar omging.'

'Toen ik haar in het huis van mevrouw O'Brian bezocht, vond ik haar net een slaapwandelaar,' zei Virginia. 'Ik vond dat niet zo vreemd... na dat afschuwelijke ongeluk. Ze hadden het serieuzer moeten nemen. En ligt ze nu hier in het ziekenhuis van King's Lynn?'

Haar innerlijke stemmetje vroeg waarom hij niet met zijn vrouw naar Duitsland was teruggekeerd, maar ze had nu geen zin om met dat stemmetje te discussiëren. Het was maar goed dat Frederic er niet was.

'Sinds vrijdagmorgen, ja. Ze moet daar eerst een beetje aansterken. Ze is ernstig verzwakt, vooral omdat ze geen vocht meer heeft binnengekregen. Ze voeden haar kunstmatig, omdat ze nog steeds alles weigert.'

'Wat vreselijk! Ik zal morgen meteen naar haar toe gaan.'

'Ze reageert op niets en niemand. Maar ik zou het toch fijn vinden als je erheen ging. Wie weet, misschien heeft ze dat duwtje net nodig om er weer bovenop te komen. Ze is erg op je gesteld, Virginia. Ze sprak altijd al met heel veel sympathie over jou.'

Virginia móést de vraag stellen: 'Hoe... hoe heb je ons gevonden? En waarom...'

Hij raadde wat ze had willen vragen. 'Waarom we hierheen zijn gekomen? Virginia, ik hoop niet dat je het gevoel hebt dat wij je achtervolgen. De simpele waarheid is dat het geld niet voldoende was voor een reis naar Duitsland. Je was zo aardig ons iets te lenen...'

Frederic had destijds zijn voorhoofd gefronst, maar er geen woord van gezegd.

'... en ik kon er nog net de treinreis naar King's Lynn van betalen. Het was een afschuwelijke tocht met die zwakke, volstrekt willoze vrouw... Een vriendelijke toerist heeft ons met zijn auto naar Fort William gebracht, maar daarna waren we helemaal op onszelf aangewezen. We moesten in Glasgow overstappen en ook nog van het ene station naar het andere gaan. En daarna ging de reis verder naar Stevenage, een plaats waar ik nog nooit van had gehoord. Daar hebben we de halve nacht op de aansluiting naar King's Lynn moeten wachten. Vrijdagmorgen vroeg zijn we hier aangekomen. Ik heb vannacht in een vreselijk pensionnetje bij het ziekenhuis geslapen, maar toen was mijn geld écht op. Ik heb niets meer. Absoluut niets meer.'

'Hoe...?'

'In een van de laden in jullie vakantiehuis lag een aan jou gerichte brief, waar dit adres op stond. Je hebt de envelop waarschijnlijk een keertje meegenomen naar Skye. En toen dacht ik...'

Ze voelde dat ze hoofdpijn begon te krijgen. Dat had vooral met Frederic te maken.

Zoals ze op Skye al had gemerkt, had Nathan een sterke intuïtie.

'Je man zal niet blij zijn dat hij me hier aantreft, denk je niet?' vroeg hij.

'Hij is in Londen. Volgende week komt hij terug.'

'Hij mag ons niet,' zei Nathan. 'Hij wantrouwt ons. En dat kan ik hem ook niet kwalijk nemen. Hij vindt ons een regelrechte ramp! En nu duiken we ook híer op... Virginia, het erge is, dat ik geen keus heb. Anders zou ik nooit op het idee komen je lastig te vallen. Maar ik... we staan voor een afgrond. Ik heb geen rooie cent meer. Dit water,' hij wees naar het glas dat voor hem stond, 'is het eerste dat ik vandaag binnenkrijg. De nacht zal ik vermoedelijk op een bank in een park moeten doorbrengen. Geen flauw idee hoe het verder moet. En jij bent de enige in dit land die ik ken.'

Ineens herinnerde ze zich wat Frederic had gezegd toen ze op de terugweg van Skye waren en ze nog een keer over het Duitse echtpaar discussieerden.

'Ze kunnen zich te allen tijde tot de Duitse ambassade in Londen wenden,' had hij geantwoord, toen Virginia hem op de hopeloze situatie van de twee Duitsers had gewezen. 'Die helpen in zo'n geval. Ze regelen ook de terugreis en alles wat er nog meer te doen is. Er is geen enkele reden waarom ze zich in ons moeten vastbijten!'

Nu was het geschikte moment om dat advies aan Nathan Moor door te geven en hem naar de bevoegde instantie te verwijzen. Ze kon hem nog een paar pond als overbrugging in de hand drukken en hem dan op vriendelijke toon duidelijk maken dat de familie Quentin zich niet langer verantwoordelijk voelde.

Later kon ze niet zeggen waarom ze dat had nagelaten. Soms vroeg ze zich af of het door haar innerlijke eenzaamheid kwam of door de manier waarop Nathan haar aankeek. In zijn blik school geen nieuwsgierigheid, maar een warme, intense belangstelling.

In plaats daarvan zei ze: 'Maar de nachten zijn niet meer zo warm dat je buiten in het park kunt slapen.' Ze zei het monter, om zo haar bedruktheid te verbergen. 'Mag ik je onze logeerkamer aanbieden? En nu ga ik met de avondmaaltijd aan de slag, zodat jij niet half verhongerd in het ziekenhuis belandt, zoals je vrouw.'

'Ik zal je helpen,' zei hij, en kwam overeind.

Toen ze de keuken binnenliep, met Nathan in haar kielzog, had ze het onbehaaglijke gevoel dat ze in een probleem verstrikt was geraakt waar ze geen enkele controle meer over had.

Maar vreemd genoeg betreurde ze achteraf haar eenzame zaterdagavond helemaal niet meer.

Zondag 27 augustus

1

Rachel Cunningham had de beslissing om elke zondag van half twaalf tot half een de kindermis bij te wonen helemaal in haar eentje genomen. Niemand van haar familie was een trouwe kerkganger. Haar beste vriendin Julia, die regelmatig met haar ouders naar de kerk ging, had Rachel anderhalf jaar eerder overgehaald een keer met haar mee te gaan naar de kindermis. Rachel genoot van de verhalen die er werden verteld, en van het gezamenlijk zingen en bidden. En natuurlijk ook van Don. Ze had haar ouders gesmeekt voortaan regelmatig naar de kindermis te mogen gaan. Claire en Robert Cunningham hadden er verheugd in toegestemd – het leek hen een gezond alternatief voor de verveling op de zondagmorgen, waardoor Rachel onvermijdelijk begon te zeuren of ze televisie mocht kijken.

Tot het begin van de grote vakantie had óf Claire óf Robert hun dochter naar de mis gebracht, maar in de zomer was het haar gelukt toestemming te krijgen om helemaal alleen naar de kerk te mogen gaan. Ze was per slot van rekening al acht! Claire Cunningham was niet zo gelukkig geweest met de nieuwe zelfstandigheid van haar dochter, maar Robert had gezegd dat het voor kinderen belangrijk was zich enigszins van hun ouders los te maken, en dat ze daar niet in gehinderd moesten worden.

Deze zondag zou het nog één keer heel warm worden. Robert zei dat hij met Rachels zusje Sue naar zee wilde gaan.

'Ga je met ons mee, Rachel? Het is waarschijnlijk de laatste keer dit jaar dat je in zee kunt zwemmen!'

Maar Rachel schudde heftig haar hoofd. Claire keek haar een beetje bezorgd aan. Sinds de geboorte van Sue wilde Rachel vaak niet meedoen aan activiteiten. Van meet af aan kon ze het niet met haar kleine zusje vinden. Ze was jaloers op de aandacht die de kleine meid van haar ouders kreeg, en het deed haar verdriet iets te moeten delen wat tot dan toe alleen van háár was geweest. Soms trok ze zich helemaal in zichzelf terug, andere keren probeerde ze de aandacht van haar ouders naar zich toe te trekken door slecht of recalcitrant gedrag. Zoals deze morgen. In pyjama en op blote voeten was ze de trap afgekomen, hoewel Claire honderdmaal tegen haar had gezegd dat ze pantoffels moest aantrekken voordat ze over de koude tegels in de gang en de keuken liep. Natuurlijk hadden ze daarover gekibbeld. Claire kreeg bijna de indruk dat Rachel het heel bewust had uitgelokt, dat het geen pure nalatigheid was.

Nadat Robert en Sue naar het strand waren vertrokken, ging een inmiddels alweer goedgehumeurde Rachel op weg naar de kindermis.

'Wat loop jij te stralen!' zei Claire.

Rachel knikte. 'Vandaag komt...' Ze beet op haar lippen.

'Wíé komt er vandaag?' vroeg Claire verstrooid. In gedachten was ze al bij het werk dat haar wachtte, zodra iedereen de deur uit was.

'O, een priester,' zei Rachel snel. 'Er komt een priester uit Londen om dia's van India te laten zien!' Ze gaf haar moeder een kus. 'Tot straks, mam!'

Claire haalde diep adem. Af en toe vond ze het heerlijk om alleen te zijn. Ze werkte als freelancejournaliste en moest die zondag een recensie schrijven over een toneelstuk dat ze de avond ervoor in opdracht van *Lynn News* had gezien. Ze ging achter haar bureau zitten, vastbesloten de totale rust, iets zeldzaams in dit huis, tot aan de laatste minuut te benutten.

Ze schoot goed op. De telefoon ging niet één keer. In de kamer was het aangenaam koel, al steeg de temperatuur buiten snel. In de straten en tuinen van Gaywood, een woonwijk van King's Lynn, heerste een zondagse rust. Slechts een paar vogels tjilpten. En een aantal keren blafte er een hond. Een volmaakte sfeer om in te werken.

Claire had van het stuk genoten, en vond het dan ook leuk erover te schrijven. Ze wist dat ze zo'n anderhalf uur had: Rachel was even na elven vertrokken en zou rond kwart voor één terug zijn. Na de kerkdienst was ze altijd vrolijk – dat kwam door haar genegenheid voor die fantastische Don. Ze raakte niet uitverteld. Claire kon het niet over haar hart verkrijgen om haar dan af te wijzen en te zeggen dat ze geen tijd had. Ze zou alles wat Don had gezegd en gedaan tot in de kleinste details moeten aanhoren. Daarna wilde ze snel met Rachel naar de Fish-&-Chips-kraam in de hoofdstraat rijden. Die was 's zondags ook open. Ze zou voor elk van hen een grote portie kopen en alles opeten terwijl ze met haar dochter op een bankje in het park zat. Rachel hield ervan een van haar ouders voor zich alleen te hebben en iets te gaan doen, al was het maar een kort middaguitje naar het park. Claire probeerde dat zo vaak mogelijk te doen, om haar oudste een beetje extra aandacht te geven.

Tijdens haar werk had ze amper in de gaten hoe snel de tijd verstreek. Toen ze het laatste woord in de computer had getypt, leunde ze met een zucht achterover. Ze moest alles nog één keer doorlezen en dan kon ze de tekst meteen naar de redactie mailen. Verbazingwekkend dat ze het allemaal in zo'n korte tijd had klaargekregen.

Ze keek hoe laat het was. Toen slaakte ze een luide kreet van verbazing: het was één uur! En Rachel was nog niet thuis!

Gewoonlijk bleef ze niet bij de kerk rondhangen. En als ze na de kerkdienst nog een tijdje bij Julia bleef, wat af en toe gebeurde, belde de moeder van Julia.

Zou ze dat vandaag zijn vergeten?

Claire werd heel ongerust. Ze liep naar de zitkamer, waar de telefoon stond, en toetste Julia's nummer in. Tot haar opluchting nam Julia's moeder vrijwel onmiddellijk op.

'Hallo,' zei Claire, 'je spreekt met Claire Cunningham. Ik wil alleen even zeker weten of Rachel bij jullie is. Stuur haar direct...'

'Maar Rachel ís hier niet,' onderbrak Julia's moeder haar.

Claire kreeg een droge mond. 'Nee? En Julia?'

'Julia is vandaag niet naar de kindermis geweest. Ze klaagt over keelpijn.'

'Het komt... het is alleen... Rachel is nog niet thuis. Het is één uur! Zou ze met een van de andere kinderen aan het spelen zijn?'

'Het is prachtig weer,' zei Julia's moeder geruststellend. 'Misschien heeft een moeder die haar dochter ophaalde haar kind en Rachel op een ijsje getrakteerd, zitten ze tevreden in de zon en zijn ze helemaal vergeten dat er thuis iemand zit te wachten.'

'Dat zou kunnen.' Maar dat geloofde Claire niet. Rachel was heel stipt. Ze kwam vrijwel nooit te laat. Of was ze weer aan het provoceren? Maar toen ze wegging was ze zo lief geweest!

'Ik ga naar de kerk om te kijken of ze daar is,' zei ze. Haar stem klonk heel anders dan gewoonlijk. Ze legde zonder gedag te zeggen de hoorn op de haak. Ze was bang. Doodsbang. Haar hart ging als een razende tekeer.

Ze nam alleen de sleutel van de voordeur mee en rende de straat op. Rachel was in geen velden of wegen te bekennen.

Rennend legde ze de afstand naar de kerk af. De dienst voor de kinderen vond altijd in het parochiehuis plaats. Maar toen Claire daar aankwam, zat de deur al stevig op slot. Om haar heen was niemand te zien, geen kinderen, geen ouders. De reguliere kerkdienst was al anderhalf uur eerder afgelopen. Het geplaveide kerkplein lag stil en uitgestorven in de warme middagzon.

'Hoe kan dat nou?' fluisterde Claire. 'Lieve God, laat me haar snel vinden, alstublieft. Heel snel!'

Hoe heette die man ook weer die de kindermis leidde? Rachels grote vlam. Don... maar hoe luidde zijn achternaam? Had Rachel zijn achternaam weleens genoemd?

Rustig blijven, Claire, hield ze zichzelf voor, terwijl ze probeerde diep in te ademen. Blijf rustig en denk na. Je moet je kalmte bewaren.

Het was belangrijk dat ze met Don sprak. Als er iemand opheldering kon geven, was híj het. Misschien wist Julia's moeder hoe hij heette en hoe ze hem kon bereiken.

Vijf minuten later stond ze voor Julia's ouderlijk huis. Ze merkte nauwelijks dat haar hele lichaam nat was van het zweet en dat ze hijgde.

Julia's moeder deed de deur open. Ze begreep onmiddellijk dat Claire haar dochter niet had gevonden.

'Kom binnen,' zei ze, 'was er niets te zien bij de kerk?'

'Niets. Er is geen mens meer.'

'Maak je maar geen zorgen,' zei Julia's moeder, 'er is vast en zeker een logische verklaring voor. Dat zul je zien.'

'Ik wil de man bellen die de kindermis leidt,' antwoordde Claire. 'Don. Ken jíj zijn achternaam? Of heb je een telefoonnummer?'

'Donald Asher. En het nummer heb ik ook. Kom maar, dan kun je hem hiervandaan bellen.'

Twee minuten later had Claire Donald Asher aan de lijn. Haar knieën begonnen te knikken bij wat ze te horen kreeg. Ze werd zó duizelig dat ze even dacht dat ze van haar stokje zou gaan.

'Rachel is vandaag helemaal niet bij ons geweest,' zei hij.

'En Julia, haar vriendin, ook niet. Maar er ontbraken meer kinderen. Gezien het mooie weer vond ik dat vrij normaal. Ik heb er verder niet bij stilgestaan.'

'Is ze er niet geweest?' fluisterde Claire. 'Maar ze is op tijd van huis vertrokken!'

Het was duidelijk dat Donald ook ontdaan was toen hij dat hoorde. Maar hij probeerde de wanhopige moeder gerust te stellen. 'Misschien hadden zij en Julia gewoon geen zin en zijn ze in plaats daarvan...'

'Julia ligt met keelpijn in bed,' onderbrak Claire hem. 'Zij en Rachel waren vandaag niet bij elkaar. Ze zien elkaar ook meestal pas bij jou, omdat Julia eerst met haar ouders naar de kerk gaat.'

'Denk niet meteen het ergste,' zei Donald. 'Kinderen hebben er vaak geen flauw idee van hoeveel angst en schrik ze ons aanjagen. Misschien is ze in het park, zit ze wat te dromen en vergeet ze helemaal de tijd.'

Dat was onmogelijk. Claire kende haar dochter beter. Rachel zat niet gewoon in het park te dromen. Als ze om de een of andere reden plotseling had besloten vandaag niet naar de kindermis te gaan, dan zou ze naar huis zijn teruggekomen. Dan zou ze in de tuin hebben gespeeld of haar moeder net zo lang op de zenuwen hebben gewerkt tot ze tv mocht kijken.

Claire hing op en wendde zich weer tot Julia's moeder. 'Mag ik mijn man even bellen? Hij is met Sue op het strand, en...'

'Natuurlijk, bel maar zo vaak je wilt.' Julia's moeder was intussen ook bleek geworden, tot haar lippen aan toe. Achter haar verschenen stilletjes haar man en een geschrokken Julia, die ondanks de warmte een dikke sjaal droeg.

Claire toetste het nummer van Roberts mobieltje in. Op de achtergrond kon ze andere mensen op het strand horen praten en lachen, evenals het gejengel van Sue.

'Robert, kom alsjeblieft onmiddellijk naar huis. Rachel is verdwenen!'

'Verdwénen? Hoe bedoel je?'

'Verdwenen is verdwenen! Ze ís er niet!'

Claire spande zich tot het uiterte in om zich te beheersen, maar barstte toch in tranen uit. 'Kom meteen, alsjeblieft! Alsjeblieft.'

Hij zei nog iets, maar dat hoorde ze al niet meer. De hoorn gleed uit haar trillende vingers. Julia's moeder ondersteunde haar en hielp haar in een stoel. Geluidloos kromp Claire ineen. Toen merkte ze dat iemand – het was Julia's vader – een glas brandewijn tegen haar lippen hield. De alcohol brandde op haar tong en haar levensgeesten keerden terug. Maar ze was als verstijfd en keek strak voor zich uit. Ze kon zich niet meer bewegen.

2

Die zondag verscheen Nathan Moor pas om half twee 's middags in de keuken. Virginia zat aan de keukentafel yoghurt te eten, terwijl ze in een tijdschrift bladerde. Ze had drie uur eerder met Frederic gebeld. Hij vertelde over het diner van de avond ervoor en over de belangrijke mensen die hij had ontmoet.

'En hoe was jóúw zaterdag?' had hij daarna gevraagd.

Ze had met zachte stem geantwoord: 'Rustig. Kim is er niet, ze heeft een slaappartijtje. Ik was eindelijk eens helemaal alleen. Dat was heerlijk.'

Hij had gelachen. 'Ik ken niemand die zo graag alleen is als jij!'

Het was van begin af aan duidelijk dat ze hem niet zou vertellen dat Nathan Moor was opgedoken. Dan zouden ze ruzie hebben gekregen. Frederic zou haar erop hebben gewezen dat hij die ontwikkeling exact had voorspeld. En als hij zou horen dat Nathan zelfs al in de logeerkamer sliep... Virginia had helemaal geen zin in ruzie. Ze zei bij zichzelf dat ze in feite Frederics zenuwen ontzag als ze zweeg. Wanneer hij aanstaande woensdag terugkwam, zou Nathan Moor allang weg zijn en hoefde Frederic nooit iets van Nathans bezoek te weten.

'Goedemorgen,' zei Nathan. Ze moest lachen.

'Het is half twee! Je hebt een eeuwigheid geslapen!'

'God, is het al half twee?' Hij wierp een blik op de keukenklok. 'Inderdaad. Ik denk dat het komt door de reis die Livia en ik hebben gemaakt. Die heeft me veel energie gekost. Ik was doodop.'

'Wil je koffie?'

'Graag.' Hij ging aan de tafel zitten en keek hoe ze een paar lepels gemalen koffie in de filter deed en het koffiezetapparaat aanzette. De avond ervoor was het net zo gegaan. Ze had gekookt, hij had aan tafel gezeten en toegekeken, maar het had haar niet gestoord. Over het algemeen had ze liever geen vreemden in haar keuken. Hij had haar over zijn boot verteld en daarbij een heleboel technische termen gebruikt die ze niet kende. Toen ze zaten te eten, had ze hem gevraagd wat ze écht wilde weten.

'Je zei dat je schrijver bent. Wat schrijf je dan?'

'Misdaadromans.'

'O...? Echt waar? Dat vind ik... ik lees graag misdaadromans.'

Hij had van zijn bord opgekeken. 'Je kunt heel goed koken, Virginia. Ik heb in geen tijden zo lekker gegeten.'

'Dat komt omdat je uitgehongerd was, en dan vind je alles lekker.'

'Nee. Dat denk ik niet.' Abrupt veranderde hij weer van onderwerp. 'Er zijn veel mensen die graag misdaadromans lezen. Daar bof ik mee.'

'Ben je een succesvolle schrijver?'

'Dat kun je wel zeggen, ja.'

'Worden je boeken in het Engels vertaald?'

'Jammer genoeg niet. En Duits kun je zeker niet lezen, hè?'

'Nee,' bracht ze lachend uit. 'Ik ken geen woord Duits!'

Ze wilde hem iets vragen en ze vroeg zich nog af hoe ze haar vraag moest formuleren, toen hij op zijn verontrustende helderziende manier alweer had geraden waaraan ze dacht.

'Je denkt dat ik als succesvol schrijver toch niet helemaal blut kan zijn, klopt dat?'

Ze had verlegen haar schouders opgehaald. 'Nou ja, ik...'

'Weet je... ik ben niet iemand die zich zorgen om de toekomst maakt. Ik heb altijd in het hier en nu geleefd. Wat ik verdiende, gaf ik uit. Reizen, mooie hotels, cadeautjes voor Livia, dure restaurants. Het geld kwam en ging. En van wat we nog overhadden, hebben we de boot gekocht die nu op de zeebodem ligt. We waren van plan tijdens deze reis van tijdelijke baantjes te leven. We hadden sieraden bij ons, die we in geval van nood konden verkopen. Die zijn natuurlijk ook verdwenen.'

'Die reis om de wereld met jullie zeilboot...'

'... wilde ik in een boek gebruiken.'

'Ook een misdaadroman?'

'Ja.'

'Maar je boeken worden in Duitsland toch gekocht? Dan...'

Hij was zo vriendelijk ook deze ietwat pijnlijke vraag van haar te beantwoorden. 'Dan krijg ik ook weer geld, ja. Virginia, het is niet zo dat ik voorgoed platzak ben. Maar op dit moment hebben we geen huis en geen meubels. En de bankrekeningen zijn helemaal leeggehaald. Ze worden wel weer aangevuld, maar niet van vandaag op morgen.'

Leeggehaalde bankrekeningen... Ze kon zich voorstellen wat Frederic over zo'n lichtzinnige handelwijze zou zeggen. Het was maar goed dat hij dit weekend niet thuis was.

Nathan was na het eten meteen gaan slapen. Ze had aan

hem kunnen zien hoe moe hij was. Hij kon haast niet meer op zijn benen staan en hij had rode ogen.

Maar nu, vijftien uur later, was hij een heel ander mens. Uitgerust en ontspannen. Zijn zongebruinde huid zag er niet meer zo vaal uit als de dag ervoor.

'Ik heb in geen tijden zo vast geslapen,' zei hij nu, 'eigenlijk niet meer sinds het ongeluk.'

Ze zette een kop koffie voor hem neer en ging tegenover hem zitten. 'Ik ben blij dat je je beter voelt. Ga je vandaag op bezoek bij Livia?'

'Ik ga later naar haar toe, ja. Wil je met me mee?'

'Ik moet mijn dochtertje van een verjaardagsfeestje ophalen,' zei Virginia spijtig, 'misschien ga ik morgen naar Livia toe.'

'Mooi. Dat zal ze fijn vinden.' Hij liet zijn blik door de keuken dwalen. 'Wat doe je hier zo de hele dag, Virginia? En vooral als je man niet thuis is? Je bent een fantastische kokkin, zoals ik gisteren al zei, maar je brengt toch niet al je tijd in de keuken door?'

Die vraag verraste haar. Ze overwoog heel even of ze hem te indiscreet vond, maar in Nathans ogen las ze vriendelijke belangstelling.

'Niet in de keuken, nee. Maar ik ben veel thuis. In het huis, in het park. Ik ben hier graag.'

'Samen met je dochter.'

'Ja. Kim heeft me nodig. Juist omdat haar vader zo zelden thuis is.'

'Is je man politicus?'

Ze was verbaasd dat hij dat wist. 'Hij is betrokken bij de politiek. Hoe weet je dat?'

'In de trein las ik een krantenartikel over hem. Hij streeft naar een zetel in het Lagerhuis.'

'Misschien lukt het hem!'

'Maar dan ben je nog veel meer alleen.'

'Ik voel me niet alleen.'

'Voel je je niet alleen, als je alleen in het gezelschap van een zevenjarig kind bent?'

'Nee.' Ze had plotseling het gevoel dat ze zich moest verdedigen, en dat ze dit gesprek eigenlijk helemaal niet wilde voeren.

'Je dochter wordt ouder. Op een gegeven moment gaat ze haar eigen weg. Dan ben je steeds vaker helemaal alleen in dit grote huis, omgeven door een enorm park met reusachtige bomen die je bijna het zicht op de hemel ontnemen.'

Ze lachte gemaakt. 'Nu overdrijf je. Nathan, ik...' Ze begon het benauwd te krijgen, net zoals de vorige dag tussen al die andere moeders. Hij kwam te dichtbij. Hij kwam veel te dichtbij.

Hij haalde iets uit zijn broekzak. Ze zag niet meteen wat het was, maar toen begreep ze dat het een foto was. Een beetje gekreukelde foto.

'Deze vond ik gisteravond,' zei hij. 'In de onderste la van de ladekast in de logeerkamer. Daar liggen een hoop enveloppen met foto's.'

Ze had eventjes nodig om de achteloze kalmte waarmee hij dat zei te verwerken.

'Kijk jij in vreemde huizen altijd in de ladekasten?' vroeg ze ten slotte.

Hij ging daar niet op in, maar keek naar de foto. 'Dat ben jij,' zei hij, '... vijftien jaar geleden misschien? Begin twintig, denk ik.'

Hij gaf haar de foto. Er stond een jonge vrouw op die gekleed was in een kuitlange zigeunerrok en een T-shirt met franje aan de zoom en de mouwen. Haar lange haren, die tot aan haar middel reikten, hingen los over haar borst. Ze lachte. Ze had geen schoenen aan, en ze zat op de Spaanse Trappen in Rome, te midden van een heleboel andere mensen. Haar ogen fonkelden van opwinding en pret.

'Drieëntwintig,' zei ze. 'Op deze foto ben ik drieëntwintig.'
'Rome,' zei hij. 'Rome in de zomer.'
'In de lente.' Ze moest slikken. Ze wilde niet aan Rome denken. Ze wilde dat Nathan onmiddellijk verdween en haar met rust liet.
Ze schoof haar stoel naar achteren. 'Nathan...'
Hij boog zich over de tafel en pakte voorzichtig de foto uit haar handen.
'Ik moet er steeds weer naar kijken,' zei hij. 'En sinds gisteravond stel ik mezelf steeds maar deze ene vraag: waar is die wilde, levenslustige vrouw gebleven?'

Ze was verontwaardigd, maar ze slaagde er niet in die in regelrechte echte woede om te zetten. Hij ging duidelijk te ver. Hij had haar adres in een ladekast gevonden die in het vakantiehuis in Skye stond. Nu kwam hij hierheen. Hij had zijn vrouw in het dichtstbijzijnde ziekenhuis ondergebracht en was ervan uitgegaan dat hij, gezien de omstandigheden, onderdak in haar huis zou vinden. En dat was ook gebeurd. Hij had hier nauwelijks zijn kamp opgeslagen of hij snuffelde al in de kasten naar dingen die hem niets aangingen. En hij stelde vragen die een goede, oude vriend misschien zou mogen stellen, maar nooit een vreemde! Lachend en doodgemoedereerd schond hij haar grenzen.
En dat alles omdat ze aanvankelijk te zacht was geweest, naar het scheen.
Was dat zo? Lag het aan háár? Ze was gewoon aardig en behulpzaam geweest voor medemensen in nood. Livia had een week voor haar gewerkt. Ze had die jonge vrouw sympathiek gevonden, en toen deze in de problemen zat, had ze de behoefte gevoeld om haar te helpen. En Livia was zich daardoor niet opdringerig gaan gedragen. Ze had de kleren die Virginia voor haar had meegebracht dankbaar in ontvangst genomen. Zij had ook haar intrek in het vakantiehuis genomen, maar ze had

er niet rondgesnuffeld, en ze was ook niet achter haar weldoeners aan naar Norfolk gereisd. Als ze alleen was geweest, zou ze vermoedelijk allang naar Duitsland zijn teruggekeerd. Het was Nathan die ze niet van zich af kon schudden. Was Frederics intuïtie zoveel beter dan de hare? Ze kende Frederic als een hulpvaardig mens die anderen niet in de steek liet als ze hem nodig hadden. Maar in het geval van het Duitse echtpaar was hij van begin af aan terughoudend, later zelfs afwijzend geweest. Blijkbaar had hij het bij het rechte eind gehad.

Ze gaf Nathan geen antwoord. In plaats daarvan stond ze op en zei dat ze Kim moest ophalen van het verjaardagsfeestje. Hij glimlachte. Ze zou het liefst tegen hem zeggen dat hij moest ophoepelen, maar om de een of andere reden kwamen die woorden niet over haar lippen. Dus ging ze naar haar auto en liet hem ook nog alleen in haar huis achter, alsof hij iemand was die ze al jaren kende en onvoorwaardelijk vertrouwde.

Wie weet wat hij deze keer uit de ladekast pakt, dacht ze, terwijl ze over de provinciale weg reed. Nu ze hem niet had weggestuurd, had ze hem op z'n minst moeten meenemen. Maar ze zou voor geen goud met hem in een auto willen zitten. Op dit moment wilde ze zoveel mogelijk afstand.

Dat hij uitgerekend die foto uit Rome had gevonden was natuurlijk louter toeval, maar het had haar geschokt. Ze had niet eens meer geweten waar haar foto's van vroeger eigenlijk waren, ze had het bestaan ervan op de een of andere manier verdrongen. Ze lagen dus in een la in de logeerkamer... Bij de eerste de beste gelegenheid zou ze de foto's uit de la halen en ze in de vuilnisbak gooien, zonder ze eerst nog eens te bekijken, natuurlijk. In de zitkamer stond een lange rij in leer gebonden fotoalbums, waarop keurig was aangegeven in welk jaar de foto's waren genomen en soms ook ter gelegenheid waarvan. *Pasen op Skye 2001,* of: *Vijfde verjaardag Kim.* Op het eerste album stond: *Bruiloft Frederic/Virginia 1997.* De serie begon met de trouwerij. Er waren geen albums over de tijd daarvoor. Officieel ook geen foto's. Als het maar enigszins mogelijk was ook geen herinnering.

Tenzij er iemand als Nathan arriveerde, die rondsnuffelde, onderzoek verrichtte en uiterst indiscrete vragen stelde.

Ze was veel te vroeg van huis gegaan, alleen maar om aan Nathan te ontsnappen. De kinderen moesten om half vier worden opgehaald, en het zou alleen maar irritant zijn als ze te vroeg arriveerde. Zij had ook weleens feestjes voor Kim georganiseerd. Als ouder had je er je handen aan vol, ook zonder dat er iemand te vroeg verscheen en het programma in de war stuurde. Ze bedacht dat ze nog snel even bij Livia op bezoek kon gaan, maar ze vreesde dat Nathan daar ook zou komen opdagen.

Ik lijk wel een bange haas, dacht ze, en dat allemaal vanwege een man die ik tot voor kort niet kende. Ik zou hem moeten wegsturen.

Ze stopte ergens en haalde sigaretten uit een automaat. Ze had al in geen tijden meer gerookt – sinds ze Frederic kende, om precies te zijn. Hij hield niet van vrouwen die rookten. Maar plotseling snakte ze naar een sigaret. In de auto was het haar te warm, dus liep ze buiten heen en weer terwijl ze de sigaret oprookte. Het was een nogal armzalige omgeving: flatgebouwen die er slecht onderhouden en troosteloos uitzagen, alleen verfraaid door de stralend blauwe lucht en de warme zon. Een paar winkels, een stomerij die er zo sjofel uitzag dat je er niet over zou peinzen daar je kleren af te geven. De buurt was uitgestorven. Ergens klonk het gejengel van radiomuziek.

Virginia voelde een beklemming op de borst, volgens haar het gevolg van de ongewone situatie. Het was net of ze een ander was. Niet Virginia Quentin, de vrouw van de rijke bankier Frederic Quentin, die binnenkort misschien een vooraanstaand persoon in de politieke wereld van zijn land zou zijn.

Virginia Quentin, met het landhuis in het grote park, met Grace en Jack Walker die voor haar werkten. Met het vakantiehuis op Skye en de woning in Londen. Die Virginia Quentin kwam gewoonlijk nooit in de sloppenwijken van de stad. Die stond niet op een trottoir te roken. Haar leven liet dat absoluut niet toe.

Als toppunt gooide ze haar peuk op de grond, trapte hem uit met de hak van haar dure schoen en stak de volgende sigaret op.

Plotseling hoorde ze de laatste vraag die Nathan haar had gesteld weer in haar hoofd. Waar is deze wilde, levenslustige vrouw gebleven?

Die verdwenen vrouw had gerookt. Ze had rondgezworven in buurten die absoluut verboden terrein waren voor fatsoenlijke meisjes. Ze had hasjiesj en cocaïne uitgeprobeerd, ze had af en toe te veel alcohol gedronken. Het was voorgekomen dat ze in een vreemd bed naast een vreemde man wakker werd en niet kon zeggen hoe ze daar terecht was gekomen. De verdwenen vrouw had een buitengewoon grote levenshonger gehad, en ze had maar al te vaak alle voorzichtigheid uit het oog verloren. Ze had de risico's wel gezien, maar om ze te vermijden had ze dingen moeten opgeven. En zij wilde alles, zonder voorbehoud.

Elke andere vorm van leven zou ze als 'dood zijn' hebben ervaren.

En dat was altijd het ergste geweest dat ze zich kon voorstellen.

Virginia gooide haar tweede sigaret op de grond, hoewel ze hem nog maar voor de helft had opgerookt. Ze trapte hem zorgvuldig en met kracht uit, alsof ze eigenlijk iets wilde doven wat in haar hoofd begon te flakkeren en te branden.

Ondanks de warmte ging ze in haar auto zitten. Ze sloot zelfs de deuren en de ramen. Ze was nog steeds te vroeg, ze kon Kim nog niet ophalen. Ze legde haar armen gekruist op het stuur en liet haar hoofd erop rusten. Ze wilde huilen, maar dat lukte niet.

Ze had zo lang in de auto gezeten dat ze haar dochter zelfs te laat ophaalde. Alle andere gasten waren al weg. De jarige en Kim zaten rustig in de tuin te schommelen. Toen het feestvarken begreep dat ook de laatste gast zou vertrekken, begon ze te huilen.

'Het is altijd moeilijk voor een kind als zo'n leuk feest definitief voorbij is,' zei de moeder. 'Mevrouw Quentin, zou Kim hier niet tot morgen kunnen blijven? Dan eindigt het niet zo abrupt en zouden de meisjes nog een beetje met elkaar kunnen spelen. Per slot van rekening begint nu de laatste vakantieweek.'

Gewoonlijk had Virginia Kim dat pleziertje graag gegund, maar in de huidige situatie kwam het haar helemaal niet goed uit. Nathan Moor hing nog steeds in haar huis rond en ze had geen idee wanneer hij van plan was te vertrekken. Ze wilde niet nog langer met hem alleen zijn. Ze ontspande zich altijd in de aanwezigheid van de kleine Kim, maar dat kon ze natuurlijk niet tegen die andere moeder zeggen, en ze kon ook geen uitvlucht bedenken. Maar als ze Kim meenam, zou zich onvermijdelijk een ander probleem voordoen. Dan kon ze niet langer voor Frederic geheim houden dat Nathan bij haar had gelogeerd.

Ze spraken af dat Kim de volgende avond zou worden opgehaald. Beide meisjes juichten van blijdschap. Virginia werd voor een kopje thee uitgenodigd, maar ze bedankte. Ze had weliswaar geen haast om naar huis te gaan, maar het leek haar onverdraaglijk om nu met deze aardige vrouw, die haar leven helemaal op orde leek te hebben, thee te drinken en over koetjes en kalfjes te praten. Toen Virginia weer in haar auto zat, bedacht ze hoe snel ze bereid was het beeld dat iemand uitstraalde te vertrouwen. Hoe kon ze nou weten of alles op orde was

in het leven van die vrouw? Alleen omdat ze in een goed onderhouden rijtjeshuis woonde, met een tuin waarin de bloemen op kleur waren ingeplant? Omdat ze gepermanent haar
had en haar tanden een beetje naar voren stonden? Omdat
háár kennelijk niet het zwaard van Damocles boven het hoofd
hing om de echtgenote van een politicus te moeten worden?

Ze vroeg zich af hoe zíj op anderen overkwam. Vriendelijk
maar ongenaakbaar? Misschien vonden ze haar gewoon arro-
gant. Ze nam nooit deel aan de activiteiten van de andere
moeders, en ze mompelde altijd iets over andere verplichtingen. Zoals ze zojuist de uitnodiging om thee te drinken had
afgeslagen. De vrouw die haar leven op orde leek te hebben,
had een trieste indruk gemaakt. Misschien was ze eenzaam.
Waar was haar man op deze zondagmiddag? Virginia had hem
niet gezien.

Ze trof Nathan aan op het terras, waar hij in een ligstoel zat
en een boek doorbladerde. Dat boek moest hij uit de bibliotheek hebben gehaald, maar Virginia zei bij zichzelf dat dat
oké was. Hij moest niet zitten te niksen en zich vervelen. Het
belangrijkste was dat hij niet meer in de laden snuffelde.

'Daar ben je eindelijk,' zei hij. 'Je bent lang weggebleven. Ik
begon me al zorgen te maken.'

'Hoe laat is het dan?' vroeg Virginia.

'Bijna half vijf.' Hij stond op en kwam naar haar toe.

'Je hebt gerookt,' stelde hij vast.

Op de een of andere manier vond ze deze opmerking indiscreet, maar ze wist niets terug te zeggen. En waarom zou ze?
Ze negeerde zijn vaststelling en zei: 'Kim wilde nog bij haar
vriendin blijven. Ze slaapt er nog een nachtje. Ik heb een
kopje thee gedronken met de moeder van het meisje.' Ze wilde de indruk wegnemen die hij had: dat ze een eenzame vrouw
was die volledig in een isolement leefde. Hij moest zien dat ze
heel normale dingen deed. Tegelijkertijd vroeg ze zich af waarom zijn mening zo belangrijk voor haar was.

Hij leek haar niet te geloven – wat haar onzeker maakte. Maar dat kon ze zich ook inbeelden.

'Ik wil graag naar het ziekenhuis om bij Livia op bezoek te gaan,' zei hij. 'Kan ik misschien je auto lenen? Toen ik hierheen kwam, heb ik het hele eind gelopen, maar ik moet toegeven dat me dat niet elke dag lukt.'

Ze gaf hem haar autosleuteltjes, in de wetenschap dat Frederic ook daar wanhopig over zou worden en zich de haren uit het hoofd zou trekken. Alsof Nathan haar gedachten kon lezen, zei hij: 'Trouwens, je man heeft gebeld.'

'Frederic?' Ze schrok zich dood. Frederic belde op en kreeg Nathan Moor aan de lijn! Dat had ze juist willen vermijden. 'Heb je Frederic gesproken?'

Hij stak, grijnzend in een afwerend gebaar, zijn beide handen op. 'Hoe kom je erbij! Nee! Ik neem bij een vreemde de telefoon niet op! Het antwoordapparaat nam de boodschap aan en ik kon meeluisteren. Maar Frederic zei niet veel. Hij vroeg eigenlijk alleen of je wilde terugbellen.'

Dat was een pak van haar hart. Ze slaakte een zucht van verlichting. 'Oké, dan bel ik meteen.'

'Of wil je met mij mee naar Livia?'

'Nee.' Het zou wel zinvol zijn geweest om dat te doen, vooral omdat ze er nu de tijd en de ruimte voor had door Kims onverwachte afwezigheid, maar het idee om met hem in de auto te zitten stond haar niet aan. Ze wilde eigenlijk helemaal niet dicht bij hem zijn.

'Goed. Tot straks dan!' Hij draaide zich om om te vertrekken. Hij zag er slordig uit in zijn vlekkerige spijkerbroek en witte T-shirt, dat ook niet helemaal schoon was. Bepaald geen correcte kleding om een ziekenhuispatiënt te bezoeken. Virginia vermoedde dat hem dat niets kon schelen. Of, dacht ze plotseling, misschien wil hij helemaal niet naar het ziekenhuis, maar rijdt hij een beetje rond en drinkt ergens een borrel.

Vreemd genoeg was ze geen moment bang dat hij met de auto zou kunnen verdwijnen. Ze vond hem een duistere figuur, maar diefstal achtte ze uitgesloten.

Hij was al bijna om de hoek van het terras verdwenen, toen ze zijn naam riep. 'Nathan!'

'Ja?' Hij bleef staan en draaide zich om.

Ze had hem willen vragen ervoor te zorgen dat de Walkers hem niet zagen, maar plotseling vond ze dat dwaas van zichzelf. Daarmee verleende ze hem wel erg veel gewicht! En zijzelf was dan net een schoolmeisje, dat bang was op verboden dingen te worden betrapt. Ze had niets te verbergen, er was niets gebeurd wat Frederic niet mocht weten. De Walkers mochten best zien dat ze bezoek had.

En toch hoopte ze oprecht dat ze niets zouden merken.

'O, niets,' zei ze, 'het is al geregeld.'

Hij glimlachte en verdween. Kort daarna hoorde ze de motor van haar wagen starten.

Onmiddellijk kon ze gemakkelijker ademhalen. Ze zou eerst douchen. Dan zou ze Frederic opbellen en daarna een glas wijn drinken. Ze moest voorkomen dat ze gekweld zou worden door akelige gedachten.

3

Ze kreeg Frederic meteen aan de lijn, en tot haar opluchting hoefde ze niet te liegen en ook niets te verzwijgen, want hij vroeg niet wat ze die dag allemaal had gedaan. In plaats daarvan had hij nieuws, en hij barstte dan ook gelijk los.

'Virginia, liefje, ben je boos op me als ik een paar dagen langer in Londen blijf? Ik heb een paar ontzettend belangrijke mensen leren kennen, die heel erg in me geïnteresseerd zijn. Ik ben twee keer uitgenodigd voor een etentje, en...'

Ze was zoals altijd: begripvol en bereid op alles ja te zeggen. En ze had er ook geen moeite mee, net als altijd.

'Natuurlijk blijf je langer. Dat is absoluut geen probleem. Ik red me hier wel.'

'Ja, dan zou het tot vrijdag duren...' Hij aarzelde.

'Ja?' Ze had het gevoel dat hij nog iets wilde zeggen. En dat het hem om de een of andere reden moeite kostte.

'Die twee etentjes zijn dinsdag en woensdag. Vrijdag vindt er een groot banket plaats bij Sir James Woodward.'

Die naam zei haar niets. Maar alle alarmbellen gingen bij haar af.

'Sir Woodward zit in het Lagerhuis. Hij is daar een van de invloedrijkste mannen,' zei Frederic. 'Om op een banket bij hem thuis te worden uitgenodigd, is... ja dat is het belangrijkste wat er kan gebeuren, en...'

Alles was altijd zo ongelofelijk belangrijk. En het belangrijkste. En het allerbelangrijkste. En ze wist precies wat hij wilde.

'Nee, Frederic,' zei ze.

'Lieverd, alleen deze ene keer! Ik kan daar gewoon niet zonder mijn vrouw verschijnen. Ik moet al veel te vaak een smoes verzinnen, en ik krijg het gevoel dat niemand me meer gelooft. Je hebt óf de griep, óf het kind is ziek, óf het huis wordt verbouwd, waarop jij toezicht moet houden... ik kan zo langzamerhand niets meer bedenken.'

'Dan verzinnen we toch gewoon een beroep dat ik uitoefen. Een werkende vrouw kan niet per jet tussen Londen en King's Lynn heen en weer vliegen als de politieke ambities van haar man dat vereisen!'

'Dat heb ik je toch al zo vaak uitgelegd? In... deze kringen zetten ook de werkende vrouwen zich voor de carrière van hun man in. Men scheidt dat niet zo: hier zíjn baan, daar de hare.'

'Ik snap het. Zíjn baan is háár baan.'

'Virginia...'

'Hun opvattingen over vrouwen zijn heel ouderwets, niet?'

'Bij de conservatieve partij...'

'Kan het zijn dat je lid van de verkeerde partij bent?' snauwde ze.

Hij zuchtte diep, maar het was geen gelaten zucht. Virginia had goede voelhorentjes: het was een zucht vol ergernis.

'Daar wil ik nu niet over discussiëren,' zei hij. 'Ik maak deel uit van die partij omdat ik me met haar doelstellingen en ideeën over waarden en normen kan vereenzelvigen. Ik ambieer een carrière in die partij. Dat is mijn goed recht. En als jij niet steeds over jezelf en je stemmingen nadacht, zou je misschien ook eens een keertje trots op me kunnen zijn of een poging doen me te steunen.'

Ze kreeg pijn in haar nek, kleine speldenprikken. Er kwam een zware hoofdpijn opzetten.

'Frederic...'

Hij liet haar niet uitpraten. Hij was woedend en gefrustreerd. 'Uitgerekend jíj hebt het over ouderwetse opvattingen over vrouwen. Als je wérkelijk een beroep uitoefende en een geweldige carrière zou hebben, zou ik het misschien pikken dat je dat tegen me zegt. Maar na je studie heb je nooit echt gewerkt. Alleen maar af en toe, een of ander gelegenheidsbaantje. En niet omwille van mij of van mijn ontzettend ouderwetse partij! Maar omdat jij dat zo wilde. Wat doe je nou de hele dag? Je brengt onze dochter groot en je jogt. Dat is alles. Dus doe nou maar niet zo ontzettend geëmancipeerd!'

De pijn werd erger. Eigenlijk moest ze nu meteen een pil innemen, om te proberen het ergste te voorkomen. Maar om de een of andere reden lukte het haar niet om dat te zeggen, de hoorn op de haak te leggen en naar de badkamer te gaan. Ze stond als aan de grond genageld en luisterde verbijsterd naar zijn woede.

Ze zwegen alle twee even. Frederic haalde diep adem. Ze wist dat hij die dingen niet had willen zeggen en dat hij er vermoedelijk nu al spijt van had. Maar het was wel precies wat hij dacht.

'Ik wil geen ruzie met je maken,' zei hij kalmer, 'en het spijt me als ik je gekwetst heb, maar ik sta erop dat je vrijdag deelneemt aan dat banket. Er zit niets anders op. Kom alsjeblieft naar Londen.'

'Kim...'

'Kim logeert in de nacht van vrijdag op zaterdag bij de Walkers. Ze is dol op Grace en Jack. En die zullen haar mateloos verwennen. Dat is helemaal geen probleem. Mijn god, het gaat maar om één nacht, Virginia!'

Het ging om zoveel meer. Maar hoe moest ze hem dat duidelijk maken?

'Ik heb barstende hoofdpijn,' zei ze ten slotte, 'ik moet nu meteen een pil innemen.'

'We bellen morgen weer,' zei Frederic, en hing op.

Geen afscheidsgroet, geen 'ik hou van je'. Hij was écht boos op haar. Frederic werd zelden kwaad, in elk geval toonde hij zijn kwaadheid vrijwel nooit. Nu hij dat wél deed, moest hij wel heel verbolgen zijn over haar gedrag.

Omdat dat diner bijzonder belangrijk was.

De pijn in haar hoofd kwam in golven opzetten. Moeizaam ging ze de badkamer binnen en zocht in het medicijnkastje naar de pillen. Toen ze voor de wastafel stond om een glas met water te vullen, keek ze naar haar spiegelbeeld. Ze was lijkbleek, haar lippen waren grauw. Ze zag eruit als een geest.

Mijn man heeft me gevraagd met hem mee te gaan naar een banket dat belangrijk voor hem is. Vervolgens kreeg ik zware hoofdpijn en zag er binnen een paar minuten uit als iemand die ernstig ziek is.

Waren dat de woorden waarmee ze haar probleem bij een psychotherapeut zou omschrijven?

Was ze rijp voor therapie?

Ze slikte twee pillen, liep wankelend de zitkamer in en ging op de sofa liggen. Het was beter geweest om naar de slaapkamer te gaan, in bed te kruipen en de blinden te sluiten, maar dat deed ze niet, omdat Nathan Moor, als hij terugkwam, dan meteen zou beseffen dat er iets met haar aan de hand was. Hij keek toch al te veel in haar binnenste en bracht dingen ter sprake waarover ze niet wilde praten. Ze moest er niet aan denken dat hij haar aantrof terwijl zij bewusteloos op de grond lag.

Maar ze merkte algauw dat ze er niet echt in zou slagen net te doen alsof alles in orde was. De bonkende pijn in haar hoofd leek eerder erger dan minder te worden. Ze had het medicijn óf te laat ingenomen óf ze was er te zeer aan gewend geraakt. In elk geval hielp het niet zo goed meer. Bovendien nam haar wanhoop met de minuut toe. Ze had het gevoel jammerlijk te falen, een waardeloos mens te zijn.

Wat doe je nou de hele dag? Je brengt onze dochter groot en je jogt!

Hij had nog nooit zo boos en zo kwetsend tegen haar gesproken en haar op zo'n meedogenloze manier een spiegel voorgehouden, waarin ze een dergelijk vernietigend beeld van zichzelf te zien kreeg. Ze had geen beroep, geen carrière, niet eens een groot opgezet liefdadigheidsproject om tijd en energie in te steken. Ze zat in dit enorme huis en zorgde voor een kind dat haar – wie had dat pas nog tegen haar gezegd? Nathan Moor? – binnen afzienbare tijd niet meer dag en nacht nodig zou hebben. Ze rende haar rondjes door het park, en als een andere moeder haar voor de thee uitnodigde, zei ze dat ze niet kon blijven vanwege belangrijke verplichtingen. Ze weigerde de loopbaan van haar man te ondersteunen en ze wees de geringste attenties die hij van haar vroeg gewoon af. Het enige wat haar in de afgelopen tijd in beweging had gezet, was de hulp aan de Duitse schipbreukelingen op Skye. En het zag ernaar uit dat ze ook wat dát betreft weer een fout had gemaakt. Ze kwam niet meer van Nathan Moor af, precies zoals Frederic had gezegd. Ze had Frederic ook nog harteloosheid verweten, toen hij haar waarschuwde. Intussen logeerde Moor al bij haar en verkende hij in haar auto de omgeving. Het was duidelijk: als ze eens iets ondernam, een keer uit haar muizenholletje durfde te komen, ging het mis.

Op een gegeven moment kwamen de tranen. Ze wist dat het funest was om te huilen nu ze hoofdpijn had, maar ze kon er niet langer tegen vechten. Hevig snikkend lag ze op haar kussen. Ze had al heel lang niet meer gehuild, dat moest jaren terug zijn, en de aanleiding kon ze zich niet herinneren. In haar leven met Frederic was er nooit een reden voor tranen geweest. Alles was zo overzichtelijk en vreedzaam, de ene dag leek op de andere, vrij van angsten en zorgen. Ze hadden nooit ruzie, en Frederic oefende nooit druk op haar uit. Tot nu toe. Ineens stelde hij eisen. Kwetste haar als hij haar weerstand voelde. Bezorgde haar hoofdpijn en schuldgevoelens. En dat alles slechts een paar uur nadat Nathan Moor haar met zijn vragen had bestookt en haar letterlijk het huis uit had gejaagd. Een paar uur nadat ze in een of andere godvergeten straat in een van de sloppenwijken van King's Lynn had staan roken.

Wat gebeurde er plotseling met haar?

Ze wist niet hoelang ze zo had liggen huilen, toen ze ineens de motor van haar auto hoorde. Nathan Moor kwam terug. Ze ging snel rechtop zitten en onderdrukte een kreet van pijn. In haar hoofd leken overal lange naalden te steken die zich in haar hersens boorden. Ze probeerde haar haren een beetje te fatsoeneren, maar het was duidelijk dat ze niet zou kunnen verbergen dat het slecht met haar ging. Ze zou er wel vreselijk uitzien.

Hij kwam door de keukendeur binnen – typisch iets voor hem, om niet meer beleefd op de voordeur te kloppen, maar zich te gedragen alsof hij hier thuishoorde – en vlak daarna stond hij in de zitkamer. Hij zag er goed uit, vrolijk en ont-spannen.

Of het gaat beter met Livia, dacht Virginia, óf het interes-seert hem niet hoe het met haar gaat, óf hij is helemaal niet bij haar geweest.

'Zit je niet buiten?' vroeg hij verbaasd. 'Het is een heerlijke avond, en...' Hij zweeg abrupt. In het schemerlicht van de ka-mer had hij haar gezicht niet goed kunnen zien, maar nu be-greep hij dat er iets aan de hand was.

'Virginia!' Tot haar verbazing klonk hij geschrokken, alsof hij in staat was zich ongerust over haar te maken. 'Wat is er? Voel je je niet lekker?' Hij bekeek haar aandachtig. 'Je hebt ge-huild,' stelde hij vast.

Ze wreef in haar ogen, alsof ze nu nog iets kon verbergen. 'Ik heb barstende hoofdpijn,' zei ze.

'Migraine?'

'Zoiets, ja. Daar heb ik af en toe last van. En ik,' ze probeer-de te glimlachen, maar ze voelde wel dat dat jammerlijk mis-lukte, 'ik ben weer eens zo dom geweest om mijn pillen niet op tijd in te nemen. Daarbij gaat het vaak om seconden.'

Hij keek haar bezorgd aan. 'Wanneer krijg je last van hoofd-pijn?'

'Meestal als het weer omslaat. Vanaf morgen zal het kouder worden. Misschien komt het daardoor.'

'Misschien.' Hij maakte geen overtuigde indruk. En hij liet gelijk weer een staaltje van zijn helderziendheid zien door te vragen: 'Heb je je man teruggebeld?'

'Mijn hoofdpijn heeft niets met mijn man te maken.'

'Komt de pijn uit je nek?'

'Ja.'

'Mag ik?' Zonder op haar antwoord te wachten ging hij achter de sofa staan, boog zich naar voren en begon haar nek en haar schouders te masseren. Zijn handen voelden sterk aan. Zijn huid was ruw, maar zijn bewegingen waren zacht en bedreven. Hij leek precies te weten welke plekken hij moest aanraken en ook hóé hij dat moest doen. Soms deed het pijn, maar het was nooit ondraaglijk. En in Virginia's gespannen rug, in haar volledig verkrampte nek, leek de spanning inderdaad een beetje te verminderen.

'Heb je dat ergens geleerd?' vroeg ze.

'Nee. Ik doe het op mijn gevoel. Wordt de pijn minder?'

Ze was stomverbaasd. 'Ja. De pijn wordt inderdaad minder.'

Hij ging door. 'Je spieren voelen al veel zachter aan. Hoe komt het dat je zo gespannen bent, Virginia? Waardoor ben je zo verkrampt?'

'Omdat het weer morgen omslaat.'

Ze hoorde hem zacht lachen. 'Dat komt je zeker nu heel goed uit,' zei hij.

Hij drukte op een plek in haar nek, en deze keer deed het écht zeer.

'Au,' jammerde ze.

'Dat was de hardste knoop,' zei hij, 'de plek die je aan het huilen heeft gemaakt.' Hij streek nu heel zacht en voorzichtig over dezelfde plek. Virginia merkte dat er eigenaardige, zachte rillingen over haar hoofdhuid liepen, zich in haar nek verzamelden en over haar ruggengraat naar beneden gingen. Er kwam iets los. Meer dan alleen maar de spanning in haar spieren. Iets anders... in haar... Tot haar ontzetting en zonder dat ze er iets tegen kon doen, vulden haar ogen zich opnieuw met tranen.

Nee, dacht ze paniekerig, niet nú!

Maar het was te laat. De tranen stroomden over haar wangen, nog meer dan voorheen. Ze overspoelden haar als het ware, alsof er een dam was gebroken en er een vloed vrijkwam die niemand meer onder controle kon houden. Schokkend van het huilen kromp ze ineen op de sofa. Toen merkte ze dat Nathan Moor naast haar ging zitten en haar plotseling in zijn armen nam.

'Alles is goed,' zei hij geruststellend, 'alles is oké. Huil maar, Virginia. Huil maar eens goed uit. Huilen is belangrijk. Het is lang geleden dat je voor het laatst hebt gehuild, is het niet? Veel te lang.' Hij streek zacht over haar haar. Op dit moment straalde hij kracht en tegelijkertijd tederheid uit.

'Het... spijt me zo,' stamelde Virginia.

'Wat? Waar heb je spijt van, Virginia?'

Ze hief haar hoofd op en keek hem met betraande ogen aan. 'Michael,' zei ze. Onmiddellijk daarna dacht ze vol schrik: Waarom heb ik dát gezegd? Waarom heb ik Michaels naam genoemd?

Hij bleef over haar haren strijken. 'Wie is Michael, Virginia?'

Ze maakte zich los uit zijn armen en sprong overeind. Toen snelde ze naar de keuken. Ze bereikte nog net op tijd de gootsteen.

Hij was haar gevolgd. Hij hield haar hoofd vast en streek haar haren naar achteren, zodat ze niet vies werden toen ze overgaf. Het leek of er geen einde aan het braken zou komen.

Op het moment dat het tóch gebeurde en ze rechtop ging staan, met trillende benen en zo zwak dat ze zich afvroeg hoe ze vanaf de gootsteen naar een van de stoelen aan de keukentafel moest komen, wist ze dat ze hem over Michael zou vertellen.

4

Michael

Op hun zevende hadden ze gezworen dat ze met elkaar zouden trouwen. Ze hielden zoveel van elkaar dat ze zich niet konden voorstellen ooit van een ander te zullen houden.

Toen ze twaalf waren, vernieuwden ze hun belofte, ernstiger en plechtiger dan voorheen, want intussen was er tegen hen gezegd dat neef en nicht niet met elkaar hoorden te trouwen. En nu vermoedden ze dat ze zouden worden tegengewerkt, wat alles nog veel romantischer en avontuurlijker maakte. De zogenaamde fatsoenlijke maatschappij zou hen nooit accepteren, en misschien zouden ze ook door hun families worden verstoten. Mensen die hen nu nog groetten, zouden aan de overkant van de straat gaan lopen als ze hen tegenkwamen. Ze konden er urenlang mee bezig zijn het leven als uitgestotenen in de afzichtelijkste kleuren af te schilderen, en soms begon hun lichaam dan aangenaam te tintelen. Want het mooie ervan was de stellige zekerheid dat ze ondanks alles nooit alleen zouden zijn. Ze hadden elkaar, voor eeuwig en altijd. Ze waren een eiland, aan alle kanten omgeven door een vijandige zee.

Wat kon hen gebeuren?

Ze waren in hetzelfde jaar geboren, een paar maanden na elkaar. Virginia Delaney werd op 3 februari geboren, Michael Clark op 8 juli. Hun moeders waren zussen, die een hechte band met elkaar hadden en ooit hadden afgesproken dat ze altijd bij elkaar in de buurt zouden wonen. Het was hun gelukt om met hun echtgenoten hun intrek te nemen in twee naast elkaar staande huizen in Londen. En nu hadden ze het ook nog klaargespeeld om in hetzelfde jaar een kind op de wereld te zetten. Ze hadden gehoopt dat Michael en Virginia als broer en zus zouden opgroeien, en daar hoorde ook bij dat ze gevoelens van broer en zus voor elkaar zouden ontwikkelen. Maar de vurige, mateloze liefde tussen die twee had niemand verwacht. Soms leek het de zussen bijna gevaarlijk, maar ze stelden zichzelf gerust met de gedachte dat de kinderen nog klein waren en dat het probleem in de puberteit ongetwijfeld vanzelf zou worden opgelost.

Virginia en Michael hadden samen een fantastische jeugd. Ze gingen samen naar school, maakten samen huiswerk en beschermden elkaar tegen grotere en sterkere vechtjassen. In feite beschermde Virginia Michael. Ze was niet alleen de oudste, ze was ook veel zelfbewuster, luidruchtiger en onbevreesder. Michael, vrij gevoelig en zwak, had het moeilijk te midden van de andere jongens. Hij werd niet voor vol aangezien en ging door voor een moederskindje. Dat hij altijd door zijn energieke nicht werd verdedigd, die ook bereid was voor hem te vechten, vergrootte zijn aanzien bepaald niet, maar in elk geval durfden ze hem niet zomaar aan te vallen. Niemand wilde het met Virginia aan de stok krijgen. Ze kon heel kwaad worden, dat hadden zelfs de sterkste jongens al ondervonden, en Michael Clark stond onder haar bescherming. Anders zou hij het op school heel moeilijk hebben gehad, vol plagerijen en vernederingen. Maar nu werd er meestal alleen achter zijn rug om gekletst en wierpen ze hem heimelijk hatelijke blikken toe, wat hij in de loop der tijd leerde te negeren.

Ze gingen door dik en dun. In de tuintjes achter hun ouderlijk huis speelden ze fantasierijke, spannende spelletjes, vol avontuur en gevaar. Ze speelden indiaantje, piraat, en prins en prinses. 's Zomers rolschaatsten ze in de Londense parken en in de herfst zwierven ze hand in hand door de stad, op zoek naar iets waarvan ze niet wisten wat het was. Ze bakten samen kerstkoekjes en bewonderden de speelgoedafdeling van Harrod's. Ze spaarden allebei hun zakgeld op, om voor de ander te kunnen kopen wat hij of zij het liefst wilde hebben. In de zomervakantie reden ze met hun ouders naar hun grootouders, die in Cornwall aan zee woonden. Naar die weken in volle vrijheid keken ze het hele jaar uit. Hun grootouders hadden een klein huis dat midden in een grote, verwilderde tuin stond. Als je aan de achterkant over het hek klom en een paadje met brem en vlierstruiken afliep, kwam je op het strand. Een kleine baai waar het nooit druk was. Het zand en de zee behoorden de kinderen toe. In de tuin van hun grootouders stonden appelbomen en kersenbomen, waar je in kon klimmen en fruit kon eten tot je er buikpijn van kreeg. Virginia en

Michael hadden natuurlijk een boomhut. Daarin bewaarden ze de schatten van hun zomervakanties: schelpen, bijzondere stenen, gedroogde bloemen, boeken met zand en veel ezelsoren erin, briefjes met gecodeerde berichten die alleen zíj konden begrijpen. In de vakantie aten ze niet op vaste tijden, en niemand zei tegen hen wanneer ze naar bed moesten of dat ze hun voeten moesten wassen. Als de avond viel, moesten ze thuis hun gezicht laten zien. Maar het was heel makkelijk om later weer uit de gezamenlijke, kleine slaapkamer naar buiten te klimmen, over het dak van het schuurtje te kruipen, op de regenton te springen en in de nacht te verdwijnen. Ze vonden het allebei heerlijk om onder de sterrenhemel in zee te zwemmen, in dat enorme, zwarte, onheilspellende wateroppervlak, met de adem van de ander naast zich. Dat deden ze vaak. En daarna lagen ze in het warme zand te praten of te doezelen. Af en toe keerden ze pas bij het ochtendkrieken naar huis terug.

Het was in zo'n heldere zomernacht in hun stille baai dat Michael Virginia voor het eerst kuste, op de manier zoals dat in boeken beschreven stond. Niet onschuldig en broederlijk, zoals natuurlijk al duizend keer was gebeurd. Michael was vier weken eerder veertien geworden, Virginia al in februari. Dit jaar had ze haar kostschool- en paardenboeken weggelegd en was ze échte romans gaan lezen, die haar moeder maar beter niet op haar kamer kon vinden. Ze gingen over mooie vrouwen en sterke mannen en over alles wat ze met elkaar deden. Ze had Michael, die toen nog van boeken als *Robinson Crusoe* of *Tom Sawyer* hield, erover verteld. Maar toen al had ze het gevoel gehad dat hij niet begreep waarom de romans haar zo fascineerden. Eén ding had hij wél begrepen: zijn geliefde had een stadium bereikt dat hij nog niet kende. Instinctief vermoedde hij dat hij zo snel mogelijk in datzelfde stadium moest zien te komen. Ze had hem genoeg verteld om te weten naar wat voor kus ze verlangde, en hij deed zijn best.

Het was Virginia's eerste echte kus. Het was voor het eerst

dat ze naakt in het zand lag en dat een man zich over haar heen boog, zijn tong in haar mond stak en zijn lippen minutenlang met de hare liet versmelten. Precies datgene waarover ze intussen al honderd keer had gelezen.

Na afloop wist ze dat Michael niet de man was die de gevoelens bij haar kon opwekken die ze op dat moment had moeten hebben. Ze hield heel veel van hem.

Maar haar lichaam reageerde niet op hem.

Vanaf dat moment was niets meer als voordien. Ze praatten er niet over – het was de eerste keer dat ze iets wat hen alle twee bezighield niet bespraken – maar ze voelden het allebei. In stilzwijgende overeenstemming werd het onderwerp 'huwelijk' niet meer aangeroerd. In de herfst die op die beslissende zomer volgde, begonnen ze steeds meer hun eigen weg te gaan. Michael bleef de introverte, verlegen jongen die hij altijd was geweest, verdiept in een eigen wereld, die voornamelijk uit boeken en muziek bestond. Virginia ontdekte het leven in de buitenwereld. Hoe meer ze daarvan zag, hoe meer ze wilde hebben. Ze maakte zich op, droeg korte rokjes, maakte algauw deel uit van een grote, vrolijke, rumoerige groep jongeren die de pubs en discotheken van Londen bezocht. Ze had talloze heftige discussies met haar moeder, die haar kleding te provocerend vond. Maar ten slotte trok haar moeder aan het kortste eind, omdat Virginia helemaal niet in haar mening geïnteresseerd was. Virginia had die hele winter veel lol. Ze werd heel mager, sliep te weinig en deed het slecht op school, maar ze had eindeloos veel afspraakjes en aanbidders.

Op een mistige januaridag verscheen Michael onaangekondigd in haar kamer en betrapte haar op het roken van een sigaret. Eerst had Virginia gedacht dat haar moeder kwam binnenvallen, en daarom drukte ze de sigaret vlug uit op een schoteltje – wat volstrekt zinloos was, aangezien er een rooksluier in de kamer hing.

'O, ben jíj het,' zei ze toen Michael zijn hoofd om de hoek van de deur stak, 'je laat me schrikken!'

'Sorry,' antwoordde Michael. Hij kwam binnen en sloot de deur achter zich. Aangezien ze niet meer bij elkaar op school zaten, had Virginia hem een tijd niet gezien. Hij was een stuk langer geworden, maar hij maakte een magere indruk en had ingevallen wangen. Ze schrok, omdat hij er zo slecht uitzag.

'Wat is er aan de hand?' vroeg ze. 'Ben je ziek?'

In plaats van te antwoorden vroeg hij verontwaardigd: 'Róók je?'

'Af en toe.'

'Waarschijnlijk roken al je nieuwe vrienden.'

'De meesten, ja.'

'Hm.' Hij keurde het af, dat kon ze aan hem zien, maar hij had haar nog nooit openlijk bekritiseerd. Hij ging naast haar op het bed zitten en keek naar de muur aan de andere kant van de kamer.

'Mijn ouders gaan scheiden,' zei hij plotseling.

'Wát?'

'Mijn moeder heeft het me gisteravond verteld. Ik vermoedde al zoiets.'

'Maar... waaróm? Wat is er dan gebeurd?'

'Mijn vader heeft een andere vrouw leren kennen. Vorig jaar al, in oktober. Sindsdien huilt mijn moeder alleen nog maar. Hij kwam vaak 's nachts niet thuis.' Michael haalde zijn schouders op. 'Nou ja, blijkbaar heeft die nieuwe gewonnen.'

'Dat is me ook wat! Ken je haar?'

'Nee. Ik weet alleen dat ze Amerikaanse is en dat pa met haar naar San Francisco wil verhuizen.'

'Shit, zeg! Zóver weg?'

Michael knikte. 'Ik blijf natuurlijk hier, bij ma. Ze heeft het er heel moeilijk mee... ze doet niet anders dan huilen.'

Met een schuldgevoel besefte Virginia hoe weinig ze zich in de afgelopen tijd om haar familie had bekommerd. Dat zich bij de Clarks naast hen een tragedie afspeelde was haar volledig ontgaan. Haar ouders misschien ook, in elk geval had niemand iets gezegd.

'O, Michael,' zei ze hulpeloos. Voor het eerst in haar leven aarzelde ze hem naar zich toe te trekken en in haar armen te nemen. 'Ik vind het zo rot voor je. Echt waar. Is er geen kans dat je vader zich nog bedenkt?'

'Ik denk het niet. Hij woont nu al meer bij háár dan bij óns. Blijkbaar heeft hij in Amerika ook wat werk betreft al het een en ander op touw gezet. Hij wil alleen nog maar weg!'

Virginia vroeg zich af hoe iemand zo'n lieve jongen als Michael en zo'n leuke vrouw als zijn moeder zomaar kon verlaten. Kennelijk waren er andere criteria die het gedrag van sommige mannen bepaalden. Ze was boos op haar oom, omdat hij Michael zo verdrietig maakte. Maar toen vroeg ze zich af of haar oom misschien dezelfde reden had gehad als zij, toen ze haar verloving met Michael stilzwijgend verbrak: het ontbreken van erotiek in de bestaande relatie. Hoe oppervlakkig het misschien ook was, ze wist intussen hoe sterk de kracht van seksualiteit was en hoe je ernaar kon verlangen als het er niet was. Misschien gaf de Amerikaanse hem in dat opzicht iets wat allang uit zijn huwelijk was verdwenen.

Ze leefde met Michael mee. Hij had een heel akelig voorjaar, waarin hij voornamelijk moest proberen zijn huilende, wanhopige moeder te troosten. Maar ze leefde slechts een beetje mee, want haar eigen leven ging ook door, boordevol belevenissen en gebeurtenissen. Begin maart, een maand na haar vijftiende verjaardag, ging ze voor het eerst met een jongen naar bed. Hij was al negentien, een knappe, ietwat verveelde zoon van een steenrijke Londense familie. Ze had hem in een discotheek ontmoet. Ze had beweerd dat ze zeventien was, wat hij kennelijk zonder enige argwaan had geloofd. Nicholas bezat een eigen auto met stoelen met verstelbare rugleuning, waarop ze seks konden bedrijven. Virginia vond Nicholas heel aantrekkelijk, maar niet erg sympathiek. Ze hield bij lange na niet zo veel van hem als van Michael, maar ze stelde vast dat, in tegenstelling tot wat haar moeder haar altijd probeerde wijs te maken, liefde en erotiek niet per se iets met elkaar te maken hoefden te hebben. Wat deze jongen betrof, toonde haar lichaam alle symptomen van de hartstocht en begeerte waarover ze altijd had gelezen. Ze vond het fantastisch om met hem te vrijen. Ze vond het heerlijk om hem te kussen. Om zich langzaam op zwak verlichte dansvloeren dicht tegen elkaar aan te bewegen. Om innig omstrengeld met hem door de stad te slenteren. De eerste tijd kon ze er niet genoeg van krijgen. Ze gingen anderhalf jaar met elkaar, afgezien van een vier weken durende crisis, toen Nicholas ontdekte dat Virginia tegen hem had gelogen over haar leeftijd. Hij mokte een tijdje, maar hij was veel te gek op het mooie, blonde meisje om echt een punt achter hun relatie te zetten. Ze beleefden samen opwindende dingen, want Nicholas kon net zoveel geld uitgeven als hij maar wilde. Ze bezochten de duurste discotheken. Virginia zou dat nooit van haar zakgeld hebben kunnen betalen. Ze aten in luxe restaurants, keken op Wimbledon naar tennis en in Ascot naar de paardenrennen. Het was een nieuw leven, een nieuwe wereld voor Virginia, en ze genoot met volle teugen.

Intussen verliet Michaels vader zijn huis definitief. Ten slotte werd ook de scheiding uitgesproken. Michaels moeder, die zwaar depressief was geworden, had niet meer de kracht om zich tegen de scheiding te verzetten. Toen de zestienjarige Virginia het uitmaakte met Nicholas – geld en glamour hadden hun bekoring verloren, en échte gevoelens waren er tussen hen nooit geweest – was Michaels moeder psychisch zo ziek dat Michael steeds meer een soort verpleger voor haar werd. In plaats van eindelijk zijn eigen leven te kunnen leiden – of in elk geval erachter te kunnen komen waar dat eigenlijk uit bestond – begeleidde hij zijn moeder naar haar therapeutische behandelingen. Hele weekends zat hij geduldig naast haar en hoorde steeds opnieuw de verhalen over haar huwelijk en de scheiding aan. Na twee jaar overleed ze aan een mysterieuze hartstilstand als gevolg van een overdosis medicijnen, die ze al dan niet met opzet had ingenomen. Lange tijd wist de amper achttienjarige Michael niet hoe hij de plotselinge leegte in zijn bestaan moest vullen. In die tijd ontstonden zijn eigen depressies.

Virginia, het kameraadje van zijn kinderjaren, was de enige die er voor hem overbleef. Virginia had zich met een steenrijke, twintig jaar oudere Canadees verloofd en was met hem meegegaan naar Vancouver. Maar een jaar later, kort voor de geplande bruiloft, vluchtte ze naar Engeland omdat hij gewelddadig bleek te zijn. Na deze ervaring ging het psychisch ook met háár niet goed. Ook zíj zocht steun, en bijna onvermijdelijk trokken zij en Michael weer naar elkaar toe. Aangeslagen en gefrustreerd als ze waren, belden ze elkaar vaak en zagen ze elkaar bijna dagelijks. Ze herontdekten de oude gevoelens voor elkaar en vonden de vertrouwdheid terug die er vroeger tussen hen was geweest. Toen Virginia zich in Cambridge inschreef voor een studie literatuurwetenschappen was het meteen duidelijk dat Michael ook daarheen zou komen. Hij wilde geschiedenis studeren en later professor worden.

Ze betrokken een kleine woning, die eigenlijk slechts uit één kamer en een kooknis bestond. Ze hadden veel vrienden en leidden een sociaal leven. Door Virginia werd Michael ook minder eenzelvig en werd hij opener en vrolijker. Virginia kreeg al snel haar oude levendigheid en luchthartigheid terug, hoewel ze tegelijkertijd met het oog op haar studie een serieuzer leven probeerde te leiden.

Ook uiterlijk veranderde ze: de chique mantelpakjes en de schoenen met hoge hakken die ze in Vancouver had gedragen, waren verdwenen. In plaats daarvan droeg ze gerafelde spijkerbroeken, zwarte truien, zilveren sieraden en donkere make-up.

Ze rookte vrij veel en nam deel aan literaire kringen. Ze las eindelijk de boeken die ze in haar puberteit had genegeerd ten gunste van dubieuze liefdesverhalen.

Ze feestte, dronk een beetje te veel en sliep te weinig. En af en toe flirtte ze op party's met andere mannen, wat tot heftige woordenwisselingen met Michael leidde. Voor zover Michael in staat was om te kibbelen. Hij jammerde en klaagde, en Virginia werd agressief. Want per slot van rekening was ze hem trouw. Ze vond het vervelend om met hem te slapen, maar ze probeerde niemand anders uit. Ze voelde zich geborgen bij hem. En gedurende een bepaalde tijd wilde ze die geborgenheid ook niet opgeven voor een vluchtige relatie.

Op een gegeven moment leerde ze Andrew Stewart kennen. Net als lang geleden, toen er plotseling een einde was gekomen aan haar heerlijke kinderjaren met Michael, veranderde haar leven volledig.

Ze had haar grote liefde ontmoet.

5

Het was zo donker geworden in de kamer dat ze elkaar alleen nog maar vaag konden zien. Buiten sloeg de regen tegen de ruiten. De aangekondigde weersverandering was begonnen. De zomer had afscheid genomen.

Nadat ze had overgegeven, had ze een tijd moeten wachten voor ze zich weer kon bewegen. Daarna had ze een bad genomen, haar gezicht gewassen en minutenlang haar tanden gepoetst om de vieze smaak van braaksel weg te krijgen. Haar bleke gezicht en de wijd opengesperde ogen leken wel van een vreemde.

Wat gebeurt er met me? Alles was toch in orde!

Maar eigenlijk was niets in orde, dat wist ze. In haar sluimerde iets dat onverwerkt was, maar dat had ze onder controle gehad. Op de een of andere manier was het haar jarenlang gelukt om niet meer aan Michael te denken, om aan niets te denken wat vóór haar tijd met Frederic Quentin was gebeurd. Maar sinds die twee Duitsers waren opgedoken, vooral Nathan...

Ze had naar Frederic moeten luisteren en zich niet met die twee moeten inlaten. Frederic had geen flauw idee gehad van de lawine die zou kunnen losbreken, maar zijn intuïtie moest hem hebben gewaarschuwd. Hij had het haar met meer heftigheid afgeraden dan ze van hem kende.

Ik zou nu naar Nathan Moor moeten gaan en hem vragen eindelijk te verdwijnen en nooit meer terug te komen, dacht ze.

Maar het was duidelijk dat dat haar probleem niet zou oplossen. Niet alleen Nathan Moor leverde haar problemen op. Haar hoofdpijn en haar zenuwinzinking waren door Frederic veroorzaakt. Frederic met zijn geduld en zijn waardering voor alles wat ze deed of niet deed, was een essentieel onderdeel van haar verdringingsproces. Het feit dat hij plotseling eisen stelde en boos werd, dat hij per se wilde dat ze loyaal was, had haar onzeker gemaakt. Ze begon in te storten en kon het nu al niet meer tegenhouden.

Ze was teruggegaan naar de keuken, maar Nathan was daar niet meer. Ze vond hem in de zitkamer, waar hij een glas sherry voor zichzelf inschonk. Dat deed hij zó zelfverzekerd en kalm, alsof hij al jaren in dit huis woonde en zich er vrij kon bewegen. Deze keer ergerde Virginia zich er niet aan. Deze keer gaf zijn houding haar zelfs een gevoel van veiligheid.

'Gaat het wat beter met je?' vroeg hij. Ze knikte, maar toen hij haar ook een sherry wilde aanbieden, wees ze dat af. 'Nee, bedankt. Ik vrees dat mijn maag dat nog niet aankan.'

'Je wilde me over Michael vertellen,' zei hij op zakelijke toon.

Ze ging op de sofa zitten, trok haar benen op en hield ze als een schild voor zich, terwijl ze ze met beide armen omklemde. Ze hoopte maar dat hij nu niet naast haar zou komen zitten. Dat leek hij aan te voelen, want hij nam een stoel tegenover haar, met de brede, houten salontafel tussen hen in. Eerst wist ze niet hoe ze moest beginnen. Ze had hem bijna gevraagd alles te vergeten en net te doen of hij de naam 'Michael' nooit had gehoord. Maar op het moment dat ze wilde terugkrabbelen, kreeg ze opnieuw hoofdpijn, een zeurende pijn. Haar lichaam verkrampte.

Nathan boog zich voorover en keek haar indringend aan. 'Ik denk dat je je hart moet uitstorten,' zei hij ernstig, 'anders word je ziek. Wát er ook met Michael aan de hand was, het kwelt je en het beheerst je leven. Je hoeft het verhaal niet aan mij te vertellen, als je dat niet wilt. Maar dan moet je een therapeut zoeken en er met hém over praten. In je eentje kom je er niet uit.'

Twee of drie jaar terug had Frederic haar ook al eens aangeraden naar een therapeut te gaan. Het was een fase geweest waarin ze steeds vaker last had gehad van paniekaanvallen. Het woord 'therapeut' had haar zo aan het schrikken gemaakt dat Frederic zijn advies meteen had ingetrokken en er nooit meer over had gesproken. Ook nu hief ze afwerend haar handen op.

'Nee. Ik heb geen therapeut nodig. In feite is alles in orde, het is alleen...'

'Michael,' onderbrak hij zachtjes, 'het is alleen Michael, nietwaar? Wat is er aan de hand met Michael? Wie is Michael?'

Hij bood haar hulp aan, die ze kon aannemen. Hij wilde weten wie Michael was. Ze zou met haar jeugd kunnen beginnen, met haar kinderjaren en die van Michael. Dat was onschuldig, dat was nog niet gevaarlijk. Ze begon te spreken. Eerst hakkelend, maar toen steeds vloeiender en vrijer. De invallende duisternis hielp haar, en ook het feit dat Nathan weerstand bood aan de verleiding een lamp aan te doen. Hij was er, ze kon zijn contouren zien, ze kon hem horen ademen, maar ze hoefde niet te zien wat er op zijn gezicht stond te lezen. Op een gegeven moment was de regen een zacht achtergrondgeluid geworden. Ze kon over dingen praten die ze nog nooit aan een ander mens had toevertrouwd: over haar wilde, vrije jeugd, haar levenshonger, haar lichtzinnigheid, haar meedogenloosheid, haar nieuwsgierigheid. Ze kon over de mannen vertellen die ze had gehad en weer aan de kant had gezet, over de slechte dingen die ze had uitgeprobeerd. Nathan onderbrak haar niet. Ze kon voelen dat hij heel aandachtig luisterde. En boven alles wat ze zei hing het woord 'jong'.

Ik was jong. Alles was vergeeflijk. Ik was zo jong.

Ze zweeg toen Andrew Stewart opdook. Want vanaf die tijd was ze niet meer jong geweest. Ze wist zelf niet waarom ze over die ingrijpende gebeurtenis wilde praten. Misschien was het gewoon een gevoel. Met Andrew Stewart was ze volwassen geworden. Niet minder wild, niet minder lichtzinnig, maar volwassen.

'Hoe oud was je toen je Stewart leerde kennen?' vroeg Nathan. Na uren te hebben gezwegen deed hij voor het eerst zijn mond open. Hij had een tijdje zitten wachten tot ze verderging met haar verhaal, maar toen had hij begrepen dat ze voorlopig niets meer wilde zeggen.

'Tweeëntwintig,' zei ze. 'Ik was tweeëntwintig.'

'Een studente van tweeëntwintig die al een heleboel dingen in haar leven had uitgeprobeerd. Klopt dat?'

Ze knikte, hoewel hij het niet kon zien.

Hij leek het te vermoeden. 'Het meisje dat je hebt beschreven past bij de foto's,' zei hij. 'Wat was je mooi, Virginia. En hoe ongelofelijk levenslustig!'

'Ja,' zei ze. 'Levenslustig. Als ik tegenwoordig aan die tijd denk, voel ik dat het allersterkste: levenslust. Ik heb zo ontzettend intensief geleefd.'

'Was Andrew Stewart ook student?'

'Nee. Hij was al afgestudeerd en begon net als advocaat bij een gerenommeerd advocatenkantoor in Cambridge te werken. Hij had die baan aan zijn vader te danken. De Stewarts hadden invloedrijke kennissen. We leerden elkaar kennen op het afstudeerfeest van een vriendin van hem, die op haar beurt een vriend van Michael kende. Ik was alleen naar het feest gegaan, omdat Michael griep had. We raakten in gesprek en... alles veranderde.'

Ze hoorde dat Nathan opstond. Hij liep zonder te struikelen door de donkere kamer en deed de kleine lamp aan die bij het raam stond. Het licht flitste zo plotseling op dat Virginia eventjes verblind haar ogen sloot. Maar het was een zacht, gedempt licht, dat ze niet onaangenaam vond.

'We hoeven hier niet zonder licht te zitten,' zei Nathan. Groot en donker stond hij voor het raam. Een vreemde. Een wildvreemde.

Waarom vertel ik deze man zoveel over mezelf? dacht ze.

Hij kwam een paar stappen dichterbij en bleef staan.

'Was het liefde op het eerste gezicht?' vroeg hij.

Ze knikte. 'Wat mij betreft wel.'

'Was het voor hem anders?'

'Nee. Maar...'

'Maar?'

Zacht zei ze: 'Later veranderde het.'

'Heb je Michael over Andrew verteld? Zijn jullie uit elkaar gegaan?'

'Nee, Michael wist van niets, en ik heb hem ook niet verlaten. Alles bleef zoals het was tussen ons. Alleen dat ik...'

'Alleen dat je naast hem nóg een minnaar had!'

'Ja.'

'Merkwaardig. Bij een liefde op het eerste gezicht... waarom die geheimhouding, dat stiekeme gedoe? Was Andrew Stewart het ermee eens dat je gewoon verder leefde met je vriend?'

Ineens voelde ze zich in het nauw gedreven. 'Wat wil je horen?'

Hij stak afwerend zijn handen op. 'Niets. Niets wat je niet wilt zeggen.'

Het was fout geweest dat ze met hem was gaan praten. Het was ook fout geweest dat ze zich na de schipbreuk om die twee Duitsers had bekommerd. Ze maakte al dagenlang niets dan fouten, en het ene bracht het andere mee; plotseling leek alles mis te gaan.

'Ik ga slapen,' zei ze, ' ik ben erg moe.'

Zonder welterusten te zeggen, verliet ze de kamer. Op de trap greep ze opnieuw naar haar slapen, waarachter het zacht klopte. Hopelijk bleef de hoofdpijn weg. Er waren al genoeg beelden en herinneringen teruggekomen.

Die waren allemaal zo lang verborgen geweest. Misschien moest ze die verder met rust laten. Ze had nog nooit aan iemand het verhaal over die tijd verteld.

Waarom dan wel aan deze vreemde?

Maandag 28 augustus

1

Toen Virginia de volgende morgen na een onrustige nacht vol boze dromen de trap afliep, ging de telefoon. Het was nog niet eens half acht. Normaal gesproken belde er niemand om deze tijd. Even kwam ze in de verleiding om net te doen alsof ze doof was en het geluid te negeren. Het was Bank Holiday, een feestdag, dan hoorde je andere mensen niet zo vroeg te bellen. Ze was er vrijwel zeker van dat Frederic haar probeerde te bereiken. De meeste winkels waren vandaag open, maar de banken waren traditiegetrouw gesloten. Frederic hoefde niet te werken. Ze liep de zitkamer in en nam de hoorn van de haak.

'Ja?' zei ze.

'Ik ben het, Frederic. Ik hoop niet dat ik je uit je slaap heb gehaald!'

'Nee. Ik ben nét op.'

'Is het je gisteren nog gelukt om van je hoofdpijn af te komen?'

'Nee.'

Hij zweeg even. Toen zei hij: 'Dat spijt me. Ik wilde je natuurlijk geen hoofdpijn bezorgen.'

'Het is al goed. Ik heb geen hoofdpijn meer.'

'Virginia...' Hij had er duidelijk moeite mee om haar opnieuw lastig te vallen. 'Virginia, ik wil je echt niet onder druk zetten, maar... heb je nog over mijn verzoek van gisteren nagedacht?'

Natuurlijk had ze niet gedacht dat de strijd gestreden was, maar op de een of andere manier had ze gehoopt dat hij iets meer tijd voorbij zou laten gaan voor hij aan de volgende ronde begon.

'Eerlijk gezegd voel ik me niet zo lekker,' zei ze, 'en heb ik eigenlijk niet kunnen nadenken.'

Hij zuchtte. 'Ik vind het moeilijk te begrijpen waarom je zo intensief over deze kwestie moet nadenken.'

Ze wilde niet agressief worden, maar haar stem klonk scherp toen ze zei: 'En ik vind het moeilijk te begrijpen waarom ík je moet helpen carrière te maken!'

Ze wist dat hij nu ook kon ophangen, maar hij had haar medewerking klaarblijkelijk hard nodig, want op een uiterst kalme manier, waaraan duidelijk te merken was dat hij moeite had zich te beheersen, antwoordde hij: 'Laten we geen ruziemaken. Ik heb je uitvoerig verteld waarom ik je nodig heb. Waarom probeer je het niet eens een keertje? Het enige wat jij hoeft te doen, is een mooie jurk in je koffer te stoppen, de trein naar te Londen pakken of je door Jack te laten brengen. We gaan samen naar het diner. Ik beloof je dat ik je nooit meer om zo'n gunst zal vragen, als blijkt dat je het écht een ramp vindt.'

Hij deed het handig, dat moest ze toegeven. Hij was zacht en vriendelijk en gaf aan dat hij haar niet wilde dwingen om iets te doen waar ze een hekel aan had.

Waarom probeer je het niet een keertje? dacht ze.

Ze vond zichzelf heel gemeen en onredelijk als ze nee bleef zeggen, maar het idee naar een feest met vreemde mensen te gaan, die haar onbarmhartig zouden opnemen en haar misschien met opgetrokken wenkbrauwen zouden taxeren, was zó afschuwelijk dat ze het snel van zich af moest zetten als ze niet opnieuw hoofdpijn wilde krijgen.

'Ik zal erover nadenken,' zei ze, 'dat beloof ik je. Echt waar.'

Hij was natuurlijk niet blij met dit antwoord, maar hij scheen te begrijpen dat hij op dit moment niet meer zou krijgen.

'Laat me weten wat je besluit is,' zei hij en hing op.

Ik heb allang een besluit genomen! En dat weet je! Waarom laat je me niet met rust? Waarom geef je me het gevoel een akelig mens te zijn? dacht ze.

Ze ging naar de keuken. De geur van verse koffie en gebakken eieren met spek kwam haar tegemoet. Nathan stond voor het aanrecht. Hij liet net twee lichtbruine boterhammen uit het broodrooster springen en legde ze in het broodmandje.

'Goedemorgen,' zei hij. 'Al wakker?'

'Ja.' Een beetje wrevelig keek ze hoe vrijmoedig hij in haar keuken bezig was. Hij droeg een spijkerbroek en een T-shirt dat te krap was voor zijn brede schouders en gespierde armen. Toen ze aandachtiger keek, zag ze dat het een T-shirt van Frederic was, die minder atletisch was. Voor Nathan was het gewoon een maat te klein.

'Je zou T-shirts in je maat moeten dragen,' zei ze.

'Wat?' Hij keek omlaag. 'O ja, dit is niet van mij. Ik vond het in je linnenkamer op een stapel strijkgoed. Mijn kleren zijn nat van het zweet, en toen dacht ik... ik hoop dat je het niet erg vindt?'

'Nee. Nee, het is oké.' De linnenkamer bevond zich in de kelder. Waarom was hij de kelder in gegaan? Waarom dwaalde hij zomaar door het huis? Ineens kreeg ze het benauwd bij het idee dat ze in haar bed had liggen slapen terwijl hij overal had rondgekeken. De komende nacht zou ze in elk geval haar deur op slot doen. Als hij er dan nog was tenminste.

Hij zal er zijn, dacht ze gelaten, tenzij ik hem eruitgooi. Uit zichzelf zal hij zich niet gewoon omdraaien en verdwijnen.

'Ik wilde vanmorgen vroeg eigenlijk gaan joggen,' zei ze, 'maar ik heb me domweg verslapen. Dat is me nog nooit overkomen.'

'Het is een emotionele avond voor je geweest. Geen wonder dat je moe bent. En om het joggen hoef je niet te treuren. Het motregent, en het is vrij koud.'

Nu pas merkte ze dat het in de keuken nog donkerder was dan anders. Ze zag de regen langs de ramen naar beneden glijden.

'Het is plotseling herfst geworden,' zei ze.

'Het duurt niet lang meer of de maand september begint,' zei Nathan. 'Er zullen nog mooie dagen komen, maar na deze temperatuurdaling zal het wel niet meer écht warm worden.'

Ineens voelde ze zich verdrietig. En heel zwak.

Hij zag het. 'Ga toch zitten! Warme koffie is precies wat je nodig hebt. En een geroosterde boterham met roerei. Ik kan best goed roereieren maken.'

Zorgvuldig schepte hij haar ontbijt op een bord. Verbaasd, omdat het zo'n prettig gevoel was om verzorgd te worden, ging ze aan de keukentafel zitten en nam haar eerste slok koffie. De koffie was precies goed. Sterk en opwekkend, maar niet bitter.

'Je maakt ook lekkere koffie,' zei ze.

Hij glimlachte. 'Ik ben thuis voor de keuken verantwoordelijk. In de loop der jaren krijg je steeds meer ervaring.'

Omdat hij het woord 'thuis' noemde, kwam ze op een idee. 'Ik heb het gisteren eigenlijk niet gevraagd, maar hoe gaat het met Livia?'

'Niet beter, niet slechter.' Terwijl hij dat zei haalde hij niet zijn schouders op, maar het antwoord klonk als een schouderophalen. Tamelijk onverschillig.

'Je bent dus wel bij haar geweest,' zei ze. Ze herinnerde zich dat hij zo vrolijk en ontspannen van zijn ziekenbezoek was teruggekeerd, dat ze zich even had afgevraagd of hij wel in het ziekenhuis was geweest.

Hij keek haar geamuseerd aan. Intussen was hij tegenover haar aan tafel gaan zitten en had een kopje koffie voor zichzelf ingeschonken. Maar toast en roerei had hij niet genomen. 'Waarom zou ik niet bij haar zijn geweest? Om die reden had ik toch je auto geleend!'

Ze voelde zich een dwaas. 'Ik dacht alleen... Je maakte zo'n evenwichtige indruk. Als mijn man met een zware shock in het ziekenhuis zou liggen, zou ik nogal gedeprimeerd zijn.'

'Maar dat zou niets aan de situatie veranderen.'

'Nee. Natuurlijk niet.' Uiterst kalm voegde ze eraan toe: 'Wat zeggen de artsen eigenlijk? Je hebt toch wel met een dokter gesproken? Wanneer zal het beter gaan met je vrouw?'

Deze keer haalde hij wél zijn schouders op. 'Ze zijn terughoudend wat de prognose betreft. Voor hen is lichamelijk herstel het belangrijkste. Voor de psychische gesteldheid van Livia zal wel een ander soort ziekenhuis nodig zijn.'

'Bedoel je dat ze naar een psychiatrische kliniek moet?'

'Misschien. Ik sluit het niet uit. Ze was psychisch altijd al tamelijk labiel. Dit is natuurlijk rampzalig voor haar.'

Virginia vroeg zich af hoe ze het onderwerp 'terugkeer naar Duitsland' het beste kon aansnijden. Misschien door te vragen naar een goede Duitse kliniek. Of moest ze meteen over de Duitse ambassade beginnen? Of hem heel direct vragen wanneer hij de terugreis dacht te aanvaarden?

Terwijl ze nadacht en met haar remmingen worstelde, zei hij ineens: 'Er is opnieuw een klein meisje uit de omgeving verdwenen.'

'Wát?'

'Ik had de televisie aangezet terwijl ik het ontbijt maakte. Ze zeiden dat er kortgeleden een kind in deze streek was ontvoerd en dat ze iets later was teruggevonden, vermoord! Sinds gisteren wordt er alwéér eentje vermist.'

'Wat ontzettend!' Ze staarde hem aan en dacht helemaal niet meer aan haar plan om hem op een vriendelijke manier te verzoeken op te hoepelen. 'Een meisje uit King's Lynn?'

'Ja. Ze noemden de naam, maar ik weet hem niet meer. Ze wilde naar de kindermis van de kerk gaan, maar daar is ze nooit aangekomen. En sindsdien heeft niemand haar meer gezien.'

'Wat vreselijk! Wat erg voor de ouders!'

'Wanneer haal jij je dochter op?'

'Vanavond.' Ze nam nog een hap roerei, maar plotseling smaakte het haar niet meer, hoewel ze het daarnet nog zo heerlijk had gevonden. 'Ik mag Kim geen moment meer uit het oog verliezen.'

'Bij het andere gezin en in gezelschap van een ander kind zal haar niets overkomen,' zei Nathan geruststellend. 'En hier bij jou ook niet. Maar ze moet niet in haar eentje gaan rondlopen.'

'In geen geval.' Ze schoof haar bord weg. 'Nathan, je roerei smaakt heel lekker, maar ik vrees dat ik op dit moment niets meer door mijn keel krijg. Ik...'

Hij keek haar bezorgd aan. 'Ik had er niet over moeten beginnen.'

'Ik had het tóch wel gehoord.'

'Wat ga je vanmorgen doen? Wat doe je op zo'n koude, regenachtige morgen?'

'Ik weet het niet. Vanmiddag ga ik in elk geval naar King's Lynn. Boodschappen doen. Daarna ga ik bij Livia op bezoek, en als laatste haal ik Kim op.'

Hij knikte. 'Een goed plan.'

Ze omklemde haar koffiekopje. Het porselein was warm. De warmte van haar handen leek zich langzaam door haar hele lichaam te verspreiden. Een troostrijk, kalmerend gevoel. De weersverandering maakte Virginia neerslachtig. Ineens leek het huis, haar geliefde, vertrouwde hol, donker en koud. En dan was er nog het nieuws over het verdwenen meisje, Frederic die geprikkeld was en maar bleef aandringen, het gevoel dat ze met Nathan en Livia ergens in verstrikt was geraakt waar ze steeds minder greep op had... Ja, haar enige troost was inderdaad dit kopje lekkere warme koffie en de warmte die het fornuis nog uitstraalde nadat Nathan er de eieren op had klaargemaakt.

Nathan boog zich naar voren. In zijn ogen stond oprechte belangstelling te lezen.

'Je voelt je niet zo goed, hè?'

Ze haalde diep adem. 'Er is niets aan de hand, hoor. Ik heb alleen een paar problemen, dat is alles.'

'Een paar problemen? Het moeten ernstige problemen zijn, anders zou je er niet zo verdrietig uitzien.'

Een beetje geïrriteerd antwoordde ze: 'Het zijn míjn problemen!'

'Neem me niet kwalijk!' Hij leunde weer achterover. 'Ik wil niet opdringerig lijken.'

'Oké. Het is alleen dat...' Haar stem stokte opnieuw. Het was een goed moment. Hij had het woord 'opdringerig' gebruikt. Dat was een goede voorzet. *Zeg het nu tegen hem! Zeg hem dat hij hier niet eeuwig kan blijven. Dat hij eindelijk zijn terugreis moet regelen. Dat het zo niet gaat – hier intrekken, in mijn huis rondlopen alsof het zijn eigen huis is en zwijgen over verdere plannen. Maak hem duidelijk dat...*

Hij onderbrak haar gedachten nog voor het haar was gelukt de zinnen die ze had bedacht uit te spreken.

'Weet je waar ik sinds gisteravond steeds aan moet denken?' zei hij. 'Ik denk voortdurend aan wat er toen is gebeurd. Er móét iets zijn gebeurd! Waarom kon je Michael, dat stuk onbenul, niet verlaten? Waarom hield je je verhouding met Andrew Stewart geheim? En waarom ben je nu met Frederic Quentin getrouwd? En niet met Andrew Stewart?'

2

Michael

Ongeveer zes weken na hun eerste ontmoeting ontdekte Virginia dat Andrew Stewart getrouwd was.

Het was december, een paar weken voor de kerst. Hij had

haar uitgenodigd om met hem mee te gaan naar Northumberland om een lang weekend in het vakantiehuis van een vriend door te brengen. Virginia had zich voorgenomen een lang en ernstig gesprek met Michael te voeren, hem van Andrew en hun verhouding op de hoogte te brengen, hem om begrip te vragen en dan officieel bij hem weg te gaan. Ze had het gesprek al wekenlang voor zich uit geschoven. Ze zag er erg tegen op. En toen Andrew het over hun weekendje uit had, was ze blij dat ze het gesprek opnieuw kon uitstellen.

Ze zei tegen Michael dat ze van plan was het weekend samen met een vriendin in een wellnesscentrum door te brengen. Toen hij wilde weten met welke vriendin, zei ze dat het een meisje uit haar wilde Londense tijd was dat hij niet kende. Ze vond zichzelf gemeen en nam zich heilig voor nooit meer te zullen liegen.

Michael had het recht om de waarheid te weten. Bovendien wilde ze eindelijk openlijk voor haar liefde voor Andrew uitkomen.

In Northumberland was er 's winters nauwelijks sneeuw, maar wel eindeloos veel regen en mist. Het was er één grote kille, klamme boel. Het huis stond op een erg afgelegen plek. Onderweg bleef Andrews auto in de modder steken en moesten ze met blote handen en in de stromende regen het achterwiel vrijmaken, wat pas lukte toen het al een tijdje donker was. Ze waren beiden bijna bevroren. Toen ze in het oude huis aankwamen, hadden ze geen droge draad meer aan hun lijf. Ze werden er ontvangen door vochtige, bedompte lucht en ijzige kou. Andrews vrienden waren met Pasen in het huis geweest en het had tijdens de zomer en de herfst leeggestaan. Niemand had er tussentijds naar omgekeken.

'Misschien was het toch niet zo'n goed idee om hierheen te gaan,' zei Andrew toen hij vaststelde dat hij eerst hout moest hakken om de enige open haard die het huis rijk was te laten branden. Virginia zat te klappertanden op een van de banken, met haar beide armen dicht om zich heen geslagen, kennelijk niet meer in staat tot een zinnige handeling.

'Nou... het was... een... geweldig idee,' antwoordde ze niezend.

Gelukkig had Andrew meer energie dan zij. Op een gegeven moment brandde er een warm vuur en een paar borrels verwarmden hen vanbinnen. Virginia bereidde in de prachtige, antieke keuken een enorme pan tomatensoep, waarmee ze zich de volgende twee dagen voedden. Virginia had kougevat bij de autopech in de regen en probeerde tijdens hun verblijf continu die verkoudheid onder controle te houden. Ze liep voortdurend met een wollen sjaal om en zoog op eucalyptuspastilles. Maar zelfs die omstandigheden konden haar intens gelukzalige gevoel niet verstoren. Op rubberlaarzen en met dikke regenjacks maakten ze lange wandelingen over de nevelige, hoger gelegen heidevelden en door de natte dalen. Urenlang kwamen ze geen mens tegen, alleen af en toe een paar schapen, die eenzaam door de weilanden zwierven met hun ruwharige, drijfnatte vacht. Virginia was gewend aan de wereldstad Londen en het drukke studentenleven van Cambridge. En ze had nooit gedacht dat ze zich zo lekker kon voelen in het kale, verlaten gebied van Noord-Engeland. Er was nergens een plek waar ze zich konden vermaken. Het dichtstbijzijnde dorp lag tien kilometer bij hen vandaan. Ze kochten er brood en boter bij een kleine kruidenierswinkel, en één keer gingen ze 's avonds naar de enige pub die het dorp rijk was. Ze dronken donker bier, luisterden naar de oude mannen die ook in de pub waren en luid over politiek praatten en kibbelden. Ten slotte reden ze hand in hand en uiterst tevreden naar hun vakantiehuis terug.

Virginia miste niets – geen feestjes, geen nieuwe, opwindende mensen, geen glitter of glamour. Het ging alleen om het samenzijn met Andrew in de lange, donkere decembernachten vol tederheid, en de korte, regenachtige dagen, die wel betoverd leken.

Eén keer dacht ze aan Michael, op haar laatste morgen in Northumberland. Ze zat in haar pyjama voor de open haard in de zitkamer en dronk een mok koffie. Aan de andere kant van het raam dwarrelden eindelijk een paar sneeuwvlokken uit de lucht naar beneden. Uit de radio klonk kerstmuziek. Andrew lag, ook in pyjama, op de bank. Plotseling zag hij dat ze minutenlang afwezig uit het raam staarde.

'Wat is er?' vroeg hij. 'Je bent ineens heel ver weg.' Ze draaide zich om.

'Ik moet aan Michael denken,' zei ze, 'en aan het feit dat ik hem nog vóór de kerst alles over ons wil vertellen. Het valt me zwaar, weet je. Hij heeft zich altijd aan me vastgehouden, ik was altijd zijn toevlucht, zijn beschermster. Maar het is vreselijk om constant tegen hem te liegen. En het idee dat hij de kerst in z'n eentje moet doorbrengen vind ik afschuwelijk. Zijn moeder leeft niet meer, met zijn vader heeft hij geen contact. Misschien kan hij naar mijn ouders gaan, maar die wonen tegenwoordig het grootste deel van het jaar op Menorca. Hij heeft een hechte band met hen...'

Andrew zei niets. Ze dacht dat hij misschien geen reden zag om zich druk te maken over het welzijn van zijn voorganger.

'Hij zal zijn weg wel vinden,' zei ze quasi-luchtig. 'Ik wil de kerst in elk geval met jóu doorbrengen. Niet meer met hém.'

Andrew zei nog steeds niets. Hij stond op, ging voor de open haard staan en legde een blok hout in het vuur.

'Andrew?' zei Virginia onzeker.

Hij keek in de vlammen, die zich knetterend op het nieuwe houtblok stortten.

Virginia zette haar mok neer. 'Andrew, wat is er?'

Hij keek haar niet aan. 'Het gaat om Kerstmis,' zei hij. 'Virginia, lieverd, we kúnnen niet samen kerstfeest vieren.'

'Waarom niet?'

Hij haalde diep adem. 'Vanwege Susan,' zei hij, 'mijn vrouw. Ze komt op 23 december in Cambridge aan.'

Er was een diepe stilte gevallen, waarin die afschuwelijke woorden bleven hangen.

'Wát zeg je?' vroeg Virginia na een tijdje, vol verbijstering en ongeloof.

Andrew draaide zich eindelijk naar haar om, en het lukte hem haar in de ogen te kijken. Hij zag er verdrietig uit, maar ook een beetje opgelucht, als iemand die besloten heeft een onaangenaam voornemen niet langer uit te stellen, maar de koe bij de horens te vatten.

'Het spijt me, Virginia. Ik wilde het allang tegen je zeggen. Ik ben getrouwd.'

'Maar...' Ze greep naar haar hoofd, alsof ze met die beweging orde in haar chaotische gedachten kon brengen.

'Ik heb de afgelopen weken steeds op het punt gestaan het je te zeggen. Maar nadat ik helemaal in het begin de juiste kans had gemist, leek het plotseling of geen enkel moment van ons samenzijn er geschikt voor was. Ik was te laf, Virginia. Ik hoopte op een gunstige gelegenheid. Ik had moeten weten dat er in dit soort gevallen niet zoiets als een gunstige gelegenheid is. En dat elke dag die ik voorbij laat gaan alles alleen maar erger maakt.'

'Je vrouw...'

'... woont nog in Londen. Ze werkt daar op een school. Ze is lerares. Ik kreeg de kans in Cambridge te gaan werken en partner op een groot advocatenkantoor te worden, en die kans moest ik gewoon grijpen. Voor Susan was het natuurlijk niet mogelijk om meteen een andere baan te krijgen, en daarom bleef ze voorlopig in Londen. Over een jaar kan ze op een school in Cambridge beginnen.'

Virginia was helemaal onthutst.

'Ik kan het nauwelijks geloven,' fluisterde ze.

Andrew was met twee stappen bij haar. Hij hurkte naast haar neer en pakte haar handen vast.

'Virginia, ik zal met Susan praten,' zei hij. 'Ik zal haar over jou vertellen. Ik zal alles in orde maken.'

Nog steeds als verdoofd keek ze hem aan.

'Hoezo – in orde maken?'

'Ik zal haar om een scheiding vragen,' zei Andrew.

Later dacht Virginia dikwijls dat ze zich net zo had gedragen als sommige vrouwen over wie ze had gelezen en gehoord, en die ze had veracht. Vrouwen die zich aan het lijntje lieten houden en zich steeds opnieuw met doorzichtige argumenten lieten paaien.

Want in werkelijkheid gebeurde er inderdaad niets. Virginia vierde kerstfeest met Michael, Andrew met Susan, en er vonden geen moeilijke gesprekken plaats. Virginia wilde niet aan Michael opbiechten dat ze een relatie met een getrouwde man had en nu op zijn scheiding moest wachten. Daarom hield ze haar mond, wat betekende dat er niets veranderde: Susan Stewart ging begin januari terug naar Londen, en Virginia en Andrew begonnen elkaar weer in het geheim te ontmoeten. Hun verhouding begon steeds meer op een samenzwering te lijken. Andrew kon Virginia niet meer in zijn woning ontvangen, zoals in het begin van hun relatie, want alle andere huisbewoners wisten nu dat er een mevrouw Stewart was. En Virginia's eenkamerappartement kwam niet in aanmerking vanwege Michael. Daarom verplaatsten ze hun ontmoetingen naar afgelegen hotelletjes op het platteland of naar kleine hotels in andere steden. Ze voelden zich nog steeds heel erg tot elkaar aangetrokken. Ze brachten uren vol hartstocht en tederheid met elkaar door – en leken steeds meer in hun situatie verstrikt te raken. Virginia leed onder de weekends waarin Susan naar Cambridge kwam, maar ze zei tegen zichzelf dat Andrew ook moest verdragen dat ze met Michael samenwoonde. Natuurlijk vroeg ze hem vaak of hij al met Susan had gesproken. Dan gaf Andrew een ontwijkend antwoord.

'Met Kerstmis en oud en nieuw ging het echt niet,' zei hij

na de wintervakantie. 'Het lukte me gewoon niet. December is een ontzettend sentimentele maand.'

Later refereerde hij vaak aan de stress die Susan had. 'Ze was weer bekaf na de werkweek. Ze heeft vreselijke klassen. Ze moet kalmeringsmiddelen slikken om 's morgens naar haar werk te kunnen gaan. Ik denk dat ze instort als ik nu over een scheiding begin.'

Virginia had gehoopt dat hij haar begin februari als verjaardagsgeschenk het gesprek met Susan zou geven, maar ook dat feest ging niet door. In plaats daarvan beloofde hij dat hij in de lente met haar naar Rome zou gaan. Virginia verheugde zich erop, maar ze had niet het idee dat het hen verder zou brengen.

Zij was nog nooit in de 'Eeuwige Stad' geweest en werd er op slag verliefd op. Het bruisende leven, de stralende zon, de warmte en het lopen over grond die doordesemd was van geschiedenis fascineerden haar niet alleen, maar gaven haar ook voortdurend een vrolijk gevoel, alsof ze champagne had gedronken. Toen ze over de Engelenbrug naar de Engelenburcht liepen, moest ze even blijven staan en diep inademen, zich er bijna van verzekeren dat ze niet droomde. Maar juist op de brug die naar de enorme burcht leidde, gebeurde er iets vreemds: ze werd plotseling bang. Van de ene seconde op de andere werd ze overvallen door paniek. Ze haalde nog een paar keer diep adem, maar nu omdat ze zo'n drukkend gevoel op haar borst had.

'Wat is er?' vroeg Andrew, die naast haar stond en enthousiast aan het fotograferen was. Hij liet zijn fototoestel zakken en keek haar aan. 'Je bent zo wit als een doek!'

'Ik weet het ook niet...'

'De zon,' zei hij. 'Kom, we lopen terug en gaan ergens in de schaduw zitten. Het is smoorheet vandaag, en...'

'Nee. Het ís de zon niet.' De druk verdween. Ze voelde dat ze weer wat kleur op haar wangen kreeg. 'Ik had ineens zo'n gevoel... alsof...'

'Ja?' vroeg hij, toen ze niets meer zei.

'Het is zo dwaas.' Ze streek over haar bezwete voorhoofd. 'Ineens besefte ik dat straks alles voorbij zal zijn. Dat ik voor het laatst gelukkig ben.'

'Wát zal voorbij zijn?'

'Het lichte gevoel. Ik heb me lange tijd niet meer zo onbezorgd gevoeld als hier in deze stad. In dit voorjaar. Met jou. Het lijkt me het hoogtepunt van mijn leven. Daarna zal het bergafwaarts gaan.'

'God, lieverdje, wat haal je je voor malle dingen in het hoofd!' Hij nam haar in zijn armen. Ze drukte haar gezicht tegen zijn schouder en luisterde naar zijn troostende stem. 'Je bent nog maar drieëntwintig! Dan begint het leven nog lang niet bergafwaarts te gaan. Jou staan nog zoveel heerlijke momenten te wachten. Je zult het zien.'

Ze vond het vreemd dat hij gezegd had: Jóú staan nog zoveel heerlijke momenten te wachten. Waarom had hij niet gezegd: Óns staan nog zoveel heerlijke momenten te wachten?

Ze maakte er een opmerking over. Hij reageerde een beetje geërgerd. 'Jemig, Virginia! Je moet niet elk woord van mij op een weegschaaltje leggen! We hadden het net over jou. Niet over mij. Af en toe ben je echt niet gemakkelijk.'

Ze keek naar de burcht, en daarna naar de stromende, donkere rivier, ver beneden haar.

Waarschijnlijk had hij gelijk. Ze hechtte te veel betekenis aan zijn woorden. Ze verbaasde zich over zichzelf. Vrolijk, wild en levenslustig als ze was, had ze nog nooit de neiging gehad om te piekeren en aanmerkingen te maken op de woorden van andere mensen. Waarom deed ze dat nu wél? Uitgerekend op deze verrukkelijke, zonnige dag, hoog boven de rivier de Tiber, aan de voet van de Engelenburcht?

Omdat de onduidelijke situatie me meer aangrijpt dan ik mezelf wil toegeven, dacht ze. Onmiddellijk schoof ze die gedachte geschrokken en heel vastbesloten terzijde.

Ze wilde de fantastische week met Andrew in Rome door niets laten verpesten.

's Avonds gingen ze opnieuw naar de Spaanse Trappen. Dat deden ze bijna elke avond, want het kleine, intieme hotel waarin ze overnachtten, was er slechts een paar minuten vandaan. Aangezien het tot diep in de nacht warm was, bevonden zich daar talloze mensen. Het was leuk om gewoon op de traptreden te zitten kijken naar alles wat er om je heen gebeurde, naar de vele stemmen te luisteren en naar het getoeter van de automobilisten. Elke nacht opnieuw was de hemel wolkeloos en als zwart fluweel, bezaaid met sterren. Andrew maakte foto's van Virginia. Op alle kiekjes had ze glanzende ogen van geluk en straalde ze vreugde en levenslust uit.

Nadien zouden er nooit meer foto's zijn waar ze zo stralend op stond.

Het geluk eindigde op de dag van hun vertrek.

Het was vroeg in de morgen, het eerste daglicht sijpelde door een smalle kier in de houten blinden van hun kamer. Stil en bedeesd kwam Rome tot leven. Virginia en Andrew beminden elkaar met de intensiteit en de hartstocht die het besef van het naderende afscheid in hen opwekte. 's Middags vlogen ze naar Londen. 's Avonds zou Virginia weer met Michael aan tafel zitten en naar de ietwat omslachtige manier kijken waarop hij een boterham voor zichzelf belegde, en naar de huilerige toon luisteren waarop hij zei hoezeer hij onder haar afwezigheid had geleden en hoe alleen hij zich had gevoeld. Ze zou over haar studiereis naar Rome vertellen. Het was in de periode vóór haar vertrek niet gemakkelijk geweest hem ervan te overtuigen dat ze per se alléén naar Rome wilde. In feite had ze hem niet echt overtuigd, maar er had voor hem niets anders op gezeten dan zich uiteindelijk bij haar wens neer te leggen. Hij had haar elke morgen in het hotel opgebeld, had willen weten of ze zich in haar eentje echt prettiger voelde dan met hem samen. Soms had hij haar zó op de zenuwen gewerkt dat ze had willen gillen.

Nu, op deze laatste morgen, dicht tegen Andrew aan genesteld, afgemat door hun liefdesspel, dacht ze plotseling: zo kan het niet verder. Het is onwaardig en afschuwelijk.

Ze ging rechtop zitten.

'Andrew, zo kan het niet altijd blijven,' zei ze.

Andrew opende zijn ogen en keek haar aan. 'Wat bedoel je?'

'Nou ja, alles. De leugens. Het stiekeme gedoe. Het feit dat we vaak van elkaar gescheiden zijn. Onze liefdesuurtjes in een of ander hotel. In het begin heeft dat zijn charme, maar intussen vind ik het alleen nog maar... belastend. En ook... niet prettig, op de een of andere manier.'

Hij zuchtte en ging ook overeind zitten. Met zijn rechterhand streek hij over zijn ogen. Plotseling leek hij erg moe.

Virginia voelde een zekere druk op haar borst, net als toen ze op de Engelenbrug had gestaan. Er klopte iets niet. Andrew zag er zo gekweld uit.

'Andrew,' vroeg ze zacht, 'je gaat toch wél snel met Susan praten, hè? Het kan toch niet eeuwig zo doorgaan?'

Hij keek langs haar heen naar een hoek van de kamer, waar niets anders was dan de duisternis van de voorbije nacht.

'Ik wil het al een hele tijd tegen je zeggen,' zei hij zachtjes, 'maar ik wist niet hoe, en het ontbreekt me aan moed.'

Ze kreeg het koud. Rillend trok ze het dekbed dichter om zich heen. 'Wát? Wát wilde je zeggen?'

'Er is iets veranderd. Er is... Ik kan niet meer met Susan praten. Niet meer.'

'Waarom niet?'

'Omdat...' Hij kon haar niet in de ogen kijken. Hij staarde naar de lege, donkere hoek. 'Susan verwacht een kind,' zei hij.

Buiten op straat schreeuwde iemand, gevolgd door veel lawaai. Blijkbaar werd er een bestelwagen uitgeladen. Twee mannen leken ruzie met elkaar te hebben. Een vrouw met een schelle stem bemoeide zich ermee.

Virginia hoorde het amper – alleen als een ver geluid op de

achtergrond, onwerkelijk, alsof het uit een andere wereld kwam.

'Wát?' vroeg ze verbijsterd.

'Ze heeft het me eind februari verteld.'

'Maar hoe... ik bedoel... wanneer...?'

'In september,' zei Andrew, 'het kind komt half september ter wereld.'

Ze werd duizelig. Ze moest tegen het stevige, houten hoofdeinde van het bed leunen.

'In september,' zei ze. 'Dan is het dus in december...' Ze maakte haar zin niet af.

Zo te zien wilde Andrew het liefst op de vlucht slaan. 'Ja, in december,' bevestigde hij, 'toen Susan in Cambridge was. We hadden alle twee gedronken, het was Kerstmis... het gebeurde gewoon...'

Ze had meteen begrepen hoe de zaak ervoor stond, en toch had ze, tegen haar gezonde verstand in, gehoopt dat alles heel anders in elkaar zat. 'Je hebt steeds gezegd dat jullie sinds meer dan een jaar niet meer...'

'Dat klopte ook. Het was alleen die ene keer. In een bepaalde stemming, een champagnestemming... Ik kon het me later niet meer voorstellen.'

'Weet je zeker dat het jouw kind is?'

'Ja,' zei Andrew.

De duizeligheid werd erger. Ze deed haar mond open om te schreeuwen. Maar er kwam geen geluid over haar lippen.

3

Janie Brown had de pest aan het middagdutje waartoe ze veroordeeld werd. Als ze vakantie had, moest ze elke dag na het eten rusten. Ze vond het een vreselijke tijdverspilling. Bovendien was het zo zinloos: als ze naar school ging, hoefde ze immers ook niet te slapen en kwam ze pas laat in de middag thuis.

Maar mama stond erop dat ze een halfuurtje rustte, hoe vaak Janie haar ook verzekerde dat ze echt niet moe was. Tijdens een van de heftige woordenwisselingen over dit onderwerp had ze gezegd: 'Ik heb gewoon wat tijd voor mezelf nodig!' Sindsdien vermoedde Janie dat ze alleen maar naar bed werd gestuurd omdat haar moeder zich dan niet met haar bezig hoefde te houden. 's Middags ging ze altijd in de zitkamer zitten, of op het kleine balkon, als het zomer was. Dan rookte ze vijf of zes sigaretten achter elkaar. Ze had een keer tegen Janie gezegd dat dat háár manier was om zich te ontspannen. Mama moest hard werken. Ze had een baan in een wasserij waar ze de was van andere mensen waste en streek, en ze was altijd doodmoe. Normaal gesproken bracht ze haar lunchpauze op haar werk door, maar als Janie vakantie had en niet op school kon eten, vloog ze naar huis om snel iets te koken. Zelf raakte ze het eten amper aan.

'Ik voed me met sigaretten,' zei ze vaak, maar Janie dacht dat die haar niet écht konden verzadigen, want haar moeder was zo mager als een lat. Om twee uur moest mama weer weg en ze kwam 's avonds pas terug. Af en toe voelde Janie zich erg eenzaam. De moeders van haar vriendinnen waren thuis. Ze speelden met hun kinderen en maakten 's middags warme chocolademelk en boterhammen met jam voor hen klaar. Die kinderen waren dan ook niet zo zelfstandig. Janie had de moeder van haar vriendin Sophie tegen mama horen zeggen: 'Het verbaast me steeds opnieuw dat jouw Janie zo zelfstandig is!'

Soms, als ze zich verdrietig en alleen voelde, dacht Janie daaraan en voelde ze zich meteen een stuk beter. Maar ze had ook andere dingen opgevangen, en daar was ze niet zo blij mee. Ze wist dat mama 'alleenstaande moeder' werd genoemd, en dat dat bij veel mensen een aan minachting grenzend medelijden opwekte. Mevrouw Ashkin, die twee verdiepingen onder hen woonde, had tegen de buurvrouw gezegd dat Janies vader onbekend was. Ze had eraan toegevoegd: 'Waarschijnlijk komen er te veel in aanmerking...' Janie wist niet wat ze daarmee bedoelde, maar uit de toon en de gelaatsuitdrukking van mevrouw Ashkin had ze opgemaakt dat mama blijkbaar alwéér iets had gedaan waardoor de mensen op haar neerkeken.

Janie had altijd naar een vader verlangd. Of – misschien niet altijd, maar in elk geval vanaf het moment waarop ze begon te begrijpen dat iets in haar leven anders was dan in het leven van haar leeftijdgenoten. Sinds de kleuterschool, toen ze voor het eerst 's middags bij andere kinderen thuis ging spelen en op verjaardagsfeestjes kwam, had ze gemerkt dat er in andere gezinnen een 'papa' was. Papa's waren echt geweldig! Door de week moesten ze werken. Ze verdienden de kost en zorgden dat de moeders thuis konden blijven en zich met hun kinderen konden bezighouden. In het weekend gingen papa's met hun kinderen zwemmen, maakten fietstochten of leerden de kinderen skateboarden. Ze repareerden kapot speelgoed, plakten lekke fietsbanden, vertelden moppen en hielpen boomhutten bouwen. Ze gingen met hun gezin naar een dierentuin of een pizzarestaurant. Ze waren niet nerveus en half verhongerd en ze zeiden niet voortdurend dat ze rust nodig hadden. Vaak wilden ze juist dingen doen waar moeders voor waarschuwden. Bijvoorbeeld in de rubberboot over een zijrivier van de Great Ouse varen. Dat had de vader van Katie Mills gedaan, met vijf kinderen aan boord. Janie had haast niet kunnen geloven dat zij daarbij mocht zijn. Oké, natuurlijk was er ook iets misgegaan, de onsportieve Alice Munroe was in het water gevallen, maar behalve dat ze na afloop kletsnat was en door iedereen werd uitgelachen, was er niets gebeurd. Ze hadden gewoon heel veel lol gehad.

Janie kon zich absoluut niet voorstellen dat haar moeder

ooit zoiets zou doen. Tijdens een weekend een boottocht met vijf kinderen maken... God, dat was ondenkbaar! Mama met haar nervositeit, haar voortdurende hoofdpijn en haar onvermogen om in haar vrije tijd langer dan tien minuten buiten een sigaret te kunnen... Mama wilde niet eens dat Janie op zaterdag of zondag een vriendin bij haar thuis uitnodigde. En op haar verjaardag in september mocht Janie zelfs geen partijtje geven.

'Je mag een meisje mee naar huis nemen,' zei mama telkens weer, 'en dan geef ik je geld, zodat je voor jullie beiden een gebakje kunt kopen.'

Dat was alles. Maar als ze een papa zouden hebben... als mama verliefd zou worden op een man en met hem zou trouwen...

En het was gauw weer zover. Vandaag was het 28 augustus. Aanstaande vrijdag begon de maand september al. En op 17 september werd Janie negen. Dit jaar viel haar verjaardag op een zondag. Wat zou het heerlijk zijn als ze al haar vriendinnen kon uitnodigen! Op kleine uitnodigingskaartjes met voorgedrukte tekst:

Lieve ...... ik zou het erg leuk vinden als jij op ...... de ...... om ...... uur op mijn verjaardag wilt komen.

Je ......

Janie had de kaarten al uitgezocht in de kantoorboekhandel. Ze waren lichtgroen en bedrukt met een heleboel lieveheersbeestjes en klaverblaadjes. Ze wist ook al precies wie er zo'n uitnodiging moest krijgen. Ze had een lijst gemaakt die ze in de la van haar bureautje bewaarde. Ze had bedacht wat voor taart er zou worden gegeten, welke spelletjes ze zouden spelen en hoe de kleine cadeautjes eruit moesten zien die haar gasten daarbij konden winnen. Het was allemaal perfect. Alleen... mama zou niet meewerken. Dat wist ze.

Buiten goot het. Daarom vond Janie het middagdutje niet zo vreselijk als de vorige zondag. Toen had de zon geschenen.

's Morgens had mevrouw Ashkin gezegd dat het spoedig gedaan was met het mooie weer. Janie had dolgraag de hele dag op de binnenplaats beneden gespeeld, waar ze kon schommelen. Maar zij had hierboven moeten liggen, in het zachte zonlicht dat door de dichte, gele gordijnen scheen. Vandaag was alles grauw en de kamer donker.

Janie moest aan de man denken die ze afgelopen vrijdag in de kantoorboekhandel had ontmoet, toen ze aarzelend voor de uitnodigingskaarten had gestaan. Hij had haar aangesproken. Hij was zo aardig geweest. Ze had het gevoel gehad dat hij haar echt begreep. Hij leek achter haar te staan, zonder dat hij mama zwartmaakte. Ze vond dat hij eigenlijk kinderen zou moeten hebben. Hij had iets van een papa. Een beetje kameraadschappelijk, en toch kon je tegen hem aanleunen. Hij zou je troosten als je viel en je knie openhaalde. En hij zou dan niet gaan schelden omdat er een gat in de spijkerbroek was gekomen. Hij zou zeggen dat dat niet zo erg was. Heel anders dan mama. Mama wond zich enorm op als er iets kapotging. Ze ging dan zo erg tekeer dat ze het troosten helemaal vergat.

Maar Janie moest vooral denken aan wat de man had gezegd: 'Ik wil graag het partijtje voor je organiseren. Weet je dat ik de beste kinderverjaardagorganisator van de wereld ben? Ik heb al zoveel feestjes gebouwd dat je me gerust een expert kunt noemen!'

'Maar dat vindt mijn moeder niet goed,' had ze geantwoord. 'Ze zegt dat ons huis te klein is voor zoiets. En er zou beslist iets kapotgaan als de kinderen wild speelden. Mijn moeder heeft heel weinig geld, weet u. Daarom is ze altijd zo bang dat er iets op de grond valt en breekt!'

De man had het volkomen begrepen.

'Maar dat is logisch. Daarom is jullie huis misschien niet de juiste plek voor zo'n feest!'

En toen had hij het verleidelijke voorstel gedaan. 'Waarom nodig je je vriendinnen niet bij míj uit? Ik heb een groot huis met een tuin. Als het mooi weer is, vieren we buiten feest. Als het regent, is er niets aan de hand. Ik heb een enorme hobby-ruimte in de kelder, die heel goed geschikt is om feest in te vieren!'

Dat klonk natuurlijk te mooi om waar te zijn. De man had haar meteen in zijn auto willen meenemen om haar zijn geweldige huis te laten zien, maar ze was bang geweest dat ze te laat thuis zou zijn voor het middageten. Mama had er een hekel aan als ze niet op tijd was. Dan legde ze altijd pittige straffen op: huisarrest, verbod om televisie te kijken of het intrekken van zakgeld. Dat wilde Janie niet riskeren.

'Er is nog tijd genoeg voordat je jarig bent! Je kunt erover nadenken,' had de man gezegd. 'Maar eerst moet je mijn huis bekijken, zodat we precies kunnen plannen hoe we het gaan doen. Luister goed. Normaal gesproken ben ik hier elke maandag en dan koop ik een motortijdschrift voor mezelf. Voor jou maak ik een uitzondering: morgen kom ik wéér hierheen. Om dezelfde tijd. Kun jij er dan ook zijn?'

Meestal werkte mama ook op zaterdag. Weliswaar maar tot vier uur, maar het zou genoeg kunnen zijn.

'Ja, hoor. Maar niet om deze tijd. Dan moet ik altijd naar huis om te eten!'

Hij was echt aardig en welwillend geweest. 'Wat de tijd betreft... dat maakt me eigenlijk niet uit. Hoe laat kun je dan komen?'

Ze had nagedacht. Mama ging even voor tweeën weg. Als zij dan meteen opstond, zich aankleedde en er onmiddellijk vandoor ging, kon ze om tien over twee bij de kantoorboekhandel zijn. Het was beter als ze er nog vijf minuten bij deed, om het zekere voor het onzekere te nemen.

'Om kwart over twee kan ik hier zijn.'

'Kwart over twee is prima,' had de man gezegd. 'Ik zal hier wachten en jij kunt erover nadenken of je je feestje bij mij wilt vieren.'

'Dat is heel aardig van u,' had ze gemompeld.

Hij had geglimlacht. 'Je bent een heel knap meisje, Janie. En ook nog intelligent en vriendelijk. Als ik je een plezier kan doen, is me dat een genoegen.'

Hij had even nagedacht en er toen aan toegevoegd: 'Ik denk dat ons plan voorlopig een geheimpje moet blijven, Janie. Ik zou me kunnen voorstellen dat je moeder boos wordt als ze erachter komt dat je ergens anders feest wilt vieren zonder dat je het met haar hebt overlegd.'

Dat kon Janie zich ook voorstellen. Heel goed zelfs.

'Maar ze zal het tóch merken, als ik op mijn verjaardag wegga!'

'Natuurlijk zal ze dat merken. Vlak ervoor zeggen we het ook tegen haar. Als je wilt, neem ík dat op me. Maar dan moet alles al helemaal geregeld zijn. We moeten dan hebben bedacht wat we je gasten aanbieden, wat we spelen en in welke volgorde. Misschien moeten we de feestkelder al versierd hebben of de lampions in de tuin opgehangen hebben. Als ze hoort en misschien zelfs ziet hoeveel moeite we hebben gedaan, zal ze vast en zeker enthousiast zijn over ons plan!'

Hij kende mama niet. Janie kon zich niet herinneren dat haar moeder ergens enthousiast over was geweest. Maar misschien was het een poging waard.

'En je moet er ook nog niet met je vriendinnen over praten,' vervolgde de man, 'want misschien gaat het niet door, en dan sta je voor schut.'

'Waarom zou het niet doorgaan?' had ze verschrikt gevraagd.

'Nou ja – als je moeder misschien tóch bezwaar maakt. Of als mijn huis je niet bevalt!'

Dat laatste kon ze zich echt niet voorstellen. Het eerste natuurlijk wél!

'Ja. U hebt gelijk.'

'Beloofd?' vroeg hij. 'Geen woord. Tegen niemand. Mondje dicht, goed?'

'Mondje dicht,' had ze geantwoord.

Hij had over haar haren gestreken. 'We vieren de mooiste verjaardag van je leven, Janie,' had hij gezegd.

En toen was er twee dagen geleden, op zaterdag, iets verschrikkelijks gebeurd. Mama was vroeg in de morgen al heel bleek geweest. Ze had meteen na het middageten, waar ze maar een paar hapjes van had gegeten, overgegeven. Ze had gezegd dat ze zich allerberoerdst voelde en dat ze echt niet naar de wasserij kon gaan. Janie begreep dat het echt heel erg moest zijn, want mama slofte in bijna elke toestand naar haar werk. Toen had ze weer gebraakt en ten slotte had ze de wasserij gebeld om zich ziek te melden. Daarna was ze op de bank in de zitkamer gaan liggen. Ze dacht dat ze doodging, zei ze. Janie had zich erg ongerust gemaakt, maar bijna nog meer over de onbekende man. Om kwart over twee zou hij op haar wachten. Ze had mama gevraagd of ze bij haar vriendin Alice mocht spelen. Dan had ze nog een kans, maar mama was heel boos geworden. 'Nu bén ik een keer ziek en nu kán ik een keer je steun en zorg gebruiken, en dan wil je weg. Heel lief van je, dat moet ik zeggen!'

Dus was Janie gebleven. Ze had laat in de middag thee voor haar moeder gezet en haar geraspte appel gegeven. Ze was in lange tijd niet meer zo ongelukkig geweest. De man was nu vast en zeker boos op haar en zou zich niet meer laten zien.

De volgende dag was mama weer beter geweest, maar op zondag had het geen zin naar de kantoorboekhandel te gaan. Janie had een beetje in huis rondgehangen en zich doodongelukkig gevoeld. Ze kon alleen maar hopen dat hij er maandag zou zijn om zijn motortijdschrift te kopen.

Mama was gelukkig niet opnieuw ziek geworden. Ondanks Bank Holiday ging ze naar haar werk. Zoals veel werkgevers in het land betaalde ook háár bazin een dubbel uurloon als je op de feestdagen werkte. En mama had 's morgens gezegd dat ze elk extra pond goed kon gebruiken. Mama kwam de zitkamer uit, waar ze had zitten roken en naar de muur had gestaard. Zoals altijd slofte ze. Janie vroeg zich af hoe een mens voortdurend zo moe kon zijn.

Nu pakte mama haar regenjas van de kapstok en trok hem aan. Ze streek voor de spiegel nog een keer over haar haren. Toen zuchtte ze diep. Ze zuchtte altijd voordat ze het huis uitging om naar de wasserij te gaan. Ze had eens tegen Janie gezegd dat ze nooit had gedacht dat ze dit werk ooit zou moeten doen.

De sleutelbos rinkelde zacht toen mama hem van het gangkastje oppakte en in haar handtas liet verdwijnen. Toen ging de voordeur open en vlak daarna weer dicht. Mama's voetstappen weerklonken in het trappenhuis.

Met kloppend hart wierp Janie het dekbed van zich af. Zou ze echt...? Het was niet gemakkelijk om iets te doen waarvan ze heel goed wist dat mama het niet goed zou vinden. Maar toen dacht ze weer aan de groene uitnodigingskaarten met de klaverblaadjes en de lieveheersbeestjes. Aan de lampions in de tuin en aan de worstjes op de barbecue. Ze moest het doen. Dat móést gewoon.

Ze trok gauw haar spijkerbroek en haar katoenen trui aan, pakte een paar schone sokken uit de kast en trok toen haar gymschoenen aan. Ze borstelde haar haar en zette het met een speldje vast, zodat het niet voor haar ogen hing. Ze wilde er mooi en verzorgd uitzien. Hopelijk was ze niet drijfnat als ze de kantoorboekhandel bereikte. Ze verliet de kamer en sloeg haar regencape om.

Haar hart bonsde toen ze het huis verliet.

Ze wist waarom: ze was heel bang dat hij er niet zou zijn.

4

Het was even voor half drie in de middag toen Virginia haar auto in het centrum van King's Lynn parkeerde, op het marktplein waar in vroeger eeuwen regelmatig mensen waren terechtgesteld en heksen waren verbrand. Hoewel het nog steeds pijpenstelen regende en de wolken laag boven de stad hingen, voelde ze zich beter dan de vorige dag. Ze wist niet hoe dat kwam, maar ze had het vage vermoeden dat het ermee te maken had dat ze over Michael was gaan praten. Jarenlang had ze zichzelf verboden zelfs maar aan hem te dénken, en nu was ze uren aan het woord geweest en had alles over hem aan een wildvreemde verteld. Ze had het ook over zichzelf en hun relatie gehad.

Maar niet echt alles. Ze was vastbesloten: Nathan Moor zou niet álles te horen krijgen.

Ze wilde Livia in het ziekenhuis bezoeken en daarna Kim ophalen, maar eerst... Wat haar naar het markplein had gevoerd, was een roekeloos besluit dat ze vlak voor haar vertrek had genomen: ze wilde een nieuwe jurk kopen, 's avonds Frederic bellen en zeggen dat hij vrijdag in Londen op haar kon rekenen.

Haar moed bezorgde haar hartkloppingen en ze moest steeds weer tegen zichzelf zeggen dat ze zich nog niet onder druk gezet moest voelen. Pas vanavond, als ze Frederic van haar beslissing op de hoogte bracht, kon ze er niet meer onderuit. Nu was het plan nog van haar alleen. Ze kon ermee spelen, het uitbreiden, het verwerpen, wat ze maar wilde.

Maak jezelf nou niet gek, zei ze tegen zichzelf, je gaat nú weg en je koopt gewoon een jurk. Dat stelt toch niets voor? In het ergste geval is het weggegooid geld.

Ze stapte uit en sprong over de grote regenplassen terwijl ze zich over het plein haastte. Het was idioot, maar ze was vergeten een paraplu mee te nemen. Het maakte niet uit. Ze kenden haar in de kleine, chique boetiek achter het marktplein. Ze zouden haar daar voorkomend behandelen, ook als ze kletsnat kwam binnenvallen.

Halverwege bleef ze staan en besloot in de kantoorboekhandel die ze passeerde een paar geïllustreerde tijdschriften of pocketboekjes voor Livia te kopen. Ze wist dat ze dat ook in de toegangshal van het ziekenhuis kon doen, maar ze maakte zich geen illusies over haar eigenlijke motief: ze wilde het kopen van de jurk minstens een paar minuten uitstellen. De boetiek binnengaan was de eerste stap op een weg die haar ontzettende angst aanjoeg.

In de kantoorboekhandel bevonden zich verbazingwekkend veel mensen, die waarschijnlijk niet allemaal iets wilden kopen maar alleen beschutting tegen de regen zochten. Dat besefte de eigenaar ook – een man met grijs haar en een bril met metalen montuur – want hij keek tamelijk ontstemd. Virginia vond dat niemand hem dat kwalijk kon nemen.

In de winkel waren ook internationale bladen te koop. Virginia ontdekte twee Duitse tijdschriften. Ze waren niet meer zo actueel, maar Livia zou er vast en zeker blij mee zijn, áls zij in staat was ze te bekijken. Als het waar was wat Nathan zei, slaagde op dit moment niemand erin tot haar door te dringen.

Ze zocht nog een boekje voor Kim uit en baande zich een weg door de omstanders naar de kassa. De grijsharige man was zichtbaar blij dat hij eindelijk een échte klant had.

'Ze staan hier maar in de weg en wachten tot het ophoudt met regenen,' bromde hij. 'Ben ik soms een schuilplaats?'

'Maar het giet echt,' zei Virgina terwijl ze in haar tas naar haar portemonnee zocht. Ze kromp ineen toen de winkeleigenaar plotseling bulderde: 'Nu heb ik er genoeg van! Ik zeg het niet nóg een keer! Blijf er met je poten van af!'

Iedereen draaide zich om, geschrokken van de plotselinge

woede-uitbarsting. Helemaal achter in de winkel stond een klein meisje in een blauwe regencape voor het rek met allerlei kaarten: verjaardagskaarten, condoleancekaarten, huwelijkskaarten en uitnodigingskaarten. Het kind kreeg een vuurrode kleur en het was te zien dat ze tegen haar tranen vocht.

'Ze zit steeds aan de kaarten voor de kinderverjaardagen,' riep de winkeleigenaar. 'Ik heb haar al eens gewaarschuwd! Luister, jongedame, óf je koopt de kaarten, óf je houdt op er vlekken op te maken met je vieze vingers! Anders kun je nog wat beleven!'

'Het is toch nog maar een kind,' zei Virginia sussend.

Hij keek haar verontwaardigd aan. 'Maar die zijn het ergste. Kinderen maken alles kapot! U wilt niet geloven wat ik af en toe vind als er een horde scholieren door mijn winkel is gestruind. Ze zitten overal aan en ze maken moedwillig boeken, kaarten en souvenirs kapot. En ze stelen als de raven. In deze tijd valt dat niet mee. Het kost me geld, wat ik gewoon niet heb!'

Virginia kon het wel begrijpen. Maar hij richtte zijn woede op de verkeerde persoon. Het meisje was gaan huilen. Ze zag er niet uit als iemand die met opzet dingen kapotmaakte.

Virginia betaalde en verliet de winkel. Het regende nog even hard en dat zou waarschijnlijk tot de avond zo blijven. Nu geen uitvluchten meer, nu zou ze de jurk kopen.

Voordat ze opnieuw door haar angst kon worden overmand, liep ze naar de boetiek, terwijl ze het plastic tasje met tijdschriften beschermend boven haar hoofd hield. Zoals altijd was er een ruime sortering cocktailjurken. Ze koos een donkerblauwe, die van voren hooggesloten was en op de rug fraai maar zeker niet té uitdagend was uitgesneden. Ze kon er de saffier bij dragen die Frederic haar had gegeven toen Kim geboren was.

Heel elegant, dacht ze. En ironisch voegde ze eraan toe: en conservatief genoeg voor de gelegenheid en de omgeving!

Het was intussen kwart over drie. Nu zou ze naar het ziekenhuis rijden om Livia te bezoeken.

Livia Moor lag met twee andere vrouwen op een kamer. Haar bed stond vlak voor het raam. Ze lag er roerloos en met afgewend gezicht bij. De twee andere vrouwen hadden fruit en boeken op hun nachtkastje liggen, en waren druk in gesprek met elkaar. Maar op het moment dat Virginia binnenkwam, viel er een stilte. Virginia voelde de nieuwsgierige blikken in haar rug terwijl ze naar Livia's bed liep.

'Livia,' zei ze zacht, 'kun je me horen? Ik ben het, Virginia!'

Ze was ontzet toen ze zag hoe slecht de jonge vrouw eruitzag. Op Skye had ze al bijna een slaapwandelaarster geleken, diep geschokt door de gebeurtenissen, maar met haar lichtgebruinde huid en haar verwaaide haren had ze fysiek wel een gezonde indruk gemaakt. Nu waren haar wangen ingevallen en hadden een vale, bijna gelige kleur gekregen. Haar handen, die op de witte sprei lagen, trilden. Haar ongewassen haren waren naar achteren gekamd. En op haar slapen kon je blauwe aderen zien kloppen. Was haar neus altijd zo spits geweest? Haar vingers zo fragiel? Haar hals zo pezig?

Livia deed haar ogen open toen Virginia haar aansprak, maar ze keek haar niet aan. Ze leek naar de regen te staren, maar Virginia had niet het idee dat ze de regen echt zag. Of het doorweekte stuk weiland, dat aan de andere kant van het raam lag.

'Livia, ik heb iets te lezen voor je meegebracht.' Ze haalde de tijdschriften uit het plastic tasje, maar het was duidelijk dat Livia ze niet wilde bekijken. 'Ik dacht dat je je hier nogal zou vervelen...'

Livia verroerde zich niet. Alleen haar handen trilden. Onophoudelijk.

'Die hoort thuis op de psychiatrische afdeling!' bromde een

van de vrouwen achter Virginia. 'Ik vraag me af waarom ze hier is!'

Blijkbaar was Livia niet echt geliefd. Haar mollige kamergenoten zouden waarschijnlijk gauw worden ontslagen – ze zagen er blakend van gezondheid uit. Ze wilden er zeker nóg een kletstante als kamergenote bij hebben, die leven in de brouwerij bracht en nieuwe onderwerpen aansneed. In plaats daarvan was dit broodmagere mens bij hen op de kamer ondergebracht. Ze zei geen woord en haar handen trilden constant. Ze leek óp van de zenuwen.

'In eerste instantie moet ze er lichamelijk bovenop komen,' antwoordde Virginia. Ze had de twee vrouwen het liefst genegeerd, maar ze vond dat ze omwille van Livia een beetje begrip moest opwekken. 'Later kunnen ze zich om haar geestelijke gezondheid bekommeren.'

'Ze heeft nog geen woord gezegd sinds ze hier is,' zei de andere vrouw, 'en haar handen trillen continu! Je krijgt al de zenuwen als je ernaar kijkt!'

Virginia wendde zich weer tot Livia en streek zacht over haar haar. 'Alles komt goed,' zei ze zachtjes.

Ze hoopte maar dat Livia kon horen en begrijpen wat ze zei.

'Nathan woont momenteel bij ons,' verklaarde ze. Ze zei met opzet 'ons', zodat Livia niet op verkeerde gedachten kwam. Ze hoefde niet te weten dat Frederic in Londen was. Hoewel dergelijke details haar misschien geen zier interesseerden. Ze leek zich in een schemertoestand te bevinden.

Virginia zat nog een tijdje naast haar en streek een paar keer over de trillende handen. Ten slotte sloot Livia haar ogen weer, en het leek niet uit te maken of er iemand naast haar bed zat of niet.

Toen Virginia opstond, vroeg een van de kamergenotes nieuwsgierig: 'Klopt het dat ze bijna verdronken is? Vlak bij de Hebriden?'

'Haar boot is aangevaren door een vrachtschip,' bevestigde Virginia.

'Ze heeft een man die er ontzettend goed uitziet,' zei de ander. 'Allemachtig, toen hij hier gisteren binnenkwam, had ik nog maar één wens: dat ik twintig jaar jonger was! Die vent heeft sexappeal... Het is nogal gevaarlijk, vind ik, om zo'n man te hebben en dan hier te liggen en niets meer te begrijpen! Ik zou er bloednerveus van worden.'

De andere vrouw grijnsde. 'Bedoel je dat hij de tijd benut om...'

'Nou, vrouwen proberen zo'n vent toch voortdurend te versieren? Met zo'n gezicht en zo'n figuur... Daar zitten vrouwen toch achteraan?'

Ze giechelden alle twee. Virginia mompelde een korte groet en verliet snel de kamer. De ontmoeting met Livia had haar geschokt, het gesprek tussen Livia's ordinaire kamergenotes had haar aangegrepen. Ze bleef staan, leunde met haar rug tegen de muur en haalde diep adem. Was Nathan Moor een man die zo'n diepe indruk op vrouwen maakte dat ze in infantiel giechelende wezens veranderden, zoals die twee daarbinnen?

Heeft hij op míj ook dat effect?

Ze had zich natuurlijk allang gerealiseerd hoe goed hij eruitzag. Dat had ze op Skye al gezien, toen hij de gezellige keuken van mevrouw O'Brian binnenstapte. En hoewel hij, net als zijn bleke, bevende vrouw, de dag ervoor ternauwernood aan de dood was ontsnapt, in zee was gesprongen en niets anders meer bezat dan de kleren die hij droeg, straalde hij een overweldigende energie en een onverstoorbaar zelfbewustzijn uit. Hij was bruin door de zon, zijn iets te lange, donkere haren waren achteloos uit zijn gezicht gestreken; hij had ook een ontspannen vakantieganger kunnen zijn die van een lange strandwandeling terugkeerde, en niet een man wiens have en goed sinds de vorige dag op de zeebodem lag. Ze dacht aan het beeld dat ze 's morgens vroeg had gezien: Nathan in Frederics T-shirt, en zijn brede schouders, waar amper plaats voor was in het shirt.

Ik zou niet zo lang met hem alleen moeten zijn in een en hetzelfde huis.

Het was goed dat Kim vandaag terugkwam. Het was zelfs goed dat zij, Virginia, vrijdag naar Londen ging, al werd ze nog altijd misselijk bij het idee. Zou Nathan dan voorgoed vertrekken? Of dacht hij dat hij alleen in haar huis kon achterblijven terwijl zij bij haar man in Londen was? Als ze dat toeliet, zou ze knallende ruzie met Frederic krijgen. Begrijpelijk! Maar nu ze Livia had gezien, leek het inderdaad niet eenvoudig voor Nathan om met Livia naar Duitsland terug te keren. Was ze eigenlijk wel in staat om te reizen? Konden ze haar opnieuw een verandering van omgeving aandoen?

Ze besloot er nog diezelfde avond met Nathan over te praten. Als hij omwille van Livia in King's Lynn wilde blijven, moest hij een kamer in een hotel nemen. En waarvan moest hij die betalen? Desnoods moest ze hem nogmaals geld lenen. Maar kon hij zijn uitgever niet om geld vragen? Als succesvol schrijver moest er toch voortdurend geld voor hem binnenkomen? Of ze konden hem mogelijk een voorschot geven.

Wat was het probleem eigenlijk?

Met snelle passen verliet ze het ziekenhuis. Zoals altijd wanneer ze langer dan een minuutje over Nathan Moor nadacht, werd ze zenuwachtig, omdat ze dan altijd op ongerijmdheden stuitte. Zijn compleet hulpeloos makende, hachelijke situatie – die hij helemaal niet als wanhopig leek te ervaren, zo kalm en onbezorgd als hij zich gedroeg! – bleek bij nader inzien wel moeilijk te zijn, maar toch waren er talrijke mogelijkheden om tot een oplossing te komen. De grootste hindernis vormde ongetwijfeld zijn zwaar getraumatiseerde vrouw. Maar was het echt het beste voor Livia om in een Engels ziekenhuis te liggen? Afgezien van haar man – die zelden aan haar bed zat –

probeerden de artsen en verpleegsters voortdurend tot haar door te dringen, maar in een taal die ze niet kende. Livia sprak vloeiend Engels, maar Virginia was er zeker van dat er in haar huidige toestand grotere successen zouden worden geboekt als ze in haar moedertaal werd aangesproken. Daar moest ze met Nathan over praten. Tenminste, als ze de moed vond om dat gesprek te voeren.

Hij moet er zelf opkomen, dacht ze boos, terwijl ze in haar auto stapte. De ramen besloegen meteen door het vocht. Hij mag me toch echt niet in de positie brengen dat ik hem vriendelijk moet verzoeken op te hoepelen. Als ik tegen hem zeg dat ik naar Frederic ga, zou hij onmiddellijk uit zichzelf moeten zeggen dat hij uiterlijk vrijdag mijn huis verlaat.

Maar ze had het gevoel dat hij dat niet zou doen. Hoe had Frederic hem genoemd? Een teek die zich vastbeet.

Van teken kwam je niet gemakkelijk af. Je kon erop krabben en wrijven, maar ze lieten niet los, ze waren als het ware met hun voedingsbron vergroeid. Pas als ze zich zo met bloed hadden volgezogen dat ze bijna barstten, lieten ze vanzelf los. Dik en volgezogen vielen ze dan op de grond. Maar in sommige gevallen brachten ze eerst nog een gevaarlijke ziekte over, wat hun slachtoffer zelfs het leven kon kosten.

En nu hou je op, zei ze tegen zichzelf. Ze voegde zich tussen het verkeer, dat langzaam voortkroop vanwege het noodweer. Het is niet eerlijk, dacht ze, om zo over een ander mens te denken. Hij is geen teek. Hij zuigt me immers niet uit!

Wat wil hij dán?

Ze vroeg zich af of het om geld ging. Hij had geld van haar geaccepteerd, en dat zou hij misschien opnieuw doen, maar het ging niet om noemenswaardige bedragen. En hij vroeg nooit om meer. Een man die op geld uit was, zou van Frederics afwezigheid profiteren om nog meer geld te bemachtigen. Hij had van alles kunnen verzinnen – vooruitbetalingen aan het ziekenhuis, bijvoorbeeld. Maar iets dergelijks was niet gebeurd.

Dus opnieuw de vraag: wat wil hij dan?

Ze dacht aan de ochtend, het was pas een dag geleden, waarop hij met haar foto in zijn hand naar haar toe was gekomen. Waar is deze wilde, levenslustige vrouw gebleven?

Hij had naar haar geluisterd. De vorige dag en vandaag, de hele ochtend. Geconcentreerd, geen seconde afdwalend, zonder teken van vermoeidheid of verveling. Waarom deed hij dat?

Hij wil mij. Dat is het antwoord. Hij wil mij.

Ze schrok zó van die gedachte dat ze bijna abrupt op de rem trapte. Dat zou een kettingbotsing hebben veroorzaakt. Ze kon zich nog net inhouden, maar ze raakte in een slip en belandde op de andere rijbaan. Toen ze luid getoeter hoorde, keerde ze snel naar haar eigen rijbaan terug. De bestuurder van de wagen die ze bijna had geraakt, passeerde haar terwijl hij uiterst agressief de middelvinger naar haar opstak. Ze zag het alleen maar vanuit een ooghoek. Ze had andere zorgen.

Toen ze Gaywood Road insloeg, de weg die naar de kleine voorstad leidde waar Kim sinds zaterdag verbleef, had ze bijna opnieuw plotseling geremd. Op de hoek was een cafeetje. En juist op het moment dat ze voorbijreed, liep er een man over het terras waarop dichtgeklapte, kletsnatte parasols en opgestapelde tafeltjes en stoelen stonden. Virginia zag hem slechts van achteren, maar ze zou de lange gestalte met het donkere haar en de brede schouders in het te kleine T-shirt uit duizenden herkennen: Nathan Moor. Het móést Nathan zijn. Wat deed hij hier? Hoe was hij zonder auto in de stad gekomen? En waarom? Toen ze wegging, had hij er niets over gezegd, hij had de indruk gewekt dat...

Ja, wat voor indruk? In feite had hij helemaal geen indruk gewekt. Ze had gewoon verondersteld dat hij in het huis zou blijven, misschien een wandeling door het park zou maken en zich dan met een boek op de bank in de zitkamer zou terugtrekken. Eigenlijk waren daar net zo weinig aanwijzingen voor geweest als voor iets anders. Bleef de vraag naar het 'hoe'. Natuurlijk had hij naar de stad kunnen lopen, maar daar deed je bijna een uur over. Bij deze stortregen een allesbehalve aanlokkelijk idee. Misschien was hij Jack tegengekomen, die ook naar de stad wilde en Nathan een lift had aangeboden. Dat zou ze zeker niet prettig vinden, want dan zouden de Walkers nu weten dat er een vreemde man bij haar logeerde, terwijl Frederic afwezig was. Bij Kims terugkeer zou het nieuws toch wel bekend worden, maar Virginia had gehoopt in elk geval geheim te kunnen houden dat Nathan sinds zaterdag al bij haar was.

Ze kwam even in de verleiding het parkeerterrein achter het café op te rijden, haar auto neer te zetten en te kijken of de man werkelijk Nathan was. Maar toen besloot ze dat dat een pijnlijke confrontatie zou kunnen zijn. Ze had niet het recht hem te controleren of rekenschap over zijn dagindeling te eisen. Hij kon in cafés zitten zolang hij maar wilde. Ze zou vanavond terloops zeggen dat ze meende hem in de stad te hebben gezien. Dan kon hij haar een plausibele verklaring geven of een en ander ontkennen. Misschien vond hij het gewoon pijnlijk om ergens gezellig koffie te drinken in plaats van aan het bed van zijn zieke vrouw te zitten. Het was duidelijk dat hij niet veel om haar gaf.

En ook zijn huwelijk gaat me niet aan, dacht Virginia.

En misschien was hij het toch niet geweest.

Maar nu was ze nergens meer zeker van.

Dinsdag 29 augustus

1

Toen er op dinsdag om kwart over zeven drie politiemannen aanbelden, wist Claire Cunningham natuurlijk meteen dat het met Rachel te maken had. Hun gezichten voorspelden niet veel goeds, maar toch klampte Claire zich even vast aan de dwaze hoop dat het kind was gevonden, dat ze verdwaald was, maar dat het goed met haar ging en nu door een politiearts werd onderzocht.

Alles is in orde, mevrouw Cunningham. Zo zijn kinderen nu eenmaal. Plotseling hebben ze zin in avontuur en gaan ze rond- zwerven. Voor ze het in de gaten hebben, is het donker en hebben ze geen flauw idee meer hoe ze moeten lopen om weer thuis te komen.

Ze had twee dagen en twee nachten geen oog dichtgedaan. De dag ervoor was ze laat in de middag ingedommeld, een kort dutje, waar ze veel te snel en nog even zwak uit wakker was geworden. Toen het de vorige dag zo regende, was ze to- taal in paniek geraakt, en de dokter had twee keer moeten komen om haar een injectie te geven.

'Zie je hoe het regent? Zie je hoe het regent?' had ze ge- schreeuwd. Ze was op haar knieën gevallen en had met haar vuisten op de grond geslagen. Ze had lichamelijke pijn ge- zocht, om even de pijn in haar binnenste niet te voelen. Ro- bert, haar man, had tevergeefs geprobeerd haar daarmee te laten ophouden. 'Mijn kind is buiten! Mijn kind is buiten in de regen! Mijn kind is buiten in de regen!' had ze onophoudelijk geschreeuwd. Uiteindelijk was het in gefluister overgegaan, omdat ze geen kracht meer in haar stem had. Toen ze zich in het gezicht begon te krabben, had Robert de dokter nog een keer gebeld. De arts was vroeg die morgen, bij de eerste paniekaanval, al bij haar geweest. Na de injectie was Claire rustiger geworden, maar haar wanhopige blik, haar trage bewegingen en haar pogingen om iets te zeggen wat ze toch niet kon formuleren, waren voor haar man haast nóg moeilijker te verdragen dan haar razernij. Op maandagavond was er een psychologe van de politie verschenen om haar hulp aan te bieden. Op dat moment begaven ook Roberts zenuwen het.

'Onze dochter wordt sinds gistermorgen vermist,' brulde hij tegen de jonge vrouw. 'Gisteren hebben we de politie vroeg in de middag gewaarschuwd. Intussen zijn er tweeëndertig uur voorbijgegaan, waarin we hier met z'n tweetjes hebben geprobeerd deze ramp te doorstaan. En nú, nu mijn vrouw alleen nog maar brabbelt als een klein kind, omdat ze zoveel injecties heeft gekregen, nú vinden jullie eindelijk het moment gekomen om een psycholoog langs te sturen?'

'Kalmeer, alstublieft,' had de psychologe met klem gezegd, maar toen viel haar blik op Claire, die er afschuwelijk uitzag. Haar gezicht zat onder de bloederige schrammen, op haar handen en polsen zaten bloeduitstortingen en ze probeerde steeds iets te zeggen, maar het lukte haar niet de woorden in haar mond te vormen. Haar onderlip hing slap naar beneden. Blijkbaar had ze er geen controle meer over.

'Mijn hemel! Uw vrouw heeft zichzelf ontzettend toegetakeld!'

Robert had over zijn vermoeide, bleke gezicht gestreken en zichzelf weer in de hand gekregen. 'Neemt u me niet kwalijk. Het is fijn dat u er bent. Ja, het gaat heel slecht met Claire. Ze heeft constant paniekaanvallen. Zondag ging het nog, maar

sinds het buiten regent en het zoveel kouder is geworden...'
'Ik begrijp het,' had de psychologe gezegd.

'Ik ben al blij dat ik heb kunnen voorkomen dat ze zichzelf met een mes te lijf ging. De dokter heeft haar gekalmeerd, maar het... het is...' Zijn stem trilde. Hij behoorde niet tot de generatie die geleerd had dat mannen nooit mochten huilen, maar op dit moment vond hij dat hij zijn tranen moest bedwingen. Misschien omdat Claire er zo slecht aan toe was en omdat hij meende daarom sterk te moeten blijven. Of misschien omdat hij vermoedde dat zijn verdriet en zijn angst de overhand zouden krijgen en dat hij er dan op een gegeven moment net zo aan toe zou zijn als Claire.

Dan treft Rachel als ze thuiskomt twee brabbelende ouders aan. Dat kan niet!

'Waar is uw andere dochter?' had de psychologe gevraagd. Kennelijk had ze het verslag gelezen. 'U hebt toch nog een jonger kind?'

'Ja. Sue. Die is bij de zus van mijn vrouw in Downham Market. We vonden het beter dat ze hier weg was...'

'Heel verstandig.'

De psychologe, die Joanne heette, had een kleine maaltijd verzorgd en stond erop dat Robert iets at. Buiten was de avond gevallen en het regende nog steeds. De tweede avond zonder Rachel. De tweede avond waarop ze niet wisten waar ze was. Robert haatte zichzelf bijna omdat híj droog zat en een boterham met tomaat at. Hij had drie glazen wijn gedronken. Dat was het enige dat hem op deze afschuwelijke dag een beetje had geholpen.

Het had hem goed gedaan met een rustig iemand te praten. Joanne verstond haar vak, want het was haar gelukt hem een beetje tot rust te laten komen. Ze hadden over de mogelijkheid van een ontvoering gesproken.

'Houdt de politie dat voor mogelijk?' had ze gevraagd. Robert had een diepe, droevige zucht geslaakt.

'Op dit moment,' had hij gezegd, 'sluiten ze niets uit. Maar tot nu toe hebben ze noch een brief noch een telefoontje van mogelijke afpersers gekregen. En eerlijk gezegd...'

'Ja?'

'Ik kan me niet voorstellen dat uitgerekend óns gezin wordt uitgekozen om aan geld te komen. We zijn verre van rijk. Het huis is nog lang niet afbetaald. Ik verkoop automatiseringsprogramma's aan bedrijven, installeer ze en organiseer trainingen voor de medewerkers. Ik werk op provisiebasis. De werktijden zijn niet al te best. Claire zorgt hoofdzakelijk voor de kinderen en verdient af en toe iets bij als toneelrecensent voor *Lynn News*. We hebben het niet slecht, maar...' Hij had de zin niet afgemaakt. Op de een of andere manier wist hij gewoon dat niemand geld zou komen eisen.

'Weet u,' had hij vertwijfeld gezegd, 'afgezien van het feit dat ik zou willen dat Rachel hier bij ons zit of dat ik hoop, als tweede mogelijkheid, dat ze verdwaald is en door fatsoenlijke mensen is opgepikt en aan ons wordt teruggegeven, zou ik als derde mogelijkheid hópen dat iemand haar heeft ontvoerd om er rijk van te worden. Misschien iemand die haar voor een ander heeft aangezien? Want dan bestaat er een kans dat we haar ongedeerd terugkrijgen. Want de meest verschrikkelijke mogelijkheid is...' Hij had die woorden nauwelijks over zijn lippen kunnen krijgen. Hij zag het medelijden in Joannes ogen en had opnieuw tegen de tranen moeten vechten, '... dat ze in handen is gevallen van zo'n perverse kerel. Zoals met dat andere meisje uit King's Lynn is gebeurd. Als ik me voorstel dat ze op dit moment misschien door hem...' Hij had gekreund en een hand voor zijn ogen geslagen.

Joanne had hem bij de arm gepakt. 'Doe dat niet. Kwel uzelf niet met dat soort afschuwelijke voorstellingen. Dat is makkelijk gezegd, ik weet het. Maar u schiet er niets mee op als u uzelf gek maakt. U hebt uw zenuwen en uw kracht nodig.'

Ze hadden nog een tijdje over Rachel gesproken. Hij had foto's laten zien en over haar verteld, en rond elf uur had Joanne afscheid genomen. Robert was naar zijn werkkamer gegaan en had in het wilde weg op het internet zitten surfen. Om drie uur in de nacht had hij Claire beneden heen en weer horen lopen. Blijkbaar waren de injecties uitgewerkt en kon ze zich weer bewegen. Op een gegeven moment had ze de televisie aangezet.

Oké, televisie doet het. Computer doet het. De psychologe was goed. We moeten overleven. We moeten deze nacht doorkomen. O God, laat ons niet te veel van dit soort nachten krijgen!

En nu stonden die drie agenten in de zitkamer. Het was aan hen te zien dat ze op dit soort momenten een hekel aan hun beroep hadden. Robert keek naar Claire. Ze had haar witte badjas aangetrokken en haar haren gekamd, maar ze zag er nog steeds toegetakeld uit, met haar toegetakelde polsen en de diepe schrammen in haar gezicht.

'Hoe is het met Rachel?' vroeg ze. Haar stem en haar gelaatsspieren gehoorzaamden haar weer.

Een van de mannen schraapte zijn keel. 'We weten niet of het uw dochter betreft, dat moet ik vooropstellen, maar...'

Waarom zijn jullie dan hier, dacht Robert, als jullie het toch niet weten?

De politieman gaf een nauwkeurige beschrijving van Rachel. Lengte, gewicht, haarkleur, kleur van de ogen. De kleren die ze zondags had gedragen. Als ze een kind hadden gevonden, in welke toestand ook, dan mocht er niet te veel twijfel zijn.

'Vanmorgen vroeg heeft een jogger het lijk van een kind gevonden.' De politieman praatte tegen Claire en Robert zonder hen aan te kijken. 'Het zou kunnen... het zou kunnen dat het Rachel is.'

Claire had over situaties als deze gelezen. In boeken, in kranten. Ze had er films over gezien. Vorige week nog had ze naar een praatprogramma op de televisie gekeken waarin de moeder van de onlangs vermoorde Sarah Alby had verteld over de tragedie waarin haar leven plotseling was veranderd. Telkens wanneer ze ermee was geconfronteerd – met het verlies van een kind door een geweldmisdrijf – had ze het verdriet van de ouders meegevoeld en zich tegelijkertijd afgevraagd hoe een mens zoiets kon verdragen en verder kon leven. Ze meende dat zoiets onmogelijk was: je kon er daarna nog wel zijn, en ademen, slapen, waken, eten en drinken, maar je kon niet meer leven. Er zou te veel dood zijn gegaan. Het belangrijkste was doodgegaan.

En nu maakte ze het zelf mee. Nu stond ze op een frisse, bewolkte dag in augustus in de zitkamer van hun knusse huis, midden in hun beschouwelijke, idyllische wereld, die al op instorten stond. Ze beleefde nu zelf het moment waarvan ze had gedacht dat het onverdraaglijk was. En ze verdroeg het. Verdoofd en met een eigenaardige afstand tot zichzelf. Ze was deel van het gebeuren en waarneemster tegelijk. Later dacht ze dat ze juist daardoor op dat moment niet krankzinnig was geworden.

Ze hoorde Robert vragen: 'Waar... is het kind...?'

'Dicht bij Sandringham Castle. Vlak bij het park,' zei een van de andere politiemannen, die voor het eerst zijn mond opendeed.

'Sandringham... maar dat is nogal ver hiervandaan,' zei Robert.

'Het hoeft uw dochter niet te zijn,' benadrukte de eerste politieman nogmaals. 'Het zou ons helpen als u beiden, of één van u, met ons mee zou gaan om naar het kind te kijken.'

Claire had het gevoel dat ze steeds verder naar achteren ging en het groepje van een steeds grotere afstand gadesloeg.

'Hoe is het kind om het leven gekomen?' hoorde ze zichzelf vragen.

'Het eindrapport van de patholoog-anatoom is nog niet beschikbaar. Maar de sporen die voor ons herkenbaar zijn, wijzen erop dat het kind is gewurgd.'

'En is het... is het...?'

'Seksueel misbruikt? Zoals gezegd, kan alleen de patholoog-anatoom die vraag beantwoorden. Denkt u dat u... voelt u zich in staat met ons mee te gaan?'

Robert had om Joanne willen vragen. Ze had hem op de een of andere manier goed gedaan, en hij dacht plotseling dat hij het allemaal beter zou kunnen doorstaan als zij bij hem was, maar dat durfde hij niet te zeggen. Hij knikte alleen maar. 'Ik ga mee. Claire, jij blijft hier.' Hij keek de agenten aan. 'Zou een van u bij mijn vrouw kunnen blijven tot ik weer terug ben?'

'Natuurlijk.'

Hij wierp een blik op Claire.

'Kom maar gauw terug,' zei ze. Hij zou een andere man zijn als hij terugkwam, dat was haar duidelijk. En zij een andere vrouw.

Ze wist dat het kind dat ze hem zouden tonen Rachel was.

2

Michael

Voor Virginia waren de weken die op de reis naar Rome volg-den een troosteloze lijdensweg. Elke dag ging ze naar de uni-versiteit, maar de colleges gingen aan haar voorbij zonder dat ze hoorde waar het over ging. Ze bracht lange, sombere uren op de campus door en zonderde zich af van haar vriendinnen. Ze liep naar de rivieroever, staarde in het water en probeerde niet meer aan Andrew Stewart en de tijd met hem te denken. Hij was haar grote liefde geweest. Tenminste, dat had ze ge-loofd, en door de intensiteit van haar gevoelens kwam dat mis-schien op hetzelfde neer. Ze wist niet wat zwaarder woog: het feit dat ze hem had verloren, dat ze elke hoop op een gezamenlijke toekomst moest opgeven, of het feit dat ze door hem was bedrogen. Ze dacht aan dat heerlijke, romantische, lange weekend in Northumberland. Tien dagen later had hij een kind bij Susan verwekt.

Telkens wanneer dat tot haar doordrong, werd ze vervuld van verbijstering en pijn.

Tegenover Michael gedroeg ze zich geprikkeld en humeurig. Hij reageerde op zijn eigen manier: geduldig en verdrietig. Hij zou nooit tegen haar in opstand komen. Als het moest, zou hij zich ook nog slecht door haar laten behandelen. Hij leefde in angst om haar te verliezen en hij zou niets doen wat haar ertoe zou kunnen brengen hem te verlaten.

In de nazomer begon hij, voor het eerst sinds hun kinderjaren, over een huwelijk te praten. Op een avond had hij Virginia op een wandeling door de tuinen van King's College vergezeld, hoewel ze dat in eerste instantie had geweigerd.

'Michael, eigenlijk wil ik liever alleen zijn.'

'Maar ik moet iets met je bespreken.'

Hij was vasthoudender geweest dan anders. Ten slotte had ze het goed gevonden dat hij met haar meeging. Het was een heerlijke avond, het pas gemaaide gras rook lekker, en het rode licht van de avondzon zette de hemel, de golven van de rivier en de muren van het universiteitsgebouw in een koperen gloed. Overal liepen mensen, studenten en docenten. De heldere lucht was vervuld van gelach, geroep en gepraat.

Virginia was in zichzelf gekeerd en piekerde, zoals in alle afgelopen maanden. Ze vergat bijna dat Michael naast haar stond, zo was ze met zichzelf bezig. Ze kromp ineen toen hij plotseling iets tegen haar zei. Ze stonden op een brug tegen de balustrade geleund en keken naar het woelige water onder hen.

'Wil je mijn vrouw worden?' vroeg Michael onverwacht en op een plechtige toon.

Virginia keek hem bijna ontzet aan. 'Wát?'

Hij glimlachte verlegen. 'Dat was misschien een beetje té direct, maar... nou, dat wilden we toch altijd al, en...'

'Maar toen waren we kinderen!'

'Mijn gevoelens voor jou zijn nooit veranderd.'

'Michael...'

'Ik weet het,' zei hij. 'Ik ben misschien niet de man van wie je altijd hebt gedroomd, maar... ik bedoel, die Canadees met wie je verloofd was, die was misschien veel opwindender...'

Aan die man had ze nooit meer gedacht. En Michael dacht dat ze dat nog steeds deed.

'Maar hij had toch duidelijk negatieve kanten,' vervolgde Michael. 'Hij mishandelde je en hij dronk voortdurend... Zoiets zou je met míj niet overkomen.'

Ze keek hem aan. Nee, dacht ze, maar het ergste is dat mij met jou helemaal níéts zou overkomen. Dat ik het gevoel zou hebben mijn leven te verslapen.

'Luister,' zei Michael. 'Volgend jaar begin ik te werken en dan wil ik snel een ander huis huren. Dit appartement is op den duur niet meer geschikt voor ons. Ik dacht aan een klein huis met een tuin. Wat vind jij ervan? Dan zouden ook...' Hij zweeg abrupt.

'Wat?' vroeg Virginia.

'Dan zouden onze kinderen ook een plek hebben om te spelen,' zei Michael. Hij schraapte zijn keel. 'Ik wil je niet opjagen, Virginia, maar ik wil dolgraag kinderen hebben. Ik hou van kinderen. Ik zou het heerlijk vinden om een echt gezin te hebben. Wat vind jij ervan?'

Dit ging haar allemaal veel te snel. Trouwen, verhuizen, kinderen krijgen, en dat met een man die haar vertrouwd was, die ze graag mocht, maar die in de verste verte niet in haar kon losmaken wat Andrew in haar losmaakte. Ze moest aan de nachten met Andrew denken, aan alles wat er tussen hen was geweest. De tranen sprongen haar in de ogen. Ze wendde haar gezicht af om ze voor Michael te verbergen.

Maar hij was wel zo fijngevoelig dat hij merkte dat ze alles-behalve gelukkig was.

Onbeholpen streek hij over haar arm. 'Het spijt me. Ik heb je hier misschien heel erg mee overvallen. Het is alleen dat... ik zoveel van je hou!'

Een paar dagen na deze avond kwam Virginia op straat Andrew tegen, in het centrum van Cambridge. Hij werd verge-zeld door een aantrekkelijke, blonde vrouw, die hoogzwanger was. Susan.

Andrew verstarde een paar tellen toen hij Virginia in het oog kreeg. Daarna wendde hij zijn blik af en liep snel verder. Virginia was zó geschokt dat ze met knikkende knieën de straat overstak, het eerste het beste café binnenging, zich op een stoel liet zakken en de serveerster wezenloos aankeek toen die vroeg wat ze wilde hebben. Susan, het fantoom, had plot-seling een gezicht gekregen. Om nog maar te zwijgen van het enorme lijf, dat de vrucht van Andrews ontrouw in zich droeg. Toen ze dacht aan de geschrokken blik in Andrews ogen en aan de snelle beweging waarmee hij zich van haar had afge-wend, begonnen haar wangen te gloeien van schaamte. Ze had over een toekomst met deze man gedroomd. Deze man had wekenlang tegen haar gelogen en haar maandenlang aan het lijntje gehouden. En nu moest ze dulden dat hij op straat net deed of hij haar niet kende.

's Avonds zei ze tegen Michael dat ze bereid was met hem in een ander huis te gaan wonen. Ze stelde slechts één voor-waarde: het mocht niet in Cambridge zijn.

Het was al erg genoeg dat ze daar colleges volgde. Maar ze wilde graag verhuizen. Ze had geen zin om bij haar volgende gang naar de bakker of de supermarkt Andrew, Susan en een huilende baby in een kinderwagen tegen te komen.

Ze verhuisden naar St. Ives. Dichtbij genoeg om in Cambridge te kunnen werken, en ver genoeg verwijderd om Andrew en zijn jonge gezin niet tegen het lijf te kunnen lopen. Michael had er voorzichtig voor gepleit iets dichter in de buurt van de universiteitsstad te blijven, vooral omdat hij vanaf het begin van het nieuwe jaar wetenschappelijk medewerker zou zijn en het heel druk zou krijgen. Als ze dichterbij woonden, zou hij het gemakkelijker hebben. Maar Virginia bleef bij haar wens, zonder nadere uitleg. Aangezien Michael al dolgelukkig was dat hij haar zover had gekregen, riskeerde hij geen tegenspraak meer en voegde zich naar haar wensen, hoewel hij ze niet begreep.

Ze hadden niet veel geld, en het huisje in St. Ives was heel klein, maar het was toch hun eerste gezamenlijke thuis. In het kleine eenkamerappartement hadden ze zich allebei niet erg prettig gevoeld. Nu hadden ze een zitkamer met een open haard, een keuken, waar ook een eettafel in paste, en nog twee kleine kamers, die uitkwamen op de tuin. De ene kamer richtten ze in als slaapkamer, de andere als werkkamer. Ze schaften goedkope, eenvoudige meubels aan die ze met kleurige kussens opfleurden. Ook kochten ze eenvoudige stoffen, waar Virginia zo goed en zo kwaad als het ging gordijnen van naaide. Ze zetten planten in de tuin en begonnen na overleg met de huisbaas de omheining van de voortuin af te breken, zodat het kleine stukje grond een beetje groter leek. Aangezien het huis tegen een helling was gebouwd, was het voorste deel van de tuin steil. Aan de rechterkant kwam je via een trap bij de voordeur, aan de linkerkant was een oprit die naar de garage leidde. Aangezien Virginia en Michael vooralsnog geen auto hadden, veranderden ze de garage in een tuinschuur, die algauw vol stond met tuingereedschap, aardewerken potten en kistjes met zaaigoed. Virginia wijdde zich met zoveel overgave aan de tuin dat ze er zelf verbaasd van stond. Ze had nog nooit zin gehad om met haar vingers in de grond te wroeten of bloemen en struiken te planten. Ze had het gevoel dat ze onbewust een therapie zocht. Het bezig zijn in de frisse lucht, de geur van aarde en gras, de vreugde om te zien hoe alles groeide en bloeide, hielpen haar de pijn en het verdriet om haar verloren liefde te verwerken. Geleidelijk aan ging het beter met haar. Ook de letterlijke afstand tot Cambridge deed haar goed. Ze reed elke morgen naar de universiteit en nam ten slotte ook een tijdelijk baantje in de bibliotheek aan. Maar ze verliet de campus nauwelijks, dus was de kans klein dat ze Andrew en zijn gezin plotseling tegenkwam. In St. Ives hoefde ze daar niet bang voor te zijn. Ze maakte lange wandelingen, begon regelmatig te joggen en sloot vriendschap met de buren, enigszins kleinburgerlijke mensen, maar ze waren wél aardig.

Voor het eerst sinds jaren leidde ze een vredig bestaan. Elke dag was gelijk aan de vorige. Ze had steeds meer rust om haar heen, en ze kon alles overzien.

Michael bleef een probleem. Hij had het onderwerp 'trouwen' een tijdje laten rusten, maar in het begin van het nieuwe jaar begon hij er wéér over. Op een heftige toon. Gezin, kinderen – hij leek amper aan iets anders te kunnen denken.

'Ik wil nu geen kind,' zei Virginia dan geïrriteerd. Wat het onvermijdelijke antwoord opleverde: 'Maar we moeten niet te lang wachten. Voor je het weet zijn er jaren voorbijgegaan en merk je dat het te laat is!'

'Lieve help, ik ben eenentwintig! Ik heb tijd zat!'

'Je bent bijna vijfentwintig.'

'Nou, en? Ik studeer nog.'

'Je zou dit jaar je studie kunnen afmaken. En dan...'

'En dan alleen nog maar achter de kinderwagen lopen? Ik ben toch niet gek! Dan had ik helemaal niet naar de universiteit hoeven gaan!'

Het waren zinloze discussies, die soms in ruzie, soms in gekrenkt stilzwijgen eindigden.

'Waarom trouwen we eigenlijk niet?' vroeg Michael.

'Waarom zouden we? Wat zou dat veranderen?'

'Voor mij zou er wel degelijk iets veranderen. Het is... een manier om je liefde te verklaren.'

'Dat heb ik niet nodig,' zei Virginia. In feite, dat wist ze heel goed, had ze moeten zeggen: ik wil jou niet mijn liefde verklaren.

Toen er een jong gezin in het huis naast hen kwam wonen sloot Michael een hechte vriendschap met hen. Hij was vooral verrukt van het zevenjarige zoontje Tommi.

'Zo'n jongen wil ik ook hebben,' zei hij vaak tegen Virginia. Tot ze op een dag, helemaal over haar toeren, tegen hem snauwde: 'Hou daar nou eindelijk eens over op! Als je een "broedmachine" wilt hebben, moet je een andere vrouw gaan zoeken!'

Een tijdlang zei hij niets meer, maar dit thema stond voortdurend tussen hen in, ook al spraken ze er niet over. Virginia begon zich af te vragen hoelang ze onder deze omstandigheden met Michael kon samenleven. Eigenlijk wist ze al dat ze bij hem weg zou gaan zodra de wonden die Andrew haar had toegebracht voldoende waren geheeld en ze haar zelfvertrouwen en haar levensvreugde had teruggevonden. Dat bezorgde haar af en toe een slecht geweten, en dan zei ze bij zichzelf dat Michael allang had moeten merken dat ze zijn gevoelens slechts in zeer beperkte mate beantwoordde. En dat het niet haar probleem was als hij zichzelf voortdurend een rad voor ogen draaide.

Tommi, de buurjongen, kwam algauw dagelijks bij hen over de vloer. 's Avonds, als Michael en Virginia uit Cambridge terugkeerden, stond Tommi vaak al bij de voordeur te wachten.

'Michael!' riep hij dan. 'Michael!' En Michael liep naar hem toe, tilde hem op en draaide hem een paar keer rond. Hij nam Tommi mee naar de keuken, waar hij Michael mocht helpen bij het koken en ze er een echte puinhoop van maakten. Vaak keek Michael met Tommi televisie of liet hij hem op zijn computer spelen. Toen Michael in de zomer voldoende geld had gespaard om een auto te kunnen kopen, wilde Tommi zich alleen nog maar dáármee bezighouden. Urenlang zaten hij en Michael in de wagen, Tommi op de bestuurdersplaats, met gloeiende wangen en glanzende ogen. Af en toe liet Michael dan zelfs de motor lopen. Tommi deed dan alsof hij een beroemde autocoureur was die op het circuit van Monza of Monte Carlo reed en alle andere coureurs ver achter zich liet.

Een beetje geïrriteerd dacht Virginia soms dat Michael weer eens op zijn typische manier schromelijk overdreef. Als hij iemand mocht, klampte hij zich aan hem vast en verslond hem dan gewoon. Zo ging het al jaren bij haar, en zo ging het nu ook bij die kleine jongen. Het leek wel of hij iedereen die hij eenmaal in zijn hart had gesloten het liefst voor altijd en eeuwig aan zich wilde binden.

Wat overdreven, dacht ze, en wat onvolwassen!

Aan de andere kant bood zijn genegenheid voor Tommi haar een zekere vrijheid. In de tijd die hij met de jongen doorbracht, kon ze haar eigen dingen doen, zonder voortdurend te moeten vrezen dat hij haar lastigviel met een huwelijksaanzoek. Bovendien hoopte ze dat hij het onderwerp van eigen kinderen minder vaak zou aansnijden als hij zijn passie voor kinderen op een andere manier kon bevredigen. Dus zei ze niets en liet hem zijn gang gaan, maar in haar hart vond ze het maar niets.

Op een dag zei Michael: 'Het zou goed zijn als we de garage leegmaakten. Dan kunnen we er de auto in zetten. Tommi is gek op de wagen, en ik ben bang dat hij er op een gegeven moment in gaat zitten als ik er niet bij ben en hem dan van de handrem haalt. Het is er zo steil dat de wagen ongetwijfeld de straat op zou rijden.'

Virginia had de garage helemaal in bezit genomen met haar tuingereedschap. 'Dat kan niet. Dan weet ik niet waar ik met mijn spullen heen moet!'

'Maar...'

'Het komt door jou dat hij zo gek is op die auto! Daar kun je mij nu niet voor laten opdraaien!'

Zoals altijd wilde hij niet het risico lopen ruzie met haar te krijgen. 'Oké, oké. Dan moeten we erop letten dat de auto altijd op slot is. Dan kan er niets gebeuren.'

'Ja, natuurlijk,' zei Virginia vreedzaam, 'ik zal erop letten. Beloofd.'

Ze hield van Tommi. Niet zo fanatiek als Michael, maar ook zij had de vrolijke jongen in haar hart gesloten.

Michael glimlachte.

'Het is fijn om hier met jou samen te leven,' zei hij.

Ze keek hem aan en dacht: jij hangt me mijlenver de keel uit!

3

'Ja,' zei Virginia, 'zo was het. We beleefden in St. Ives een kleinburgerlijke idylle, waarin Michael zich heel lekker begon te voelen – afgezien van het feit dat ik zijn wens om te trouwen niet inwilligde en me halsstarrig bleef verzetten tegen zijn hoop op een kind van ons samen. Ik dacht veel aan Andrew, stortte me op het werk in de tuin en had voortdurend last van mijn geweten.'

Ze zaten in de keuken en dronken hun vierde of vijfde kop koffie. Nathan had aangeboden ontbijt te maken, maar Virginia had gezegd dat ze geen honger had. Toen had Nathan zich daar stilzwijgend bij aangesloten. Het was nog vroeg in de morgen, en hoewel het niet meer regende, hing er een herfstachtige sfeer. Er kwam geen zonnestraal door de takken van de drijfnatte bomen, die plotseling nog dichter bij de ramen van het huis leken te staan. Virginia, die al om zes uur in het park had gejogd en nu in een dikke trui en met warme sokken de kou trotseerde, overwoog de verwarming in het huis aan te doen.

Maar het is nog augustus, dacht ze.

Nathan verscheen toen ze koffie aan het zetten was. Ze was verbaasd geweest dat hij zich daar zo over verheugde. Normaal gesproken vond ze het helemaal niet erg om 's morgens alleen in de keuken te zitten, koffie te drinken en haar gedachten de vrije loop te laten, maar in de afgelopen dagen was er iets in haar veranderd. Niet bepaald ten goede, zoals ze ontdekte. Ze was onrustiger geworden. Verdroeg het alleenzijn slechter. Lag 's nachts te woelen in haar bed en werd overdag gekweld door oude beelden en herinneringen.

Natuurlijk wist ze hoe dat kwam. Ze hield Michael niet meer in haar binnenste verstopt. En Tommi ook niet. De kleine jongen van wie Michael zoveel had gehouden. Ze had zich geuit en nu stroomde alles met veel meer kracht naar buiten dan ze had gedacht. Of ze het nu leuk vond of niet, ze kon in elk geval niet meer terug.

Ze had niet meer over Michael willen praten, maar terwijl zij en Nathan daar zo zaten in die kille, sombere ochtenduren, had ze het toch gedaan. Ze was doorgegaan met vertellen. Ze had zich opnieuw afgevraagd waarom ze uitgerekend deze vreemde man in vertrouwen nam. Misschien juist omdát hij een vreemde was. Maar niet alleen daarom. Het hield ook verband met hem zélf, met zijn persoon. Die man maakte iets in haar los, zonder dat ze precies kon zeggen wat het was. Misschien wilde ze het ook niet weten en was het beter om er niet over na te denken.

'Op de een of andere manier lijkt de situatie van toen op je huidige situatie,' zei hij.

Aangezien ze zich zojuist met hém en niet met haar eigen verleden had beziggehouden, had ze even nodig om te begrijpen waar hij het over had.

'Hoezo?' vroeg ze verrast.

'Nou, je lijkt vandaag een beetje op de Virginia van een jaar of twaalf geleden. Niet echt gelukkig in de relatie die je hebt, maar heel veilig, heel geborgen. Toch is dat niet wat je zoekt.'

Ze zat aan haar kopje te frunniken. Had hij gelijk? En moest ze hem écht zoveel inzage in haar leven geven?

Ik ben ermee begonnen, dacht ze, en nu kan ik er eigenlijk niet verontwaardigd over zijn.

De keukendeur ging open en Kim kwam binnen. Ze had haar pyjama aan en liep op blote voeten. Ze had de telefoon in haar hand.

'Papa is aan de lijn!' zei ze.

Virginia had de telefoon niet horen rinkelen. Ze had in een andere tijd gezeten. Het liefst had ze eerst willen weten of Kim haar vader had verteld dat Nathan in hun huis logeerde, maar daar was nu geen tijd meer voor.

'Hallo Frederic,' zei ze.

Hij had haar de avond daarvoor niet gebeld. Zij hem ook niet. Het onderwerp *banket* stond té problematisch tussen hen in.

'Goedemorgen,' zei Frederic. Zijn stem klonk koel. 'Ik hoop dat je goed hebt geslapen.'

'Ja. Vrij goed. Ik...'

'Ik wilde je gisteravond niet weer lastigvallen, daarom heb ik je niet gebeld.'

'Frederic, ik...'

'Kim heeft me zojuist iets heel merkwaardigs verteld,' vervolgde Frederic. 'Klopt het dat die Moor uit Duitsland bij jullie woont?'

Het was te verwachten geweest dat Kim uit de school zou klappen. Virginia had alleen maar gehoopt dat het niet zo snel zou gebeuren.

'Ja,' zei ze, 'tijdelijk. Hij...'

'Sinds wanneer?'

Ze wilde niet liegen tegen haar man. Niet over Nathan, en vooral niet in Nathans bijzijn.

'Sinds zaterdag.'

Ze kon Frederic naar adem horen happen. 'Sinds záterdag? Zonder met mij te overleggen?'

'Ik weet toch hoe jij ertegenover staat.'

'Hoe zit het met zijn vrouw?'

'Die ligt hier in King's Lynn in het ziekenhuis. Ze wordt voor haar shock behandeld. Dat was op Skye niet mogelijk.'

'Aha. En dat kan ook niet in Duitsland?'

Wat moest ze daarop zeggen? Ze begreep het tenslotte zelf ook niet.

'Ik wilde je eigenlijk iets heel leuks vertellen,' zei ze snel. Dat strookte niet met de waarheid: ze had helemaal nog niet tegen hem willen zeggen dat ze naar Londen zou komen. Als hij het wist, kon ze niet meer terugkrabbelen. Dan zat ze er eraan vast.

'Ik heb gistermiddag een nieuwe jurk gekocht,' vervolgde ze haastig. 'Omdat ik besloten heb je vrijdag naar het diner te vergezellen.'

Er viel een stilte.

Na een paar tellen vroeg Frederic stomverbaasd: 'Echt waar?'

'Ja. En ik...' Ze vroeg zich af of ze nog verder zou durven gaan, maar ineens besefte ze dat ze niet moest dralen: ze moest snel naar Frederic toe. 'Ik kom donderdag al, als je het goedvindt. Overmorgen dus. Ik denk dat ik dan minder last van stress heb dan wanneer ik vrijdag pas vertrek.'

Opnieuw had ze hem zó overrompeld dat hij niet meteen kon reageren. Maar toen hij begon te praten, klonk zijn stem zo blij en gelukkig dat Virginia zich bijna schaamde. Het ging om een futiliteit, een kleinigheid, en haar man kon zijn geluk niet op!

'Je weet niet half hoe blij ik ben,' zei hij zacht.

'Ik verheug me er ook op, Frederic,' loog ze. Ze ontweek Nathans blik. Hij merkte natuurlijk hoe gespannen en onecht ze klonk.

'Kom je met de trein?'

'Ja. Ik zal je de tijden nog doorgeven.'

Hij verheugde zich écht. Ze kon het aan zijn stem horen. En hij verheugde zich niet alleen op het feest, dat voelde ze. Hij verheugde zich ook op háár.

'Fantastisch dat je een dag eerder komt. Dan gaan we ergens heen, alleen wij tweetjes. Een chic restaurant... en dan misschien een nachtclub, wat vind je ervan? We hebben in geen eeuwen met elkaar gedanst.'

'Dat is... dat is een goed idee.' Ze hoopte dat hij zou ophouden met het smeden van plannen. Ze wilde niet wéér hoofdpijn krijgen.

'Logeert Kim bij Grace?' vroeg hij.

'Ik heb er nog niet met Grace over gesproken, maar dat zit wel goed. Grace is immers dol op het kind.'

'Dan kan er niets meer tussenkomen,' zei Frederic. Het klonk bezwerend.

Hij blijft nerveus tot ik donderdag in Londen uit de trein stap, dacht Virginia.

Haar keel kneep dicht.

'Ik bel je nog,' zei ze haastig.

'Virginia,' begon Frederic, maar hij maakte de zin niet af. 'Ach, niets,' zei hij toen. 'Pas goed op jezelf. Ik hou van je.'

Ze wist dat hij naar Nathan Moor had willen vragen. Hoe ze het ging aanpakken om hem op een beleefde manier vóór donderdag de deur uit te bonjouren. Blijkbaar leek dat onderwerp hem te pijnlijk. Op dit moment was het voor hem het belangrijkste de stemming van zijn vrouw niet te verpesten. Als probleem kwam Nathan Moor op de tweede plaats.

Bovendien zegt hij waarschijnlijk bij zichzelf dat ik heus niet zo gek zal zijn om Nathan hier in z'n eentje te laten wonen als ik weg ben, dacht ze, terwijl ze de verbinding verbrak.

'Mag ik naar Grace en Jack?' riep Kim, en begon op één been te huppelen. 'Is dat zo, mam?'

'Als zij het goedvinden – ja.'

Kim juichte. Grace bakte altijd taarten en Kim mocht er veel meer televisie kijken dan thuis, en ze kreeg warme chocolademelk, zoveel ze maar wilde. Ze had er al een paar keer gelogeerd en dat had ze geweldig gevonden.

'Ga je overmorgen naar Londen?' vroeg Nathan.

'Ja.' Virginia haalde diep adem. 'Dat betekent dat je een ander onderkomen moet zoeken, Nathan. Vanaf donderdag.'

'Ja, natuurlijk,' zei hij, 'vanaf donderdag.'

Ze keken elkaar aan en in zijn ogen stond iets waar ze plotseling van ging blozen. Haar hele lichaam werd warm. Ze streek met een hulpeloos gebaar het haar van haar voorhoofd. Hij had iets wat ze niet in woorden kon uitdrukken. Misschien was het de intensiteit in alles wat hij deed, in elke blik, in elk woord, in elke aanraking, hoe vluchtig ook. Sexappeal, hadden Livia's onverdraaglijke kamergenotes in het ziekenhuis het genoemd. Zonder twijfel had hij een sterke seksuele uitstraling. Als hij een vrouw over de rug streek – ze moest plotseling aan de situatie in de zitkamer denken, toen ze door tranen en migraine werd gekweld – leek dat bijna een liefkozing.

'Mam, mag ik nu meteen naar Grace gaan om het haar te vragen?' vroeg Kim.

Virginia lachte. 'Ga maar. Maar zeg tegen haar dat ik ook nog even met haar kom praten. En kleed je eerst aan!'

Kim rende de trap op naar haar kamer.

'Wil je echt naar Londen gaan?' vroeg Nathan.

'Ja.' Ze deed haar best om haar stem vast te laten klinken en vastberaden te kijken, maar ze had het gevoel dat ze in beide voornemens faalde. 'Ik vergezel mijn man naar een diner.'

'Wat leuk! Verheug je je erop?'

'Natuurlijk. Waarom niet?' Ze snakte plotseling naar een sigaret, iets waaraan ze zich kon vasthouden, iets wat rust gaf. De warme rook, de nicotine die haar lichaam ontspande... waar had ze toch het pakje neergelegd dat ze onlangs...

Ze was niet eens verbaasd toen Nathan een verkreukeld pakje sigaretten uit zijn broekzak haalde en het haar voorhield.

'Neem er een. Soms helpt het.'

Ze pakte een sigaret en Nathan gaf haar een vuurtje. Ze registreerde zijn chique, zilveren aansteker en de warmte en de kracht die zijn handen uitstraalden. Toen zijn vingers de hare raakten, kreeg ze kippenvel.

'Hoe kom jij ineens aan sigaretten?' vroeg ze.

'Gisteren in King's Lynn gekocht,' antwoordde hij kalm.

Ze was helemaal vergeten hem te vragen of hij de vorige dag in dat café was geweest. Ze hadden de vorige avond samen gekookt en gegeten en daarna met Kim aan de keukentafel gezeten en spelletjes gespeeld. Het was zo'n vrolijke, uitgelaten stemming geweest dat Virginia vergeten was hoe verbluft en verbouwereerd ze was geweest. Nu schoot het haar weer te binnen.

'Ik heb je gisteren voor een café in de stad gezien,' zei ze, 'en ik was stomverbaasd. Je had helemaal niet gezegd dat je...'

Hij lachte. 'Ik wist niet dat ik zoiets van tevoren moest melden.'

Ze nam snel een trek van haar sigaret. 'Dat hoef je natuurlijk ook niet. Ik was gewoon... verrast.'

'Ik verveelde me,' zei Nathan, 'en besloot een paar uur in een café te gaan zitten en de krant te lezen. Dat vind ik af en toe fijn, weet je.'

'Een heel eind zonder auto.'

'Ik ben een goede wandelaar.'

'Ook in de stromende regen?'

'Regen is voor mij geen belemmering.' Hij stak ook een sigaret op. Abrupt zei hij: 'Ik ga nu naar mijn kamer om nog wat te werken.'

'Schrijven?'

'Dat is mijn werk. En ik vrees dat ik zo langzamerhand weer aan geld verdienen moet denken.'

'Waar gaat je boek over?'

'Ik beschrijf een wereldreis.'

'Maar...'

'Ik denk dat die met een schipbreuk begint. Soms is het verloop van een wereldreis een beetje... eigenzinnig.'

'Maar je kunt die reis toch niet voortzetten?'

Hij keek langs haar. 'Niet zoals ik gepland had, nee. Het zal een andere reis worden – een heel andere.'

'Misschien lees ik dat boek later nog weleens,' zei Virginia.

'Misschien.'

Zwijgend rookten ze hun sigaret op. De warme rook zweefde door de keuken. Ze hoorden hoe Kim het huis uit stormde. De bomen aan de andere kant van de ramen leken de muren van het huis bijna te strelen.

Ik zou graag een paar bomen laten vellen, dacht Virginia. Het moet heerlijk zijn om de hemel te kunnen zien.

En meteen daarna dacht ze: ik wil niet naar Londen. Ik wíl gewoon niet!

'Ik heb het een halfuur geleden op de radio gehoord,' zei Grace, 'het is verschrikkelijk gewoon!'

Ze stond in haar gezellige, kleine keuken met de gebloemde gordijnen en de oude bank in de hoek, waarop een dikke kat lag te slapen. Overal aan de muren hingen gedroogde bosjes lavendel. Daartussen had Grace, op witgeverfde planken, haar indrukwekkende verzameling mokken met portretten van de koninklijke familie uitgestald. De prins van Wales stond glimlachend naast zijn moeder, de koningin, en daarnaast stond een portret van een driejarige prins William. Het waren wel een stuk of vijftig mokken, die elke dag liefdevol door Grace werden afgestoft. Monnikenwerk, waar Virginia veel bewondering voor had.

Van Jack waren alleen de benen te zien. Hij lag op zijn rug onder het ouderwetse aanrecht, zijn bovenlichaam verborgen achter het gordijntje onder de gootsteen. Hij mompelde zacht voor zich uit.

'Ik weet niet wat je er altijd doorheen gooit, Grace,' zei hij. Zijn stem klonk een beetje dof. 'Minstens een keer per week lig ik hier die rotbuizen los te schroeven, enkel en alleen omdat alles weer verstopt is geraakt door jouw toedoen!'

Het schuimende afvalwater in de gootsteen stond bijna tot aan de rand.

'Die leidingen zijn gewoon te oud,' zei Grace. 'Ik durf bijna niet meer af te wassen. Er blijft altijd wel iets vastzitten, en op het laatst zit de hele boel verstopt.'

'Grace zegt dat ik mag blijven logeren, mama,' zei Kim, die op haar hurken voor de bank zat en naar de slapende kat keek.

'Vind je het echt goed, Grace?' vroeg Virginia. 'Het is vanaf donderdagmiddag tot zaterdagavond.'

'Helemaal geen punt,' zei Grace. 'U weet toch hoeveel Jack en ik van de kleine meid houden?'

Achter het gordijntje klonk een instemmend gebrom van Jack.

Virginia liet haar stem dalen. 'Na wat je me zojuist verteld hebt, Grace, zou ik het fijn vinden als je Kim niet uit het oog verliest. En als ze in het park is, moet ze dicht in de buurt van jullie huis blijven.'

Grace had het nieuws nog maar even daarvoor op de radio gehoord: het vermiste meisje, Rachel Cunningham, was vlak achter het park van Sandringham Castle teruggevonden. Dood, vermoord. De politie had niet bekendgemaakt of ze seksueel misbruikt was.

'Vermoeden ze dat het dezelfde dader is als bij Sarah Alby?'

vroeg Virginia. Ze sprak nog steeds op zachte toon. Maar Kim hoorde hen niet, want ze krabbelde de spinnende kat over zijn buik en deed dat met volle aandacht.

'Ze zijn erg terughoudend,' zei Grace, 'maar twee kleine meisjes uit King's Lynn binnen een paar dagen – dat geeft wel te denken. Als Rachel Cunningham ook seksueel is misbruikt, denk ik dat er een of andere perverse crimineel in dit gebied actief is!'

'Sarah Alby was vier. Rachel Cunningham acht.'

'Nou, en? Dat scheelt vier jaar! Als zo'n viezerik gek is op kleine meisjes, kan het hem vast niet schelen of ze een beetje jonger of ouder zijn!'

Waarschijnlijk heeft Grace gelijk, dacht Virginia.

Kim was zeven. Virginia wist dat Grace en Jack Kim als hun oogappel zouden bewaken, maar ze waren beiden niet meer de jongsten, en Kim was een bruisende wervelwind. Ze was gewend om in het enorme park rond te zwerven, in bomen te klimmen, eekhoorntjes te voeren en in het dichte struikgewas geheime holletjes voor haar poppen te maken. De omheining van het park was absoluut niet voldoende om iemand te beletten eroverheen te klimmen. Als Kim een eindje bij het huis van Grace en Jack vandaan was en iemand tegenkwam die het niet goed met haar voorhad, zouden Grace en Jack niets in de gaten hebben.

En uitgerekend nú wilde haar moeder naar Londen.

Nee, ze wilde niet. Integendeel, ze werd al beroerd bij de gedachte. Moest ze Frederic bellen? Hem inlichten over de tweede moordzaak en hem vragen van haar aanwezigheid af te zien? Dat zou hij niet begrijpen. Omdat hij, net als zij, Grace en Jack kende. Omdat hij wist dat zelfs de eigen moeder niet zo goed op Kim kon letten als die twee mensen zouden doen.

Grace leek te vermoeden wat er in Virginia omging. Ze legde geruststellend haar hand op Virginia's arm. 'Maakt u zich geen zorgen, mevrouw Quentin. Jack en ik zouden ons kleintje nooit in een gevaarlijke situatie verzeild laten raken. We zullen haar niet uit het oog verliezen, daar kunt u heel zeker van zijn!'

Jack kwam kreunend tevoorschijn vanachter het gordijntje. 'Mevrouw Quentin, hebt u ooit reden tot klagen gehad? We zouden zelf toch ook niet willen dat er iets gebeurde? Ik zeg u, als zo'n vuile schoft zich hier in het park laat zien, dan schiet ik hem een lading schroot in zijn kont! En dan snij ik hem de...'

'Hou op, Jack!' riep Grace. 'Denk aan het kind!'

Jack bromde iets onverstaanbaars, pakte een schroefsleutel en kroop weer in de duisternis achter het gordijntje.

Kim aaide de kat.

Grace stond mollig en betrouwbaar tussen de lachende gezichten van de koninklijke familie.

Een vredig tafereel in die knusse keuken.

Virginia wist dat ze geen angst om Kim hoefde te hebben. Ze zou geen goede reden kunnen vinden om de reis naar Londen af te zeggen.

Op donderdag 31 augustus om kwart over vier zou Frederic haar van King's Cross Station komen ophalen.

Plotseling kon ze wel huilen. Ze nam snel afscheid van de Walkers, pakte Kim bij de hand en verliet snel het kleine huis. Ze verlangde naar haar eigen keuken, waar het door de bomen voor het raam donker was en waar de vijandigheid uit het leven gebannen was en ver weg leek.

Woensdag 30 augustus

1

Liz Alby vroeg zich af of het verkeerd was geweest om zich ziek te melden. De dokter, die haar geschiedenis kende, had het haar niet moeilijk gemaakt.

'Je hebt tijd nodig om deze verschrikkelijke gebeurtenis te verwerken,' had hij gezegd, 'en ik vind het goed dat je voorlopig niet gaat werken. Maar je moet ook niet te veel thuis rondhangen en zitten piekeren. Je hebt professionele hulp nodig.'

Hij had haar een lijst met namen en adressen van therapeuten gegeven die zich hadden gespecialiseerd in de begeleiding van slachtoffers van misdrijven en ouders die hun kind hadden verloren. De moeder van Liz had schamper gelachen toen Liz zei dat ze misschien in therapie zou gaan.

'Ga je naar zo'n kwakzalver? Die lullen maar een eind weg en vragen er een hoop geld voor! Echt, Liz, ik had niet gedacht dat je zó stom was!'

'Misschien kunnen ze mij helpen, ma. Ik droom nog steeds over Sarah. En ik kan,' ze was opnieuw gaan huilen, 'ik vraag me voortdurend af waarom ik haar niet een paar ritjes in de draaimolen heb laten maken.'

Betsy Alby had theatraal gezucht. 'Verdomme, hou nou toch eens op over die stomme draaimolen! Denk je dat ze nu niet dood zou zijn als ze wél een paar rondjes in dat stomme ding had gemaakt?'

Ik weet het niet, had Liz willen antwoorden, maar ze had geen woord meer kunnen uitbrengen, omdat ze haar tranen niet langer kon bedwingen. Ze moest steeds huilen als het over de draaimolen ging. Ze had Sara's laatste wens niet vervuld. Vreemd genoeg verweet ze zichzelf dat meer dan het feit dat ze broodjes en cola was gaan halen en haar dochter zo lang alleen had gelaten.

Ze vond geen troost bij haar moeder, maar dat had ze ook niet verwacht. Niet dat de afschuwelijke moord op haar kleinkind aan Betsy Alby voorbij was gegaan zonder sporen achter te laten. Maar de verbitterde vrouw probeerde het op haar manier te verwerken. Ze dronk nu nog meer alcohol en de televisie stond nu dag en nacht aan. Soms werd Liz om drie uur 's nachts wakker en hoorde ze dat haar moeder nog steeds of alwéér voor de buis zat. Dat was vroeger niet zo geweest. 's Nachts had Betsy tenminste diep en vast geslapen, waarbij ze licht snurkte.

De kranten hadden uitvoerig over Liz en haar verschrikkelijke verhaal geschreven, zodat ze bekend was geworden en onmiddellijk, zonder enig probleem, bij twee therapeuten van haar lijstje terecht kon. De eerste praktijk verliet ze halsoverkop, toen de psycholoog, een zeer jonge en idealistische man, steeds over de gestoorde relatie tussen Liz en haar vader begon, hoewel ze zich haar vader niet kon herinneren en ook niet de indruk had dat haar korte relatie met hem een analyse waard was. In de tweede praktijk moest ze op een sofa gaan zitten, de therapeut stevig vasthouden en zo hard mogelijk gillen. Daar had ze grote moeite mee, wat de therapeut tamelijk zorgwekkend scheen te vinden. Maar Liz kon zichzelf niet veranderen, en ze had geen zin om maandenlang elke week de oerkreet te oefenen en zich daarbij aan een man vast te houden die uit zijn mond stonk en voortdurend ontevreden over haar was. Ze verfrommelde de lijst en gooide hem in de prullenmand.

Maar toen gebeurde datgene waarvoor de dokter haar had gewaarschuwd: ze ging thuis zitten piekeren. De aanblik van haar moeder was voldoende om haar er voorgoed van te weerhouden in haar wanhoop naar de alcohol te grijpen of zich door de televisie te laten afstompen, maar het was ook niet goed om de hele dag uit het raam te zitten staren en de beelden uit Sarahs korte leven voorbij te laten trekken. Sarah als pasgeborene, die warm en vol vertrouwen in de armen van haar constant huilende moeder lag. Sarah, die haar eerste wankele stapjes zette. Sarah, die haar eerste woorden sprak. Sarah, die 'mamaaa!' gilde als ze tijdens het ravotten op de speelplaats viel. En mama, die haar dan... ja, eigenlijk zelden had getroost, die gespannen was en op haar mopperde en in feite elke seconde had gehaat die het kind van haar had gestolen. En die nu begreep dat er een band tussen haar en haar dochter was geweest die sterker en inniger was dan ze had gedacht.

Ze miste haar. Ze miste Sarah op elk moment van de lange, lange dagen.

Kon ik er maar met iemand over praten, dacht Liz, gewoon praten. Over het verleden en over al de fouten die ik heb gemaakt.

Die morgen had ze zich afgevraagd of ze als afleiding niet weer achter de kassa in de drogisterij zou gaan zitten. Maar toen had ze een ander idee gekregen. De vorige dag had ze tot haar ontzetting gehoord van de moord op de kleine Rachel Cunningham uit King's Lynn, en vanmorgen had ze meteen de kranten gekocht om erover te lezen. 's Middags zou de politie een persconferentie geven, maar de pers speculeerde nu al hevig over parallellen met de zaak-Sarah Alby.

Het was nog steeds niet bekend of het om een zedendelict ging, maar de journalisten leken daar al wel van uit te gaan.

Wie is het volgende slachtoffer? luidde een vette krantenkop, en een tijdschrift vroeg: *Zijn onze kinderen nog veilig?*

Overal was de foto van de kleine Rachel afgebeeld. Een mooi, klein meisje met lang haar en een stralende glimlach.

Rachels moeder, dacht Liz, weet precies hoe ik me voel. Als ik eens met haar kon praten...

Die gedachte liet haar niet meer los. Ze wist weliswaar dat het eigenlijk te vroeg was voor een telefoontje met mevrouw Cunningham, die iets meer dan vierentwintig uur geleden over de moord op haar dochter was ingelicht, maar Liz vreesde dat het later niet meer zo eenvoudig zou zijn. De Cunninghams zouden door de media worden bestormd, en vroeg of laat zou geen van beiden de telefoon meer opnemen of zouden ze een nieuw nummer aanvragen.

Liz pakte de telefoongids en de telefoon en ging in het kamertje van haar overleden kind zitten. Betsy zat voor de televisie en hoorde verder niets. Liz bladerde in de telefoongids. Er waren heel wat Cunninghams, maar uit de krant wist ze dat Rachels vader Robert heette. Ze vond een R. Cunningham en een Cunningham, Robert. Ze toetste het nummer van de laatste in. Haar handen waren ijskoud.

Ik kan elk moment ophangen, dacht ze.

De telefoon ging vrij lang over, en Liz wilde het al opgeven toen er een mannenstem aan de lijn kwam.

'Hallo?' Het was een zachte stem, voorzichtig en terughoudend.

'Meneer Cunningham?'

'Met wie spreek ik?'

'Met Liz Alby.' Ze wachtte en gaf hem de tijd om tot zich door te laten dringen met wie hij sprak.

'O,' zei hij ten slotte, 'mevrouw Alby...'

Ze verzamelde al haar moed. 'Ik spreek toch met de vader van... van Rachel Cunningham?'

Hij was nog steeds wantrouwend. 'Bent u echt Liz Alby? Of bent u van de pers?'

'Nee, nee, ik ben écht Liz Alby. Ik... wilde u zeggen hoe...

hoezeer ik met u meevoel. Ik vind het zo vreselijk wat er met uw dochter is gebeurd.'

'Dank u,' zei hij.

'Ik weet wat u voelt. Natuurlijk helpt het u niet, maar ik wilde het toch tegen u zeggen.'

Zijn stem klonk ontzettend moe. 'Het helpt wel degelijk, mevrouw Alby. Op de een of andere manier helpt het.'

'Je bent helemaal van slag en nergens meer toe in staat. Zo gaat het in elk geval bij mij. Ik kan hele dagen zomaar zitten, zonder iets te doen.'

'Wij zijn ook uit het lood geslagen,' zei Robert Cunning-ham. Hij zweeg even. Toen zei hij: 'Mijn vrouw is ziek. Ze krijgt zware kalmeringsmiddelen; af en toe is ze amper bij bewustzijn.'

'Wat ontzettend!' Liz bedacht dat ze dat zelf misschien ook wel zou willen. Af en toe het bewustzijn verliezen. Het was minder zwaar dan therapeuten aflopen en oerkreten uitstoten. 'Ik wilde u nog zeggen... mocht u of uw vrouw eens willen praten... ik bedoel, met iemand die hetzelfde heeft meegemaakt... u kunt me altijd bellen. Ik sta te allen tijde tot uw beschikking.'

'Dat is heel aardig van u, mevrouw Alby. Op dit moment is mijn vrouw helemaal niet in staat om te praten, later misschien...'

'Zal ik u mijn telefoonnummer geven?'

'Ja, graag.' Ze hoorde hem rommelen. 'Zo,' zei hij ten slotte, 'zegt u het maar.'

Ze gaf hem haar nummer. Ze zei nogmaals hoe het haar speet wat hem was overkomen, en ze had de indruk dat zijn stem brak toen hij afscheid nam.

Nadat ze had opgehangen, keek ze naar de telefoon. Ze had écht medelijden met de Cunninghams, maar zij waren in elk geval nog met z'n tweeën. Ze konden zich aan elkaar vasthouden. Het was veel erger als je niemand had. Alleen een aan de drank verslaafde moeder en een ex-vriend, voor wie hun kind niet meer dan een last was geweest.

Er was niemand die haar omhelsde. Niemand op wiens schouder ze kon uithuilen.

Ze bleef vertwijfeld naar de zwijgende telefoon zitten kijken. Ze wou dat hij overging, maar ze wist dat het hoogstwaarschijnlijk niet zou gebeuren.

Grauw en eindeloos lag de dag voor haar. Net zo grauw en eindeloos als haar leven.

2

Frederic Quentin keerde laat in de middag naar zijn huis terug. Hij had die ochtend bij de bank doorgebracht en gesprekken gevoerd met een aantal belangrijke klanten. Daarna had hij geluncht met een afgevaardigde, en aansluitend een gesprek onder vier ogen gehad met een vooraanstaand lid van de Conservatieve Partij. Hij was moe, maar alles was naar tevredenheid verlopen. Hij leek het geluk aan zijn kant te hebben. Wát hij ook aanpakte, het was succesvol. En wat zijn politieke ambities betrof, hij kwam steeds nieuwe, veelbelovende mensen en kansen tegen. Hij had het gevoel dat alles klopte. Hij was met de juiste plannen op de juiste tijd en op de juiste plaats en ontmoette de juiste mensen. Hij geloofde eigenlijk niet in lotsbestemmingen, maar mocht er toch zoiets zijn, dan leek op dit moment alles en iedereen om hem heen ten gunste van zijn bestemming te werken: de bestemming om zijn Norfolkse kiesdistrict in het Lagerhuis te vertegenwoordigen.

Hij keek op zijn horloge. Het was pas half zes. Hij dronk vóór zes uur nooit alcohol, maar hij besloot voor deze dag een uitzondering te maken. Per slot van rekening had hij iets te vieren. Want hoe gunstig het lot hem ook gezind was, hij had toch echt niet durven hopen dat Virginia naar Londen zou komen om bij hem te zijn. Sinds ze hem de vorige dag door de telefoon had verteld dat ze vrijdag met hem mee zou gaan naar de party, was hij nu eens euforisch en dan weer bang dat ze zich zou bedenken.

Dinsdagavond had hij opnieuw gebeld en ook vanmorgen vroeg. Hij had het haar niet lastig gemaakt, maar zichzelf zekerheid willen verschaffen. Hij had over het weer gesproken, over Kim, een beetje over politiek. Het onderwerp 'Nathan Moor', hoezeer het ook aan hem knaagde, had hij met rust gelaten. Hij had de indruk dat Virginia hem op dat punt niet begreep en dat ze zich door hem in het nauw gedreven voelde. Hij vond het hoogst merkwaardig en irritant dat die zonderlinge schipbreukeling al vijf dagen alleen met Virginia in Ferndale House zat. Kennelijk was Kim twee nachten niet thuis geweest, en die ongelukkige Livia lag in het ziekenhuis. Niet dat hij bang was dat er tussen Nathan Moor en Virginia iets zou groeien wat zijn huwelijk bedreigde, want hij had een vast vertrouwen in Virginia. Het was volstrekt ondenkbaar dat ze uit het leven met hem en Kim zou breken. Maar hij kon die vent niet uitstaan, hij had al vanaf het begin een hekel aan hem gehad. Hij vertrouwde hem voor geen cent en had meteen het gevoel gehad dat je hoogstens een derde van wat hij vertelde kon geloven. En wat er nu gebeurde leek zijn gevoel van onbehagen alleen maar te bevestigen. Die vent beet zich als een teek in Virginia vast. Hij was haar zelfs naar Norfolk gevolgd. Blijkbaar was hij op de een of andere manier achter het adres gekomen en had hij zich weer bij haar ingenesteld. Vermoedelijk liet hij haar voor zich koken, peuterde hij een boel geld los, vertelde over zijn zieke vrouw en had waarschijnlijk een hoop smoesjes paraat waarom hij écht niet naar Duitsland kon terugkeren.

Restte de vraag waarom de intelligente Virginia zich zo liet misbruiken.

Hij kon alleen maar bedenken dat ze innerlijk eenzamer was dan ze liet merken. Het sombere, donkere Ferndale House was gewoon geen goede plek voor een jonge vrouw met een man die zo vaak afwezig moest zijn. Maar ze had het zo gewild. Ze had gezegd dat ze alleen dáár kon leven, nergens anders. Ze had hem gesmeekt daarheen te verhuizen. Ze had beweerd dat ze op het eerste gezicht verliefd was geworden op Ferndale House en dat ze juist de duisternis van het huis zo aantrekkelijk vond.

Wat had hij kunnen zeggen? Op grond waarvan had hij haar deze wens moeten weigeren?

En nu is ze al blij als er een klaploper bij haar in huis komt, dacht hij, enkel en alleen omdat ze dan gezelschap heeft.

Maar wat dat betrof kon vrijdag een goed begin zijn. Als ze zichzelf kon overwinnen om toch plezier te hebben in dit soort gelegenheden, kwam ze in de toekomst misschien wel vaker naar Londen. Hij was van mening dat dat alleen maar goed voor haar kon zijn.

Aan de telefoon hadden ze over koetjes en kalfjes gesproken. Pas helemaal aan het eind had hij gezegd: 'Ik ben zó blij dat je komt. Ik verheug me erop!'

'Ik verheug me er ook op,' had ze geantwoord. Het klonk niet echt overtuigend, maar ze leek haar best te willen doen om er toch een beetje plezier aan te beleven.

Toen had ze hem verteld dat er nóg een kind uit King's Lynn was gevonden, ook vermoord.

'Dit is al het tweede, Frederic! Ik vraag me echt af of het wel goed is om Kim juist nú alleen te laten!'

De schrik was hem om het hart geslagen. 'Virginia, het klinkt afschuwelijk, maar er worden altijd wel ergens kinderen om het leven gebracht. Als je het zo bekijkt, zou je nooit meer weg kunnen!'

'Maar in deze omgeving worden níét altijd kinderen omgebracht.'

'Je weet hoeveel de Walkers van onze Kim houden. Ze verliezen haar vast en zeker geen moment uit het oog.'

'Maar ze zijn niet meer zo jong, en...'

'Maar ze zijn ook niet stokoud. Virginia, het is voor Kims ontwikkeling ook niet goed wanneer haar moeder zich als een schaduw aan haar vastklampt. Wil je een onzelfstandig, volkomen timide kind van haar maken, dat op het laatst geen stap meer zonder haar moeder kan doen?'

Hij hoorde haar zuchten. 'Is het zo onbegrijpelijk dat ik me zorgen maak?' vroeg ze.

'Nee, maar in dit geval hoef je echt niet bezorgd te zijn. Geloof me.'

'Ik zal komen, Frederic,' zei ze zacht, 'ik heb het je beloofd.'

Het zou hem goed gedaan hebben als ze zich wat enthousiaster had getoond, maar zoals het er nu voorstond, moest hij er genoegen mee nemen dat ze in elk geval bereid was een offer voor hem te brengen.

Hij schonk een sherry voor zichzelf in en liep met het glas in zijn hand door de woning. Morgen om deze tijd zou Virginia al hier zijn. Ze zouden samen op de sofa zitten, iets drinken en bespreken hoe en waar ze de avond wilden doorbrengen. Hopelijk zou ze hem vertellen dat ze Nathan Moor eindelijk de deur had gewezen. Dan zou ze een prachtige jurk aantrekken. En daarna zouden ze uit eten gaan en vervolgens ergens gaan dansen. Hij had de hele avond vrijgehouden.

Hij keek naar de ingelijste trouwfoto die in de boekenkast stond. Op de foto straalde hij van geluk.

Virginia zag er een beetje melancholiek uit, zoals altijd, maar ze had toch een glimlach tevoorschijn getoverd. Het was niet zo dat ze een ongelukkige indruk maakte, maar het prille huwelijk met de man van wie ze hield maakte haar ook niet voor één dag tot de gelukkigste mens van de wereld. Virginia was op haar trouwdag net als anders: niet droevig, niet blij, op een vreemde manier ongevoelig voor alles wat haar overkwam en wat er om haar heen gebeurde. In zichzelf gekeerd. Die karaktertrek van haar had hem vaak met zorg vervuld, en toch was het juist die eigenschap die hem vanaf het begin zo sterk had aangetrokken. Dat stille, nadenkende, introverte...

De mensen die hem kenden, zouden hem nooit als een schuchtere man beschouwen, maar tegenover vrouwen was hij verlegen. Als ze zich te luidruchtig, te levendig, of te koket en opdringerig gedroegen, trok hij zich terug, overrompeld en onzeker. Met Virginia was dat anders geweest. Ze had hem het antwoord op zijn diepste wensen geleken. Mooi, intelligent, beschaafd, terughoudend, overschaduwd door een melancholie die hem het gevoel gaf haar beschermer te zijn, de kracht die haar in het leven ondersteunde. Het waren ouderwetse gevoelens, die hij aan het huwelijk koppelde, maar die hij desondanks legitiem vond.

Hij was te schrander om niet te beseffen dat alles zijn prijs had. Bij Virginia was de prijs voor haar zachtheid haar angst voor de wereld, die misschien ook de oorzaak was van haar absolute onvermogen om een perfecte echtgenote voor een ambitieuze politicus te zijn. Hij wist dat het haar ongelukkig en gespannen maakte om vrijdag met hem naar het banket te moeten. Ze deed het omdat ze van hem hield.

Terwijl hij naar hun trouwfoto keek, bedacht hij met een plotseling gevoel van schuld dat hij haar misschien te zeer onder druk had gezet.

'Ik wil dat het goed met je gaat,' zei hij zachtjes tegen de foto, en dat wenste hij oprecht, uit het diepst van zijn hart. 'Ik mag je niet dwingen iets te doen wat je helemaal niet wilt!'

Haar flauwe glimlach maakte hem ineens ontzettend duidelijk dat het hem zelfs op hun trouwdag niet gelukt was haar gelukkig te maken.

3

Livia Moor begreep niet waar ze was, en even wist ze zelfs niet wie ze was en wat ze zich kon herinneren. Alles was mistig, een onwerkelijke, grijze golvende massa die haar omsloot en waarin ze ademde en bestond, maar niet echt leefde. Boven haar zag ze een grauw plafond, en naast zich muren in dezelfde onaangename tint. Ze lag op haar rug in een bed en ze frunnikte aan een dun laken dat haar bedekte. De geur die haar omgaf, kende ze niet, ze vond hem ook niet prettig. Met moeite probeerde ze te bepalen wat voor lucht het was. Boenwas. Ontsmettingsmiddel. Verkookt eten.

Ik wil hier niet zijn, dacht ze.

Toen draaide ze langzaam haar hoofd opzij. Ze zag een man aan haar bed zitten. Een zongebruind gezicht, donker haar. Hij droeg een T-shirt dat te klein was voor zijn brede schouders.

Hij keek haar koel en onbewogen aan. Ze wist ineens dat het Nathan was, dat hij haar man was.

'Ik ben Livia Moor,' zei ze zacht.

Hij boog zich voorover. 'De eerste woorden sinds dagen,' zei hij.

Livia zag twee vrouwen, gekleed in ochtendjas en met pantoffels aan hun voeten. Ze stonden iets achter Nathan en verslonden hem bijna met hun blikken. Voor de rest leken ze vastbesloten zich geen woord, geen moment van het tafereel dat zich voor hun ogen afspeelde te laten ontgaan.

Heel langzaam begon Livia's brein zich met beelden te vullen: Nathan en zij. Een huis met een tuin. Mensen die door alle kamers liepen en de beste spullen voor zichzelf uitzochten. Dan de boot. Ze gooide haar koffer over de reling en hoorde hem met een klap op het dek neerkomen. Toen ging ze aan boord, met wankele stappen. Ze moest op haar tanden bijten om niet in huilen uit te barsten. Nathan hees het zeil. De wind speelde met zijn haar. Het was een heldere, frisse dag. De golven klotsten tegen de scheepswand.

De golven. De zee.

Ze ging met een ruk rechtop zitten.

'Onze boot!' Haar eigen stem kwam haar vreemd voor. 'Onze boot is vergaan!'

Nathan knikte. 'Ja, bij de Hebriden.'

'Wanneer?'

'Op 17 augustus.'

'Wat voor dag is het vandaag?'

'30 augustus.'

'Dan is het... nog maar kortgeleden... gebeurd.'

Hij knikte opnieuw. 'Bijna twee weken geleden.'

'Waar ben ik?' vroeg ze.

'In een ziekenhuis. In King's Lynn.'

'King's Lynn?'

'In Norfolk, Engeland.'

'Zijn we dan nog steeds in Engeland?'

'Je kon niet vervoerd worden. Het was vreselijk om je hierheen te brengen. Je was amper bij bewustzijn. De mensen om ons heen moeten gedacht hebben dat ik een levend lijk met me meezeulde.'

Een levend lijk... Ze keek rond in de sombere kamer en ving de gefrustreerde, vijandige blikken van de twee vrouwen in ochtendjas op. Nathan en zij spraken Duits met elkaar, waarschijnlijk konden die twee vrouwen er geen woord van verstaan. Waren ze daarom zo boos?

'Wat was er met me aan de hand?'

Hij glimlachte zacht. Ze herinnerde zich die glimlach. Heel lang geleden was ze er verliefd op geworden. Intussen kende ze hem goed genoeg om te huiveren als hij zo naar haar glimlachte.

'Je hebt een shock opgelopen toen de boot zonk en je bijna werd meegetrokken. We hebben de hele nacht op het reddingsvlot in zee rondgedreven. Sindsdien ben je niet meer de oude.'

Ze probeerde de betekenis van zijn woorden te vatten. 'Wil je zeggen dat ik... dat ik gék ben?'

'Je hebt last van de nawerkingen van een shock. Dat is niet hetzelfde als gek zijn. Je at en dronk niet meer. Je was compleet uitgedroogd en sprak wartaal. Ze hebben je hier kunstmatig gevoed.'

Langzaam liet ze zich achteroverzakken in de kussens. 'Ik wil naar huis, Nathan.'

Hij glimlachte opnieuw. 'We hebben geen huis meer, liefje.'

Hij zei het op een toon waarop anderen zouden zeggen: 'We hebben geen boter meer in de koelkast, liefje.' Terloops, volstrekt achteloos. Alsof er geen tragedie achter zijn woorden schuilging.

Ze probeerde de wreedheid in zijn woorden te negeren.

'Waar slaap jij?' vroeg ze.

'Bij de Quentins. Ze hebben hier in de buurt een huis en waren zo vriendelijk me onderdak aan te bieden. Kun je je de Quentins nog herinneren?'

Haar hersens en haar geheugen werkten nog steeds heel traag. Na een tijdje schoten de Quentins haar weer te binnen.

'Virginia,' zei ze moeizaam, 'ja, ik weet het. Virginia Quentin was heel aardig voor me.'

Virginia had haar ondergoed en kleren gegeven en ze had hen in haar vakantiehuis laten wonen. Het knusse huis met de gemetselde open haard en de houten meubels... En de grote tuin, waar de wind over het platgedrukte, gelige gras raasde... In gedachten zag Livia zichzelf daar voor het raam naar de zee staan staren. Plotseling was er een leegte. Tussen het raam met het verrukkelijke uitzicht en deze afschuwelijke ziekenhuiskamer zat geen enkele herinnering.

'Ik kan bij de Quentins blijven wonen tot het beter met je gaat en je weer in staat bent om te reizen,' vervolgde Nathan. Livia deed haar best om de doordringende blikken van de twee vreemde vrouwen te ontwijken. 'Ik wil hier niet blijven,' fluisterde ze, hoewel die twee haar toch niet verstonden, 'het is hier verschrikkelijk. Die twee vrouwen kunnen me niet uitstaan.'

'Lieverd, sinds een kleine week ben je voor het eerst weer bij je volle bewustzijn. Je kent die vrouwen helemaal niet. Hoe kun je nou weten of ze je mogen of niet?'

'Dat kan ik voelen.' Ze kreeg tranen in haar ogen. 'En het stinkt hier zo. Alsjeblieft, Nathan, ik wil hier niet blijven!'

Hij nam haar hand in de zijne. 'De dokter heeft daarnet tegen me gezegd dat hij je op z'n vroegst vrijdag pas ontslaat. Daar moeten we ons naar schikken.'

'Vrijdag... Wat voor dag is het nú?'

'Vandaag is het woensdag.'

'Overmorgen...'

'Dat duurt toch niet zo lang? Dat kun je wel uithouden.'

Ze had het gevoel het geen tien minuten meer te kunnen uithouden, maar ze voelde dat Nathan onverbiddelijk was. Zij kende de stalen hardheid achter zijn glimlach maar al te goed. Nathan zou echt niet met de arts gaan praten en vragen of hij zijn vrouw een of twee dagen eerder mocht meenemen. Hij zou haar hier zo lang mogelijk laten liggen.

En dan...

Wanhopig dacht ze dat er geen 'en dan' was. Ze hadden geen huis meer. Het enige bezit dat ze hadden, was de boot, en die lag op de zeebodem. Ze hadden geen geld, ze hadden niets.

De tranen stroomden over haar wangen. Ze kon ze niet bedwingen. Ze wist dat hij het afschuwelijk vond als ze huilde, en als ze alleen waren geweest, zou hij vast en zeker boos zijn geworden. Maar nu moest hij zich inhouden.

'Je hebt last van de nawerkingen van een zware shock,' herhaalde hij geduldig. 'Een shock die ook nog eens veel te laat werd gediagnosticeerd en behandeld. Het is logisch dat je je nu heel ellendig voelt en negatief tegen het leven aankijkt. Dat wordt heus wel beter, geloof me.'

'Maar,' zei ze met een zwak stemmetje, 'waar moeten we dan naartoe?'

'We kunnen voorlopig bij de Quentins blijven wonen.'

'Maar toch niet voor eeuwig?'

'Nee, dat niet. Niet voor eeuwig!' klonk het ongeduldig. Hij was nijdig. Hier wilde hij het niet over hebben. 'We vinden heus wel een oplossing.'

'Hoe dan?' vroeg ze.

Hij ging staan. Kennelijk wilde hij niet langer praten. Het ergste voor haar was dat híj elk moment kon vertrekken, en zíj hulpeloos achterbleef.

'Nathan, kun je nog even...'

Hij gaf een klopje op haar hand, maar het was allesbehalve liefdevol. 'Schat, ik heb de auto van Virginia Quentin geleend. Ze moet hem terughebben.'

'Een paar minuutjes maar. Alsjeblieft!'

'Bovendien sta ik verkeerd geparkeerd. Als ik nu geen haast maak, riskeer ik een bekeuring, en daar...' Hij glimlachte opnieuw. Jongensachtig en charmant. O, ze wist hoe vrouwen smolten door die glimlach! 'En daar hebben we nu zeker geen geld voor!' maakte hij zijn zin af.

Ze vond het niet grappig. Vroeger zou ze toch een glimlach tevoorschijn hebben getoverd om hem tevreden te stellen, maar daar was ze nu te ziek en te moe voor.

'Kom je morgen weer?' vroeg ze.

'Natuurlijk. En jij gaat nog een beetje slapen, hè? Je moet je zenuwen ontzien, en dan is voldoende slaap heel belangrijk.'

En liefde, dacht ze, terwijl ze hem nakeek. De tranen liepen nog steeds over haar wangen en de twee vrouwen gaapten haar aan.

Livia wendde haar hoofd af en keek weer naar het plafond. Geen huis, geen huis, dreunde het in haar hoofd, een afschuwelijk, boosaardig staccato. Geen huis, geen huis, geen huis, geen huis...

4

Janie zou het liefst de hele dag hebben gehuild. Op maandag had ze tot vijf uur in de kantoorboekhandel rondgehangen, maar de vreemde man had zich niet laten zien. De winkelier was woedend tegen haar uitgevaren, omdat ze aan de uitnodigingskaarten had gezeten, hoewel ze heel voorzichtig was geweest, niets kapot had gemaakt en ook geen vlekken had achtergelaten. Het was heel druk in de winkel, met mensen die scholen voor de regen. Het had echt gegoten. Janies enige hoop was dat de man met zulk noodweer gewoon niet naar buiten had willen gaan. Misschien had hij ook gedacht dat zij niet zou komen. Maar het kon natuurlijk ook zijn dat hij kwaad was, omdat ze hem de vorige week had laten wachten. Per slot van rekening wilde zij iets van hém, niet omgekeerd.

Toen ze tegen vijf uur nog altijd voor de kaarten stond, vechtend tegen haar tranen, was de winkelier uit zijn vel gesprongen.

'Luister, juffie, ik ben het zat!' had hij geïrriteerd gezegd. 'Dit is geen openbare wachtkamer voor kinderen die zich vervelen. Of je koopt iets, óf je verdwijnt. En een beetje snel, graag!'

Ze had al haar zakgeld bij zich. Aangezien ze niet veel kreeg – en niet regelmatig, eigenlijk alleen wanneer mama iets overhad en dan ook nog in een goeie bui was, en dat was zelden het geval – bezat ze niet meer dan een pond, net genoeg voor vijf kaarten. Maar ze wilde minstens vijftien vriendinnen uitnodigen. Aan de andere kant was het eigenlijk onzin om zelfs maar één kaart te kopen, want het zag ernaar uit dat haar weldoener zich niet meer zou vertonen, en dan zou ze het feest helemaal niet kunnen vieren. Bij die gedachte had ze opnieuw tranen in haar ogen gekregen. De winkelier wekte de indruk dat hij haar er hoogstpersoonlijk uit zou gooien. Zonder verder na te denken, had ze gefluisterd: 'Ik wil vijf kaarten, alstublieft!'

Thuis had ze de kaarten helemaal achter in de la van haar bureautje gelegd, maar ze moest ze steeds weer tevoorschijn halen om ernaar te kijken. Het aanbod van de vreemde man was te verleidelijk. Ze kon de hoop dat haar droom in vervulling zou gaan nog niet opgeven. Ook op dinsdag was ze naar de winkel gelopen, want misschien was de man inderdaad niet gekomen vanwege de regen en zou hij nu, een dag later, komen opdagen. Deze keer had ze vóór de winkel rondgehangen. Vooral omdat ze geen rooie cent op zak had. En ook vandaag, het was woensdag, was ze weer tevergeefs bij de winkel geweest. Eigenlijk kon ze alleen maar op de komende maandag hopen. Dan was het vier september. En amper twee weken later was ze al jarig.

Tijdens het avondeten viel het zelfs haar moeder op, die altijd in haar eigen sombere gedachten verdiept was, dat er iets met haar dochter aan de hand was.

'Wat is er?' vroeg ze. 'Je trekt een gezicht als een oorwurm.'

'Ik weet het ook niet... ik...'

'Ben je ziek?' Doris Brown legde haar hand op Janies voorhoofd. 'Je hebt geen koorts,' stelde ze vast.

Janie schrok: mama mocht absoluut niet denken dat ze ziek was, anders mocht ze de deur niet meer uit.

'Nee, ik voel me goed,' beweerde ze, 'ik ben alleen verdrietig omdat de vakantie volgende week voorbij is.'

'Nou, je hebt lang genoeg rondgelummeld! Het wordt tijd dat je weer aan de slag gaat. Anders kom je nog op domme ideeën!'

'Hm,' bromde Janie, die op haar boterham kauwde. Mama belegde ze met ham, augurkjes en mayonaise. Gewoonlijk vond Janie dat heel lekker, maar vandaag had ze geen trek. Ze overwoog of ze haar moeder een voorzetje zou geven.

'Ik ben binnenkort jarig,' zei ze.

'Dat weet ik,' zei Doris, 'en als je met een of andere hooggespannen wens komt aanzetten, moet ik helaas tegen je zeggen: zet het maar uit je hoofd! Ik zit weer eens krap.'

'O, eigenlijk heb ik helemaal geen wensen!' antwoordde Janie vlug.

Haar moeder trok haar wenkbrauwen op. 'Wat krijgen we nou?'

'Nou ja, één wens heb ik wel, maar dat is niet echt een cadeautje... niet iets wat je in een winkel kunt kopen.'

'Nou, ik ben benieuwd!'

'Ik wil zo graag een partijtje geven, mam. Mijn vriendinnen uitnodigen en...'

Haar moeder liet haar niet uitspreken. 'Alwéér! Dat hebben we vorig jaar ook al besproken. En het jaar dáárvoor ook!'

'Dat weet ik, maar... Mijn verjaardag valt dit jaar op zondag. Je hoeft er geen vrij voor te nemen of zo... En op zaterdagmiddag ben je thuis en dan zouden we alles kunnen voorbereiden, en...'

'En denk je dat dát geen geld kost? Als je een heleboel kinderen uitnodigt en ik ze te eten moet geven?'

'We kunnen de taarten toch zelf bakken?'

'Janie!' Doris legde even haar hoofd in haar nek en sloot haar ogen. Janie zag het kloppen van de fijne, blauwe aderen onder de blanke huid van haar moeders slapen. Boven haar oren zaten grijze strepen in haar blonde haar, hoewel mama nog best jong was. Ze zag er zo moe en afgemat uit dat het

Janie plotseling heel duidelijk was: het had geen zin. Ze kon bidden en smeken zoveel als ze wilde. Mama zou het niet doen. Mama had er misschien echt de kracht niet voor.

Doris deed haar ogen weer open en keek haar dochtertje aan. Ze leek plotseling veel minder geprikkeld en ongeduldig dan anders. Ze straalde bijna iets zachts uit.

'Janie, het spijt me, maar dat red ik niet,' zei ze zacht. 'Het spijt me heel erg. Je verjaardag is een heel bijzondere dag, ook voor mij. Maar ik red het echt niet. Ik ben te moe.'

Ze zag er zo verdrietig en uitgeput uit dat Janie vlug tegen haar zei: 'Het geeft niet, mam. Het is echt niet erg.'

Doris ging verder met eten. Het gesprek was niet gunstig voor Janie verlopen, maar toch had ze hoop. Mama had er zo triest uitgezien dat Janie de indruk had dat het haar speet die innige wens van haar dochter niet te kunnen vervullen. Dat betekende dat ze misschien toestemming zou geven dat Janie haar partijtje in de tuin van de vreemde man gaf. Daarmee kon ze haar kind gelukkig maken zonder de krachten die ze niet had te moeten aanspreken.

Het was nu des te belangrijker dat ze de geheimzinnige vreemde terugvond.

Janie vroeg zich die hele avond af wat ze kon doen om hem nog een keer te ontmoeten.

Donderdag 31 augustus

1

Hij had even overwogen een rode roos mee te nemen naar het station. Gewoonlijk was hij niet zo romantisch, maar hij wilde Virginia laten zien hoe blij hij was met haar komst. En dat hij het erg waardeerde dat ze zich deze opoffering getroostte om hem te steunen. Hij had toch maar besloten van de rode roos af te zien, omdat het hem op zijn leeftijd en na negen jaar huwelijk een beetje dwaas leek, en ook omdat hij bang was dat ze het gebaar als onoprecht of berekenend zou beschouwen. Misschien was het het beste zich zo normaal mogelijk te gedragen. Ze zou zich het beste op haar gemak voelen als hij er weinig ophef over maakte en deed alsof het allemaal heel normaal was.

Toch was hij een halfuur te vroeg al op King's Cross Station. Hij had het station mooi gevonden toen de zon scheen en Londen in een vriendelijk licht baadde, maar augustus nam afscheid in grauwe kleuren, en september zou waarschijnlijk net zo grijs beginnen. De hemel was bewolkt, heel af en toe was er een stukje blauw tussen de wolken door te zien. Maar het regende tenminste niet.

Omdat hij nog zoveel tijd had tot de trein arriveerde, dronk hij een kopje koffie in een kiosk met alleen maar statafeltjes en keek naar de menigte mensen die voorbijtrok. Hij hield van stations. En van luchthavens. Hij hield van plaatsen die vertrekpunten waren, vol beweging en haastige mensen. Iets wat vooral in zijn huidige levensfase bij hem leek te passen. Hij was zelf heel veel in beweging, hij wilde vooruitkomen. Dat was niet altijd zo geweest. Jarenlang had hij gedacht dat het voldoende voor hem was om de geërfde bank voort te zetten, het vermogen van zijn familie in stand te houden en het, zo mogelijk, te vergroten. Toen hij met Virginia trouwde en Kim werd geboren, had het gezin hem het middelpunt van zijn leven geleken, belangrijker dan zijn werk. Later, toen het leven met zijn vrouw en zijn driejarig kind alledaags was geworden en hij het niet meer als een groot wonder beschouwde, had de onrust zich langzaam van hem meester gemaakt. Ineens werd hij bijna zwaarmoedig bij het idee de rest van zijn leven elke ochtend naar de bank te gaan, met vervelende klanten te praten en saaie party's te organiseren. Hij moest bij de grote beleggers in het gevlij zien te komen, ook als hij de pest aan hen had. En nooit had hij het gevoel echt iets in beweging te zetten, niet in zijn eigen leven en al helemaal niet in zijn land. Hij deed wat zijn voorouders hadden gedaan, maar zonder het voldane gevoel dat hij zélf iets tot stand had gebracht. Zijn overgrootvader had de bank gevestigd. Zijn grootvader en zijn vader hadden de bank grootgemaakt. Hijzelf hield alleen maar in stand wat anderen uit de grond hadden gestampt.

Als student had hij zich al bij de Conservatieve Partij betrokken gevoeld. Hij had een paar goede contacten opgebouwd, maar die had hij lange tijd verwaarloosd. Toen de fase van onrust begon – zo noemde hij die tijd altijd bij zichzelf: *de fase van onrust* – was hij eerst begonnen die oude betrekkingen te herstellen. Hij wist niet precies of hij vanaf het begin een politieke loopbaan op het oog had gehad. Waarschijnlijk wel. Misschien had het idee om in het Lagerhuis te zitten en actief iets aan het land bij te dragen, altijd al in hem gesluimerd.

Hij keek op zijn horloge. Nog tien minuten, dan zou de

trein het station binnenrijden. Zijn koffie had hij allang op. Hij legde wat kleingeld naast zijn kopje en ging op weg naar het perron.

Toen Virginia en hij elkaar voor het eerst zagen, was dat ook op een station geweest. Niet op King's Cross, maar op Liverpool Street. Ze hadden op de trein naar Cambridgeshire en Norfolk staan wachten. Hij wilde naar King's Lynn, omdat de opzichter van het landgoed, Jack Walker, hem twee dagen eerder had gebeld. Een hevig onweer had grote schade toegebracht aan het dak van het landhuis. Jack kon de reparaties niet in z'n eentje uitvoeren en hij wilde met zijn baas spreken over de te verwachten kosten. Frederic had gekreund. Het was december en hij had een bomvolle agenda, zoals altijd in de laatste weken van het jaar. Maar hij had ook wel ingezien dat hij Jack niet in z'n eentje beslissingen kon laten nemen waar veel geld mee gemoeid was. Terwijl hij op het perron stond te huiveren van de kou, met zijn handen diep in zijn jaszakken gestoken, had hij er heel serieus over nagedacht of het misschien niet verstandig was Ferndale House te verkopen. Hij zou er zelf nooit willen wonen, zelfs zijn vakanties bracht hij niet in het troosteloze, sombere gebouw door. Het was een blok aan zijn been, met enorme onderhoudskosten, meer niet. Alleen loyaliteit jegens zijn voorouders, voor wie het huis een soort ontmoetingsplaats voor alle familieleden was geweest, had hem er tot dan toe van weerhouden een definitief besluit te nemen.

Virginia had een klein eindje bij hem vandaan staan wachten. Een jonge, blonde vrouw, met een smal, bleek gezicht, weggedoken in een zwarte winterjas. Haar treurige gezicht had hem gefascineerd. Hij betrapte zich erop dat hij steeds weer naar haar keek en dat hij haar zijn jas zou willen aanbieden omdat ze het zo koud leek te hebben. Toen de trein eindelijk arriveerde, was hij haar, als bij toeval, naar dezelfde coupé gevolgd en tegenover haar gaan zitten. Hij had zijn ogen niet van haar kunnen afhouden en vond zichzelf zonder meer opdringerig, dwaas en een beetje vertwijfeld. Ze had meteen een boek uit haar tas gehaald en was erin gaan lezen. Hij had naar de omslag zitten kijken en zich afgevraagd hoe hij met haar in gesprek kon komen. Toen ze eindelijk haar hoofd ophief en een paar minuten door het raam naar het met rijp bedekte landschap van Essex keek, waar de vroege winterschemering al op de zacht glooiende heuvels neerdaalde, had hij een poging gewaagd.

'Een prachtig boek,' had hij quasi-terloops gezegd, 'ik heb het ook gelezen.'

Dat was niet waar. Hij kende noch de titel, noch de schrijver. De jonge vrouw had hem verrast aangekeken.

'O ja?'

'Ja. Pakweg een jaar geleden.' Hij had een lange periode opgegeven, om een excuus te hebben als hij de details niet zou weten – mocht er een gesprek volgen.

Ze had haar voorhoofd gefronst. 'Dat kan niet. Dit boek is kortgeleden verschenen.'

Hij had zichzelf wel voor zijn hoofd kunnen slaan. 'Is dat zo?'

Ze had voorin in het boek gekeken. 'Ja. In oktober. Een week of acht geleden dus.'

'Hm.' Hij had gedaan alsof hij de titel nog eens heel goed bestudeerde. 'Ik denk dat ik me heb vergist,' had hij ten slotte bekend. 'Ik ken het boek tóch niet.' Hij vond zichzelf een idioot.

Ze had geen antwoord gegeven, maar in plaats daarvan was ze weer gaan lezen.

Hij had alles verprutst, maar dat was hem al vaker overkomen: als hij niets meer te verliezen had, kwam er een stoutmoedigheid bij hem boven die hij gewoonlijk niet had.

'Ik heb me niet vergist,' zei hij. 'Ik wist vanaf het begin dat ik dat boek niet kende.'

Ze had een beetje nerveus opgekeken. 'O ja?'

'Ik wilde met je in gesprek komen. En dat heb ik wel erg dom aangepakt,' had hij met een hulpeloze glimlach gezegd. 'Ik heet Frederic Quentin.'

'Virginia Delaney.'

Ze had in elk geval haar naam genoemd. Ze had zich ook zwijgend kunnen afwenden. Hij had het nog niet helemáál bij haar verbruid.

Ze waren een jaar later in september getrouwd. Twee weken nadat de prinses van Wales in Parijs bij een auto-ongeluk om het leven kwam. Hij herinnerde zich dat alle bruiloftsgasten alleen maar dáárover praatten. Alle aanwezigen hadden het sterfgeval in de koninklijke familie boeiender gevonden dan het jawoord van twee mensen. Maar het hinderde hem niet. Hij was zó gelukkig geweest dat hij er zelfs geen moeite mee zou hebben gehad als er niemand op het feest was verschenen.

Hij keek op zijn horloge. De trein kon elk moment binnenlopen. Hij controleerde nog een keer of hij op het juiste perron stond. Zijn hart bonsde een beetje, net als toen, op die donkere decemberdag. Na negen jaar huwelijk hield hij nog net zoveel van Virginia als in het begin, misschien zelfs nog meer.

Hij verlangde naar het moment waarop hij haar in zijn armen kon nemen.

2

Twintig minuten later was hij ten einde raad.

De trein was precies op tijd aangekomen en een menigte treinreizigers was uit de geopende deuren gestroomd. Aangezien Frederic niet wist in welke wagon Virginia zat, was hij zo gaan staan dat hij een goed overzicht had. Hij wachtte en wachtte. Misschien had ze in een van de laatste wagons gezeten. Hopelijk hoefde ze niet met veel bagage te zeulen. Hij zou haar graag tegemoetlopen, maar hij durfde zijn plekje niet te verlaten, uit angst dat ze elkaar dan zouden mislopen. Ondertussen probeerde hij haar via haar mobieltje te bereiken, maar óf ze had hem niet aangezet, óf ze hoorde hem niet. De voicemail deed het wél.

U spreekt met Virginia Quentin. Laat alstublieft een bericht achter...

Toen het perron zo leeg was geworden dat hij niet meer bang hoefde te zijn haar in alle drukte te missen, begon hij langs de trein te lopen. Er stapte niemand meer uit. Intussen waren de meeste wachtenden al ingestapt. Hier en daar stonden nog wat mensen die elkaar begroetten. Twee jonge lifters verzamelden hun spullen. Een oude vrouw worstelde met een plattegrond van de stad. Kennelijk kon ze hem niet meer opvouwen. Een spoorwegbeambte verzamelde bagagewagentjes die her en der verspreid stonden. Virginia was in geen velden of wegen te bekennen.

Frederic begon sneller te lopen. Hij probeerde door de ramen in de coupés te kijken. Was ze in slaap gevallen en had ze niet beseft dat ze in Londen was aangekomen? Was ze zó in een boek verdiept dat ze de wereld om haar heen totaal was vergeten?

Wat was er gebeurd?

Waar was Virginia?

Aankomst 16.15, had ze tegen hem gezegd, daar was hij heel zeker van. King's Cross, ook dat wist hij zeker. Hij had het op een papiertje geschreven en het ook nog een keer door haar laten bevestigen.

De angst die diep vanuit zijn binnenste opkwam, was niet nieuw. Sinds Virginia beloofd had naar Londen te zullen komen, had hij er constant mee rondgelopen. Hij kende zijn vrouw maar al te goed. Hij wist hoe nerveus die toezegging haar moest hebben gemaakt. Waarschijnlijk had ze de afgelopen nachten geen oog dichtgedaan. Ze had vast en zeker herhaaldelijk overwogen zich op het laatste moment terug te trekken. Ze had er niets van gezegd, maar hij wist dat ze door angsten was gekweld.

Misschien was ze helemaal niet in King's Lynn ingestapt! In elk geval was het duidelijk dat ze niet in Londen was uitgestapt. Hij wist zeker dat ze zich niet op het perron bevond. Hij kon haar niet hebben gemist, het was onmogelijk dat ze hem was gepasseerd zonder dat hij het merkte. De trein was allang weer vertrokken. De treinreizigers die op de volgende trein wachtten, verzamelden zich al.

Hij probeerde haar voortdurend te bellen, maar kreeg steevast haar voicemail. Ten slotte liet hij een berichtje achter. 'Virginia, ik ben het, Frederic. Ik sta op King's Cross Station. Het is tien over half vijf. Waar zit je? Laat alsjeblieft iets van je horen!'

Als ze echt op het station ronddwaalde en hem niet vond, zou ze hem bellen. In elk geval haar mobieltje aanzetten. Het was absurd. Ze wás er niet.

Na enige aarzeling toetste hij het nummer van Ferndale in. Aarzelend, omdat hij bang was dat Virginia de telefoon zou opnemen. Dat zou betekenen dat ze niet zou komen.

Maar ook daar kreeg hij alleen maar het antwoordapparaat. Frederic sprak niet in. Hij wilde er niet vanuit gaan dat ze thuis was gebleven. Hij ging terug naar de kiosk en bestelde nog een koffie. Vanaf zijn tafeltje had hij een goed uitzicht op de stationshal. Hij keek gespannen naar de mensenstroom, hoewel hij er niet meer in geloofde dat ze op het station was. Dan zou ze allang geprobeerd hebben hem met haar mobieltje te bereiken. Tenzij ze haar telefoon per ongeluk had thuisgelaten, maar dat leek hem onwaarschijnlijk, omdat ze daarmee in staat was contact met Kim te houden. Bovendien geloofde hij niet in zoveel toevalligheden. Eerst elkaar mislopen, wat vrijwel onmogelijk was, en dan ook nog haar telefoon thuis laten liggen?

217

Nee. Het was veel simpeler: ze was thuisgebleven en nam niet op omdat ze wel vermoedde dat ze door haar man werd gebeld.

Toch had hij ergens nog hoop. Het ging hem helemaal niet meer om het grote diner van de volgende dag, maar om zijn persoonlijke teleurstelling. Het deed zoveel pijn om door haar in de steek te worden gelaten.

Toen hij zijn koffie ophad, ging hij op zoek naar een bord met de dienstregeling en ontdekte dat de volgende trein uit King's Lynn om 17.50 zou aankomen. Zonder veel hoop te koesteren, besloot hij die trein nog af te wachten. Intussen was het even na vijven.

Om half zes hield hij het niet meer uit en belde de Walkers. Hij had die mogelijkheid voor zich uit geschoven, omdat hij zichzelf niet voor schut wilde zetten door te vertellen dat zijn vrouw hem op deze manier liet stikken. Maar Grace en Jack waren zijn enige kans op opheldering, en uiteindelijk won zijn nervositeit het van zijn trots.

Jack nam vrijwel meteen op. 'Ferndale House,' zei hij als altijd, in plaats van zijn naam. Frederic wist dat hij er heel trots op was dat hij op zo'n oud landgoed werkte.

'Jack, je spreekt met Frederic Quentin. Ik ben op King's Cross Station in Londen en...' Hij lachte verlegen en vroeg zich meteen daarna af waarom hij alles nog erger maakte door te lachen. 'Ik sta tevergeefs op mijn vrouw te wachten. Ze zat niet in de trein die we hadden afgesproken. En...'

'Niet?' vroeg Jack verbaasd.

'Nee. En nu wilde ik vragen... ze wilde Kim toch bij jullie brengen? Heeft ze dat gedaan?'

'Ja. Vanmiddag al. Zoals afgesproken.'

Dat stelde Frederic een beetje gerust. Virginia was in elk geval van plan geweest naar Londen te vertrekken.

'Heb jij haar naar het station gebracht?' vroeg hij.

'Dat wilde ze niet.' Jack klonk een beetje gekrenkt. 'Ik heb het natuurlijk aangeboden. Maar ze wilde per se met de kleine auto naar het station en hem daar laten staan. Eerlijk gezegd vond ik dat niet verstandig. Maar...' hij maakte de zin niet af. Frederic zag voor zich hoe hij beledigd zijn schouders ophaalde. Hij vond het zelf ook merkwaardig. Maar aan de andere kant niet zo vreemd. Ze was vast erg nerveus geweest en had misschien geen zin gehad in Jacks onvermijdelijke monologen over de politiek en zijn ultrarechtse kijk op de wereld. Die alleenspraken waren niet in elke gemoedstoestand te verdragen. Zo was het Frederic ook weleens vergaan.

'Ik wil Kim graag even spreken,' zei hij.

'Ze is met Grace naar buiten gegaan om bramen te plukken. Ik zal even kijken of ze in de buurt zijn.'

Frederic kon horen dat de hoorn werd neergelegd en dat Jacks voetstappen zich verwijderden. Er kraakte een deur. Toen hoorde hij – gedempt – Jacks stem, die Kim en Grace riep. Hij hoorde het getrippel van snelle voeten en Kims opgewonden stem: 'Is papa aan de telefoon?'

Meteen daarna zei ze, hijgend in de hoorn: 'Papa! We hebben een heleboel bramen geplukt. Ze zijn heel groot en lekker zoet!'

'Wat leuk, liefje.'

'Kom je gauw? Dan laat ik je zien waar ze groeien. Er zijn er nog een heleboel!'

'Ik kom gauw,' beloofde hij. Toen voegde hij eraan toe: 'Kim, heeft mama tegen je gezegd dat ze naar mij in Londen ging?'

'Ja. En dat jullie zaterdag samen terugkomen.'

'Hm. Heeft ze niet gezegd dat ze zich had bedacht?'

'Nee. Waar is mama dan?'

Nu hoorde hij Grace en Jack op de achtergrond.

'Wat bedoel je?' vroeg Grace. 'Is ze niet in Londen aangekomen?'

'Ik bedoel wat ik zeg,' bromde Jack. 'Waarschijnlijk is ze in de verkeerde trein gestapt. Ik wilde haar nog naar het station brengen, maar nee hoor, ze had mijn hulp écht niet nodig!'

'Waar is mama?' vroeg Kim.

'Mama heeft misschien de verkeerde trein genomen,' zei Frederic, hoewel hij niet geloofde wat Jack dacht. 'Maak je geen zorgen. Mama is volwassen. Ze kan goed op zichzelf passen. Ze zal wel overstappen op een andere trein en hierheen komen.'

'Maar mag ik dan nog wel bij Grace en Jack blijven?'

'Natuurlijk. Luister,' er schoot hem nóg iets te binnen, 'waar is... hoe heet hij ook alweer?... Nathan! Waar is Nathan Moor gebleven?'

'Hij is zo aardig, papa. Gisteren heeft hij een wandeling met me gemaakt. Hij heeft me laten zien hoe je een spoor maakt, zodat je de weg terug kunt vinden. Je moet...'

'Goed, schat, leg me dat een andere keer maar uit. Heeft mama hem vandaag ergens heen gebracht? Naar een ander huis of naar het station?'

'Nee,' zei Kim verward.

Hij zuchtte. Als Kim al vanaf het begin van de middag bij de Walkers was, had ze niet kunnen horen waar Nathan Moor naartoe was gegaan. Of beter: waar hij naartoe was gestúúrd. Waarschijnlijk had hij niet het fatsoen gehad om uit zichzelf te vertrekken.

Grace had kennelijk de hoorn uit Kims hand gepakt, want nu hoorde hij haar stem door de telefoon. 'Meneer Quentin, dit bevalt me helemaal niet. Zal ik naar het huis gaan om alles te controleren? Ik bedoel, om te kijken of mevrouw Quentin echt is vertrokken? Misschien...'

'Ja?'

'Nou ja, om te kijken of ze niet ongelukkig gevallen is en niets van zich kan laten horen of zo!'

Aan zoiets had hij helemaal nog niet gedacht. Wat verstandig dat Grace een kijkje ging nemen. Even overwoog hij of het misschien zo was dat Virginia die kwal, die Nathan Moor, uiteindelijk toestemming had gegeven nog wat langer in het huis te blijven, en of hij Grace moest waarschuwen dat ze een vreemde man in het huis zou kunnen aantreffen, maar hij besloot niets te zeggen. Blijkbaar hadden de Walkers nog niets van de aanwezigheid van de Duitser gemerkt en had Kim hun niets over de man verteld. Ze wisten dus nergens van. Het was beter dat het zo bleef.

'Goed, Grace, dat is aardig van je. Bel je me even terug? Ik ben bereikbaar op mijn mobieltje.' Hij vroeg nog een keer of Kim aan de lijn kwam, nam afscheid van haar en maakte een einde aan het gesprek. Het was bijna kwart voor zes. Nog tien minuten, dan kwam de volgende trein. Maar waarom geloofde hij niet dat Virginia daarin zou zitten?

En de volgende vraag was: als ze inderdaad niet kwam opdagen en als Grace haar niet thuis aantrof – wat dan? Moest hij dan de politie waarschuwen?

De trein reed met twintig minuten vertraging het station binnen. Terwijl Frederic op het perron stond te wachten en oplettend alle treinreizigers bekeek, belde Grace terug.

'Er is niemand, meneer,' zei ze. 'En de auto is ook weg. Het ziet ernaar uit dat uw vrouw echt is vertrokken. Alles is goed afgesloten, de ramen, de deuren, en ook de luiken zijn dicht.'

Hij voelde een vreemde mengeling van opluchting en bezorgdheid. Opluchting, omdat Virgina klaarblijkelijk echt was vertrokken en zich dus aan haar belofte had gehouden – of dat in elk geval had willen doen. Dan was er iets misgegaan. Ze zat ook niet in deze trein. Ze meldde zich niet. Ze was spoorloos verdwenen. Bezorgdheid begon zijn opluchting te verdrijven.

Wat was er gebeurd?

En welke rol, dacht hij opeens, speelt Nathan Moor bij de verdwijning van Virginia?

Om negen uur 's avonds hield hij het niet meer uit. Hij had nog een derde trein uit King's Lynn afgewacht en was ten slotte rechtstreeks van het station naar zijn Londense woning gegaan, in de vage hoop dat Virginia daar intussen via een of andere avontuurlijke omweg was aangekomen. Maar natuurlijk, het huis was stil en leeg. Op de tafel bij het raam stonden twee champagneglazen. Er was champagne in de koelkast, die hij ter verwelkoming met haar had willen drinken. Hij had zelfs nieuwe, witte kaarsen in de kandelaars gezet en een aansteker klaargelegd. Romantische sufferd die hij was. Hij had moeten weten dat het op niets zou uitlopen.

Word nou niet boos op haar, hield hij zichzelf voor, je weet niet in wat voor problemen ze zit!

Steeds opnieuw belde hij naar haar mobieltje, hoewel het hem intussen duidelijk was dat ze zijn telefoontje niet wilde of niet kón aannemen. Maar hij moest gewoon iets doen, en iets anders kon hij niet bedenken. Hij sprak nog twee keer de voicemail in. Het was een kleine kans om met haar in contact te komen.

Moest hij naar de politie gaan? Volgens hem moest er na de verdwijning van een persoon een bepaalde tijd zijn verstreken voordat de politie in actie kwam. Vierentwintig uur? Of meer? Hij wist het niet precies. Maar Virginia was bijna vijf uur vermist, als je de aankomst van de trein uit King's Lynn als uitgangspunt nam. Geen enkele politieman zou nu al iets ondernemen.

Uiteindelijk besefte hij dat hij gek zou worden als hij tot de volgende morgen in zijn zitkamer heen en weer bleef lopen.

Natuurlijk kon het zinvol zijn om in Londen te wachten, maar om de een of andere reden dacht hij dat Virginia nooit in Londen was aangekomen. Waar was ze voor het laatst gezien? In Ferndale, 's middags, toen ze Kim bij de Walkers afleverde. En dáár wilde hij naartoe. Want dáár was ze negen uur geleden geweest, dat was zeker. Gissen naar haar verblijfplaats was pure speculatie.

Hij toetste het nummer van de Walkers in en kreeg Jack weer aan de lijn. Hij zei tegen hem dat hij op weg ging naar Norfolk.

'Zal ik u morgenvroeg komen ophalen, meneer?' vroeg Jack. 'U hebt per slot van rekening geen auto, en...'

'Nee. Zo lang wil ik niet wachten. Ik kom met een huurauto. Mocht mevrouw Quentin iets van zich laten horen, zeg dan alsjeblieft dat ik rond middernacht thuis ben.'

'Komt in orde, meneer,' zei Jack.

Frederic besloot met de metro naar luchthaven Stansted te gaan en daar een auto te huren. De luchthaven in het noordoosten van Londen was een goed vertrekpunt om naar Norfolk te rijden. Bovendien meed hij zo de Londense rondwegen, waar het zelfs 's avonds nog druk was. Vlak bij zijn huis was een metrostation. Het was beter om iets te gaan doen.

Even na zevenen zat hij in een auto en reed hij over de M11, in de richting van Norfolk. Dicht bij de stad heerste nog een grote verkeersdrukte, maar later werd het steeds rustiger. Hij reed sneller dan was toegestaan. Af en toe had hij dat in de gaten en minderde dan wat vaart, maar na een tijdje zag hij dat hij opnieuw te snel reed. Hij was ontzettend ongerust. Hij kon gewoon geen logische verklaring voor Virginia's verdwijning bedenken. Ze had op klaarlichte dag in een doodnormale trein op een drukbereden traject moeten instappen en ook op klaarlichte dag midden in Londen moeten uitstappen. Wat kon er dan gebeuren, verdomme? Ze had het huis afgesloten en het kind naar de Walkers gebracht. Ze was duidelijk vastbesloten geweest om te vertrekken.

Het enige vraagteken was de rit van Ferndale naar het station van King's Lynn. Misschien was ze dáár al helemaal niet aangekomen. Maar als ze een ongeluk had gehad, zouden de Walkers dat allang hebben gehoord.

Frederics gedachten begonnen steeds meer om Nathan Moor te draaien. Hij vermoedde dat Virginia aan Nathan Moor een lift had gegeven. Hoe had die vent anders van Ferndale in de stad moeten komen? Ze had hem meegenomen, waarschijnlijk met de bedoeling hem af te zetten bij het ziekenhuis waarin zijn vrouw was opgenomen. Was Nathan Moor daar aangekomen?

Morgenvroeg zou hij als eerste bij Livia Moor op bezoek gaan. Misschien had zij enig idee waar haar man uithing. En als dat niet zo was? Als zij ook niets meer van hem had gehoord?

Frederic vond van zichzelf dat hij veel mensenkennis had. Eén ding was hem duidelijk geworden op de laatste vakantiedag die hij – tegen zijn zin – met de Moors in zijn huis in Dunvegan had doorgebracht: Nathan Moor gaf helemaal níets om zijn vrouw. Wát hem ooit had bewogen om met Livia te trouwen, nu liet ze hem totaal koud. Hij had haar alleen naar het ziekenhuis van King's Lynn gebracht om Virginia weer te benaderen, daar was Frederic zeker van. En hij had ook nog het geluk gehad dat zij alleen was en haar man op reis.

Wat wilde hij van haar?

Misschien ging het hem alleen om geld. Sinds hij voor het eerst in het huis op Skye was verschenen, was hij constant aan het bedelen. Frederic wilde niet weten hoeveel ponden hij Virginia in de afgelopen dagen lichter had gemaakt. De bestsellerauteur die om onverklaarbare redenen niet één luizige euro van zijn Duitse rekening kon opnemen!

In feite was hij alleen maar gek op die auto geweest. Was hij ermee op de vlucht geslagen, waar dan ook heen? Maar wat had hij met Virginia gedaan? Hoe was hij van haar afgekomen?

Frederic sloeg met zijn gebalde vuist op het stuur en ging nog harder rijden, hoewel hij al te hard reed. Hij kon zich wel voor zijn hoofd slaan! Hij had hevig in verzet moeten komen toen hij ontdekte dat Nathan Moor zijn intrek in Ferndale had genomen. Tenslotte waren alle alarmbellen in zijn hoofd gaan rinkelen. Hij herinnerde zich hoe verontwaardigd hij was geweest toen hij dat nieuws vernam. En dat hij vanbinnen een onbestemde vrees had gevoeld, die met zijn afkeer van Moor te maken had, met dat diepe wantrouwen dat hij vanaf het eerste moment jegens hem had gekoesterd.

Maar ja – hij had andere dingen belangrijker gevonden. Hij moest eerlijk tegenover zichzelf zijn: hij had bijna alleen maar aan dat belangrijke diner van vrijdag gedacht. Aan het probleem om Virginia over te halen met hem mee te gaan. Hij had het risico om haar stemming te verpesten vanwege een ruzie om Nathan Moor niet willen nemen, hij had het waarschuwende stemmetje en zijn verontwaardiging opzijgezet en zover weggestopt dat hij het nauwelijks meer waarnam. Hij had zich uitsluitend op vrijdag geconcentreerd. Op Virginia, die naar Londen zou komen. Op hun avondje uit. Als alles goed was gegaan, had dat het begin van verdere gezamenlijke activiteiten ten faveure van zijn politieke loopbaan moeten inluiden.

Wat een idioot was hij toch! Alleen maar bezig met zijn gewichtige belangen van het moment. En daarom raasde hij nu door de donkere, bewolkte nacht. Gelukkig werd hij niet door de politie aangehouden. Hij had geen idee wat hem te wachten stond.

Vrijdag 1 september

1

Kort na middernacht reed hij de oprijlaan van Ferndale House op. Aan beide kanten van de kronkelende weg brandden lantaarns. Hij kon de bomen vol bladeren zien. Het was alsof hij door een dicht bos reed.

Met stramme ledematen stapte hij uit de kleine huurauto, haalde zijn sleutels tevoorschijn, schakelde de alarminstallatie uit en maakte de deur open. In de gang rook het naar Virginia's parfum. De geur steeg op uit haar vesten, mantels en sjaals, die aan de kapstok hingen. Heel even drukte hij zijn gezicht in een vest van zachte mohairwol. Het rook zo warm en zo troostvol.

'Waar ben je toch?' mompelde hij. 'Waar ben je toch?'

Toen deed hij het licht aan en liep de keuken in. De kraan drupte een beetje, verstrooid draaide hij hem dicht. De keuken was keurig opgeruimd, het aanrecht en ook de keukentafel waren schoon. De planten bij het raam – hoofdzakelijk kruiden – hadden vers water gekregen. Hij zag dat de onderzetters onder de potten tot de rand met water gevuld waren.

Hij ging naar de zitkamer, pakte een glas uit de kast en een fles whisky van de bar en schonk een dubbele Chivas Regal voor zichzelf in. Hij dronk het glas in één teug leeg. De alcohol brandde in zijn keel. De warmte die zich door zijn maag verspreidde, was aangenaam. Hij vulde zijn glas opnieuw. Gewoonlijk loste hij zijn problemen niet met alcohol op, maar op dit moment had hij er behoefte aan om niet helemaal over zijn toeren te raken.

Met het glas in de hand dwaalde hij door het huis. Alles was zoals altijd, er was niet de geringste aanwijzing voor wat er met Virginia gebeurd kon zijn. In de slaapkamer waren de bedden opgemaakt. Hij deed de kleerkast open, maar hij kende Virginia's hele garderobe niet goed, dus kon hij niet zeggen of er iets ontbrak, en zo ja, wát. Ze had haar koffer gepakt en daarmee het huis verlaten.

Na een lichte aarzeling liep hij ook de logeerkamer in. Hier moest Nathan Moor hebben gebivakkeerd.

Maar ook die kamer gaf geen opheldering. Het bed was opgemaakt, de kast was leeg. Er was niets wat op Moors aanwezigheid wees.

En zelfs als ik een oude sok van hem zou vinden, dacht Frederic moe, zou me dat niet verder helpen.

Hij verliet de kamer weer en liep naar zijn eigen slaapkamer, waar hij zich met langzame bewegingen uitkleedde. In de lange spiegel op de kastdeur zag hij een vermoeide man met een grauw, uitgeput gezicht. In zijn ogen stonden vrees en verwarring te lezen, een blik die hij niet van zichzelf kende. Hij keek nooit angstig of verward uit zijn ogen. Zijn gevoelsleven werd daar nooit door beheerst. Maar hij had ook nog nooit in een dergelijke situatie verkeerd. Nog nooit had iets hem zó naar de keel gegrepen als de verdwijning van Virginia. Nog nooit had iets hem zó uit zijn evenwicht gebracht.

Hij trok zijn donkerblauwe badjas aan. Het was onmogelijk om in bed te gaan liggen en te slapen. Hij zou geen oog dichtdoen. Hij wilde Livia Moor zo vroeg mogelijk bezoeken. Vóór die tijd moest hij zijn secretaresse in Londen bellen. Ze moest een paar afspraken voor die morgen afzeggen, maar sommige gesprekken konden ook door zijn medewerkers worden afgehandeld. Hoe het met het belangrijke diner moest, dat misschien wel de aanleiding tot de verontrustende gebeurtenissen was geweest. Hij had natuurlijk tijd genoeg om 's middags naar Londen te rijden, aan het banket deel te nemen en een of ander excuus voor Virginia's afwezigheid te verzinnen. Maar kon hij dat wel als hij op dat moment nog steeds niets over haar verblijfplaats wist? Hij kon het zich niet voorstellen.

Rusteloos liep hij naar de zitkamer en deed het kleine lampje bij het raam aan. Op de sofa lag een stapeltje kranten van de afgelopen dagen. Hij pakte de bovenste op. Het was de krant van de vorige dag. Op de voorpagina stond een vette krantenkop over de moord op de twee meisjes. *Wat denkt de politie te gaan doen?* In het artikel stond dat het zeer waarschijnlijk was dat het bij de twee misdrijven om dezelfde dader ging. Beide kinderen, de vierjarige Sarah Alby en de achtjarige Rachel Cunningham, waren afkomstig uit King's Lynn. Ze waren beiden op klaarlichte dag verdwenen, zonder dat iemand iets had gezien. Ze waren beiden seksueel misbruikt en vervolgens vermoord. Ze waren beiden gevonden op een afgelegen plek die goed met een auto was te bereiken. Er werd gezegd dat er grote onrust onder de bevolking heerste. Ouders lieten hun kinderen niet meer alleen op straat spelen. Er waren al carpools gevormd, die er borg voor stonden dat kinderen op weg naar school geen stap meer zonder toezicht deden. Er werd luid geroepen om een rechercheteam dat zich uitsluitend met het oplossen van de twee verschrikkelijke misdrijven moest bezighouden. Frederic wist dat het toch al krappe budget van de politie aanzienlijk werd belast door deze speciale teams, maar ook hij vond dat je in dit geval niet mocht aarzelen. Hij was politicus genoeg om onmiddellijk te beseffen dat dit explosieve, uiterst emotionele thema zeer geschikt was voor een verkiezingsstrijd.

Maar op dit moment had hij heel andere, persoonlijke zorgen. Als afleiding verdiepte hij zich in de kranten en las ze van A tot Z, zelfs de sportpagina's, die hem gewoonlijk niet echt interesseerden. Toen het eerste grijze daglicht door een kier van de gordijnen de kamer binnensijpelde, zakte zijn hoofd achterover tegen de rugleuning van de sofa en viel hij uitgeput in slaap.

2

Haar geheugen was weer helder en klaarwakker, maar Livia wist niet of ze daar blij om moest zijn. Eigenlijk wilde ze liever dat ze zich alles niet zo precies herinnerde. Steeds weer zag ze het beeld van Nathan, die haar over de reling van de *Dandelon* duwde, voor zich: boven haar de donkere nachthemel en onder haar de zwarte golven van de zee. Nathan die gilde: 'Ga van de boot af! Spring!'

Ze had het gevoel gehad dat ze de dood tegemoet sprong. Ze had nooit zo van water gehouden, niet van de zee en al helemaal niet van schepen. Ze was altijd erg bang geweest dat ze zou verdrinken. Ze kon zelfs niet naar films over scheepsrampen kijken.

En op de een of andere manier raakte ze het gevoel niet kwijt dat ze de dood recht in de ogen had gekeken, er zelfs al door omarmd was. Ze wist dat ze leefde. Ze wist het sinds het haar gelukt was uit die zwarte, alles verslindende zee op het reddingsvlot te klimmen. Sinds het vissersvaartuig was opgedoken en hen aan boord had genomen. Sinds ze in Portree weer vaste grond onder haar voeten had gevoeld, gehuld in een wollen deken en met een fles mineraalwater in haar hand, die iemand haar had gegeven. Ze wist ook nu dat ze leefde. Maar ze slaagde er niet in om de gedachte aan de dood van zich af te zetten. Hij was er nog steeds, vlak bij haar. In de vorm van de zwarte, klotsende golven.

Vroeg in de morgen was de dokter bij haar geweest. Hij had gezegd dat ze later die dag zou worden ontslagen.

'Lichamelijk bent u hersteld,' had hij gezegd, 'en het was onze taak om dat te bereiken. Meer kunnen we nu niet voor u doen. Maar u moet absoluut in psychotherapie. Met een shock valt niet te spotten.'

Ze had in bed ontbeten, maar had niet meer door haar keel kunnen krijgen dan twee slokjes koffie en een hapje jam. Haar kamergenotes hadden een paar keer geprobeerd haar bij een gesprek te betrekken, maar ze had net gedaan of ze slecht Engels verstond en het nog slechter sprak. Ten slotte hadden de vrouwen het opgegeven. Ze hield het niet meer uit in de kamer. Ze stond op, sleepte zich met slappe knieën naar de badkamer en staarde naar het lijkbleke spook met de ingevallen wangen in de spiegel. Uit het ziekenhuis ontslagen! Kennelijk dacht de dokter dat het zo simpel was. Ze moest wachten tot Nathan op bezoek kwam. En aangezien hij zijn gezicht de vorige dag niet had laten zien, werd ze steeds banger dat hij ook vandaag niet zou komen opdagen. Dan stond ze daar, zonder bed, maar ook zonder geld en zonder te weten waar ze heen moest. Blootgesteld aan de spottende blikken van haar twee kamergenotes, die zo langzamerhand wel in de gaten hadden dat er iets niet klopte met haar huwelijk.

Ze waste zich oppervlakkig. Haar haren waren vettig en donker, maar ze had geen shampoo, en eigenlijk was vet haar wel haar minste probleem. Ze liep terug naar de kamer en haalde haar spullen uit de kast. De spullen van Virginia Quentin, verbeterde ze zichzelf. Zíj bezat immers niets meer op deze wereld. Helemaal niets.

De spijkerbroek en de trui hadden haar goed gepast, maar nu waren ze veel te wijd. Ze moest veel gewicht hebben verloren. De broek zakte af tot op haar knokige heupen, en de trui was groot genoeg voor twee personen. Ze zag er vast ook uit als een vogelverschrikker.

Een broodmagere vogelverschrikker, voegde ze er in gedachten aan toe. Maar de herinnering aan Virginia Quentin had haar op het idee gebracht te proberen achter het telefoon-nummer van haar weldoenster te komen en zich met haar in verbinding te stellen. Alleen op die manier kon ze met Nathan in contact komen. Hij moest zich over haar ontfermen. Ze hoopte vurig dat de Quentins in de telefoongids stonden of opvraagbaar waren bij de informatiedienst.

Ze stopte haar weinige bezittingen in de canvastas die Na-than in de kast had opgeborgen toen hij haar hier in het zie-kenhuis afleverde. Trouwens, ze herinnerde zich nog steeds niets van de afgelopen twee weken: ze wist niet wat er op Skye was gebeurd en wat Nathan ertoe had gebracht haar in een zie-kenhuis te laten opnemen. Ook van de reis naar Norfolk en van de opname in het ziekenhuis had ze geen idee. Maar haar vermagerde lichaam liet zien dat het misschien noodzakelijk voor Nathan was geweest haar naar een ziekenhuis te brengen. Het idee dat hij niet naar een andere mogelijkheid had ge-zocht om op een makkelijke manier van haar af te komen stel-de haar gerust.

Ze mompelde een afscheidsgroet in de richting van haar ka-mergenotes, die echter niet werd beantwoord. Toen liep ze de gang in. In de verpleegsterskamer waren ze verbaasd dat ze zo vroeg en zo snel wilde vertrekken, maar ze zei dat haar man beneden in de hal op haar zat te wachten. Het is maar goed dat ik er vóór ons vertrek uit Duitsland op heb aangedrongen een reisverzekering af te sluiten, dacht ze. De kosten voor mijn ziekenhuisopname zijn in elk geval geen probleem.

De toegangshal beneden was op dit vroege uur leeg. De cafe-taria was nog niet open. De kioskhouder begon net een witte stellage met kranten voor zijn kiosk neer te zetten. Hij gaapte uitgebreid en leek weinig enthousiast aan de voor hem liggen-de uren te denken.

Een oude man in een ochtendjas strompelde achter zijn rol-lator langs de etalages van een paar winkels en leek niet erg ge-interesseerd te zijn in wat hij zag. De sombere ziekenhuissfeer waaraan Livia had gedacht te kunnen ontsnappen door haar kamer te verlaten trof haar opnieuw met volle kracht. Ze kende haar gevaarlijke aanleg voor zware depressies maar al te goed. Ze moest hier zo snel mogelijk vandaan.

In een hoek ontdekte ze een telefooncel. Er lagen gelukkig ook telefoongidsen naast, die er een beetje gehavend uitzagen. Ze zette haar tas neer en pakte het eerste telefoonboek. Ze was nog steeds duizelig. Bij de kleinste beweging brak het zweet haar uit. Ze had te lang in bed gelegen en te weinig gegeten. Als Nathan haar niet kwam ophalen, zou ze nauwelijks honderd meter ver komen. Dat realiseerde ze zich.

En waar zou ik naartoe moeten? dacht ze angstig.

Terwijl ze met ontzetting vaststelde dat er talrijke Quentins in King's Lynn en omgeving woonden, zag ze uit een ooghoek de automatische toegangsdeur van de hal opengaan. Zonder speciale belangstelling, eerder bij toeval, draaide ze haar hoofd om. De man die in spijkerbroek en trui, ongekamd en ongeschoren, het ziekenhuis betrad, kwam haar meteen bekend voor, maar haar geheugen had een paar tellen nodig om het zich te herinneren. Nog steeds leek alles langzamer te gaan: haar bewegingen, haar denken, zelfs haar gevoel. Maar toen wist ze het. Ze deed de telefoongids dicht en probeerde achter de man aan te lopen, die op weg was naar de liften.

'Meneer Quentin!' riep ze. 'Meneer Quentin, wacht even!'

Ze werd zo duizelig dat ze zich aan een van de pilaren in het midden van de hal moest vasthouden.

'Meneer Quentin!' zei ze nogmaals met hese stem.

Goddank, hij had haar eindelijk gehoord. Hij bleef staan, draaide zich om, keek haar aan en kwam snel naar haar toe.

'Mevrouw Moor!' zei hij verrast. Hij nam haar aandachtig op. 'Goeie genade, u...' Hij zweeg abrupt. Ze wist dat ze er erbarmelijk uitzag. Dat kon ze in zijn ogen lezen.

'Waar is uw man?' vroeg hij.

Ze schudde haar hoofd. 'Geen idee.' Ze had graag harder

willen praten, want ze merkte dat Frederic Quentin zich erg moest inspannen om haar te verstaan, maar ze was inmiddels zo verzwakt dat ze alleen nog maar kon fluisteren. 'Is hij... is hij dan niet bij u? Hij zei dat hij... bij u logeerde.'

'Het is allemaal een beetje ingewikkeld,' zei Frederic. Ze was dankbaar dat hij haar arm vastpakte, want ze viel bijna om.

'Luister, ik denk dat we naar boven moeten gaan en een dokter...'

'Nee!' Ze schudde haar hoofd. Bijna panisch herhaalde ze: 'Nee! Ik wil hier weg! Ik wil hier weg! De dokter heeft gezegd dat ik mag vertrekken. Helpt u me alstublieft, zodat ik...'

'Goed, goed,' zei hij kalmerend, 'het was maar een voorstel. We gaan het ziekenhuis uit, oké? Hebt u bagage?'

Ze wees naar de telefooncel, waar haar tas stond. 'Ja, die tas.'

Hij bleef haar arm vasthouden terwijl hij met haar door de hal liep en de tas optilde.

'Ik vrees dat u in een café flauw zult vallen,' zei hij. 'Laten we naar Ferndale gaan. Naar mijn huis. Bent u het daarmee eens? Dan kunt u daar op de bank liggen en vind ik ook wel druppels die de bloedsomloop bevorderen. Weet u heel zeker dat u weg mag?'

'Ja.'

Ze had de indruk dat hij haar niet geloofde. In elk geval deed hij geen poging om haar weer naar boven te brengen, maar liep naar de uitgang.

'Is mijn man daar ook niet?' vroeg ze. 'Is hij niet in uw huis?'

Frederic klemde zijn lippen op elkaar. Livia begreep dat hij woedend was. Heel erg boos. 'Nee,' zei hij, 'in mijn huis is hij niet. En eerlijk gezegd had ik gehoopt van u te horen waar hij zou kunnen zijn.'

Anderhalf uur later was Livia alleen nog maar radeloos. In fysiek opzicht ging het beter met haar. Haar duizeligheid was afgenomen, het zweet op haar huid was opgedroogd. Aan de keukentafel van Ferndale House was ze aan haar derde kopje koffie bezig. Frederic had een boterham geroosterd, waar ze kleine hapjes van nam. Ze móést langzaam eten, anders werd ze opnieuw misselijk. Maar ze begreep heel goed dat ze moest proberen iets naar binnen te krijgen.

Frederic was niet gaan zitten. Met zijn koffiekopje in zijn hand had hij op en neer gelopen. Hij had haar verteld dat hij tevergeefs op het Londense station op Virginia had staan wachten en dat hij laat op de avond nog naar King's Lynn was gereden. Dat zijn dochter zoals afgesproken bij de Walkers was afgeleverd en dat Virginia's koffer ontbrak. Dat haar auto weg was toen hij aankwam en dat het huis afgesloten was geweest. En dat er geen spoor van Nathan Moor was, die hier de afgelopen dagen had gelogeerd.

'Ik heb al heel vroeg met mijn dochtertje gesproken,' zei hij. 'Jammer genoeg heeft dat niet veel opgeleverd. Haar moeder heeft tegen haar gezegd dat ze naar Londen zou gaan om mij te ontmoeten en dat wij zaterdag samen terug zouden komen. Ze hebben een paar spullen ingepakt en zijn toen naar de Walkers gegaan. Kim had in de zitkamer afscheid genomen van Nathan Moor. Hij zat naar een sportprogramma op de televisie te kijken. Het enige dat mijn vrouw tegen mevrouw Walker zei, was dat ze haar koffer ging pakken. Het aanbod van meneer Walker om haar naar het station te brengen, wees ze af. Maar er was geen enkele aanwijzing dat ze niet van plan was om daadwerkelijk naar Londen te vertrekken.'

Livia werkte het volgende hapje brood naar binnen. Het was alsof haar maag was afgesloten. Elk kruimeltje voedsel moest langzaam en met moeite zijn eigen weg banen.

'Ik snap het niet,' zei ze hulpeloos. 'Ik denk voortdurend na over het laatste bezoek van mijn man in het ziekenhuis. Dat was eergisteren. Het ergste is dat ik er zo slecht aan toe was. Ik weet helemaal niet of alles wat hij zei tot me doorgedrongen is. Ik herinner me dat hij op het laatst beloofde dat hij de volgende dag terug zou komen. Maar dat heeft hij niet gedaan.'

'Schiet u nog iets anders te binnen?' vroeg Frederic. Ze kon voelen dat hij moeite had zich te beheersen, en dat hij haar het liefst door elkaar zou schudden, om zo haar geheugen op te frissen.

Hij is bang, dacht ze. Hij maakt zich écht ongerust om Virginia.

'Hij... hij zei dat ik vrijdag zou worden ontslagen. Toen ik vroeg waar we dan heen moesten, dacht hij dat we een tijdje hier konden wonen... bij u.' Ze durfde hem niet aan te kijken. Het was vernederend. Hoe traag haar hersenen ook werkten, ze had allang begrepen dat Frederic Quentin allesbehalve enthousiast was geweest over het feit dat de Moors plotseling in King's Lynn waren opgedoken, en nog veel minder over het feit dat Nathan Moor zijn intrek in zijn huis had genomen. Ze besefte dat hij het liefst op Skye al van de Moors af was gekomen. Dat hij de goedhartigheid van zijn vrouw ten opzichte van de straatarme schipbreukelingen vervloekte.

'Hij had de auto van uw vrouw geleend,' vervolgde ze, 'ja, dat vertelde hij nog.'

'Hij voelde zich dus echt thuis,' zei Frederic cynisch. 'Wat geweldig!'

Ze legde het brood weer op het bord. Ze kon echt geen hap meer door haar keel krijgen. 'Het... het spijt me,' fluisterde ze.

Frederics stem kreeg een verzoenende klank. 'Jij kunt er in feite niets aan doen, Livia,' zei hij. 'Sorry voor mijn grove toon. Het is alleen... ik maak me grote zorgen. Het is niets voor Virginia om gewoon onder te duiken en niets meer van zich te laten horen. Ze heeft zelfs de Walkers niet gebeld om te vragen hoe het met Kim gaat of om haar welterusten te wensen. Dat is zó ongewoon, dat...' Hij maakte zijn zin niet af. Hij zette zijn kopje neer, liep naar de tafel, leunde er met beide armen op en keek haar indringend aan.

'Ik moet weten wat er met je man aan de hand is, Livia,' zei hij, 'en ik vraag je heel eerlijk te zijn. Er klopt iets niet. Kennelijk is je man een bekende auteur. Desondanks heeft hij geen rooie cent. Jullie zijn alle twee Duitse staatsburgers. Jullie ambassade hier in Engeland zou onmiddellijk voor jullie zorgen, in de eerste plaats jullie terugreis regelen. Desondanks komt je man niet op het idee zich tot de ambassade te wenden. In plaats daarvan hangt hij als een klit aan mijn gezin. Mijn vrouw pakt haar koffer voor een reis naar Londen, om zich bij mij te voegen. Ze koopt het treinkaartje en is nu spoorloos verdwenen. Evenals je man, Nathan Moor, en de auto. Livia, wat gebeurt er in godsnaam?'

Tegen het eind van de zin was hij hard gaan praten. Livia kromp ineen.

'Ik weet het niet,' zei ze met een trillende stem. Ze vocht tegen haar tranen. 'Ik weet niet waar mijn man is!'

'Jij bent zijn vrouw. Jij moet hem kennen. Jij moet iets over zijn leven weten. Je kunt niet zo onwetend zijn als je je nu voordoet!'

Ze trok haar schouders op en had het liefst in de grond willen zakken. 'Ik weet niets,' fluisterde ze.

Zijn lippen werden smal en wit van woede. 'Dat geloof ik niet, Livia. Ik geloof wel dat je niet weet waar hij op dit moment is. Maar je kunt me informatie over hem geven die me misschien helpt achter de verblijfplaats van mijn vrouw te komen. Verdomme, vertel me alles wat je weet. Dat ben je Virginia verschuldigd na alles wat ze voor je heeft gedaan!'

Ze begon te trillen. 'Hij... hij is geen slecht mens. Hij zou... hij zou Virginia niets aandoen...'

Frederic boog zich nog verder naar voren. 'Maar?'

Haar stem was nauwelijks nog hoorbaar. 'Maar sommige dingen kloppen niet, die hij...'

'Wat klopt er niet?'

Ze begon te huilen. Het was een nachtmerrie. En die was al vóór het vergaan van de *Dandelion* begonnen.

'Het klopt niet dat hij schrijver is. Dat wil zeggen, hij schrijft wel, maar... er is nog nooit iets van hem gepubliceerd. Nog... nog geen regel.'

'Dat dacht ik al. Waar hebben jullie al die jaren dan van geleefd?'

'Van... van het geld van mijn vader. Ik heb hem verzorgd. Daarom woonden we bij hem in en leefden van zijn pensioen. Nathan schreef, en ik zorgde voor het huis en de tuin.'

Frederic knikte grimmig. 'De bestsellerauteur! Ik had meteen al geen goed gevoel. Ik wist dat er iets niet in orde was met die man.'

'Mijn vader is vorig jaar gestorven. Ik erfde zijn huis, waar nog een zware hypotheek op rustte. Bovendien was het oud en uitgewoond. De verkoop bracht niet zoveel geld op, maar Nathan en ik zouden ons er een tijd mee kunnen redden. Ik had gehoopt dat Nathan in die tijd zou proberen een baan te vinden. Dat hij eindelijk zou ophouden met te denken dat hij voorbestemd was om een groot schrijver te worden.'

'Maar dat gebeurde niet?'

Ze schudde haar hoofd. De herinnering aan die troosteloze tijd kwam bij haar boven. Haar bidden en smeken. Haar pogingen om werk te vinden. Tegelijkertijd het toenemend besef dat hij weg wilde, dat hij zich absoluut niet zou inspannen om een thuis, een veilig en zeker bestaan voor Livia en zichzelf te creëren.

'Nathan heeft nog nooit een echt beroep uitgeoefend. Hij heeft anglistiek, germanistiek en geschiedenis gestudeerd. Wat moet je daarmee? Maar hij probéérde het ook niet. In plaats daarvan bracht hij de reis om de wereld met een zeilschip weer ter sprake. Daar had hij al jaren over lopen zeuren, maar het was altijd duidelijk geweest dat ik mijn vader niet alleen wilde laten. Maar toen...'

'Spendeerde hij toen het geld dat jij had geërfd aan een schip?' Ze knikte. 'Wat betekende dat daarna alles op was. We hadden bijna niets meer. Zijn plan was dat we in elke haven een tijdelijk baantje zouden nemen om in ons levensonderhoud te voorzien. Hij wilde aan zijn boek werken. Hij zei dat het zijn doorbraak zou worden. Dat hij alleen maar weg moest van wat hem benauwde: het huis, de provinciestad, mijn vader... Hij zei dat het hem had verlamd.'

'Lekker makkelijk,' zei Frederic cynisch, 'anderen verantwoordelijk stellen voor je eigen falen.'

Ze wist dat hij gelijk had – en dat het toch gecompliceerd was. Ze dacht aan het oude, donkere huis met de krakende traptreden, de muffe geur tussen de muren, die gewoon niet wilde verdwijnen, de tochtige ramen, de verwarming die het in de ijskoude winter steeds liet afweten. Ze dacht aan haar koppige vader, die zo gierig was geworden dat hij weigerde dringend noodzakelijke vernieuwingen te laten uitvoeren. Die niet eens toestemming gaf om de muren te schilderen, om de kamers een frisse geur en lichtere kleuren te geven. De afgelopen jaren was het een straf geweest om met haar vader samen te leven. Een kleine stad waar iedereen iedereen kende, waar roddels welig tierden, waar elke stap en elk woord van de andere inwoners werden gewikt en gewogen, móést iemand die daar niet aan gewend was wel zwaarmoedig maken. Zíj had ermee kunnen omgaan. Ze was daar opgegroeid; ze had zich thuis gevoeld in die bekrompen gemeenschap. Wat Nathan dodelijk en verlammend noemde, was voor haar vertrouwd geweest. En hoezeer ze ook had geleden onder de dood van haar vader, zo goed had ze ook kunnen begrijpen dat Nathan wilde dat er hele oceanen lagen tussen hem en de plaats waar hij twaalf jaar lang had gewoond.

Ze zuchtte vertwijfeld en moe. 'We hebben niets meer. Absoluut niets. Ze zeggen dat de Duitse ambassade ons zal helpen terugkeren. Maar waarheen? We hebben geen huis, geen geld, geen werk. Niets, niets, niets! Ik kan alleen maar vermoeden dat Nathan zich daarom zo aan u en uw gezin vastklampt. Om een dak boven zijn hoofd te hebben. Omdat hij niet weet waar hij anders heen moet.'

Frederic ging rechtop staan en streek langzaam zijn haar naar achteren. 'Wat een gedonder!' zei hij. Ongetwijfeld doelde hij daarmee op het feit dat uitgerekend Virginia het slachtoffer was geworden van een fantast die op alle fronten was mislukt. 'Verdomme nog aan toe. Ik zou weleens willen weten wat je man zich erbij voorstelt. Dat hij hier eeuwig kan blijven wonen? Of heeft hij plannen gemaakt om grip op zijn hachelijke situatie te krijgen?'

'Hij is van mening dat een eis tot schadevergoeding...'

Frederic lachte. 'Zo dom kan hij niet zijn. Hoogstwaarschijnlijk komen jullie er nooit achter wie jullie die nacht heeft overvaren. En mocht het jullie toch lukken, dan kan zo'n proces jaren duren. Hoe wil hij dat volhouden?'

Ze hief haar hoofd op en keek Frederic aan.

'Ik weet het niet,' zei ze. 'Ik weet het echt niet. Ik ben erg ziek geweest. Van de afgelopen dagen weet ik helemaal niets meer. Ik weet niet wat er in die tijd gebeurd is. Ik weet niet waar Nathan is. En ik weet niet waar uw vrouw is. Ik zweer dat ik geen flauw idee heb. Ik vraag u alleen me niet het huis uit te zetten. Ik weet niet waar ik naartoe moet.'

De blik die hij haar toewierp, was niet minachtend. Hij zuchtte zonder iets te zeggen. Ze had het gevoel zich tot in het stof te hebben vernederd en sloot even haar ogen.

Maar in elk geval zou hij haar niet wegsturen.

Deel twee

Vrijdag 1 september

1

Ze hadden al twee uur gereden toen ze merkte dat ze honger had als een paard. Op het moment dat ze in de donkere, koude ochtenduren ontwaakte, had ze gedacht nooit meer iets te kunnen eten. Alle botten in haar lichaam hadden pijn gedaan. Haar nek was stijf geweest. Telkens wanneer ze probeerde haar hoofd te bewegen, had ze een kreetje van pijn geslaakt.

Om haar heen was het vochtig en koud geweest, en ondanks de duisternis had ze kunnen zien dat er een dichte mist op de aarde was neergedaald.

Blijkbaar ben ik te oud om in een auto te overnachten, had ze gedacht.

Ze had het portier opengeduwd, was voorzichtig uit de auto gestapt, had moeizaam haar spijkerbroek en slipje uitgetrokken en gewoon in de natte hei onder haar voeten geplast. Het was donker en er was geen mens te zien. Ze bevonden zich aan de rand van een verlaten provinciale weg, die door het noorden van Engeland slingerde. Ze hadden Newcastle al een tijd geleden achter zich gelaten. Het kon niet ver meer zijn naar de Schotse grens. De vorige avond waren ze op een gegeven moment te moe geweest om verder te rijden. Virginia had de nacht graag in een hotelletje willen doorbrengen, maar Nathan was van mening geweest dat ze net zo goed in de auto konden slapen. Vermoedelijk zou hij het pijnlijk hebben gevonden ook de overnachting door haar te laten betalen. Bij het tankstation had ze de benzine betaald, evenals het eten dat ze hadden gekocht in de kleine kruidenierswinkel die ze in een dorpje hadden ontdekt. Ze hadden bijna niet durven hopen iets eetbaars te vinden in zo'n oord in het niemandsland, maar ze hadden er verbazingwekkend lekkere sandwiches en mineraalwater gekocht. Al etend en drinkend hadden ze genoten van de stilte en de rust om hen heen, die slechts werd verstoord door een paar dichterbijkomende nieuwsgierige schapen. Het was hier beduidend kouder dan in Norfolk. Virginia had een dikke trui uit haar koffer gehaald en was op de motorkap van de auto gaan zitten. Terwijl ze haar sandwich at, had ze haar blik over de uitgestrekte vlakte laten dwalen, met in de verte grijze wolken die samensmolten met de matte kleuren van het noordelijke, al zeer herfstachtige landschap. Tot haar verbazing was ze vervuld geweest van een gevoel van vrede, dat ze in tijden niet had gehad, van vrijheid en harmonie tot in alle hoeken van haar lichaam en ziel. Ze had de frisse, heldere lucht diep ingeademd, en had de momenten waarin het steeds donkerder begon te worden en het daglicht oploste in de nacht magisch gevonden. Vroeger had ze uren als deze gekend, maar in de loop der jaren was ze die vergeten: uren waarin ze buiten de tijd getild leek te worden en ze niets anders was dan een deel van het heden, zonder verleden en zonder toekomst. Opgaan in het nu. Ze herinnerde zich hoe het was geweest toen ze als studente hasj gebruikte. Dat was dezelfde betoverende ervaring geweest, het versmelten met het moment zelf. Nu lukte haar dat zonder drugs. Er was niet meer voor nodig dan het wonderlijke, zachte licht en de absolute vrede om haar heen.

Nathan had haar alleen gelaten. Hij was een eind gaan lopen om zijn stijve spieren te bewegen. Toen ze hem een uur later door de schemering naar haar toe zag komen, was haar nog iets te binnen geschoten. En op dat moment was de be-

tovering op slag verdwenen. Ze had zich herinnerd welke uitwerking de hasj ook op haar had gehad: ze had er heel veel zin
in seks door gekregen. Feesten waarop joints of hasjcakes werden rondgedeeld, waren vaak in seksorgiën geëindigd. Virginia herinnerde zich vaag de vele one-night-stands met anonie-
me mannen. Ze was gewoon wellustig geweest. En ze had geen
enkele remming meer gehad.

Nathan was voor haar blijven staan. Hij rook naar de avond-
lucht, die al een beetje vochtig was. Op zijn gezicht lagen de
eerste schaduwen van de duisternis. Dat kan toch niet, dacht
ze, deze keer is er beslist geen joint in het spel!

Maar ze had hem op dat moment willen hebben. Op de
motorkap van de auto, binnen op de achterbank of op de zan-
derige grond aan haar voeten. Het had haar niet uitgemaakt.
Als het maar meteen en snel en wild was. Zonder voor- of na-
spel. Gewoon alleen maar seks.

*Dat kan toch niet waar zijn! Ik ben net zo gek als na een half
dozijn joints!*

Ze vermoedde dat hij wist wat er in haar omging, want hij
had op een vreemde manier geglimlacht en haar afwachtend
aangekeken. Aan zijn blik had ze kunnen zien dat hij er klaar
voor was, maar dat hij de beslissing aan háár overliet. En met
spijt, maar later met opluchting, merkte ze dat het tóch anders
was dan vroeger. Haar remmingen waren voor een deel gebleven, voldoende om vlug van de motorkap te glijden en met
koele stem te zeggen: 'Laten we nog een eindje doorrijden,
voordat het echt nacht wordt.'

'Oké,' had hij zacht ingestemd.

Nu, op deze mistige ochtend, was dat soort gevoelens helemaal verdwenen. Virginia kon wel huilen. De pijn in haar nek
was ondraaglijk. Ze snakte naar een warme douche, naar haar
tandenborstel, naar geurige shampoo in haar haar, naar de
warme lucht en het kalmerende zoemen van haar föhn. Maar
het allermeest verlangde ze naar koffie.

Ze nam Nathan van opzij op. Misschien had hij door het verkrampte slapen ook last van zijn ledematen, maar dat was niet aan hem te zien. Hij zag er eigenlijk niet anders uit dan de avond ervoor. Niet eens moe. In de dichte mist hield hij zijn blik gericht op de smalle, natte asfaltweg die door het van god verlaten heidelandschap slingerde. Mijn god, waar moest ze hier koffie vandaan halen?

'Ik móét iets eten en drinken,' zei ze ten slotte. 'Ik heb het koud, en mijn hele lichaam doet pijn. Ik zweer je dat ik nooit meer een nacht in deze auto slaap!'

Hij bleef voor zich uit kijken. 'Nog even, en dan zitten we op de snelweg. Daar vinden we vast wel een restaurant waar we kunnen ontbijten.'

Ze wist zelf niet waarom ze zo agressief was. 'O ja? Ken je dit gebied zó goed dat je dat precies weet?'

'Voordat we vertrokken heb ik de kaart bestudeerd.'

'Hopelijk heb je dat goed gedaan. Het ziet er niet naar uit dat hier een snelweg is. Ik heb eerder de indruk dat we spoedig in een moeras of een schapenwei belanden!'

Eindelijk draaide hij zijn hoofd om en keek haar aan. 'Wat kun jij zeuren, zeg,' zei hij, 'wat is er met je aan de hand?

Ze wreef over haar nek. 'Ik ben helemaal verkrampt. Alles doet pijn. Als ik niet gauw koffie drink, zal ik zware hoofdpijn krijgen.'

'Je krijgt gauw koffie,' zei hij.

Ze drukte beide handpalmen tegen haar slapen. 'Het gaat niet goed met me, Nathan. Ik weet ineens niet meer of het wel juist is wat ik doe.'

'Heb jij ooit geweten of iets juist is? Gisteren kreeg ik de indruk dat het allerbelangrijkste was jezelf in veiligheid te brengen. Jezelf te redden. Je stond op het punt door te draaien.'

'Ja,' ze keek door het zijraampje naar de mist, 'ja, dat is zo.'

Ze zag zichzelf weer op haar bed in de slaapkamer liggen, thuis in Ferndale. Onder haar lag de nieuwe jurk die ze net wilde opvouwen om in de koffer te leggen. Ze had alles gedaan wat ze zich had voorgenomen: een treinkaartje gekocht, Frederic haar aankomsttijd doorgegeven, Kims spullen ingepakt, het kind bij de Walkers afgeleverd, haar koffer uit de kast gehaald en er ondergoed, kousen en schoenen in gelegd. Ten slotte had ze de nieuwe jurk van de hanger gepakt en zich kort afgevraagd of ze hem niet beter in een kledinghoes kon vervoeren, om er geen kreukels in te krijgen. Maar toen had ze gedacht dat het handiger was om alleen een koffer mee te nemen. Ze kon in de Londense woning de jurk vast wel even strijken. Ze had hem op het bed uitgespreid, de mouwen opgevouwen... en plotseling had ze niet meer verder gekund. Ze had naar de jurk gestaard, in het besef dat het haar niet zou lukken hem in de koffer te stoppen. Het zou haar niet lukken in de trein naar Londen te stappen. Ze kon gewoon niet als een volmaakte echtgenote van een ambitieuze politicus naar die party gaan.

Toen Nathan haar ten slotte ging zoeken en haar vond, had ze met tranen op haar wangen op bed gelegen. Ze had niet gesnikt, het waren stille tranen geweest die onophoudelijk bleven stromen.

'Ik kan niet,' had ze gefluisterd. 'Ik kan niet. Ik kan niet.'

Vaag herinnerde ze zich nu dat hij haar omhoog had getrokken en in zijn armen had genomen. Het was fijn geweest om haar hoofd tegen zijn schouder te leggen. Maar tegelijkertijd was ze nog harder gaan huilen.

'Ik kan niet,' had ze herhaald, 'ik kan niet.'

Zijn stem was dicht bij haar oor geweest. 'Doe het dan niet. Hoor je wat ik zeg? Doe het dan niet!'

Ze had geen antwoord kunnen geven. Ze kon alleen maar huilen.

'Waar is die wilde, sterke vrouw gebleven?' had hij zachtjes gevraagd. 'De vrouw die niets deed wat ze niet wilde?'

Ze was blijven huilen. Het waren de tranen van jaren die ze nu liet stromen.

'Wat zou je willen, Virginia? Waar zou je heen willen?'

Ze had er voor die tijd niet over nagedacht. Maar plotseling was het duidelijk geweest waar ze níét naar toe kon gaan. Naar Londen. Naar het leven aan Frederics zijde. Ze had haar hoofd opgetild. 'Naar Skye, ik wil graag naar Skye.'

'Oke,' had hij kalm gezegd, 'laten we daar dan heen gaan.'

Van pure verbazing waren haar tranen opgedroogd. 'Dat kán toch niet!'

'Waarom niet?' had hij gevraagd. Ze had geen antwoord geweten.

'Voor jou was het de volmaakte oplossing van alle problemen,' zei ze nu.

Ze was nog steeds strijdlustig. Misschien door de voorboden van een opkomende migraine en door de mist die zich aan haar opdrong, alsof hij in de auto wilde kruipen. 'Ik bedoel dat ik niet naar Londen wilde.'

Hij haalde zijn schouders op. 'Je lag op je bed te huilen. En dat kwam echt niet door mij.'

'Je had me ook kunnen zeggen dat ik me aan mijn belofte aan Frederic moest houden.'

'Hé!' zei hij, zachtjes lachend. 'Ik dacht dat je van streek was vanwege je uitstapje naar Londen. Je wilt niet dat anderen tegen je zeggen wat je moet doen. Je wilde naar Skye, en nu rijden we daarheen.'

'Gisteren wilde je dat ik je zou afzetten bij het ziekenhuis waarin Livia ligt. Je zou niet eens hebben geweten waar je de nacht moest doorbrengen.'

'Nou ja, slechter dan nu had het niet kunnen zijn.'

'Heb jij dan ook overal pijn?'

'Natuurlijk. Bovendien ben ik een stuk langer dan jij. Denk je dat het voor mij makkelijk was om mijn ledematen op te vouwen?'

Ineens was haar boosheid verdwenen.

'Ik zou Kim moeten bellen,' zei ze moe.

'Doe dat dan!'

Ze keek naar haar mobieltje, dat voor haar op het dashboard lag. Ze had hem uitgezet. Ze kon zich voorstellen dat Frederic haar, sinds de aankomst van de trein in Londen de vorige middag, voortdurend probeerde te bereiken. Hij had ongetwijfeld al met de Walkers gesproken, en met Kim. Haar dochter wist ook dat haar moeder verdwenen was.

'Wat moet ik tegen Kim zeggen? Dat ik met jou op weg ben naar Skye?'

'Dat zou ik niet zeggen,' zei Nathan. 'Want dan zet jij je man op het goede spoor. Tenzij jij dat wilt. Is dat zo?'

'Nee.' Huiverend haalde ze haar schouders op. 'Nee. Waarschijnlijk kan ik Frederic nooit meer onder ogen komen.'

Ze werd misselijk bij het idee wat hij van haar zou denken.

Ze bereikten inderdaad de snelweg naar Glasgow en konden eindelijk harder rijden. De mist trok langzaam op.

'Vanavond zijn we op Skye,' zei Nathan.

Hij had beloofd bij het eerste het beste wegrestaurant te zullen stoppen. Virginia, die verteerd werd door de gedachte dat Kim zich angstig en huilend afvroeg waar mama uithing, zette ten slotte toch haar mobieltje aan. Zoals ze had verwacht, verscheen op de display het bericht dat ze vierentwintig keer was gebeld en dat ze in haar mailbox moest kijken. Maar dat zou ze zeker niet doen. Ze wilde Frederics stem absoluut niet horen.

In plaats daarvan toetste ze het nummer van de Walkers in.

Grace nam vrijwel meteen op. 'Ja?'

'Grace? Je spreekt met Virginia Quentin. Ik...'

Ze zweeg abrupt. Grace hapte hoorbaar naar adem en onderbrak haar: 'Mevrouw Quentin! Goeie genade! We hebben ons allemaal heel erg ongerust gemaakt! Waar bent u?'

'Dat is nu niet belangrijk. Kan ik Kim even spreken?'

'Ja, maar...'

'Ik wil haar graag spreken. Snel, alsjeblieft.'

'Meneer Quentin is uit Londen teruggekomen,' zei Grace. 'Hij is in het grote huis. Het gaat niet goed met hem. Hij...'

Virginia legde een scherpe toon in haar stem, wat ze bij Grace nog nooit had gedaan, en zei: 'Ik wil nu Kim spreken. Punt uit!'

'Zoals u wenst,' zei Grace bits. Meteen daarna klonk Kims stem. 'Mama! Waar ben je? Papa is hier. Hij zoekt je.'

'Lieve Kim, het gaat goed met me. Je moet je geen zorgen maken, hoor. Alles is in orde. Ik heb alleen mijn plannen gewijzigd.'

'Wil je niet meer naar papa in Londen?'

'Nee. Er is... er is iets tussengekomen. Ik ben ergens anders heen gegaan. Maar ik kom gauw weer naar je toe.'

'Wanneer?'

'Gauw.'

'Maandag begint de school, ben je er dán?'

'Dat probeer ik, oké?'

'Mag ik zolang bij Grace en Jack blijven?'

Virginia dankte het lot dat Kim zoveel van die twee oudere mensen hield. Anders had ze vast en zeker veel heftiger en misschien wel huilend op het vreemde gedrag van haar moeder gereageerd.

'Natuurlijk mag dat. Maar je kijkt ook wel een beetje naar papa om, hé? Ik heb gehoord dat hij thuis is.'

'Ja. Vanmorgen vroeg was hij hier.'

'Goed, meisje, wees lief en doe wat Grace en Jack zeggen. En je moet dicht bij huis blijven. Je mag ook niet in het park rondlopen!'

Kim zuchtte. 'Dat zegt Grace ook de hele tijd! Ik snap het wel, mama. Ik ben heus geen baby meer!'

'Dat weet ik. En ik ben heel trots op jou. Ik bel je nog een keertje, goed? Tot ziens, en... ik hou van je!'

Ze verbrak de verbinding abrupt om Grace niet de kans te geven de hoorn af te pakken en weer te gaan jammeren. Dan had ze uit beleefdheid nog een keer met haar moeten praten en vragen of Kim langer mocht blijven dan gepland, maar ze wilde niet het risico lopen dat Grace haar over haar verblijfplaats uithoorde. Als Jack in de kamer was, zou Grace hem vermoedelijk weggestuurd hebben om Frederic zo snel mogelijk op te halen, en had zij intussen geprobeerd Virginia op de een of andere manier aan de lijn te houden. Dat gevaar wilde ze niet lopen. Ze wilde absoluut geen woord met Frederic wisselen.

'Voel je je beter?' vroeg Nathan.

Ze knikte. 'Ja. In elk geval niet meer zo ellendig. Hoewel... Frederic is naar Ferndale teruggegaan. Hij moet behoorlijk van de kaart zijn.'

'Dat was te verwachten,' zei Nathan, terwijl hij naar voren wees. 'Kijk, een wegrestaurant. Nu krijg je eindelijk je koffie.'

2

Na twee mokken warme, sterke koffie en een grote portie roerei met toast voelde Virginia zich stukken beter. In het wegrestaurant was het schoon, netjes en aangenaam warm. De toiletruimten roken naar een sterk ontsmettingsmiddel. Blijkbaar werden ze regelmatig schoongemaakt. Virginia was er helemaal alleen, kon haar gezicht en handen wassen, haar verwarde haren borstelen en haar lippen stiften. Toen ze terugkeerde naar Nathan, die in de eetzaal zat, voelde ze zich veel zekerder van zichzelf. Het was niet druk op deze donkere morgen, die eerder aan een novemberdag deed denken dan aan de eerste dag van september. Behalve hen zat er nog een man aan een tafeltje, die de krant las. Op de achtergrond speelde zachte muziek. Het was prettig in de comfortabele stoelen te zitten, de benen te strekken en de warme aardewerken mokken tussen de koude vingers te voelen. Virginia's levensgeesten ontwaakten weer en langzaam keerde het gevoel van de vorige avond terug: een gevoel van vrijheid, avontuur en lichtheid.

Ze merkte dat ze begon te glimlachen.

Nathan trok zijn wenkbrauwen op. 'Wat gaat er in je om?' vroeg hij. 'Je ziet eruit als een poes die spint.'

'Ik zou me moeten schamen,' zei Virginia. 'Ik heb mijn man laten stikken, ben er gewoon vandoor gegaan, heb hem doodongerust gemaakt... en ik voel me goed. Ja...' ze zweeg even, alsof ze in haar binnenste keek, 'ja, ik voel me echt goed. Vind je dat bedenkelijk?'

In plaats van te antwoorden, vroeg hij: 'En hoe is dat goede gevoel? Hoe zou je het omschrijven?'

Ze hoefde niet na te denken. 'Vrijheid. Het is vrijheid. Het zit heel diep in me, en het baant zich een weg naar buiten. Ik weet dat ik me heel hardvochtig gedraag, maar ik zou nu niet kunnen omkeren. Absoluut niet!'

'Dan moet je het ook niet doen,' zei hij.

Ze knikte, en keek hem over de rand van haar mok aan. Ze wist dat haar ogen waren gaan glanzen. Buiten begon het te regenen.

'Het is bijna als...' begon ze. Toen zweeg ze abrupt.

'Bijna als wát?' vroeg Nathan.

Ze zette de mok neer en haalde diep adem. 'Bijna zoals het was voordat Tommi stierf,' zei ze.

3

Michael

25 maart van het jaar 1995 was een bijzonder warme, zonnige lentedag. Een zaterdag. In Virginia's tuin bloeiden krokussen

en gele narcissen. En over de muren achter in de tuin hingen dikke takken met roze bloesem die zacht op en neer deinden in de warme wind.

Michael had een kater, wat hem maar zelden overkwam. De avond ervoor was hij in het fitnesscentrum in St. Ives geweest. Een van zijn vrienden had daar zijn verjaardag gevierd en in de kroeg een paar rondjes gegeven. Michael, die het hele eind had teruggefietst, zei dat het hem verbaasde dat hij nog in staat was geweest de pedalen te bewegen.

'Ik wilde je nog bellen om te vragen of je me met de auto kon komen halen,' zei hij tegen Virginia, 'maar dat vond ik toch te pijnlijk.'

Ze knikte afwezig. Zoals gewoonlijk luisterde ze maar met een half oor naar hem. Af en toe was hij voor haar niet meer dan een willekeurig achtergrondgeluid.

'Ik denk dat ik een aspirientje nodig heb,' zei Michael, en haalde een glas water en een aspirine uit de keuken. Toen hij in de zitkamer terugkeerde, plofte hij in een stoel neer, wachtte met een gefronst voorhoofd tot het geneesmiddel langzaam begon op te lossen en bleef over hoofdpijn klagen. Virginia wist dat je je van een stevige kater heel beroerd kon voelen, maar algauw had ze het idee dat ze het gemekker niet langer kon aanhoren. Zijn eeuwige geklaag werkte haar op de zenuwen. Het weer, het werk, de mensen om hem heen – Michael vond overal en altijd een haar in de soep. En natuurlijk was er nog het feit dat Virginia niets van een huwelijk wilde weten en weigerde zwanger te worden. Als hem niets anders te binnen schoot, keerde hij terug in het verleden en filosofeerde op tragische toon over het onverantwoordelijke gedrag van zijn vader, de scheiding van zijn ouders, de depressies en het ellendige einde van zijn moeder.

'Ik denk dat je gek zou worden als je plotseling geen reden meer had om te lijden,' zei Virginia soms tegen hem. Dan keek hij haar gekwetst aan.

Maar vandaag zei ze niets. Ze ging zo snel mogelijk de tuin in en liet Michael met zijn hoofdpijn achter. Er lagen nog genoeg oude herfstbladeren op het gazon, die dringend bijeen moesten worden geharkt. Virginia was blij dat ze iets om handen had.

Later, veel later, toen zij en Michael telkens opnieuw het verloop van die ochtend doornamen en zich afvroegen hoe die verschrikkelijke ramp had kunnen gebeuren, was het hen vooral een raadsel dat Virginia Tommi niet had gezien. Gewoonlijk riep en zwaaide hij als hij hun erf opkwam. Had hij dat deze keer niet gedaan? Of was ze zo in gedachten verzonken geweest dat ze niets van zijn komst had gemerkt?

Michael had in elk geval niets kunnen zien. Hij was languit op de sofa in de zitkamer gaan liggen en had een dutje gedaan.

Tommi moest tegen elf uur zijn gekomen. Hij had zijn moeder gevraagd of het mocht, en aangezien zij wist dat hij een graag geziene gast was bij de buren, had ze zonder aarzeling ja gezegd. Zonder dat Michael en Virginia hem hadden gezien, moest Tommi meteen hebben geprobeerd in de op de helling geparkeerd staande auto te klauteren toen hij had gemerkt dat de wagen niet was afgesloten. Hij was achter het stuur gaan zitten, had de auto van de handrem gehaald en waarschijnlijk was de wagen toen meteen gaan rollen.

Virginia, die achter in de tuin bezig was om de bijeengeharkte bladeren in een vuilniszak te stoppen, hoorde ineens de geluiden op straat. Het was als een onverwachte explosie, die opeens de stilte van de ochtend verstoorde: piepende remmen, schelle claxons, hevig gekraak van metaal.

Ze kwam overeind en dacht: een ongeluk! Vlak voor ons huis!

Ze liep om het huis heen en keek vanaf de helling naar de straat beneden.

Het was een van die momenten waarop de hersenen blijkbaar niet bereid zijn om meteen alle verbanden te leggen, hoewel ze toch duidelijk zijn en niet op verschillende manieren kunnen worden geïnterpreteerd. Virginia zag dat haar auto niet meer op de oprit stond. Hij was verdwenen. Het portier aan de chauffeurszijde lag los onder aan de helling, naast de dikke, bruine paal die hun terrein begrensde en waar het portier blijkbaar achter was blijven haken en was afgebroken. Op straat stonden drie auto's, kriskras door elkaar. Het was niet onmiddellijk duidelijk in hoeverre ze tegen elkaar aan waren gebotst, of dat ze door roekeloze remmanoeuvres in deze bizarre posities terecht waren gekomen.

Een van de auto's – dat besef drong langzaam tot Virginia's verdoofde brein door – was van haar.

'Wat is er gebeurd?' Michael dook naast haar op, met verwarde haren, omdat hij op de sofa had gelegen, en met een bleek gezicht, omdat hij nog steeds misselijk was.

Hij keek naar de straat. 'Dat is onze auto!' Daarna keek hij naar de plek waar de wagen eigenlijk had moeten staan. 'Wat... hoe komt onze auto...' Hij richtte zijn blik op Virginia, en toen riepen ze gelijktijdig: 'Tommi!'

Ze renden naast elkaar de oprit af. Van pure angst haalde Virginia zo krampachtig adem dat ze hijgde toen ze beneden aankwam. En ze voelde hevige steken in haar zij. Michael zag eruit of hij elk moment kon gaan overgeven.

Ze zagen Tommi roerloos op straat liggen. Een man, die een bloedende hoofdwond had, boog zich over Tommi heen en probeerde koortsachtig en onhandig de pols van het kind te voelen. In een zwarte Rover, die met zijn neus naar Tommi's ouderlijk huis gekeerd stond, zat een blonde vrouw achter het stuur. Ze staarde met wijd opengesperde ogen naar haar dashboard, alsof daar iets fascinerends te zien was. Ze leek in shocktoestand te verkeren en zich niet te kunnen bewegen.

De man met de hoofdwond keek op. 'Er is nog een polsslag. Ik kan hem voelen!'

Virginia knielde naast Tommi neer. De jongen lag op zijn buik, met zijn gezicht op het asfalt, maar ze durfde hem niet om te draaien. Hij kon inwendige verwondingen hebben, die ze erger zou maken als ze hem bewoog.

'Tommi,' fluisterde ze. 'Tommi!'

'Hij schoot achteruit de oprit af,' zei de man, 'ik... ik remde als een gek, maar... het ging allemaal zo snel...'

Virginia snauwde tegen Michael: 'Schiet op, bel het alarmnummer. Er moet onmiddellijk een ambulance komen! Snel!'

De lijkbleke Michael kwam in beweging.

'Ik... ik ben zó op de wagen geknald, en toen is hij eruit geslingerd,' zei de man. Hij leek het belangrijk te vinden om te praten, hoewel Virginia op dit moment de details niet wilde horen. Ze wilde alleen maar dat Tommi zich omdraaide, ze wilde zijn sproetige gezicht zien, hij moest grijnzend alle spleetjes tussen zijn tanden laten zien en zeggen: 'Wat een puinhoop! Het spijt me echt!'

Maar hij verroerde zich niet.

De man praatte nog steeds.

'... en toen kwam die vrouw daar in die Rover. Ze reed veel te hard. Dit is toch de bebouwde kom? Zij heeft hem geschept. Ze sjeesde zo hard dat ze absoluut geen kans meer had om te remmen...'

'Tommi,' fluisterde Virginia, 'Tommi, zeg toch iets!'

'Daar ligt het portier van de auto!' zei de man. 'De jongen had hem niet goed dichtgedaan. Daarom is hij eruit gevlogen! Hoe kunt u uw zoon toestaan zomaar in uw auto te stappen... op zijn leeftijd...'

Virginia had geen zin om met de man in discussie te gaan. Waarschijnlijk had hij ook een shock, net als de vrouw in de Rover. Zíj was totaal verstard, en híj leek niet te kunnen ophouden met praten.

Virginia zag iets bewegen in de tuin van Tommi's ouders, en de moeder van Tommi vloog de straat op. Ze schreeuwde iets, maar Virginia kon haar niet verstaan. Toen dook Michael weer naast haar op.

'De ambulance komt eraan.' Michael was zo wit als een doek. Virginia had nog nooit zo'n bleek gezicht gezien. Hij schudde voortdurend met zijn hoofd, verbijsterd, bijna ongelovig. 'Mijn god,' fluisterde hij, 'ik heb de auto niet afgesloten! Ik had kunnen zweren... maar ik moet het vergeten zijn! God, hoe heeft me dat kunnen gebeuren?'

Hij keek Virginia volslagen wanhopig aan.

Het was alsof ze kon zien hoe er iets in zijn ziel kapotging.

4

Ze kwamen tegen vijf uur 's middags in Kyle of Lochalsh aan, een klein dorp met een haven. Vroeger was het de vertrekplaats van de veerboot naar Skye. Nu was er ook een brug, die zich met een indrukwekkende boog over Loch Alsh welfde en naar het eiland leidde. Skye lag recht voor hen. Het rees op uit de leigrijze, woelige golven van de zee. De top van de hoogste berg verdween in zwarte, dramatisch samengepakte wolken, die door de wind langs de hemel werden gejaagd. Af en toe kwam er een opening in die woeste, onstuimige massa en was er plotseling een stukje blauwe lucht te zien, en scheen ook de zon. Het felle zonlicht veranderde de grijze kleur van de zee in glinsterend zilver en liet grillige schaduwen boven het landschap dansen. Dan sloot het gat zich weer en werd de wereld opnieuw in duisternis en schemering gehuld.

Ze zaten in de auto op een parkeerplaats die bij een imposant, sneeuwwit gebouw hoorde, het Lochalsh Hotel. In een winkeltje in het dorp hadden ze mineraalwater gekocht. Ze hielden elk een fles in hun schoot en namen af en toe een slok. Behalve zij was er niemand te zien. De zomer was voorbij, er waren geen toeristen meer, zo ver naar het noorden. Krijsende meeuwen vlogen boven de rotsen die voor het hotel steil naar beneden liepen. Verder was er geen levende ziel te bekennen. Virginia had graag nog een keer naar Kim willen bellen, maar ze durfde het niet, aangezien ze bang was dat Frederic zich in het huis van de Walkers had geïnstalleerd en de telefoon zou opnemen zodra hij overging. Sinds haar telefoontje van die morgen zou hij waarschijnlijk verwachten dat ze zich opnieuw zou melden. Of was hij al teruggegaan naar Londen? Het was vrijdag, laat in de middag. Over drie uur zou het diner beginnen dat zo belangrijk voor hem was. Misschien ging hij toch naar het feest, mompelde hij iets over een plotselinge ziekte van zijn vrouw en sloeg zich op de een of andere manier door de avond heen. Bleek waarschijnlijk, en heel bezorgd. Hij wist dat Virginia in leven was, maar hij had geen idee waar ze zich bevond en wat er eigenlijk was gebeurd. Hij zou zijn hersens pijnigen, maar geen antwoord vinden. Zou hij vermoeden dat haar vlucht iets met Nathan Moor te maken had? Hij moest wel vertwijfeld, radeloos zijn. En juist voor die vertwijfeling en die radeloosheid was ze zo bang. Als hij de party had afgezegd en bij de Walkers naast de telefoon zat te wachten, zou ze ervan langs krijgen. Ze wist echt niet hoe ze daarmee moest omgaan.

'Ik hoop maar dat Kim zich geen zorgen om me maakt,' zei ze.

Nathan nam een grote slok uit zijn fles. 'Ik heb sterk de indruk dat ze bij de Walkers erg wordt verwend en ze van het logeren daar geniet,' zei hij. 'En sinds jouw belletje van vanmorgen vroeg weet ze dat haar moeder niets ergs is overkomen. Ik vermoed dat ze zich opperbest vermaakt.'

Virginia knikte. 'Ik hoop dat je gelijk hebt.' Ze drukte haar gezicht tegen het zijraampje. Zoals altijd als ze hierheen kwam, werd ze gefascineerd door de schoonheid van het landschap. Ze had steeds het gevoel met het water, de hemel en het licht te moeten versmelten, omdat ze er anders niet genoeg van kon krijgen. Zelfs op deze sombere dag, die al zo herfstachtig aandeed, had het landschap die uitwerking op haar. Dit was thuiskomen, de terugkeer naar een plek waarvan ze heel vaak had gedacht dat hij haar al sinds vele levens vertrouwd moest zijn.

'Denk je dat we de brug al over kunnen?' vroeg Nathan.

Ze schudde haar hoofd. Ze had gevraagd nog een tijdje op het vasteland te wachten alvorens naar Skye te rijden. Ze had geen reden genoemd, maar ze vermoedde dat Nathan wel begreep wat er in haar omging. Ze had het gevoel dat er iets onherroepelijks gebeurde als ze voet op het eiland zette. Ze waren bijna twee dagen onderweg geweest. Ze waren door Engeland en Schotland gereden, maar ze kon nog steeds en op elk moment omkeren. Terug naar Ferndale, terug naar haar oude leven. Ze zou een heleboel moeten verklaren, zich aan een spervuur van vragen en verwijten van Frederic moeten onderwerpen, en vermoedelijk ook enige uitleg geven aan een verontwaardigde Grace en een niet-begrijpende Jack. Tot nu toe had ze zich nog niet écht van hen verwijderd. Tegen Frederic zou ze zeggen dat het allemaal veroorzaakt was door haar paniek voor de belangrijke avond die voor haar lag, en ze zou ook nog wel een smoes voor de Walkers kunnen bedenken. Maar als ze het vasteland verliet, als ze samen met Nathan het eiland betrad, sneed ze de band door. Niet wat de anderen betrof, maar wat haar zélf betrof. Ze voelde dat gewoon terugkeren daarna niet meer mogelijk was.

'Ik kan nog niet,' zei ze.

'Oké,' antwoordde Nathan.

Ze hield van zijn manier van doen. Hij leek het altijd heel precies te begrijpen wanneer ze geen verklaring wilde geven, en hij trok zich dan meteen terug.

En hij kon lang luisteren zonder iets te zeggen. Gedurende bijna de hele reis had ze over Michael en Tommi verteld. Hij had haar nauwelijks onderbroken en af en toe met een tegenwerping bewezen dat hij nog steeds aandachtig naar haar luisterde. Het was vreemd geweest om door het verlaten, soms uiterst dorre landschap te rijden en het verleden te laten herleven; bevrijdend en triest tegelijk.

'Heeft Tommi het ongeluk niet overleefd?' vroeg Nathan. Zoals zo vaak verbaasde ze zich over zijn intuïtie. Ook zij had net aan de kleine jongen gedacht.

'Nee. Dat wil zeggen, aanvankelijk wel. Hij leefde nog toen ze hem het ziekenhuis binnenbrachten. Maar hij ontwaakte niet meer uit zijn coma. Hij had zware verwondingen aan zijn hoofd. De artsen zeiden dat hij, zelfs als hij het er levend van af zou brengen, voor altijd beschadigd zou blijven, zich niet meer normaal zou kunnen ontwikkelen en voor altijd het geestelijk niveau van een klein kind zou houden. Desondanks hoopten en baden zijn ouders dat hij niet zou sterven.'

'Dat is te begrijpen.'

'Vanuit hun standpunt bekeken – ja. Ikzelf was op de een of andere manier in tweestrijd. Soms dacht ik... dat de dood het beste voor hem zou zijn.'

'Hoe ging het in die tijd met Michael?'

'Vreselijk. Op de vrijdag die aan het vreselijke ongeluk voorafging, was hij in Cambridge geweest. Met de auto. Ik niet. Eerst had ik thuis achter mijn bureau zitten werken en later ben ik in de tuin aan de slag gegaan. Michael had de wagen laat in de middag op onze oprit geparkeerd en hem blijkbaar niet op slot gedaan. Hij gaf uitsluitend zichzelf de schuld van het ongeluk, en natuurlijk kon hij dat niet verwerken. Hij ging elke dag naar Tommi in het ziekenhuis, waakte, huilde en bad aan zijn bed. Hij sliep nauwelijks en werd steeds magerder.'

'Gaf jij hem ook de schuld?' vroeg Nathan.

Ze staarde in de verte. Op dat moment blies de wind een groot gat in de wolken, en even werd de top van de Sgurr Alasdair, de hoogste berg van de Black Cuillins, zichtbaar. De zon bescheen de bergtop, maar een seconde later was hij alweer in wolken gehuld en verdween.

'Het was een ongeluk,' zei ze, 'een tragisch ongeluk. Ik denk dat er geen schuldige ís.'

'Kon je Michael niet van jouw standpunt overtuigen?'

'Nee. We spraken voortdurend over alles, steeds opnieuw, maar hij bleef erbij dat hij feitelijk een misdrijf had begaan. En toen, op 11 april, overleed Tommi. Daarna werd alles nóg erger.'

Ze moest aan de begrafenis van de kleine jongen denken. Michael was verstard geweest. Hij had er slechter uitgezien dan de twee wanhopige ouders. Lijkbleek en met een dodelijk vermoeide, lege blik in zijn ogen.

'Michael probeerde op de een of andere manier verder te gaan met zijn normale leven, maar dat lukte steeds minder. Aanvankelijk dacht ik dat hij na een tijdje wel weer gewend zou raken aan het leven van alledag, maar uiteindelijk kreeg ik de indruk dat het hem steeds meer aan kracht en ook aan de wil ontbrak om de gebeurtenis achter zich te laten. Op sommige dagen ging hij niet naar zijn werk, maar zat hij thuis in de zitkamer naar de muren te staren. Hij liet zich niet meer in het fitnesscentrum zien, waar hij vroeger zo graag naartoe was gegaan. Hij ontmoette zijn vrienden niet meer. Zijn schuldgevoel maakte hem helemaal kapot. Het was alsof... ja, alsof hij ook niet meer wilde leven, omdat Tommi moest sterven. Ik weet dat hij over zelfmoord nadacht. Maar Michael is niet het type dat de hand aan zichzelf slaat. Daar is hij te besluiteloos voor.'

'Misschien had je hem kunnen opvangen als je eindelijk met hem getrouwd was,' zei Nathan. 'Het zou hem vast en zeker stabieler hebben gemaakt.'

Ze knikte. 'Waarschijnlijk wel. Maar het gíng gewoon niet. Ik stond vóór die tijd al te ver van hem af. Zijn depressieve aard, zijn eeuwige gejammer – dat verdroeg ik eigenlijk allang niet meer. En nu was het allemaal nog erger geworden. Hoe moest ik daar plotseling mee klaarkomen?' Ze streek haar haar naar achteren. Haar blik was nog steeds op het eiland onder de voortjagende wolken gericht. 'Ik weet precies hoe ons leven er vanaf dat moment zou hebben uitgezien. Dag na dag, uur na uur zouden we om het onderwerp "schuld" heen hebben gedraaid. Michael zou er nooit over opgehouden zijn. En hij had zichzelf moeten leren vergeven, en dat zou hij als verraad aan Tommi en diens lot hebben beschouwd.'

'Overwoog je hem te verlaten?'

'Voortdurend. Elke dag. Maar het was me duidelijk dat hij daaraan onderdoor zou gaan. Ik begon langzamerhand ook door te draaien. Ik voelde me plotseling aan Michael geketend, hoewel ik vóór het ongeluk al heel goed over onze scheiding had nagedacht. Dat was een tijd die ik... die ik nooit meer wil meemaken.'

Ze keek Nathan eindelijk aan. 'En toen maakte hij zelf een einde aan de kwelling van ons samenzijn. Toen ik terugkeerde van een weekend dat ik bij een vriendin in Londen had doorgebracht, was hij weg. En met hem twee koffers en het grootste deel van zijn kleren. Op de tafel in de zitkamer lag een afscheidsbrief die aan mij was gericht. Hij schreef over de wanhoop die hij sinds Tommi's dood voelde, en hij bracht nog een keer de omvang van zijn schuld ter sprake. Hij verweet zichzelf niet alleen dat hij de auto niet op slot had gedaan, maar hij verweet zichzelf ook zijn genegenheid voor Tommi. Daarmee had hij Tommi aan zich gebonden, hem tot een vaste gast bij ons gemaakt. Alleen daarom had alles zo kunnen gebeuren... Ach, in die brief stond alles wat hij al zo vaak had gezegd. En uiteindelijk gaf hij mij in zekere zin mijn vrijheid.'

'Waar ging hij naartoe?'

Ze haalde haar schouders op. 'Dat wist hij zelf nog niet. Ik denk dat hij een nomadenbestaan voor ogen had. Hij hoopte alles zo af en toe te kunnen vergeten, als hij maar voortdurend in beweging bleef. Vandaag hier, morgen daar. Hij schreef dat ik hem niet moest zoeken. Dat ik mijn eigen leven moest leiden, zonder hem.'

'Héb je hem gezocht?' vroeg Nathan.

'Nee.'

'Dus je hebt geen idee hoe het met hem gaat?'

Ze schudde haar hoofd. 'Ik heb nooit meer iets van hem gehoord. Hij was weg, alsof hij er nooit was geweest.'

'Doodzonde,' zei Natha peinzend. 'Zo'n intelligente jongeman, die blijkbaar carrière aan de universiteit kon maken, die misschien ooit professor in Cambridge was geworden... en dan gebeurt er zoiets. Waar is hij nu? Leeft hij op straat? Als zwerver? Is hij verslaafd aan alcohol? Of is het hem gelukt om nog een keer zoiets als een burgerlijk bestaan op te bouwen?'

'Ik weet het niet,' zei Virginia.

'Zou je het graag willen weten?'

'Ik denk van niet.'

Hij keek haar aan. 'Wat ik niet begrijp, is... waarom het jóú zo verdrietig heeft gemaakt. Ik bedoel, natuurlijk heeft de dood van de kleine jongen je aangegrepen, bij wie zou dat niet zo zijn? Ook Michaels lot laat je natuurlijk niet koud. Misschien heb je af en toe last van schuldgevoelens, omdat je hem niet hebt gezocht, omdat je hem uiteindelijk niet hebt gered. Maar dat is voor mij niet voldoende om jou te kunnen doorgronden. Wat heeft je naar de duisternis van Ferndale gedreven, Virginia? Waarvoor verstop je je daar onder de bomen? Wat kwelt je zó, dat je niet wilt leven?'

Ze staarde naar de horizon. De top van de Sgurr Alasdair kwam opnieuw tevoorschijn tussen de wolken, deze keer overgoten met avondlicht. In plaats van te antwoorden gaf ze Nathan een knikje.

'Laten we de brug maar oprijden,' zei ze.

Zaterdag 2 september

1

Hij zat al uren naar het telefoontoestel te staren. Eerst hoopvol, later steeds gefrustreerder, murw en moe. Ten slotte geloofde hij niet meer dat Virginia nog een keer iets van zich zou laten horen. Sinds Jack hem van het telefoontje op de hoogte had gebracht, zat Frederic naast de telefoon in de zitkamer van de Walkers, in de hoop dat hij de kans zou krijgen om met Virginia te praten. Hij was er vrijwel zeker van dat ze niet naar hun eigen huis zou bellen. Blijkbaar wilde ze alleen maar contact met Kim hebben. En zolang ze wist dat Kim bij de Walkers was, zou ze hén bellen. Hoewel ze misschien vermoedde dat haar man daar ook was.

Hij had nog een paar keer geprobeerd haar via haar mobieltje te bereiken, maar hij had telkens haar voicemail aan de lijn gekregen. Waarschijnlijk had ze haar mobieltje uitgezet, wat betekende dat ze absoluut niet door haar man lastiggevallen wilde worden.

Waarom toch? vroeg hij zich de hele tijd af. Waarom toch? Wat is er dan gebeurd? Wat heb ik haar misdaan?

Kwam het door het feest? Had ze zich zó overdonderd en onder druk gezet gevoeld dat ze er alleen nog maar vandoor kon gaan? Ze had aarzelend, heel aarzelend, ingestemd, dat was waar, maar hij had niet de indruk gehad dat ze in paniek was. Ze had zelfs een nieuwe jurk aangeschaft. Dat had hij beslist een positief teken gevonden. Vrouwen die voor een sociale gelegenheid een nieuwe jurk voor zichzelf kochten, waren niet totaal ontredderd. Dat had hij in elk geval gedacht. Maar nu vond hij dat er geen enkel bewijs voor die veronderstelling was. Hij had de gastheer van het diner in Londen opgebeld en zichzelf en zijn vrouw verontschuldigd. Hij had gezegd dat ze erg ziek was en dat hij haar niet alleen kon laten. Aan de andere kant van de lijn werd heel beleefd gereageerd, maar Frederic had de indruk gekregen dat hij niet werd geloofd. Toen had hij een partijgenoot gebeld om mee te delen dat hij er niet bij zou zijn. Hij was bij de versie van de zieke echtgenote gebleven, maar hij had opnieuw het gevoel gehad dat er geen geloof aan zijn woorden werd gehecht.

'Het is bijzonder ongunstig om uitgerekend deze avond af te zeggen!' had zijn partijgenoot gezegd.

'Ik weet het. Ik had het liever anders gewild.'

'Je moet zelf weten wat je doet.'

Ja, dacht hij nu, ik moet zelf weten wat ik doe. En het verantwoorden.

De wijzers van de staande klok in de hoek gaven aan dat het al een halfuur na middernacht was. Hij zat nu al langer dan vijftien uur in deze kamer. Grace had hem eten aangeboden, maar hij had geen trek en had alleen maar dankbaar de koffie aangenomen die ze hem aanbood. Tweemaal in de loop van de dag en eenmaal in de avond was de telefoon overgegaan. Hij had meteen de hoorn van de haak genomen, maar de ene keer was het een arbeider geweest die een afspraak bevestigde, de andere keer een vriendin van Grace en weer een andere keer een vriend van Jack, die een afspraak wilde maken voor hun gebruikelijke zondagse kroegentocht. En verder bleef alles stil.

Ze zou niet meer bellen.

Hij had naar Londen moeten gaan om deel te nemen aan het feest, in plaats van hier zinloos te zitten niksen en te wachten op iets wat niet gebeurde. Onder zijn vermoeidheid begon er woede naar boven te komen. Het was zó oneerlijk van haar! Wát haar redenen ook mochten zijn, hoe begrijpelijk ze uiteindelijk misschien ook waren – het was niet eerlijk om gewoon de benen te nemen. Ze had met hem moeten praten. Desnoods ruzie met hem moeten maken. Maar niet gewoon verdwijnen.

Ik wil niet boos worden. Ik heb mijn energie hard nodig. Als ik nu boos word, klap ik in elkaar.

Hij schrok toen er achter hem werd geniest. Het was Grace, die de kamer binnenkwam in een lange witte ochtendjas, die van boven tot onder bezaaid was met geborduurde rode rozenknoppen.

'Zit u hier nog steeds? Mijn god! U ziet er afgepeigerd uit, meneer, als ik het zo mag zeggen.' Ze nieste opnieuw. 'Wel allemachtig, ik denk dat ik kou heb gevat.'

Hij wreef in zijn brandende ogen en had het gevoel dat hij jaren niet geslapen had.

'Grace, ik kan haast niet meer uit mijn ogen kijken. Hoe is het met Kim? Slaapt ze?'

'Als een os. Meneer, u moet ook naar bed gaan. Ik denk niet dat... dat mevrouw Quentin vannacht nog belt. Ze zal niet willen dat wij of Kim opschrikken uit onze slaap.'

Hij wist dat ze gelijk had. Natuurlijk zou er vannacht niets meer gebeuren.

Hij stond op. 'Ik ga naar mijn eigen huis. Als ze toch nog belt...'

'Dan laat ik het u weten. Probeer een beetje te slapen, meneer. U ziet er echt erbarmelijk uit.'

Ze liep met hem mee naar de voordeur en drukte hem Jacks zaklantaarn in de hand, zodat hij de weg in het donkere park kon vinden. Hij haalde diep adem. De frisse, koude lucht deed hem goed, het lopen ook. Hij had veel te lang op een en dezelfde plek gezeten.

Thuis deed hij langzaam de deur open en ging naar binnen. Hij wilde Livia niet wakker maken, die haar slaap ook hard nodig had. Maar toen hij het licht in de hal aandeed zag hij haar op de trap zitten. Ze droeg een nachthemd van Virginia, dat hij haar had gegeven, en ze had een groene wollen deken om zich heen geslagen. Ze zag erg bleek.

'Livia! Zit je hier in het donker?'

'Ik kon niet slapen.'

'Waarom ben je dan niet televisie gaan kijken? Of een boek gaan lezen?'

Ze haalde haar schouders op. 'Ik heb alleen maar zitten nadenken.'

'Waarover?'

'Over de situatie. Mijn situatie. Hoe het kon gebeuren dat...'

'Wat?'

'Dat ik nu hier zit.' Ze maakte een weids handgebaar. 'In een geleend nachthemd met een geleende deken om mijn schouders. Weet u wat ik me ineens realiseerde? Ik heb niet eens meer een pas. Geen rijbewijs. Helemaal niets.'

'Met al die zaken kan de Duitse ambassade je verder helpen.'

'Dat weet ik.'

Hij zuchtte en streek over zijn ogen, die brandden van vermoeidheid. 'Daar hebben we het al over gehad. Maar de ambassade kan je geen nieuw thuis geven. Het is...' Hij schudde zijn hoofd. 'Het is beter als ik nu ophoud met erover te praten, want daar ben ik veel te moe voor. Ik kan amper nog helder denken.'

'U moet gauw gaan slapen,' zei Livia. Na een korte aarzeling voegde ze eraan toe: 'Ze... heeft niet meer gebeld, hè?'

'Nee. Ik vermoed dat ze ervan uitging dat ik bij de telefoon zou zitten, als een hond bij zijn bot. Blijkbaar wil ze absoluut niet met me praten.' Hij dacht even na. Hoewel hij aan het eind van zijn Latijn was, maalden er allerlei vragen door zijn hoofd. Hij zou geen oog dicht kunnen doen als hij ze niet ter sprake bracht.

'Grace Walker en Kim waren er heel zeker van dat Virginia vanuit een auto belde. En volgens Grace maakte ze niet de indruk dat ze van streek of vertwijfeld was. Het was waarschijnlijk niet zo dat ze tegen haar wil in die auto zat.'

'Had u dat dan verwacht?'

Hij knikte. 'Ik heb aan de mogelijkheid gedacht dat Nathan Moor haar...'

'Dat hij haar heeft gekidnapt?'

'Dat is toch een voor de hand liggende gedachte als twee mensen gelijktijdig verdwijnen en je van een van hen nog nooit zoiets egocentrisch en hardvochtigs hebt meegemaakt?'

'Maar waarom zou Nathan Virginia ontvoeren?'

'Om geld te krijgen?'

'Nee!' Ze schudde heftig haar hoofd. 'Zo is hij niet. Hij is geen crimineel. Hij vertelt verhalen die niet kloppen, hij verdraait de werkelijkheid net zolang tot die voor hem past, maar hij is geen misdadiger. Als Virginia nu bij hem is, is ze dat vrijwillig. Daar ben ik heilig van overtuigd.'

Zo weinig als het idee dat Virginia was ontvoerd Frederic aanstond, zo onaangenaam en beangstigend scheen het hem toe dat Virginia er uit vrije wil met Nathan Moor vandoor was gegaan. Die mogelijkheid bevatte ook beelden die hij in zijn akeligste dromen niet wilde zien.

'Nou,' zei hij op scherpe toon, 'misschien hou jij er een andere opvatting van het begrip "crimineel" op na. Ik zou zeggen dat alles wat je me over hem verteld hebt op z'n minst een uitgesproken criminele tendens aantoont. Je jarenlang door je schoonvader laten onderhouden, een of ander prulwerkje schrijven dat niemand wil uitgeven, dat is al uiterst merkwaardig. En daarna? Je vader was amper dood en hij maakte alles wat eigenlijk van jou was te gelde, kocht een zeilschip en begon aan een reis om de wereld, waar jíj helemaal geen zin in had. Je moet wel tamelijk meedogenloos zijn om een vrouw haar huis af te nemen en haar de halve aardbol rond te slepen. En het is nog veel meedogenlozer om haar te dwingen tijdelijke baantjes in havens aan te nemen. En dan speelt hij het ook nog klaar het schip letterlijk ten onder te laten gaan. Om de maat vol te maken, brengt hij haar onder in een ziekenhuis en maakt zich uit de voeten. Je had nu op straat kunnen staan! Waar dacht hij dat je heen zou gaan? Naar een tehuis voor daklozen?'

Ze keek Frederic zwijgend aan. In haar ogen glinsterden tranen. Eentje maakte zich los en biggelde over haar wang.

'Ik weet niet wat hij dacht. Ik weet het niet.'

Hij móést de vraag gewoon stellen. Het was voor beiden vernederend, maar hij zou ondanks zijn enorme vermoeidheid niet kunnen slapen als hij het nu niet vroeg.

'Livia, neem me niet kwalijk, het is heel indiscreet, maar ik bedoel... is je man ooit... heeft hij ooit avontuurtjes gehad tijdens jullie huwelijk?'

Ze keek met een ruk op. 'Hoe bedoelt u dat?'

'Zoals ik het zeg. Had je problemen met hem vanwege andere vrouwen?'

'Wat wilt u precies weten?'

Hij haalde diep adem. Wat was dit verschrikkelijk. 'Je hebt gezegd dat als mijn vrouw nu bij hem is, zij dat uit vrije wil doet. Jij bent ervan overtuigd dat hij haar niet heeft ontvoerd of haar op de een of andere manier heeft gedwongen met hem mee te gaan. Dan ligt de vraag voor de hand. Kan het zijn dat hij verwachtingen koestert ten opzichte van haar?'

Livia zweeg een tijdje. Toen zei ze: 'Waarom vraagt u dat aan mij?'

'Nou, omdat...'

'Als Virginia vrijwillig met hem is meegegaan, zou u die vraag toch ook aan uzélf stellen?' Toen fluisterde ze zonder enige strijdlustigheid: 'Kan het zijn dat Virginia verwachtingen koestert ten opzichte van hém? Hebt u ooit problemen gehad vanwege andere mannen?'

Het voelde aan als een klap midden in zijn gezicht.

Hij was niet in staat antwoord te geven, en hij wist meteen dat hij die nacht geen oog dicht zou doen.

2

Vroeg in de morgen ging bij Liz Alby de telefoon. Ze werd uit een onrustige slaap gerukt waarin ze over Sarah had gedroomd. Het was geen prettige droom geweest, want Sarah schreeuwde en jengelde en probeerde voortdurend op het dak van een hoog huis te klimmen. Ze hing met haar handen aan de balustrade van een balkon. Liz stond beneden en wist dat het een kwestie van tijd was tot haar kind naar beneden zou vallen. Ze rende heen en weer om het kind in geval van nood met gespreide armen op te vangen, maar ze kon niet inschatten waar het lichaampje neer zou komen. Wáár ze ook ging staan, het leek er altijd op dat Sarah aan de andere kant zou vallen. Liz was volslagen wanhopig, maar toen hoorde ze een schril geluid en wist dat de brandweer haar te hulp kwam. Vlak daarop werd ze wakker en begreep ze dat het de telefoon was.

Ze keek op het klokje naast haar bed. Half zeven. Wie belde er nou zo vroeg?

De telefoon stond vlak naast het elektronische klokje. Liz ging rechtop zitten, deed het licht aan en nam de hoorn van de haak.

'Ja?' vroeg ze. Haar stem klonk nog een beetje hees.

Aan de andere kant was het stil.

'Ja?' herhaalde Liz ongeduldiger.

De stem aan de andere kant van de lijn klonk ook hees, maar niet slaperig. Wel heel zwak.

'Mevrouw Alby?'
'Ja. Met wie spreek ik?'
'Met Claire Cunningham.'
Liz had even nodig om het tot zich door te laten dringen.
'O,' zei ze verrast, 'mevrouw Cunningham!'
'Het is een onmogelijk tijdstip, ik weet het,' zei Claire. Ze
sprak een beetje traag, het eind van haar woorden klonk onduidelijk. Aangezien Liz er niet vanuit ging dat Claire Cun-
ningham om half zeven 's morgens dronken was, nam ze aan
dat Claire nogal sterke kalmeringsmiddelen gebruikte.
'Ik was al wakker,' zei Liz, dankbaar dat iemand een einde
aan haar wanhopige droom had gemaakt.
'Mijn man is eindelijk in slaap gevallen,' zei Claire. 'Hij
heeft sinds... sinds...' ze haalde diep adem, 'sinds hij Rachel
heeft geïdentificeerd nauwelijks meer geslapen. Nu slaapt hij
als een roos. Ik wil hem niet wakker maken.'
'Dat begrijp ik.'
'Maar ik word bijna gek. Ik moet voortdurend praten. Als
ik zwijg, ben ik bang dat ik stik. Ik moet over Rachel praten.
Over wat... er met haar is gebeurd.'
'Dat was bij mij in die eerste dagen net zo,' zei Liz. Ze herinnerde zich haar vergeefse pogingen om een gesprek met haar
moeder te voeren. Ze had er bijna om gesmeekt. Maar natuurlijk had haar moeder niet gereageerd.
'Mijn man vertelde me dat u had opgebeld,' zei Claire, 'en
dat u had aangeboden met me te praten. Ik weet wel dat ik u
niet om half zeven had moeten...'
'Nee, maakt u zich geen zorgen. Ik ben blij dat u me belt.
Ik... heb ook iemand nodig om mee te praten.'
'We hebben intussen een ander telefoonnummer gekregen,'
zei Claire. 'We worden door zoveel mensen gebeld. Vooral
door journalisten. Maar ik wil niet met journalisten praten.
Die brengen de dood van mijn kind alleen maar in de publi-
citeit om eraan te verdienen.'

271

Liz dacht aan de talkshow waarin ze kort na Sarahs dood was verschenen. Pas later had ze beseft hoe ze gebruikt was. 'Ja, daar moet je voorzichtig mee zijn,' beaamde ze. 'Kunt u... kunnen we elkaar misschien een keer ontmoeten?' vroeg Claire schuchter. 'Ik weet niet of u tijd hebt, maar...'

'Ik heb tijd. Zullen we meteen een afspraak maken? Vanmorgen?'

'Dat zou fantastisch zijn!' Claire klonk opgelucht. 'Misschien ergens in de binnenstad. Ik kom met de bus. Ik kan niet autorijden omdat ik zoveel pillen slik.'

Ze spraken om elf uur af in een café aan het marktplein.

'Ik heb u op de televisie gezien,' zei Claire, 'ik zal u wel herkennen.' Aarzelend voegde ze eraan toe: 'Ik had toen zielsveel medelijden met u. Ik had er geen flauw idee van dat ik zo kort daarna zelf...' Ze zweeg abrupt, overmand door het bijna ondraaglijke verdriet.

Klootzak, dacht Liz, nadat ze had opgehangen. Ze staarde naar het plafond. Smeerlap! Hij maakt kinderen kapot en iedereen om hen heen. Vuile klootzak!

Het was duidelijk dat ze niet meer zou kunnen slapen. Daarom stond ze op en trok haar ochtendjas en dikke sokken aan. Ze had eeuwig en altijd koude voeten. Ze schoof de gordijnen open en bleef voor het raam naar het aarzelend ontwaken van de morgen staan kijken, die al in herfstkleuren was getooid.

Ze vroeg zich af of ze ook zichzelf bedoelde, toen het woord 'kapotmaken' bij haar opkwam. Het was een verschrikkelijk idee om kapotgemaakt te zijn. Ze had altijd gevonden dat haar moeder zichzelf kapot had gemaakt, en ze had gezworen dat haar dat lot bespaard zou blijven. Ze was nog zo jong. Ze wilde leven. Lachen, dansen, blij zijn. Liefhebben. Het zou zo fijn zijn om een man te ontmoeten van wie ze hield en die haar gevoelens met oprechte warmte beantwoordde. Maar kon een kapotgemaakte vrouw als zij nog liefhebben?

Donkere regenwolken aan de hemel. Alweer. De zomer was echt voorbij. Misschien had ze zon nodig om zich beter te kunnen voelen.

Dat was tenminste iets. Een idee, een perspectief. Hoe het er precies moest uitzien wist ze niet. Maar de gedachte om weg te gaan, naar een plek waar het warm was, gaf haar voor het eerst sinds die augustusdag in Hunstanton weer een beetje energie. Positieve energie. Een ander land. Spanje, Zuid-Frankrijk, Italië. Zon, blauwe hemel, olijfbomen, hoog, droog gras, dat deint in de warme wind. Nachten onder een fluweel-zachte, zwarte hemel. De ruisende zee, warm zand onder je voeten. Nooit meer achter de kassa in de drogisterij zitten. Niet meer het lichamelijke, psychische en morele verval van haar moeder hoeven aanzien. En misschien opnieuw een kind of kinderen krijgen. Niet als vervanging van Sarah, maar als bewijs van vertrouwen in het leven.

Ze legde haar hoofd tegen de ruit en begon te huilen.

3

De wind die hen aan het begin van de avond in Kyle of Lo-chalsh had begroet en ervoor had gezorgd dat ze de brug naar Skye in het gouden licht van de avondzon konden overste-ken, was 's nachts in een storm overgegaan. Koud en fris kwam hij uit zee opzetten en raasde over het eiland. De gol-ven werden metershoge brekers. De bomen bogen tot de kruinen bijna de aarde raakten. De wolken joegen langs de hemel, voortgedreven door een woeste kracht. Ze pakten zich torenhoog samen en werden meteen weer uit elkaar gerukt en verder gedreven.

Virginia werd wakker van het stormgeweld. Het verbaasde haar dat ze ondanks alles zo diep en vast had geslapen. Waarschijnlijk had de lange autoreis haar volledig uitgeput. De avond ervoor had de vermoeidheid plotseling toegeslagen. Ineens had ze geen energie meer gehad. Ze had het huis afgesloten en was naar haar kamer gesjokt. Het was haar nog net gelukt om haar bed te verschonen, haar tanden te poetsen en een pyjama aan te trekken. En toen was ze als een blok in slaap gevallen.

Het was zeven uur, de dag brak aan. Door haar raam kon ze de hemel zien. Het gat tussen de wolken had koele pastelkleuren, die later in stralend blauw zouden veranderen.

Toen ze uit bed stapte, rilde ze van de kou. Ze had de dag ervoor niet meer de kracht gehad om de verwarming in het huis aan te zetten, maar was meteen naar haar kamer gevlucht om in bed te stappen. Vlug trok ze haar warme, wollen trui over haar pyjama aan en stak haar voeten in haar gevoerde pantoffels, die tot aan haar enkels reikten. Met verwarde haren en een ongewassen gezicht leek ze net een vogelverschrikker, maar dat kon haar niets schelen. Ze had dringend koffie nodig. Dan zou ze, voorzien van een grote kop warme koffie, weer in bed gaan liggen en de dag heel langzaam beginnen. Nathan sliep vast en zeker nog.

Maar toen ze in de zitkamer kwam, stond hij al voor het raam. Hij droeg een spijkerbroek en een coltrui van Frederic, die hem zoals gebruikelijk te krap om de schouders zat. De kamer rook naar koffie. Nathan had een mok in zijn hand.

Hij draaide zich niet om. Kennelijk had hij haar horen aankomen, want hij zei: 'Heb je dat licht buiten gezien? De storm? De wolken? Het is niet te geloven!'

Ze knikte, hoewel hij dat niet kon zien. 'Een prachtige dag. Zulke dagen doen me steeds weer beseffen waarom ik zo van het noorden hou.'

'Meer dan van het zuiden?'

'Ja, veel meer.'

Hij draaide zich om en keek haar aan. Aan de stoppels op

zijn gezicht was te zien dat hij zich nog niet had geschoren. 'Ik ook,' zei hij, 'ik hou ook meer van het noorden dan van het zuiden.'

Ze wist niet waarom ze plotseling hartkloppingen kreeg. 'Ik denk altijd dat ik de enige ben die er zo over denkt.'

'Nee, je bent niet de enige.'

'Ik hou ook meer van de herfst dan van de lente.'

'Ik ook.'

'Ik hou meer van witte wijn dan van rode.'

Hij lachte. 'Ik ook.'

'Ik torn liever op tegen een winterstorm dan dat ik in de zomerwind ga wandelen.'

Hij zette een paar stappen in haar richting. 'Waar verlang je in werkelijkheid naar?' vroeg hij zacht.

'In werkelijkheid?'

'Je houdt niet van wat lieflijk, zacht, warm, vleiend is. Je houdt van wat ruw is, koud en uitdagend. Je houdt van alles wat je laat voelen dat je leeft. Je verlangt zó naar het leven, Virginia. Zo groot kan je verlangen alleen maar zijn als je in een oud, vervallen gebouw zit, omgeven door hoge bomen die zon en wind en de hele buitenwereld op een afstand houden.'

Tot haar ontzetting merkte ze dat ze tranen in haar ogen kreeg. Nou niet gaan huilen, alsjeblieft! Welke snaar had hij met zijn woorden geraakt?

'Ik wil...', zei ze, en zweeg abrupt.

'Wat? Wat wil je, Virginia?'

Ze haalde diep adem. 'Ik wil eigenlijk alleen maar een kop koffie,' zei ze.

Hij zette zijn mok op de tafel en kwam nog een stap dichterbij. 'En wat nog meer? Wat wil je nog meer?'

Verward keek ze langs hem heen. In de afgelopen twee minuten was de toon tussen hen veranderd. Ze hadden alleen maar over hun eigen voorliefdes gesproken, of niet? Op de een of andere manier leken ze heel andere informatie te hebben

275

uitgewisseld. Ze begreep nog niet helemaal wat er was gebeurd en waarom het was gebeurd.

'Wat wil je nog meer? Waarom ben je met mij naar Skye gegaan?'

'Ik weet het niet.'

'Jawel, dat je weet je wél.'

'Nee.'

'Je weet het,' hield hij vol en kwam nog dichterbij. Nu stond hij vlak voor haar. Ze rook de zeep waarmee hij zich had gewassen. Zijn glimlachende mond was dichtbij. Zijn adem streek langs haar wang.

En tot haar verwondering had ze niet de behoefte om terug te deinzen.

Ze bedreven de hele dag de liefde met elkaar. 's Middags verlieten ze het bed voor een paar uur en maakten een strandwandeling, in de razende storm vol wolken, zon en sporadische regendruppels. Ze renden hand in hand langs het water van de Dunvegan Fjord, proefden zout water op hun lippen en roken het zeewier. Ze waren de enige mensen op het strand. Het gekrijs van de meeuwen om hen heen wedijverde met het gieren van de storm. De meeuwen spreidden hun vleugels wijd uit en maakten duikvluchten.

Nathan en Virginia liepen tot ze beiden pijn in hun longen en hun zij hadden en hun wangen rood waren van de frisse lucht. Toen keerden ze, innig omstrengeld, terug naar het huis en stapten weer in bed. Ze gingen verder met waar ze waren gebleven, maar ze waren vermoeider dan in de vroege morgen, tederder, rustiger en geduldiger dan voorheen. Sinds de dagen met Andrew had Virginia zich in seksueel opzicht niet meer zo sterk tot iemand aangetrokken gevoeld als tot Nathan. Ze kon er niet genoeg van krijgen, wilde hem steeds weer, nestelde zich in zijn armen, voelde zijn hartslag op haar rug en merkte dat alles in haar terugstroomde wat haar lang geleden had verlaten en waarvan ze dacht dat ze het voorgoed had verloren: leven, vrede, vertrouwen, kalmte, geluk. Zin in avontuur, nieuwsgierigheid. Hoopvol vertrouwen in de toekomst.

Omdat hij er is, dacht ze verwonderd, alleen omdat hij er is verandert alles.

Het was bijna zes uur in de avond toen ze vaststelden dat ze honger hadden.

'En eerlijk gezegd heb ik ook dorst,' zei Nathan, terwijl hij uit bed stapte, 'behalve de koffie van vanmorgen heb ik niets gedronken.'

'Ik heb niet eens koffie gehad,' zei Virginia, 'en tot nu toe heb ik hem ook niet gemist.'

Ze kleedden zich aan, liepen de steile trap af en inspecteerden de voorraadkast. Gelukkig waren er enkele conservenblikken en ook nog een paar flessen wijn. Virginia zette een fles witte wijn in de koelkast en ging het eten klaarmaken, terwijl Nathan hout uit de tuin haalde en een vuur in de open haard van de zitkamer maakte. Virginia stond achter het fornuis en keek met glanzende ogen naar buiten, naar de stormachtige septemberavond, waar goudkleurig licht werd afgewisseld met bewolkte duisternis. Ze dacht ineens: dit moet ik vasthouden. Deze uren, deze dagen op Skye. Samen met deze man. Nog een beetje, nog een beetje vasthouden.

Meteen daarna realiseerde ze zich dat deze gedachte onwillekeurig aangaf hoe afgezonderd haar geluk zich afspeelde op dit eiland. Wat er tussen hen ook nog zou gebeuren, er konden alleen maar problemen uit voortvloeien.

In de open haard knapte het warme vuur. Buiten daalde langzaam de duisternis over het land neer. De bomen achter in de tuin, die diep doorbogen in de storm, waren nog maar vaag zichtbaar. Virginia en Nathan zaten voor de open haard op de grond. Ze nuttigden een eenvoudige maaltijd, die ze lekkerder vonden dan alles wat ze ooit hadden gegeten. Ze dronken wijn en keken elkaar steeds opnieuw aan, verwonderd en betoverd.

Na alle dagen en nachten die ze samen in Ferndale hadden doorgebracht en waarin ze niet op het idee waren gekomen om elkaar aan te raken, waren ze verbijsterd over de intense hartstocht waarmee ze geconfronteerd waren toen ze het vasteland achter zich hadden gelaten en het gevoel hadden gehad plotseling in een andere werkelijkheid te zijn beland.

'We zullen uiteindelijk terug moeten,' zei Virginia na een tijdje. 'Skye en dit huis... het blijft niet voor altijd en eeuwig.'

'Ik weet het,' zei Nathan.

Ze schudde haar hoofd, niet afwijzend, alleen maar verbaasd. 'Ik heb Frederic nooit eerder bedrogen.'

'Vind jij het dan bedrog?'

'Jij niet?'

Hij dacht na. 'Het ging vanzelf. We hadden er niets tegen kunnen doen. Sinds ik die foto van jou zag, je weet wel, die oude foto die in Rome van je is genomen, wist ik...'

'Dat je met me naar bed wilde?'

Hij lachte. 'Dat ik die vrouw wilde terugvinden. En nu is ze er.'

Ze nam nog een slokje wijn en keek in de vlammen. 'Wat voel je als je aan Livia denkt?'

'Eerlijk gezegd heb ik tot nog toe niet aan haar gedacht. Heb jij dan de hele dag aan Frederic gedacht?' Hij keek haar zo ontzet aan dat zíj deze keer moest lachen. 'Nee. Nee, echt niet. Maar nu denk ik wel aan hem. Ik vraag me af wat ik tegen hem moet zeggen.'

'De waarheid, dat is het beste.'

'Ga jij Livia de waarheid vertellen?'

'Dat ik van jou hou. Dat ik nooit van haar heb gehouden.'

Ze haalde diep adem. 'Ik denk dat ik ook nooit van Frederic heb gehouden,' zei ze zacht. Ze slaakte een diepe zucht. Wat ze nu voelde, dacht en ook onder woorden bracht, had hij niet verdiend, dat wist ze. Toch was het de waarheid.

'Hij was er toen ik iemand nodig had. In een heel eenzame,

verdrietige periode in mijn leven was hij er. Na Tommi's dood, en toen Michael ineens was verdwenen. Frederic was vol begrip en bezorgdheid. Hij hield van me. Hij gaf me warmte en geborgenheid. Hij was als een toevluchtsoord. Maar ik hield niet van hem. En daarom kon ik me ook niet echt bevrijden van de verstarring die me sinds Tommi's dood in de greep hield. Ik was nog steeds eenzaam, maar ik voelde het niet meer zo erg.' Ze keek Nathan aan. 'Denk je dat dat zo is? Dat we eenzaam blijven aan de zijde van iemand die we niet liefhebben?'

'Als we voor die tijd al eenzaam waren, ja. Dan wordt iets belangrijks in ons niet aangeraakt. We zijn niet meer alleen, maar we zijn wel eenzaam.'

'Ik was als de dood voor eenzaamheid,' zei Virginia. 'Pas na Kims geboorte werd het beter. Maar ze is een kind. Ze kan natuurlijk nooit een partner voor me zijn.'

Teder streek hij met een vinger over haar wang. Ze had in de afgelopen uren gemerkt hoe ze van de zachtheid van zijn grote, sterke handen hield.

'Maar nu ben ík er,' fluisterde hij. Voorzichtig schoof hij de glazen opzij en drukte met zijn gewicht Virginia langzaam op de grond. Ze zuchtte, vol behagen en verlangen. Ze begonnen elkaar te beminnen in het warme schijnsel van de dansende vlammen, terwijl buiten de nacht over het eiland viel.

Zondag 3 september

1

Hij vroeg zich af waarom hij niet eerder op dat idee was gekomen.

In de nacht van zaterdag op zondag had hij voor het eerst sinds de donderdag waarop alles veranderd was fatsoenlijk geslapen. Niet omdat hij plotseling kalmer en optimistischer was geworden, maar omdat de vermoeidheid zó sterk was geworden dat zelfs de angst en de ongerustheid hem niet meer wakker konden houden. Misschien kwam het ook doordat hij in de loop van de avond een paar borrels te veel had gedronken. Hoe dan ook, plotseling was hij weggezakt, en toen hij wakker werd, was het buiten al licht en hij hoorde de regen tegen het raam tikken.

Hij ging rechtop zitten en dacht: Skye. Stel dat ze naar Skye is gegaan?

Virginia hield van het eiland, en ze hield van het kleine huis daar met de grote, verwilderde tuin. Als ze verward of overstuur was – en er moest toch íéts met haar aan de hand zijn, anders was ze nooit zomaar op de vlucht geslagen – was het heel goed mogelijk dat ze zich zou terugtrekken op een plek die altijd veel voor haar had betekend.

Frederic stond op en trok zijn ochtendjas aan. Hij had barstende hoofdpijn, wat erop wees dat hij inderdaad te diep in het glaasje had gekeken.

De zaterdag had hij tussen woede en vertwijfeling, en ten

slotte met een zekere gelatenheid doorgebracht. 's Morgens was hij op zijn post geweest, naast de telefoon van de Walkers, maar ten slotte had hij zich zó geschaamd, dat hij was weggegaan en met Kim naar de dierentuin was gereden. Het kind voelde dat er iets niet klopte, hoewel alle volwassenen haar er voortdurend van verzekerden dat alles in orde was. Maar de dieren hadden haar opgemonterd. Het was bewolkt en fris maar droog geweest, en Frederic was erin geslaagd zich een tijdje op het enthousiasme van zijn dochter te concentreren. 's Middags was hij met haar naar McDonald's gegaan. Ze hadden een Big Mac gegeten en een milkshake gedronken.

'Ga je met me mee naar huis?' had Frederic gevraagd. Hoewel Kim het fijn vond bij de Walkers, had ze blij geknikt. Dat had zijn hart verwarmd. Hij had in elk geval zijn kind nog!

Na zijn terugkeer in Ferndale had hij eerst bij de Walkers geïnformeerd of Virginia had gebeld. Jack en Grace hadden hem zorgelijk aangekeken. Kennelijk was de verkoudheid die Grace had opgelopen nog erger geworden, want haar ogen waren rood en ze droeg een sjaal om haar hals. 'Nee, meneer,' had ze gezegd, 'en we zijn de hele tijd thuis geweest. Er heeft niemand gebeld.'

Grace had het jammer gevonden dat Kim naar haar vader verhuisde, maar omdat ze hevige keelpijn had, vond ze het wel verstandig. Thuis hadden Livia en Kim vellen papier op de keukentafel uitgespreid en tubetjes waterverf klaargelegd. Toen waren ze samen gaan schilderen. Frederic, die zich uitgeput en leeg voelde, had Livia's onuitgesproken aanbod om hem voor een paar uur te ontlasten dankbaar aangenomen. Hij was naar de bibliotheek gegaan, had daar heen en weer gelopen en door het raam naar de bomen gestaard. De donkere takken raakten de ruiten.

Waarom laten we die niet eindelijk eens kappen? dacht hij. Wat vindt Virginia er nou leuk aan om zich hier levend te begraven?

Hij zou het echt niet weten. Voor het eerst was de gedachte bij hem opgekomen dat hij de vrouw met wie hij al negen jaar getrouwd was misschien maar een heel klein beetje kende.

Toen had hij zijn eerste borrel genomen, gevolgd door nog een paar, en ten slotte was hij doodop in bed gestapt, toen hij hoorde dat Livia Kim een verhaaltje voorlas. Blijkbaar hadden ze hem vandaag niet meer nodig.

Het was nu even na achten. Hij zou meteen naar Dunvegan bellen. Aangezien Virginia haar mobieltje niet opnam, was het natuurlijk te verwachten dat ze ook dáár niet op de telefoon zou reageren, maar misschien was ze er niet op bedacht dat híj zou bellen en zou ze automatisch opnemen.

Het was stil in huis. Livia en Kim sliepen zeker nog. Hij liep de zitkamer binnen en sloot de deur achter zich. Hij wilde niet gestoord worden.

Terwijl de telefoon overging, keek hij door het raam naar de regen. Het had november kunnen zijn. Het kon hem niets schelen.

Hij was totaal verbijsterd toen er vrijwel meteen een stem aan de lijn kwam. 'Ja? Hallo?' Het was Virginia.

Hij had een moment nodig om zichzelf weer onder controle te krijgen.

'Virginia?' vroeg hij met schorre stem. Hij schraapte zijn keel.

'Virginia?' herhaalde hij.

'Ja?'

'Ik ben het, Frederic.'

'Dat weet ik,' zei ze.

Hij schraapte nogmaals zijn keel. 'Het verbaast me dat je aan de telefoon komt.'

'Ik kan toch niet eeuwig weglopen.'

'Je bent dus op Skye?' Een weinig intelligente vraag, maar Virginia reageerde alsof ze hem gerechtvaardigd vond.

'Ja, ik ben op Skye. Je weet...'

'Wat?'

'Je weet hoe dol ik op het eiland ben.'

'Is het mooi weer?' informeerde hij beleefd, ongeïnteresseerd en alleen om zich op het eigenlijke gesprek te concentreren.

'Het stormt, maar het is droog.'

Ze ging niet verder in op de dwaze uitwisseling van informatie over het weer. 'Hoe gaat het met Kim?'

'Goed. Ze slaapt weer thuis. Grace is behoorlijk verkouden...'

Hij hoorde haar zuchten.

Hij moest de volgende vraag stellen, hoewel hij het al warm kreeg bij de gedachte aan het antwoord. 'Is... is Nathan Moor bij jou?'

'Ja.' Geen nadere verklaring. Gewoon: ja. Alsof het de normaalste zaak van de wereld was dat ze met een andere man was vertrokken en haar gezin in het ongewisse liet.

Was ze er met hem vandoor gegaan? Wat hield het begrip 'ervandoor gaan' in feite in?

'Waarom, Virginia? Waarom? Ik begrijp het niet!'

'Wat bedoel je? Waarom Nathan Moor? Waarom Skye? Waarom nú?'

'Alles. Ik vermoed dat het allemaal met elkaar te maken heeft.'

Het was zo lang stil aan de andere kant van de lijn dat hij dacht dat Virginia had opgehangen. Juist op het moment dat hij nogmaals een vraag wilde stellen, zei ze: 'Je hebt gelijk, het heeft allemaal met elkaar te maken. Ik wilde niet naar Londen komen.'

Hij kreunde bijna. 'Maar waarom niet? Een diner! Een onbeduidend, simpel, doodnormaal diner! Goeie genade, Virginia!'

'Het gíng gewoon niet.'

'Dat had je tegen me moeten zeggen. Ik heb urenlang op het station staan wachten en onafgebroken geprobeerd je via je mobieltje te bereiken. Ik heb me ontzettend ongerust om je gemaakt. Ik heb de Walkers gek gemaakt, die er ook geen snars van begrepen. We waren allemaal ziek van angst! Virginia, dat is toch niets voor jou! Ik heb je nog nooit zo... zo gewetenloos en egoïstisch meegemaakt!'

Ze gaf geen antwoord. Ze deed in elk geval geen poging om zich te rechtvaardigen.

Het werd er niet gemakkelijker op naar de rol van Nathan Moor in het drama te vragen, maar Frederic moest wel. 'Was het zíjn idee? Heeft Nathan Moor je overgehaald...'

'Nee. Niemand hoefde me over te halen. Ik wilde weg. Hij heeft me er alleen bij geholpen.'

'Geholpen? Weet je hoe dat klinkt? Dat klinkt alsof iemand je heeft moeten helpen vluchten! Alsof ik je had opgesloten in een kerker en je tegen je wil had vastgehouden...'

'Onzin,' onderbrak ze, 'dat was niet zo. En je weet dat ik dat ook niet bedoel.'

'Maar wat bedoel je dan? Wat was er aan de hand? Was het echt alleen maar die party in Londen?'

'Ik denk niet dat ik je dat allemaal kan uitleggen.'

'O nee? En vind je niet dat ik op z'n minst recht heb op een verklaring?'

'Natuurlijk heb je dat!' Plotseling klonk ze moe. 'Maar een telefoongesprek is daar niet zo geschikt voor.'

'Je bent ervandoor gegaan in plaats van met me te praten. Het was niet mijn idee om alleen nog maar telefonisch met elkaar te communiceren.'

'Ik probeer niet mijn verantwoordelijkheid voor dit alles af te schuiven, Frederic.'

'Voor dit alles? Voor wát?'

Ze antwoordde niet. Toen vroeg hij op agressieve toon: 'Wat is er tussen jou en Nathan Moor?'

Opnieuw viel er een stilte.

Een kille vrees en een even felle woede welden in hem op. De woede was zelfs een beetje sterker.

'Wat is er tussen jou en Nathan Moor?' herhaalde hij. 'Verdomme, Virginia, wees eerlijk, alsjeblieft! Dat is toch wel het minste wat je me verschuldigd bent!'

'Ik hou van hem,' zei ze.

Frederic hapte naar adem.

'Wát?'

'Ik hou van hem. Het spijt me, Frederic.'

'Je gaat er met hem vandoor naar ons huis in Dunvegan, en dan zeg je gewoon via de telefoon dat je van hem houdt?'

'Je vroeg ernaar. En je hebt gelijk, je verdient eerlijkheid.'

Frederic werd duizelig en kreeg het gevoel dat het een boze droom was. 'Sinds wanneer? Sinds wanneer speelt er iets tussen jullie? Sinds hij hier in Ferndale kwam opdagen?'

Ze klonk gekweld. 'Ik heb het hier op Skye pas begrepen, maar ik denk...'

'Ja? Wat?'

'Ik denk,' zei ze zacht, 'dat ik op het eerste gezicht verliefd op hem ben geworden. Hier op Skye al, vlak nadat hun schip was vergaan.'

Frederic had het idee dat de muren op hem afkwamen. 'O, vandaar. Vandaar dat je je plotseling als een weldoenster opstelde. De hele tijd heb ik me al afgevraagd waarom je niet kon ophouden met die wildvreemde mensen je behulpzame hand toe te steken. Maar nu is het me duidelijk. Het waren niet alleen maar behulpzame handen, hè? Nathan Moor heeft heel wat meer van je gekregen, hè?'

'Je bent gekwetst, en ik kan me voorstellen dat...'

'O ja? Kun je je voorstellen dat ik gekwetst ben? Hoe zou jíj je voelen als de zaak omgekeerd was? Als ik gewoon was verdwenen en spoedig daarna kort en krachtig tegen je zou zeggen dat ik verliefd was geworden op een ander?'

'Dat zou vreselijk zijn. Maar ik kan er niets aan doen, Frederic. Het is gebeurd.'

Het schokeffect werd minder. De muren stonden weer recht, Frederic kreeg weer lucht.

'Weet je dat je bent beetgenomen door een bedrieger en een oplichter?' vroeg hij op kille toon.

'Frederic, het is duidelijk dat jij...'

'Heeft hij intussen bekend dat hij helemaal geen schrijver en beroemde bestsellerauteur is? Of schept hij nog steeds op over zijn enorme succes?'

'Ik weet niet wat je bedoelt.'

'Misschien zou je eens met Livia moeten praten. Want voor het geval dat je het bent vergeten: je nieuwe minnaar is getrouwd. Maar dat stoort je blijkbaar niet. Per slot van rekening ben jij ook getrouwd, en dat was voor jou geen beletsel om met hem het bed in te duiken.'

Ze zweeg.

Natuurlijk, dacht hij agressief, wat moet ze daar nou op zeggen?

'In feite is er nog nooit een boek van hem gepubliceerd. Er is geen uitgever die bereid is zijn verwarde gekrabbel uit te geven. Nathan Moor heeft in de afgelopen twaalf jaar uitsluitend op kosten van zijn schoonvader geteerd. En na diens dood heeft hij Livia alles wat van haar was afhandig gemaakt. Zo zit die klaploper in elkaar! Maar wie interesseert dat, als hij goed is in bed! Klopt dat?'

'Wat moet ik daarop zeggen?' vroeg ze hulpeloos.

'Wil je dat van mij horen?' schreeuwde hij.

Toen gooide hij de hoorn op de haak.

Hij keek naar de telefoon alsof het onschuldige, zwarte apparaat hem een verklaring kon geven van de vreselijke dingen die hij had gehoord, maar natuurlijk bleef de telefoon zwijgen. Net als de hele kamer, het hele huis. Niemand zei: dat was maar een droom, Frederic. Een boze, nare droom. Of een grap. Een verdomd slechte grap, natuurlijk, maar toch alleen maar een grap. Het is allemaal niet echt gebeurd.

Hij plofte op de bank neer en liet zijn hoofd in zijn handen rusten. Het was écht gebeurd. Misschien had hij de waarheid al vermoed toen hij op het Londense station stond te wachten en Virginia niet kwam opdagen. Ja, hij wist het zeker, hij had zoiets vermoed. Sinds hij had gehoord dat Nathan Moor zijn intrek in Ferndale House had genomen, zonder dat Virginia het hem meteen had verteld, had hij dat doffe vermoeden gehad, maar hij had het aldoor verdrongen. Sommige dingen waren zó ondraaglijk dat een mens er zelfs in slaagde ze niet te zien wanneer ze met knalrode letters op de muur stonden. Hij had altijd gedacht dat hij niet goed was in het verdringen van zaken. Maar die mening moest hij blijkbaar herzien: hij kon het voortreffelijk.

Hij tilde zijn hoofd op en staarde door het raam naar de donkere muur van bomen. De bomen die Virginia per se niet had willen laten omhakken, die als het ware het symbool van haar gesloten, melancholische wezen waren. Maar toen ze zojuist aan de telefoon was, had ze anders geklonken. Geen spoor meer van de treurigheid die altijd om haar heen hing, al sinds hij haar op die treinreis door de duisternis van de vroege winter had aangesproken. Hij had toen gehoord dat de man met wie ze een tijdlang haar leven had gedeeld haar had verlaten en spoorloos was verdwenen, omdat hij zichzelf de schuld gaf van de tragische dood van een buurjongen. Hij had het begrijpelijk en vanzelfsprekend gevonden dat ze daardoor veel piekerde en vaak verdrietig en in zichzelf gekeerd was. Op een gegeven moment was hij zo aan haar verdriet gewend geraakt dat hij zich helemaal niet meer afvroeg of het eigenlijk normaal was dat het jarenlang duurde. Verdriet was gewoon een deel van Virginia, iets dat bij haar hoorde, zoals haar armen en benen, haar blonde haar en haar donkerblauwe ogen. Virginia was nu eenmaal vaak ongelukkig. Ze meed andere mensen. Ze woonde in een huis met zoveel hoge, dicht bebladerde bomen eromheen dat er zelfs op zonnige zomerdagen lampen in de kamers moesten branden. Hij had zich nooit echt over dat alles verwonderd.

Had hij dat wel moeten doen? Had hij met haar moeten praten? Kon hij zichzelf onverschilligheid, blindheid verwijten? Hij had heus wel gemerkt dat ze voortdurend depressief was, de ene keer erger dan de andere keer. Had hij haar hulp moeten bieden? Natuurlijk had hij vaak aan haar gevraagd of het goed met haar ging. Het antwoord 'alles is oké' had hem tevredengesteld, hoewel hij in feite altijd had aangevoeld dat het niet oké was. Maar het was makkelijker geweest met die informatie genoegen te nemen dan na te gaan of het wel klopte. Met haar 'alles is oké' in de oren was hij steeds opnieuw voor een paar dagen naar Londen vertrokken, in het belang van zijn politieke loopbaan. Moest hij zichzelf dat verwijten?

Het is, verdomme, geen reden om met een andere man naar bed te gaan, dacht hij. We zijn getrouwd, we hebben samen een kind. Als ze niet gelukkig met me was, had ze dat tegen me moeten zeggen. Dan hadden we kunnen praten. In relatietherapie kunnen gaan. Weet ik veel. We hadden ruzie kunnen maken. Maar je kunt toch niet gewoon de benen nemen?

En dat uitgerekend Nathan Moor, die armoedzaaier, die blaaskaak, die oplichter, binnen een paar dagen de weg náar Virginia's ziel had gevonden, waar haar melancholie was geboren, de plek die hij, Frederic, nog nooit had ontdekt – dat was absurd. Had Nathan Moor iets geraakt wat niemand ooit had kunnen raken?

Onzin, besloot hij, je reinste flauwekul, verdomme.

Maar wat was het dán?

Moeizaam stond hij op. Kim zou straks wakker worden. En Livia ook. Moest hij tegen haar zeggen wat er gebeurd was? Maar hij had absoluut geen zin om plotseling een lotgenoot van dat saaie mens te zijn. Twee bedrogen echtelieden, die

wachtten op de terugkeer van hun ontrouwe huwelijkspart-
ners. Voor het geval ze van plan waren dat ooit te doen.

Ik ga terug naar Londen, besloot hij. Ik blijf hier niet, klaar
om haar te ontvangen als ze ineens genoeg krijgt van haar
nieuwe minnaar. Of als ze zich herinnert dat ze een kind heeft
voor wie ze verantwoordelijk is.

Dan kan zij op míj wachten.

2

Het was precies een week geleden dat Rachel was verdwenen.

Vandaag was het zondag 3 september. Op zondag 27 augustus was Rachel op weg gegaan naar de kerk, en daarna had niemand haar meer gezien. Robert had haar lijk bij de politie
moeten identificeren.

Een week geleden. Het was alsof er een wereld, een heel
leven, een eeuwigheid tussen lag.

De afgelopen dagen waren vol pijn en verdriet geweest,
maar op deze zondagmorgen was de kwelling voor Claire
Cunningham het grootst. Ze dacht constant en tot in de details aan het verloop van de vorige zondagmorgen.

*Om deze tijd stond ik op. Nu was ik in de keuken en maakte
ik het ontbijt klaar. Ongeveer op dit moment verscheen Rachel in
de keuken. In haar lichtblauwe pyjama met het paardenhoofd op
de voorkant van het jasje. Ik was boos op haar, omdat ze op blote
voeten liep en de tegels in de keuken altijd zo koud zijn. Heb ik
echt op haar gefoeterd? Nee. Ik was een beetje geïrriteerd, omdat
ik wel honderd keer tegen haar had gezegd dat ze's morgens haar
pantoffels moest aantrekken, omdat ze zo gauw keelontsteking
kreeg. We maakten geen ruzie. Ik zei alleen, verdorie, Rachel,
loop je nu alwéér zonder pantoffels rond? Hoe vaak moet ik je nog
zeggen dat de vloer te koud is? Ze bromde iets, ging de trap weer*

op naar haar kamer en kwam terug met pantoffels aan haar voe-
ten. We maakten geen ruzie, nee. Ik was niet boos. Het was niet
zo dat ik op haar laatste dag boos op haar ben geweest.
Tot gisteren had ze helemaal niet aan het pantoffelgebeuren
gedacht. Pas daarna, toen ze Liz Alby had ontmoet. Omdat
Liz zichzelf verwijten bleef maken vanwege de draaimolen.
Blijkbaar had ze de wens van haar dochtertje om een ritje in
de draaimolen te maken niet vervuld, en ze was ook heel on-
vriendelijk en geprikkeld geweest omdat Sarah zo jengelde en
zeurde.

'Wist ik maar of ze in haar laatste uren gelukkig is geweest,'
had Liz gezegd toen ze tegenover elkaar zaten in het cafeetje aan
het marktplein. Liz had koffie gedronken, Claire had thee be-
steld. Ze hadden allebei geen trek in eten gehad. Sinds Rachels
verdwijning had Claire vrijwel niets meer naar binnen kunnen
krijgen. Het was alsof haar maag op slot zat. 'Weet je, Claire,
als ik haar gillend van plezier in de draaimolen kon zien zitten,
met wapperende haren in de wind... dan zou het gemakkelijker
zijn.' Toen was Liz in tranen uitgebarsten. Claire had ook graag
willen huilen, maar ze kon het niet. Ze had er als verstijfd bij
gezeten en met automatische bewegingen in haar theekopje geroerd. Ze wist dat er een stortvloed van tranen was, die wachtte om eindelijk te kunnen losbarsten, maar sinds ze de zekerheid had dat Rachel niet meer zou terugkomen, was het haar
niet gelukt om te huilen. Net als bij haar maag die op slot zat,
waren de tranen opgesloten achter een deur waar geen enkele
beweging in te krijgen was. Claire wist niet of ze moest wensen
dat die deur openging. Er waren momenten waarop ze zich kon
voorstellen dat de tranen haar zouden opluchten. Maar veel
sterker was de angst voor wat haar aan de andere kant van de
deur wachtte. Ze leed zoals ze nog nooit in haar leven had geleden, en toch wist ze dat ze nog steeds niet de hele omvang van
haar leed kende. Het lag op de loer, op een plek die een gena-
dige macht voor haar verborgen hield.

Ze wist niet of de ontmoeting met Liz Alby haar iets had opgeleverd. Eigenlijk was Liz op het eerste gezicht niet zo bij Claire in de smaak gevallen. Een goedkope, alledaagse verschijning met een door verdriet getekend gezicht, en vast en zeker gevoeliger dan ze voordien was geweest. Liz' manier van spreken en bewegen verried haar eenvoudige komaf. Bovendien werd het Claire, ondanks Liz' tranen en haar oprechte verdriet, snel duidelijk dat de jonge vrouw geen hechte – en in het begin zelfs geen liefdevolle – band met haar kind had gehad. De arme kleine Sarah was een ongewenst kind geweest, op het verkeerde moment in het leven van een vrouw gekomen die haar eigen plaats nog niet gevonden had en die het kleine, huilende schepsel alleen maar als een last had beschouwd, een vreselijke belemmering voor alles wat ze wilde. Terwijl Claire naar het zelfbeklag van Liz luisterde, kwam een paar keer de gedachte bij haar op dat het terecht was wat Liz was overkomen. Blijkbaar had Liz voortdurend aan oplossingen gedacht om zo vaak mogelijk van haar dochtertje verlost te zijn.

Maar waarom ik? Het is zo onrechtvaardig! Ik, die zoveel van Rachel heb gehouden. Ze was mijn eerste kind, een wonder, de vervulling van een droom. Ze was een godsgeschenk. Er is geen moment geweest waarop Robert en ik niet dankbaar waren dat we haar hadden gekregen.

Maar ineens schrok ze van zichzelf. Zo mocht ze niet denken. Zoiets vreselijks had Liz Alby net zomin mogen overkomen als ieder ander. Het had vooral de kleine Sarah niet mogen overkomen. Geen enkel kind mocht zoiets gruwelijks overkomen.

Langzaam liep ze van de keuken naar de eetkamer. Een gezellig vertrek met een grote, houten tafel, waaraan Rachel vaak had zitten tekenen en schilderen. De eetkamer met de gemetselde open haard, de gebloemde gordijnen en het uitzicht op de tuin, die een beetje verwilderd was, wat een heel betoverende uitwerking had. De eetkamer was veel meer een huiskamer dan de zitkamer, die op de straat uitkeek. Hier hadden ze alle vier zoveel tijd doorgebracht. Ze hadden er samen spelletjes gedaan. De kinderen hadden er in zeldzame eensgezindheid aan de tafel gezeten om papieren kleren voor hun poppen te maken, terwijl Robert en Claire in de leunstoelen bij de open haard zaten te lezen, of een glas wijn dronken en zacht met elkaar praatten.

Zo zou het nooit meer zijn. Ook al moesten ze proberen om voor de kleine Sue een deel van haar vertrouwde, oude wereld te herstellen. Ook al moesten ze hun best doen om haar ondanks alles een mooie jeugd te geven. Altijd zou ze de gapende wond blijven zien die Rachels dood in het gezin had geslagen.

Een week geleden had ze hier de tafel voor het ontbijt gedekt. Voor de twee meisjes cornflakes met melk, fruit, toast en verschillende soorten jam. Rachel had chocolademelk gedronken, en zoals altijd had ze daarna een dikke, donkerbruine snor op haar bovenlip gehad. Ondanks het pantoffelincident was Rachel vrolijk geweest. Ze had zich op de kindermis verheugd.

Vandaag was de tafel leeg. Noch Claire noch Robert had honger. Sue was nog steeds in Downham Market. Ze moesten haar binnenkort weer ophalen. Ze wist nog niet wat er was gebeurd, maar ze zou zo langzamerhand wel onrustig worden. Rachel was altijd jaloers geweest op Sue. Dat komt wel vaker voor, had Claire altijd gedacht, dat is heel normaal. Had Rachel meer onder de aanwezigheid van haar jongere zusje geleden dan haar ouders hadden beseft? Wat was 'normaal' in dit verband? Hadden ze niet meer begrip moeten hebben als Rachel haar woede op Sue afreageerde? Hadden ze haar woedeuitbarstingen serieus moeten nemen, in plaats van ze te bagatelliseren?

Hadden ze, hadden ze... Voortaan zou er altijd dat vreselijke 'hadden ze niet' zijn. Zonder de mogelijkheid iets te veranderen aan wat eenmaal was gebeurd.

Toen er zacht op de voordeur werd geklopt, verliet Claire de kamer vol herinneringen en liep de gang in. Robert was boven in zijn werkkamer, waarschijnlijk had hij het kloppen niet gehoord. Claire deed de deur zonder enige vrees open. Ze wilde weliswaar onder geen beding met journalisten praten, maar ze deinsde er niet voor terug om zonder veel omhaal tegen iemand van de pers te zeggen dat hij moest opdonderen. Tegenwoordig was er bijna niets meer wat haar vrees inboezemde. Misschien was dat altijd zo als het ergste je was overkomen.

Het was de priester van hun parochie, die op bezoek kwam, Ken Jordan. Hij keek haar ietwat onzeker aan. Per slot van rekening behoorde ze niet tot de trouwe kerkgangers.

'Als ik ongelegen kom, moet u het zeggen,' zei hij. 'Ik wil u beslist niet lastigvallen. Maar ik dacht... aangezien het vandaag een week geleden is dat...'

'Moet u niet in de kerk zijn?' vroeg Claire.

Hij glimlachte. 'Straks pas.'

Ze nam hem mee naar de zitkamer. In de boekenkast stond een ingelijste foto van Rachel. Hij was in maart genomen, tijdens een trektocht met de klas. Rachel droeg een rood windjack, haar haren waren verwaaid en haar hele gezicht straalde.

'Wat een knap en lief meisje,' zei Ken.

Claire knikte. 'Ja.'

'En is dat uw andere dochter?' Naast Rachels foto stond een één jaar oude foto van Sue. Een blije Sue aan het strand van Wells-next-the-Sea. In haar blauwe badpak en met een witkatoenen hoedje op haar hoofd.

'Dat is Sue.' Ga niet zeggen dat ik dankbaar moet zijn dat ik haar tenminste nog heb, dacht ze.

Hij zei het niet. Het zou haar niet helpen, dat wist hij.

'Neemt u plaats, alstublieft,' zei Claire.

Hij ging op de bank zitten. Eigenlijk zag hij er helemaal niet uit als een priester, vond ze. Spijkerbroek, antracietgrijze coltrui, een bijpassend colbert. Hij was nog vrij jong.

'Rachel vond het fijn om zondags naar de kindermis te gaan,' zei ze. 'Ze was dol op Donald Asher. Ze vond het het leukst als Donald gitaar speelde en de kinderen erbij zongen.'

Hij glimlachte. 'Ja, Don. De kinderen mogen hem graag. Hij gaat op een natuurlijke manier met hen om.'

'Gisteren heb ik de moeder van... van het andere meisje ontmoet,' zei Claire. Ze wist zelf niet waarom ze hem dat vertelde. Misschien omdat hij iets vertrouwenwekkends uitstraalde. Maar het kon ook zijn dat ze alleen maar probeerde een gesprek op gang te brengen. Zo was ze. Ze functioneerde ook nog als ze zich allerberoerdst voelde. 'Liz Alby. De moeder van Sarah Alby.'

'Ja, ik weet het. Ook zoiets verschrikkelijks.'

'Ze zit vol zelfverwijt. Kort voordat Sarah verdween, heeft Liz Sarahs grote wens om een ritje in de draaimolen te maken niet ingewilligd. Ze hebben er zelfs ruzie om gemaakt. Dat laat haar maar niet los. Ik kan het me voorstellen. De hele morgen...' Ze beet op haar lip.

Hij keek haar vriendelijk en begrijpend aan. 'Ja?'

'Ik denk er al de hele morgen over na hoe mijn laatste uren met Rachel waren. Of er een wanklank is geweest. Ik was boos omdat ze op blote voeten de keuken binnenkwam. We hebben daar een stenen vloer, en Rachel had snel keelontsteking. Ik ben niet echt tegen haar uitgevaren, maar ik was geïrriteerd, omdat ik haar al zo vaak had gevraagd... Ik weet het niet meer precies... ik bedoel, ik weet nog wat ik zei, maar ik herinner me niet meer precies op welke toon. Of ik tegen haar snauwde, of dat ik alleen maar een beetje nerveus was...' Ze kon geen woord meer uitbrengen. Het maakte niet uit of ze tegen Rachel had gesnauwd, op haar had gevit of dat ze alleen maar had laten merken dat ze een beetje boos was. Het was in elk geval overbodig geweest. Alleen omdat ze op blote voeten liep! Het was zo onbelangrijk. Zo ontzettend onbelangrijk.

Ken Jordan boog zich over de salontafel, pakte haar hand en gaf er een geruststellend, troostend kneepje in. 'Maak jezelf niet gek met die gedachten, Claire. Elke moeder verbiedt haar kinderen dingen die ze graag willen doen. Elke moeder vaart weleens uit en ergert zich omdat haar kinderen niet gehoorzamen. Het verandert toch niets aan de liefde die kinderen ervaren. De afgelopen zondag maakte je je bezorgd om Rachel. Het liet je toch niet koud of ze keelontsteking kreeg of niet. En zelfs als Rachel met haar ogen heeft gerold toen je over die pantoffels begon, dan heeft ze toch je liefde en bezorgdheid gevoeld. Daar kun je op vertrouwen.'

Zijn woorden deden haar goed, maar ze boden geen echte troost, daarvoor was de pijn te hevig, te vers. Ze kon zich niet voorstellen dat ze ooit nog door iets getroost kon worden.

'Ik hou me vast aan het feit dat ze zich die morgen zo op de kindermis verheugde,' zei ze. 'Ze was zo vol verwachting, weet u. Vanwege de Londense priester, die dia's wilde vertonen. Ze kon haast niet wachten.'

Ze zuchtte terwijl ze Rachel voor zich zag, opgewonden en blij.

Het was zo gemakkelijk geweest om Rachel enthousiast te maken, en dat had Claire altijd heel prettig gevonden.

'Wat voor priester?' vroeg Ken.

Toen ze opkeek, zag ze dat hij zijn voorhoofd fronste.

'Er zou een priester uit Londen komen,' zei ze, 'om dia's te laten zien. Over... over India, geloof ik. Rachel was er heel benieuwd naar.'

'Merkwaardig,' zei Ken, 'er is mij absoluut niets bekend over zo'n project. Er was noch een andere priester, noch een dialezing ingepland. Het is gebruikelijk dat Don dergelijke dingen met mij bespreekt.'

'Maar Rachel had het erover. Dat weet ik heel zeker. Toen ze op het punt stond weg te gaan, heeft ze het er nog met me over gehad. Ik had gevraagd hoe het kwam dat ze er zo blij uitzag... Rachel was in van alles geïnteresseerd, weet u. Er was niets waar ze geen belangstelling voor had.'

Nu begon ze toch zachtjes te huilen. Het was niet de verlossende tranenvloed, het waren maar een paar kleine, schuchtere tranen. *Rachel. Ach, mijn Rachel. Kon ik je nog maar één keer in mijn armen houden. Je lach horen en in je stralende ogen kijken. De zomersproetjes op je neus bewonderen. Kon ik nog maar één keer je warme wangen tegen de mijne voelen. Kon ik nog maar één dag met je samen zijn!*

'Claire, het is nu misschien niet het juiste moment, maar je moet nagaan hoe dat precies zit,' zei Ken. Hij keek haar doordringend aan. 'Ik ben er bijna zeker van dat iets dergelijks niet op het programma stond. Niet voor afgelopen zondag en ook niet voor in de toekomst. Donald Asher heeft met geen woord over een dialezing gesproken. Ik zou ook niet weten wat Rachel verkeerd begrepen kan hebben. Het kan zijn dat het allemaal een volkomen onschuldige achtergrond heeft, maar je moet wel uitzoeken hoe het zit.'

Ze keek op. De tranen waren alweer opgedroogd. De tijd van huilen was nog ver weg.

'Dat is toch niet belangrijk meer,' zei ze.

Ken boog zich naar haar toe. 'Jawel, Claire, dat is het wél. Want het zou met Rachels dood te maken kunnen hebben. Ik zal zelf ook op onderzoek uitgaan. Allereerst zal ik met Don gaan praten. En we moeten de politie informeren. Claire, je wilt toch ook dat die kerel, die Rachel en jullie zoiets verschrikkelijks heeft aangedaan, gepakt wordt?'

Ze knikte. Ze was nog niet zo ver om dit echt te willen. In die zee van smart waarin ze zwom, was deze strohalm nog niet verschenen. De strohalm om na Rachels dood voor gerechtigheid te strijden.

Ken voelde dat en hij keek haar vriendelijk aan. 'Hoe kan ik je helpen, Claire? Wil je dat we samen bidden?'

'Nee,' zei ze.

Ze zou nooit van haar leven meer bidden.

3

Hij had Kim zelf de keuze gelaten: óf onder Livia's toezicht in haar ouderlijk huis blijven óf weer bij Jack en Grace gaan logeren. Kim had voor de Walkers gekozen, die haar vertrouwd waren. Hij had Kim 's middags bij hen afgeleverd. Toen hij zag dat Grace erg verkouden was, had hij last gehad van zijn geweten, maar dat had ze op haar vriendelijke manier geprobeerd hem uit het hoofd te praten.

'Meneer, Kim is echt als een kleinkind voor ons, en een kleinkind kan altijd naar zijn grootmoeder toe, ook al is die een beetje verkouden. Maakt u zich maar geen zorgen.'

'Jammer genoeg moet ik terug naar Londen...'

'Natuurlijk.'

'Morgen begint de school weer...'

'We zullen haar naar school brengen en ook weer ophalen. Dat is geen probleem. Breekt u daar uw hoofd maar niet over. Pas goed op uzelf, meneer. Ik moet zeggen dat het me helemaal niet bevalt dat u zo ontzettend bleek ziet.'

Hij had in de spiegel gekeken. Het klopte. Hij zag er vreselijk uit. Hij had zware hoofdpijn. Zijn lippen waren grauw, zijn mond tot een streep samengeperst.

'Nou ja. De huidige situatie is niet... zo eenvoudig.'

Ze had hem medelijdend aangekeken. En, o, wat had hij de pest aan medelijden! Het ergste was dat hij er nog heel veel van zou krijgen, als bekend werd wat de werkelijke reden van Virginia's vlucht was geweest. 'Uw vrouw... heeft ze zich nog steeds niet gemeld?' vroeg Grace.

'Nee,' beweerde hij. Hij had geen zin om Grace Walker iets

297

te vertellen, niet de waarheid noch een afgezwakte variant daarvan.

Hij stapte in zijn huurauto en begon aan de terugreis naar Londen. Hij was ontzettend gespannen, en hij besefte dat het beter was om geen auto te rijden. Maar stil en tot ledigheid gedoemd in de trein zitten vond hij volstrekt ondenkbaar. Als hij autoreed, was hij in elk geval nog actief. En het was zondag, dus was er weinig verkeer en zou hij gezond en heelhuids aankomen.

Om vier uur was hij in zijn woning, waar hij onmiddellijk een grote whisky voor zichzelf inschonk en het glas in één teug leegdronk. Voor het eerst in zijn leven had hij de behoefte zich helemaal vol te laten lopen. Zich te bezatten, tot hij niets meer voelde en niet meer wist wie hij was. Of wie Virginia was. Tot hij zich absoluut niet meer kon herinneren dat er een vrouw in zijn leven was.

De alcohol verdreef de meest kwellende beelden in zijn hoofd, de beelden van Virginia in een innige omhelzing met Nathan Moor. Maar de alcohol kon niet de vergetelheid brengen waarnaar Frederic zo verlangde. Plotseling had hij de kinderlijke wens om onvrede te brengen in de liefdesorgie die in zijn huis op Skye plaatsvond. Hij ging naar de telefoon en gaf een telegram op: *Ben weer in Londen. Vanwege afspraken. Kim bij Grace, die ziek is. Morgen begint de school. Je kind heeft je nodig. Frederic.*

Hij verachtte zichzelf een beetje, maar hij vond niet dat het onwaar was en hij was van mening dat het absoluut terecht was om Virginia aan haar moederplicht te herinneren. Het was toch wel heel vreemd dat ze zelfs haar kind was vergeten. Wat had Nathan Moor met haar gedaan? Wat gaf hij haar? Wat zag ze in hem?

Het was om gek van te worden. Hij wist dat die vent niet te vertrouwen was, hij wíst het gewoon, en hij was ervan overtuigd dat die inschatting niets met jaloezie te maken had.

Maar afgezien daarvan, hij had genoeg aanwijzingen van Livia gekregen. Bestsellerauteur! Het was om je rot te lachen, als je er niet om moest huilen.

Livia.

Hij vond het idee dat ze nu helemaal alleen in Ferndale woonde niet erg geruststellend, hoewel ze absoluut niet het type was dat er met het familiezilver vandoor ging. Hij had haar niet zomaar kunnen wegsturen. Bovendien vond hij dat hij niet verplicht was Nathan van zijn echtgenote af te helpen. Ze zou Nathan het vuur na aan de schenen moeten leggen zodra hij van zijn liefdesavontuurtje met Virginia terugkeerde. Jammer genoeg was Livia een ontzettend timide wezentje. Haar man zou het echt niet zwaar te verduren krijgen.

Tegen Grace had hij gezegd dat Livia een kennis was die ze tijdens hun vakantie hadden ontmoet en die nu een tijdje in Engeland verbleef. Grace was te beleefd om verdere vragen te stellen, maar ongetwijfeld gingen er allerlei gedachten door haar hoofd. Door de plotselinge verdwijning van Virginia zou ze uiteindelijk conclusies kunnen trekken die dicht in de buurt van de waarheid kwamen. Wellicht besprak ze het met Jack, die zijn baas heimelijk misschien al als bedrogen echtgenoot beschouwde.

Tegen half zes hield Frederic het niet meer uit in zijn woning. Het was regenachtig weer. Hij trok zijn regenjas aan, verliet het huis, liep door de straten en bereikte ten slotte Hyde Park. Ondanks de onaangename motregen waren er verbazingwekkend veel mensen in het park. Jonge skateboarders, gezinnen met kinderen, oudere mensen, die plichtmatig hun door de dokter voorgeschreven rondje maakten. En verliefde paartjes. Hij zag voornamelijk verliefde paartjes. Hand in hand of innig omstrengeld slenterden ze rond, bleven staan, kusten elkaar en vergaten de wereld om hen heen. Frederic zag dat het bij veel stelletjes net leek of ze betoverd waren, samen ingekapseld in een cocon, afgesloten van de wereld en zijn banale drukte. Frederic dacht diep na, maar hij kon geen enkel moment bedenken waarin hij en Virginia zich zo van de wereld hadden afgekeerd en zo volledig in elkaar waren opgegaan. Zelfs niet toen ze elkaar pas kenden. En als hij heel eerlijk was, wist hij dat hij met Virginia beslist wél die betovering had gevoeld die hij nu op de gezichten van de jonge mensen om hem heen zag. Maar daarin was hij alleen geweest. Hij had haar liefgehad, begeerd, bewonderd. Hij had haar aanbeden. Hij was gek op haar geweest. En in die maalstroom van sterke, meeslepende gevoelens had hij helemaal niet gemerkt hoe zwak haar respons was geweest. Ze had lieve woordjes teruggezegd – hoewel ze niet al te vaak had gezegd dat ze van hem hield – en ze had er vrij snel mee ingestemd zijn vrouw te worden. Hij had gedacht te zullen sterven als ze niet met hem trouwde, maar zij was heel kalm en bedaard geweest, en op hun huwelijksdag net zo in zichzelf gekeerd als anders.

Hij keek naar een jonge blondine, die aan de lippen van een langharige man hing en geboeid naar hem luisterde. Natuurlijk was het niet zo, nu hij er goed over nadacht, dat hij niets had gemerkt. Ja, eigenlijk was hij af en toe zelfs ongelukkig geweest door de koelheid die Virginia uitstraalde. Maar hij had haar aard daarvoor verantwoordelijk gesteld, haar neiging tot zwaarmoedigheid, de melancholie die diep in haar wortelde. Geen seconde had hij in overweging genomen dat de oorzaak van haar afstandelijkheid een gebrek aan gevoelens voor hém kon zijn. Waarschijnlijk had hij dat ook niet in overweging willen nemen. Daarvoor was zijn liefde te groot en te meeslepend geweest. Hij, die zichzelf altijd als een nuchter verstandsmens had beschouwd, was zo geboeid geweest door een vrouw dat hij de waarheid net zolang had verdraaid tot ze precies paste. Hij had helemaal niets gemerkt van dat proces in hem. Hij was het schoolvoorbeeld van volmaakte verdringing. En het eind van het liedje was dat hij op een regenachtige septemberdag in Hyde Park stond en gefrustreerd en moe naar de verliefde stelletjes keek, terwijl hij wist dat zijn vrouw, de vrouw van wie hij zielsveel hield, zich in zijn vakantiehuis op de Hebriden gelukkig liet maken door een louche figuur, en misschien niet naar hem zou terugkeren. Want waarom zou hij aannemen dat ze dat wél zou doen? Hij had zich voorgesteld hoe ze berouwvol voor hem zou staan, nadat Moor haar als een baksteen had laten vallen, hoe ze zouden praten en discussiëren, hoe hij verklaringen zou eisen en die ook zou krijgen – en hoe ze elkaar ten slotte zouden terugvinden.

En als ze niet kwam?

En als ik haar niet kan terugnemen? vroeg hij zich af.

Hij liep naar het dichtstbijzijnde bankje, dat glom van de regen, en ging zitten. Hij wou dat hij een fles wodka had meegenomen, drank met een hoog alcoholpercentage. Hij wilde als een landloper op een bank zitten en het scherpe spul door zijn keelgat laten glijden om er niet over te hoeven nadenken dat hij Virginia misschien voor altijd had verloren.

Of dat zijn eigen gevoelens de last die hem was opgelegd niet konden dragen.

Dat kon ook gebeuren, en dat was misschien wel de slechtste van alle denkbare mogelijkheden.

4

Het was vijf uur in de middag toen Ken Jordan bij de familie Lewis aanbelde. Hij kende Margaret en Steve Lewis, Julia's ouders, goed; ze waren actief in de parochie en kwamen bijna elke zondag in de kerk. Hij wist dat Julia een hartsvriendin van Rachel Cunningham was geweest. Daarom verbaasde het hem niet dat Margaret Lewis betraande ogen had toen ze de voordeur opendeed. Ze had 's morgens tijdens zijn preek, waarin hij uitvoerig over Rachel en haar verschrikkelijke lot had gesproken, zachtjes zitten snikken.

'Ik hoop dat ik gelegen kom,' zei Ken, 'want het is erg belangrijk.'

Ze liet hem binnen. 'Kom verder, eerwaarde, ik ben blij u te zien. Ik moet vandaag de hele dag huilen. Misschien omdat het precies een week geleden is dat...' Ze beet op haar lip. Haar stem begaf het.

'We kunnen het allemaal niet bevatten,' zei Ken.

'Wie doet zoiets? Wie doet zoiets vreselijks?'

'Die persoon moet ziek zijn,' zei Ken. 'Ernstig ziek.'

Hij volgde haar naar de zitkamer. Aan de kleine, ronde tafel in de erker zat Steve Lewis thee te drinken. Hij ging staan. 'Eerwaarde! Fijn dat u ons komt bezoeken. Neemt u plaats, alstublieft.'

Ken ging zitten. Margaret pakte nog een kopje en schonk thee voor hem in.

'Ik wil vooral met Julia praten,' zei Ken, 'maar eerst een vraag aan jullie: heeft Julia vóór de kindermis van vorige week iets gezegd over een Londense priester die een dialezing zou houden?'

Margaret en Steve keken elkaar verward aan. 'Nee. Daar heeft ze het niet over gehad.'

'Ik wil me niet in het werk van de politie mengen,' zei Ken, 'of op een amateuristische manier de speurneus uithangen. Maar ik ben achterdochtig geworden. Ik was vanmorgen vroeg bij Rachels moeder.' In het kort vertelde hij wat Claire had gezegd. 'Vanmiddag kreeg ik eindelijk contact met Donald Asher. Het had kunnen zijn dat hij iets had gepland zonder het mij te vertellen, hoewel dat heel ongewoon zou zijn geweest. Maar ook Don wist niets van een dialezing. Hij had geen idee wat Rachel kon hebben bedoeld. En nu denk ik...'

'Ja?' vroeg Steve met gespannen aandacht.

'Misschien is het heel dom. Maar het is toch mogelijk dat er een verband is tussen Rachels verdwijning en haar dood en dit eigenaardige verhaal van een verdachte priester uit Londen, die Asher en ik allebei niet kennen?'

'Dat is inderdaad eigenaardig,' stemde Steve in.

'Ik ga Julia halen,' zei Margaret.

Julia, die in haar kamer was, kwam naar beneden. Ze was bleek en niet meer zo vrolijk als de vorige zondag. Haar beste vriendin was dood en zou nooit meer terugkomen. Ken Jordan had de indruk dat Julia nog bijna in een shock verkeerde.

'De priester wil graag met je praten, Julia,' zei Margaret.

Ze keek hem met haar grote kinderogen aan. Plotseling vroeg hij zich af wat voor gevolgen deze kwestie op haar en haar leven zou hebben.

Hij glimlachte naar haar. 'Ik heb maar een kort vraagje, Julia. Dan kun je meteen weer naar boven gaan om te spelen.'

'Ik speel niet,' verbeterde Julia.

'Nee?'

'Nee. Ik denk aan Rachel.'

'Je hield veel van Rachel, hè?'

Julia knikte heftig. 'Ze was mijn beste vriendin.'

'Die twee waren bijna als zusjes,' zei Margaret.

'Als zusjes...' zei Ken. 'Dan hebben jullie elkaar vertrouwd en alles tegen elkaar gezegd, klopt dat? Ik durf te wedden dat jij alles van Rachel wist. Misschien nog meer dan Rachels vader en moeder.'

'Ja,' zei Julia.

'Dan heeft Rachel je natuurlijk ook verteld van de dialezing die een Londense priester tijdens jullie kindermis wilde houden?'

Julia sperde haar ogen wijd open. Even was er een flikkering in haar blik.

In de roos, dacht Ken.

'Heeft ze het er met jou over gehad?' vroeg hij.

Julia zweeg en boog haar hoofd.

'Julia, als je iets weet, moet je het zeggen,' spoorde Steve aan. 'Dat is heel belangrijk.'

'Donald Asher weet niets van zo'n dialezing,' vervolgde Ken, 'en dat betekent dat Rachel het van iemand anders moet hebben gehoord. Iemand heeft haar dat verteld. Weet jij wie dat is?'

Julia schudde heftig haar hoofd.

'Maar je weet wel dat iemand het aan haar heeft verteld?'

Julia knikte. Ze keek nog steeds niemand van de volwassenen aan.

'Alsjeblieft, Julia, vertel het,' smeekte Margaret, 'misschien helpt het ons om de persoon te vinden die Rachel... die Rachel zoiets ergs heeft aangedaan.'

'Ik had Rachel beloofd...' zei Julia met een nauwelijks verstaanbaar piepstemmetje.

'Wat?' vroeg Ken behoedzaam. 'Wat heb je Rachel beloofd? Om met niemand over de priester uit Londen te praten?'

Ze knikte opnieuw.

'Maar weet je, ik ben er zeker van dat Rachel het nu niet erg meer vindt als je je niet aan je belofte houdt. Misschien heeft iemand haar veel kwaad gedaan en haar mishandeld. Iemand die ze vertrouwde. Ze zou willen dat die persoon wordt gestraft.'

'Julia, je moet zeggen wat je weet,' zei Steve. 'Je bent een grote meid, en je begrijpt toch wel dat dat belangrijk is?'

Julia knikte nogmaals. Ze scheen de betekenis die de volwassenen aan haar verklaring gaven niet te vatten, maar ze begreep wel het bezorgde aandringen, en het was geruststellend om te horen dat Rachel het niet erg zou vinden als zij haar belofte verbrak.

'De... de man zei tegen Rachel dat hij ons dia's wilde laten zien. Over de kinderen in India.'

Ze hielden allemaal hun adem in.

'Wat voor man?' vroeg Ken.

Eindelijk hief Julia haar hoofd op. 'De man voor de kerk.'

'Heb jij hem ook gezien?' vroeg Margaret. Ze had rode vlekken van opwinding in haar gezicht. 'Of met hem gepraat?'

'Nee.'

'Was Rachel dan alleen toen ze hem ontmoette?'

'Ja. Op een zondag voor... vóór het gebeurde. Al een paar weken geleden. Toen ze op weg was naar de kindermis. Hij stond in de straat voor de kerk.'

'En heeft hij haar aangesproken?'

'Ja. Hij vroeg waar ze heen ging en of ze hem misschien kon helpen...'

'En toen?'

Julia slikte. 'Toen zei hij dat hij een priester uit Londen was en bij ons in de kindermis fantastische dia's wilde laten zien. Over kinderen in India. Maar het moest een verrassing zijn, en hij moest erop kunnen rekenen dat Rachel het aan niemand vertelde. Zelfs niet aan haar ouders, omdat die het zouden doorvertellen, en dan wist plotseling iedereen het.'

'Hm,' bromde Ken, 'en Rachel wilde zeker doen wat hij zei en geen spelbreekster zijn!'

Julia boog opnieuw haar hoofd. 'Maar ze heeft het tóch aan mij verteld. Toen ze van haar vakantie terugkwam.'

'O... maar jij was ook haar hartsvriendin! En die vertel je altijd alles. Dat had die vreemde man ook moeten weten. Dat ligt heel anders dan bij je ouders.'

'Ja?' vroeg Julia hoopvol. Blijkbaar wilde ze in geen geval iets slechts over de dode Rachel zeggen.

'Daar hoef je je geen zorgen om te maken. Wanneer heeft ze je dat allemaal verteld?'

'Zaterdag pas... Op de zaterdag voor... ze verdwenen is. Ze was net terug van vakantie en was meteen naar mij toe gekomen.'

'Wilde ze die vreemde man nog een keer ontmoeten?'

'Ja. Hij zei dat hij een assistente nodig had. En dat zou zij zijn. En zij moest hem vóór de kindermis in Chapman's Close ontmoeten. Dan zou hij haar laten zien wat ze precies moest doen en haar dan in zijn auto meenemen naar de kindermis.'

Margaret sloot even haar ogen. Steve haalde diep adem.

'Chapman's Close,' zei Ken. Aan het begin van die straat stonden een paar woonhuizen, maar verder waren er alleen maar weilanden, links en rechts. Verderop ging de straat over in een landweg. Als een man een meisje daar in zijn auto liet stappen, kon hij er zogoed als zeker van zijn dat niemand het zou zien. En voor die tijd kon hij in een zijstraat wachten en zich ervan overtuigen dat zijn slachtoffer echt in haar eentje was. Zo niet, dan had hij genoeg mogelijkheden om zich on-opvallend uit de voeten te maken. Een simpel plan zonder al te veel risico's.

'Ik was boos op haar,' zei Julia, met tranen in haar ogen. 'We hebben ruziegemaakt.'

Ken vermoedde waar de ruzie over was gegaan. 'Jij had ook graag de assistente van een belangrijke man willen zijn, hè?'

'Ja. Ik was... echt kwaad op haar!' Nu rolden de tranen over Julia's wangen. 'Ik vond het zo oneerlijk! Altijd Rachel! Zij maakte altijd van die leuke dingen mee. Ik dacht, ik ontplof als ze vooraan in de zaal staat en de man met de dia's mag helpen, terwijl ik met de andere kinderen gewoon achter in de zaal moet zitten. Ik wilde helemaal niet meer naar de kinder-mis gaan.'

'En toen kwam het goed uit dat je keelpijn had, hè?'

Ze begon hard te huilen. 'Het was helemaal niet zo erg. Ik had maar een klein beetje keelpijn. Ik zei tegen mama dat ik heel veel pijn had, maar dat was niet waar. Ik wilde echt niet naar de kindermis. Ik was zo jaloers. Bovendien...'

'Ja?'

Julia streek met de mouw van haar trui over haar natte ge-zicht. 'Bovendien was Rachel zo lief. Uiteindelijk zei ze dat ik met haar mee mocht naar Chapman's Close. Ze wilde aan de man vragen of hij mij ook kon gebruiken. Maar ik was zo boos en zei dat ik niet wilde.'

'Mijn god,' riep Margareth zacht.

Iedereen zweeg. De drie volwassenen dachten allemaal hetzelfde: wat zou er gebeurd zijn als Julia met Rachel was meegegaan? Had ze dan Rachels afschuwelijke lot gedeeld? Of, en dat leek waarschijnlijker, als er nóg een klein meisje was komen opdagen, had de man dan de benen genomen?

Maar zonder de voorafgaande ruzie had Rachel waarschijnlijk niet voorgesteld haar vriendin mee te nemen, dacht Ken Jordan. Hij wreef in zijn ogen, die branderig waren van vermoeidheid. Het afgelopen kwartier had hem volledig uitgeput.

'We zullen dit bij de politie moeten melden,' zei hij tegen Steve en Margaret, 'vermoedelijk zullen zij ook nog een keer met Julia willen praten. Het spijt me, maar...'

'Dat is oké,' stemde Steve snel in, 'wij willen ook dat die vent wordt gepakt, en misschien draagt Julia's verklaring daartoe bij.'

'Waarom heb je ons niets verteld?' zei Margaret tegen haar dochter. Ze huilde. 'Waarom hebben Rachel en jij het verzwegen? Ik heb herhaaldelijk tegen je gezegd dat je niet met vreemden mag praten. En Rachel heeft dat ongetwijfeld ook wel honderd keer van haar moeder gehoord. Waarom...'

'Niet nu, Margaret,' onderbrak Steve zacht, 'dat heeft geen zin. We moeten er later in alle rust over praten.'

Ken wendde zich nogmaals tot Julia. Hij had weinig hoop dat ze deze vraag kon beantwoorden, maar hij wilde hem toch stellen.

'Heeft Rachel je verteld hoe de man eruitzag?'

Julia knikte. 'Hij was superknap, zei ze. Als een filmster.'

Ken, Steve en Margaret keken elkaar aan. Dat kon kloppen... of niet. Vermoedelijk had Rachel het hele verhaal een beetje aangedikt en had ze van haar moordenaar een Mister Universe gemaakt. Maar al ging het inderdaad om een adonis, wat hadden ze daaraan?

Niets, dacht Ken Jordan. De politie weet dan alleen dat Rachel is vermoord door een man die er goed uitziet.

Zondag of niet, zodra hij thuis was, zou hij de politie bellen. Misschien konden die meer met het weinige materiaal doen dan hij dacht.

5

De hemel boven Skye was staalblauw. De storm had in de loop van de dag de laatste wolken weggeblazen. De lucht was zo helder als diamant. De zee weerspiegelde de hemel en de woelige golven droegen dikke witte schuimkoppen. De zon neigde naar de westelijke horizon, die spoedig in pastelkleuren gedompeld zou zijn, kleuren die langzaam opstegen en voordat het nacht werd geleidelijk aan het hele eiland zouden omhullen.

De tweede nacht. De tweede nacht met Nathan.

Virginia was in haar eentje weggegaan om een wandeling te maken. Ze wilde een paar uur alleen zijn, en Nathan voelde die behoefte aan zonder dat ze het had hoeven zeggen. Hij had gezegd dat hij hout ging hakken, zodat ze genoeg voorraad voor de open haard hadden. Ze had hem een dankbare blik toegeworpen, en hij had geglimlacht.

Ze had langer dan een uur langs de zee gelopen, over de uitgestrekte hoogvlakte van Dunvegan Head, zonder iemand tegen te komen. Ze had zich volledig aan haar gedachten kunnen overgeven.

Ik hou van Nathan.

Deze liefde heeft iets in me veranderd. Ik heb na lange jaren het gevoel weer te leven.

Ik heb hem dingen van mezelf verteld die niemand anders weet, ook en vooral Frederic niet.

Ik zal hem van mijn schuld vertellen.

Ik wil niet terug naar mijn oude leven.

Ik wil dit gevoel van vrijheid, geluk en levenslust nooit meer opgeven.

Ik zal het roer helemaal omgooien. Ik zal Frederic verlaten. Ferndale verlaten. Misschien zelfs wel uit Engeland weggaan.

Alles, alles is veranderd

Aan de stand van de zon kon ze zien dat het beter was naar huis terug te keren als ze niet door het duister verrast wilde worden. Ze verheugde zich op de avond. Op de kleine, knusse zitkamer. Het knappende haardvuur. De wijn. Nathans tederheid. Ze verlangde er alweer naar om met hem te vrijen. Ze kon er niet genoeg van krijgen.

Frederic had verschrikkelijk geklonken aan de telefoon. Diep en diep geschokt. Vertwijfeld. Desondanks stond het voor haar vast dat ze verder zou gaan op de ingeslagen weg. Ze had geen keus. Ze ademde anders dan voorheen. Ze droomde anders. Ze had het leven kunnen omarmen, het tegen zich aan drukken.

Toen ze zich omdraaide, blies de wind in haar gezicht. De storm was duidelijk afgenomen, maar toch moest ze zich inspannen om vooruit te komen. De lucht was koud, ze zette de kraag van haar jas op.

Skye zou ze ook verliezen. Het kon haar niets schelen. Zij en Nathan zouden een nieuw Skye voor zichzelf zoeken. Zolang ze samen waren, was alles goed.

Waarom had ze zich zo dood gevoeld aan Frederics zijde? Omdat ze niet van hem had gehouden? Omdat ze soms doodmoe werd van zijn genegenheid, zijn oprechte liefde? Omdat ze bijna stikte in haar schuldgevoel jegens hem? Misschien had ze altijd al geweten dat ze ooit bij hem zou weggaan. Misschien had ze altijd al geweten dat hij niet de man was met wie ze haar leven kon doorbrengen. Misschien had ze als het ware dood moeten zijn om die gedachten niet aan de oppervlakte te laten komen. Misschien had ze zich gewoon voor de waarheid verstopt achter de hoge bomen van Ferndale House.

En nooit had ze ook maar één moment overwogen hem alles over zichzelf, over haar leven, over haar schuld te vertellen. Hij wist dat ze een paar jaar met haar neef had samengewoond, in een relatie die met een huwelijk te vergelijken was. Hij wist van de tragische dood van de kleine Tommi. Hij wist dat Michael heimelijk van het toneel was verdwenen en nooit meer iets van zich had laten horen. Ze had Frederic in vage bewoordingen verteld van haar knagende schuldgevoel, omdat ze zich opgelucht had gevoeld toen Michael er niet meer was, en omdat ze hem nooit had gezocht en hem aan zijn ongewisse lot had overgelaten. Maar meer wist Frederic niet. Hij wist niets van haar wilde Londense jaren, haar vele liefdesavontuurtjes, haar drugsverleden. Hij wist niets van Andrew. Het was nooit bij haar opgekomen om dat allemaal aan hem te vertellen. Misschien had het gewoon aan Frederics aard gelegen. Hij was zo conservatief, zo gezagsgetrouw, hij hield zich altijd aan regels en geboden. Wat hij van het verleden van zijn vrouw wist, was zorgvuldig gezift en gefilterd. Een vaag beeld, bijna schimmig, vol leemten die met nevel waren gevuld. Blijkbaar had dat hem nooit gestoord. Hij kende de vrouw niet met wie hij getrouwd was, met wie hij een kind had, met wie hij tot aan zijn dood had willen leven. Hij kende haar niet, omdat hij zich tevreden stelde met de weinige informatie die ze hem gaf.

En ze zou hem ook niet vertellen wat er nog meer was geweest. Tussen haar en Michael. Ze had zelfs Nathan nog niet alles daarover verteld, maar ze wist dat ze dat zou doen. Nathan zou alles over haar te horen krijgen.

Omdat Nathan niet laf is, dacht ze, niet te laf om ook de negatieve kanten van een vrouw te kunnen verdragen.

De hemel had de prachtige pastelkleuren aangenomen waar Virginia zo van hield. Ze bleef staan en staarde over het water. Aan de horizon stegen bleekroze, lila en lichtrode strepen op, die versmolten met het blauw van de lucht. De zon was een gloeiende, oranjekleurige bal geworden die zijn stralen bij zich hield en spoedig in het meer zou zakken. De lucht werd kouder, het gekrijs van de meeuwen luider.

Ze zou Kim haar vader ontnemen. Ze zou de veilige, zekere wereld waarin haar kind tot nu toe was opgegroeid laten instorten. Ongetwijfeld laadde ze een grote schuld op zich, dat had ze al gedaan toen ze op de vlucht sloeg, naar Skye reed en bijna twee dagen door heel Engeland scheurde om zich zo ver mogelijk van haar leven te verwijderen. Toen ze in Nathans armen viel, bedroog ze niet alleen Frederic, maar ook Kim. Misschien zou iemand haar daarvoor op een gegeven moment ter verantwoording roepen. Misschien moest ze boeten voor haar schuld. Toch kon ze de weg die ze was ingeslagen niet verlaten.

Ze zag de rook al van verre uit de schoorsteen van het vakantiehuis opstijgen. Ze zag licht branden achter de ramen, het schijnsel heette haar warm en vriendelijk welkom in de steeds sneller invallende schemering. Ze versnelde haar pas. Ze wilde naar Nathan!

Hij zat op zijn knieën naast de open haard en stapelde de houtblokken die hij had gehakt langs de muur op. Hij leek erg op zijn werk geconcentreerd te zijn.

'Nathan!' zei Virginia.

Hij keek op.

'Virginia!' Hij stond op en liep glimlachend naar haar toe. 'Wat zie je er mooi uit met je rode wangen en je verwaaide haren.'

Een beetje verlegen door het compliment streek ze over haar haren. 'Het is behoorlijk koud buiten. En het stormt nog steeds.'

'Hm.' Hij ging vlak voor haar staan en drukte zijn neus in haar hals. 'Je ruikt verrukkelijk. Naar zee, naar wind, naar alles waar ik van hou.'

Ze keek hem aan. Ze wist dat haar ogen, dwaas genoeg, begonnen te stralen van geluk, maar ze kon er niets aan doen. Hij glimlachte opnieuw. Aan zijn glimlach zag ze dat hij precies wist wat voor uitwerking hij op haar had.

'Eigenlijk,' zei hij, 'heb ik niet zoveel zin om vanavond wéér een blik eten open te maken en naar het haardvuur te staren. Hoe zou je het vinden om naar een pub te gaan? Ik heb ontzettend veel zin in bonen, lamskoteletten en een donker biertje!'

Ze schrok. 'Ik geloof dat ik hier ook een blik bonen heb staan,' zei ze vlug, en begon al naar de keuken te lopen. Nathan pakte haar arm vast.

'Daar gaat het helemaal niet om. Ik wil graag met je uitgaan.'

'Dit is niet het juiste seizoen om op Skye uit te gaan. De meeste pubs zijn nu gesloten.'

'Kom nou, Virginia! Alsof de mensen op Skye het ook maar één dag zonder hun pub, hun whisky en hun muziek zouden kunnen stellen! Er zijn genoeg kroegen open. Ik ken er een paar in Portree. Wat zou je zeggen van Portree House? Daar serveren ze trouwens ook heerlijke vis!'

Ze zuchtte. Anders was hij altijd zo fijngevoelig. 'Ik vind dat geen goed idee,' zei ze ongelukkig.

Zijn glimlach was verdwenen. 'Aha,' zei hij, 'ik word verstopt, hè? Je kunt met mij wandelingen op een verlaten strand maken, thuis voor de open haard zitten of urenlang achter gesloten deuren liggen vrijen, maar dan houdt het ook op. Als we ergens zouden gaan eten, zouden ze ons zien. Ze kennen je op het eiland. Het zou aanleiding geven tot geroddel. Klopt dat?'

Langzaam trok ze haar jas uit en hing hem over een stoelleuning. Haar gezicht gloeide. 'Nathan, het is echt niet zo dat ik je verborgen wil houden en niet voor onze relatie wil uitkomen. Maar moeten we Frederic dat aandoen? Op dit tijdstip? Hier op het eiland? Het is zijn huis. Hij zal hier steeds weer naartoe komen. De mensen weten dat ik hier in augustus nog met hem op vakantie ben geweest. Het is nu begin september, en ik ben hier met een andere man. Moeten we hem zo voor schut zetten?'

Hij haalde zijn schouders op. 'Je bent erg bezorgd om hem.'

'Hij heeft toch niets misdaan? Er is absoluut niets wat ik hem zou kunnen verwijten. Ik dóé hem al zoveel pijn. Moet ik het nog erger maken door hem jarenlang bloot te stellen aan het geroddel van de mensen op Skye?'

Hij was boos, maar ze had de indruk dat het hem niet om een bezoek aan een restaurant ging. Het was meer een krachtmeting. Hij verloor de strijd, en dat maakte hem woedend.

Kalmerend streek ze over zijn arm. 'Hé,' zei ze zacht, 'laten we geen ruziemaken, goed? Laten we een glas wijn drinken en dan...'

Hij duwde haar hand weg. 'Op tafel ligt een telegram voor je,' zei hij nors.

'Een telegram? Van wie?'

'Geen idee. Denk je dat ik post lees die voor jou bestemd is?'

Ze pakte de bruine envelop op, die niet was dichtgeplakt.

'Mijn god,' zei ze zacht, nadat ze het telegram had gelezen. Nathan keek haar vragend aan. 'En? Van wie is het?'

'Van Frederic. Uit Londen.' Ze las voor: *Ben weer in Londen... vanwege afspraken... Kim bij Grace, die ziek is... morgen begint de school... je kind heeft je nodig... Frederic.*

'Heel effectief,' zei Nathan. 'Hij gebruikt het kind om je van me los te rukken. Ik vraag me alleen af wat hij zich daarbij voorstelt. Ik zou een vrouw niet op deze wijze terug willen winnen.'

'Volgens mij stelt hij zich niets voor. Hij moest echt naar Londen, Grace is waarschijnlijk echt ziek, en het is ook waar dat morgen de school weer begint.' Virginia beet op haar lip. 'Ik ben bang dat ik terug moet, Nathan.'

'Hij heeft je wel stevig in zijn greep, moet ik zeggen.'

'Kim is nog maar zeven. En als Grace echt ziek is...'

'Haar man is er ook nog.'

'Maar het is misschien te veel voor hem. Hij moet voor zijn vrouw zorgen, en...'

'... en Kim 's morgens naar school brengen en haar 's middags weer ophalen. Mijn hemel, dat is toch wel te doen? Grace ligt heus niet op sterven. Misschien heeft ze een griepje, maar dat zal ze ongetwijfeld overleven.'

'Nathan, ik heb een kind. Ik kan niet gewoon maar...'

'Dat je een kind hebt, wist je donderdag ook, toen je besloot te vluchten.'

Plotseling werd ze boos en snauwde: 'Wat moet ik dan doen? Jij hebt het gemakkelijk. Jij hebt veel minder achtergelaten!'

'O – nou, in elk geval een zieke echtgenote.'

'Die kun je toch missen als...' Ze zocht naar een vergelijking.

Nathan glimlachte, maar het was geen warme glimlach zoals voorheen. Het was een cynische, kille glimlach. 'Als wat?'

'Als kiespijn! Ga me nou niet vertellen dat je last van gewetenswroeging hebt sinds je de liefde met me bedrijft!'

'Volstrekt niet. Maar zo eenvoudig als jij het voorstelt is het ook weer niet. Ik maak me absoluut zorgen om Livia, maar ik vind niet dat dat een onderwerp is waarmee ik jou lastig moet vallen. Ik heb mijn levensomstandigheden en mijn verleden, en jij ook. We moeten zelf uitzoeken hoe we daarmee omgaan.'

'Ik wil je niet lastigvallen met Frederic, maar...'

'Maar dat doe je wel. Vanwege Frederic mogen we deze hut

vrijwel niet verlaten. Als Frederic een telegram stuurt, wil jij meteen vertrekken. Frederic voor, Frederic na. Die arme Frederic, die je zoveel verdriet doet! Die arme Frederic, met wie we rekening moeten houden! Je kunt toch moeilijk zeggen dat ik je op dezelfde manier met Livia en haar gevoelens heb lastiggevallen, die ongetwijfeld net zo gekwetst zijn!'

Ze voelde dat ze hoofdpijn kreeg. Het gesprek ontglipte haar, ook omdat Nathan dat wilde. Ze had wel over Frederic gesproken, alleen omdat Nathan haar onder druk zette vanwege het bezoek aan de pub. Maar ze wist dat het geen zin had hem daarop te wijzen, omdat hij het zou weerleggen. Hij was woedend, en hij wilde niet redelijk zijn.

'Het gaat toch in eerste instantie om Kim,' zei ze moe.

'Je vergist je,' zei Nathan. 'Het is alleen zo dat Kim van nu af aan genadeloos als machtsmiddel zal worden ingezet. Dit telegram,' hij wees naar de envelop in Virginia's handen, 'is een oorlogsverklaring. Het zal hard tegen hard gaan tussen jou en Frederic, dat maakt hij hier duidelijk.'

Ze streek met beide handen over haar gezicht. Tot haar ontzetting merkte ze hoe bang ze nu al was hem te verliezen.

'Toch moet ik terug,' zei ze.

'Je moet kiezen.'

'Tussen mijn kind en jou?'

'Tussen je man en mij. Als je nu teruggaat, laat je je door hem commanderen. Dan ben je allesbehalve een vrouw die zich aan het losmaken is.'

'Ik ben ook moeder. Dat is een verplichting waar ik me niet aan kan en wil onttrekken.'

'Maar zonder dit telegram zou je er amper aan hebben gedacht.'

'Ik zou niet geweten hebben dat Grace ernstig ziek is. En dat Frederic alweer naar Londen is gegaan. Natuurlijk is het me duidelijk dat hij daarmee bewust druk op me uitoefent, maar ik kan geen machtsstrijd met hem aangaan die uiteindelijk ten koste van een zevenjarig meisje wordt gevoerd. Dat begrijp je toch wel, Nathan?'

Hij gaf geen antwoord. Plotseling had Virginia het gevoel dat ze klem zat in een bankschroef: Frederic oefende druk uit, maar Nathan deed dat ook, op een manier die minstens zo meedogenloos was, en hij leek zich niet erg druk te maken over hoe zij zich daaronder voelde. Hij liet een kant van zichzelf zien waar ze niet van hield. Ze vluchtte in de tegenaanval.

'Doe nou niet net of bij jou alles in orde is! Je oordeelt over mij en mijn gedrag alsof je zelf volstrekt onaantastbaar bent. Per slot van rekening heb je me niet de hele waarheid over jezelf verteld!'

Even leek hij echt verbluft te zijn. 'Nee?'

'Nee. Hoe zit het bijvoorbeeld met al die bestsellers die je hebt geschreven? En waarmee je in Duitsland een bekende en geliefde auteur bent geworden?'

Hij deed een stap naar achteren en kneep zijn ogen samen. 'O, heb je inlichtingen ingewonnen?'

'Ik ben niet iemand die anderen bespioneert. Livia heeft het aan Frederic verteld.'

'Aha, en die had natuurlijk niets beters te doen dan dit nieuwtje onmiddellijk aan de ontrouwe echtgenote door te geven!'

'Had jij het dan anders gedaan als je in zijn plaats had gestaan?'

'Ik vermoed dat Livia niet alles heeft gezegd.'

'Geen idee. Ben je nou een succesvolle schrijver of niet?'

'Wat zijn de echte geheimen in je leven?'

'En wat zijn de geheimen in jóúw leven?'

Ze staarden elkaar aan. Ten slotte zei Nathan met een zachte stem: 'We moeten elkaar alles vertellen. Een andere mogelijkheid is er niet.'

Dankbaar stelde Virginia vast dat de ondraaglijke spanning van de laatste minuten was verdwenen. Ze kon Nathans tederheid weer voelen, en ze vond haar eigen gevoel voor hem terug. Maar de dag had zijn glans verloren. Ze hadden voor het eerst gekibbeld, ze had zich voor het eerst niet prettig gevoeld in zijn nabijheid. Hij had geen greintje begrip voor haar situatie getoond, en hij had Livia's beweringen niet tegengesproken. Wat hoogstwaarschijnlijk betekende dat alles waar was. Ineens vroeg ze zich af waarom hij er juist deze avond, juist op het moment dat ze thuiskwam, op had aangedrongen naar een restaurant te gaan, waardoor ze gespannen en ongelukkig werd. Ze kon zich niet aan de indruk onttrekken dat zijn humeur al eerder door iets was bedorven, en eigenlijk kon dat alleen maar het telegram van Frederic zijn. Maar dat betekende dat hij het toch had gelezen, al zei hij van niet. Aangezien de envelop niet was dichtgeplakt, had hij dat zonder probleem kunnen doen. Hij had zich er kwaad over gemaakt en er toen alles aan gedaan om ruzie te krijgen. Om haar in een positie te manoeuvreren waarin ze ten slotte met de rug tegen de muur stond en gedwongen was over Frederics gevoelens te praten en hem in bescherming te nemen. Wat Nathan weer de gelegenheid had gegeven om haar aan te vallen vanwege haar loyaliteit jegens haar echtgenoot. Maar zijn onwaarheden over zijn beroep, plus de mogelijkheid dat hij het telegram had gelezen, droegen er niet toe bij het vertrouwen tussen hem en Virginia te versterken. Ze dacht eraan hoe hij in de ladekast naar haar adres in Norfolk had gezocht, en ze dacht ook aan de ochtend waarop hij met haar oude foto in zijn hand was verschenen.

Hij is gewoon anders dan ik, dacht ze, blijkbaar voelt hij dergelijke dingen anders. Dat betekent niet dat hij oneerlijk of een leugenaar is.

Hij glimlachte. Het was de oude glimlach, die haar steeds met warmte vervulde.

'Morgen gaan we terug naar King's Lynn,' zei hij, 'als je dat wilt.'

Ze haalde diep adem. 'Ik zal je alles over mezelf vertellen. Alles.'

Hij knikte. 'En ik zal je alles over míj vertellen.'

'Moet ik bang zijn?'

Hij schudde vastberaden zijn hoofd. 'Nee. En ik?'

'Ja,' zei ze, en barstte in tranen uit.

Maandag 4 september

1

Nog twee weken, dan ben ik jarig, dacht Janie terneergeslagen.

Eigenlijk was het een dag minder. Ze was op zondag jarig, en ze wist nog steeds niet hoe haar verjaardag gevierd zou worden.

Vandaag was het maandag, en dan had ze weer de kans om die aardige man in de kantoorboekhandel te ontmoeten. Hoewel het ernaar uitzag dat hij hun afspraak was vergeten. Of hij was woedend, omdat ze de vorige keer niet was komen opdagen. Ze had hem zo graag willen vertellen dat het niet haar schuld was, dat ze geen andere keus had gehad, maar misschien zou hij haar niet in de gelegenheid stellen om dat tegen hem te zeggen.

Janie zuchtte. Ze sloeg het dekbed terug en zette haar voeten op de vloer. Daarna liep ze op de tast naar haar bureau, trok de la open en haalde er heel voorzichtig de vijf uitnodigingskaarten uit die ze achter in de la had verstopt. Ze had ze intussen zo vaak beetgepakt en bekeken dat er een al een beetje gekreukt was. Ze probeerde hem glad te strijken. Wat zou het fijn zijn als ze de uitnodigingen binnenkort al kon invullen en in haar klas uitdelen!

'Janie!' Het was de stem van haar moeder. 'Eerste schooldag! Je moet opstaan!'

'Ik ben al wakker, mam!' riep Janie terug.

Doris Brown deed de deur van Janies kamer open en wierp een blik naar binnen. 'De tijd van lanterfanten is voorbij. Schiet op. De badkamer is vrij!'

'Oké!' Janie probeerde de kaarten onopvallend in de la terug te leggen, maar wekte daarmee juist de argwaan van haar moeder.

'Wat heb je daar?' Doris was met twee stappen naast haar, pakte de kaarten uit haar hand en bekeek ze verbaasd.

'Ik dacht eigenlijk,' zei ze, 'dat ik me duidelijk had uitgedrukt. Er kómt geen feestje!'

'Dat weet ik. Maar...'

'Je had je het geld kunnen besparen.' Doris gaf de kaarten terug. 'Denk maar niet dat ik nog van mening verander!'

Als Janie geleerd had iets niet te geloven, dan was dit het wel. Doris was nog nooit op een besluit teruggekomen.

'Ik heb...' begon Janie. Toen zweeg ze abrupt. Een heel aardige man leren kennen, wilde ze zeggen, maar ze was er niet zeker van of dat verstandig was. Misschien werd mama dan kwaad en verbood ze haar contact met die man te hebben. Maar nu had ze de kans om mama in haar plannen in te wijden.

Mama, maak je geen zorgen om dat feest, had ze graag willen zeggen, *je hoeft je nergens druk om te maken! Stel je voor, ik ken iemand die dat allemaal voor me wil doen. Hij heeft een mooi huis met een grote tuin, waar ik net zoveel kinderen kan uitnodigen als ik wil. Als het slecht weer is, kunnen we in zijn kelder feestvieren. Hij heeft al veel kinderverjaardagen georganiseerd. Maar het ergste is dat ik hem niet meer kan vinden. We hadden een plek afgesproken waar we elkaar zouden treffen, op de zaterdag waarop je ziek werd en ik thuis moest blijven. Hij zegt dat hij daar elke maandag is, maar ik heb hem niet meer gezien. Vandaag wil ik opnieuw proberen hem te ontmoeten. Misschien kun jij me helpen. Misschien weet jij hoe ik hem zou kunnen vinden.*

'Ja?' vroeg Doris. 'Je hebt...?'

'Ik heb...' Janie sloot haar ogen. Ze had haar moeder dolgraag in vertrouwen genomen. Maar Doris Brown was zo onberekenbaar. Het kon helemaal misgaan als je haar alles eerlijk vertelde.

'Niets,' zei ze, 'ik wilde eigenlijk helemaal niets zeggen.'

Doris schudde haar hoofd. 'Soms ben je echt een warhoofd. Nou, schiet op. Je moet niet op de eerste schooldag al te laat komen!'

2

'Wanneer komt mama terug?' vroeg Kim. Ze was die morgen dreinerig en haar ogen glansden een beetje. Grace, die zich alleen maar met een hese stem verstaanbaar kon maken en gek dacht te worden van de hoofdpijn, legde bezorgd haar hand op het voorhoofd van het kind.

'Koorts heb je niet,' stelde ze vast. 'Ik ben bang dat ik je aansteek!'

'Ik wil niet naar school,' zei Kim pruilend.

'Maar je gaat er toch altijd heel graag heen,' zei Grace. 'Denk maar aan alle lieve kinderen die je zult terugzien! Je hebt ze vast en zeker gemist!'

'Nee,' zei Kim koppig. Ze nam een slok uit haar theekopje. Ze was moe. Ze wilde niet naar school, waar ze weer urenlang moest stilzitten en opletten. Ze miste haar moeder. Waarom was haar moeder er niet op de eerste schooldag?

Grace pakte een zakdoek en snoot haar neus. Haar ledematen deden pijn en ze kon amper meer slikken. Ze had gehoopt dat ze slechts een kou had gevat, waar ze met veel vitamines en een stoombad met kamille van af zou komen, maar dit leek zich tot een echte griep te ontwikkelen. Ze was hondsberoerd.

Als ze niet de verantwoording voor Kim had gehad, zou ze vandaag niet zijn opgestaan. Tot overmaat van ramp had Jack al heel vroeg in de morgen met zijn vrachtauto moeten vertrekken voor een tweedaagse reis naar Plymouth. Hij vervoerde piepschuimplaten, wat hij al weken geleden had afgesproken. Maar bij het zien van zijn vrouw had hij overwogen thuis te blijven. Grace had hevig geprotesteerd.

'Geen sprake van! Meneer Trickle is zo aardig en hij geeft je altijd klussen. Hij kan niet zo gauw een vervanger vinden. Je mag hem niet teleurstellen!'

'Maar het gaat helemaal niet goed met je!' Jack was boos geworden. 'Mevrouw Quentin houdt nergens rekening mee. Meneer Quentin kan er niets aan doen dat hij naar Londen moet, daar werkt hij. Hij kan daar niet de boel de boel laten. Maar mevrouw Quentin hoort gewoon hier te zijn. Hoe kan een moeder zich zo gedragen? Ze verdwijnt van het ene op het andere moment, en andere mensen moeten er maar voor zorgen dat het met haar kind goed komt!'

'Ze wist toch niet dat ik uitgerekend nú ziek zou worden,' had Grace kalmerend geantwoord, 'en ik had eerder tegen haar gezegd dat ik graag voor Kim wil zorgen en dat ze bij ons kan blijven zolang ze wil.'

'Toch is het geen stijl. Afgezien van de zorgen die we ons om haar maken. Ik moet zeggen, ik vind...'

'Stil! Ik wil niet dat Kim je hoort.'

Jack had nog een tijdje zitten mopperen, maar ten slotte had hij zich laten overhalen om de rit naar Plymouth te maken zoals gepland was. Grace had hem beloofd onmiddellijk weer in bed te kruipen nadat ze Kim naar school had gebracht. Er zat ook niets anders op. Ze gloeide van de koorts en elke spier in haar lichaam deed pijn.

Dat ik juist nú ziek ben, dacht ze moe.

Ze had Jack, die driftkop, niet nog bozer willen maken en hem daarom gesust toen hij over Virginia Quentin tekeer begon te gaan, maar in werkelijkheid was zij ook woedend. Heel woedend. Zij wist namelijk meer dan haar man. Ze had Kim een beetje uitgehoord en ontdekt dat Virginia dagenlang met een vreemde man onder één dak had gewoond in het grote huis, terwijl haar man in Londen verbleef. En nu waren Virginia en die man verdwenen.

Grace kon een en een bij elkaar optellen. Die arme meneer Quentin! Bedrogen in zijn eigen huis. En nu ook nog in de steek gelaten, samen met het kleine kind.

Dat had ze niet van Virginia gedacht. Ik denk dat ik haar altijd verkeerd heb ingeschat, dacht ze. Die rustige, zachtaardige vrouw. Maar stille wateren hebben diepe gronden.

'Wanneer komt mijn mama nou terug?' drong Kim aan.

Grace zuchtte. 'Dat weet ik niet precies.' Ze nieste en snoot voor de honderdste keer die morgen haar neus. Haar ogen brandden en traanden.

'Vind je het dan niet leuk meer bij mij?' vroeg ze verwijtend.

Kim slaakte een zucht. 'Jawel. Maar...' Ze speelde met haar kopje.

'Wat?' vroeg Grace, en nieste opnieuw.

'Ik dacht dat ze er zou zijn als de school weer begon,' zei Kim. En nu nieste zij ook.

Het is me wat moois, dacht Grace uitgeput.

Virginia Quentin was dan wel de vrouw van Jacks werkgever, maar Grace zou haar toch een paar onaangename waarheden in het fraaie oor willen fluisteren, zodra ze haar terugzag.

Mócht dat ooit gebeuren. Grace was daar helemaal niet zeker van. Maar dat hoefde Kim nu niet te weten. Het kind moest eerst de horde van de eerste schooldag nemen, daarna zagen ze wel verder.

3

De man stelde zich voor als hoofdinspecteur Baker en zei dat hij een speciaal team leidde dat zich bezighield met de opheldering van de misdrijven tegen Sarah Alby en Rachel Cunningham. Liz zat in haar kamer en had een stapel brochures over Spaanse steden en dorpen voor zich uitgespreid. Ze wilde niet met Baker naar de zitkamer gaan, waar de televisie zoals gewoonlijk stond te dreunen en het bovendien stonk naar een mengeling van alcohol en zweet. Betsy Alby verloederde in een razendsnel tempo, vond Liz. Of was dat voorheen ook zo geweest en had ze het alleen niet gemerkt? Ze was gevoeliger geworden sinds Sarahs dood, en ze had het gevoel dat ze haar moeder hoogstens nog een week kon verdragen.

Ze vroeg de hoofdinspecteur op haar slaapbank plaats te nemen. Ze ging zelf op een oud keukenkrukje zitten dat ze had opgefleurd met een vrolijk gekleurd, zelfgemaakt kussentje. Ze bedacht dat ze in de toekomst in geen geval op deze manier bezoekers wilde ontvangen.

'Ik zie dat u een vakantie aan het plannen bent,' zei Baker, terwijl hij naar de brochures wees.

Zou hij dat niet gepast vinden, gezien de tragedie die ze net had doorstaan?

Ze schudde haar hoofd. 'Geen vakantie, nee. Ik wil Engeland verlaten. Weg van alles, begrijpt u?' Ze maakte een hoofdgebaar in de richting van de zitkamer, waar het geluid hard stond en de stem van een nieuwslezer te horen was.

'Ik snap het,' zei Baker. 'Na wat er allemaal is gebeurd, is een nieuwe start zeker een goed idee.'

'Ik wil een gebied uitzoeken dat me goed bevalt. En dan wil ik daar in de hotels vragen of ze iemand kunnen gebruiken. Ik heb al vaker als serveerster gewerkt, en ik ben er goed in. Nou ja,' ze haalde haar schouders op, 'in elk geval is het daar warmer dan hier. En misschien leer ik daar ooit een lieve man kennen.'

'Dat wens ik u van harte toe,' zei Baker. Hij klonk oprecht. Toen schraapte hij zijn keel. 'Mevrouw Alby, de reden van mijn komst... Er is nieuwe informatie over de... de vermoedelijke moordenaar van de kleine Rachel Cunningham.' Hij vertelde in het kort wat Julia had gezegd, dat Rachel een afspraak had gehad met de man die haar waarschijnlijk later had misbruikt en vermoord.

'Ze had hem een paar weken daarvoor leren kennen en keek vol verlangen uit naar hun ontmoeting. Helaas kunnen we niet veel met haar beschrijving beginnen. Ze had haar vriendin alleen verteld dat die man superknap was, als een filmster.' Hij zuchtte. 'Dat helpt ons niet echt verder.'

'Nee,' zei Liz.

'We vragen ons af of die man misschien ook al eerder contact met uw dochter Sarah heeft gezocht. Als we ervan uitgaan dat het om dezelfde dader gaat, wat we voorlopig doen. De man schijnt een zekere handigheid te hebben om kinderen dingen te beloven waardoor ze alle voorzichtigheid vergeten. Misschien heeft uw dochtertje iets verteld – iets waaraan u helemaal geen belang hechtte, maar dat onder deze omstandigheden een ander licht op de zaak werpt. Of misschien hebt u haar samen met iemand gezien.'

Hij keek haar verwachtingsvol aan.

Ze tasten volledig in het duister, dacht Liz, ze hebben nog geen enkel spoor en klampen zich aan elke strohalm vast.

Ze dacht na. 'Nee. Nee, ik heb niemand bij haar gezien. Mijn dochter was nog maar vier. Ze liep niet buiten in haar eentje rond.'

'Misschien heeft ze een tijdje zonder toezicht op een speelplaats ge...'

'Wat wilt u daarmee zeggen?' vroeg Liz verontwaardigd.

'Dat ik mijn kind zonder toezicht op een speelplaats heb laten rondhangen?'

'Mevrouw Alby, dat wil ik helemaal niet...'

'Ik weet het wel, dat hebt u natuurlijk van de andere bewoners in deze buurt gehoord. Dat ik een slechte moeder ben... was. Dat ik me niet genoeg om haar bekommerde. Dat ik niet voldoende van Sarah hield. En dan denkt u nu...'

'Alstublieft, mevrouw Alby!' Baker stak sussend zijn handen op. 'Vat niet alles persoonlijk op en probeer te begrijpen dat ik alleen maar mijn werk doe. Ik wil de vent graag achter de tralies laten verdwijnen die twee kleine kinderen op zijn geweten heeft en misschien al achter het volgende slachtoffer aan zit. Ik wil proberen na te gaan hoe het mogelijk was dat hij op uw dochter attent werd en met haar in contact kwam. Dat is alles.'

Ze haalde diep adem. Hij had gelijk. Hij had haar niet aangevallen. Hij probeerde een monster te pakken te krijgen. Hij kon zich niet voortdurend afvragen wie hij met welke vraag misschien kwetste.

'Ze heeft me niets verteld. Dat zou ik me herinneren. En ik heb haar nooit met een vreemde gezien. Misschien... heeft iemand geprobeerd haar bij de kleuterschool te benaderen? Maar daar passen ze erg goed op...' Ze schudde haar hoofd. 'Dat kan ik me eigenlijk niet voorstellen.'

'Uiteraard gaan we ook nog praten met het hoofd van de kleuterschool,' zei Baker. Hij zag er moe uit. Liz kon voelen dat de zaak hem sterk aangreep.

'Hebt u kinderen?' vroeg ze.

Hij knikte. 'Twee jongens, eentje van acht en eentje van vijf.'

'Jongens lopen niet zoveel gevaar,' zei Liz.

'Helaas wel,' sprak Baker tegen. 'Pedofielen proberen ook met jongens aan te pappen. Geen kind is voor hen veilig.'

'Lukt het u of uw vrouw altijd om op uw kinderen te passen?'

'Nee. Natuurlijk niet. Vooral de oudste is urenlang aan het fietsen. Meestal samen met vriendjes, maar als ze onderweg uit elkaar gaan, weten we dat niet. Je kunt je kinderen natuurlijk niet aan de leiband houden. Je kunt hen niet dag en nacht bewaken. Je kunt alleen proberen hen op het hart te drukken geen vreemden te vertrouwen. Nooit in vreemde auto's te stappen. Nooit met iemand mee te gaan. En dat ze direct hun ouders op de hoogte brengen als ze worden aangesproken door iemand die ze niet kennen. Maar,' hij schudde gelaten zijn hoofd, 'dat hebben meneer en mevrouw Cunningham ook herhaaldelijk tegen hun kleine Rachel gezegd. Ze was een verstandig, schrander meisje. Toch vond ze datgene wat de vreemde haar aanbood zó verleidelijk dat ze alle waarschuwingen van haar ouders in de wind sloeg.'

'Klote!' zei Liz.

'Ja,' stemde Baker in, 'dat kun je wel zeggen.' Hij dacht even na. 'Was er iets waarmee uw dochtertje te verleiden was? Iets waarvoor ze bereid zou zijn met iemand mee te gaan?'

Liz kreeg weer een benauwd gevoel op haar borst. Haar ogen dwaalden onwillekeurig naar de brochures met warme, Spaanse stranden onder een stralende, blauwe hemel. Zou ze het dáár kunnen vergeten? Zou ze het ooit kunnen vergeten?

'De draaimolen,' zei ze.

Baker boog zich naar haar toe. 'De draaimolen?'

'Ja. De draaimolen die in New Hunstanton staat. Maar een paar stappen bij de bushalte vandaan. De draaimolen vond ze geweldig.'

'Ik ken die draaimolen. Heeft ze daar vaak een ritje in gemaakt?'

Liz knikte. 'Eigenlijk altijd als we naar Hunstanton gingen om te zonnen en te zwemmen. Ze keek er altijd zo naar uit. Maar...' Ze zweeg abrupt.

'Ja?' vroeg Baker behoedzaam.

'Het was altijd heel moeilijk om haar daar weg te krijgen,' zei

Liz zacht. 'Ze wilde van geen ophouden weten. Ze schreeuwde en huilde als ik zei dat het feest was afgelopen. Vaak verzette ze zich met handen en voeten als ik verder wilde.'

Hij glimlachte. 'Zo zijn kinderen nu eenmaal. Dat is normaal.'

Liz slikte. 'Ik vond het vreselijk als ze zich zo gedroeg. En daarom...'

'Ja?'

'Op de dag waarop... het gebeurde, liet ik haar niet eerst een ritje in de draaimolen maken. Ik zei meteen nee. Ik... ik...'

'En wat gebeurde er toen?'

Haar keel kneep samen. 'Ik had geen zin om in de warme zon te staan en naar die stomme draaimolen te kijken,' zei Liz vertwijfeld. 'Ik was gewoon te lui, snapt u? Ik had geen zin om na afloop haar gejank aan te horen. Ik wilde snel een goed plekje voor ons zoeken, in het zand gaan liggen en rust hebben. Ik...' Ze kon niets meer zeggen. Anders zou ze in tranen zijn uitgebarsten.

'Maar dat is heel begrijpelijk,' zei hoofdinspecteur Baker kalm. Het klonk oprecht. Dankbaar stelde Liz vast dat hij niet alleen maar probeerde haar te troosten, maar dat hij echt meende wat hij zei.

'U moet er niet zo mee zitten,' zei hij. 'Elke vader, elke moeder heeft weleens geweigerd een wens van zijn of haar kind in te willigen, en maar al te vaak om zogenaamd egoïstische redenen. Omdat ze er gewoon geen zin in hadden. Omdat alles hen te veel werd. Omdat ze ergens anders waren met hun gedachten. Omdat iets anders belangrijker of dringender was. Dat is toch normaal? Als we ouders worden, betekent dat toch niet dat we tegelijkertijd alles opgeven wat ons tot heel normale mensen maakt? Ons comfort, ons eigenbelang, onze kleine behoeftes. En zelfs onze onvolmaaktheid. Dat blijft allemaal bij ons. Dat is heel normaal.'

Ze haalde diep adem. Ze was niet echt getroost, maar zijn

woorden waren als een dun laagje balsem op haar gewonde ziel. Ze kon weer praten.

'Ze was ontzettend teleurgesteld. Ze huilde tranen met tuiten en ze stampvoette. Ze wilde bij de draaimolen blijven. Ik trok haar mee. Ik was woedend op haar! Woedend, omdat... ik haar had moeten meenemen. Woedend, omdat ze...'

'Omdat ze...?'

Liz slikte. 'Omdat ze bestónd!' zei ze bijna toonloos.

Baker zweeg. Heel even had Liz de indruk dat hij haar hand in de zijne wilde nemen, maar dat deed hij niet. Ze zaten tegenover elkaar. In de kamer ernaast dreunde de televisie. De kleine wekker op Liz' nachtkastje tikte. De glanzende brochures met hun helblauwe en knalgele kleuren waren plotseling opdringerig en misplaatst. Er viel niets meer te zeggen, dat wist Liz. De mensen konden met haar over de draaimolen praten, haar nalatigheden relativeren en rechtzetten. Maar niemand kon de schuld van haar afnemen die ze op zich had geladen door in feite haar dochter af te wijzen. Door haar nooit, geen moment, als een geschenk, maar altijd als een grote last te beschouwen. Liz had het gevoel dat ze minder over het geweigerde ritje in de draaimolen zou piekeren, als ze een liefdevolle en zorgzame moeder voor haar kind was geweest.

Ten slotte verbrak Baker de stilte. Hij moest zijn werk doen. Hij moest vooruitdenken.

'U zegt dat Sarah heel heftig reageerde toen u haar wens om een rit in de draaimolen te maken niet inwilligde. Was dat voor anderen ook zichtbaar?'

Zijn zakelijkheid hielp Liz zich los te maken van de pijn die haar in zijn greep hield, en ze vond haar spraak terug. 'Ja, natuurlijk. Ze verzette zich uit alle macht. Ik moest haar een paar meter meetrekken.'

'Is het mogelijk dat iemand heeft gehoord waarover jullie ruziemaakten?'

Liz dacht even na. 'Ik denk van wel. Sarah schreeuwde nog-al hard dat ze in de draaimolen wilde, en ten slotte schreeuwde ik net zo hard dat ik daar niet over piekerde. De omstanders zullen het ongetwijfeld hebben gehoord.'

'Dus is het denkbaar dat iemand getuige was van de ruzie, jullie daarna is gevolgd en toen zich een gelegenheid voordeed – nadat u was vertrokken om de broodjes te kopen – de kleine heeft aangesproken en haar een ritje in de draaimolen heeft aangeboden. Ik denk dat Sarah zonder meer met hem zou zijn meegegaan.'

'Zeker weten,' zei Liz met volle overtuiging, 'voor een ritje in de draaimolen zou ze met iedereen zijn meegegaan. Zonder enige aarzeling.'

'Hm,' bromde Baker.

'Maar,' vervolgde Liz, 'hoe kon die persoon nou weten dat hij Sarah alleen zou aantreffen? Hij wist niet dat ik... dat ik haar zo lang alleen zou laten.'

'Nee, dat kon hij natuurlijk niet weten. Maar zulke lieden wachten gewoon op een kans. Het strand was overvol. Het is volkomen denkbaar dat een moeder en haar kind elkaar in alle drukte even uit het oog verliezen. Of de moeder valt in slaap en het kind speelt een eindje bij haar vandaan... Waarschijnlijk was het duidelijk dat het bliksemsnel zou gaan, dat Sarah onmiddellijk met hem mee zou gaan en dat hij met haar in de menigte kon verdwijnen. Hij heeft het gewoon geprobeerd. En inderdaad heeft hij zijn slag kunnen slaan.'

'Die veertig minuten!' riep Liz wanhopig uit. 'Die afschuwelijke veertig minuten! Ik...'

'U moet uzelf niet zo kwellen,' zei Baker. 'Het is geen troost voor wat er is gebeurd, maar misschien wordt uw zelfverwijt er iets minder door als ik u zeg dat het hem hoogstwaarschijnlijk ook zó was gelukt. Als het is gegaan zoals ik denk, hield hij uw dochtertje scherp in de gaten. En dan kun je ervan uitgaan dat zich altijd wel een kans zal voordoen. U bent vast en zeker een poosje weggedommeld. Tenminste, zo gaat dat altijd bij mij als ik in de zon lig.'

Maar zíjn kinderen leefden nog. Deze keer had Liz niet het gevoel dat hij eerlijk was. Deze keer probeerde hij haar te troosten. Er waren mensen die hun kind van vier geen moment uit het oog verloren. Hun overkwam zoiets niet. Maar haar was het wel overkomen. Vanwege haar onbedachtzaamheid, haar verveling, haar levenshonger.

'Kunt u zich herinneren of er iemand in de bus zat die steeds naar haar keek?' vroeg Baker. 'En die daarna in de buurt bleef? Of iemand die bij de bushalte stond en die u later terugzag bij de plek waar u lag te zonnen? Zonder dat u het op dat moment vreemd vond, maar naderhand wel...?' Hij keek haar hoopvol aan.

Ze pijnigde haar hersens, maar die waren helemaal leeg. Als ze aan die verschrikkelijke dag dacht, zag ze alleen zichzelf. En haar dochtertje. En hoorde ze de muziek van de draaimolen. Al het andere was een zee van gezichten, stemmen en lichamen. Een onoverzichtelijke mensenmenigte. Het lukte haar niet om er iemand uit te pikken.

'Nee,' zei ze, 'ik kan het me niet herinneren. Niemand is me opgevallen. In de bus was ik diep in gedachten. Ik denk dat iemand me een uur had kunnen aanstaren zonder dat ik het had gemerkt. En ook later... nee, er is niets. Absoluut niets.'

Baker was zichtbaar teleurgesteld. Hij stond op. 'Nou, goed dan, hier is mijn visitekaartje. Mocht u toch nog iets te binnen schieten, hoe onbeduidend ook, bel me dan onmiddellijk op. Alles kan belangrijk zijn. Echt álles.' Hij gaf haar zijn kaartje.

Jeffrey Baker, las Liz. Ze vond hem sympathiek. Hij had haar vriendelijk behandeld. Hij was de eerste politieman bij wie ze geen minachting had gevoeld. De eerste die haar niets verweet en die niet liet doorschemeren hoe hij over haar als moeder dacht.

'Ik zal u bellen,' beloofde ze.

Ze volgde hem door het gangetje naar de voordeur. Door de open zitkamerdeur kon ze Betsy met haar dikke lichaam in de stoel zien zitten, terwijl de deelnemers aan een ochtendpraat-programma hun pijnlijke onthullingen naar het publiek schreeuwden.

Bij de voordeur draaide Baker zich om.

Hij glimlachte tegen Liz. 'Ik vind het een heel goed idee om naar Spanje te gaan,' zei hij.

4

Hij had tijdens de hele rit haast geen woord gezegd. De avond daarvoor was de sfeer weer ontspannen geweest. Ze hadden toch een blik bonen opengemaakt, kaarsen aangestoken en naar muziek geluisterd. Maar ze hadden niet meer gevrijd. Daarvoor waren ze niet in de stemming geweest.

's Morgens waren ze al om zes uur vertrokken, nadat ze een kopje thee hadden gedronken. Ze hadden niets gegeten, daar-voor waren ze te moe. Virginia weet Nathans zwijgzaamheid aan het vroege tijdstip; hij was nog niet helemaal wakker. Maar ze legden de ene kilometer na de andere af, eerst in het donker en toen door de vroege morgen, die grijs en bewolkt aanbrak en hen met geen enkel zonnestraaltje begroette. En Nathan zei nog steeds niets. Ze keek van opzij naar zijn knap-pe profiel. Ze kon wel huilen bij de gedachte aan het gevoel van vrijheid en lichtheid dat ze een paar dagen eerder had gehad, toen ze aan de heenreis begonnen en het landschap steeds uitgestrekter, opener en meer verlaten, en de afstand tot Frederic steeds groter werd. Nu reden ze het dichterbevolkte deel van Engeland binnen, terug naar de problemen en de zor-gen. En nog steeds zweeg hij. Spoedig zouden ze het industriegebied rond Leeds bereiken. Toen ze aan Dunvegan en de door de storm schoongeveegde, hoge, blauwe hemel van de vorige dag dacht, moest ze slikken.

We gaan ons verleden in orde maken, dacht ze, en daarna zal alles beter worden.

Ter hoogte van Carlisle hield ze het niet meer uit.

'Nathan, wat is er aan de hand? Je hebt sinds ons vertrek haast geen woord gezegd. Ligt het aan mij? Heb ik iets misdaan?'

Hij keek haar aan. 'Nee, je hebt niets misdaan,' zei hij.

'Wat is er dan? Je vindt het niet leuk om naar Norfolk terug te rijden, dat kan ik begrijpen, maar...'

Hij gaf niet meteen antwoord, maar meerderde vaart en nam kort daarna de afslag naar een tankstation. Hij stopte voor het gebouw waar de benzine kon worden afgerekend en je wat boodschappen kon inslaan.

'Ik heb koffie nodig,' zei hij. Hij haalde wat kleingeld uit zijn zak en stapte uit.

Vijf minuten later verscheen hij weer met twee grote plastic bekers. 'Kom, laten we ergens gaan zitten,' stelde hij voor. Virginia kreeg de indruk dat hij het niet meer uithield in de kleine ruimte van de auto.

Gelukkig regende het niet en was het ook niet al te koud. Ze gingen aan een picknicktafel zitten, die vlak naast een kleine kinderspeelplaats stond. Ze omklemden hun warme koffiebekers.

'Ik heb zitten nadenken,' zei Nathan.

Virginia dacht even dat haar hart stilstond.

'En?' vroeg ze met een benepen stemmetje.

Hij keek haar aan. Zijn blik was zacht. 'Het is niet eenvoudig mijn situatie van de afgelopen jaren te beschrijven,' zei hij. 'Maar we hebben elkaar beloofd eerlijk te zijn, en ik wil de dingen zo formuleren dat je echt begrijpt hoe ze met elkaar in verband staan.'

Ze haalde diep adem. Ze had gedacht dat hij een einde wilde maken aan hun nauwelijks begonnen relatie. Vanwege Frederic. Vanwege Livia. Vanwege alle problemen die op hen afkwamen.

'Het is waar, hè?' vroeg ze. 'Je hebt nog nooit een boek gepubliceerd.'

Hij knikte. 'Dat klopt. Maar het klopt ook dat ik al jaren schrijf, dat ik dat in elk geval probeer te doen.'

'Wat lukt er dan niet?'

Hij staarde langs haar heen naar de al geel geworden bladeren in het dichte struikgewas rond de kleine speelplaats.

'Alles,' zei hij, 'of niets. Het is maar hoe je het bekijkt. Het werkte gewoon niet.'

'Lag dat aan de ideeën? Aan de uitwerking ervan?' Ze dacht diep na, ze wilde iets zeggen waaruit bleek hoe goed ze hem begreep. Maar ze wist echt niet hoe een schrijver leefde en werkte, en met wat voor problemen zijn scheppingsproces gepaard kon gaan.

'Vermoedelijk aan de uitwerking ervan,' zei hij. 'En dat had te maken met het leven dat ik leidde. Het was een leven dat ik als dodelijk ervoer – bekrompen, beperkt, verlammend. Soms dacht ik dat ik geen lucht meer kreeg, dat ik letterlijk zou stikken. Ik ging achter mijn bureau zitten, staarde naar het beeldscherm van mijn computer en voelde alleen maar leegte in me. Het was genadeloos. Het was verschrikkelijk.'

'Dat kan ik begrijpen,' zei Virginia. Ze kon het écht begrijpen. Aarzelend stak ze haar hand uit en raakte zacht zijn arm aan.

'Wat was er zo verlammend? Wat heeft je verstikt?'

Hij leunde achterover. Plotseling zag hij er moe en grauw uit onder zijn zongebruinde huid. Grauw als de hemel boven hen, verwelkt als de bladeren die zwaar en nat van de regen aan de takken hingen. Ze had hem steeds als een sterke, stralende, zeer zelfbewuste en optimistische man meegemaakt. Ineens zag ze een andere kant van hem. De man die het moeilijk had. Die kant van hem had hij kennelijk goed leren verbergen. Zijn kwetsbaarheid ontroerde haar. Ze had het graag tegen hem willen zeggen, maar iets hield haar tegen. Ze vermoedde dat hij dergelijke woorden niet van haar wilde horen.

'Waar moet ik beginnen?' vroeg hij.

5

'Stel je een provinciestadje in Duitsland voor. Het meest klein-burgerlijke, provinciale stadje dat je je kunt indenken. Waar iedereen iedereen kent, en iedereen het belangrijk vindt wat de anderen van hem denken. Ze houden in de gaten wie de stoep voor zijn huis niet netjes schoonveegt of zijn gordijnen niet regelmatig wast. Of wie de struiken bij het tuinhek niet fatsoenlijk snoeit! Takken die te ver uitsteken kunnen ertoe leiden dat er een actie op touw wordt gezet.

Wat ik vertel, is helaas niet overdreven.

Ik leerde Livia op de universiteit kennen. Nu – en dit is eerlijk waar – vraag ik me af waarom ik verliefd op haar ben geworden. Ik denk dat haar stille, gesloten aard me aantrok. Ik vermoedde dat er iets achter zat wat ik graag wilde ontdekken. Pas heel laat merkte ik dat er absoluut niets was. Of misschien was ik gewoon niet goed in staat om het te ontdekken. Dat kan natuurlijk ook.

In elk geval werden we een stel. Ik schreef regelmatig artikelen voor het universiteitsblad. Het idee om een grote roman te schrijven spookte voortdurend door mijn hoofd. Mijn ideeen waren vaag, nog moeilijk te formuleren. Maar ik wist dat er iets was en dat het naar buiten drong. Ik vroeg aan Livia of ze zich kon voorstellen dat ze met een schrijver was getrouwd. Ze was blij met het huwelijksaanzoek dat in die vraag besloten lag. Dat het leven met een schrijver moeilijk kon zijn – daar heeft ze volgens mij geen moment over nagedacht.

In de weekends ging ik regelmatig naar zee. Niet dat ik een eigen boot had, maar de ouders van een studiegenoot bezaten er een, en wij mochten ermee zeilen. Ik haalde mijn vaarbewijs en ontdekte mijn passie voor het water. Ik was ongelofelijk gefascineerd door de uitgestrektheid van de zee. Ik denk dat toen de gedachte is ontstaan om met een zeilboot rond de wereld te varen. Later natuurlijk, veel later. Livia was niet erg enthousiast. Ik nam haar een paar keer mee met de boot, maar ze was bepaald niet dol op zeilen. Ze was bang van water.

Om de veertien dagen gingen we naar haar ouders, mijn aanstaande schoonouders. Ze woonden in een akelig provinciestadje. Ik ging er niet graag naartoe, maar aangezien het niet te vaak gebeurde, was het geen probleem. Livia's moeder kon heel goed koken. Ze was aardig, maar helemaal aangepast aan het leven daar, en totaal onderdanig aan haar man. Hij had op tamelijk jonge leeftijd een beroerte gehad en zat in een rolstoel. Hij was volkomen hulpbehoevend en eigenlijk geheel afhankelijk van de genade en de goedheid van zijn vrouw. Toch speelde hij het klaar om haar van 's morgens vroeg tot 's avonds laat het bloed onder de nagels vandaan te halen met zijn boze buien en hatelijke opmerkingen, en haar regelmatig aan het huilen te maken. Hij was ontzettend gierig, hoewel hij een heel goed pensioen had. Er mocht bijvoorbeeld geen werkster worden aangenomen. Zijn vrouw, die ook enigszins aan het sukkelen was, moest het enorme, onpraktische huis helemaal in haar eentje schoonhouden. 's Winters hadden we het allemaal ijskoud, omdat hij verbood de verwarming hoger te zetten. Hij weigerde reparaties aan het oude huis te laten uitvoeren. Bij de ramen tochtte het als de hel. Voor hem was dat natuurlijk ook onplezierig, maar hij hield het vol, omdat hij het heerlijk vond om dwars te zitten. Volgens mij haatte hij ons omdat wij níet in een rolstoel zaten. We konden ons normaal bewegen, en daarom wilde hij ons het leven zo zuur mogelijk maken.

Toen ik afgestudeerd was, bepaalden we de datum van onze huwelijksdag. Ik begon de eerste aantekeningen voor mijn geplande roman te maken. Daarnaast had ik hier en daar een bijbaantje. Ik verheugde me op het schrijven van mijn boek. Een paar figuren kregen al gestalte. Ik had er behoefte aan om te kunnen beginnen. Het was als een heel lange bevalling die ik toch niet als pijnlijk ervoer, maar als mooi.

Toen gebeurde de ramp.

Nog geen drie weken voor onze trouwdag stierf Livia's moeder. Zonder voorafgaande waarschuwing, van de ene minuut op de andere, was ze dood. Een hartinfarct. Livia's vader belde op om het ons te vertellen. Hij kreeg mij aan de lijn. Zelfs op dat tragische moment had ik de indruk dat het hem een zekere voldoening gaf dat zíj als eerste was gestorven. Dat hij, de invalide, het langer volhield.

Het was vanzelfsprekend dat Livia meteen naar hem toe ging om voor hem te zorgen. Die ouwe kon zonder hulp niet eens naar de wc. Hij kon geen ei voor zichzelf bakken en met zijn kromgegroeide handen kon hij zogenaamd ook de deur van de koelkast niet open krijgen om yoghurt voor zichzelf te pakken. Voor de kleinste kleinigheid had hij iemand nodig. Livia was vanaf het eerste moment vrijwel dag en nacht in touw.

In de weken voor onze trouwdag zag ik haar helemaal niet meer. Ik reisde haar achterna en we trouwden voor de wet, met twee buren als getuigen. We konden daarna niet eens uit eten gaan, omdat Livia vlug weer naar huis moest, naar die beklagenswaardige, hulpbehoevende man.

Ik besefte dat ze niet op stel en sprong met me kon vertrekken, maar ik dacht dat we samen een geschikt verpleeghuis zouden zoeken om haar vader onder te brengen en het huis te verkopen of te verhuren. Livia nam telefonisch contact op met verpleeghuizen en liet brochures opsturen. Een van die huizen ging ze zelfs bekijken... maar op de een of andere manier kwam ze niet verder dan plannen maken. En op een gegeven moment zei ze tegen me dat haar vader weigerde zijn huis te verlaten, dat hij ook niet door vreemden wilde worden verzorgd en dat zij het niet over haar hart kon verkrijgen hem tegen zijn wil te dwingen tot iets waar hij zich hevig tegen verzette.

En dat was het dan. Daarmee was in principe de teerling geworpen. Ik begreep dat Livia zou blijven, dat ze haar rol in feite al had geaccepteerd. Eigenlijk was ze net als haar moeder. Het woord van een man is voor haar een bevel. Merkwaardig dat zoiets tegenwoordig nog bestaat, hè? Maar misschien is het niet eens zo merkwaardig.

Ik wilde niet meteen na de trouwdag van haar scheiden. Ik maakte mezelf wijs dat het ten slotte niet uitmaakte waar ik mijn roman schreef. En natuurlijk wilde ik proberen een andere oplossing te vinden. We zijn hier in geen geval langer dan een jaar, dacht ik.

Het werden er twaalf. Twaalf jaren die misschien heel moeilijk verklaarbaar zijn. Er waren steeds plannen met betrekking tot een tehuis. We stelden onszelf steeds nieuwe termijnen. Er waren ook steeds weer redenen om de geplande stappen níet te zetten. *We wachten tot na Kerstmis. We wachten zijn eerstvolgende verjaardag af. Laat hem de zomer hier nog doorbrengen. Laat hem niet in de herfst zijn intrek in een verpleeghuis nemen, dan is alles zo troosteloos.* Snap je? We leefden twaalf jaar in de verwachting dat hij "straks" zou verhuizen. Ik denk dat we amper beseften dat het elk jaar onwaarschijnlijker werd dat hij écht zou verkassen.

En ik liep door die kleine stad als een tijger door zijn kooi. Tien stappen in de ene richting, tien stappen in de andere. Iedereen beschouwde mij als een parasiet en Livia als een heilige. Als ik in het enige café ter plaatse ging zitten om aantekeningen te maken, werd ik aangestaard door dikke huisvrouwen die met krulspelden onder hun hoofddoek brood gingen kopen. Als ik 's avonds alleen wilde zijn en in een plaatselijk restaurant ging eten, verscheen daar gelijktijdig de schietvereniging of de vereniging van huisvrouwen. En ik werd er steevast op aangesproken dat onze stoep niet was geveegd of dat de een of andere stomme struik in onze tuin hoognodig gesnoeid moest worden. Men constateerde vijandig dat ik niet aan de vaste zaterdagavondborrel van de mannen deelnam, en me niet liet overhalen bij straatfeesten worstjes te grillen of het zaklopen van de kinderen te leiden. Eigenlijk deed ik voor niemand iets. Ik was een individualist, en dat beschouwden ze daar als een groot misdrijf. Eigenlijk had ik liefst dat oude, lelijke huis van mijn schoonvader niet meer verlaten. Maar dan moest ik constant naar zijn kwade gezicht kijken, en dat was ook ondraaglijk. Er was geen enkele plek waar ik me prettig voelde.

Dus was er ook geen plek waar ik kon schrijven.

Natuurlijk speelde ik steeds weer met de gedachte om er gewoon vandoor te gaan. Of om Livia een ultimatum te stellen. Haar te zeggen dat ze een besluit moest nemen op welke datum we zouden vertrekken, want dat ik anders alleen weg zou gaan. Maar ik hield mijn kiezen op elkaar, want ik wist precies hoe het zou aflopen: ze zou niet met me meegaan. Ze zou bij haar vader blijven, omdat ze niet in staat was zich aan haar plichtgevoel te onttrekken. En dan zou ik ergens alleen zitten en door beelden achtervolgd worden. Hoe ze door hem werd gekoeioneerd. Hoe ze zich afbeulde en toch nooit zijn goedkeuring kreeg. En dat al de taken die ze verrichtte te veel van haar krachten vergden.

Of ik nog van haar hield nadat er een paar jaar voorbij waren gegaan? De omstandigheden vormden bepaald geen goede voedingsbodem voor het gedijen of het onderhouden en bewaren van gevoelens. Ik was gefrustreerd, vaak kwaad, en ik had de indruk rechtstreeks in een val te zijn gelopen waaruit ik me niet kon bevrijden. Ik werd er gek van dat ik geen eigen geld verdiende. Ik werd onderhouden door mijn schoonvader, wat ik voor een deel terecht vond, omdat ik veel werk in en om het huis deed en ook present was als hij naar de dokter moest worden gebracht of een eindje wilde rijden. Maar dat was niet hetzelfde als wanneer ik een beroep had uitgeoefend en een vast inkomen had gehad. Bovendien gaf die ouwe me altijd het gevoel dat ik op zijn kosten liep te lanterfanten.

Onwillekeurig gaf ik Livia de schuld van de ellende. Mijn verstand zei dat ook zij in een situatie was beland die ze niet had gewild, maar steeds kwam de gedachte bij me boven dat ik, als ik haar nooit had leren kennen, niet zo in de puree zou zitten. En dan was de volgende gedachte niet ver meer: had ik jou maar nooit ontmoet.

Bovendien kreeg ik steeds minder respect voor haar. Ze werd steeds saaier, smaller, bleker, schuwer, en liet zich door die oude man tiranniseren. Haar onderworpenheid maakte me razend. Waarom zei ze haar vader niet eens flink de waarheid? Waarom ging ze niet tegen hem tekeer om hem duidelijk te maken hoe ellendig hij eraan toe zou zijn als ze plotseling haar handen van hem af zou trekken?

Maar zo is ze niet, en zo zal ze nooit zijn.

En daar zaten we dan. De jaren verstreken, en toen, vorig jaar, lag de ouwe op een morgen dood in zijn bed. Ik kon het eerst nauwelijks vatten. Maar hij was echt het hoekje omgegaan, en wij waren vrij.

Ik weet dat Livia geen zin had om de wereld rond te zeilen. En misschien was het niet terecht van mij haar onder druk te zetten. Maar, verdomme, ik moest een kans hebben om me volledig van de ketenen te bevrijden. Ik kon niet gewoon het huis verkopen, naar een andere stad verhuizen, die afschuwelijke jaren vergeten en een nieuwe start maken, alsof er niets was gebeurd. Ik moest alles achter me laten. Mijn land, mijn vrienden en bekenden, mijn kleinburgerlijk bestaan. Ik wilde met een schip de golven doorploegen, boven mij alleen maar de hemel, om me heen alleen maar het water. Ik wilde het zilte schuim op mijn lippen proeven en het gekrijs van de meeuwen horen. Ik wilde andere landen zien, andere mensen ontmoeten.

Ik wilde eindelijk geen loden gewichten meer aan mijn voeten voelen.

Ik wilde mijn boek schrijven.

Zoals je weet, is het tragisch afgelopen. Ik ben tot Skye gekomen. Toen zonk mijn schip en daarmee alles wat ik had. Ik ben drieënveertig en ik bezit niets meer, helemaal niets. En ik vraag me de hele tijd af: is dit dan niet de werkelijke vrijheid? Niets meer te verliezen hebben, nergens meer aan hangen? Is dit de vrijheid waarvan ik twaalf jaar lang heb gedroomd?

Of ben ik in feite afhankelijker en onvrijer dan voorheen? Een gestrande, mislukte persoon? Er zijn mooie woorden te vinden om mijn situatie te beschrijven, en je kunt er ook verschrikkelijke woorden voor vinden. Misschien raken die allebei de waarheid niet. Misschien is de waarheid heel wisselend, tegenstrijdig en ingewikkeld. Op goede dagen denk ik dat ik een benijdenswaardige man ben. Op slechte dagen wens ik eindelijk uit deze nachtmerrie te kunnen ontwaken.

Maar er is nog iets. Ik zeg het als laatste, maar het is heel belangrijk. Het zet alles in een ander licht.

Na het vergaan van mijn schip ben jij in mijn leven gekomen. Ik moest alles verliezen om jou te ontmoeten. Dat is écht het bijzondere aan mijn situatie. Het maakt een scheepsongeval tot een wonder.

Ik heb tegen je gezegd dat er goede en slechte dagen voor me zijn.

Sinds afgelopen weekend geloof ik dat de slechte voorbij zijn.'

6

Om kwart voor vier begreep Janie dat de aardige man wéér niet zou komen. Ze had de kantoorboekhandel niet meer binnen durven gaan, maar had vlug door het raam gekeken en gezien dat de winkel leeg was. Alleen de winkelier stond verveeld achter zijn toonbank. Hij bladerde in een tijdschrift en geeuwde onophoudelijk.

Toen was Janie aan de overkant van de straat gaan staan, voor het kantoor van een makelaar. In de etalage hingen foto's van verscheidene huizen die te koop waren. Janie deed net of ze belangstelling voor de kleurenfoto's had en las wat eronder stond geschreven. Uit haar ooghoek kon ze de deur van de kantoorboekhandel zien. Ze was hier om kwart voor drie gearriveerd, en tot kwart voor vier waren er maar drie mensen naar binnen gegaan en na korte tijd weer naar buiten gekomen. Een oude vrouw met een wandelstok, een jong meisje met zwart haar en gele strepen erin. Een jongeman in een grijs pak met een rode stropdas.

Dat was alles. Janies vriend was er niet bij.

Het was om te huilen. Hij had zich bedacht, hij was boos vanwege haar onbetrouwbaarheid. Misschien had hij een ander meisje ontmoet en organiseerde hij nu háár verjaardagsfeestje. Een meisje dat zich wél aan de afspraak had gehouden.

Janie keek op haar horloge. Het was een oud klokje van haar moeder, dat ze vorig jaar als kerstcadeau had gekregen. Janie was er nu de trotse bezitster van.

Tien over vier. Eigenlijk kon ze net zogoed naar huis gaan.

De deur van het makelaarskantoor ging open. Een elegante vrouw in een donkerblauw broekpak keek naar buiten.

'En, jongedame, wil je soms een huis kopen?' vroeg ze met een spotlachje. 'Wat is er zo ontzettend interessant aan onze etalage?'

Janie kromp ineen. 'Ik... ik...' stotterde ze, 'ik vind de foto's zo mooi.'

'Ja, maar je kijkt er al meer dan een uur naar. Ik denk dat je ze zo langzamerhand uit je hoofd kent. Heb je geen thuis?'

Janie schrok. De vrouw had te veel belangstelling voor haar. Zou ze aan haar kunnen zien dat ze op dit moment spijbelde?

Want dat was precies wat Janie deed. Anders had ze niet op tijd bij de kantoorboekhandel kunnen zijn. Ze hadden op maandag van drie tot vijf uur gym. In het vorige schooljaar was dat anders geweest. Toen waren ze 's maandags vanaf half drie vrij geweest. 's Morgens had Janie er helemaal niet aan gedacht dat dat kon veranderen. Toen ze het nieuwe lesrooster kreeg, was ze bleek geworden van schrik. Ze had snel besloten dat er op dat moment belangrijker dingen in haar leven waren. Later kon ze altijd nog een goede leerling zijn.

'Ik... ga al,' zei ze vlug.

De vrouw keek haar indringend aan. 'Als er problemen zijn... wil je dat ik je moeder opbel? Als je mij haar nummer...'

Jeetje, dat was wel het laatste wat ze kon gebruiken.

'Geen problemen,' verzekerde Janie, 'ik ben gewoon de tijd vergeten.'

Ze glimlachte onzeker en stak de straat over, waarbij ze haar blik op de kantoorboekhandel gericht hield. Het was de laatste kans... Maar er was geen enkele beweging. Niemand ging de winkel in en niemand kwam de winkel uit. Het was een stille maandag, waarop er niets bijzonders gebeurde.

Janie wist dat ze de rest van de dag met tranen in haar ogen naar haar uitnodigingskaarten zou kijken. Het werd steeds onwaarschijnlijker dat ze zouden worden gebruikt. En ze zou nadenken over de problemen die ze door het spijbelen kon krijgen.

Voordat mama het te weten kwam, moest ze een echt goede verklaring hebben bedacht.

7

Om vijf uur haalde Grace Kim van school, met alle kracht die ze nog kon verzamelen. Ze voelde dat de koorts was gestegen, maar ze durfde de temperatuur niet op te nemen, omdat ze bang was dat ze ervan zou schrikken en zich dan nog slechter zou voelen. Tegen drie uur had Jack gebeld. De verbinding was slecht. Het gelijkmatige gebrom van de motor van zijn vrachtwagen was boven zijn stem uit gekomen.

'Hoe gaat het?' had hij gevraagd.

Haar tanden en al haar ledematen deden pijn, maar ze had gezegd: 'Goed... gezien de omstandigheden.'

'Maar je klinkt niet goed.'

'Het gaat wel, echt waar.'

'Ik had thuis moeten blijven.'

'Nee, hoor. Ik vind het belangrijk dat je die rit maakt.'

'Heeft "madame" zich gemeld?' Grace wist meteen dat hij mevrouw Quentin bedoelde. Het woord 'madame' klonk negatief, hij had haar nog nooit zo genoemd. Mevrouw Quentin had het voorgoed bij hem verbruid.

'Nee. Ik heb niets van haar gehoord.'

Hij bromde iets wat Grace bewust negeerde. Nadat hij haar had opgedragen zich te ontzien, had Grace een eind aan het gesprek gemaakt en was weer in bed gekropen. Ze had ertegenop gezien om op te staan en naar Kims school te gaan. Heel even had ze zelfs met de gedachte gespeeld zich tot Livia Moor te wenden, die blijkbaar voor een tijdje in het grote huis woonde. Frederic had Grace over Livia's aanwezigheid ingelicht, maar wie ze precies was en waarom ze hier logeerde bleef een beetje onduidelijk. Grace vermoedde dat ze op de een of andere manier iets te maken had met de man met wie Virginia Quentin ervandoor was gegaan. Ze vond het verdacht, en ze zou haar kleine lieveling nooit aan Livia Moor toevertrouwen.

Op de een of andere manier lukte het haar om naar de school te rijden, en weer terug. Kim praatte honderduit, opgewonden, door het dolle heen. Ze had er twee nieuwe klasgenoten bij gekregen, nieuwe docenten en een nieuw klaslokaal. Haar bedroefdheid van die morgen was verdwenen. Maar Grace vreesde dat ze 's avonds weer bedroefd zou zijn. Alles wat ze aan Grace vertelde, zou ze dolgraag ook aan haar mama hebben verteld.

Als ik niet zo ziek was, zou ik me echt over mevrouw Quentin opwinden, dacht Grace.

Thuis maakte ze warme chocolademelk voor Kim en zette een bordje met koekjes voor haar neer. Maar toen merkte ze dat ze weer naar bed moest. Ze had slappe knieën en ze klappertandde van de kou.

'Kim, lieverd,' zei ze moeizaam, 'ik moet even gaan liggen. Het spijt me, maar ik voel me helemaal niet lekker. Ga maar televisie kijken als je wilt, goed?'

'We moeten nieuwe boeken kaften,' zei Kim.

'We hadden kaftpapier moeten kopen,' zei Grace schuldbewust. 'Dat gaan we morgen doen, goed? Als iemand je morgen een standje geeft, moet je zeggen dat ik erg ziek was, maar dat ik ervoor zal zorgen.'

Kims gezicht betrok. Ze had de boeken graag met mooi, nieuw papier gekaft, haar naam op haar schriften gezet en haar potloden geslepen. Dat alles aan de grote keukentafel van Grace, gezellig onder het heldere licht van de lamp.

'Wanneer komt mama?' vroeg Kim.

Grace zuchtte. 'Ik weet het niet, Kim. Wees lief, alsjeblieft. Ik heb een paar uurtjes slaap nodig en dan voel ik me beter.'

Dat was niet zo, dat wist ze. Er stond haar een akelige nacht te wachten. Ze kroop in bed, ging op haar zij liggen en rolde zich op. Ze bleef maar rillen van de kou.

Misschien moet ik er toch een dokter bij halen, dacht ze, en met die gedachte viel ze in slaap.

Toen ze wakker werd, was het buiten donker. In de kamer brandde een staande lamp in de hoek. Het was gaan waaien. De takken van de bomen zwiepten heen en weer. Grace kon de dansende schaduwen van de bladeren op de muur zien.

Ze ging langzaam rechtop zitten. Ze had hoofdpijn en haar hele lichaam deed zeer, maar ze voelde zich een beetje minder slap dan 's middags. Eén blik op de klok zei haar dat het bijna acht uur was. Hoog tijd dat Kim haar avondeten kreeg. Wat lief van het meisje, dat ze zo rustig was geweest en Grace niet in haar slaap had gestoord.

Grace stapte uit bed. Toen ze ging staan, draaide de kamer even voor haar ogen en moest ze op het nachtkastje leunen. Maar toen werd haar blik helderder. Ze glipte in haar warme pantoffels, trok haar ochtendjas aan en slofte naar de keuken.

Daar was niemand. Alleen de poes lag in haar mand te slapen. Op de tafel stond de lege mok waarin Kims chocolademelk had gezeten, met het bordje waarop de koekjes hadden gelegen ernaast. Alles was opgedronken, alles was opgegeten. De keukenklok tikte gelijkmatig.

Grace liep naar de zitkamer, in de verwachting Kim voor de televisie te zullen aantreffen. Maar de kamer was donker, de tv was uit. Grace fronste haar voorhoofd. Was Kim soms al naar bed gegaan?

Naast de badkamer was een kleine kamer die de Walkers als logeerkamer gebruikten. Grace, die steeds ongeruster werd, keek naar binnen. De kamer was leeg. Het bed was niet gebruikt.

'Dat kán toch niet!' mompelde ze.

De badkamer was leeg. De eetkamer was leeg. Grace liep zelfs het keldertrapje af. Ze keek in de bijkeuken en in de voorraadkamer. Niets. Nergens een klein meisje te bekennen.

Ze greep naar haar hoofd. Speelde de koorts haar soms parten? Had Kim gezegd dat ze ergens heen wilde gaan, en had zij het door de vreemde versuftheid in haar hoofd niet goed gehoord? Maar zó versuft was ze nu ook weer niet. Echt niet. Ze herinnerde zich dat Kim haar nieuwe boeken had willen kaften. Was ze naar het huis van haar ouders gegaan om kaftpapier te zoeken?

Ze maande zich tot kalmte, maar haar hart ging als een razende tekeer. Er hoeft niets te zijn gebeurd, dacht ze. Vóór die... moord op de twee meisjes in King's Lynn zou je je niet druk hebben gemaakt. Kim was toen altijd ergens in het park geweest en geen mens had zich ongerust gemaakt.

Maar die moorden hadden plaatsgevonden. De idylle was geen idylle meer.

Met trillende vingers draaide Grace het telefoonnummer van het grote huis. Na lang wachten werd er eindelijk opgenomen. Een zachte stem fluisterde: 'Hallo?'

'Je spreekt met Grace Walker,' zei Grace met hese stem, 'ik ben de vrouw van de opzichter van Ferndale. Is Kim bij u?'

'Met wie spreek ik?' vroeg het stemmetje.

Het mens was zó traag van begrip dat Grace haar wel door elkaar kon schudden. 'Ik ben Grace Walker. De vrouw van Jack Walker, de opzichter. We wonen in het kleine huis aan het begin van de oprijlaan.'

'O,' zei het stemmetje.

'Kim logeert op dit moment toch bij ons? Ik heb een paar uur geslapen, omdat ik nogal grieperig ben. Nu kan ik haar nergens vinden. Is ze misschien bij u?'

'Nee. Dat zou ik gemerkt hebben.'

'Kunt u even voor me kijken? Het huis is nogal groot, en misschien ...' Grace maakte de zin niet af.

'Ik ga kijken,' beloofde het stemmetje, 'en ik bel straks terug.'

Grace gaf het nummer door en legde toen de hoorn op de haak.

Lieve God, dacht ze. Een zevenjarig kind dat aan haar zorg

was toevertrouwd. En ze ging gewoon in bed liggen slapen, zo diep en vast dat ze urenlang niets zag en hoorde.

Als er iets gebeurd is... dan vergeef ik het mezelf nooit. Nooit.

Maar er hoefde niets gebeurd te zijn. Waarom zou ze het ergste denken? Dat was onzin. Door de koorts stond ze op het punt om door te draaien.

Om iets te doen te hebben, zette ze theewater op. Juist op het moment dat ze een zakje saliethee in een kopje hing, ging de telefoon.

'U spreekt met Livia Moor. Het spijt me, mevrouw Walker, ik heb het hele huis doorzocht, maar Kim is er niet.'

Grace kreeg het ijskoud vanbinnen. 'Dat kán toch niet,' bracht ze hortend uit.

'Ik heb echt overal gekeken,' zei Livia.

Beide vrouwen zwegen.

'Ik... ik voel me niet goed,' zei Grace ten slotte. 'Ik heb hoge koorts. Anders zou ik nooit midden op de dag naar bed zijn gegaan.'

'Misschien speelt ze in het park,' zei Livia.

'Maar het is al donker.'

'Ja, maar misschien is ze de tijd vergeten...'

Grace had het gevoel dat haar keel werd dichtgeknepen. 'Ik moet er niet aan dénken... Mijn god, ze is nog maar zeven...'

'Zal ik naar u toe komen?' vroeg Livia. 'Kan ik misschien iets voor u doen?'

'Dat zou heel aardig van u zijn,' fluisterde Grace. Niet dat ze veel behoefte had aan de aanwezigheid van die vreemde vrouw, maar ze dacht elk moment haar verstand te kunnen verliezen, en misschien hielp het als er iemand was met wie ze kon praten. Ook al was het dat vreemde mens uit Duits-land.

Jack. Ach, was Jack er maar!

Nadat ze had opgehangen, schonk Grace water in haar kopje en draaide toen vastbesloten Jacks nummer. Zijn mobieltje stond niet aan, maar ze slaagde erin hem via zijn hotel in Plymouth te bereiken.

'Hoe gaat het met je?' vroeg Jack meteen.

'Ach, niet goed, helemaal niet goed. Kim is verdwenen.'

'Wát?'

Grace kon haar tranen niet langer bedwingen. 'Ik ben naar bed gegaan en heb ongeveer drie uur geslapen. Kim wilde televisie kijken... maar nu is ze er niet meer. Ik heb het hele huis doorzocht, maar ze is er niet.'

'Misschien is ze in het grote huis...'

'Nee, daar is ze ook niet.'

'Luister,' zei Jack, 'maak je niet zo van streek. Ze moet toch érgens zijn.'

'Ze was zo verdrietig,' huilde Grace, 'omdat haar moeder er niet was op haar eerste schooldag. En... en ze had zich erop verheugd om samen met mij haar nieuwe boeken te kaften. Maar ik was vergeten kaftpapier te kopen. Ze was teleurgesteld, en...'

'Wát en?' vroeg Jack met schorre stem. Grace voelde dat hij zich ook zorgen maakte, maar dat hij het voor haar verborgen wilde houden.

'Misschien is ze uit teleurstelling en verdriet weggelopen. En toen...'

'Grote goedheid!' zei Jack.

'En toen is ze die kerel tegengekomen die...' vervolgde Grace, hoewel Jack al wist wat er in haar hoofd omging. Ze maakte haar zin niet af.

'Onzin,' zei Jack bars. Hij werd altijd kribbig als iets hem sterk aangreep. 'Grace, ik zou je op dit moment graag willen helpen, maar zelfs als ik vannacht als een gek zou terugrijden...'

'Doe dat niet. Je hebt nu je slaap nodig.'

'Ik weet niet hoe fit jij je voelt, maar je zou in het park kunnen gaan zoeken, ook al is het donker. Kim heeft daar schuilplaatsen. Als je een zaklantaarn meeneemt...'

Grace kreunde zacht. Eigenlijk voelde ze zich niet in staat om een zoekactie in het onbegaanbare terrein te houden.

'Ik zal het aan Livia vragen.'

'Wie?'

'Dat is... ach, dat is veel te ingewikkeld. Jack...'

'Ja?'

'Ik ben bang.'

'Onkruid vergaat niet,' zei Jack. 'Bel me als er nieuws is. Oké?'

'Ja. Ja, natuurlijk.'

'En Grace...'

'Ja?'

'Bel me ook als er géén nieuws is,' zei Jack. 'Ik wil gewoon... ach, verdomme! Ik wist vanmorgen vroeg al dat ik niet moest vertrekken. Ik had er geen goed gevoel over. Anders luister ik daar altijd naar. Waarom deze keer dan niet?'

8

Livia bood drie keer aan met een zaklantaarn door het park te gaan lopen en Kim te roepen, en driemaal trok ze het aanbod weer in.

'Ik weet het niet... het is zo'n enorm groot gebied,' zei ze bang. 'Ik zal verdwalen en de weg naar huis niet kunnen terugvinden!'

Intussen was het pikdonker buiten. Grace begreep dat Livia veel te bang was om 's nachts door een uitgestrekt park met veel bomen te dwalen, en het uiteindelijk niet zou doen.

'Ik ga zelf wel,' zei ze met schorre stem.

'Geen sprake van,' zei Livia, 'u gloeit van de koorts! U zou zich een longontsteking op de hals halen.'

'Maar we kunnen hier toch niet werkeloos blijven zitten?'

'Misschien moeten we de politie waarschuwen.'

'Komen die dan al zo snel in actie?'

'Na wat er allemaal gebeurd is... misschien wel,' antwoordde Livia zacht. In het ziekenhuis was ze verstoken geweest van nieuws, maar Frederic had haar over de twee misdrijven verteld.

'Had ik maar een hond,' zei ze, 'dan zou ik...'

'Maar we hébben geen hond,' antwoordde Grace geprikkeld. Ze begreep dat Livia tot de mensen behoorde die altijd en eeuwig jammeren maar niet handelen, en dat er van haar geen hulp te verwachten was. Livia sperde haar ogen open en tuitte haar lippen, maar ze had geen idee hoe ze met de situatie moest omgaan. Grace had bijna begrip voor Livia's echtgenoot, die voor haar op de loop was gegaan en zijn toevlucht tot een andere vrouw had genomen. Maar ze had alleen bíjna begrip voor hem. Dat het hem misschien lukte of al gelukt was om het huwelijk van Frederic en Virginia Quentin kapot te maken, zou Grace hem nooit vergeven.

'Ik ga de politie bellen,' zei ze vastbesloten. 'We kunnen de tijd niet gewoon laten verstrijken. Ze moeten mensen naar ons toe sturen om het park te doorzoeken.'

Grace liep naar de zitkamer. Juist op het moment dat ze de hoorn van de haak wilde nemen, riep Livia, die in de keuken was gebleven: 'Daar komt iemand!'

'Kim!' zei Grace, en ze vloog terug naar de keuken.

Maar het was niet het kind op wie ze met smart zaten te wachten. Het waren Virginia en Nathan.

Ze hadden moeten stoppen om het toegangshek open te doen. Livia had het licht van de koplampen gezien.

Grace deed snel de voordeur open en strompelde in haar

ochtendjas en pantoffels naar buiten, de oprijlaan op, om de wagen tegen te houden. Nathan, die aan het stuur zat, trapte op de rem. Virginia stapte meteen uit toen ze de totaal ontredderde vrouw in de lichtkegel zag.

'Grace! Wat is er gebeurd? Is er iets met Kim?'

Grace, die de afgelopen minuten met moeite haar zelfbeheersing had herwonnen, barstte opnieuw in tranen uit. 'Ze is verdwenen,' snikte ze.

'Wat bedoel je?' vroeg Virginia met schelle stem. 'Hoezo, verdwenen?'

Intussen stapte Nathan ook uit. 'Rustig maar,' zei hij tegen Grace. 'Is Kim verdwenen? Sinds wanneer?'

Grace vertelde wat er die middag was gebeurd. 'Ik kon gewoon niet meer op mijn benen staan,' huilde ze, 'daarom wilde ik even gaan liggen. Ik wilde niet in slaap vallen. Ik snap niet hoe...'

'Niemand kan u iets verwijten,' zei Nathan. 'U bent ziek, u kon dat allemaal niet aan.'

Virginia beet op haar lip. 'Waar is Jack dan?'

'Die moest met de vrachtauto naar Plymouth. Hij kon het niet afzeggen.'

'We moeten meteen de politie bellen,' zei Virginia, totaal in paniek.

'Misschien heeft ze zich ergens in het park verstopt,' zei Grace. 'Ze maakt immers voortdurend holen en geheime gangen, dat soort schuilplaatsen.'

'Maar waarom zou ze zich moeten verstoppen?' vroeg Virginia.

'Ze was vandaag heel verdrietig en terneergeslagen,' zei Grace. Ze ontweek Virginia's blik. 'Het was de eerste schooldag, en ze kon niet begrijpen waarom... Nou, waarom haar moeder er niet was. En ik kon me ook niet echt met haar bezighouden. Misschien wilde ze gewoon...' ze haalde haar schouders op. 'Misschien wilde ze gewoon weg!'

'O, God,' fluisterde Virginia.

'We hebben zaklantaarns nodig,' zei Nathan. 'Wat Grace zegt, klinkt aannemelijk. Misschien heeft ze zich echt verstopt en is ze bang voor de terugweg in het donker. We moeten onmiddellijk het hele terrein afzoeken.'

'We moeten onmiddellijk de politie waarschuwen,' zei Virginia. Haar stem klonk schril.

Verdomme, niet Kim! Niet Kim!

Nathan legde zijn hand op haar arm. 'Ik vermoed dat de politie nog niets zal doen,' zei hij. 'Kim is nog niet zo lang weg, en ze is ook niet verdwenen terwijl ze op weg was naar school, op het schoolplein of op een andere openbare plaats. Ze was in dit huis. Er is niemand die haar hiervandaan heeft meegenomen. Dat lijkt me in elk geval heel onwaarschijnlijk.'

'Maar ze...'

De druk van zijn hand op haar arm nam toe. Zelfverzekerd en geruststellend. 'Er is geen overeenkomst met de gevallen van de twee andere meisjes. Geen enkele parallel. Ik denk dat we haar zullen vinden.'

Virginia haalde diep adem. 'Goed. Goed, we gaan haar zoeken. Maar als we haar binnen uur niet vinden, bel ik de politie.'

'Afgesproken,' zei Nathan.

'We hebben zaklantaarns,' zei Grace.

Ze hoestte en huilde, terwijl ze voor Virginia en Nathan uit naar het huis liep. In de felverlichte voordeur stond Livia. Ze staarde haar man aan. Ze was lijkbleek.

'Nathan,' zei ze.

Hij trok alleen maar zijn wenkbrauwen op. Virginia hield haar hoofd gebogen. Ze durfde Livia niet aan te kijken.

'Het is nu niet het geschikte moment om te praten,' zei Nathan vastberaden toen Livia opnieuw haar mond opendeed. Ze kromp zwijgend ineen.

Grace kwam met twee grote zaklantaarns uit de keuken. 'Ze zijn heel sterk. Hiermee moet het lukken.'

'Moet ik... meegaan?' vroeg Livia zacht.

Nathan schudde zijn hoofd. 'Blijf maar hier bij Grace. Zorg voor haar. Ze gloeit van de koorts. Virginia heeft haar mobieltje bij zich. Als we hulp nodig hebben, melden we ons.'

Opnieuw verstomde Livia. Ze werd nog bleker dan ze al was. Zwijgend en hulpeloos keek ze hoe haar man en de andere vrouw tussen de bomen verdwenen.

Grace, die zich eerder aan de afwachtende houding van de jonge Duitse had geërgerd, legde nu een arm om haar heen, in een meevoelend gebaar.

'Je ziet zo wit als een doek,' zei ze. 'Straks val je nog flauw. Weet je wat, je krijgt eerst een borrel van me. Daar word je weer mens van.'

Livia wilde protesteren, maar Grace schudde haar hoofd.

'Nee, je doet wat ik zeg. We hebben iets waar mijn Jack bij zweert. Die geeft je je kracht terug, zegt hij altijd.' Ze wierp Livia een scheve glimlach vol medeleven toe. 'En kracht zul je de komende tijd nodig hebben, dat is zeker.'

9

Ze strompelden naast elkaar door het park. In het begin waren ze goed vooruitgekomen op de brede zandweg waarop Virginia elke morgen jogde. Ze hadden rechts en links met hun zaklantaarns in de bosjes geschenen en Kims naam geroepen, maar op een gegeven moment was Virginia hijgend blijven staan.

'Als ze zich echt heeft verstopt,' zei ze, 'is het waarschijnlijk niet hier, waar ze makkelijk te vinden is. Dan is ze vast het park verder ingelopen, naar de plek waar ze vaak speelt.'

'In dat geval moeten wij daar ook heen,' zei Nathan. Hij

pakte haar hand. 'Kom mee. Probeer je te herinneren waar ze graag naartoe gaat, dan beproeven we daar ons geluk.'

De plaatsen waar Kim graag kwam waren alleen over paadjes te bereiken die voor een deel zodanig met kreupelhout en struiken waren dichtgegroeid dat ze bijna niet te zien waren. In het spookachtige schijnsel van de zaklantaarns leek de wildernis ondoordringbaar, maar op de een of andere manier kwamen Virginia en Nathan toch vooruit. Steeds opnieuw raakten ze met hun haar in takken verward, bleven ze met de mouwen van hun trui aan doornstruiken hangen of struikelden ze over boomwortels.

'Dit is echt een paradijs voor kinderen,' bromde Nathan, om meteen daarna een zachte kreet van pijn te slaken, toen een tak tegen zijn gezicht zwiepte. 'Verdomme, vijf koppen kleiner en je komt hier ongeschonden doorheen. Straks zien we eruit alsof we aan het vechten zijn geweest!'

Virginia wilde naar de heg met braamstruiken, waaronder Kim op een kunstige manier holen had gebouwd. Ze wilde naar een kleine steengroeve, waarin haar dochter een stad voor haar poppen had gemaakt, en naar een bosje waar Frederic het jaar daarvoor een hangmat had opgehangen. Ze kende de plekken goed, ze was er vaak geweest, maar alleen bij daglicht. In het donker leek alles anders. Meer dan eens bleef ze radeloos staan, omdat ze niet zeker wist welke kant ze op moesten. Intussen bleef ze om Kim roepen.

Uit het donkere, zwijgende park kwam geen antwoord.

Ze kwamen bij de braamstruiken en doorzochten die zo goed en zo kwaad als het ging, maar ze vonden geen spoor van het kleine meisje. Ook bij de steengroeve was Kim nergens te bekennen. Virginia ging op een rotsblok zitten en sloeg haar handen voor haar gezicht.

'Ze is weg, Nathan. Ze is weg, en ik heb het gevoel dat...'

Hij hurkte voor haar neer en trok haar handen van haar gezicht. 'Wat voor gevoel?'

'Dat híj haar heeft! Die perverse kerel! Nathan,' ze sprong overeind, 'we verdoen hier onze tijd! We moeten onmiddellijk naar de politie! Ze is niet in het park. Waarom zou ze hier ronddolen?'

'Omdat ze van streek en in de war is,' zei Nathan. Even later voegde hij er behoedzaam aan toe: 'Heb je er al aan gedacht dat... Frederic hier iets mee te maken kan hebben?'

'Wát?' Ze keek hem verbijsterd aan.

'Het zou kunnen dat hij je op deze manier een loer wil draaien. Je hebt hem bedrogen, en nu zie je wat ervan komt. Hij weet precies hoe hij je het beste kan raken: je het gevoel geven dat je een moeder bent die haar plicht verzaakt.'

Hij hield nog steeds haar handen vast en schudde haar zacht heen en weer. 'Hé! Geen zelfverwijt. Ook moeders kunnen een crisis hebben en vluchten. Je dacht dat Kim thuis was en dat er goed voor haar werd gezorgd. Als Grace niet ziek was geworden en als ze zich echt om Kim had kunnen bekommeren, had Kim vast en zeker niet zo om jouw afwezigheid getreurd. Bovendien was Jack ook nog weg. Het is gewoon een ongelukkige samenloop van omstandigheden.'

Ze knikte, trok haar handen los en veegde energiek haar tranen weg. 'Geen tijd om te huilen,' zei ze, en stond op. 'Ik wil nog een kijkje nemen bij haar hangmat. Als ze daar niet is, gaan we naar huis en waarschuw ik Frederic en de politie.'

Toen ze eindelijk de oude hangmat in het dichte, donkere bosje hadden gevonden, waren ze volledig uitgeput. Ook hier was geen spoor van Kim. En het zag er ook niet naar uit dat hier in de afgelopen uren of dagen een mens was langsgekomen. Nathan zocht de omgeving af met zijn zaklamp, nergens platgetrapt gras, afgebroken takken of voetsporen.

'Hier is ze niet, en ze is hier ook niet geweest,' zei hij. 'Goed, terug naar huis!'

Ook op de terugweg bleven ze om Kim roepen, maar ze kregen geen antwoord. Toen ze tussen de bomen door het verlichte raam van het poortwachtershuis van de Walkers zagen, kreeg Virginia hoop. Kim kon intussen zijn opgedoken en nu onder de hoede van Grace zijn. Maar toen ze bijna bij het huis waren, kwam de oude vrouw al naar buiten gelopen.

'Hebben jullie haar gevonden?' riep ze. 'Hebben jullie haar meegebracht?'

Livia kwam tevoorschijn en ging achter Grace staan. Nathan deed alsof ze er niet was. 'Kunnen we hier bellen?' vroeg hij.

Grace vocht nog steeds of alwéér tegen haar tranen. 'Natuurlijk. De telefoon staat in de zitkamer.'

Virginia was al in het huis.

'Eerst Frederic,' zei ze, 'en dan de politie.'

10

Frederic had met een paar politieke vrienden in een Indiaas restaurant gegeten. Maar hij had nauwelijks aan het levendige gesprek van de anderen deelgenomen, het was in feite niet eens goed tot hem doorgedrongen waar de gesprekken over gingen. Hij had voortdurend aan Virginia moeten denken, aan wat ze op dat moment op Skye met die andere man deed. Hij had nooit gedacht dat hij zo zou lijden onder beelden zoals die zich nu aan hem opdrongen. Hij had nooit gedacht dat hij zich aan dat soort fantasieën zou overgeven. Hij stelde zich zijn vrouw voor in de armen van een andere man... Waarom deed hij dat? Waarom kon hij daar niet mee ophouden? En waarom voelde hij daarbij zo'n verschrikkelijke, bijna lichamelijke pijn? Hij had altijd gedacht dat hij te zakelijk, te nuchter voor dergelijke emoties was. Als een vrouw vreemdging, leed een man daar niet zo verschrikkelijk onder. Tegen verdriet en teleurstellingen had je mechanismen die je met je verstand inschakelde, en die verhinderden dat je een speelbal werd van wat zich in je binnenste afspeelde. Je liet de emoties, zowel goede als slechte, geen macht over je krijgen. Frederic had altijd geloofd dat het verstand won van het gevoel.

Maar hij had er absoluut niet bij stilgestaan dat Virginia hem zou kunnen verlaten voor een andere man. Virginia was de vrouw van zijn leven, de vrouw met wie hij oud wilde worden. Daar had hij nooit aan getwijfeld. Hij had verondersteld dat het bij haar ook zo was. Blijkbaar had hij zich schromelijk vergist. En tot zijn ontzetting was er niets wat zijn hevige pijn kon wegnemen. Hij was er volkomen machteloos aan overgeleverd.

Sinds zijn terugkeer in Londen probeerde hij vertwijfeld de schijn op te houden dat alles normaal was, door zijn afspraken na te komen, zich met belangrijke mensen bezig te houden en alles te doen wat er deze week, ook vóór de ramp, op het programma stond. Hij deed dat niet zozeer uit bezorgdheid om zijn carrière, maar meer om te proberen niet volledig de grond onder zijn voeten te verliezen. Als hij in zijn huis naar de muren was gaan staren, had hij zijn verstand verloren of was hij constant ladderzat geweest. Hij moest zich aan zijn gebruikelijke dagindeling houden, dat was zijn enige kans.

Kans waarop? vroeg hij zich af. Om niet gek te worden? Om erachter te komen wat hij moest doen? Om de pijn te onderdrukken? Om zich niet te laten domineren door haat, woede en wanhoop?

Van alles een beetje. Maar het was vooral de kans om niet voortdurend te hoeven piekeren. Als hij tegenover een gesprekspartner zat en zich op hem moest concentreren, hield de molen in zijn hoofd op met draaien.

Maar op deze avond kon hij het geklets, het gelach, de vrolijkheid, de grapjes niet verdragen. Het verschil met wat zich in zijn binnenste afspeelde was te groot.

Even na tienen zei hij dat hij zware hoofdpijn had, wat niemand verbaasde, want zijn zwijgzaamheid en verstrooidheid waren de anderen de hele tijd al opgevallen. Hij nam een taxi

en liet zich door de nacht rijden, die verlicht werd door duizenden verschillende lichtjes van een grote stad. De hele dag
had hij naar mogelijkheden gezocht om zichzelf af te leiden.
En nu verlangde hij er opeens naar zich in zijn woning te ver-
schuilen. Zoals een ziek dier in zijn hol.

Net op het moment dat hij de sleutel in het deurslot stak,
hoorde hij de telefoon. Het slot klemde, en koortsachtig frunnikte hij eraan. Met één sprong was hij bij de telefoon.

'Ja?' vroeg hij, terwijl hij zich inspande om niet ademloos te
klinken. Hij ergerde zich aan de vurigheid waarmee hij hoopte dat Virginia aan de lijn was, maar tegelijkertijd geloofde hij
er niet in. Hij was dan ook stomverbaasd toen hij haar stem
hoorde.

'Frederic? Ik dacht al dat je niet thuis was. Ik wilde juist ophangen.'

'O... Virginia. Ik kom net binnen.' Ze moet per se geloven
dat ik een heel normaal leven leid en hier niet dodelijk gekwetst rondhang, dacht hij, en vond zichzelf kinderachtig.

'Ik ben met kennissen uit eten geweest,' zei hij.

'Ik ben in Ferndale,' zei Virginia. Zonder overgang voegde
ze eraan toe: 'Kim is verdwenen.'

'Wát?'

'Grace heeft haar van school opgehaald en is daarna naar
bed gegaan omdat ze griep heeft. Toen ze een paar uur later
wakker werd, was Kim verdwenen.'

'Dat kán toch niet!'

'Ze is weg. Ik ben al op alle mogelijke plekken in het park
geweest, maar ze is nergens te bekennen. Ik ben volstrekt radeloos. Ik...'

'Ik kom meteen naar je toe,' zei Frederic.

Haar aarzeling was geluidloos en toch zo voelbaar door de
telefoon dat Frederic het na enige verbazing begreep. Het verbaasde hem dat de pijn zo intens was, ondanks zijn bezorgdheid om zijn kind.

'Ik snap het,' zei hij, 'je minnaar is bij je. Waarschijnlijk komt mijn aanwezigheid daar niet zo goed uit.'

'Speelt dat nu een rol?'

'Waarom mag ik dan niet komen?'

Ze klonk erg moe en gedeprimeerd. 'Dat ik aarzelde heeft daar niets mee te maken,' zei ze, 'het is alleen...'

'Ja?'

'Ik was... ik wist niet of ik opgelucht moest zijn of niet. Ik was bang dat... Kim bij jou was. Blijkbaar is dat niet zo, maar dan had ik in elk geval geweten dat ze veilig was.'

Nu was híj even sprakeloos. 'Dacht je dat ze bij míj was?' vroeg hij.

'Ja.'

'Waarom zou ze hier zijn? Waarom zou ik haar meenemen zonder het iemand te laten weten?'

Ze haalde diep adem. 'Om me mijn uitstapje naar Skye betaald te zetten,' zei ze.

Terwijl hij zijn uiterste best deed om zijn kalmte te bewaren, volslagen verbijsterd dat hij met zo'n beschuldiging werd geconfronteerd, zei Virginia: 'Ik ga nu de politie bellen. Ze moeten meteen in actie komen.'

'Denk je dat ik van Londen naar King's Lynn rijd, Kim stiekem uit het huis van de Walkers haal en dan als een gek met haar naar Londen race, enkel en alleen om op zo'n gestoorde manier mijn gekrenktheid te wreken?'

'Het maakt toch niet uit wat ik gedacht heb? Er is maar één ding belangrijk, namelijk dat we Kim vinden.'

Ze had gelijk. Het was niet het juiste moment om met elkaar in discussie te gaan. Daar zou later wel tijd voor zijn. Veel later.

Plotseling kwam hij op een idee. 'Ben je bij haar boomhut geweest?'

'Bij welke boomhut?'

'Die ik voor haar heb gebouwd toen ze vier was.'

360

Een lange, warme zomer. Ze hadden toen nog in Londen gewoond en de maanden juli en augustus bij wijze van uitzondering niet op Skye maar in Ferndale House doorgebracht. Kim had in een fase gezeten waarin ze zich heel erg aan haar vader vastklampte, en Frederic had veel tijd aan haar besteed. Hij was met haar gaan zwemmen, ze hadden samen door de bossen gestruind, naar dieren gekeken en bloemen verzameld. En een boomhut gebouwd. Een echte boomhut met een ladder die kon worden opgetrokken, een bank om op te zitten, en zelfs een gammel tafeltje.

'Maar daar is ze toch in geen eeuwigheid meer geweest,' zei Virginia.

'Toch herinnert ze het zich. En het was een ontzettend vrolijke tijd voor ons. Misschien dat het haar daarom aantrekt.'

Die zomer was hun gezinsleven zeer harmonieus geweest. Veel middagen hadden ze samen in de boomhut doorgebracht, hoewel Virgnia altijd bang was geweest dat hij onder hun gewicht zou bezwijken. Kim had gespeeld dat ze haar ouders op de thee uitnodigde. In plastic kopjes uit haar poppenkeuken had ze water geserveerd en kleine stukjes zandtaart op piepkleine bordjes.

Ze hadden veel plezier gehad. De boomhut zou voor alles kunnen staan wat Kim op dit moment vreesde te zullen verliezen.

'Kun je die plek nog terugvinden?' vroeg Frederic.

'Ja. Natuurlijk.'

'Goed, ga kijken of ze daar is. Zo niet, dan moet je meteen de politie waarschuwen. En mij bellen. Ik zal een manier zien te vinden om vannacht nog naar Ferndale te komen.'

'Oké.' Hij kon aan haar stem horen hoe bang ze was. De angst om Kim kneep letterlijk haar keel dicht.

'Ik wacht hier naast de telefoon,' zei hij, en hing op.

Hij geloofde niet dat Kim was ontvoerd. Niet uit het huis van de Walkers. Ze was weggelopen. Ze protesteerde op de

361

enige manier die haar ter beschikking stond tegen de dreigende ineenstorting van haar wereld.

Maar dat was al erg genoeg. Hij was van plan geweest de komende tijd in Londen te blijven en te wachten op de eerste stap die Virginia zou zetten. Zij was uit hun huwelijk weggelopen, en nu moest ze zelf maar bedenken hoe ze met de puinhoop omging. Het werd hem duidelijk hoe kinderachtig zijn houding was en dat hij die zo snel mogelijk moest laten varen. Want bij deze kwestie ging het niet alleen om hem en Virginia, hun gevoelens voor elkaar, de wonden die ze hem had toegebracht en wat hij ertoe bijgedragen had om het zover te laten komen. In eerste instantie ging het om Kim. Ze moesten aan Kim denken, en pas daarna aan zichzelf.

Uiterlijk morgen zou hij naar King's Lynn vertrekken. Ze moesten met elkaar praten. Bespreken hoe de komende weken eruit zouden zien, hoe ze veranderingen in het gezinsleven konden aanbrengen die Kim zo min mogelijk pijn deden.

Kim.

Hij staarde naar de telefoon.

Kim, kom terug! Waar ben je? Kom terug, alles komt goed!

Het volgende uur, dat was hem duidelijk, zou het langste uur van zijn leven tot nog toe worden.

Dinsdag 5 september

1

Even voor zes uur in de morgen reed de taxi de oprijlaan van Ferndale House op. Het regende. De chauffeur deed zijn koplampen aan, en het licht danste spookachtig op de weg die tussen de donkere, natte bomen door slingerde.

De wagen stopte voor het huis. Er brandde geen licht achter de ramen. De nevel hing als een sluier tussen de schoorstenen. De morgen deed denken aan de late herfst. Er hingen nog te veel bladeren aan de boomtakken, anders had het een dag in november kunnen zijn.

De voordeur ging open en Livia kwam naar buiten. Ze droeg een spijkerbroek, gympen en een blauwe regenjas. In haar hand hield ze de tas met kleren die ze van Virginia had gekregen.

De taxichauffeur stapte uit en deed het achterportier voor haar open. 'Ik ben stipt op tijd,' zei hij trots.

Livia knikte. 'Ja, dank u wel.'

'Naar het station?' vroeg hij voor de zekerheid.

Ze knikte. 'Naar het station.'

Hij startte de motor en keerde de auto.

'Waar gaat de reis heen?' vroeg hij.

'Naar Londen.'

'Ik weet niet of er zo vroeg al een trein rijdt.'

'Dat geeft niet. Ik wacht gewoon tot er een komt.'

Ze reden de oprijlaan af. De chauffeur had het toegangshek open laten staan. Aan de andere kant van de muur stonden de bomen verder uit elkaar en werd het dus een beetje lichter. Maar er hing een dichte mist boven de velden, terwijl de lucht bezwangerd was van regen.

'Geen lekker weer om te reizen,' zei de chauffeur. Hij kreeg geen antwoord. Toen hij een onderzoekende blik in het achteruitkijkspiegeltje wierp, zag hij dat zijn passagier zat te huilen.

Hij zette de radio aan, maar zo zacht dat hij nog net het nieuws kon horen. Hij mocht niet praten, maar hij wilde wel graag een stem horen.

Arme vrouw. Wat was ze mager en wat leek ze terneergeslagen. Nee, niet alleen maar terneergeslagen. Hij keek nogmaals onopvallend naar de achterbank.

Radeloos. Echt radeloos.

Arme ziel!

2

'Haal je me na schooltijd ook weer op, mama?' vroeg Kim. Ze zat achter in de auto, met haar schooltas op schoot. Ze zag er heel bleek en magertjes uit.

Ze had getrild als een espenblad toen Virginia en Nathan haar de afgelopen nacht in de boomhut hadden gevonden. Ze had er uren doorgebracht, ze was totaal verkleumd, oververmoeid en doodsbang geweest. Nathan had haar teruggedragen door het bos, terwijl Virginia hem bijlichtte. Ze had onmiddellijk met haar dochter naar een dokter willen gaan, maar Nathan had gezegd dat ze het kind daarmee nog meer van streek zou maken.

'Ze heeft warme melk met honing, een warm bad en veel

slaap nodig,' had hij aangeraden. Ten slotte had Virginia inge-stemd. Ze was tot in haar ziel geraakt. Nog nooit had ze haar vrolijke, evenwichtige kind in zo'n toestand gezien.

'Waarom had je je daar verstopt?' vroeg ze toen het meisje in bed lag met een dikke sjaal om haar hals en warme sokken aan haar voeten.

'Ik wilde me niet verstoppen,' had Kim gezegd. 'Ik wilde al-leen maar naar de boomhut toe, en toen was het ineens don-ker en durfde ik niet meer door het bos te lopen.'

'Maar waarom wilde je daar zijn? Op zo'n regenachtige, koude middag? Met zulk weer is het toch helemaal niet pret-tig in de boomhut?'

Kim had gezwegen en haar hoofd afgewend.

'Ik weet dat je verdrietig was omdat ik er op je eerste school-dag niet was,' had Virginia gezegd. 'En dat spijt me héél, héél erg dat dat gebeurd is. Ik dacht alleen... je bent altijd zo graag bij Grace. Ik was er echt van overtuigd dat je me niet zou mis-sen!'

Later, toen Kim eindelijk in slaap was gevallen en Virginia in Londen Frederic had opgebeld, had ze hetzelfde tegen Na-than gezegd. Ze trof hem in de keuken aan, waar hij voor de koelkast stond en een glas melk dronk. Hij had er afgemat uit-gezien. Ze besefte dat hij lang met Livia had gesproken.

'Natuurlijk vind ze het altijd fijn om bij Grace te zijn,' had hij gezegd, 'maar deze keer was de situatie anders dan anders. Je was niet zomaar weg. Ze had opgevangen dat de volwasse-nen, haar vader voorop, niet wisten waar je was. Kinderen hebben fijne antennes. Dat het op het ogenblik niet goed zit tussen haar ouders weet ze weliswaar nog niet, maar toch voelt ze de aarde beven. Er komt iets dreigends op haar af, en daar-om is ze naar die boomhut gevlucht.'

Virginia was aan de keukentafel gaan zitten, met haar hoofd in haar handen. 'We maken zoveel kapot,' had ze gefluisterd, 'we richten zoveel schade aan!'

'Dat waren we ons bewust,' had Nathan gezegd.

Ze had hem aangekeken. 'Heb je met Livia gesproken?'

'Ik heb het geprobeerd.'

'Geprobeerd?'

'Ze huilt de hele tijd. Het was absoluut onmogelijk een echt gesprek te voeren. En ze begon steeds opnieuw over de schipbreuk. Ze stortte bijna in. Alles wat ik verder tegen haar zei, leek niet tot haar door te dringen.'

'Ze is volledig getraumatiseerd. En nu ook nog dit...'

'Ja,' zei Nathan, 'en nu ook nog dit...'

Hij was tegenover haar aan de tafel gaan zitten en had haar beide handen in die van hem genomen. De aanraking was magisch geweest, net als in de afgelopen dagen in Dunvegan.

'Maar ik kan niet terug,' zei ze, 'ik kán niet meer zonder jou.'

Hij had geen antwoord gegeven en haar alleen maar aangekeken. Er brandde slechts één lamp in de donkere keuken. Zo hadden ze urenlang gezeten, zwijgend, elkaars handen vasthoudend. Op een gegeven moment waren ze naar de zitkamer gegaan. Ze hadden zich dicht tegen elkaar aan op de bank genesteld en geprobeerd te slapen. Ze hadden hun kleren nog aangehad, en het was smal en ongemakkelijk. Af en toe waren ze weggedommeld, maar echt geslapen hadden ze niet. Maar Virginia had het een betoverende nacht gevonden. Toen ze de volgende morgen met stijve ledematen en een pijnlijke rug opstond, was haar schuldgevoel ten opzichte van Frederic en vooral ten opzichte van Kim niet kleiner geworden, maar de zekerheid dat Nathan de enige weg was, had zich nog meer versterkt.

Nu zat ze in de auto. Ze waren zojuist voor Kims school aangekomen. En toen Kim vroeg of ze 's middags ook door haar moeder zou worden opgehaald, was Virginia even in de verleiding geweest om snel een geruststellend antwoord te geven. Maar toen bedacht ze hoe belangrijk het was dat ze in deze situatie niet nog eens het vertrouwen beschaamde dat Kim ondanks alles in haar had.

'Ik weet niet of ik je kan ophalen,' zei ze. 'Papa komt tegen vijf uur met de trein uit Londen aan. Ik zal hem waarschijnlijk van het station moeten halen. Hij heeft daar geen auto staan.'

Frederic had 's nachts nog tegen haar gezegd dat hij zo snel mogelijk naar Ferndale zou komen en de volgende dag tegen vijf uur in King's Lynn zou arriveren. Haar aanbod om op het station op hem te wachten had hij meteen afgeslagen. Maar Virginia speelde met de gedachte het toch te doen. Op de een of andere manier leek het haar verstandiger hun eerste ontmoeting op neutraal terrein te laten plaatsvinden. Ze wilde het gesprek met hem het liefst in een café of een restaurant voeren, niet thuis in de zitkamer. Ze wist zelf niet precies waarom haar dat gemakkelijker leek. Misschien kwam het door de uren en dagen die ze met Nathan in Ferndale had doorgebracht. Het huis ademde nu al het verhaal van hen beiden, hoewel ze er geen seksueel contact met elkaar hadden gehad. Maar de afgelopen nacht woog voor Virginia zwaarder dan hun hartstochtelijke omhelzingen op Skye. In de afgelopen nacht waren hun zielen met elkaar versmolten. Kon ze dan over een paar uur op dezelfde bank met Frederic zitten praten?

'Wie haalt me dan op?' vroeg Kim. Ze had blauwachtige kringen onder haar ogen.

'Er zal zeker iemand op je staan wachten,' beloofde Virginia. 'Misschien Grace, als ze zich beter voelt. Misschien Jack, als hij dan weer terug is. Misschien...'

'Ja?'

'Misschien Nathan. Zou je dat leuk vinden?'

Kim aarzelde.

'Je mag Nathan toch, of niet?'

'Hij is aardig,' zei Kim.

'Misschien haalt hij je op en gaat hij daarna ergens warme chocolademelk met je drinken. Hoe zou je dat vinden?'

'Heel leuk,' zei Kim, maar ze klonk niet erg enthousiast.

Virginia keek haar aan. 'Lieverd, ik... ik ga nooit meer bij je weg. Dat beloof ik je!'

Kim knikte. 'En papa?'

'Papa moet af en toe naar Londen, dat weet je.'

'Maar komt hij dan weer terug bij ons?'

'Je raakt hem niet kwijt,' zei Virginia. Toen wendde ze snel haar hoofd af, omdat ze tranen in haar ogen kreeg.

God vergeef me, mompelde ze zonder geluid te maken.

3

'Ze is weg en ze heeft mijn geld meegenomen,' zei Nathan. Hij zag wit van woede onder zijn bruine teint. 'Ik bedoel het geld dat jij me hebt geleend. Ze heeft tien pond achtergelaten, maar met de rest is ze verdwenen.'

Virginia stond onder aan de trap en keek omhoog. 'Is Livia weg?'

'Haar kleren – jóúw kleren – heeft ze ook meegenomen. Het ziet ernaar uit dat ze is vertrokken.'

'Ik had haar die kleren gegeven, dus dat is oké.'

Nathan liep de trap af. 'Ik vermoed dat ze probeert naar Duitsland te gaan.'

'Is dat zo gek?' vroeg Virginia. 'Na alles wat er is gebeurd? Ik begrijp best dat ze het hier niet langer uithoudt.'

'En ik heb nog maar tien pond!'

'Nathan, dat is toch geen probleem! Je kunt te allen tijde geld van me krijgen.'

'Ik had gehoopt niets meer nodig te zullen hebben,' zei hij woedend. 'Het was in feite jouw geld, maar ik hoopte dat het daarbij zou blijven! Kun je je voorstellen hoe...'

Hij zweeg abrupt. Ze legde zacht haar hand op zijn arm. 'Nathan... dat moet tussen ons geen punt zijn.'

'Voor mij is het wél een punt. Ik ben drieënveertig. Ik sta met lege handen en moet bedelen bij de vrouw van wie ik hou. Verdomme, kun je je voorstellen hoe afschuwelijk ik me daarbij voel?'

'Ja, dat kan ik me voorstellen,' zei Virginia.

Hij stond onder aan de trap en streek zijn haar van zijn voorhoofd, met een beweging die meer van moeheid dan van woede getuigde. 'Wist ik maar een oplossing! Ik weet dat ik zal gaan schrijven. Ik weet dat ik succes zal hebben. Maar zoiets gaat niet zo snel.'

'Maar op een gegeven moment bereik je je doel. Laat je tot die tijd dan door mij helpen!'

'Er zit niets anders op,' zei Nathan. Virginia stelde verbaasd vast dat hij er echt ellendig uitzag. Blijkbaar was hij echt van plan geweest niet nog meer geld van haar te vragen. Ze vroeg zich af hoe hij dat had willen volhouden. Het feit dat Livia het weinige geld dat hij bezat had meegenomen, leek hem in een echte crisis te storten.

'Er zit niets anders op,' herhaalde Nathan, 'want ik moet toch érgens van leven. En het ziet ernaar uit dat ik voorlopig niet hier in Ferndale zal kunnen blijven.'

Ze keek hem aan. 'Hoezo?' vroeg ze, traag van begrip.

Hij glimlachte, maar hij maakte geen gelukkige indruk. 'Lieverd, je man komt vandaag. Ben je dat al vergeten? Ik heb niets tegen hem, maar denk je dat hij kalm zal blijven als ik in de zitkamer zit en hem een drankje aanbied zodra hij binnenkomt?'

Het verbaasde haar dat ze tot nu toe niet had nagedacht over de vraag hoe een ontmoeting tussen Nathan en Frederic te vermijden was. De opwinding over Kim had haar helemaal in beslag genomen.

'Dat klopt,' zei ze. 'Je kunt beter niet hier zijn.'

'Ik zal een pension zoeken en er een kamer huren. Helaas moet ik je dan vragen...'

'Geen probleem. Ik betaal.'

'Je krijgt elke cent terug. Dat zweer ik.'

'Als dat je een beter gevoel geeft...'

'Anders zou ik het niet kunnen verdragen,' zei hij.

Weifelend stonden ze tegenover elkaar. 'Ik weet niet hoe ik het de komende nachten zonder jou moet uithouden,' zei Virginia zacht.

'We hebben nog ons hele leven,' antwoordde hij net zo zacht.

In snel tempo trokken de beelden als momentopnamen aan Virginia's geestesoog voorbij. Een klein huis op het platteland. Een tuin die baadde in het zonlicht. Zij en Nathan aan de keukentafel, vóór hen een mok met sterke, zwarte koffie. Ze discussieerden hartstochtelijk over zijn nieuwste boek, ver weg van de wereld en toch niet eenzaam, omdat ze samen waren. Gezamenlijke nachten, ineengestrengeld, elkaars adem voelend. Een glas wijn bij zonsondergang, of zwijgend, in totale harmonie. Party's, mensen, muziek, een blik van verstandhouding.

Geluk, geluk, geluk.

Ze zou het hervinden. Ze kon de nabijheid van het geluk al voelen. Het was vlakbij. Het stond al voor haar, zó dichtbij dat haar hart er sneller van ging kloppen.

Nathans lippen waren in haar haar. 'Dan ga ik maar,' zei hij.

'Nu al? Frederic komt pas laat in de middag.'

'Ja, maar toch vertrek ik. Ik moet een tijdje alleen zijn. Misschien ga ik naar de zee. Er is zóveel gebeurd.'

'Neem mijn auto maar. Dan neem ik die van Frederic.'

Hij balde zijn handen tot vuisten. 'Op een dag,' zei hij, 'zal ik niet meer afhankelijk zijn. Alles zal anders worden.'

'Natuurlijk.' Maak je daar toch niet zo druk om, dacht ze.

Ze drukte hem haar autosleuteltjes in de hand en zocht in haar handtas naar een paar bankbiljetten. Ineens schoot haar nog iets te binnen.

'Zou je om vijf uur Kim van school kunnen halen? Grace is

nog te ziek, ben ik bang, en Jack zal dan nog niet terug zijn. Ik zal je vertellen hoe je moet rijden om bij de school te komen.'

'Natuurlijk haal ik Kim op.'

'Zet haar maar bij Grace af. Ik wil Frederic van het station ophalen en dan ergens met hem gaan praten.'

'Ik haal Kim op tijd op. Maak je geen zorgen.'

Ze knikte en klampte zich vast aan de woorden 'maak je geen zorgen'. Er lag een zware dag voor hen. Zware weken. Een zware tijd.

'Nathan,' zei ze, 'we redden het. Zeker weten!'

Hij glimlachte opnieuw. Deze keer niet bitter, maar teder. 'Ik hou van je,' zei hij.

4

Grace voelde zich nog niet goed, maar het ging wel iets beter met haar. Ze had de hele dag in bed gelegen en was alleen af en toe opgestaan om naar de wc te gaan of een verse kop thee voor zichzelf te zetten. Ze stond nog onvast op haar benen, maar ze was niet meer zo duizelig als voorheen. En ook haar lichaam deed nu minder pijn. Ze had het ergste achter de rug.

Jack had tweemaal gebeld en gezegd dat hij vroeg in de avond terug zou zijn. Zelden had ze zo naar zijn komst verlangd. Hij was een norse man, maar hij kon heel zorgzaam zijn als iemand niet in orde was. Hij zou vast iets lekkers voor haar koken en de televisie naar de slaapkamer brengen, dan kon ze gezellig in bed naar de romantische films kijken die 's avonds werden uitgezonden.

Ze was zo blij en opgelucht dat Kim ongedeerd in de armen van haar moeder was teruggekeerd. Ze had het zichzelf nooit vergeven als het kind iets zou zijn overkomen, alleen omdat ze in slaap was gevallen toen ze op Kim had moeten passen. Maar ondanks de griep en haar bijna verlammende angst om Kim was ze zich heel goed bewust geweest van de explosieve situatie. Dat er tussen Virginia Quentin en die knappe Duitser iets gaande was, was zó voelbaar dat die twee hun gevoelens voor elkaar ook met rode, lichtgevende letters op een spandoek hadden kunnen schrijven. Livia Moor had eruitgezien alsof ze elk moment kon flauwvallen. Ze was lijkbleek geweest en haar lippen hadden getrild. Maar ze was ook bang voor haar man, dat had Grace gezien. Hoewel hij haar zo openlijk bedroog, durfde ze geen scène te maken. Hij had haar een blik toegeworpen die haar deed verstommen. Hij behandelde haar als een stuk vuil, vol minachting en zonder enig respect voor haar gevoelens. Grace vroeg zich af waarom Virginia Quentin zich met een man inliet die een andere vrouw zo slecht behandelde. Merkte ze dat niet? Of dacht ze dat Nathan Moor bij háár een ander mens zou zijn? Grace, die van roddelen hield, had graag met haar vriendinnen over de kwestie willen praten, maar afgezien van het feit dat ze zich niet goed voelde, was er een veel belangrijker beletsel: het was tegen haar principes om over 'haar familie' te kletsen. Wát er ook gebeurde, zij zou haar lippen stijf op elkaar houden. De mensen in King's Lynn zouden het nieuws over een mogelijk einde van het gelukkige echtpaar Frederic en Virginia Quentin misschien via de roddelpers te weten komen, maar Grace Walker zou geen woord zeggen.

Het was vier uur en Grace stond in haar ochtendjas voor het raam naar buiten te kijken. Het regende nog steeds. De septembermaand was een verschrikking dit jaar. Geen zomerse dagen met een heldere, warme lucht, een blauwe hemel en tuinen vol kleurige bloemen. Alleen maar regen en mist. Novemberstemming. Geen wonder dat ze die zware verkoudheid had opgelopen! Grace had er een hekel aan zich zwak en ellendig te voelen. Met haar energieke, resolute aard vond ze niets zo irritant als hulpeloos, zwak en passief te zijn, en de uren van de dag te verbeuzelen. Ze was graag bezig, ze hield ervan om het huis en de tuin op orde te houden, lekkere dingen te koken en te bakken, om de was netjes te strijken en op te bergen in de van kleine bosjes lavendel voorziene laden van de kast. Ze vond het heerlijk om voor anderen te zorgen, zich om hen te bekommeren. Ze had zich goed kunnen voorstellen dat ze minstens zes kinderen zou hebben en wist dat ze een zorgzame moeder zou zijn geweest, maar in het begin van hun huwelijk hadden ze met moeite kunnen rondkomen en Jack was constant met de vrachtwagen op pad geweest. Ze hadden op gunstiger levensomstandigheden gewacht, maar toen die werkelijk gunstiger werden, was Grace al half in de veertig en niet meer zwanger geworden. Vaak dacht ze dat haar kinderloosheid altijd als een schaduw over haar leven zou liggen, dat voor het overige gelukkig was. Wat fijn dat ze voor de kleine Kim tenminste een soort grootmoeder kon zijn!

Maar terwijl ze naar de regen buiten staarde en voor de honderdste keer haar loopneus snoot, dacht ze plotseling: zou alles wel zo blijven als het is? Als mevrouw en meneer Quentin gaan scheiden en mevrouw Quentin er ten slotte met die dandy vandoor gaat, zal ze Kim vast en zeker meenemen! Het kind blijft toch altijd bij de moeder? En meneer Quentin verkoopt dan misschien Ferndale House, want hij is meestal in Londen, wat moet hij dan met een landgoed vol trieste herinneringen? Ze kreeg het zó benauwd dat ze snel op de bank moest gaan zitten en diep inademen. Jack vond altijd dat je je niet moest opwinden over dingen die nog niet gebeurd waren.

'Straks loopt het allemaal heel anders af en dan heb jij je energie eraan verspild,' had Jack vaak gezegd. Meestal had hij gelijk gehad.

Misschien zie ik spoken, probeerde Grace zichzelf te troosten, maar toch bonsde haar hart en brak het zweet haar uit, over haar hele lichaam.

Midden in deze sombere gedachten ging de telefoon.

Ze hoopte dat het Jack was, die tegen haar zou zeggen dat hij elk moment thuis kon zijn. Dan kon ze hem over haar angsten vertellen en zou ze ongetwijfeld een geruststellend antwoord krijgen.

'Ja?' zei ze hoopvol.

Maar het was de Duitser, dat hoorde ze meteen aan zijn accent.

'Mevrouw Walker, ik ben het, Nathan Moor. De... gast van mevrouw Quentin.'

'Ik weet wie u bent,' zei Grace koeltjes.

'Ik sta in een telefooncel in Hunstanton. Mijn wagen wil niet starten.' Grace kon geen slimmer antwoord bedenken dan: 'Wat doet u nou met dit weer in Hunstanton?'

Hij klonk een beetje ongeduldig. 'Sommige mensen maken ook in de regen strandwandelingen. Luister, mevrouw Walker, het probleem is dat ik Virginia... dat ik mevrouw Quentin heb beloofd Kim om vijf uur van school te halen. Het ziet ernaar uit dat het lang kan gaan duren voor ik de auto weer aan de praat krijg. Ik heb geprobeerd mevrouw Quentin telefonisch te bereiken, maar ze neemt niet op. En op haar mobieltje slaat meteen de voicemail aan.'

'Mevrouw Quentin is hier een halfuur geleden voorbijgekomen. Voor zover ik weet, wil ze haar echtgenoot,' Grace legde de nadruk op het woord *echtgenoot*, 'ophalen van het station.'

'Verdomme!' zei Nathan.

'Blijkbaar heeft ze haar mobieltje niet aangezet,' zei Grace, die er enigszins van genoot Nathan Moor hulpeloos mee te maken nu hij geen contact met zijn geliefde kon krijgen. Hoewel ze natuurlijk wel een vermoeden had waar het op uit zou draaien: als Virginia Quentin onbereikbaar bleef, dan zou zij Kim moeten gaan ophalen en kon ze wéér niet een dag in bed liggen om volledig te herstellen.

En prompt kwam zijn vraag. 'Ik vind het echt heel vervelend om het te moeten vragen, mevrouw Walker,' zei Nathan, 'maar zou u Kim misschien kunnen ophalen? Ik weet dat u ziek bent, maar...'

'Hoe zit het dan met uw vrouw?' vroeg Grace.

Het was even stil.

'Mijn vrouw is vertrokken, ze is weg,' antwoordde Nathan ten slotte.

'O,' zei Grace.

'En mijn geld ook,' voegde Nathan eraan toe. 'En? Kunt u...?'

Zo minachtend mogelijk zei Grace: 'Ik zal Kim ophalen. Natuurlijk laat ik het kind niet in de steek.' En na die woorden legde ze de hoorn op de haak.

Livia Moor was dus al vertrokken. De problemen stapelden zich op.

Kalm blijven, zei Grace bij zichzelf, heel kalm blijven.

Maar haar hart bonkte, en ineens werd ze weer erg duizelig. Ze had het liefst in bed willen kruipen en haar tranen de vrije loop laten, maar er zat niets anders op dan haar plicht te doen.

Ze belde Jack op zijn mobiele telefoon en vertelde de situatie, maar het was spitsuur en hij zat vast in de file op de rondweg om Londen. Hij dacht niet vóór zeven uur in King's Lynn terug te kunnen zijn.

Het was echt om te huilen.

'Dan moet ik tóch naar buiten om Kim op te halen,' zei Grace.

Jack ging natuurlijk weer tekeer. 'Je bent ziek, je hoort in bed te liggen! Wie is die vent aan wie mevrouw Quentin haar kind wil toevertrouwen? En waarom is ze niet bereikbaar?'

'Dat is een lang verhaal. Ik zal het je later wel vertellen. Nu moet ik me aankleden,' zei Grace. Ze hing op en barstte in tranen uit.

5

Het was Grace niet gelukt om op tijd bij Kims school te zijn. Precies om veertien minuten over vijf, zoals ze met een blik op haar horloge vaststelde, stopte ze voor de school. Ze wond zich erover op, want meestal was absolute nauwgezetheid haar grootste deugd. Maar ze had niet beseft hoe moeilijk elke beweging voor haar zou zijn en hoeveel tijd ze nodig zou hebben om zich aan te kleden. Toen ze zich bukte om haar schoenen vast te maken, was het zweet haar uitgebroken en was ze zo duizelig geworden dat ze weer overeind had moeten komen en minutenlang had moeten wachten tot ze de volgende poging waagde.

'Ik ben echt ziek,' had ze zacht gejammerd, 'echt ziek. Uitgerekend nu!'

De regen was overgegaan in motregen. De wereld was gehuld in grauwe troosteloosheid. Het rode, bakstenen schoolgebouw leek stil en verlaten te zijn. Op het geasfalteerde schoolplein lagen veel plassen. Op de muur bij de ingang zat een musje, dat somber de wereld inkeek.

Gewoonlijk zat Kim ook op dat muurtje als Grace haar kwam halen en Kim vroeger dan verwacht naar buiten was gekomen. Vandaag kon Grace behalve de mus niemand ontdekken. Maar dat leek haar niet zo verwonderlijk, gezien de regen.

Ze is natuurlijk binnen, dacht ze moe. Nu moest ze een parkeerplekje zoeken en uit de auto stappen, en dat terwijl ze over haar hele lichaam rilde van de koorts. Er bleef haar die dag niets bespaard. Meer dan ooit verlangde ze naar haar bed, een kopje warme thee en rust, veel rust.

Ze parkeerde de auto vlak voor de school, wat in feite verboden was. Toen stapte ze uit en liep zo snel mogelijk over het schoolplein. Ze was vergeten een paraplu mee te nemen. In haar haast stapte ze in een plas en voelde meteen daarna dat haar schoen en haar kous het koude water opzogen.

'Verdomme,' zei ze uit de grond van haar hart.

Eindelijk had ze het afdak bereikt waar het droog was en duwde ze de grote, glazen klapdeur open die toegang gaf tot het hoge trappenhuis. Rechts en links van de ingang waren prikborden met een groot aantal papiertjes: inlichtingen, oproepen, allerlei berichten. Er was een enorme hal waarin ook bijeenkomsten en lezingen werden gehouden. In het midden leidde een brede trap naar een galerij met een balustrade. Daar gaven talrijke deuren toegang tot de verscheidene klaslokalen en werk- en vergaderruimten.

In de hal was geen mens te zien.

Grace had verwacht dat Kim op de trap zou zitten. Ze speurde om zich heen. Ze kon het meisje nergens ontdekken.

Met gefronst voorhoofd draaide ze zich om en tuurde door de glazen deur. Was Kim tóch buiten? Onder een van de bomen misschien? Nee, ook daar stond niemand.

Haar natte voet was ijskoud en in haar schoen stond water. Grace nieste en stak nog een keer de hal over. Daarna liep ze de trap op, waarbij ze zich krampachtig aan de leuning vasthield. Haar knieën knikten.

Ergens klonk zachte piano- en fluitmuziek. Op goed geluk deed Grace een paar deuren open en wierp een blik in lege klaslokalen. Niets. Geen spoor van Kim.

In een van de achterste lokalen trof Grace een groepje van tien jongens en meisjes aan, die onder leiding van een nerveus uitziende jonge vrouw behoorlijk vals op hun blokfluit speelden. Een jongen zat achter de piano en sloeg even hard als ondeskundig op de toetsen.

'Wat komt u doen?' vroeg de lerares gespannen toen ze Grace in het oog kreeg. De kinderen lieten opgelucht hun blokfluit zakken.

377

Grace nieste opnieuw. Ze had dringend een zakdoek nodig, maar ze kon er geen in haar jaszak vinden.

'Neem me niet kwalijk, ik wilde de dochter van een... een kennis ophalen. Om vijf uur waren haar lessen afgelopen. Helaas was ik niet precies op tijd. Nu kan ik haar nergens vinden.'

'Nou, hier is ze niet,' zei de lerares. 'Of wel?'

'Nee. Nee, Kim speelt geen blokfluit. Misschien kent u haar toch wel? Kim Quentin.'

Het was de jonge vrouw aan te zien dat ze moeite had om beleefd te blijven. 'Nee, ik ken haar niet. En volgens mij zijn we met ons blokfluitgroepje de laatsten die hier nog zijn. Behalve de conciërge is er niemand meer.'

'Dat begrijp ik... Is hier ook een soort overblijfruimte? Kim moet toch érgens op me wachten. Anders zien we elkaar altijd buiten, maar bij dit weer...'

'Bij de ingang, eerste deur rechts,' zei de jongen achter de piano, 'is een overblijfruimte. Misschien zit ze daar.'

'O, heel erg bedankt!' zei Grace opgelucht. Ze sloot de deur, en meteen daarop begon het fluitconcert vol wanklanken weer.

Moeilijke baan, dacht ze, terwijl ze de trap afrende, sneller en lichtvoetiger deze keer, want ze was er nu bijna zeker van Kim in de overblijfruimte te zullen aantreffen, en die zekerheid gaf haar vleugels. Geen wonder dat die vrouw zo geprikkeld was!

Ze duwde de deur rechts van de ingang open en keek in een ruimte met tafeltjes en banken, die kriskras in de ruimte verspreid stonden. Ongetwijfeld de overblijfruimte.

De ruimte was leeg.

Grace slaakte een diepe zucht van teleurstelling. Ook hier was geen spoor van Kim.

Intussen was het al half zes geweest. Was Kim naar de bushalte gelopen toen er om vijf uur niemand was om haar op te halen?

Grace had een paar keer met het meisje in de bus gezeten,

maar alleen bij mooi weer, of als ze om de een of andere reden zin in een wandeling hadden gehad. Want het duurde een goed halfuur om tussen de weilanden en akkers door van Ferndale House naar de dichtstbijzijnde bushalte te lopen. Kim had de busrit nog nooit in haar eentje gemaakt. Grace had geen idee of ze geld bij zich had.

Er kwam een andere gedachte bij haar op: misschien had de Duitser mevrouw Quentin toch nog op haar mobieltje weten te bereiken en had Virginia haar dochter zelf opgehaald.

Die zitten allang gezellig thuis, en ik dwaal hier maar rond, dacht Grace.

Ondanks de regen liep ze nog een keer om het schoolgebouw heen en controleerde ook de wc's, die in een afzonderlijk gebouwtje waren ondergebracht. En toen ze er zeker van was dat Kim daar echt niet was, liep ze terug naar haar auto en stapte in. Ze snakte ernaar om eindelijk de natte, ijskoude schoen te kunnen uittrekken, een beetje te doezelen en niet te hoeven nadenken.

Ze startte de motor.

Kim is vast en zeker thuis, zei ze nogmaals tegen zichzelf.

Ze reed om tien voor zes weg.

Met een onbehaaglijk gevoel.

6

Toen Frederic en Virginia het café in Main Street verlieten, was het even na zessen. Ze hadden een goed uur in het café doorgebracht en elk twee kopjes koffie gedronken. Ze hadden geprobeerd een gesprek te voeren en te begrijpen wat er was gebeurd.

Toen Frederic haar voor het station zag staan, had hij gezegd: 'Je zou me toch niet komen ophalen? Ik heb je...'

'Dat weet ik,' had ze hem onderbroken, 'maar ik wil ergens met je praten waar Kim ons niet kan horen.'

'Hoe gaat het met haar?'

'Beter. Vanmorgen vroeg maakte ze een kalme, evenwichtige indruk.'

'Wie haalt haar van school?'

'Grace,' loog Virginia. Het leek haar onmogelijk om op dit moment tegen hem te zeggen dat haar minnaar Frederics dochter ophaalde. Een leugentje om bestwil.

Frederic gaf geen commentaar op het feit dat Virginia in zijn auto naar het station was gereden. Misschien, dacht ze, valt het hem niet eens op. Ze was opgelucht, want nu hoefde ze niet te bekennen dat ze haar wagen aan Nathan had uitgeleend.

In het café had geen van hen geweten hoe het gesprek te moeten beginnen. Virginia had gezien dat Frederic haar heel aandachtig opnam, en ze wist wat hij zag, en wat voor effect het op hem zou hebben. Ondanks de opwinding over Kim de dag ervoor, ondanks de zorgen die ze zich over de hele situatie maakte, zag ze eruit als een gelukkige vrouw. Dat had ze in de spiegel vastgesteld. Blozende wangen, glanzende ogen. Haar gezicht straalde vanbinnen uit, ook als ze ernstig keek. Haar verdrietige en zorgelijke uitstraling was als bij toverslag verdwenen. De levenslust waarom ze als jonge vrouw was bewonderd en die de mannen om haar heen zo aantrekkelijk hadden gevonden, begon weer te ontwaken. Dat was wat haar zo had verbaasd toen ze 's morgens in de spiegel naar zichzelf keek, na die heerlijke, betoverende nacht met Nathan: ze zag er weer uit als de twintigjarige Virginia. Ze had weer die levendige, uitdagende, nieuwsgierige fonkeling in haar ogen. Alsof er tussen toen en u geen tijd was verstreken.

Nadat hij haar lang genoeg had aangekeken en verstrooid in zijn koffiekopje had geroerd, had Frederic zich naar haar toe gebogen en zachtjes gevraagd: 'Waarom?'

Elke verklaring kon hem alleen maar kwetsen.

'Ik weet het ook niet precies,' had Virginia gezegd, 'het is alsof...'

'Ja?'

'Alsof hij me wakker maakt na een lange slaap,' had ze even zacht als hij geantwoord. Ze had aan zijn gelaatsuitdrukking gezien dat hij zich afvroeg wat ze daar in godsnaam mee bedoelde.

Maar misschien begon hem toch iets te dagen, want na een minutenlange stilte zei hij: 'Ik heb je melancholie altijd voor lief genomen. Als een deel van jou. Iets wat absoluut bij je hoorde. Ik wilde het je niet ontnemen, omdat ik jou en je aard niet wilde veranderen. Want ik vond dat ik daar niet het recht toe had.'

'Misschien was je ook bang.'

'Waarvoor?'

'De vrouw die achter de hoge bomen leefde en nauwelijks tevoorschijn durfde komen, was heel ongevaarlijk. Mijn melancholie maakte me zwak, dus ook afhankelijk. Ik had bescherming nodig, ik was klein. Misschien wilde jij ook dát niet veranderen.'

'O.' Zijn stem werd iets scherper. 'Nu vervallen we in clichés, hè? Hoe zie jij mij? Als een macho, die zich groot en sterk voelt als de vrouw naast hem zwak en klein is? Simpel, vind je niet? Ik heb je niet tot de vrouw gemaakt die je was. Ik heb je niet naar Ferndale verbannen. Integendeel. Ik wilde dat we in Londen bleven wonen. Ik wilde dat je deelnam aan mijn leven. Ik wilde ook aan jóuw leven deelnemen, als je me maar vertelde waar dat uit bestond. Maar je hebt me geen kans gegeven. Wat verwijt je me?'

'Ik verwijt je niets.'

'Dat ik niet meer druk heb uitgeoefend? Ja, misschien had ik dat moeten doen. Maar hoe is het me vergaan toen ik het de afgelopen weken wél deed vanwege dat belangrijke diner in Londen? Ik stond als een sukkel op het station en wachtte drie treinen uit King's Lynn af voordat ik voor mezelf wilde toegeven dat je niet zou komen. En toen moest ik ook nog ontdekken dat jij er met een louche figuur vandoor was gegaan en onmiddellijk met hem de koffer ingedoken was. Dan voel je je bijzonder prettig, dat kan ik je verzekeren.' Daarna was het sarcasme plotseling uit zijn stem verdwenen en had hij zacht en droevig gezegd: 'Mijn god, Virginia, ik had nooit gedacht dat dát ons zou overkomen. Alles, maar dát niet. Niet zo'n vreselijk, in feite banaal en uiteindelijk toch fataal slippertje!'

Ze had geen antwoord gegeven. Wat moest ze zeggen? Hij had het recht aan zijn kant en zij niet, er was niets wat ze ter verdediging kon aanvoeren. Je mocht een einde aan je huwelijk maken, natuurlijk, maar niet zo. Niet door de ander te bedriegen. De meesten die dat overkwam, hadden het niet verdiend, en Frederic Quentin al helemaal niet.

Op een gegeven moment vroeg hij: 'En wat nu? Hoe gaat het verder?'

Ze zei niets, maar haar stilzwijgen sprak boekdelen.

'Ik snap het al,' zei hij bitter, 'het was geen avontuurtje, hè? Het is ernst, en het is niet voorbij.'

Ze haatte zichzelf om haar lafheid, maar ze had hem niet durven aankijken. 'Inderdaad, het is niet voorbij.'

'Aha.' Hij zweeg een ogenblik en zei toen: 'Je zult begrijpen dat ik niet van plan ben geduldig te wachten tot het ooit voorbij is.'

'Natuurlijk niet. Ik denk ook niet...' Ze maakte haar zin niet af en beet op haar lip.

Hij wist wat ze had willen zeggen. 'Je denkt niet dat het ooit voorbij zal zijn.'

'Nee.'

Hij legde wanhopig zijn hoofd in zijn handen. 'Virginia, je zult wel denken dat ik bevooroordeeld ben ten opzichte van

Nathan Moor, en dat is absoluut juist, maar... ik haat die man, ik kan hem wel wurgen, omdat hij tussen ons is gekomen en ervoor heeft gezorgd dat jij alles wat er tussen ons was met een wijde zwaai wegsmijt. En toch... ik weet dat hij mij vanaf het eerste moment al tegenstond. Ik kon hem meteen al niet uitstaan, en toen was ik nog objectief. Ik vond hem ondoorzichtig, duister, louche en... oneerlijk. Ongetwijfeld knap om te zien. Heel innemend op zijn manier. En toch... verafschuwde ik hem. Ik kon niet zeggen waarom dat zo was. Ik vond hem uiterst verdacht en onsympathiek.'

Ze zweeg. Ze wilde niet zeggen wat ze dacht. Ze wist dat ze op het eerste gezicht verliefd op Nathan Moor was geworden. Liefde was misschien een te groot woord voor dat eerste moment, maar ze had hem in elk geval begeerlijk gevonden, naar hem verlangd. Ze had het niet voor zichzelf toegegeven, maar het gevoel was er geweest, en ze vermoedde dat Frederic dat onbewust had aangevoeld. En dat hij daarom niet anders kón dan Nathan Moor afwijzen en verfoeien. Zijn gevoelens voor Nathan waren, zonder dat hij het wist, door angst gevoed en door het afschuwelijke besef: aan deze man zal ik mijn vrouw verliezen.

'Ik heb al tegen je gezegd dat hij nog nooit een boek heeft gepubliceerd,' had Frederic gezegd, 'het is niet waar dat hij...'

'Ik weet het. Hij heeft me alles verteld.'

'O ja? En welke redenen voerde hij aan? Hij heeft tegen ons gelogen en ons misleid. Niet erg netjes van hem, hè? Maar jij schijnt zo smoorverliefd op hem te zijn dat je alles maar door de vingers ziet!'

'Zijn redenen hebben me overtuigd.'

'Hij is een klaploper, een arme sloeber. Hij bezit letterlijk niets meer op deze wereld! En het is zeer twijfelachtig of er ooit een boek van hem zal verschijnen. Of hij ooit geld zal verdienen. Toen dat vervloekte schip van hem verging, verloor hij alles. Zijn situatie is uitzichtloos. Is het ooit bij je opgekomen dat het ook gewoon geld zou kunnen zijn dat hij bij je zoekt? Een dak boven zijn hoofd? Een bestaan?'

'De dagen met hem...'

'Ja? Wat?'

'De dagen met hem vertellen me gewoon iets anders.'

Gekweld had Frederic even zijn ogen gesloten. 'En de nachten waarschijnlijk nog meer,' had hij gefluisterd.

Virginia had gezwegen.

Het regende nog steeds toen ze ten slotte naar buiten gingen. Het was heel koud geworden.

'Dit is de koudste en natste septembermaand die ik me kan herinneren,' zei Frederic.

'Deze september maakt me triest,' stemde Virginia in.

'Maar dat ligt niet in de eerste plaats aan het weer,' zei Frederic.

Het was stil in de auto toen ze naar huis reden. De bladeren van de bomen hingen troosteloos en druipend naar beneden.

Waar zullen Kim, Nathan en ik de kerst doorbrengen? vroeg Virginia zich plotseling af. Over de simpele vraag onder welk dak ze in de toekomst zouden wonen, had ze nog niet echt nagedacht. Wat had Frederic gezegd? Hij bezit letterlijk niets meer in deze wereld!

Zij zelf bezat ook niet veel. Het huis van haar ouders in Londen was allang verkocht. Haar ouders waren naar Menorca verhuisd. Ze zouden hun kleinkind, hun dochter en haar nieuwe levenspartner altijd onderdak verlenen, maar dat was op den duur geen oplossing. Bovendien dacht Virginia niet dat Nathan het erg naar zijn zin zou hebben op het eiland, waar het vooral in de herfst en de winter wemelde van oude mensen. Het leven in het huis van zijn overleden schoonvader had hem jarenlang van alle creativiteit beroofd, en het gezapige leventje van het ietwat kleinburgerlijke echtpaar Delaney zou hem zeker niet inspireren.

Ik zal dat zo snel mogelijk met hem bespreken, nam ze zich voor.

Het toegangshek van Ferndale stond open. Virginia hoopte dat Nathan Kim bij Grace had afgezet en daarna was verdwenen, want het was bepaald niet het juiste moment voor een ontmoeting van de twee mannen. Ze stopten vlak voor de deur van de Walkers. 'Ik ga vlug even de kleine halen,' zei ze.

Maar de deur zwaaide al open en Grace kwam naar buiten.

'Mevrouw Quentin, ik stond al op de uitkijk... Hebt u Kim opgehaald?'

'Nee. Ik had toch...' Ze slikte de naam in, want Frederic stapte inmiddels ook uit.

'Wat is er aan de hand?' vroeg hij.

'Kim was niet meer op school toen ik haar wilde ophalen, meneer Quentin. Maar ik dacht...' Grace durfde niet verder te gaan. Onrustig dwaalden haar van koorts glanzende ogen van de een naar de ander.

Virginia vermande zich. Deze schandelijke situatie was door háár schuld ontstaan, en zij moest ze nu ook oplossen.

'Frederic, het spijt me, maar ik had Nathan Moor gevraagd om Kim om vijf uur op te halen. Ik wilde een gesprek met jou hebben. Jack was nog niet terug en Grace was ziek. Daarom leek me het beste...'

Frederics ogen vernauwden zich, maar hij zei niets.

'Mevrouw Quentin, meneer Moor belde me op,' zei Grace, opgelucht dat zij nu ook open en eerlijk kon praten. 'Hij was in Hunstanton en had problemen met de auto. De motor startte niet of zoiets... en hij kon u niet bereiken. Uw mobieltje stond niet aan.'

'Dat klopt,' zei Virginia.

'Hij vroeg of ik Kim wilde ophalen. Toen heb ik Jack gebeld, maar die zat vast in een file en dacht dat hij hier pas na zevenen kon zijn. Dus ben ik vertrokken. Ik arriveerde een beetje te laat, omdat ik zo duizelig was. Op dit moment gaat alles langzamer bij me dan anders, en...' Graces stem leek te willen weigeren, maar ze hervond zichzelf. 'Kim was er niet. Ik heb de hele school afgezocht, maar niets! Geen spoor!'

Frederic keek op zijn horloge. 'Bijna half zeven. En is Kim na vijf uur niet verschenen?'

Nu biggelden er toch tranen over de wangen van Grace. 'Ik had zo gehoopt dat meneer Moor uw vrouw misschien toch nog had bereikt. Of dat hij zijn auto toch nog aan de praat had gekregen en Kim toch nog zelf had opgehaald en alleen maar was vergeten dat tegen me te zeggen...'

'Hebt u in ons huis gekeken?' vroeg Frederic.

Ze knikte. 'Daar is niemand. Maar meneer Moor zou misschien...'

Frederic begreep het. 'Hij zou misschien niet uitgerekend daar op ons wachten. Trouwens, in welke auto rijdt hij?'

'In de mijne,' zei Virginia.

'Oké,' zei Frederic. 'Waar is Livia Moor?' voegde hij eraan toe.

'Die is vertrokken.'

Frederic dacht na. 'Als Moor Kim heeft opgehaald, waarom heeft hij haar dan niet hier bij Grace afgeleverd?'

'Dat snap ik ook niet,' zei Grace.

'Misschien zijn Nathan en Grace elkaar misgelopen,' zei Virginia. 'Nathan kwam hier met Kim aan, net op het moment waarop Grace in het schoolgebouw was en Kim zocht.'

'En waar is hij dan nu?' vroeg Frederic. 'Waar is Nathan Moor met mijn dochter?'

Alle drie keken ze elkaar aan.

'Misschien heeft ze zich weer...' begon Grace.

Virginia maakte de zin af, '... verstopt? Zoals gisteravond?'

'Blijkbaar is het kind heel wanhopig en totaal in de war,' zei Frederic. 'Voor alle zekerheid moeten we eerst een kijkje bij haar boomhut nemen voordat we iets anders doen.'

'Ik kan me nauwelijks voorstellen dat ze erin is geslaagd om vanaf school de boomhut te bereiken,' zei Virginia. Ze merkte dat ze over haar hele lichaam begon te rillen van de kou. Nog geen vierentwintig uur geleden had Kim zich al eens verstopt. Gisteren hadden de schrik en de ontsteltenis haar plotseling en wreed overvallen. Deze keer bekroop de angst haar heel langzaam. Hoogstwaarschijnlijk was er tussen Nathan en Grace een misverstand of een slechte communicatie geweest, en in dat geval zat Kim nu misschien met Nathan in een Burger King opgewekt een milkshake te drinken. Minder waarschijnlijk was dat ze zich opnieuw ergens schuilhield. Aan de ene kant zou het moeilijk zijn om haar te vinden. Aan de andere kant betekende het nog meer grote problemen. Misschien zou het zelfs noodzakelijk worden een kinderpsycholoog te consulteren. In elk geval leidden de gebeurtenissen van de vorige avond ertoe dat Virginia deze keer niet onmiddellijk aan de kindermoordenaar dacht.

Huiverend sloeg ze haar armen om zich heen.

'Je hebt gelijk,' zei ze, 'we gaan allereerst naar haar boomhut. Grace, jij wacht hier en belt ons als Kim komt opdagen, oké?'

'Maar dan moet u wel uw mobieltje weer aanzetten,' zei Grace.

'Natuurlijk.'

'Waarom had je hem eigenlijk uitgezet?' vroeg Frederic, terwijl ze zich het bos in haastten. Virginia gaf geen antwoord.

Hij begreep het. 'Je was bang dat híj zou bellen terwijl wij met elkaar praatten, klopt dat of niet? Bij zo'n liefdesavontuurtje wordt altijd een hoge prijs betaald door een heel gezin, en in dit geval zelfs door je eigen kind.'

Ze zette haar tanden op elkaar. Niet huilen. Ze moesten Kim vinden. Er was geen tijd voor tranen.

Ze bad dat haar dochter in de boomhut zou zijn.

Maar ze dacht van niet.

Deel drie

Woensdag 6 september

1

Virginia had het idee dat ze plotseling in een afschuwelijk drama was terechtgekomen waarin zij de hoofdrol speelde. Een drama dat erger was dan alles wat ze zich ooit had kunnen voorstellen.

Een frisse septemberdag. Negen uur 's morgens. Buiten was de wind opgestoken, die de bladeren in de bomen liet ruisen en de regenwolken wegblies. Virginia wist dat de hemel steeds grotere stukken blauw liet zien. Na het natte weer van de afgelopen dagen zou vandaag waarschijnlijk de zon tevoorschijn komen.

Het verbaasde haar dat ze die beginnende weersomslag opmerkte en er zelfs al in een wonderlijk eentonig ritme herhaaldelijk over had nagedacht.

De zon zal schijnen. Het zal warmer worden. Op een gegeven moment is alles weer goed.

Maar het was heel onwezenlijk om tegenover een politieman te zitten die zich had voorgesteld als hoofdinspecteur Jeffrey Baker, die nu met een notitieboekje in zijn hand vragen stelde over haar verdwenen dochter.

Want Kim was nog steeds niet gevonden.

In de boomhut was ze niet geweest. De enorme opluchting van de avond daarvoor, toen ze Kim er uitgeput, halfbevroren, doodsbang maar levend hadden aangetroffen, herhaalde zich niet. Natuurlijk hadden ze dat ook niet verwacht. De school en de boomhut lagen ver uit elkaar; je kon je haast niet voorstellen dat een kind van zeven zo'n afstand zou afleggen.

Ze hadden andere delen van het park uitgekamd, maar het was steeds donkerder geworden en ze hadden geen zaklantaarns bij zich. Op een gegeven moment was Frederic blijven staan. Hij had twee bloedende schrammen op zijn gezicht, veroorzaakt door takken met doorns.

'Dit heeft geen zin, Virginia. We lopen hier doelloos rond. In feite weten we gewoon dat ze nooit zo ver kan zijn gekomen. Laten we naar de auto teruggaan en naar huis rijden.'

Net op het moment dat ze bij hun auto kwamen, die voor het huis van Grace en Jack Walker stond, kwam Jack met zijn vrachtwagen door het grote toegangshek gereden en stapte uit. Hij zag er afgepeigerd uit.

'Meneer en mevrouw Quentin!' riep hij. Aan zijn verbaasde blik te zien vermoedde Virginia dat zij en Frederic er na hun speurtocht door het kreupelhout tamelijk verfomfaaid uitzagen. 'Is er iets gebeurd?'

'Kim is weg,' antwoordde Frederic.

'Weg? En Grace ging haar van school ophalen! Ze had...'

'Toen Grace bij de school aankwam was Kim er niet,' onderbrak Virginia hem.

'Jack, ik weet dat je een lange reis achter de rug hebt en doodmoe bent, maar wil je met me meegaan naar de school?' vroeg Frederic. 'Ik wil het hele schoolterrein en ook de straten eromheen afzoeken. Gisteren heeft ze zich in haar boomhut verstopt, en misschien doet ze vandaag weer zoiets. En vier ogen zien meer dan twee.'

'Natuurlijk ga ik met u mee, meneer Quentin,' zei Jack meteen.

Frederic wendde zich tot Virginia. 'Jij gaat naar huis en belt al haar klasgenoten op. En haar docenten. Misschien is ze met iemand meegegaan en heeft ze gezegd dat wij daarvan op de hoogte waren. En dan...'

'Wat?' vroeg Virginia, toen hij abrupt zweeg.

'En probeer dan contact met Nathan Moor op te nemen. Misschien weet híj nog iets.'

'Dat is onmogelijk. Hij heeft geen mobiele telefoon, en ik weet niet waar hij logeert. Ik moet wachten tot hij mij belt.'

'Dat zal hij ongetwijfeld doen,' zei Frederic koeltjes. Het was duidelijk wie hij de schuld van Kims verdwijning gaf: haar moeder, die bezig was hun gezin kapot te maken.

Terwijl Frederic en Jack de school doorzochten, de conciërge uit bed belden, hem de deuren van alle ruimten liet openmaken en zelfs een nabijgelegen park uitkamden, belde Virginia de hele lijst met telefoonnummers van Kims klasgenoten af. Overal kreeg ze hetzelfde ontmoedigende antwoord: 'Nee. Bij ons is ze niet.'

Ze vroeg of ze de kinderen aan de lijn kon krijgen, maar niemand kon haar iets vertellen wat haar verder hielp. De belangrijkste informatie kwam van Kims beste vriendin, de kleine Clarissa O'Sullivan. 'We zijn samen naar buiten gegaan. Ze zei dat ze werd opgehaald en is voor het hek blijven staan. Ik ben snel doorgelopen, omdat het zo regende.'

Dat klonk niet alsof Kim van plan was geweest zich te verstoppen of weg te lopen. Virginia zag haar dochter voor zich, hoe ze in haar gele regenjas met haar capuchon op in de stromende regen voor het schoolhek stond. Ik word opgehaald... En toen was er niemand komen opdagen. Mama niet, papa niet, Nathan niet. En Grace was pas na een kwartier gearriveerd.

Wat was er in dat kwartier gebeurd?

Virginia streek over haar vermoeide ogen, waarin de tranen brandden die ze probeerde tegen te houden. De regen kon Kim van de straat hebben verdreven. Maar hoogstens tot in het schoolgebouw. En daar had Grace alles gecontroleerd, zoals ze herhaaldelijk had verzekerd.

Waarom hoorde ze niets van Nathan?

Waarom had zij haar mobieltje uitgezet?

Waarom had ze haar kind wéér aan een ander toevertrouwd?

De klasselerares, die ze eindelijk, na diverse vergeefse pogingen, aan de lijn kreeg, kon haar ook niet helpen. Nee, er was haar niets bijzonders aan Kim opgevallen. Ze had er een beetje moe uitgezien, maar niet ontdaan of verward. In de pauzes had ze enthousiast met de andere kinderen gespeeld. Virginia vroeg om de telefoonnummers van de andere leraren en belde de een na de ander op, maar ze kreeg geen enkele aanwijzing. Het leek een doodgewone dag te zijn geweest.

De leraar bij wie Kim de laatste twee uur tekenles had gehad, herinnerde zich dat hij Kim na schooltijd bij het hek had zien staan.

'Het was duidelijk dat ze stond te wachten tot ze werd opgehaald,' zei hij. 'Ze keek om zich heen. Ik dacht nog: kind, ga ergens schuilen! Het regende pijpenstelen. Maar ze had stevige kaplaarzen aan en een lange regenjas. Ik zat al in de auto en achter me werd getoeterd, daarom kon ik niet stoppen om tegen haar te zeggen dat ze naar binnen moest gaan. Maar ik ging ervan uit dat haar vader of moeder elk moment kon verschijnen.'

'Hebt u haar met niemand zien praten?' vroeg Virginia. Misschien was Nathan tóch nog naar de school gereden.

'Nee,' zei de tekenleraar, 'met niemand.'

Het was om wanhopig van te worden. Niet de geringste aanwijzing.

Virginia ging naar de keuken om thee te zetten en hoopte dat het haar zenuwen een beetje zou kalmeren, maar ze vond het theezeefje niet en kon zich niet herinneren waar ze het altijd bewaarde. Het was één grote chaos in haar hoofd. Buiten was het pikdonker en haar kind was niet thuis, en ze had geen idee waar ze was. Dit was de situatie waar elke moeder bang voor was en die ze vanaf de geboorte van haar kind had gehoopt nooit te hoeven meemaken.

Toen haar mobieltje overging vloog ze de aangrenzende kamer binnen, in de vurige hoop dat het Frederic was met het bericht dat hij Kim had gevonden en nu met haar onderweg naar huis was.

Maar het was Frederic niet, het was Nathan.

Hij klonk enigszins gestrest. 'Virginia? Kun je me zeggen waarom je urenlang onbereikbaar bent geweest, en...'

Ze onderbrak hem. 'Is Kim bij jou?'

Hij zweeg even. 'Nee. Hoezo? Ik heb Grace gebeld, en...'

'Grace kwam te laat bij de school aan. Kim was er niet meer. En ze is nog steeds nier terecht.' O, God, dacht Virginia. Ook deze hoop vervloog. Ze had zich aldoor nog vastgeklampt aan de mogelijkheid dat Kim bij Nathan was, maar nu moest ze die gedachte opgeven.

'Ze heeft zich vast en zeker weer ergens verstopt. Hebben jullie al in de boomhut gekeken?'

'Natuurlijk. Daar is ze niet!' Virginia's zenuwen ontlaadden zich en Nathan kreeg de volle laag. 'Waarom was je er niet?' snauwde ze. 'Ik vertrouwde op je. Het gaat om een kind van zeven! Hoe kon je...'

'Wacht even,' zei hij boos, 'ik had autopech. Schuif míj niet de schuld in de schoenen! Ik heb herhaaldelijk geprobeerd je te bereiken, maar jij had je volledig van de buitenwereld afgesloten. Ten slotte heb ik het telefoonnummer van Grace opgevraagd, nadat ik mijn hersens had gepijnigd om me de achternaam van Grace en Jack te herinneren. Dus heb ik gedaan wat ik kon om de situatie te redden.'

Virginia's woede verdween, alleen haar verdriet en haar angst bleven achter.

'Neem me niet kwalijk,' zei ze, 'maar ik maak me ontzettend ongerust. Frederic en Jack zoeken al anderhalf uur de school en het terrein eromheen af, maar ze hebben blijkbaar niets gevonden.'

'Dat is verschrikkelijk, ja,' zei Nathan, die nu ook was gekalmeerd. Met die zachte stem waar ze zo van hield, vervolgde hij: 'Maar je moet niet meteen het ergste denken. Gisteravond was de situatie net zo. Kim heeft zich vast en zeker opnieuw verstopt. Ze is verdrietig, ze voelt zich verwaarloosd, en misschien is dit háár manier om jouw aandacht af te dwingen.'

'Maar er zijn al zoveel uren verstreken...'

'Dat bewijst alleen maar dat ze nu een betere schuilplaats heeft gevonden, niet dat haar iets is overkomen. Virginia, liefste, kalmeer een beetje. Je zult zien dat ze heel gauw bij je terug is.'

Virginia voelde inderdaad dat ze rustiger werd. Haar hart begon wat langzamer te slaan.

'Ik hoop dat je gelijk hebt. Waar ben je eigenlijk?'

'In Hunstanton. In een pension.'

'In Hunstanton? Waarom zo ver weg?'

'Liever, de komende dagen zullen we elkaar niet vaak kunnen zien. Ik kan niet zomaar bij jullie komen binnenvallen, en jij hebt veel met je man te bespreken. En je moet bij je dochter zijn. Ze heeft je nodig, ze is belangrijker dan wij.'

Hij had natuurlijk gelijk. Virginia was blij dat hij er zo over dacht.

'En als ik het dan tóch zo lang zonder jou moet stellen,' vervolgde hij, 'dan ben ik het liefst aan zee. Hier kan ik strandwandelingen maken. Ik heb het hier goed naar mijn zin.'

'Ja, dat begrijp ik.'

'Hoe verliep het gesprek met je man?' vroeg hij.

Ze zuchtte. 'Hij is gekwetst, wanhopig, hulpeloos. Het is een afschuwelijke toestand.'

'Dit soort dingen zijn altijd afschuwelijk. We slaan ons er wel doorheen.'

'Als Kim nou maar...'

'Sst!' onderbrak hij haar. 'Kim is snel weer bij je. Iets anders mag je gewoon niet denken!'

Er schoot haar nóg iets te binnen. 'Wat is er eigenlijk met mijn auto aan de hand?'

'Blijkbaar was het de accu. Geen idee waarom. Uiteindelijk heeft iemand me met zijn startkabel geholpen. Je auto doet het weer.'

'Uitgerekend vandaag! Uitgerekend vandaag moest zoiets gebeuren!'

'Misschien had ik haar ook niet aangetroffen, zelfs als ik precies op tijd aanwezig was geweest. Als ze van plan was weg te lopen, dan...'

'Maar ze heeft eerst nog bij het hek staan wachten. Haar vriendinnetje en een van haar leraren hebben dat bevestigd.'

Hij slaakte een zucht. 'Goed, dan heeft ze gewacht. Er kwam niemand, en toen begon ze zich opnieuw door haar moeder verwaarloosd te voelen. En daarop reageert ze nu eenmaal met weglopen. Dat weten we nu toch?'

'Nathan...'

'Ja?'

'Kun je me je telefoonnummer geven? Ik wil je graag kunnen bereiken.'

Hij gaf haar het adres en het telefoonnummer van het pension door waar hij zijn intrek had genomen.

Nadat ze het gesprek hadden beëindigd, voelde Virginia zich ontzettend eenzaam en moe. Alleen gelaten met haar angst. Frederic was er niet. Nathan was heel ver weg.

Haar kind was buiten, in het donker.

Op een gegeven moment kwamen Frederic en Jack terug. Vermoeid en drijfnat van de regen. Zonder Kim.

'Nergens,' zei Frederic. 'We hebben overal gezocht. Ze is nergens.'

'De conciërge en wij hebben de hele school doorzocht,' zei Jack, 'tot in de kelder aan toe. Er is geen plekje in die school dat we niet hebben gecontroleerd.'

'Ik bel nu de politie,' zei Frederic, en liep naar de telefoon.

Hoe was die nacht voorbijgegaan? Voor de rest van haar leven zouden er gaten in Virginia's geheugen zijn als ze aan die nachtelijke uren dacht. Noch zij, noch Frederic was naar bed gegaan. Jack had nog een poosje bij hen gezeten, met een wit gezicht van vermoeidheid. Toen hij tweemaal in zijn stoel was ingedommeld, hadden ze hem naar huis gestuurd.

'Grace heeft je nodig,' had Frederic gezegd. Jack was vertrokken, maar niet zonder te vragen of ze hem direct wilden bellen als er nieuws was.

De politie had gezegd dat er de volgende morgen iemand langs zou komen. Frederic had een exacte beschrijving van Kim doorgegeven. Leeftijd, lengte, haarkleur, kleur van de ogen, kleding.

Tegen één uur 's nachts was Frederic nog een keer met de zaklantaarn op pad gegaan om het park te doorzoeken. Virginia had aangeboden mee te gaan, maar hij had het afgewezen. 'Spaar je krachten. Bovendien is het beter als er iemand bij de telefoon blijft.'

Als kind had Virginia vaak hoge koorts gekregen als ze ziek was. De nacht die op Kims verdwijning volgde was precies als die koortsachtige nachten. Onwerkelijk. Vol innerlijke onrust. Vertwijfeld. Vervuld van vreemde beelden en stemmen.

Uren later was Frederic teruggekomen. Alleen.

Ze hadden koffie gedronken en naar buiten in de duisternis zitten staren. Tegen de morgen was het minder gaan regenen en hoorden ze de wind opsteken. Ten slotte was het eerste daglicht tussen de boomtoppen door de zitkamer binnengesijpeld en maakte dat de oververmoeide gezichten van Virginia en Frederic nog bleker leken.

'De politie wilde hier rond negen uur zijn,' had Frederic gezegd.

'Ik ga nog een keer koffiezetten,' had Virginia geantwoord. Ze had al te veel koffie gedronken, maar ze hield zich aan de warmte van de gevulde kopjes vast als aan een allerlaatste strohalm.

En nu was hoofdinspecteur Jeffrey Baker er. Hij was een

sympathieke, lange man, die rust en autoriteit uitstraalde. Toch was dit het begin van de ware ontzetting: dat ze plotseling tegenover de politie zaten en over een kind praatten dat sinds zestien uur door niemand meer was gezien. Virginia vertelde dat Kim twee dagen eerder ook al was verdwenen. Baker leek dat een geruststellend teken toe.

'Het zou heel goed kunnen zijn dat uw dochter zich opnieuw wilde verstoppen,' zei hij. Virginia keek uit het raam, zag een paar flarden blauwe lucht tussen de boomtakken en dacht: daar hou ik me ook aan vast. Aan het feit dat ze zich eergisteren heeft verstopt. Als dat niet was gebeurd, zou ik gek worden. Ik zou mijn verstand verliezen.

En toen boog Baker zich voorover, keek haar en Frederic aan en zei behoedzaam: 'Ik leid het onderzoek in de zaak Sarah Alby en Rachel Cunningham.'

Virginia begreep wat er in het hoofd van Baker rondspookte.

Toen begon ze te gillen.

2

'Het is heel goed mogelijk dat uw dochter zich heeft verstopt, aangezien dat de avond ervoor ook al was gebeurd,' herhaalde Baker geruststellend. Hij had een tijdje alleen met Frederic in de zitkamer gezeten, terwijl Virginia naar boven was gegaan om haar tranen te drogen en haar neus te snuiten. Ook zij had aan de twee vermoorde meisjes gedacht, maar, gelet op Kims vlucht naar de boomhut had ze die gedachte niet meer toegelaten. Toen hoofdinspecteur Baker de namen van de meisjes noemde, had het besef dat ook dat nog steeds een reële mogelijkheid was in volle hevigheid toegeslagen en haar overspoeld als een enorme vloedgolf. Ze was volslagen in paniek geraakt. Frederic had haar in zijn armen genomen en haar vastgehouden. Ten slotte had ze in de badkamer haar kalmte hervonden. Rode, gezwollen ogen in een bleek gezicht met gesprongen lippen hadden haar vanuit de spiegel aangestaard,.

'Dat kan niet,' had ze bezwerend gemompeld. 'Het kán gewoon niet.'

Toen ze weer beneden was en in haar stoel zat, voelde ze zich leeg en rilde ze van de kou, zonder de behoefte te hebben er iets tegen te doen. Bovendien had ze het gevoel dat er niets was waarmee ze deze inwendige kou kon verdrijven.

Baker keek haar vriendelijk en meelevend aan. 'Mevrouw Quentin, terwijl u boven was, vertelde uw man mij dat uw dochter door een kennis zou worden opgehaald, maar dat die uiteindelijk verhinderd was. Een zekere...' hij wierp een blik op zijn aantekeningen, '... een zekere meneer Nathan Moor. Een Duitser.'

'Ja.'

'Ik zou hem graag willen spreken. Kunt u me zeggen hoe ik hem kan bereiken?'

Ze haalde het briefje met Nathans adres uit de zak van haar spijkerbroek. 'Alstublieft. Dit is een pension in Hunstanton. Daar woont hij momenteel.'

Baker schreef het adres en het telefoonnummer op en gaf het briefje terug. 'Eh... mevrouw Quentin, ik heb nog niet helemaal begrepen wat uw relatie met Nathan Moor is. Uw man zei dat u toevallig kennis met hem hebt gemaakt in uw vakantiehuis op Skye, nadat meneer Moor daar schipbreuk had geleden.'

'Hij en zijn vrouw maakten met hun zeilboot een reis om de wereld. Vlak voor de Hebriden kwamen ze in aanvaring met een vrachtschip. Hun boot zonk. Ze konden zich met het reddingsvlot in veiligheid brengen. Aangezien mevrouw Moor voorheen bij ons had gewerkt, voelde ik me op de een of andere manier verantwoordelijk. Ze bezaten ineens niets meer. Ik nam hen op in ons vakantiehuis.'

'Dat snap ik. En heeft meneer Moor nu hier in de buurt een kamer gehuurd?'

'Ja.'

'Waar is zijn vrouw?'

'Die is gistermorgen vroeg vertrokken. Vermoedelijk probeert ze via de Duitse ambassade in Londen naar Duitsland terug te keren.'

'Maar haar man is hier gebleven?'

'Ja.'

Baker ging een beetje naar voren zitten. 'Neemt u me niet kwalijk,' zei hij, 'maar ik snap het nog steeds niet goed. Waarom zit die schipbreukeling nu in Hunstanton? Hoe wilde hij trouwens van daaruit uw dochter van school halen, helemaal hier in King's Lynn?'

'Hij heeft mijn auto.' Virginia begreep hoe vreemd dit de hoofdinspecteur in de oren moest klinken. 'De auto was ook de reden... De motor wilde gistermiddag niet starten. Daarom belde meneer Moor Grace op. Grace Walker, onze...'

'Ik weet het,' onderbrak Baker, 'u hebt het al over mevrouw Walker gehad. Dus meneer Moor heeft uw auto?'

Nu gaat hem een lichtje op, dacht Virginia.

Ze keek Frederic niet aan. 'Meneer Moor en ik... willen in de toekomst samen blijven. Tussen ons... ik zou mijn kind niet aan een toevallige kennis hebben toevertrouwd. Er is tussen ons veel meer dan dat.'

Haar woorden werden gevolgd door een gespannen stilte. Frederic staarde naar de vloer tussen zijn voeten. Hoofdinspecteur Baker maakte een aantekening.

'Is uw dochter van uw plan op de hoogte?' vroeg hij.

'Nee,' zei Virginia, 'maar ik denk wel dat ze voelt dat er iets gaat veranderen. Ze is bang. Daarom is ze eergisteravond waarschijnlijk weggelopen.'

'Nou,' zei Baker, 'hoe betreurenswaardig jullie huidige... gezinsproblemen ook zijn, ik denk toch dat jullie je onder deze omstandigheden ook een beetje geruster mogen voelen. Het ziet er steeds meer naar uit dat Kim is gevlucht voor al die ingrijpende veranderingen. Ze verstopt zich ergens. Maar ik vind het vreemd dat een zevenjarig kind dat zo lang volhoudt – gelet op honger, de dorst en de angst voor het donker natuurlijk. Daarom ben ik bang dat ze de weg naar huis niet meer kan vinden en ergens ronddwaalt.' Bij het zien van de paniek in de ogen van de ouders stak hij zijn beide handen op. 'Dat idee is verre van prettig. We moeten dan ook alles doen om haar zo snel mogelijk te vinden. Maar dit is altijd nog beter dan de gedachte aan die afschuwelijke misdrijven die er zijn gepleegd.'

Virginia en Frederic keken elkaar aan. Beiden dachten op dat moment hetzelfde: misschien was ze inderdaad op de vlucht geslagen. Misschien zocht ze echt wanhopig de weg naar huis. Maar daarbuiten liep ook nog die gestoorde kerel op vrije voeten rond, de gek die het op kleine meisjes had voorzien. Zolang Kim niet thuis was, bestond het gevaar dat ze in zijn handen viel.

'Wat gaat u als eerste doen, hoofdinspecteur?' vroeg Frederic.

'Ik zal een team politiemensen op pad sturen om het hele gebied met honden af te speuren. We zullen elke graspriet omkeren, dat kan ik u beloven. Eventueel zenden we ook een opsporingsbericht via de radio uit.'

'Maar is dat niet te gevaarlijk?' vroeg Virginia. 'Dan komt die... die gestoorde vent toch ook te weten dat er een klein meisje in haar eentje rondloopt?'

'Maar daarmee weet hij nog niet waar ze is. Bovendien weet ik inmiddels het een en ander over zijn werkwijze. Hij grijpt niet zomaar een kind om het mee te sleuren naar zijn auto. Dat is hem vermoedelijk veel te riskant. Hij bouwt eerst een relatie met het kind op, zodat het gewillig in zijn auto stapt. Hij gaat heel weloverwogen en vooruitziend te werk.' Hij dacht even na. 'Hebben jullie de laatste tijd iets dergelijks bij haar opgemerkt? Heeft ze iets tegen jullie gezegd over een nieuwe vriend of een aardige, onbekende man?'

'Nee, absoluut niet.'

'Ik zal ook nog een keer met haar vriendinnetjes gaan praten,' zei Baker. 'Kleine meisjes vertrouwen hun beste vriendin vaak meer toe dan hun ouders. Kunt u mij adressen en telefoonnummers geven, mevrouw Quentin?'

'Natuurlijk,' zei Virginia.

Toen ze met de lijst van klasgenoten terugkeerde, hoorde ze Frederic zeggen: 'Ik wil absoluut dat u die Nathan Moor ondervraagt, hoofdinspecteur. Ik vind die man bijzonder verdacht. Ik snap dat u zult denken dat ik een begrijpelijke afkeer van hem heb, maar ik kan u verzekeren dat ik hem al onaangenaam vond lang vóór hij... zich voor mijn vrouw interesseerde.'

'Nathan Moor staat boven aan mijn lijstje,' antwoordde Baker.

Toen Baker was vertrokken, keek Virginia Frederic boos aan. 'Ik vind het prima dat Nathan wordt ondervraagd, maar het was niet nodig hem zo zwart te maken bij de hoofdinspecteur.'

Frederic deed zorgvuldig de voordeur op slot. 'Ik heb hem niet zwartgemaakt. Ik heb gezegd wat ik denk. Het gaat om het leven van mijn kind. Ik ga toch zeker geen informatie achterhouden enkel en alleen omdat dat tot een boze reactie leidt?'

'Hij heeft niets met haar verdwijning te maken!'

'Maar hij past wel in het plaatje, vind je niet? Een aardige man, die nieuw is in Kims leven, en bij wie ze gewillig in de auto zou stappen.'

'Hij heeft niet geprobeerd met haar aan te pappen.'

'Nee, dat deed hij heel slim. Hij naait haar moeder. Geen slechte strategie.'

'Jij bent pervers!' schreeuwde Virginia. Ze vloog de trap op, stormde haar slaapkamer binnen en knalde de deur achter zich dicht. Toen knielde ze neer naast haar bed. Door een waas van tranen zag ze het gezicht van haar dochter in het zilveren fotolijstje op haar nachtkastje. Dat dierbare, schattige snoetje. Ze legde haar hoofd op het dekbed en werd overspoeld door tranen.

En door een naamloze, oneindige pijn.

3

Tegen de middag verschenen Jack en Grace. Grace had rode ogen van het huilen en het leek erop dat ze nog steeds koorts had. Toen ze tegenover Virginia stond, barstte ze onmiddellijk weer in tranen uit.

'Ik kan het mezelf niet vergeven,' snikte ze, 'ik kan mezelf gewoon niet vergeven dat ik te laat bij de school was.'

'Hou op met jezelf verwijten te maken, Grace,' zei Frederic kalmerend, nog voordat Virginia kon antwoorden. 'De fout ligt bij ons. Beslist niet bij jou.'

Hoewel Jack en Grace alles hoorden, kon Virginia zich niet inhouden. 'De fout ligt bij mij,' zei ze heftig, 'niet bij ons! Dat is toch wat je in werkelijkheid denkt, Frederic? Dan moet je het ook zeggen.'

'Bij ons,' herhaalde hij, 'want zoals de feiten nu eenmaal liggen, had ik hier moeten zijn, en niet in Londen.'

Zoals de feiten nu eenmaal liggen...

Virginia wist precies wat hij daarmee bedoelde: aangezien mijn vrouw door haar hormonen wordt overweldigd en als moeder uitvalt, had ík hier moeten zijn om voor het kind te zorgen.

Virginia zou hem naar de keel zijn gesprongen als ze er niet voor was teruggeschrokken Grace en Jack een onvergetelijk schouwspel te bieden.

Jack, die zeker niet het toonbeeld van fijngevoeligheid was, leek de enorme spanning die in de lucht hing te voelen.

'Eh, de reden waarom ik hier ben,' zei hij snel, 'is, dat ik dacht dat we nog een keer de omgeving konden afzoeken, meneer Quentin. Ik vermoed dat de politie dat ook doet...'

'Ja,' zei Frederic.

'... maar die kunnen niet overal zijn. Ik bedoel... het is ondraaglijk om maar wat te niksen...'

'Daar heb je gelijk in,' zei Frederic, 'we gaan meteen op pad. Virginia, blijf jij bij de telefoon?'

'Ik ga niet weg.'

'Kan ik iets doen, mevrouw Quentin?' vroeg Grace, en ze snoot haar neus. Ze zag er zo ziek en ellendig uit dat Virginia zich, ondanks haar enorme angst om haar kind, nu ook zorgen om Grace begon te maken.

'Grace, je moet naar een dokter gaan. Of er een laten komen. In elk geval moet je naar bed. Het heeft geen zin je een longontsteking op de hals te halen. Daar is niemand mee gediend.'

'Maar ik hou het niet uit...' Grace begon weer te huilen en zocht naar een nieuwe zakdoek.

Na een aantal vergeefse pogingen lukte het Virginia om Grace over te halen naar huis te gaan en in bed te kruipen, en ten slotte waren ook de twee mannen verdwenen. Frederic was zichtbaar opgelucht dat hij iets te doen had en niet langer met Virginia onder één dak hoefde te vertoeven. En ook zij was blij dat hij weg was, want ze had toch het gevoel dat hij haar diep in zijn hart alles verweet.

Toen de telefoon de stilte verbrak, kromp ze in elkaar van schrik, alsof er een pistoolschot werd gelost.

De politie. Misschien was het de politie. Misschien hadden ze Kim gevonden!

Haar hart ging als een razende tekeer toen ze opnam.

'Ja?' vroeg ze ademloos.

Er ging een seconde voorbij. Toen zei een zachte, verstikte stem: 'Met Livia Moor.'

'O,' zei Virginia slechts.

'Ik bel vanuit Londen. Ik zit hier in een hotel. Ze hebben me op de ambassade geholpen en me geld gegeven. Vanavond vlieg ik naar Duitsland.'

Virginia voelde zich verlegen met de situatie. Ze hield van de man van deze vrouw. Ze zou bij hem blijven. Het liefst had ze gewoon weer opgehangen.

'Hoe gaat het met je?' vroeg ze onbeholpen. Ze vond zichzelf een idioot.

'Niet zo goed,' antwoordde Livia met ongewone openhartigheid, 'maar ik heb in elk geval onderdak in Duitsland. Een vriendin van mijn overleden moeder neemt me in huis. Net zolang tot ik... nou ja, ik moet een baantje vinden. Ik hoop dat het me lukt.'

'Dat wens ik je van harte toe.'

'Bedankt. Ik bel, omdat ik geld nodig had voor mijn reis naar Londen. Ik heb het van mijn man ingepikt, maar ik weet dat het eigenlijk jouw geld is. Ik wil alleen maar zeggen dat ik het je zal terugbetalen. Zodra ik werk heb en iets opzij kan leggen, stuur ik...'

'Dat is niet nodig. Echt niet.'

Livia zweeg even. Zonder enig leedvermaak in haar stem zei ze: 'Je moet het geld niet afwijzen, Virginia. Als je in de toekomst met mijn man wilt samenleven, zul je het nodig hebben.'

Nu bleef Virginia even stil. Haar hand omklemde de hoorn zo stevig dat haar knokkels wit werden. Eindelijk slaagde ze erin te antwoorden: 'Het spijt me, Livia. Ik weet dat Nathan en ik... dat wij twee mensen erg kwetsen. Jou en Frederic. Ik wou...' Ze stopte abrupt. Wat moest ze zeggen? Ik wou dat het allemaal niet was gebeurd? Dat zou een leugen zijn.

Ik wou dat we daarbij niemand pijn hoefden te doen.

Dat klonk belachelijk. Zeker in Livia's oren. Dus maakte ze haar zin gewoon niet af.

'Weet je,' zei Livia, 'na al die jaren met Nathan voel ik me ook bijna opgelucht. Ik ben heel verdrietig en ik weet niet hoe het verder moet, maar in de afgelopen dagen heb ik begrepen dat het ook zo... ook zonder jou niet had voortgeduurd. En niet alleen omdat het schip is gezonken. We waren vóór die tijd al aan het eind van ons huwelijk gekomen. Hij klampte zich vast aan het idee van die wereldreis, en ik maakte mezelf wijs dat we beiden gelukkig zouden worden als híj gelukkig was... Maar zo werkte het niet. Ik haatte dat schip. Ik haatte de havens. De baantjes die ik moest zoeken. Ik ben iemand die een thuisbasis nodig heeft, een vaste verblijfplaats. Ik wil bloemen planten en over het tuinhek met mijn buurvrouw praten, de was doen met mijn eigen wasmachine en 's morgens bij de bakker broodjes halen en met de mensen kletsen die ik daar aantref... Ik wil niet vandaag hier en morgen daar wonen en nooit iemand nader leren kennen, omdat ik altijd te kort op één plek ben. Ik wil... ik wil kinderen, Virginia. Ik verlang zo naar kinderen. En ze moeten in alle rust en veiligheid opgroeien.'

Kinderen...

'Kim is verdwenen,' zei Virginia.

'Alweer?'

'Na school. Gisteren. Maar tot nu toe hebben ze haar niet gevonden.'

'Dat moet verschrikkelijk voor je zijn.'

Virginia merkte dat haar ogen vochtig werden toen ze het oprechte medeleven in Livia's stem hoorde. Wanhopig vocht ze tegen haar tranen.

'Ja,' zei ze, 'het is afschuwelijk. De politie zoekt naar haar met speurhonden. Frederic en onze opzichter zijn ook net weer vertrokken. Ik vraag me af waar Kim de hele nacht...'

Haar stem brak, en ze zweeg. De beelden die voor haar geestesoog verschenen waren te verschrikkelijk.

'Mijn god, Virginia!' zei Livia. En toen zwegen ze alle twee. Virginia voelde dat Livia erg met haar meeleefde. Verdrietig bedacht ze dat deze jonge vrouw een vriendin voor haar had kunnen zijn – als alles anders was gelopen.

'Ik geef je het telefoonnummer van die kennis in Duitsland,' zei Livia ten slotte. 'Daar zal ik in elk geval de komende tijd bereikbaar zijn. Het zou lief zijn als je me belde zodra Kim weer bij je is. Ik wil het graag weten.'

'Natuurlijk. Dat zal ik doen, Livia.' Virginia schreef het telefoonnummer op.

'Nóg iets...' Livia aarzelde. 'Je kunt het nummer ook aan mijn man doorgeven. Het kan zijn dat hij contact met me wil opnemen. Er zal vast en zeker het een en ander te regelen zijn.'

'Oké,' zei Virginia.

Ze namen afscheid van elkaar. Virginia hing op en liep naar de kamer van haar dochter. Nerveus zette ze de speelgoedbeesten recht die op de vensterbank stonden en trok de witte vitrage dicht. Ze bekeek het tekenblok dat op het bureau lag. Ernaast stond het bakje met waterverf nog. Kim had geprobeerd een paard te schilderen. Het dier zag er een beetje uit als een mislukte rat.

Laat haar terugkeren, lieve God! Laat haar gauw terugkeren en laat haar weer gelukkig worden!

Gedreven door angst en machteloosheid liep ze weer naar beneden en draaide het nummer van het pension waar Nathan zijn intrek had genomen. Er kwam een slechtgehumeurde vrouw aan de lijn, die zei dat meneer Moor vertrokken was om een strandwandeling te maken, en dat ze niet wist wanneer hij terug zou zijn.

Waarom belde hij niet? Waarom informeerde hij niet naar Kim? Waarom vroeg hij niet hoe het met haarzelf ging? Kon hij zich niet voorstellen hoe ellendig ze zich voelde?

Even na enen dook Frederic weer op.

'Jullie hebben niets gevonden,' zei Virginia. Het was geen vraag, maar een vaststelling.

'Nee.' Frederic streek met beide handen over zijn gezicht. Hij zag erg bleek en zijn ogen waren rood van vermoeidheid. 'Niets. We zijn nog een keer naar de boomhut gegaan en naar de heg van braamstruiken waar ze de holen heeft gegraven. We zijn de weg naar school een heel eind afgelopen, maar nergens was er een spoor te vinden.'

Virginia stak haar hand uit en raakte even zijn arm aan. 'Ga een poosje slapen. Je ziet er volkomen afgemat uit.'

'Ik denk niet dat ik nu kan slapen,' zei Frederic. Maar toen Virginia even later uit de keuken kwam, waar ze een glas water voor hem had gehaald, zat hij in zijn stoel bij het raam te slapen.

Ze stond juist in de slaapkamer voor de kleerkast om warmere kleren te pakken – ze rilde constant van de kou, hoewel het eigenlijk niet koud was – toen haar mobieltje overging. Ze dacht meteen dat het Nathan was die belde, en ze was blij dat ze zich op de eerste verdieping bevond, ver bij Frederic vandaan.

Nathan klonk opgewekt.

'Goedemorgen, lieverd,' zei hij, zonder zich er iets van aan te trekken dat het al één uur was. 'Ik ben lang bij de zee geweest. Het is vandaag heerlijk weer, blauwe lucht en zon. Heb je dat door je dichte bomen heen al opgemerkt?'

Ze vond zijn toon misplaatst.

'Mijn kind is verdwenen. Ik ben tot nog toe niet in de stemming geweest om over het weer na te denken.'

'Is ze nog steeds niet komen opdagen?'

'Nee. Dat zou je hebben geweten als je me in de loop van de morgen had gebeld en naar haar had geïnformeerd!'

Hij zuchtte. 'Sorry. Ik dacht dat ze alweer terug zou zijn. Het is moeilijk voor me om naar je huis te bellen, want ik weet niet of je man op dat moment naast je zit. Daar voel ik me echt niet prettig bij.'

'Dat begrijp ik.'

'Ik heb een idee,' zei hij. 'Jij komt hierheen, we lopen een eind langs de zee en jij probeert een beetje rustiger te worden. Wat vind je ervan?'

'Ik wil hier niet weg.'

'Je kunt op dit moment tóch niets doen.'

'Toch wil ik hier zijn. Misschien verschijnt Kim plotseling weer en...'

Hij zuchtte. 'Normaal gesproken zou ik naar jou toe komen, maar ik heb weinig zin om Frederic te ontmoeten. Bovendien moet ik zuinig zijn met de benzine. Ik denk echt dat je...'

Ze had ernaar verlangd om door hem te worden getroost en gesteund, maar ineens was die wens als bij toverslag verdwenen. Het was nu niet de tijd om zich te laten troosten. Het was een tijd om alles op alles te zetten en Kim te vinden.

'Nee,' onderbrak ze hem. En omdat ze zelf merkte hoe bruusk dat klonk, voegde ze er sussend aan toe: 'Het spijt me. Ik weet dat je het goed bedoelt.'

Hij maakte een ietwat beledigde indruk. 'Ik kan je niet dwingen. Als je je bedenkt... je hebt mijn adres.' Na die woorden hing hij op.

Ze zette haar mobieltje uit en keek naar de display, waarop een foto van Kim was te zien – Kim, die haar wang tegen de witte vacht van haar teddybeer drukte.

'Waar ben je toch?' fluisterde Virginia. 'Lieve schat, waar ben je toch?'

Wat één ding betrof had Nathan gelijk: ze kon op dit moment niet veel doen hier in huis, en het was niet goed voor haar zenuwen om door de kamers te dwalen en zich door nachtmerrieachtige beelden te laten kwellen.

Ze schreef een briefje voor de slapende Frederic en legde het op de keukentafel: *Ik ga wandelen. Moet gewoon naar buiten, anders stik ik. Virginia.*

Vijf minuten later zat ze in de auto en reed de weg op, de dichte, donkere bomen achter zich latend. Het uitgestrekte, groene land opende zich voor haar.

Het klopte wat Nathan had gezegd: de hemel was blauw, en de zon scheen.

4

Hoewel het woensdag was en niet maandag, de dag van hun afspraak, stond Janie om half twee voor het makelaarskantoor tegenover de kantoorboekhandel. Ze hield de winkeldeur heel scherp in de gaten. Ze had de halve nacht wakker gelegen en over haar verjaardagsfeestje nagedacht. Op een gegeven moment was de gedachte bij haar opgekomen dat de vreemde man, die zo aardig voor haar was geweest, misschien helemaal niet boos op haar was, maar dat hij om de een of andere reden zijn gewoonten had veranderd. Dat deden mensen voortdurend. In plaats van elke maandag naar de kantoorboekhandel te gaan, deed hij dat nu misschien elke woensdag of donderdag. Aangezien hij Janie alleen bij haar voornaam kende en geen adres van haar had, kon hij haar dat natuurlijk niet meedelen.

Maar het was in elk geval een poging waard.

Jammer genoeg moest ze daarvoor opnieuw spijbelen. Deze keer niet bij gym. Van één tot twee gebruikten de leerlingen samen de middagmaaltijd, en ze hoopte dat het niet zou opvallen als ze daar niet bij aanwezig was. Van twee tot vier hadden ze tekenen. De lerares zou natuurlijk merken dat er iemand absent was. Ze zou vragen gaan stellen, en de andere kinderen zouden zich herinneren dat Janie 's morgens wel op school was geweest. Ze zouden natuurlijk allemaal denken dat ze zich niet lekker voelde. Onlangs was er ook een jongen 's middags naar huis gegaan omdat hij zich beroerd voelde. Hij had zich natuurlijk wel afgemeld. Dat was verplicht. Je mocht er niet zomaar vandoor gaan.

Ze zou ongetwijfeld narigheid krijgen. Het was al verbazingwekkend dat het nog niet gebeurd was vanwege het spijbelen van eergisteren. Ze zouden mama vast en zeker een brief sturen, maar die kon Janie gemakkelijk onderscheppen, want ze was altijd als eerste thuis en nam de post mee naar boven. Ze vermoedde alleen wel dat de school er op den duur geen genoegen mee zou nemen brieven te versturen waar nooit antwoord op kwam. Maar voordat de hel losbarstte, had ze de aardige man misschien alweer ontmoet. En als ze mama dan uitlegde waarom het was gebeurd – en dat het nooit meer zou gebeuren – kwam alles snel weer in orde.

Hoopte ze.

Ze keek op haar horloge. Tien over twee. Niemand was de winkel binnengegaan, niemand was eruit gekomen. Als hij nu wéér niet kwam... Dan moest ze hier morgen weer op de uitkijk gaan staan. Welk vak verzuimde ze dan? Muziek, voor zover ze wist. Verdorie! Juffrouw Hart, de muzieklerares, was streng en altijd een beetje hysterisch. Ze maakte zich overal druk om en vloog meteen op als een leerling ook maar fluisterde of op het verkeerde moment papier liet ritselen. Janie zuchtte. Juffrouw Hart zou er veel ophef van maken, dat stond vast.

En misschien kwam die vreemde meneer wel op een ander tijdstip naar de kantoorboekhandel. Misschien kwam hij 's morgens om negen uur hierheen. Eigenlijk moest ze hier van 's morgens tot 's avonds de wacht houden. Dus 's morgens direct van huis hiernaartoe gaan en haar gezicht helemaal niet meer op school laten zien...

Ze kromp ineen toen er plotseling een hand op haar schouder werd gelegd. Ze had niemand horen aankomen. Toen ze

412

zich aarzelend omdraaide, keek ze in het strenge gezicht van de vrouw van het makelaarskantoor. Vandaag droeg ze een grijs mantelpak. Ze zag er net zo keurig en verzorgd uit als de vorige keer.

'Daar ben je weer,' zei ze.

Janie glimlachte hulpeloos.

'Weet je, zo langzamerhand geloof ik dat er met jou iets niet in orde is,' zei de vrouw, 'en ik vind dat ik nu echt je moeder moet bellen.'

'Alles is oké,' zei Janie vlug, 'ik wilde net weggaan, en...'

Ze deed een stap opzij, maar de vrouw greep Janie opnieuw vast. Deze keer bij haar bovenarm. Vrij stevig. Een greep waaruit Janie zich niet zo makkelijk kon bevrijden.

'Je hoort om deze tijd toch op school te zijn, is het niet? Bovendien vind ik het merkwaardig dat je altijd op deze plek rondhangt. Er is hier niets wat interessant voor je zou kunnen zijn!'

Janies ogen vulden zich met tranen. Die vreemde vrouw verpestte alles. Alles!

'We gaan nu naar mijn kantoor en bellen je moeder op,' zei de vrouw, en ze leidde Janie door de glazen deur het makelaarskantoor binnen. 'Ga zitten!' Ze wees naar een van de twee zwarte stoelen die voor een net zo zwart, keurig opgeruimd bureau stonden. Ze ging zelf in haar bureaustoel zitten en pakte de telefoon.

'Wat is jullie telefoonnummer?'

'Mijn moeder is niet thuis,' fluisterde Janie, die op een gewone toon wilde praten, maar haar stem leek niet mee te willen werken.

'Waar is je moeder?'

'Die werkt.'

'Waar?'

'Dat weet ik niet.'

De vrouw wierp haar opnieuw een strenge blik toe. 'Ik kan

ook meteen de politie bellen, meisje. Hoe heet je eigenlijk?'

'Janie,' mompelde ze.

'Nou, Janie, luister goed. Ik maak me zorgen om jou. Je spijbelt en hangt hier om onverklaarbare redenen rond – en dat al voor de tweede keer. Tenminste, voor zover ik weet. Misschien doe je het al langer en heb ik het niet eerder gemerkt. Ik wil dit probleem nú oplossen. Of je vertelt hoe ik je moeder of je vader kan bereiken, óf ik draag je over aan de politie. Zo simpel is dat!'

'Mijn moeder werkt in een wasserij,' zei Janie. De tranen stroomden over haar wangen. Ze boog zich over haar schooltas, rommelde erin en haalde ten slotte een briefje tevoorschijn. 'Hier is het telefoonnummer.'

'Zie je wel dat je het nummer hebt?' zei de vrouw. Ze pakte het briefje en drukte in razend tempo op de telefoontoetsen.

'Wat doe je me aan!' Doris had een sigaret opgestoken, maar die was alweer uitgegaan zonder dat ze het had gemerkt. Ze stond midden in de zitkamer, nog in haar witte jasschort dat ze altijd in de wasserij droeg. Haar haren waren in een staart samengebonden en er zaten krulletjes op haar voorhoofd van het vocht waaraan ze op haar werkplek voortdurend was blootgesteld. Ze zag er grauw en slecht uit.

Maar dat is eigenlijk altijd zo, dacht Janie.

'Kun je je eigenlijk voorstellen hoe boos de cheffin was omdat ik plotseling weg moest? Dat ze nu achteropraken omdat ik uitval? Daar maak ik geen vrienden mee, snap je? Als er de volgende keer arbeidsplaatsen worden geschrapt, zijn juist dát de voorvallen die ze zich dan herinneren. Zelfs jij kunt begrijpen hoe hachelijk onze situatie wordt als ik mijn baan verlies!'

'Je had me ook niet moeten ophalen...'

'O nee? Als ik een telefoontje krijg dat mijn dochter van acht spijbelt en op straat rondzwerft – moet ik dan doen of er niets aan de hand is en gewoon doorgaan met waar ik mee bezig ben? Wat had ik dan tegen die bekakte makelaarster moeten zeggen? Het kan me niet schelen wat mijn kind doet, stuur haar maar weer de straat op? Zal ik je eens wat zeggen? Het scheelde niet veel of ze had ons de kinderbescherming op het dak gestuurd. Had je het leuk gevonden om uiteindelijk in een tehuis te belanden?'

Zover had Janie niet doorgedacht. Toen haar moeder als een engel der wrake het kantoor binnenstormde – in bijna pijnlijk contrast met de vrouw in het grijze mantelpak – en haar dochters hand zo hard vastpakte dat het pijn deed, had Janie niet gedacht dat haar situatie nog erger kon worden. Dat Doris bijna plofte van woede, was van veraf al te zien geweest. Janie had wel door de grond willen zakken.

Maar een tehuis – dat klonk heel anders. Daar wilde ze in geen geval naartoe. De drie kinderen van het gezin in de flat onder hen waren in een tehuis geplaatst, omdat hun vader altijd dronken was en hun moeder tweemaal van het balkon was gesprongen om een eind aan haar leven te maken. In plaats daarvan had ze zo ongeveer alle botten in haar lichaam gebroken. Janie had de drie kinderen zien weggaan, samen met een vreemde vrouw, die er niet echt aardig uitzag. De rillingen waren Janie over de rug gelopen, en 's nachts was ze huilend wakker geworden, omdat ze erover had gedroomd.

Nee. Een tehuis was wel het ergste.

Ze begon opnieuw te huilen.

Eindelijk had Doris in de gaten dat haar sigaret niet brandde en ze stak hem nog een keer aan. Het diepe inhaleren leek haar een beetje te kalmeren. Ze keek naar haar dochter, die als een hoopje ellende in een stoel zat.

'Nou, zeg me wat je daar te zoeken had. Je wilde toch zeker niet echt zo'n droomhuis uit die etalage kopen, hè?'

Janie zweeg. Ze had de hele tijd gedacht: als ik mama alles vertel en het allemaal uitleg, begrijpt ze me wel. Dan wordt ze niet boos, maar helpt ze me misschien zelfs om die aardige man te vinden. Ze zal blij zijn dat hij me zoiets moois wil geven!

Maar nu was ze daar opeens helemaal niet zeker meer van. Mama was zo ontzettend kwaad.

Doris kneep haar ogen samen. 'Weet je, als je me niet vertelt wat er aan de hand is, moet ik zo langzamerhand gaan vrezen dat ik je opvoeding niet aankan. En dan moet ik...'

'Nee!' Janie keek op. 'Ik wil niet naar een tehuis! Alsjeblieft, mama! Dat wil ik niet!'

'Vertel me dan wat er aan de hand is.' Doris wierp een blik op haar horloge. 'En snel een beetje. Ik moet weer aan het werk.'

'Het was vanwege die man,' fluisterde Janie.

'Vanwege welke man?' vroeg Doris.

'Vanwege het verjaardagsfeest...'

Doris zuchtte. 'Ik begrijp er geen snars van. Welk verjaardagsfeest? Dat van jou?'

'Ja. Ik wil zo graag een partijtje geven voor mijn vriendinnen.'

'Dat weet ik. Daar hebben we al uitvoerig over gesproken.'

'De man zei dat hij me kan helpen.'

'Wie is die man?'

'Ik weet het niet. Ik weet niet hoe hij heet. Dat is het ergste. En hij komt niet meer in de kantoorboekhandel, hoewel hij eerst zei dat hij daar elke maandag is. Hij wilde zelfs op zaterdag naar de winkel komen om me zijn huis te laten zien, maar toen moest je overgeven en werd je echt ziek, en toen kon ik niet weg. Ik denk dat hij boos op me is, terwijl ik er toch heus niets aan kon doen. Hij is geen enkele maandag meer naar de winkel gekomen, en toen dacht ik dat hij misschien op een andere dag zou komen. Daarom ben ik daar vandaag heen gegaan. Ik weet dat ik niet had mogen spijbelen, maar ik wilde zo graag...'

Doris staarde haar dochter met grote ogen aan. Haar sigaret

gloeide, zonder dat ze er nogmaals een trek van had genomen.

'Begrijp ik dat goed? Een wildvreemde man wilde je helpen om een verjaardagsfeestje te geven?'

'Ja. Hij zegt dat hij een groot huis en een grote tuin heeft, en hij weet hoe je kinderpartijtjes moet organiseren. Hij wilde me alles laten zien. We zouden overleggen hoe we de tuin of de kelder zouden versieren. Hij zegt dat ik net zo veel kinderen mag uitnodigen als ik wil. Daarom heb ik ook die kaarten gekocht.'

Doris liet zich achterover tegen de bank zakken, en Janie stelde verbaasd vast dat haar gezicht nóg bleker was dan voorheen.

'Mijn god,' fluisterde Doris.

'Hij is echt aardig, mam,' zei Janie.

Er viel een diepe stilte in de kamer. Toen was de sigaret tot aan Doris' vingertoppen opgebrand. Doris slaakte een kreetje van pijn en smeet het peukje in de asbak op de tafel.

'Waar heeft hij je aangesproken?' vroeg ze.

'In de winkel. Ik stond naar de uitnodigingskaarten te kijken. Hij vroeg of ik binnenkort jarig was. Toen vertelde ik hem dat jij niet wilde dat ik mijn vriendinnen uitnodigde en dat ik... en dat ik daar heel verdrietig om was...'

Doris knikte langzaam. Plotseling stond ze resoluut op, streek haar kleren glad en pakte haar handtas.

'Kom mee,' zei ze tegen haar dochter.

Janie keek haar onzeker aan. 'Waar naartoe?'

'Naar de politie, nu meteen. Daar moet je alles vertellen wat je zojuist aan mij hebt verteld, en je moet die man heel precies beschrijven. Dat is belangrijk.'

'Nee, mama! Niet naar de politie! Ik wil niet naar een tehuis!'

'Je gaat niet naar een tehuis. Absoluut niet. Maar als we geluk hebben, belandt jouw nieuwe vriend in de gevangenis.'

'Maar hij heeft toch niets gedaan?'

Doris sloot even haar ogen. 'Nee,' zei ze toen zacht, 'met jóú heeft hij niets gedaan. Er kwam een kink in de kabel. En voor het eerst in mijn leven ben ik Onze-Lieve-Heer dankbaar dat ik last van mijn maag had!'

Janie had geen idee wat haar moeder bedoelde. Maar ze scheen in elk geval niet meer boos te zijn. En dat was veel meer dan Janie een halfuur eerder had durven hopen.

5

Ze had een uur lang gehuild en alle angst en wanhoop van de afgelopen uren eruitgegooid. Daarna had ze zich iets beter gevoeld. Niet dat haar angst was verdwenen, dat zou pas gebeuren als Kim veilig en wel thuis was. Maar de druk was een beetje minder geworden, de verstarrende vingers van de angst hadden haar niet meer in zo'n pijnlijke greep.

'Natuurlijk komt ze terug,' had ze ten slotte tegen zichzelf gezegd. Ze had haar neus gesnoten en was opgehouden met huilen.

Zonder erover na te denken, had ze gehoor gegeven aan een innerlijke behoefte en was ze naar Kims school gereden. Ze had de auto een eindje verderop geparkeerd en was naar het schoolgebouw gelopen. Op het schoolplein en op het terrein eromheen waren honderden scholieren. Ze hadden middagpauze. Ze speelden tikkertje, hinkelden in hun met krijt getekende vakjes, wandelden in groepjes rond of zaten in de zon. Geroep, gelach en geschreeuw vulden de lucht.

Tot de vorige dag was Kim een van hen geweest.

Kim moest weer een van hen worden. Al het andere was ondenkbaar.

Het was niet zo dat Virginia had gedacht hier een bruikbaar spoor van Kim te kunnen vinden. Frederic en Jack hadden de school en de omgeving zo grondig doorzocht dat hun nauwelijks iets kon zijn ontgaan. Ze had alleen plotseling gevoeld dat ze dicht bij haar kind wilde zijn, dat ze de plek wilde opzoeken waarvan ze zeker wist dat Kim daar als laatste was geweest voordat ze verdween.

Daar had Kim gestaan. Voor het grote, ijzeren hek, dat er voor een klein, zevenjarig meisje kolossaal moest hebben uitgezien. Het had gestortregend, niet maar een beetje gemiezerd. Toch was Kim blijkbaar nergens gaan schuilen. Ze moest er heel zeker van zijn geweest dat ze elk moment kon worden opgehaald. Zo zeker dat ze het niet de moeite waard had gevonden terug te lopen naar school om daarbinnen te schuilen tegen de regen.

Ze was zo vol vertrouwen.

Bij wie is ze ingestapt?

Virginia had op de plek gestaan waar het kind moest hebben gewacht en had geprobeerd iets te begrijpen van wat er in Kim was omgegaan.

Ben je helemaal niet bij iemand ingestapt? De tijd verstreek, er kwam niemand. Je dacht dat mama er wéér niet was. Net als op je eerste schooldag. Je bent in paniek geraakt, je hebt je eenzaam en verlaten gevoeld. Je wilde alleen maar weg, net als de avond ervoor. Maar waar ben je naartoe gelopen? Waar ben je heen gegaan?

Ze had aan Skye gedacht. Aan haar wilde, roekeloze vlucht. De nachten met Nathan. Haar besluit om de rest van haar leven met hem door te brengen. Ze was niet bepaald zachtzinnig met de gevoelens van haar gezin omgegaan. Niet met die van Frederic, en ook niet met die van Kim. Frederic had ten slotte begrepen wat er gebeurde. Kim had het alleen maar gevoeld. Dat moest nog erger, nog bedreigender zijn geweest. Kim was één keer weggelopen, en nu misschien voor de tweede keer. Ze schreeuwde om hulp. Haar moeder stond op het punt het zo vertrouwde leven van het gezin overhoop te halen. Een schok voor een kind.

Virginia had zich omgedraaid en was het kleine park inge-lopen dat vlak naast het schoolterrein lag. Er wandelden een paar mensen, maar niemand lette op haar. Zodra de tranen be-gonnen te stromen, zette ze haar zonnebril op. Toen ze een bankje zag, ging ze erop zitten en huilde tranen met tuiten, van angst en schuld. En na afloop wist ze dat ze ondanks alles weer net zo zou handelen, want ze had al zo lang naar een nieuw leven – een leven met Nathan? – gezocht.

Ik had het allemaal voorzichtiger, behoedzamer moeten aanpakken, dacht ze.

Ze liep terug naar de school, die nu heel stil in het zonlicht baadde. De middaglessen waren begonnen. Uit een van de open ramen kon ze stemmen horen, ergens werd pianoge-speeld.

Maar er was geen antwoord. Ook op deze plek vond Virgi-nia geen antwoord omtrent de verblijfplaats van haar kind. Geen plotseling gevoel, geen ontwakend instinct dat haar een aanwijzing zou hebben gegeven.

En toch meende ze te voelen dat Kim haar riep, dat ze leefde en naar haar moeder verlangde.

Zodra ze haar auto voor Ferndale House tot stilstand bracht, zwaaide de voordeur open en kwam Frederic naar buiten. Hij leek op haar te hebben gewacht. Waarschijnlijk had hij zich ongerust gemaakt. Ze was bijna tweeënhalf uur weg geweest.

Ze wapende zich tegen zijn verwijten en stapte uit.

'Frederic,' zei ze.

Tot haar verbazing viel hij niet tegen haar uit omdat ze weg was gegaan. Frederic was lijkbleek, zijn ogen waren plotseling heel donker, bijna zwart.

'Kim,' zei hij.

Virginia's knieën begonnen zo onverwacht te beven dat ze dreigde om te vallen. Ze zocht steun bij Frederics arm. Hij hield haar vast. Hun gezichten waren heel dicht bij elkaar.

'Wat is er? Wat is er met haar gebeurd?' Virginia had even

nodig om te beseffen dat de schelle stem die de vragen schreeuwde haar eigen stem was.

'Er heeft iemand gebeld,' zei Frederic. 'Hij zei dat hij losgeld voor haar wil hebben.'

'Losgeld?'

'Ze is ontvoerd,' zei Frederic.

6

'Hoogstwaarschijnlijk,' zei hoofdinspecteur Baker, 'gaat het
om een profiteur. Of gewoon om een lolbroek. Maar zelfs als
iemand alleen maar een domme grap wil uithalen, dan heeft
hij zich natuurlijk wel schuldig gemaakt aan een strafbaar feit.'

'Een profiteur daarentegen...' zei Frederic.

'Een profiteur gaat misschien nog een tijdje door met het
spel,' zei Baker, 'misschien zelfs zover als het overdragen van
losgeld. Wat niet inhoudt dat hij het kind echt in zijn macht
heeft. Hij profiteert alleen van de situatie om aan geld te komen. Hij hoort op de radio dat er een klein meisje wordt vermist, en...'

'De naam Quentin komt vrij vaak voor, maar waarom zou
hij dan uitgerekend óns bellen?' vroeg Frederic.

Baker haalde zijn schouders op. 'U bent een prominente figuur, meneer Quentin. Als bankier en nog meer sinds u actief
bent in de politiek. Die vent probeert het gewoon, alleen al
omdat hij er bij u vanuit kan gaan dat u in staat bent een flink
bedrag bijeen te brengen. En bingo! Hij heeft geluk. Het meisje dat is verdwenen is inderdaad de dochter van bankier en politicus Frederic Quentin. Dat moet hem door uw reactie onmiddellijk duidelijk zijn geworden, anders had hij gewoon
opgehangen. Wat had hij te verliezen?'

'Maar u kunt niet uitsluiten dat Kim echt ontvoerd is,' zei

Virginia. Sinds haar terugkeer uit de stad zat ze in een leunstoel in de zitkamer. Ze kon niet meer opstaan. Frederic had haar naar de stoel gebracht en haar geholpen te gaan zitten. Ze had zich onbeholpen en heel voorzichtig bewogen, als een oude vrouw. Nog nooit van haar leven had ze zich zo zwak gevoeld, alsof alle kracht, alle vitaliteit en jeugd haar plotseling hadden verlaten.

Nog voor haar terugkeer had Frederic hoofdinspecteur Baker al gebeld, en deze was ten slotte met twee agenten verschenen. Ze hadden zowel afluisterapparatuur als een opnameapparaat bij de telefoon geïnstalleerd. Wat de telefoontap betrof, was Baker natuurlijk sceptisch. 'De mensen zijn tegenwoordig heel goed op de hoogte. Ze bellen over het algemeen niet zo lang dat wij het gesprek kunnen traceren. Maar een poging kan geen kwaad.'

Voor het eerst had Virginia gehoord wat de beller had gezegd. Vóór die tijd was het niet bij haar opgekomen Frederic ernaar te vragen.

'Het was een man,' zei Frederic, 'maar met een totaal verdraaide stem. Hij deed me denken aan...'

'Ja?' Baker reageerde onmiddellijk.

Frederic schudde zijn hoofd. 'Helaas deed hij me niet denken aan iemand die ik ken, nee. Ik wilde alleen maar zeggen, de manier waarop de stem werd vervormd deed me denken aan een stuk speelgoed van mijn dochter. Toen ze vier was kreeg ze een speelgoedcassetterecorder cadeau. Met een bijbehorende microfoon, waardoor de kinderen zelf konden zingen. En door hem verschillend in te stellen, konden ze hun stem vervormen – heel laag, heel hoog, hoe dan ook. Kim vermaakte zich er enorm mee. Daar deed de stem van de beller me aan denken. Alsof hij op een merkwaardige manier werd vervormd.'

Baker maakte aantekeningen.

'Ga door,' zei hij.

'Hij vroeg of hij met Frederic Quentin sprak,' vervolgde Frederic, 'en toen ik dat bevestigde, zei hij letterlijk: "Ik heb uw dochter. Ze maakt het goed. Voor honderdduizend pond kunt u haar terugkrijgen".'

'Ik moet het u nóg een keer vragen,' onderbrak Baker. 'Kon u die stem echt niet thuisbrengen? Had u geen enkel idee?'

'Nee, absoluut niet. De stem was zó vervormd dat ik al moeite had om te verstaan wat hij precies zei.'

'Maar u bent er wel zeker van dat het om een man ging?'

Frederic had plotseling geaarzeld. 'Het was een mannen-stem. Maar het kan natuurlijk ook een staaltje van techniek zijn, dus moet ik een ontkennend antwoord op uw vraag geven, hoofdinspecteur. Ik ben er niet zeker van of het om een man ging.'

'Begrepen. Hoe ging het gesprek verder?'

'Ik vroeg wie hij was. Hij antwoordde dat het er niet toe deed. "Bezorg het geld," zei hij, "ik meld me weer". Toen hing hij op.'

Virginia steunde met haar hoofd in haar handen.

Toen spraken de mannen over de mogelijkheid dat ze te maken hadden met een profiteur die de vooraanstaande familie Quentin op goed geluk had gebeld.

'Maar u kunt niet uitsluiten dat Kim daadwerkelijk is ontvoerd,' zei Virginia.

'Uitsluiten kunnen we op dit moment niets,' antwoordde Baker.

'We staan niet in de telefoongids,' zei Frederic. 'We hebben een geheim nummer dat ook niet bij inlichtingen is op te vragen. Hoe komt die vent aan ons nummer?'

'Van Kim!' riep Virginia uit. Ze was verbaasd hoe schel haar stem klonk. 'Van Kim! Omdat ze inderdaad ontvoerd is!'

Baker, die tegenover haar op de bank zat, boog zich iets naar haar toe. 'Mevrouw Quentin, ik weet het, het is makkelijk gezegd, maar probeer uw zelfbeheersing niet te verliezen. Misschien is uw dochter echt ontvoerd. Maar dat zou in elk geval betekenen dat ze niet in handen van de zedendelinquent is gevallen naar wie we intensief op zoek zijn. Want die gaat het zeker niet om geld.'

'Dit is een nachtmerrie,' zei Virginia zacht, 'dit is een nachtmerrie.'

'Alles is mogelijk,' zei Baker. 'Het kan zelfs zo zijn dat de beller een klasgenoot van uw dochter is. Of de grote broer of de grote zus van een klasgenoot. Die kennen haar nummer zeker. Misschien zijn het een paar tieners die een verschrikkelijk gemene grap uithalen.'

'Wat gaat u nu doen, hoofdinspecteur?' vroeg Frederic.

Baker negeerde de vraag en richtte zich weer tot Virginia. 'Waar was u vanmiddag, mevrouw Quentin? Uw man zei dat u vlak na het telefoontje thuiskwam.'

Ze streek haar haren van haar voorhoofd. 'Ik was bij de school van Kim. Ik kan niet precies zeggen waarom. Het was... Op de een of andere manier wilde ik op de plek zijn waar ze voor het laatst is gezien. En ik had het gevoel dat...'

Ze zweeg abrupt.

'Ja?' vroeg Baker. 'Wat voor gevoel had u?'

'Dat ze om me riep. Ik kon het heel duidelijk horen.' Ze haalde diep adem. 'Mijn dochter leeft,' zei ze met vaste stem. 'Ik ben er heel zeker van dat ze leeft.'

'Daar gaan wij natuurlijk ook van uit,' zei Baker. Virginia vroeg zich af of hij er echt zo van overtuigd was als hij wilde doen geloven.

Na een ogenblik van zwijgen vroeg Frederic plotseling: 'U wilde toch ook nog met Nathan Moor praten, hoofdinspecteur?'

Baker knikte. 'Daar ben ik nog niet aan toe gekomen.' Hij wendde zich tot Virginia. 'Meneer Moor weet natuurlijk ook dat uw dochter verdwenen is,' zei hij.

'Natuurlijk. Maar wat wilt u daarmee zeggen?'

'Niets, het was slechts een vaststelling.'

'Wanneer vindt dat gesprek met Moor dan plaats?' drong Frederic aan.

'Zo gauw mogelijk, meneer Quentin, dat ik kan ik u verzekeren. Ik zou het al hebben gedaan, maar er kwam iets tussen...'

Frederic keek hem vragend aan.

'Vanmiddag was er een meisje van acht met haar moeder bij ons,' vertelde Baker. 'Het kind is zo'n veertien dagen geleden door een man aangesproken, die haar grootste wens in vervulling wilde laten gaan; precies volgens het patroon dat we intussen menen te kennen. Het is toeval dat ze nog niet in zijn auto was gestapt, en het is ook toeval dat het kind uiteindelijk haar moeder in vertrouwen nam. Ik moest het verhoor van meneer Moor uitstellen vanwege het gesprek met dat meisje.'

'Hebben jullie nu een beschrijving van de dader?' vroeg Frederic.

Baker schudde spijtig zijn hoofd. 'Helaas is die niet al te nauwkeurig. Toen ik vertrok werd er juist geprobeerd een compositietekening te maken, maar het meisje was erg van streek en het is ook al een tijdje geleden dat ze de man voor het laatst had gezien – de verklaringen lijken me vrij tegenstrijdig en onnauwkeurig. Maar goed, we hebben een beginpunt.'

'Dat heeft toch niets met onze zaak te maken?' zei Virginia.

'Ik veronderstel van niet,' zei Baker.

'Wat gaat u nu doen? En wat moeten wíj doen?' vroeg Frederic, toen Baker zijn notitieboekje in zijn zak stopte en aanstalten maakte om overeind te komen.

'Ik praat met Moor, en ik praat met de docenten en de klasgenoten,' zei Baker, 'en we laten het opsporingsteam verder zoeken. Jammer genoeg kunt ú op dit moment weinig doen – alleen uw zelfbeheersing bewaren. En er moet steeds iemand thuis zijn, mocht de beller zich weer melden. Als dat gebeurt, moet u me dat onmiddellijk laten weten.'

'Natuurlijk,' zei Frederic. Hij bracht Baker en de andere agenten naar de voordeur. Virginia bleef in haar stoel zitten, ze kon nog steeds niet op haar benen staan.

Toen Frederic terugkeerde, keek ze gespannen naar zijn gezicht om te zien of dat iets over zijn gevoelens verried, maar er viel niets van af te lezen. Hij leek niet bereid te zijn zijn verlammende angst om zijn enig kind met haar te delen. Ze had hem te zeer gekwetst. De tragedie die ze samen doorstonden, bracht hen niet dichter bij elkaar.

'Ik ga naar boven,' zei Frederic, 'want daar wil ik de bank bellen.'

'Vanwege...'

'Vanwege de honderdduizend pond die ze moeten vrijmaken. Ik wil het geld hier hebben. Ik wil meteen kunnen betalen als de afperser zich opnieuw meldt.'

'En als hij zich niet meer meldt?'

'Dan heeft Baker gelijk en bestaat hij misschien helemaal niet. Dan is Kim niet ontvoerd, maar...'

'... maar dan is ze verdwaald,' maakte Virginia vlug de zin af.

'Ze komt weer bij ons terug,' zei Frederic, en verliet de kamer.

'Bij ons', had hij gezegd, maar dat 'ons' was een leeg begrip, en vermoedelijk wist hij dat ook. Er was geen 'ons' meer.

Virginia liet haar hoofd in haar handen zakken. Ze wilde huilen, maar ze had al haar tranen in het park naast de school vergoten.

Nu was ze volkomen leeg.

7

'U weet zeker niet meer wie u geholpen heeft de auto weer aan de praat te krijgen?' vroeg hoofdinspecteur Baker.

Nathan Moor haalde zijn schouders op. 'Nee. Het spijt me. Het was iemand die zijn auto naast mij had geparkeerd, en toen hij terugkwam, zag hij dat ik tevergeefs probeerde mijn auto te starten. Hij bood aan me met zijn startkabel te helpen, en dat is ook gebeurd. Namen en adressen hebben we niet uitgewisseld.'

'Dat is jammer,' zei Baker.

'Ik kon niet vermoeden dat ik een alibi nodig zou hebben,' zei Nathan.

Baker schudde zijn hoofd. 'U hebt geen alibi nodig, meneer Moor. Maar alles wat de verklaring van iemand kan onderbouwen of zelfs bewijzen, is nuttig.'

Ze zaten in de kleine ontbijtruimte van het pension waar Nathan logeerde. Drie houten tafeltjes met elk vier stoelen, cactussen voor de ramen, witte vitrage. Het olieverfschilderij aan de muur stelde een zinkend schip in een onstuimige zee voor.

Wat toepasselijk, dacht Baker. Was Nathan niet door een schipbreuk in het leven van de familie Quentin binnengedrongen?

Buiten werd het donker. De septemberdag was bijna ten einde en de duinen waren nog vaag te zien. Daarachter lag de zee.

Een mooie plek om te wonen, dacht Baker.

Afgezien van zijn beroepsmatige belangstelling voor Nathan Moor was hij benieuwd geweest naar de man die het was gelukt het huwelijk van de Quentins te verstoren. Al vóór de verdwijning van de kleine Kim Quentin kende Baker Frederic Quentin uit de media. Frederic was vaak in de kranten of op de televisie te zien. Een knappe, erudiete en gedistingeerde man, die tevens een groot maatschappelijk aanzien had en over een vermogen beschikte. Een man van wie vrouwen dromen, dacht Baker, en een vrouw die zijn hart eenmaal had veroverd zou zo'n man niet zomaar laten schieten. Maar Virginia Quentin scheen op het punt te staan uit haar huwelijk los te breken.

Wat, dacht Baker een beetje gelaten, het verschil tussen werkelijkheid en schijn weer eens duidelijk maakt. Misschien klopte er wel niets van achter die fraaie façade van de Quentins.

Nathan Moor was een man die het makkelijk had bij de vrouwen, dat had Baker meteen door. Hij zag er niet alleen goed uit, hij beschikte ook over een heleboel charme, die hij vermoedelijk heel goed wist te gebruiken. Ook straalde hij een bepaalde seksuele agressiviteit uit, die vrouwen ongetwijfeld nog sterker aanvoelden dan hij, de nuchtere politieman.

Een hoog invoelingsvermogen, een intuïtief gevoel voor de behoeften en eventuele gebreken van de mensen die hij tegenkomt, en een latent voelbare, erotische bereidwilligheid.

Zo zou Baker hem beschrijven als hij hem met een paar woorden zou moeten karakteriseren, waarbij hij wist dat hij alleen op het uiterlijk afging en geen enkel idee had van wat hem werkelijk bewoog.

'Sinds wanneer kent u mevrouw Virginia Quentin?' vroeg hij zakelijk.

Moor dacht even na. 'Sinds 19 augustus van dit jaar. Dat is dus bijna drie weken.'

'Kende u voor die tijd iemand van het gezin?'

'Niet persoonlijk. Maar toen wij in de haven van Portree voor anker lagen, werkte mijn vrouw bij de Quentins. In de tuin en in het huishouden. Daardoor wist ik vóór de schipbreuk al van hun bestaan.'

'Kent u Kim Quentin ook sinds 19 augustus?'

'Ja.'

'Hoe stond het kind tegenover u?'

'Ik geloof dat ze me mag. Maar op het moment is het haar nog niet duidelijk...' Hij sprak niet verder. Baker keek hem aandachtig aan.

'Ja? Wat is Kim niet duidelijk?'

Moor boog zich naar voren. 'Hoofdinspecteur Baker, ik ben er niet zeker van of...'

Baker besefte wat Nathan Moor wilde weten.

'Meneer Moor, het is me bekend dat u een intieme relatie met mevrouw Quentin hebt. En dat u plannen maakt voor een gezamenlijke toekomst. Mij, en ook de ouders van het kind, lijkt het heel goed mogelijk dat de verdwijning van de kleine meid daaraan is toe te schrijven.'

'Dan bent u dus op de hoogte,' zei Moor, 'en kan ik open en eerlijk met u praten.'

'Dat zou ik u dringend willen verzoeken,' antwoordde Baker.

'Om terug te komen op uw vraag naar Kims houding ten opzichte van mij,' zei Moor, 'ik denk dat Kim niets wist van de liefdesaffaire tussen mij en haar moeder. In zoverre beïnvloedt het niet haar sympathie voor mij. Kim voelt zich door Virginia verwaarloosd. Ze heeft vast en zeker het vage gevoel dat er iets bedreigends haar leven binnensluipt. Daarom is ze al een keer weggelopen. En ongetwijfeld is het ditmaal om dezelfde reden gebeurd.'

Baker knikte. In gedachten maakte hij een aantekening: Moor had het woord 'liefesaffaire' gebruikt toen hij het over zijn relatie met Virginia Quentin had. Aangezien hij een buitenlander was en zich in een vreemde taal uitdrukte, was het mogelijk dat bepaalde nuances hem niet bekend waren. Maar het kon ook zijn dat die affaire met Virginia voor hem niet dezelfde betekenis had als voor haar. Misschien was het onbelangrijk voor de zaak waarmee hij bezig was, maar Baker was gewend dergelijke details op te merken.

'Begrepen,' zei hij.

Na even te hebben nagedacht, vervolgde hij: 'Toen u merkte dat de wagen van mevrouw Quentin niet startte, dat u haar verzoek om Kim Quentin van school op te halen dus niet kon uitvoeren, wat deed u toen?'

'Ik was op de parkeerplaats aan het strand van Hunstanton,' zei Moor. 'Daar staan gelukkig nog een paar ouderwetse telefooncellen die intact zijn. Een mobieltje heb ik niet meer. Dat is gezonken, samen met mijn schip.'

'U hebt dus getelefoneerd?'

'Ja. Alleerst probeerde ik Virginia een paar keer te bereiken. Maar zowel bij haar thuis als op haar mobieltje kreeg ik steeds opnieuw de voicemail. Ze had die middag een gesprek met haar man. Ze wilde niet gestoord worden.'

'Begrepen,' zei Baker nogmaals.

'Ja, en toen dacht ik ineens aan die opzichter en zijn vrouw. Ik moest er nogal lang over nadenken hoe ze eigenlijk heetten. Walker. Jack en Grace Walker. Ik wist dat Jack Walker in Plymouth was en dat Grace griep had, maar er zat niets anders op dan ze te bellen. Ik vroeg het telefoonnummer op en bracht Grace op de hoogte. Toen ging ik terug naar mijn auto om nogmaals te proberen de wagen te starten.'

'Hoe laat was het toen de onbekende man met de startkabel u hielp?'

'Even voor zessen, schat ik,' zei Nathan.

'En toen bent u niet meer naar de school in King's Lynn gereden.'

'Nee. Natuurlijk niet. Ik zou daar pas rond zeven uur zijn aangekomen. Ik hoopte maar dat het allemaal gelukt was en dat Kim allang thuis was.'

'Wanneer hoorde u dat het niet zo was?'

'Laat in de avond. Ik belde hiervandaan naar Virginia. Het was zeker al half elf. Ze was buiten zichzelf en behoorlijk agressief. Ze gaf mij de schuld van Kims verdwijning.'

'Hm.' Baker veranderde abrupt van onderwerp. 'Hoelang blijft u in Engeland, meneer Moor?'

'Is dat belangrijk?'

'Ik vraag het alleen maar.'

'Ik weet het nog niet. Ik ben nauwelijks in de gelegenheid geweest om over mijn toekomst na te denken.'

Drie weken, dacht Baker, sinds het schip is vergaan. En hij heeft nog geen kans gehad om over zijn toekomst na te denken?

Maar misschien had hij dat wel degelijk gedaan, en was hij ook al ijverig bezig geweest om zijn ideeën in daden om te zetten. Blijkbaar leefde hij op dit moment op kosten van Virginia Quentin. Hij reed in haar auto, en waarschijnlijk betaalde ze ook zijn verblijf in het idyllische pensionnetje aan zee. Bovendien was ze vastbesloten haar lot aan het zijne te verbinden. Nee, de man had geen slechte vangst gedaan.

Maar Baker hield zichzelf ook voor dat hij voorzichtig moest zijn met veronderstellingen. Jarenlange praktijkervaring had hem geleerd dat de dingen zelden waren wat ze leken. Misschien hield Nathan Moor écht van Virginia Quentin. Het feit dat een ongeluk hem straatarm had gemaakt hoefde niet te betekenen dat hij alleen maar relaties aanging om er financieel beter van te worden. Je moest oppassen voor clichés. Vaak was alles anders dan je dacht, en vaak zat het tamelijk ingewikkeld in elkaar.

En misschien had de liefdesgeschiedenis van Nathan en Virginia helemaal niets met de verdwijning van de kleine Kim te maken.

'Is uw vrouw al in Duitsland?' vroeg Baker.

'Dat weet ik niet precies. Ze is in elk geval vertrokken. Ik denk dat ze probeert naar Duitsland te gaan. Maar ik kan u niet zeggen waar ze zich op dit moment bevindt.'

Baker stopte zijn notitieboekje en zijn balpen in de binnenzak van zijn jas. Toen ging hij staan.

'Dat was voorlopig alles, meneer Moor,' zei hij. 'Ik hoef u er natuurlijk niet op te wijzen dat u verplicht bent me alles te vertellen wat ook maar enigszins met de verdwijning van Kim Quentin verband kan houden. Dus als u nog iets te binnen schiet...'

431

'Dan breng ik u daar natuurlijk meteen van op de hoogte,' zei Nathan, die ook opstond. De twee mannen verlieten de kamer en liepen naar de voordeur. Baker ging naar buiten. Hij haalde diep adem. Leek het nou maar zo, of was het écht zo dat de nacht steeds alle geuren versterkte? De mengeling van zout water, zeewind en geurige septemberrozen was fantastisch.

Een mens zou eigenlijk niet in de stad moeten wonen, dacht hij.

Toen hij in zijn auto stapte, had Nathan Moor de voordeur alweer gesloten. Alleen de buitenlamp brandde, verder was alles donker en stil. Zoals gewoonlijk maakte Baker in zijn hoofd een korte samenvatting van zijn indrukken: *Ondoorzichtig type. Begrijpelijk, dat onbehaaglijke gevoel waarmee Frederic Quentin van begin af aan op hem had gereageerd – onafhankelijk van het feit dat hij misschien zijn vrouw aan hem zou verliezen. Moor is intelligent en hoffelijk, en hij barst van het zelfvertrouwen. Hij laat niemand achter zijn masker kijken.*

Is hij een crimineel?

Daar is niet de geringste aanwijzing voor, dacht Baker, terwijl hij zijn auto startte.

Wat de zaak Kim Quentin betrof, had het gesprek hem vooralsnog niets opgeleverd.

432

Donderdag 7 september

1

Voor het eerst sinds ze op school zat mocht Janie thuisblijven zonder ziek te zijn. En ze had er niet eens om hoeven vragen: haar moeder had het uit zichzelf voorgesteld. De vorige avond nog, toen ze samen in de zitkamer zaten na al die uren bij de politie te hebben doorgebracht. Janies hoofd had getold, en ze was totaal in verwarring geweest.

Het volgende wonder was: Doris nam ook vrij. Hoewel ze evenmin ziek was. Ook dat was nog nooit gebeurd. Integendeel. Doris sleepte zichzelf nog naar de wasserij als ze hoge koorts of koude rillingen had. Janie had vaak gedacht dat mama maar één angst kende: haar baan verliezen.

Maar nu werd haar duidelijk dat er nóg een angst was, eentje die misschien nog zwaarder woog. Doris had ook angst om haar, om Janie. Zo ellendig, zo bleek en zo ontzet als gisteren was ze nog nooit geweest. Aanvankelijk had Janie niet begrepen waarom dat zo was. In de loop van de uren had ze gemerkt dat niemand zo dol was op de aardige man die haar verjaardagsfeestje wilde organiseren als zij. Iedereen die haar verhaal hoorde leek heel erg te schrikken, en ze had het steeds opnieuw moeten vertellen. De politie had echt álles willen weten. Vooral hoe de man eruitzag. Janie had het heel moeilijk gevonden om hem te beschrijven. Zo lang had ze immers niet met hem gesproken, en het was ook al een hele tijd geleden.

'Zou je hem herkennen als je hem zag?' had de vriendelijke vrouw met het lange, bruine haar gevraagd, die zich hoofdzakelijk met Janie had beziggehouden. Janie had zich voortdurend afgevraagd of zij ook van de politie was. Ze was heel knap en heette Stella. Janie mocht haar ook zo noemen.

'Ik denk het wel,' had Janie geantwoord, 'ja, ik zou hem wel herkennen.'

'Weet je ongeveer hoe oud hij was?'

Dat was moeilijk te zeggen. 'Al wat ouder,' had Janie gezegd.

'Zoals mama?'

'Ouder.'

'Zoals je opa?'

'Ik heb geen opa.'

'Maar ken je de opa's van andere kinderen?'

'Ja.' Maar die leken niet allemaal even oud, vond Janie.

'Ik weet het niet,' had ze gezegd.

Stella was de hele tijd geduldig gebleven. Ook toen Janie zich met de beste wil van de wereld niet kon herinneren welke kleur ogen de vreemde man had of wat voor kleren hij aanhad. Maar ze wist nog wel wat de kleur van zijn haar was.

'Bruin,' zei ze, 'zoals dat van u.'

'Aha,' had Stella met een zucht gezegd, 'dus de meest alledaagse kleur die je je kunt voorstellen.'

'Misschien met een beetje grijs...' Maar daar had Janie niet op kunnen zweren.

Er was een tekenaar gekomen, die de man op grond van Janies informatie moest tekenen. Ze merkte hoe vaag haar herinneringen waren. Alle volwassenen bleven aardig, maar toch kon Janie voelen dat ze teleurgesteld waren. Ze had hetzelfde gevoel gehad wanneer een leraar op school niet tevreden over haar was. Ten slotte was ze in tranen uitgebarsten. Het was natuurlijk verkeerd van haar geweest om te spijbelen, maar hoe had ze nou kunnen weten dat er zo'n ophef over zou worden gemaakt?

Toen ze eindelijk naar huis mochten, waren ze niet met de bus gegaan, zoals op de heenweg. Een politieman had hen met de auto thuisgebracht. Bij het afscheid nemen had hij tegen mama gezegd: 'U moet nu heel ernstig met uw dochter praten. Ze moet beseffen in wat voor gevaar ze heeft verkeerd!'

En mama had geantwoord: 'Ik zal met haar praten. Daar kunt u op rekenen.'

Janie was nog harder gaan huilen, want het was duidelijk dat ze woedende verwijten naar haar hoofd geslingerd zou krijgen. Bovendien zou mama zware straffen voor haar bedenken: geen verjaardagsgeschenken, maandenlang geen zakgeld meer, en waarschijnlijk mocht ze minstens tot de kerst niet naar een partijtje toe of naar verjaardagsfeestjes.

Maar vreemd genoeg was mama niet boos geweest. In plaats daarvan had ze boterhammen gesmeerd, een schuimbad voor Janie klaargemaakt en haar daarna naar bed gestuurd.

Tijdens het eten had mama ook gehuild. En ten slotte had ze gezegd dat ze de volgende morgen niet naar haar werk zou gaan, dat Janie ook thuis mocht blijven en dat ze dan met elkaar zouden praten.

'Ik doe het nooit meer,' bezwoer Janie bij het ontbijt, 'ik spijbel nooit meer.'

'Nee, je mag ook niet spijbelen,' zei Doris, 'het is niet goed om dat te doen. Maar...'

'Ja?'

'Maar het is niet het ergste. Het is beslist niet het ergste,' zei Doris, terwijl ze met de rug van haar hand over haar ogen streek.

Ze keek Janie aan.

'Die man,' zei ze, 'de man die zogenaamd een verjaardagspartijtje voor jou wilde organiseren – weet je wat hij in werkelijkheid van plan was?'

'Nee.'

'Hij wilde je vermoorden,' zei Doris.

Janie liet de beker met chocolademelk bijna uit haar hand vallen. 'Vermoorden? Waarom?'

'Op jouw leeftijd is zoiets moeilijk te begrijpen,' zei Doris, 'maar zulke mannen bestaan echt. Ze vermoorden kleine meisjes. En ook kleine jongens. Dat vinden ze leuk. Ze zijn ziek, ze zijn krankzinnig, weet ik veel. Het doet er ook niet toe hoe het komt dat ze een monster zijn geworden. Het is alleen heel belangrijk dat je voor hen oppast. Je mag nooit, nooit, nooit bij zo iemand in de auto stappen. Wát ze ook beloven of beweren. Nooit. In geen geval. Dat heb ik vroeger een paar keer tegen je gezegd, kun je je dat nog herinneren? Dat je nooit met vreemden mag meegaan.'

'Ja,' zei Janie zacht. Dat had haar moeder gezegd. Ze had er helemaal niet aan gedacht.

'Maar hij was zo aardig,' zei ze, 'echt, mama, heel lief en vriendelijk.'

'Ja, dat is nogal logisch,' zei Doris fel. 'Denk je dat ze kinderen overhalen met hen mee te gaan door boos en vervelend tegen hen te doen? Nee, natuurlijk zijn ze aardig, en ze beloven altijd geweldige dingen. Maar ten slotte beland je in een of andere godvergeten kelder en dan doen ze dingen met je...' Ze hield op met praten.

Janie keek haar aandachtig aan. 'Wat voor dingen, mama?'

'Verschrikkelijke dingen. Ze doen je pijn. Ze mishandelen je. Je huilt en roept om je moeder, maar ze lachen alleen maar. En uiteindelijk vermoorden ze je, zodat je aan niemand kunt vertellen dat ze je pijn hebben gedaan. En dat kan alleen maar als je zo dom bent hen te geloven.'

Janie kon het zich bijna niet voorstellen. Had die aardige, vreemde man haar pijn willen doen? Haar willen vermoorden? Blijkbaar was mama daarvan overtuigd. Stella ook. En alle anderen bij de politie eveneens. Misschien was het wel zo. Opnieuw kreeg ze tranen in haar ogen.

'Ik doe het niet, mama,' snikte ze, 'ik ga niet mee als iemand het me nog een keer vraagt.'

Doris stak een sigaret op. Haar handen trilden een beetje. 'Wil je morgenvroeg met me meegaan naar een begrafenis?' vroeg ze.

'Morgenvroeg? Moet ik dan niet naar school?'

'Nee. En ik ga ook niet werken. In plaats daarvan...'

'Wie wordt er dan begraven?' vroeg Janie. Ze vond het allemaal heel verwarrend.

'Een klein meisje,' antwoordde Doris. 'Ze was ongeveer zo oud als jij.'

Janie kreeg een vreselijk vermoeden. Ze durfde het bijna niet uit te spreken. 'Is ze... dat meisje... is ze...?'

'Ja,' zei Doris. 'Ze is vermoord. Door een man die haar iets moois had beloofd. Daarom is ze in zijn auto gestapt.'

Janie slikte. Plotseling zat haar keel dicht. 'Nee,' hoorde ze zichzelf zeggen, 'ik wil daar niet...'

Doris stak haar vrije hand uit en pakte Janies handen vast. 'Stella vroeg of we erheen wilden gaan. Het kan zijn dat... dat het dezelfde man is geweest. Snap je? Ze weten het niet, maar die kans bestaat. Nou, en soms doen dergelijke mensen dat als... hun slachtoffers worden begraven. Ze kijken er graag naar, omdat ze zich dan heel erg sterk voelen. En...'

'Nee! Ik wil niet! Ik wil er niet heen!'

'Janie, jij bent de enige die hem heeft gezien. Je zou hem herkennen als hij daar is. Luister, waarschijnlijk komt hij helemaal niet. En dan zul je hem nooit terugzien. Maar als hij wel... Jij wilt toch ook dat hij wordt opgesloten, zodat hij niemand meer kwaad kan doen?'

Janie hoorde wat haar moeder zei. Maar haar stem leek zich langzaam van haar te verwijderen, alsof Doris van de ene kamer naar de andere ging, steeds verder weg, zodat haar stem zachter en zachter werd. En tegelijkertijd begon het in Janies oren te suizen, en ineens bewoog zich ook de vloer onder haar en draai-

437

de de tafel met alles wat erop stond voor haar ogen rond.

'Ik wil niet,' zei ze, maar ze kon haar eigen stem al niet meer goed horen, en misschien had ze wel helemaal niets gezegd, misschien had ze het zich alleen maar verbeeld. 'Ik wil niet. Ik wil niet.'

Toen werd het donker.

2

Virginia stond voor de oude spiegel in de gang. Het was een erfstuk van Frederics familie en had waarschijnlijk altijd op die plaats gehangen. Het spiegelglas, dat in een prachtige, kostbare, vergulde lijst was gevat, was echter niet echt goed geslepen. Iedereen die in de spiegel keek, zag een vertekend beeld van zichzelf. Smaller dan hij of zij in feite was, en op een wonderlijke manier uitgerekt. Virginia was weleens voor de spiegel gaan staan als ze zich te dik voelde, en had er dan meteen een stuk slanker uitgezien. Maar op deze zonnige herfstmorgen zag ze er belachelijk mager uit. Voor het eerst besefte ze dat ze in de afgelopen dagen, maar misschien al in de weken daarvoor, erg was afgevallen. Haar kleren slobberden om haar heen, wat haar niet eerder was opgevallen. In de spiegel zag ze eruit als een vogelverschrikker. Ze had ingevallen wangen en donkere kringen onder haar ogen, en boven haar laag uitgesneden T-shirt staken de botten van haar sleutelbeenderen uit.

Wanneer heb ik voor het laatst geslapen? dacht ze.

Het leek een eeuwigheid geleden.

Ze kreeg geen tijd om nog langer naar haar onaantrekkelijke uiterlijk te kijken, want plotseling ging de telefoon. Ze schrok, liep de zitkamer binnen en kwam gelijktijdig met Frederic bij de telefoon aan. Ze hadden beiden dezelfde gedachte: misschien is dat de afperser weer.

Virginia dacht dat haar zenuwen het zouden begeven als de man die hun kind had ontvoerd weer iets van zich liet horen. Ze vreesde die verdraaide stem waarover Frederic had gesproken, en haar handen trilden.

Frederic nam op en zette de telefoon op de speaker. Het was evenwel hoofdinspecteur Baker. 'Ik heb een belangrijk verzoek aan u,' zei hij. 'Als we morgenvroeg nog niets wijzer zijn geworden, zou u dan naar de begrafenis van Rachel Cunningham kunnen komen?'

'Rachel Cunningham?' vroeg Frederic. 'Is dat niet het meisje dat...'

'Dat we in Sandringham hebben gevonden, ja. Ze wordt morgen begraven. Het is niet uitgesloten – dat hebben we vaak genoeg meegemaakt – dat haar moordenaar naar het kerkhof komt.'

'Maar wat kunnen wij daar voor u doen?'

Baker zuchtte. 'Het is maar een strohalm. Maar misschien ziet u daar iemand die u opvalt; iemand die u de afgelopen tijd in de buurt van uw dochter hebt gezien. Iemand die u zich nu niet herinnert, omdat de ontmoeting vluchtig was... Maar misschien, als u hem ziet...'

Nu slaakte ook Frederic een zucht, dieper dan Baker had gedaan en heel wanhopig.

Vol medelijden zei Baker: 'Ik weet het, meneer Quentin, het is een beproeving om in uw situatie de begrafenis van een klein meisje bij te wonen... maar u zult vast wel begrijpen dat wij...'

'Natuurlijk,' zei Frederic, 'dat begrijpen we, en het is in ons eigen belang.'

Wat ziet hij er moe uit, dacht Virginia.

Na afloop van het telefoongesprek wendde Frederic zich tot Virginia.

'Ik vertrek nu meteen,' zei hij. 'Ik ga naar Londen om het geld op te halen.'

'Ligt het al klaar bij de bank?'

'Uiterlijk vanmiddag hebben ze het.' Die ochtend had Frederic lang met een van zijn oudste en meest vertrouwde medewerkers gesproken en hem van de situatie op de hoogte gebracht. 'Daarna kom ik meteen terug met het geld. Er mag geen vertraging zijn als die... die kerel zich weer meldt.'

'Wil je niet liever dat ze het geld hierheen brengen?'

Hij schudde zijn hoofd. 'Ik vertrouw mezelf nog steeds het meest.'

Ze knikte. Ze voelde zich aangesproken, hoewel hij dat niet echt had bedoeld; maar ook zijn vrouw kon hij niet meer vertrouwen.

'Rij voorzichtig,' zei ze, zoals ze al duizenden keren had gezegd wanneer hij naar Londen vertrok.

'Blijf jij hier bij de telefoon?'

'Natuurlijk.'

'Zo natuurlijk is dat niet. Misschien heb je een afspraakje.'

Ze kon hem niet in de ogen kijken. Zijn gekwetste blik, waarvoor zij verantwoordelijk was, vond ze onverdraaglijk.

'Ik blijf hier,' zei ze, 'en wacht op jou. Kom alsjeblieft zo snel mogelijk terug!'

Na zijn vertrek werd het ontzettend stil in huis. Veel stiller dan daarvoor, hoewel Virginia en Frederic geen woord tegen elkaar hadden gezegd. Maar een huis waarin nog iemand aanwezig is zwijgt niet zo nadrukkelijk als een huis waarin je helemaal alleen bent.

Ze draaide het nummer van Nathans pension, maar de pensionhoudster zei dat meneer Moor was weggegaan.

'Is hij met de auto vertrokken?' vroeg Virginia.

'Ik controleer mijn gasten niet,' antwoordde de vrouw gepikeerd.

'U kunt toch zien of de auto nog voor het huis staat?'

De pensionhoudster bromde wat, maar ze nam toch de moeite naar het raam te lopen en een blik naar buiten te werpen.

'De auto is weg,' zei ze.

Waarom was hij nooit bereikbaar? Waarom bleef hij nooit thuis?

Maar was dat wel 'thuis'? Een kamertje in een klein pension, in een vreemd land? Moest hij dan de hele dag in dat kamertje blijven zitten en uit het raam kijken? En wachten tot... ja, waarop eigenlijk? Wachten tot Kim kwam opdagen, tot hij en Virginia plannen voor hun gezamenlijke toekomst konden gaan maken? Maar hoe moest die toekomst eruitzien? Nathan bezat niets meer. Virginia zou alimentatie krijgen voor Kim. Voor haarzelf was dat zeer twijfelachtig, aangezien ze met een andere man ging samenwonen. Als Nathan over die dingen nadacht, moest hij wel gek worden. Een onoplosbaar dilemma.

Was het echt een uitzichtloze situatie? Of was er toch een oplossing mogelijk? Reed Nathan piekerend door de omgeving? Of vluchtte hij juist voor het gepieker en reed hij over zonovergoten wegen, in een poging de ellende van hen beiden te vergeten?

Ze liep door het huis, maar deze keer meed ze Kims kamer. De aanblik deed te veel pijn. De minuten verstreken tergend langzaam. De dag leek steeds langer, steeds leger, steeds trager te worden, alsof de klok achteruitliep in plaats van vooruit.

Haar onrust nam toe. Het gevoel opgesloten te zijn en naar lucht te snakken werd sterker. Ze ging de keuken in, vulde een glas met water, keek ernaar en gooide het water weer weg. Alleen al het idee iets te drinken of te eten deed haar kokhalzen. Ze liep de zitkamer in en er weer uit. Toen ging ze de trap op, de badkamer in en keek net als die morgen op de gang naar de vreemde vrouw in de spiegel. Haar handen waren ijskoud. Iemand haalde hoorbaar adem. Het duurde even voor ze doorhad dat zij dat zelf was.

Ineens schoot haar te binnen dat hoofdinspecteur Baker die eerste ochtend – dat was gisteren pas, al leek het weken geleden – meteen had gevraagd of zij en Frederic psychologische bijstand wilden hebben. Hij zou dan iemand naar hen toe sturen. Ze hadden geweigerd, allebei niet omdat ze geen hulp nodig hadden, maar omdat ze bang waren dat de stereotiepe frasen van een psychotherapeut hen nog meer zouden kwellen.

Maar nu dacht Virginia: ik heb iemand nodig, anders kom ik de dag niet door.

Ze voelde dat ze in paniek raakte.

Kim, Kim, Kim. Misschien riep ze op dit moment heel bang om haar moeder. Was ze heel hulpeloos. Eenzaam. Verlaten.

Virginia begon hevig te hijgen, wat ten slotte de hele badkamer leek te vullen. Ze probeerde zich de ademhalingstechniek te herinneren die ze tijdens haar zwangerschap had geleerd, als voorbereiding op de bevalling. Ze kreeg inderdaad wat meer lucht, maar ze bleef het gevoel houden dat ze elk moment haar verstand zou verliezen.

Toch slaagde ze erin de trap af te lopen en naar de zitkamer te gaan. Ze had haar hand al op de telefoon gelegd om hoofdinspecteur Baker te bellen en hem om hulp te vragen, toen ze opnieuw aarzelde.

Wat had ze in deze situatie nou aan een therapeut? Hoe kon hij haar paniek doen afnemen?

Haar kind was verdwenen. Niemand kon haar wijsmaken dat alles goed zou komen. Ze wilde niet horen dat ze positief moest denken en het beste ervan moest hopen. Het kon haar angst niet wegnemen dat het niet goed zou aflopen.

Ik moet iets doen, dacht ze, ik moet iets doen, anders loop ik straks gillend tegen een muur op.

Hoofdinspecteur Baker had gezegd dat hij met Nathan zou gaan praten. Ze begreep heel goed dat Nathan in de ogen van de politie absuluut een van de verdachten was. Om precies te zijn: de enige concrete verdachte die hoofdinspecteur Baker op dit moment had.

Die aardige, nieuwe man in Kims leven.

Ze geloofde het niet. Het leek onvoorstelbaar, en toch: hij had Kim moeten ophalen. Hij had het over autopech gehad, maar dat kon niemand controleren. Daarmee had hij de indruk gewekt – en dat kon best kloppen – dat hij in Hunstanton had vastgezeten en onmogelijk naar King's Lynn had kunnen rijden.

En als hij niet in Hunstanton had vastgezeten?

Had hij zich sinds gisteren vreemd gedragen? Hij belde nauwelijks, vroeg amper naar Kim en maakte een opgewekte indruk.

Had hij misschien toch iets met Kims verdwijning te maken?

Ze zou er niet achter komen als ze hier bleef zitten. Misschien niet eens door met hem te telefoneren.

Misschien alleen door hem in de ogen te kijken.

Ze kon de telefoon overschakelen naar haar mobieltje, zodat ze bereikbaar was – voor de ontvoerder, voor hoofdinspecteur Baker, voor Frederic. Frederic kon niet eerder dan laat in de middag of vroeg in de avond terug zijn.

Nu moest ze alleen nog aan een auto zien te komen.

Ze schakelde de telefoon over, pakte haar handtas en verliet het huis. Het was warm buiten. Wie had kunnen denken dat het nog een keer zulk mooi weer zou worden?

Gelukkig was Jack Walker thuis. Hij was meteen bereid haar zijn auto uit te lenen. Ze vroeg hem of hij de oprijlaan in de gaten wilde houden en haar onmiddellijk wilde bellen als de politie of iemand anders verscheen. Een paar minuten later reed ze de Jeep, met zijn zware motor, door het toegangshek de weg op en haalde meteen een stuk gemakkelijker adem.

Maar de enorme angst bleef.

3

De straten waren leeg, ze schoot lekker op. Tegen twaalf uur bereikte ze Hunstanton. Ze vroeg aan een voorbijganger hoe ze bij Nathans pension kon komen en vond het even later moeiteloos. Op het eerste gezicht zag ze dat Nathans auto – liever gezegd háár auto – nog steeds niet voor het huis stond. Ze slaakte een zucht van teleurstelling, want ze had gehoopt dat hij er intussen zou zijn. Maar hij kon natuurlijk elk moment terugkeren.

De pensionhoudster was in de voortuin onkruid aan het wieden en haar antwoord op Virginia's vragen luidde: nee, ze had geen idee waar meneer Moor naartoe was gegaan en wanneer hij zou terugkomen.

'Hij zal wel ergens zitten te lunchen,' voegde ze eraan toe, 'want behalve het ontbijt serveer ik geen maaltijden.'

Daar had ik aan moeten denken, dacht Virginia. Ze voelde zich uitgeput, leeg en opeens nogal moedeloos.

'Kan ik hier op hem wachten?' vroeg ze.

De vrouw haalde haar schouders op. 'Als u dat wilt... gaat u maar naar binnen, rechtdoor en dan komt u in de ontbijtkamer. Daar kunt u wachten. Ik kan u uiteraard niet op zijn kamer plaats laten nemen.'

Virginia liep door de smalle gang en betrad de ontbijtkamer. Onrustig liep ze heen en weer. Ze keek door het raam naar het zonnige landschap en bestudeerde het schilderij aan de muur, waarop een zinkend schip te zien was.

Hij is er nooit! Maar moet hij hier dan zitten wachten, alleen omdat ik binnen kan lopen om hem te vragen of hij iets met de verdwijning van mijn kind te maken heeft?

Ze was hierheen gereden om iets te doen te hebben, en nu zat ze wéér tussen vier muren en leek ze tot wachten gedoemd te zijn. Tot haar schrik merkte ze dat de paniek die ze thuis al had gevoeld opnieuw gevaarlijk dichtbij kwam. Misschien had ze beter moeten nadenken en niet zo overhaast op weg moeten gaan. Misschien was het zelfs beter geweest thuis een wandeling in het park te maken of bij Jack en Grace thee te drinken, maar toen bedacht ze dat Grace zichzelf de vreselijkste verwijten maakte. Dat zou Virginia niet uitgehouden hebben.

Ze deed een raam open, leunde naar buiten om meer zuurstof te krijgen en keek op haar horloge. Er waren nog maar tien minuten voorbijgegaan, maar ze had kunnen zweren dat ze al minstens een halfuur in die benauwde ruimte zat. Ze besloot het verbod van de pensionhoudster te negeren en naar Nathans kamer op zoek te gaan. Ze was geen vreemde, ze was zijn toekomstige vrouw. Misschien zou ze zich daar beter voelen, omringd door al zijn spullen.

Welke spullen? vroeg ze zich af, terwijl ze naar boven sloop, hij heeft immers niets!

Op de overloop waren twee deuren. De eerste bleek op slot te zitten toen Virginia probeerde de deurkruk naar beneden te drukken. De tweede deur ging wél open. De kamer die ze betrad zag er zo onpersoonlijk en onbewoond uit dat ze meteen wist dat de kamer alleen door een schipbreukeling zonder have en goed kon zijn gehuurd.

Het raam stond open. De kamer was gevuld met frisse zeelucht en de wind speelde zacht met de gordijnen. Het bed was zorgvuldig toegedekt met een gebloemde sprei. Aan de muren hingen ook schilderijen van schepen, maar niet van een schip dat zonk.

Ze liep de piepkleine badkamer in. Een stuk zeep op de wastafel, op het plankje erboven een tube scheercrème, een scheermes en een kam. Nathan kon met heel weinig toe, maar er zat ook niets anders voor hem op.

Toen ze weer in de kamer kwam, keek ze opnieuw naar buiten. Ze ging op het bed zitten, met haar handen ineengevouwen. Toen haar mobieltje overging, sprong ze geschrokken overeind, alsof ze alles had verwacht behalve dat.

Met trillende vingers pakte ze het mobieltje uit haar handtas en nam op. 'Ja? U spreekt met Virginia Quentin.' Haar stem beefde.

'Virginia? Ik ben het maar, Frederic. Wat is er? Je klinkt zo zwak.'

Ze probeerde haar stem vaster te laten klinken. 'Er... er is niets nieuws. Niemand belt op. Ik ben... mijn zenuwen...'

'Ik weet het,' zei Frederic, 'en ik zal zorgen dat ik zo snel mogelijk weer bij je ben. Op dit moment ben ik in Londen en ik heb het geld. Ik moet alleen nog even een kop koffie drinken. Dan begin ik aan de terugreis.'

Ik zit in Hunstanton, in de kamer van mijn minnaar, en ik probeer een afschuwelijke verdenking te ontkrachten. Ik ben een zenuwinzinking nabij...

Dat zei ze natuurlijk niet. In plaats daarvan herhaalde ze haar woorden van die morgen: 'Rij voorzichtig.'

Er volgde een korte stilte. Toen Virginia dacht dat Frederic al had opgehangen zei hij: 'We komen er wel doorheen, Virginia. We komen er heus wel doorheen.'

'Ja,' zei ze zacht. Toen verbrak ze de verbinding en stopte haar mobieltje in haar tas.

Ze ging op het bed zitten, maar ze had geen rust en stond weer op. Misschien moest ze een wandeling gaan maken en een uur later nog een keer langskomen. Dat leek haar zinvoller dan in het kamertje te blijven en langzaam haar verstand te verliezen.

Ze liep naar de deur. Ineens viel haar blik op een plastic voorwerp dat half verstopt tussen de kleerkast en de muur was geklemd. Het was geel, rood en groen. Ze liep naar de kast, pakte het voorwerp beet en trok het tevoorschijn. Ze keek er verbluft naar, en aanvankelijk zonder enige herkenning. Het was een kindercassetterecorder, die eruitzag als een grote, ronde wekker op twee stevige poten. Aan de voorkant zat een klepje om de cassette in te leggen en daarboven bevonden zich de toetsen voor de verschillende functies. Verder had het een breed, gebogen handvat, waaraan de cassetterecorder kon worden meegedragen. Aan de zijkant, in een houder, zat de microfoon, waardoor je kon meezingen of je stem kon vervormen.

Je stem kon vervormen...

Plotseling werkten haar hersens uiterst traag, alsof ze niet wilden begrijpen wat toch overduidelijk was.

Kim had ook zo'n recorder.

Ergens ver weg in haar geheugen hoorde ze de stem van Frederic.

'... *Het was een man... de manier waarop die stem was vervormd deed me denken aan een stuk speelgoed van mijn dochter... Er zit ook een microfoon bij... Je kunt op verschillende manieren je stem vervormen...*'

Dat had Frederic ongeveer vierentwintig uur geleden gezegd toen hij hoofdinspecteur Baker inlichtingen gaf over het telefoontje van de afperser.

Ze wilde het niet zien; ze wilde het niet begrijpen. Maar ineens, van het ene moment op het andere, drong het besef tot haar door en zag ze glashelder voor zich wat er gebeurd was. Op dat moment verscheen Nathan in de deuropening.

Hij keek haar aan – later bedacht ze dat ze er als een zoutpilaar moest hebben uitgezien, met het vrolijk gekleurde speelgoed in haar hand. 'Je schijnt flink aan het rondneuzen te zijn,' zei hij.

Ze kon geen woord over haar lippen krijgen, alleen een vreemd, zacht geluid dat als gekreun klonk.

'Het heeft geen zin het uit te leggen. Je zou mijn beweegredenen niet begrijpen en ze ook niet willen geloven,' zei Nathan. 'Tenminste, dat neem ik aan,' voegde hij eraan toe.

Ze wist niet hoelang ze daar totaal verstijfd had gestaan. Toen ze voelde dat ze zich weer kon bewegen, hield ze haar vreselijke bewijsstuk in de lucht en vroeg met doffe stem: 'Wat is dat?'

Natuurlijk begreep hij dat ze niet om een definitie van het voorwerp vroeg, maar om een verklaring waarom het in zijn kamer was. Ergens diep vanbinnen was er nog een sprankje hoop dat hij haar een antwoord kon geven dat alles in een ander licht plaatste en een onschuldig alternatief bood voor wat overduidelijk was. En tegelijkertijd was er de angst dat hij zou proberen zich eruit te praten, dat hij de situatie nóg ondraaglijker zou maken door volstrekt ongeloofwaardige uitvluchten te verzinnen.

Niets van dat alles gebeurde. Hij gaf geen enkele verklaring. Hij probeerde tijd te winnen door te beweren dat ze hem toch niet zou begrijpen. En daarmee bevestigde hij dat haar argwaan terecht was.

'Waar is ze?' zei ze met hese stem. 'Waar is Kim?' En toen hij niet antwoordde, schreeuwde ze plotseling: 'Waar is Kim? Waar is Kim? Waar is ze?'

Hij haalde zijn schouders op. 'Geen idee.'

Het onverschillige gebaar en zijn ongeïnteresseerde gelaatsuitdrukking maakten dat er van het ene op het andere moment iets bij haar knapte. Ze werd zo duizelig dat ze dacht dat ze flauw zou vallen en tegen de grond zou gaan. In plaats daarvan liet ze de cassetterecorder vallen, die met veel lawaai op de lichte vloerplanken kletterde, en vloog ze vervolgens met opgeheven armen en haar handen tot vuisten gebald op Nathan af. Ze merkte niet eens met hoeveel kracht ze hem sloeg, in zijn gezicht, op zijn schouders, tegen zijn borst.

'Waar is Kim?' hijgde ze. 'Waar is Kim? Waar is Kim?'

Hij slaagde erin haar beide polsen vast te pakken. Toen schudde hij haar ruw heen en weer. 'Ik weet het niet, verdomme! Ik weet het niet!'

Ze hield even op met haar woedende gevecht. 'Waar is ze?'

Voor de zekerheid bleef hij haar armen vasthouden. Zijn greep brandde als vuur op haar huid. 'Ik heb haar niet. Ik heb haar nooit gehad. Ik wilde alleen het geld hebben!'

Haar wantrouwen en haar ontzetting waren té groot. 'Zeg me waar ze is. En wat je haar hebt aangedaan. Heb je haar...' Ze kon het woord niet over haar lippen krijgen. 'Heb je hetzelfde met haar gedaan als bij de andere kinderen?'

'Godallemachtig,' zei Nathan. Hij liet haar los en duwde haar van zich af. Ze struikelde, maar viel niet. Hij deed een stap naar achteren. Zijn gezicht was krijtwit, zijn lippen vormden een smalle streep. 'Ik heb haar níéts aangedaan. Ik heb geen enkel kind iets aangedaan. Zo goed zou je me toch moeten kennen! Ik ben geen... Ik zou zoiets nooit doen.'

Ze had het gevoel dat ze een boze droom beleefde. Met automatische bewegingen wreef ze over haar rood geworden polsen. Het brandende gevoel was het enige bewijs dat ze zich in de werkelijkheid bevond.

'Je hebt ons gebeld. Je hebt gezegd...'

'Ik weet wat ik heb gezegd. Ik wilde honderdduizend pond hebben. Het was gewoon een... een inval. Een bespottelijke inval. Ik was niet eens van plan nog een keer te bellen. Ik wist absoluut niet hoe ik zo'n overdracht moest organiseren, en ik besefte dat ik gegarandeerd gesnapt zou worden. Dat het een... bezopen idee was. Ik heb me alleen nog niet van dat ding ontdaan.' Hij wees naar de cassetterecorder op de grond. 'Wat een blunder!'

De kalmte waarmee hij zijn monsterlijke handelwijze probeerde te bagatelliseren onthutste haar. 'Je weet dat ik radeloos ben. Hoeveel angst ik moet uitstaan. En jij hebt van de situatie gebruikgemaakt om...' Ze had er geen woorden voor. Hier was geen enkele verklaring voor te geven.

'Ik zei al dat je mijn beweegredenen niet zou begrijpen,' zei Nathan.

Virginia kreeg tranen in haar ogen. 'Wat valt er te begrijpen?'

'Heb je echt geen idee?'

Ze staarde hem aan.

Hij streek met zijn hand door zijn haar. 'Jij hebt het toch altijd over onze toekomst samen? Wij tweetjes, ergens op de een of andere plek. Maar heb je er weleens aan gedacht hoe dat moet zonder geld?'

'Onze toekomst is toch geen kwestie van geld!'

'O, nee? Dan kan ik alleen maar zeggen dat je blijkbaar luchtkastelen zit te bouwen. Ik heb van begin af aan gezegd dat ik niets heb. Geen geld, geen huis, geen schip meer, niets. Ik...'

Ze onderbrak hem. Haar stem klonk rauw en merkwaardig emotieloos. 'Dat heb je niet van begin af aan tegen me gezegd. Tot Frederic het tegendeel ontdekte, heb je me laten geloven dat je een succesvolle auteur was, en dat de royalty's automatisch weer binnen zouden stromen.'

'O, en dat klonk je wel goed in de oren, niet? Is het tóch een kwestie van geld?'

Hij verdraaide haar woorden, maar ze had niet de kracht zich daar ook nog over op te winden. 'Ik snap niet hoe je zoiets hebt kunnen doen,' zei ze.

Hij zuchtte. 'Ja. Dat snap ik. Het was gewoon een idee om aan startkapitaal te komen. Een stom idee, een ontzettend stom idee, dat ik allang weer had verworpen, zoals ik al zei.'

'Maar besefte je dan niet wat je deed? Besefte je niet in wat voor toestand Frederic en ik op dit moment verkeren? Dat een telefoontje van een vermeende ontvoerder ons hoop gaf? Dat we vertwijfeld hebben zitten wachten tot hij zich opnieuw zou melden? Frederic is vandaag in Londen om het geld te halen. Ik zat thuis en ben bijna ingestort.' Nu liepen haar ogen over. De tranen lieten zich niet langer bedwingen, het waren tranen van onbeheersbare woede. 'Niemand met ook maar een greintje fatsoen zou zoiets doen,' riep ze uit.

Hij deed een stap in haar richting, maar ze deinsde achteruit. Nu stond ze met haar rug tegen het raam. 'Raak me niet aan!' siste ze.

Opnieuw haalde hij zijn schouders op. 'Je was toch gekomen om je door mij te laten omhelzen en troosten?'

'Denk je dat ik nu nog door jou getroost wil worden?'

'God nog aan toe,' antwoordde hij woest, 'behandel me niet als een zware crimineel! Ik heb geen haar op het hoofd van je dochter gekrenkt. Ik weet niet eens waar ze is. Ik heb helemaal niets met haar verdwijning te maken. Ook niet met de verdwijning van de andere kinderen. Ik heb een ontzettend stomme fout gemaakt. Het spijt me. Vergeef me, alsjeblieft.'

'En hoe weet ik dat het klopt wat je zegt? Misschien is het helemaal niet waar dat je auto eergisteren niet wilde starten. Slim van je, want als je Kim om vijf uur had opgehaald, dan had je haar niet op hetzelfde tijdstip kunnen ontvoeren zonder je verdacht te maken. Iedereen dacht dat je hier in Hunstanton vastzat. Maar in werkelijkheid ben je naar King's Lynn gereden en heb je Kim opgepikt voordat Grace...' Haar stem brak, de tranen verhinderden haar om verder te spreken.

Nathan schudde zijn hoofd. 'Nee! Ik val niet op kinderen. Zulke types vind ik pervers! In zoiets kan ik me absoluut niet inleven.'

'En waarom moet ik dat geloven?' schreeuwde ze.

'Omdat je me ként!' schreeuwde hij terug. 'Omdat je mijn geliefde was! Omdat je het gevoeld zou hebben als je met een kinderverkrachter had geneukt!'

Ze streek met haar onderarm over haar ogen en haalde hoorbaar haar neus op. Niet meer huilen. Geen moment meer. Alleen maar handelen.

Ze pakte de recorder en haar tas. 'De politie weet beter dan ik hoe ze de waarheid moeten achterhalen,' zei ze. 'Daar kun je ook vertellen waar je was toen het eerste kind werd vermoord. Op Skye was je in elk geval nog niet.'

451

'Maar ook niet hier. En dat is gemakkelijk te bewijzen, aangezien een schip in elke haven die het aandoet wordt geregistreerd. In deze omgeving zul je geen registratie van de *Dandelion* vinden.'

'Dat kan hoofdinspecteur Baker controleren. Hij zal grondig te werk gaan.' Ze wilde langs hem heen lopen, maar hij hield haar arm vast.

'Laat me los,' zei ze.

'Ga je nú naar de politie?'

'Natuurlijk. En als je me niet onmiddellijk loslaat, begin ik om hulp te roepen. De pensionhoudster is beneden.'

Hij liet haar los.

'Ga je gang,' zei hij, en deed een stap opzij.

Ze verliet de kamer zonder hem nog een keer aan te kijken.

4

Later zou ze niet meer kunnen zeggen hoe ze naar Ferndale was teruggekeerd. Waarschijnlijk was het een wonder dat ze geen ongeluk had veroorzaakt. Ze had een paar keer moeten huilen en had amper iets kunnen zien met haar betraande ogen. Toen ze de oprijlaan insloeg, had ze het gevoel dat ze nog nooit in haar leven zo wanhopig en geschokt was geweest.

Thuisgekomen, deed ze onmiddellijk de deur achter zich dicht en op slot en leunde er zwaar ademend tegenaan. Opnieuw viel de drukkende stilte van het huis haar op. Het leek eindeloos lang geleden dat het vrolijke gelach van Kim door het huis had geklonken. Het hadden jaren kunnen zijn, maar er waren slechts twee dagen voorbijgegaan sinds Kims verdwijning. Twee dagen, de langste van Virginia's leven.

Ze liep met de vermoeide, slepende tred van een oude vrouw naar de zitkamer, zette de doorschakelfunctie van de telefoon uit en keek naar het toestel. Ze moest hoofdinspecteur Baker bellen.

Stel dat Jack zijn auto niet aan haar had uitgeleend? Of als hij niet thuis was geweest? Dan had ze Ferndale niet kunnen verlaten. Waarschijnlijk was ze er dan nooit achtergekomen dat Nathan het afpersingstelefoontje had gepleegd. Hij zou de recorder hebben vernietigd en zich waarschijnlijk niet meer hebben gemeld. Zij en Frederic zouden dan tevergeefs op een nieuw levensteken van de afperser hebben gewacht. Ten slotte zouden ze tot het besef zijn gekomen dat het inderdaad een grappenmaker was geweest met een macaber gevoel voor humor.

Het wantrouwen dat haar 's morgens naar Hunstanton had gedreven, zou dan weer zijn verdwenen. Zij zou met Nathan hebben samengeleefd en tot aan het eind van haar dagen niet hebben geweten wat voor kwalijke rol hij in het grootste drama van haar leven had gespeeld.

Haar héle toekomst zou anders zijn verlopen.

Ze keek naar de cassetterecorder, die ze nog steeds in haar hand had. Het speelgoed zou als bewijsmiddel naar hoofdinspecteur Baker gaan, waar het hoorde.

Waarom aarzelde ze dan om Baker te bellen?

Toen ze het pension in Hunstanton uitliep, pal langs de pensionhoudster die nog steeds in de voortuin werkte en haar verrast nakeek, was ze vastbesloten geweest meteen naar de politie te rijden en daar te vertellen wat er allemaal was gebeurd en wat ze van Nathan Moor wist. Zijn leugenverhalen, zijn oplichterij, alles. In plaats daarvan was ze thuis, in Ferndale, en stond ze besluiteloos in haar zitkamer.

Waarom?

Je moet dan ook bekennen hoe je je in de man met wie je je echtgenoot hebt bedrogen en voor wie je je gezin wilde verlaten, hebt vergist. Het spel dat hij met jouw angst en die van Frederic heeft gespeeld, is onvergeeflijk. In feite had je al een punt achter jullie relatie moeten zetten toen je ontdekte hoe ongebreideld hij over zijn beroep had gelogen. Wat zou Baker denken? Dat je zó gek op die vent bent dat je hem zijn bedrog vergeeft en het zelfs goedpraat wat hij heeft gedaan? Als wat sta je daar dan? Als een mannengek? Als een vrouw zonder een greintje trots? In het gunstigste geval als een hopeloze domkop.

Is dat het? Aarzel je daarom? Wil je gewoon je laatste beetje aanzien niet verliezen?

Ze schudde langzaam haar hoofd. Ja en nee. Eén ding was duidelijk: als ze geloofde dat Nathan toch iets met Kims verdwijning te maken had, was ze allang bij de politie geweest. Dan had ze er geen moment over hoeven nadenken.

Maar dat betekende dat ze het niet geloofde. Iets in haar wist heel zeker dat Nathan hierover niet loog. Hij had Kim echt niet. Hij had alleen geprobeerd aan honderdduizend pond te komen om zijn hopeloze situatie te verbeteren.

Of maakte ze zichzelf nu wéér wat wijs? Toch had ze die morgen zo aan hem getwijfeld dat ze hem had opgezocht om duidelijkheid te krijgen over hem en zijn rol in het hele verhaal.

Toen de telefoon plotseling de stilte verbrak, schrok ze zo hevig dat de cassetterecorder uit haar handen glipte. Het beven dat haar overviel, kende ze sinds de afperser had gebeld. Maar het volgende moment besefte ze dat hij zich nooit meer zou melden.

Misschien was het de politie. Bij dat idee begonnen haar handen nog heviger te trillen, maar ze probeerde zichzelf te kalmeren.

Als het iets ergs was, zouden ze wel hierheen komen. Een slecht bericht zouden ze niet telefonisch aan me doorgeven.

'Ja,' zei ze toen ze opnam.

'Virginia?' Het was Livia.

Virginia haalde diep adem en streek over haar voorhoofd.

'O, Livia. Ben je in Duitsland?'

'Ja. Ik wilde weten of er nieuws over Kim is.'

Ze was als een goede vriendin. Trouw, belangstellend.

'Nee, Livia, jammer genoeg niet. We hebben nog steeds geen spoor van haar.'

Aan de andere kant van de lijn bleef het lang stil.

'Wat verschrikkelijk,' zei Livia op een treurige toon. 'Jij en Frederic moeten wel door een hel gaan.'

'Ja, dat is zo.' Virginia's stem was onvast. 'Het is gewoon onvoorstelbaar, Livia, eigenlijk is het niet uit te houden. Het verbaast me de hele tijd dat ik mijn verstand nog niet heb verloren.'

'Ik wou dat ik iets kon doen,' zei Livia. Ze klonk zonder meer oprecht.

Virginia kreeg plotseling een idee. 'Livia, het is misschien een rare vraag, maar waar zijn jullie voor anker gegaan vóór jullie naar Skye kwamen? Zijn jullie ooit in de omgeving van King's Lynn geweest?'

'Nee,' zei Livia. 'We hebben vanaf het begin een vrij noordelijke koers gevolgd. We waren in...'

'Goed. In elk geval niet hier?'

'Nee. Hoezo?'

'Dat kan ik je nu niet zeggen. Livia, het is... ik ga niet met Nathan samenwonen.'

'O...'

'Ik moet nóg iets weten. Hij heeft weliswaar nooit echt geld verdiend, maar lag dat echt aan zijn toenmalige levensomstandigheden? En had hij jarenlang écht geen kans om daaraan te ontkomen?'

Livia zweeg zó lang dat Virginia zich afvroeg of ze nog aan de lijn was. Waarom zou ze me rekenschap geven?

'Het was een moeilijke situatie voor hem,' zei Livia ten slotte, 'maar hij heeft niets gedaan om hem te verbeteren. Ik had er grote moeite mee mijn zwaar gehandicapte vader in een tehuis te stoppen. Maar telkens wanneer ik toch tot een besluit kwam

– en dat was een paar keer het geval – verzette Nathan zich ertegen. Aangezien hij een bloedhekel aan mijn vader had, denk
ik niet dat hij hem wilde beschermen. Maar Nathan besefte dat
er dan geen geld meer zou vloeien. We leefden uitsluitend van
het geld van mijn vader, en dat had dan niet meer gekund. Nathan zou niet hebben geweten hoe het dan verder moest.'

'Dus met schrijven kan hij niets verdienen?'

Livia lachte. Toen sprak ze de hardste woorden die ze ooit
over haar man had gezegd: 'Hij heeft onvoldoende talent. Hij
is niet ijverig genoeg. Nathan droomde niet van zijn roman,
hij droomde altijd alleen maar van snel verdiend geld. Van
niets anders.'

'Geld laat hem dus bepaald niet koud.'

'Ik zou zeggen,' antwoordde Livia, 'dat hij van 's morgens
vroeg tot 's avonds laat bijna nergens anders aan denkt.'

Virginia knikte. Toen besefte ze dat Livia dat niet kon zien
en op een antwoord wachtte.

'Bedankt,' zei ze, 'ik zal je bellen als er nieuws over Kim is.'

Ze legde de hoorn op de haak. Maar meteen daarna pakte
ze hem weer op en draaide het nummer van hoofdinspecteur
Baker.

Nathan was niet in de buurt geweest toen het eerste kind
verdween. En haar instinct vertelde haar dat hij Kim inderdaad niet had meegenomen. Maar het maakte niet uit wat ze
voelde, dacht of geloofde. Hij was een notoire leugenaar, een
oplichter, een afperser. Het ging om haar kind. Niet om de
goede naam van Virginia Quentin. En het ging er niet om een
man ervoor te behoeden misschien onschuldig in een politie-
onderzoek verzeild te raken. Het ging louter om Kim. En zolang er ook maar een zweem van verdenking aan Nathan kleef-
de, moest dat worden onderzocht.

Met vaste stem zei ze dat ze hoofdinspecteur Baker wilde
spreken.

5

Toen de telefoon overging was Frederic naar de zitkamer gegaan. Nu kwam hij terug naar de keuken, waar Virginia aan de tafel zat met een glas melk voor zich. 'Warme melk met honing, dat is goed voor de zenuwen,' had Frederic gezegd. Daarna had hij melk voor haar warm gemaakt. Dat was een uur geleden geweest. Ze had tweemaal een slokje genomen, maar onmiddellijk had ze het gevoel gehad dat haar maag samentrok. Intussen was de melk allang koud geworden en er zat nu een vel op. Virginia kon Kim horen. 'Jakkes! Een vel op de melk!'

Virginia liet haar hoofd op haar handen rusten. Kim, Kim, Kim!

'Dat was hoofdinspecteur Baker,' zei Frederic. 'Ze zijn Nathan al uren aan het verhoren. Zonder resultaat. Hij heeft onmiddellijk toegegeven dat hij het telefoontje had gepleegd, maar hij blijft hardnekkig ontkennen dat hij iets met Kims verdwijning te maken heeft.'

Virginia keek op. 'En? Gelooft Baker hem?'

Frederic haalde zijn schouders op. 'Wat kun je nou geloven van zo'n man?'

Virginia knikte langzaam. Vermoedelijk was er maar één waarheid in verband met Nathan Moor, en die had Livia helder en duidelijk uitgesproken: 'Nathan droomde altijd alleen maar van snel verdiend geld. Van 's morgens vroeg tot 's avonds laat denkt hij bijna nergens anders aan.'

Frederic ging tegenover Virginia zitten. Zijn gezicht was wit van vermoeidheid. 'Baker zegt dat we, als het enigszins kan, morgen toch naar de begrafenis moeten komen. Misschien is Moor inderdaad onschuldig...'

'Hij heeft beslist niets met de dood van de andere kinderen

te maken,' zei Virginia. 'Hij was absoluut niet in de buurt, en...'

'Dat beweert hij tenminste.'

'Dat beweert Livia.'

'Haar kennen we in feite ook niet goed,' zei Frederic. 'Wie zegt ons dat we niet door een uiterst doortrapt boevenpaartje zijn misleid? Toen ze na het zinken van hun schip diep nadachten over de manier waarop ze het best aan geld konden komen, kwamen ze op het idee het eens met jou te proberen. Misschien heeft Moor met toestemming van zijn echtgenote geprobeerd je te versieren. Het was van meet af aan duidelijk dat je welgesteld bent.'

'Maar dat bén ik toch helemaal niet? Jíj bent welgesteld. En dat je mij niet met geld zou overladen als ik me met een andere man inliet, snapt iedereen.'

'Hoezo? Zelfs de slimme Nathan Moor heeft onze vermogenspositie misschien niet geheel doorzien.'

Ze keek haar man aan. 'Maar dat maakt hem nog niet tot een kindermoordenaar!'

'Ook niet tot een ontvoerder?'

Ze sloeg haar ogen neer.

Frederic boog zich over de tafel naar haar toe. 'Wat weet je eigenlijk over de man met wie je de rest van je leven wilde doorbrengen?' vroeg hij.

Ze reageerde niet. Alles wat ze op deze vraag had kunnen antwoorden zou een ondeugdelijke rechtvaardiging zijn geweest.

Frederic wachtte even. Toen hij besefte dat ze niets zou zeggen, leunde hij achterover in zijn stoel.

'Waarom toch?' vroeg hij. 'Kon ik maar begrijpen waarom!'

Ze keek hem aan, wat haar veel moeite kostte. 'Moeten we het daar nú over hebben?'

'Eens zal dat toch moeten.'

'Toen we in het café zaten, op de dag... op de dag dat Kim verdween, vroeg je me ook al naar het waarom. Ik heb geprobeerd het je uit te leggen. Waarschijnlijk heb je het niet begrepen. Misschien ís het ook niet te begrijpen.' Ze slikte. 'Ik ben verliefd geworden op Nathan Moor,' zei ze zacht. 'Tenminste, dat dacht ik. Wat voor mijn gevoel hetzelfde is.'

Frederic wreef in zijn ogen. Ze zagen er nog roder en vermoeider uit dan voorheen.

'En nu? Hou je niet meer van hem? Of dénk je niet meer van hem te houden?'

Virginia zweeg een hele tijd. Ze staarde naar het melkglas dat voor haar stond, maar ze zag het niet. Ze zag Nathan en zichzelf. In Dunvegan op Skye. Ze zag het open haardvuur en de kaarsen. Ze rook de wijn en ze zag zijn ogen en zijn glimlach, en ze voelde zijn handen op haar lichaam. De pijn van het verlies en de teleurstelling waren onmetelijk. Ze zou er veel voor overhebben om die uren nog een keer te kunnen beleven. En toch wist ze dat ze definitief voorbij waren.

'Inmiddels denk ik,' zei ze, 'dat je liefde soms verwart met gevoelens waarnaar je verlangt. Nathan gaf me het gevoel dat ik weer leefde. En dat gevoel heb ik met liefde verward.'

'Het gevoel dat je weer leefde is al veel. Als hij je dát heeft gegeven, heeft hij je heel veel gegeven.'

Ze wist dat dat zo was. Nathan Moor had ondanks alles een deur voor haar geopend die ze in haar eentje niet had kunnen openduwen.

'Nathan en ik,' zei ze, 'hebben geen gezamenlijke toekomst meer, ongeacht wat er met ieder van ons gebeurt. Als dat is wat je wilt weten.'

'Dat, en veel meer,' antwoordde Frederic.

Ze schoof het glas weg en ging staan. Ze kon niet langer in de keuken zitten en kreeg weer moeite met ademhalen, net als die morgen.

'Plotseling heb ik...' begon ze. Ze snakte naar lucht.

Frederic stond meteen naast haar. Hij hield haar vast. Ze kon zijn stem dicht bij haar oor horen.

'Heel diep inademen. Heel kalm. Haal zo diep mogelijk adem!'

Het lukte haar weer zuurstof in haar longen te krijgen. Het bonzen van haar hart begon wat af te nemen. De behoefte om naar buiten te lopen en aan de muren om haar heen te ontsnappen werd minder.

'Bedankt,' fluisterde ze.

'De kleur is uit je lippen verdwenen en je pupillen zijn heel groot.'

Ze staarde hem aan. Hoe moest ze hem de beelden verklaren die plotseling door haar hoofd joegen: Nathan en zij; Skye, met z'n tweetjes in de auto; Kim, die bang en verkleumd in haar boomhut zat; Grace, die gloeiend van de koorts door het verlaten schoolgebouw dwaalde, op zoek naar het kind; Tommi's stralende gezicht; Tommi in het ziekenhuis; zijn tengere lichaampje, dat bijna tussen de tientallen slangen verdween; Tommi's moeder; haar uitgedoofde ogen.

Ineens begon Virginia te huilen. Heel hard, alsof de pijn en het verdriet van tientallen jaren eruit kwamen. Bevend klampte ze zich aan Frederics schouders vast. Ze snikte alsof ze nooit meer kon ophouden.

'Rustig maar, Virginia! Rustig maar!' Het was alsof ze zijn stem uit de verte hoorde.

Ze probeerde iets te zeggen, maar ze kon niets anders dan flarden van woorden uitbrengen. Eindelijk slaagde ze erin te zeggen: 'Nathan... het was omdat... hij vroeg. Omdat hij naar Michael vroeg...'

'Heeft hij naar Michael gevraagd? Je ex-vriend die indertijd spoorloos is verdwenen?'

Op de een of andere manier belandde ze weer op haar stoel. Ze huilde nog steeds, maar niet meer zo erg dat het leek of ze door haar tranen werd weggespoeld.

Ze zag dat Frederic voor haar neerhurkte.
'Vroeg hij naar Michael?'
Ze knikte.

6

Michael

Het was 24 maart, een van de eerste warme avonden van het jaar 1995, toen Michael besloot weer op de fiets naar fitness te gaan. Het was een koude, natte winter geweest, maar nu waren eindelijk de eerste tekenen daar dat de lente in aantocht was. De lucht voelde zacht aan en de hemel had die typische lichtblauwe kleur van de maand maart. Overal schoten de narcissen op uit de vochtige, zwarte aarde en openden hun kopjes. De vogels zongen maar door in een eindeloos concert.

Michael trok zijn donkerblauwe joggingpak en zijn laarzen aan, stopte zijn gymschoenen, een handdoek en een fles mineraalwater in zijn rugzak en reed de fiets uit de garage. 's Middags had hij de banden gecontroleerd en opgepompt. Tommi had naast hem gestaan en deskundig advies gegeven.

'Luister,' had Michael gezegd, 'als het zondag mooi weer is, gaan wij samen een fietstocht maken. Oké?'

Tommi straalde over zijn hele gezicht. Later was hij naar huis gegaan voor het avondeten. Michael zei tegen Virginia dat het wat later kon worden. 'Na de training ga ik waarschijnlijk een borrel drinken met de anderen. Rob is vandaag jarig. Hij zal wel een rondje geven.'

'Prima.' Ze glimlachte. 'Veel plezier. Ik ga waarschijnlijk vroeg slapen. Ik ben nogal moe.'

Het was waar dat ze moe was. Ze had de hele middag in de tuin gewerkt. Geïnspireerd door het plotselinge mooie weer had ze de aardewerken potten uit de garage gehaald en met verse aarde gevuld. Daarna had ze nagedacht over de planten die ze erin zou zetten. Ze had de tuinmeubels naar het terras gebracht en ze schoongemaakt. Het liefst had ze al een zwierige, dunne zomerjurk aangetrokken, maar daar was het nog te fris voor. Voorlopig hield ze het toch maar bij een spijkerbroek en een trui.

's Morgens was ze bezig geweest met de voorbereidingen voor een presentatie. Normaal hielp ze altijd in de universiteitsbibliotheek, waar ze boeken sorteerde en ellenlange lijsten van titels en andere gegevens in de computer invoerde. Dat werk beviel haar, maar ze maakte zich geen illusies: het was een tijdelijke baan, geen beroep. Ze moest eindelijk eens beslissen wat voor werk ze in de toekomst wilde gaan doen. Anderen deden dat ook. Die waren doelbewust en ambitieus. Zij was de enige die niet wist wat ze wilde. In geen enkel opzicht.

Ook niet wat Michael betrof. Op haar verjaardag, begin februari, had hij voor het laatst gevraagd of ze met hem wilde trouwen. Zoals gewoonlijk had ze een ontwijkend antwoord gegeven. Ze schaamde zich, omdat ze hem aan het lijntje hield, maar ze kon het niet over haar hart verkrijgen hem de waarheid te zeggen. De waarheid luidde: 'Nee, ik wil niet met je trouwen. Nu niet en hoogstwaarschijnlijk later ook niet. Ik vind het leuk om met je samen te wonen, maar zeker niet voor altijd.'

Michael zat op een heel ander spoor dan zij. Hij wilde zijn toekomst plannen, hij wilde de rest van zijn leven met haar delen, trouwen, kinderen krijgen. Hij droomde van een echt gezinsleven. Dat was ook te zien aan de intensieve, enthousiaste manier waarop hij met de kleine Tommi van de buren omging. Hij hield van kinderen. En hij hield van zekerheid, van regelmaat en een rustige, ordelijke dagindeling. Het huisje, de tuin, zijn werk. Een vrouw die er was als hij thuiskwam. Een hond die uitgelaten om hem heen sprong. Kinderen die hem opgewonden vertelden wat ze hadden meegemaakt. Die hij kon leren fietsen en meenemen naar voetbalwedstrijden. Bescheiden wensen. Virginia besefte heel goed dat hij het recht had om zijn leven op zíjn manier in te richten. Ze had gehoopt zelf ooit het punt te zullen bereiken waar hij al was. Dat ze de innerlijke onrust zou kwijtraken die haar belette zich echt aan iets of iemand te binden, een ander mens, een leefstijl, een beroep. Waarom was ze niet in staat zich te binden? Waarom had ze aldoor dat bijna dwangmatige idee dat ze van alles zou missen als ze zich bond? Het was belachelijk, het was kinderachtig. Maar ze kreeg er geen grip op.

Nadat Michael was weggegaan, veegde ze de aarde op het terras bij elkaar en ging het huis binnen. In de keuken waste ze uitgebreid haar handen en borstelde haar nagels, die zwarte randen hadden van de aarde. Ze keek naar het journaal. Toen ging ze voor het raam staan en keek hoe het langzaam donker werd. Ze stelde zich voor hoe het zou zijn om in New York in een penthouse te staan en naar de lichtjes van de stad te kijken. Die gedachte wekte een verlangen op dat bijna pijn deed.

Toen de telefoon ging was haar eerste ingeving niet op te nemen. Misschien was het een van haar vriendinnen, die zin had in een lang gesprek, terwijl zíj echt moe was en met niemand wilde praten. Naar bed gaan met een glas wijn en een goed boek. Dáár had ze zin in.

Later had ze zich nog vaak afgevraagd of haar aarzeling om op te nemen door iets anders was veroorzaakt dan door haar vermoeidheid. Of dat haar onderbewuste haar waarschuwde. Want de tragedie die later plaatsvond, zou niet gebeurd zijn als ze de telefoon gewoon had laten rinkelen en in bed was gekropen.

Maar opeens bedacht ze dat het Michael kon zijn, die opgehaald wilde worden omdat zijn fiets kapot was, hoewel het daar eigenlijk te vroeg voor was. Dus vermande ze zich en nam op.

'Virginia Delaney.'

Er volgde een korte stilte. Daarna hoorde ze een stem die haar nog steeds slappe knieën en een droge mond bezorgde. 'Virginia? Je spreekt met Andrew.'

'O,' was alles wat ze kon uitbrengen.

Opnieuw viel er een stilte. Toen vroeg Andrew: 'Hoe gaat het met je?'

Ze kreeg zichzelf weer een beetje in de hand. 'Goed, dank je. En met jou?'

'Ook goed. Maar...'

'Ja?'

'Ik wil je heel graag zien,' zei Andrew.

'Ik weet het niet, ik...'

'Als het kan nu meteen,' zei Andrew.

Ze had zoveel kunnen zeggen. Dat ze niet weg kon omdat Michael thuis was. Dat ze geen auto had. Dat ze moe was. Ze had hem kunnen vragen hoe hij het in zijn hoofd haalde haar om acht uur te bellen en te zeggen dat ze moest komen. Ze had kunnen zeggen dat hij moest opdonderen, en daarna gewoon kunnen ophangen.

In plaats daarvan keek ze uit het raam. Daar stond de auto. Op de helling, zoals altijd. Michael was immers op de fiets vertrokken.

'Waar ben je?' vroeg ze.

'In het Old Bridge Hotel in Huntingdon.'

'In een hotel?'

Hij lachte. 'In het restaurant van het hotel. Ze hebben hier verrukkelijk eten. En een uitgebreide wijnkaart.'

Ze had hem nooit meer willen terugzien. Hij had haar diep gekwetst. Ze wist dat het beter was bij dat besluit te blijven en elk contact met hem te vermijden.

'Oké,' zei ze, 'maar niet meer dan één glas!'

Ze kon hem horen grijnzen aan de andere kant van de lijn.

'Natuurlijk, één glas!'

Voor het verdere verloop van de dingen was het niet meer belangrijk wat er in het hotel gebeurde. Het betekende slechts dat haar schuldgevoel nog groter werd. Ze hadden veel meer gedaan dan een glas wijn drinken. Ze hadden maar heel kort in het restaurant gezeten en waren niet verder gekomen dan het voorgerecht. Virginia raakte zo van streek door de ontmoeting met Andrew, en was vervolgens zo boos op zichzelf geworden dat ze geen hap door haar keel kon krijgen.

Hij had haar hand in de zijne genomen en gevraagd: 'Zal ik maar een kamer nemen?'

Ze had geknikt, en ze haatte zichzelf erom.

Ze was bezweet geweest van het werk in de tuin en had met opzet niet gedoucht en geen schone kleren aangetrokken, in de hoop dat ze het dan misschien te pijnlijk zou vinden om met hem naar bed te gaan. Ze was vergeten – of ze had het verdrongen – dat haar nooit iets te pijnlijk was geweest als het om Andrew ging. Ze dronken een glas champagne uit de minibar en praatten over koetjes en kalfjes. En toen bedreven ze de liefde met elkaar. Andrew zei dat Virginia naar aarde en gras rook en dat ze nog nooit zo verleidelijk was geweest. Zijzelf voelde de lichtheid die ze altijd in zijn armen had gevoeld, en de verrukkelijke mengeling van opwinding en spanning en het gevoel jong te zijn. Leven. Andrew gaf haar het gevoel dat ze leefde, een gevoel dat Michael niet bij haar kon opwekken.

'Waarom ga je niet bij hem weg?' vroeg Andrew later, toen ze naast elkaar lagen. Virginia keek op haar horloge en zag tot haar grote schrik dat het al laat was.

Ze stelde een tegenvraag: 'Waarom wil jíj niet met me leven?'

Hij slaakte een diepe zucht. 'Dat weet je wel. Het kan gewoon niet. Niet meer.'

'En waarom wilde je me vanavond ontmoeten?'

'Omdat ik je niet kan vergeten.'

En ik jou ook niet, dacht ze woedend. Maar in feite alleen

maar omdat Michael me de keel uithangt en ik hem stomver-
velend vind. En daar heb jij vandaag van geprofiteerd!

Ze stapte uit bed en raapte haar verkreukelde kleren op. 'Dit
is niet voor herhaling vatbaar, Andrew. Bel me alsjeblieft niet
meer op.'

'Echt niet?'

'Echt niet!' zei ze vastberaden. Toen ze de kamer verliet,
weerstond ze de verleiding om de deur met een klap achter
zich dicht te trekken.

Op weg naar huis was ze kwaad. Hij had haar als een klein
meisje laten opdraven, en ze was meteen, als op commando,
opgesprongen en naar hem toe gereden.

Ik moet er voor eens en voor altijd een punt achter zetten,
dacht ze.

Het was niet ver naar St. Ives, maar deze keer leek er geen
eind aan de rit te komen. Het was bijna elf uur! Misschien was
Michael al thuis, en wat moest ze dan zeggen? Ze kon alleen
maar zeggen dat ze spontaan met een vriendin had afgesproken en bidden dat Michael die vriendin de komende dagen
niet tegen het lijf zou lopen. Bovendien moest ze nog douchen. Ze rook naar de liefde; zelfs zij kon de geur van hun liefdesspel ruiken, laat staan iemand anders.

Ze reed veel harder dan was toegestaan, maar gelukkig werd
ze niet aangehouden. Toen ze de oprit van hun huis inreed,
keek ze onmiddellijk naar boven, maar ze zag nergens licht
branden. Of Michael sliep al – wat onwaarschijnlijk was zolang hij niet wist waar ze uithing – of ze had meer geluk dan
ze verdiende en was hij nog niet thuis.

Ze parkeerde de auto op de helling, precies zoals hij daar
's middags had gestaan, stapte uit, liep naar het huis, maakte
de deur open, deed het licht aan en riep onzeker: 'Michael?
Ben je thuis?'

Geen antwoord. Ze gooide haar handtas in een hoek en
snelde naar de badkamer. Toen trok ze al haar kleren uit en

verstopte ze onder in de wasmand. Ze was nauwelijks klaar met douchen of ze hoorde de voordeur opengaan. Michael was terug.

Ze hulde zich in haar badhanddoek en leunde met een diepe zucht tegen de koele tegels van de badkamermuur.

Ze had geboft, maar ze had zichzelf in een vernederende situatie gebracht. Ze was vastbesloten iets aan haar leven te veranderen. Of ze ging met hart en ziel met Michael door, óf ze moest bij hem weggaan.

Waarschijnlijk het laatste, dacht ze.

7

Er brandde één lamp in de keuken. Virginia had onder het praten roerloos op haar stoel gezeten. Ze had met een eigenaardig monotone stem gesproken en het idee gehad dat ze zichzelf uit de verte hoorde.

Nu zweeg ze en keek langs Frederic naar de duisternis buiten.

Na een stilte waarin alleen het zachte gebrom van de koelkast te horen was, zei Frederic: 'Jíj hebt als laatste de auto gebruikt. Niet Michael, zoals je hem hebt laten geloven. Jij was het.'

Ze keek hem niet aan. 'Ja. Ik was het. En ik was het ook die de auto vergat af te sluiten. Ik zette hem neer en rende het huis in. En de volgende morgen kon de kleine Tommi zonder enig probleem instappen.'

'En dat heb je allemaal aan Nathan Moor verteld?'

Ze schudde haar hoofd. 'Nee. Zover zijn we niet gekomen. Hij kent alleen de voorgeschiedenis. Mijn kinderjaren, mijn jeugd met Michael. De relatie met Andrew. Tommi's dood. Hij weet niet dat...'

'... dat Michael onschuldig was,' maakte Frederic de zin af. Ze knikte.

'Mijn god,' zei Frederic, 'tot nu toe wist ik ook niets van die Andrew.'

Ze maakte een achteloos handgebaar. 'Het is al zó lang geleden. Dat was echt niet meer dan een liefdesavontuurtje, ook al beeldde ik me in dat het mijn grote liefde was. Een getrouwde man die niet kon besluiten of hij zijn vrouw en kind voor mij wilde verlaten.'

'Wat banaal,' zei Frederic.

Ze zwegen alle twee. Ten slotte zei Frederic: 'Het schijnt me toe dat je het nooit zo nauw hebt genomen met de trouw.'

Wat moest ze daarop antwoorden?

'Ik heb Michael met Andrew bedrogen,' zei ze, 'maar dat was niet het ergste. Het ergste was...'

Frederic stond op en begon heen en weer te lopen, alsof hij zich ervan wilde verzekeren dat hij niet droomde of zich de situatie alleen maar verbeeldde.

'Michael is te gronde gegaan door het trauma van zijn schuld,' zei hij. 'Jij hebt hem laten geloven dat hij Tommi's dood op zijn geweten had. Waarom heb je dat gedaan, Virginia? Waarom?'

'Ik weet het niet. Is dat nog belangrijk?'

'Het past niet bij jou. Jij bent niet... lafhartig.'

'Misschien ben ik dat wél.'

Hij bleef staan en keek haar aan. 'Nu begrijp ik de schaduw die over je leven hangt.'

'Nathan had een foto gevonden,' zei Virginia. 'Een foto van mij, toen ik jong was. Hij zei dat hij het niet met elkaar in overeenstemming kon brengen. De jonge Virginia en de vrouw die hij voor zich had. Er moest iets gebeurd zijn, zei hij. En hij bleef doorvragen, ook nadat ik over Tommi's dood had verteld. Hij wist dat er nóg iets was. Maar... ik ben er niet meer aan toe gekomen hem dat te vertellen.'

'Verwijt je me dat ik niet zo'n helderziende blik heb gehad als hij en je er niet naar gevraagd heb?'

'Nee, ik verwijt je niets. Hoe kan ik, na alles wat ik heb aangericht? Ik heb zoveel mensen verdriet gedaan.' Ze sloot even haar ogen. 'Ik wilde het tegen Michael zeggen. Elke dag wilde ik het tegen hem zeggen. Dat ik met Andrew had gevrijd. Dat ik naar Huntingdon was gereden voor een idiote, zinloze ontmoeting met hem. Dat ik daarna, in mijn haast om eerder thuis te zijn dan hij, blijkbaar was vergeten de auto af te sluiten. Dat Tommi door míjn schuld was gestorven. Ik schoof het voor me uit. Ik denk omdat ik bang was het tegen hem te zeggen. Maar door het uit te spreken zou ik mezelf ook met mijn fouten hebben geconfronteerd, waardoor ze werkelijkheid werden. Dat zou hebben betekend dat ik het nooit meer kon verdringen. En daar was ik bang voor. Zó bang dat ik blij was dat Michael vertrok en ik het helemaal niet meer tegen hem kon zeggen.'

Op het eind sprak ze heel zachtjes, met gebogen hoofd. Ze keek ongelovig op toen Frederic zei: 'Ik heb je in het begin naar het waarom gevraagd. Maar nu denk ik dat daar geen antwoord op is. Ik begrijp het zo ook wel.'

'Wat?'

'Ik begrijp het. Ik kan begrijpen dat je niets tegen Michael hebt gezegd. Ik kan begrijpen hoe gekweld je was en hoe je wanhopig hebt geprobeerd alles te verdringen. Ik kan het begrijpen. Misschien had ik het wel net zo gedaan.'

Vol overtuiging antwoordde Virginia: 'Jij niet. Nooit!'

Hij moest bijna glimlachen om haar geloof in zijn integriteit. 'Ik heb ook de neiging mijn kop in het zand te steken, dat weet je, Virginia.'

Zachtjes zei ze: 'Misschien hebben we allemaal af en toe die neiging.'

Bijna teder – wat in de afgelopen dagen niet meer gebruikelijk tussen hen was geweest – streek hij over haar haren.

'Je zult het in orde moeten maken,' zei hij, 'als je vrede wilt vinden. Je achter donkere bomen verstoppen om te vergeten, en je ondertussen in de armen van de Nathan Moors van deze wereld te storten om jezelf te kunnen voelen – dat zal op den duur niet werken. Of je nou met mij samen bent of met een ander. Het zal niet werken.'

Ze knikte langzaam.

Vrijdag 8 september

1

Op het kerkhof zag het zwart van de mensen.

Rachel Cunningham had vast veel vrienden, dacht Janie. Ze vroeg zich af of er ook zoveel mensen op háár begrafenis zouden komen. Haar klas, natuurlijk. En haar docenten. Misschien ook een paar buren.

Maar zeker niet zo'n menigte mensen!

Zij en haar moeder stonden helemaal achteraan, zodat Janie Rachels ouders en haar zusje niet kon zien, en ook niet kon volgen wat er bij het graf gebeurde. Daar was ze blij om. Ze wilde de kist niet zien en al helemaal niet hoe hij in de aarde zakte.

De vorige avond was Stella nog een keer bij hen geweest. Ze had Janie een foto van een man laten zien en gevraagd of het misschien de aardige man uit de kantoorboekhandel was. Janie had onmiddellijk nee gezegd. Ze had weer het gevoel gehad dat ze Stella teleurstelde. Dat vond ze nog het ergste van alles: de volwassenen verwachtten voortdurend iets van haar, maar ze kon hen nooit tevredenstellen. Ze had gehoord dat Doris zachtjes vroeg: 'Hebben ze hem gearresteerd?'

Even zacht had Stella geantwoord: 'Dit gaat misschien om iets heel anders.'

Janie wenste dat ze de man had herkend. Dan had ze vandaag misschien niet naar het kerkhof hoeven komen. Op dit moment zou ze zelfs nog liever op school willen zitten. Alles was beter dan midden in deze nachtmerrie te staan en er zelfs een hoofdrol in te spelen.

Stella was er ook. Ze was in het zwart gekleed, zoals alle mensen, en stond een paar stappen bij Janie en Doris vandaan. Ze had gezegd dat Janie goed om zich heen moest kijken of ze de man uit de kantoorboekhandel herkende. Zo ja, dan moest ze dat zo onopvallend mogelijk tegen Stella zeggen.

Janie keek en keek, maar ze kon hem nergens ontdekken. Eigenlijk was ze daar blij om, want ze wilde hem helemaal niet terugzien. Aan de andere kant wist ze dat Stella blij zou zijn als ze hem er plotseling in de mensenmenigte tussenuit zou pikken. Janie zuchtte diep. Wanneer zou het allemaal eindelijk voorbij zijn?

Stella gaf haar een bemoedigende knipoog. In elk geval was er één die niet huilde! Bijna iedereen om haar heen liep te huilen. Ze hielden een zakdoek in hun hand of veegden telkens hun tranen weg. Ook mama had een paar keer zachtjes gesnikt. En ze kende dat dode kind niet eens!

De mensen liepen een voor een langs het graf en gooiden er bloemen in of legden kransen neer. Maar Doris en Janie bleven waar ze waren.

'Ik wil niet te veel van Janie vragen,' zei Doris tegen Stella. Stella knikte. 'Dat is goed, hoor.'

Langzaam liep iedereen naar de uitgang van het kerkhof. Velen bleven in groepjes met gedempte stem staan praten. Er hing een loodzware stemming over de mensen en het kerkhof.

'Mam, zullen we gaan, alsjeblieft?' fluisterde Janie.

'Heb je hem nergens gezien?' vroeg Stella.

'Nee. Maar misschien...' Janie haalde hulpeloos haar schouders op. 'Er zijn zo ontzettend veel mensen!'

'Die kerel zal heus wel vermoeden dat er politie aanwezig is,' zei Doris.

Stella knikte. 'Maar die man is ziek,' bracht ze Doris in herinnering. 'En op een gegeven moment laat hij alle voorzichtigheid varen. Overigens vermoed hij waarschijnlijk niet dat wij contact met Janie hebben. En zij is in feite de enige die gevaarlijk voor hem kan zijn.'

'Kunnen we weg?' vroeg Doris.

'Ik denk het wel,' antwoordde Stella.

Langzaam schuifelden ze in de richting van de uitgang. Ze kwamen in de drukte niet gemakkelijk vooruit. Janie ontdekte een van de mannen die ze op het politiebureau had ontmoet – hoe heette hij ook alweer? Baker. Hij stond bij een man en twee vrouwen. De man droeg een zwart pak en zag eruit als een lord – Janie had foto's van lords in de tijdschriften zien staan die Doris af en toe las. De ene vrouw had een wilde, donkere haardos. Ze droeg een vrij kort rokje en was broodmager. De andere vrouw was erg bleek, alsof ze elk moment van haar stokje kon gaan. Janie wist dat, omdat haar mama een keer was flauwgevallen, en toen had ze net zo'n wit gezicht gehad.

Stella liep naar het groepje toe. 'Niets?' vroeg Baker.

Stella schudde haar hoofd.

'Bij ons ook niet,' zei Baker.

'Jammer genoeg weet ik eigenlijk niet naar wie ik moet uitkijken,' zei de magere vrouw met het korte rokje.

Baker stelde de volwassenen aan elkaar voor. 'Mevrouw Alby.' Dat was de magere. 'Meneer en mevrouw Quentin.' Dat waren de lord en de vrouw, die bijna van haar stokje ging. 'Mevrouw Brown.' Dat was mama. Nu wees Baker naar haar, Janie. 'Dit is Janie Brown.'

Mevrouw Quentin boog zich naar haar toe en gaf haar een hand. 'Hallo, Janie!'

'Hallo,' antwoordde Janie. Ze had nog nooit iemand met zulke verdrietige ogen gezien. De oogleden van de vrouw waren opgezet. Ze had vandaag vast al veel gehuild.

'Goed,' zei hoofdinspecteur Baker, 'dan dank ik u allemaal dat u bent gekomen. Ik weet dat ik uw zenuwen zwaar op de

473

proef heb gesteld, maar het was een kans. Een kleine natuurlijk, dat geef ik toe.'

'Het spreekt toch vanzelf, hoofdinspecteur,' zei meneer Quentin, die Janie bij zichzelf 'de lord' noemde.

Er kwamen een heleboel mensen langs die door het openstaande, brede toegangshek de straat op gingen. Janie probeerde hun gezichten te bekijken, wat niet eenvoudig was omdat het er zoveel waren. Ze wilde die vreemde man zo dolgraag vinden! Omdat Stella zo aardig was, maar ook omdat ze mama zoveel last bezorgde. Vanwege haar was mama al twee dagen niet naar haar werk geweest, en daar zou ze vast en zeker narigheid mee krijgen. Janie zou heel opgelucht zijn als ze het weer een beetje goed kon maken.

Ze ving een goedkeurende glimlach van Stella op. De politievrouw zag dat Janie het niet had opgegeven en nog steeds moeite deed. Die glimlach was een pluimpje waar Janie heel blij mee was.

De laatste mensen verlieten het kerkhof.

'Zo,' zei Baker, 'dat was het dan.'

Het groepje draaide zich om en wilde vertrekken.

'Wat een ellende!' zei de magere met het korte rokje. Janie vroeg zich af wat ze daar precies mee bedoelde. Het feit dat ze de vreemde man niet hadden gezien? Of dat er zulke dingen gebeurden – dat kinderen ontvoerd en vermoord werden en dat de mensen uiteindelijk op een kerkhof bijeenkwamen, waar iedereen huilde en je een verschrikkelijk, beklemmend gevoel kreeg?

Waarom moet ik hierbij zijn? vroeg Janie zich wanhopig af. Waarom kan mijn leven niet normaal verdergaan?

Ze had het bedreigende gevoel dat haar leven nooit meer normaal zou zijn. Ze kon niet verklaren waarom ze dat dacht, maar die angst was er gewoon. Meer dan angst, een zekerheid, eigenlijk. Dat kwam door de doodskist, met daarin Rachel Cunningham.

Het was tot haar doorgedrongen dat het niet veel had gescheeld of ze had zélf in zo'n kist gelegen. Telkens wanneer ze vragen over de dood en het doodgaan aan mama had gesteld, was het antwoord tot nog toe geweest: 'Dat duurt nog zo lang! Pas als je heel oud bent moet je daarover nadenken.'

Dat had ze heel geruststellend gevonden. Iets wat zo ver weg was voelde niet gevaarlijk aan. Maar van nu af aan zou ze nooit meer kunnen denken dat de dood nog heel ver weg was. Nu was hij ineens heel dicht bij haar gekomen. Andere kinderen konden nog steeds doen alsof de dood niet bestond. Zij niet.

Misschien ben ik nu eigenlijk geen kind meer, dacht ze, en er ging een vreemde huivering door haar heen.

Ze stonden nu buiten het kerkhof. Overal stapten treurige mensen in auto's. Het was een ondoordringbare chaos van wagens die langzaam het parkeerterrein verlieten en in de richting van de straat reden. Eventjes ontstond er een echte opstopping. Maar anders dan gewoonlijk in dergelijke situaties was er niemand die ongeduldig werd en begon te schelden of te toeteren. Geen piepende remmen, geen brullende motoren. Er was geen geluid te horen.

Omdat het zo triest is, dacht Janie. Al dat verdriet lag als een loden gewicht op haar.

'Ik ga afscheid nemen,' zei Baker. Eerst gaf hij mevrouw Quentin, de treurige vrouw met de betraande ogen, een hand en voegde eraan toe: 'Ik bel u nog.'

Mevrouw Quentin knikte. Haar troosteloosheid was hartverscheurend.

'Tot ziens,' zei Doris met de nerveuze klank in haar stem die Janie altijd hoorde als haar moeder dringend behoefte had aan een sigaret. Zodra ze tien stappen bij het hek van de begraafplaats vandaan waren, zou ze er eentje uit haar tas opdiepen.

Laten we nou gaan, smeekte Janie in stilte terwijl ze de diepbedroefde blik van mevrouw Quentin ontweek.

En toen zag ze hém.

Ze had er helemaal niet meer op gerekend en ze was zó verbijsterd dat ze aanvankelijk niet in staat was iets te zeggen of te doen. Ze staarde alleen maar. Ze had het gevoel dat haar hersenen niet wilden verwerken wat haar ogen zagen.

Ze vergiste zich. Het kon alleen maar een vergissing zijn.

'Tot ziens, Janie,' zei Baker.

Ze gaf geen antwoord.

'Geef de hoofdinspecteur eens een hand,' vermaande Doris haar ongeduldig. Maar toen scheen haar iets op te vallen, want ze vroeg: 'Wat is er? Kun je niet meer praten en je niet meer bewegen?'

'Daar is hij,' fluisterde Janie. Ze had een grote prop watten in haar mond en haar keel was kurkdroog. Ze kon gewoon niet harder praten, en behalve haar moeder hoorde blijkbaar niemand haar.

'Wát?' vroeg Doris.

'Daar is hij,' herhaalde Janie, 'daar is de man.'

'O, lieve god!' zei Doris. 'Waar dan?'

'Wat zei je?' vroeg Stella.

'Ze ziet die vreemde man,' verklaarde Doris. Plotseling ging er een schok door het hele groepje. Janie merkte dat het gezicht van hoofdinspecteur Baker opeens heel dicht bij het hare was. 'De man die je heeft aangesproken? Is hij hier? Waar?'

'Daar.' Ze wees in de richting waar ze hem zag. Het wemelde van de mensen.

'Welke man is het?' vroeg Stella, met nu een totaal andere gelaatsuitdrukking. Janie vroeg zich af of ze een pistool had, het zou trekken en de man voor de ogen van iedereen zou neerschieten.

'Daar,' herhaalde ze, 'daarginds. Naast die grote, zwarte auto.'

Eindelijk keken alle volwassenen in de juiste richting.

'Jack?' fluisterde mevrouw Quentin verbijsterd. 'Je bedoelt Jack toch niet? Jack Walker?'

Op hetzelfde moment zei de magere vrouw met het korte rokje: 'Dat is de man die mijn tas opraapte toen we in Hunstanton waren.'

Ineens stormden hoofdinspecteur Baker en Stella weg. En zonder dat Janie had kunnen zeggen waar ze vandaan kwamen, verschenen er plotseling talrijke politiemannen in uniform. Waar waren ze al die tijd geweest?

Met een kreet draaide Janie zich om. Ze legde haar gezicht tegen haar moeders buik en drukte het in Doris' zwartkatoenen T-shirt. Ze was ontzettend bang dat ze zou moeten zien hoe de man werd doodgeschoten. Doodgeschoten omdat zíj hem had aangewezen.

'Wat is er toch? Wat ís er toch?' hoorde ze Doris vragen. Het klonk heel ver weg.

'Niet schieten,' zei Janie met verstikte stem.

'Ze schieten niet,' zei Doris, en ze streek over Janies haar. 'Ze schieten niet, wees maar niet bang. Ze arresteren hem. Ze nemen hem alleen maar mee.'

Janie barstte in huilen uit.

2

Dit was zo'n situatie waarin hoofdinspecteur Baker diep vanbinnen wenste dat sommige praktijken van vroeger, toen er nog gemarteld werd om mensen tot een bekentenis te dwingen, ook nu nog toegestaan waren.

Natuurlijk zou hij dat nooit hardop zeggen. Hij durfde het niet eens echt te dénken. Het waren eerder bepaalde neigingen die in zijn binnenste verborgen waren en die hij nadrukkelijk verbood naar boven te komen.

Hij en Stella waren Jack Walker intussen al drie uur aan het verhoren.

Een sympathieke, oudere man die betrouwbaar, hulpvaardig en sympathiek leek.

Een man, dacht Baker, aan wie ik mijn kinderen waarschijnlijk zonder enig voorbehoud zou toevertrouwen.

Janie was heel zeker van haar zaak geweest. Jack Walker was de man die haar in de kantoorboekhandel had aangesproken en haar had willen meenemen naar zijn huis. Liz Alby had hem ook meteen herkend als de man die op de bewuste dag in Hunstanton haar tas had opgeraapt. Baker had binnen een uur een huiszoekingsbevel in handen, dat zijn mannen het recht gaf om het huis van Jack Walker te doorzoeken. Ze hadden niets opzienbarends gevonden, maar wel Walkers computer in beslag genomen. Op dat tijdstip waren specialisten ermee bezig, en Baker was er bijna zeker van dat ze op kinderporno zouden stuiten.

Jack Walker ontkende alles. Hij had de Quentins naar het kerkhof gereden en was later teruggekomen om hen op te halen, aangezien Frederic Quentin had gevreesd dat er niet genoeg plaats zou zijn om te parkeren.

Hij kende geen Janie Brown. Hij had nog nooit een meisje in een kantoorboekhandel aangesproken en haar een kinderfeestje in het vooruitzicht gesteld. Hij had nog nooit een voet in die winkel gezet.

Baker boog zich dreigend naar hem toe. 'O nee? Dan bent u vast niet bang voor een confrontatie met de winkeleigenaar. Hij zou kunnen bevestigen u nooit te hebben gezien!'

Walker ging voor het eerst door de knieën. Hij kon niet zweren dat hij daar nooit was geweest. Natuurlijk kocht hij ook kranten en tijdschriften, nu eens hier, dan weer daar. Misschien ook wel in die winkel. Hij wist niet dat dat verboden was.

'Waar was u op maandag 7 augustus?' vroeg Baker.

Walker dacht na. Toen bracht hij in een hulpeloos gebaar zijn armen omhoog. 'Dat weet ik echt niet meer. Op 7 augustus? Goeie genade, weet ú nog wat u op 7 augustus deed?'

'Het gaat niet om ons!' zei Stella met scherpe stem.

'Ik zal u een eindje op weg helpen,' zei Baker. 'Op 7 augustus was het warm en zonnig. Ik denk dat u besloot de dag aan zee door te brengen. Toen bent u óf met de auto óf met de bus naar Hunstanton gegaan. Ik neem aan dat u niets kwaads in de zin had. Waarschijnlijk wilde u alleen maar zwemmen of gewoon in de zon liggen.'

'Nee. Ik ben in geen jaren in Hunstanton geweest!'

'Vlak bij het grote parkeerterrein van Hunstanton was u getuige van een heftige ruzie tussen een jonge vrouw en haar vierjarig dochtertje. Het meisje zeurde om een ritje in de draaimolen. Ze schreeuwde en ging wild tekeer toen haar moeder dat niet goedvond. Ze wilde niet verder lopen en stribbelde zo tegen dat haar moeder haar tas liet vallen. U hebt die tas voor haar opgeraapt. De moeder heeft u vandaag herkend.'

'Denkt ze echt dat ze me na een ontmoeting van een paar seconden ruim vier weken later nog herkent? Is dat alles waarop u uw beschuldigingen tegen mij baseert, hoofdinspecteur? Op de bewering van een klein meisje, dat ongetwijfeld door uw mensen onder druk is gezet om een verdachte vreemde man aan te wijzen, en op het twijfelachtige geheugen van een asociaal mens dat gewichtig wil doen? Is dat de reden waarom u me hier vasthoudt en al uren op me inpraat?'

'Weet u,' zei Stella, 'we hebben een speekselproef van u, en aan de hand van het DNA-onderzoek kunnen we binnen een paar uur bewijzen dat u schuldig bent. We hebben genoeg sporen gevonden, zowel bij Sarah Alby als bij Rachel Cunningham. U kunt geen kant meer op, meneer Walker. Als u nu bekent, kan dat uw situatie alleen maar verbeteren en zal de rechter dat later positief beoordelen. Wilt u nu een advocaat? Die zou vast en zeker hetzelfde tegen u zeggen.'

'Ik heb geen advocaat nodig,' zei Jack Walker koppig, 'want ik heb niets misdaan.'

'Waarom hebt u Rachel Cunningham uitgekozen?' vroeg Baker. 'Bij toeval? Of was zij uw type?'

'Ik ken geen Rachel Cunningham.'

'Wat hebt u aan Sarah Alby beloofd om haar zover te krijgen dat ze met u meeging? Een ritje in de draaimolen?'

'Sarah...? Ik ken geen Sarah.'

'Waar is Kim Quentin? Wat hebt u met Kim Quentin gedaan?'

Voor het eerst was er een flikkering in Jack Walkers ogen. 'Kim? Ik zou Kim nooit iets kunnen aandoen! Nooit!'

'Maar de andere kinderen? Sarah Alby en Rachel Cunningham?'

'Die ken ik niet.'

'Waar was u op zondag 27 augustus?'

'Dat weet ik niet.'

'Gaat u niet elke zondagmorgen naar uw stamkroeg om andere stamgasten te ontmoeten?'

Opnieuw flikkerde er iets in Walkers ogen. 'Ja.'

'Dan moet u daar op 27 augustus ook geweest zijn.'

'Waarschijnlijk. Ik weet het niet precies. Ik ga er niet elke zondag naartoe.'

'Nee? Daarnet zei u nog dat u dat elke zondag doet!'

'Dat zei ú.'

'U bevestigde het.'

'Ik weet niet waar u eigenlijk op uit bent,' zei Walker. Er parelden zweetdruppels op zijn voorhoofd. Hij had zich keurig aangekleed om de Quentins van het kerkhof op te halen. Hij droeg een pak en een stropdas, veel te warm voor een nazomerdag. Baker nam aan dat hij graag zijn das zou hebben losgemaakt, maar dat niet durfde. Baker piekerde er niet over om Walker daartoe uit te nodigen.

'Waar ik op uit ben, meneer Walker? Dat u toegeeft op de ochtend van 27 augustus de kleine Rachel Cunningham naar het afgelegen gebied aan Chapman's Close te hebben gelokt, waar ze in uw auto is gestapt, door u ergens naartoe is gebracht, daar is misbruikt en ten slotte vermoord. Later hebt u het lijk in Sandringham gedropt.'

Baker had Walker duidelijk in elkaar zien krimpen toen hij Chapman's Close noemde. Blijkbaar had hij er niet op gerekend dat de politie dat ontmoetingspunt kende.

'U hebt Rachel Cunningham voor het eerst op zondag 6 augustus aangesproken. Vóór de kerk in Gaywood. Als we uw foto publiceren, zullen we ongetwijfeld mensen vinden die zich herinneren dat ze u daar hebben zien rondhangen.'

Walker zweeg en begon nog erger te zweten.

Baker, die al die tijd had gestaan, trok een stoel bij en ging tegenover Jack Walker aan de tafel zitten. Hij boog zich voorover en keek de oude man in de ogen. Toen hij weer begon te praten, lag er een zachtere klank in zijn stem.

'Meneer Walker, er is een kind vermist. Een zevenjarig meisje. Kim Quentin. We hebben tot nu toe geen lijk gevonden, hoewel de politie met speurhonden vrijwel onafgebroken het hele gebied rondom King's Lynn afspeurt. Misschien betekent het dat Kim Quentin nog in leven is. En misschien weet u waar ze is. Als u erover zwijgt, zal ze sterven. Omkomen van de honger en de dorst. Luister, Walker,' hij sprak nu heel zacht, 'we krijgen u te pakken. U staat nu al met twee voeten in de bajes, en dat weet u. Misschien denkt u dat het in uw toestand niet uitmaakt of er nóg een kind doodgaat of niet. Maar dan vergist u zich. Als blijkt dat Kim Quentin te redden was geweest en dat ze een pijnlijke dood moest sterven omdat u uw kiezen op elkaar hield, dan heeft dat niet alleen consequenties voor de strafmaat die u wordt toebedacht, maar zal het ook gevolgen hebben voor de behandeling die u later in de gevangenis te wachten staat. Ik heb het niet over het personeel daar, ik heb het over uw medegevangenen.' Hij zweeg even. Walker frunnikte aan zijn das. Zijn gezicht glom.

'Er is een hiërarchie in de gevangenis,' vervolgde Baker, 'en

481

daar houdt men zich nauwgezet aan. Misdaden tegen kinderen staan helemaal onderaan. Types die zich aan kinderen vergrijpen zijn zó gehaat, dat kunt u zich waarschijnlijk nauwelijks voorstellen. Ze zullen u die haat laten voelen, Walker. En ik verzeker u dat het een rol zal spelen of u op het laatste moment nog het leven van een kind hebt gered. Ik verzeker u ook dat u er dag en nacht spijt van zult hebben als u het niet doet. Dag en nacht. Jaar in jaar uit. Wat u te wachten staat, Walker, is een hel. Hoe dan ook. Maar ook in de hel heb je verschillende verdiepingen. Als ik u was, zou ik proberen zo hoog mogelijk te gaan wonen.' Hij leunde weer achterover. 'Dit is alleen maar een goedbedoeld advies, Walker.'

'Ik... heb niets gedaan,' stamelde Walker.

'Waar is Kim Quentin?' vroeg Stella.

'Dat weet ik niet.'

'Op woensdag 6 september,' zei Baker, 'eergisteren dus, keerde u terug uit Plymouth. U was daarheen gereden met een volgeladen vrachtauto.'

'Er zijn een heleboel mensen die dat kunnen bevestigen,' zei Walker geprikkeld. 'Alleen al in Plymouth kan ik zó een aantal mensen opnoemen...'

Baker stak zijn hand op. 'Doe geen moeite. Collega's hebben uw rit naar Plymouth al gecheckt. Het staat vast dat u daar bent geweest. Maar we weten ook dat u op woensdagmorgen al heel vroeg bent vertrokken. En het was erg laat toen u thuiskwam.'

'Had ik dan als een gek door moeten jakkeren? Ik kwam in een file terecht en...'

'Woensdag stond er op die weg geen noemenswaardige file. Geen ongeluk, niets. Maar u was een eeuwigheid onderweg.'

'Ik zat in de spits. Mijn hemel, u weet toch hoe dat is! Je sukkelt maar wat voort in een eindeloze rij auto's...' Walker stak hulpeloos zijn armen in de lucht. 'Wordt het me nu noodlottig dat ik te veel tijd nodig had om van Plymouth naar

King's Lynn te rijden? Dat ik onderweg een parkeerplaats opreed en een paar uurtjes sliep? Ik was doodop. Ik wilde me alleen maar verantwoordelijk gedragen en had geen zin om achter het stuur in slaap te vallen. Blijkbaar was dat verkeerd.
Doordat ik alles goed wilde doen, heb ik mezelf de das omge-
daan.' Het klonk huilerig.

'Ik zal u zeggen wat ik vermoed,' antwoordde Baker, zonder
zijn minachting voor het zelfmedelijden van Walker te verhul-
len. 'Ik vermoed dat toen uw vrouw belde om aan u te vragen
of u Kim Quentin van school kon halen, u al veel dichter bij
King's Lynn was dan u wilde toegeven. Waarschijnlijk had u
de rand van de stad al bereikt. Maar u beweerde dat u absoluut niet op tijd bij de school kon zijn. Toen bedacht u iets anders, maar misschien had u dat plan al opgevat op het moment dat u tegen uw vrouw loog. U bent rechtstreeks naar
Kims school gereden.'

'Nee,' zei Walker, die weer aan zijn das zat te friemelen.

'U was er al veel eerder dan uw vrouw, die uit Ferndale
moest komen en ook nog ziek en koortsig was. Kim stond
voor het schoolhek te wachten. Er zijn diverse getuigen die dat
kunnen bevestigen. Het was een fluitje van een cent voor u.
Kim kent en vertrouwt u. Ze verbaasde zich helemaal niet dat
u haar kwam ophalen en ze is zonder te aarzelen bij u in de
auto gestapt.'

'Dat is toch absurd,' bromde Walker. Zijn gezicht had een
rode kleur gekregen. Hij maakte eindelijk zijn stropdas los.

Baker begon heel zacht te praten. Uit een ooghoek kon hij
zien dat Stella zich ook moest inspannen om hem te verstaan.
'En wat gebeurde er toen, meneer Walker? U zat in de vrachtwagen, met naast u dat kleine meisje. Een vrachtauto heeft
geen achterbank. U kon Kim dus niet achterin laten zitten. Ze
zat vlak naast u. Ze was nat van de regen. Versterkte dat de
geur van haar huid? Haar haren? U praatte en zij lachte. Wat
gebeurde er toen met je, Jack? Dat verlangen zit in je, is het

niet? Dat verlangen naar kleine meisjes. Naar die tengere lichaampjes, de zachte haren. Naar de onschuld, die toch al onmiskenbaar vrouwelijk is. Je zat daar in je vrachtwagen, en ineens...'

'Nee!' riep Jack uit. Met een plotselinge, hevige ruk trok hij de das van zij nek.

'Nee! Nee! Niet Kim! Ik heb Kim niet aangeraakt! Ik zweer het bij God! Ik heb Kim niet aangeraakt! Nee!' riep hij.

En toen wierp hij zich voorover op de tafel en bedekte zijn gezicht met zijn handen. Zijn brede schouders schokten.

Jack Walker huilde als een klein kind.

3

Ze raceten met verscheidene politiewagens over de zonnige provinciale weg. In de voorste zaten hoofdinspecteur Baker en Stella. Stella reed.

'Ik rij sneller,' had ze tegen Baker gezegd, terwijl ze de autosleutel uit zijn hand griste. 'Ik heb minder scrupules.'

Inderdaad. Ze reed zó hard dat de anderen moeite hadden om haar bij te houden. Ze had een donkere zonnebril op. Zelfs van opzij verrieden haar stijf opeengeperste lippen een felle vastberadenheid.

Nadat Jack Walker was ingestort, was het niet moeilijk meer geweest om hem de moord op Sarah Alby en Rachel Cunningham te laten bekennen. Ook gaf hij onmiddellijk toe Janie Brown in de kantoorboekhandel te hebben aangesproken, met als doel haar in zijn auto te lokken. Maar wat Kim betrof, bleef hij verward. Hij kon niet over haar praten zonder te huilen. En een groot deel van zijn woorden was nauwelijks te verstaan.

'Ik hield van haar! Ik hield toch van haar! Ik zou geen haar op haar hoofd krenken! Nooit! Nooit!'

'Heb je haar eergisteren bij de school opgepikt?'
'Ja.'
'En in je auto meegenomen?'
'Ja.'
'En waar ben je toen heen gereden, Walker? Waarheen?'
'Ik heb haar niets gedaan!'
'Waar is ze?'
'Ze is mijn poppetje. Mijn prinsesje. Ik zou haar nooit pijn kunnen doen!'
'Walker, waar is ze, verdomme?'
'Ik kan er niets aan doen. Het overkomt me. Ik wil het niet. Gelooft u me alstublieft. Ik wil de kinderen niets aandoen. Ik wou... ik wou...'
'Wát?'
'Ik wou dat ik nooit geboren was,' had Jack Walker hortend en stotend uitgebracht. En toen was hij weer zo hard gaan huilen dat hij minutenlang niet aanspreekbaar was geweest.

Het leek een enorme opluchting voor Jack Walker te zijn om eindelijk alles open en eerlijk aan iemand te kunnen vertellen, niet alleen over zijn seksuele aanleg, maar ook over de moord op de twee meisjes. Tot in detail wilde hij zich van de last van zijn schuld bevrijden. In elk geval zo dat hij hem niet meer alleen met zich meedroeg. Baker had fantastische bekentenissen kunnen krijgen, die antwoord gaven op alles wat hij wilde weten. Jack Walker had urenlang gepraat over zijn jeugd in een benepen, burgerlijk gezin dat voor de buitenwereld intact leek, maar het in werkelijkheid niet was, en waar de oorsprong van zijn verschrikkelijke seksuele neigingen lag. Hij sprak over zijn pogingen die te bestrijden, tot en met de vergrijpen die hij had gepleegd toen het hem ten slotte niet meer lukte zijn driften te onderdrukken.

'Ik wilde die meisjes niet ombrengen! Dat moet u van me aannemen! Ik wilde het niet, ik wilde het niet! Maar ik had... het met ze gedaan en ik was bang... Mijn god, als ze me bij de politie hadden aangegeven, zou ik in de gevangenis zijn beland... ik was zo bang...'

Hij was als een sluis; Baker had hem alleen maar open hoeven draaien om de woorden eruit te laten stromen.

Maar zolang er nog een kans bestond, hoe klein ook, dat Kim Quentin in leven was, mocht Baker zich nergens anders mee bezighouden. Hij moest eruit zien te krijgen waar Walker het meisje naartoe had gebracht. Dat moest hij eerst weten voordat hij alles over Walkers levensloop en de beschrijving van zijn gruweldaden zou gaan aanhoren en kotsmisselijk zou worden van zijn gestamelde rechtvaardigingen en zijn om medelijden smekende gejammer. Zij het met tegenzin. Hij kon begrijpen hoezeer de man leed onder zijn dwangmatige neigingen. Maar allereerst moest hij proberen het leven van Kim Quentin te redden – als dat nog te redden was.

Hij had Walker steeds op scherpe toon onderbroken.

'Dat interesseert me nu niet, Walker. Ontlast je geweten later maar. Nu wil ik alleen weten waar je Kim Quentin naartoe hebt gebracht. Waarheen, verdomme?' had hij gebruld.

Hij had tegen hem gebruld en Jack Walker was gaan beven. 'Ik heb ze... ik ben gestopt. Ik heb haar aangeraakt. Ze is zo lief. Zo teer...'

Baker was als politieman door de wol geverfd, maar dit soort dingen kon hij nauwelijks aanhoren zonder misselijk te worden. Hij moest zich heel erg inspannen om niet te laten merken dat hij ervan walgde, waardoor Walker er verder het zwijgen toe zou doen.

'Ik snap het, Walker. En werd je toen bang? Bang dat Kim tegen haar ouders zou zeggen dat ze door jou was aangeraakt?'

Walker was opnieuw gaan huilen. 'Het oude... terrein... het bedrijf, Trickle & Son, waar ik af en toe nog voor werk.'

'Ja? Is daar een oud terrein? Bedoel je een verlaten terrein?'

'Ja. In de richting van Sandringham. Trickle is daar tien jaar geleden weggegaan. Het was ooit een heel groot expeditie-

486

bedrijf. Ik was er in vaste dienst. Vroeger. Nu is daar niemand meer...'

Baker had zich gespannen als een veer naar voren gebogen. 'En daar heb je Kim heen gebracht?'

'Ja...'

'En daar is ze nog steeds?'

Walker had zijn schouders opgehaald en was opnieuw in tranen uitgebarsten.

Baker was opgesprongen. 'Oké. Het voormalige terrein van transportbedrijf Trickle & Son.'

En nu reden ze in de richting van Sandringham, nadat een politieman had geïnformeerd waar de al lang leegstaande bedrijfsgebouwen precies stonden. Een verlaten, afgelegen plek, wist Baker. Een perfecte plek voor iemand als Walker. Ideaal om je voor de rest van de wereld te verstoppen. Daar had hij Kim naartoe gebracht. En wat toen? Aanvankelijk had hij gezworen dat hij haar niet had aangeraakt, maar later had hij toegegeven dat hij 'zomaar wat met haar had gespeeld'. Hoever hij daadwerkelijk was gegaan, was Walker zelf misschien ook niet helemaal duidelijk. Baker wist dat daders als Jack Walker echt spijt hadden van hun misdrijf en vaak alleen maar met hun schuld konden leven door het te verdringen. In tegenstelling tot de twee andere slachtoffers had Kim Quentin in het leven van Jack Walker een bijzondere rol gespeeld. Als hij haar iets had aangedaan, wilde hij dat eigenlijk niet weten. Dus bleef de bange vraag: áls ze Kim uiteindelijk zouden vinden, zou ze dan dood of levend zijn?

'Ik vind hem niet knap,' zei Stella.

Baker schrok op uit zijn gepeins en keek haar verbaasd aan. 'Wie? Wie bedoel je?'

'Walker. Jack Walker. Een vervelend type opa, zo zou ik hem beschrijven. Terwijl Rachel Cunningham tegen haar vriendin zei dat hij net een filmster leek.'

Baker zuchtte. 'Ze wilde waarschijnlijk een beetje opscheppen. Maar het is altijd moeilijk bij persoonsbeschrijvingen, hè? Het lukt vrijwel niemand om echt objectief te zijn.'

Rachel Cunningham. Hij moest denken aan hetgeen Walker tijdens zijn bekentenis over haar had gezegd. Rachel Cunningham had er goed van af kunnen komen. Toen Walker haar aansprak, had hij voor de eerstvolgende zondag met haar willen afspreken, maar Rachel had die ontmoeting drie weken uitgesteld omdat ze met haar familie op vakantie ging. Walker, die voortdurend in gevecht was met zijn vreselijke neigingen, was akkoord gegaan, in de hoop dat hij gedurende die periode zijn belangstelling voor het meisje zou verliezen. Maar in de nacht voorafgaand aan de afgesproken zondag had hij niet kunnen slapen door zijn seksuele rusteloosheid. Hij had verklaard dat hij als het ware willoos naar Chapman's Close was gereden, diep vanbinnen hopend dat het meisje er intussen genoeg van had gekregen. Maar Rachel had hem al staan opwachten, opgewonden en vol verwachting.

Het voormalige terrein van de firma Trickle was al jaren in verval. Ondanks het zonnige weer bood het een troosteloze aanblik. Baker was er weleens geweest, maar hij kon zich niet meer herinneren dat het terrein met garages, pakhuizen en vroegere kantoorgebouwen zó uitgestrekt was. De binnenplaats was volledig overwoekerd met onkruid. Alle ruiten waren uit de sponningen gevallen, dode, donkere gaten in het smerige metselwerk. De pannen waren voor de helft van de daken gerukt, stalen deuren stonden open en hingen scheef in hun scharnieren. Voor een van de pakhuizen stond een totaal verroeste bestelwagen zonder wielen. Uit de verbrijzelde voorruit groeiden paardenbloemen.

Stella deed het portier open. 'Het zal een hele tijd gaan duren als er hieronder ook nog kelders zijn,' zei ze.

'We hebben geen minuut te verliezen,' antwoordde Baker terwijl hij uitstapte.

De agenten verspreidden zich onmiddellijk over het hele

terrein. Zoals met het blote oog te zien was, bestond er bij sommige gebouwen instortingsgevaar. Daarbinnen moesten ze uitermate voorzichtig te werk gaan. Bovendien bleken er onder de kantoorgebouwen inderdaad kelders te zijn.

'Als ze nog in leven is,' zei Stella, 'zal ze op de een of andere manier proberen de aandacht te trekken.'

'Tenzij ze verstijfd is van angst,' zei Baker. 'Ze kan ook volledig verzwakt zijn. We moeten in alle hoeken en gaten zoeken.'

Gedurende de eerste drie kwartier vonden ze helemaal niets. Geen enkele aanwijzing dat daar ooit een kind was geweest. In een pakhuis vonden ze ten slotte een massa lege bierflesjes en kaarsstompjes die aan de vloerplanken vastgeplakt zaten.

Baker schudde zijn hoofd. 'Dit heeft vermoedelijk niets met Walker te maken. Ik kan me niet voorstellen dat hij hier gaat zitten, kaarsen aansteekt en bier drinkt. Waarschijnlijk hebben jongelui op deze plek feestgevierd.'

'Maar hier,' klonk de stem van een politieman die de ruimte ernaast doorzocht, 'hier is iets wat wél met Walker te maken zou kunnen hebben!'

In die ruimte was een soort inloopkast waarvan de deur was behangen en daardoor bijna niet te zien was. Baker keek in de kast. Op de vloer lagen stapels foto's met kleine kinderen erop in pornografische houdingen. De poster aan de muur toonde een volwassen man die gemeenschap had met een meisje van hooguit tien jaar. De ogen van het meisje waren wijd opengesperd van ontzetting.

'Na al mijn jaren bij de politie,' zei Stella, die vlak achter Baker stond, 'kan ik zulke dingen niet zien zonder het gevoel te krijgen dat ik moet gillen.'

'Dan ben je niet de enige,' antwoordde Baker, en wendde zijn hoofd af. 'Die smeerlap durfde deze troep blijkbaar niet thuis te bewaren.'

'Denk je dat zijn vrouw écht geen idee heeft?' vroeg Stella.

'In elk geval wíl ze er geen idee van hebben,' zei Baker. Toen wendde hij zich tot de aanwezige politiemannen. 'Ga door met zoeken! Hij is hier geweest. Dit betekent dat hij niet heeft gelogen toen hij dit terrein prijsgaf. Kim zou hier echt kunnen zijn.'

Anderhalf uur later waren ze allemaal radeloos en uitgeput.

'Menselijkerwijs gesproken,' zei een van de mannen, 'is hier geen plekje meer waar we niet zijn geweest, maar nergens een spoor van het kind.'

'Hij heeft ons om de tuin geleid,' zei Stella. 'Waarschijnlijk is hij hier met Kim geweest. Maar toen... de andere kinderen werden ook op een heel andere plek gevonden...'

Baker streek over zijn gezicht. Zijn ogen brandden van vermoeidheid. 'Zou dat betekenen dat Kim dood is? De lijken van de andere kinderen zijn allemaal in de buurt van King's Lynn gevonden, op plaatsen waar iemand vroeg of laat langs moest komen. Waarom hebben we Kim dan niet gevonden, ondanks het feit dat een team van honderd man al twee dagen elk grassprietje omkeert om haar te vinden!'

'Omdat hij haar misschien op een totaal andere plek heeft neergelegd, juist omdat het rondom de stad wemelt van de politie. Dan til je niet zomaar een dood kind uit je auto en legt het langs de stoeprand. Misschien is hij in de richting van Cromer gereden. Of naar het zuiden, naar het gebied rond Cambridge. In principe komt elke plaats in aanmerking.'

Baker zweeg. Hij kon het niet verklaren, maar hij wilde het troosteloze terrein nog niet verlaten. Ze hadden alles afgezocht en hadden geen enkel spoor van Kim gevonden. Stella had waarschijnlijk gelijk. Walker kon hier met Kim zijn geweest, maar haar later ergens anders heen hebben gebracht. Waarmee de conclusie dat ze niet meer in leven was steeds waarschijnlijker werd.

En toch was er dat stemmetje. Het had te maken met het

instinct dat Baker in de loop van jarenlang rechercheren had ontwikkeld. Dat stemmetje zei hem dat hij niet weg moest gaan. Het waarschuwde hem dat hij het nog niet moest opgeven.

'Nog één keer,' zei hij. 'We doorzoeken alles nog één keer.'

Ze staarden hem allemaal aan.

'Meneer...' begon een van de mannen, maar Baker legde hem met één blik het zwijgen op.

Stella was niet zo makkelijk te intimideren. 'Jeffrey, dat levert toch niets op! Er is hier geen plekje meer dat we niet hebben onderzocht. We zijn allemaal aan het eind van ons Latijn. En we verspillen tijd. Tijd die we dringend nodig hebben om Kim op een andere plaats te zoeken.'

'Als Kim hier niet is, dan is ze dóód,' zei Baker. 'Als hij haar in leven heeft gelaten en haar ergens heeft verstopt, dan is het hier. Op dit terrein. Hij kent geen andere plaats die hem ter beschikking staat.'

'Oké,' zei Stella zonder enige overtuiging, 'oké. Goed, daar gaan we weer. Van voren af aan!'

De groep verspreidde zich opnieuw. En hoewel de mannen er intussen van overtuigd waren niets te zullen vinden, zochten ze toch net zo zorgvuldig en nauwgezet als voorheen. Stella bleef bij Baker in de buurt.

'De kelders,' zei Baker. 'Volgens mij hebben we alleen daar nog een kans om iets te vinden. Een lege, holle ruimte, een bergkast, iets wat we over het hoofd hebben gezien. De kelders zijn donker en hebben allerlei hoeken en gaten. Ik denk niet dat ons boven iets is ontgaan.'

'Goed,' zei Stella gelaten, 'dan gaan we nogmaals naar beneden.'

Ze doorzochten de kelderverdieping van het voorste kantoorgebouw. In de loop der tijd had het vocht de gemetselde gangen en ruimten veranderd in vochtige, kille kerkers.

Langs de muren stonden nog een paar halfvergane houten

491

rekken. Het was moeilijk voorstelbaar dat daarin dossiers en stapels papier hadden gelegen. Net zo moeilijk voorstelbaar als het feit dat hier dagelijks een groot aantal mensen had gewerkt. Dat alles schoon en ordelijk was geweest en dat een groot bedrijf van hieruit transporten had verzorgd naar alle delen van Europa.

Toen ze klaar waren met het eerste gebouw en weer naar boven kwamen, slaakte Stella een diepe zucht. Ze liet zich langzaam langs de buitenmuur op de grond zakken en bleef uitgeput zitten, te midden van distels en paardenbloemen.

'Vijf minuutjes maar,' zei ze, terwijl ze over haar gezicht streek, 'geef me vijf minuutjes, Jeffrey. Ik heb dringend behoefte aan een sigaret.'

Hij grijnsde. Stella werd vaak door haar collega's geplaagd met haar hopeloze nicotineverslaving.

'Verpest jij je longen maar,' zei hij, 'ik ga intussen naar de kelder van het volgende gebouw.'

'Ik kom er zo aan,' beloofde Stella. Ze stak een sigaret op en nam een trek. Ze genoot zichtbaar.

Baker ging alleen op weg naar de volgende kelder. Die zag er net zo uit als de eerste, maar hij was nog groter en ruimer. Er was geen elektriciteit meer, maar Baker had een sterke zaklantaarn om hem bij te lichten.

In de kelder waren heel veel hoekjes. Voortdurend moest je een paar traptreden naar boven en dan weer naar beneden. Je moest je concentreren om niet uit te glijden op de vochtige vloer. Baker ging elke ruimte binnen en zocht de muren millimeter voor millimeter af. Hij hoopte op een deur te stuiten of op stenen die los op elkaar lagen en misschien de weg naar een verborgen holle ruimte zouden vrijmaken. Iets wat hij bij zijn eerste ronde wellicht over het hoofd had gezien. Maar er was niets. Stevige muren. Geen doorgang of verborgen deur. Niets.

Ik heb me vergist, dacht hij. Strompelend liep hij het volgende trapje af, opeens overvallen door uitputting en berusting. Kim Quentin was niet te redden. Hij zou alweer met lege handen voor haar ouders staan. Misschien had Stella gelijk en verspilde hij kostbare tijd. Misschien had hij door moeten gaan met Jack Walker te verhoren, wiens woordenstroom nauwelijks te stoppen was geweest. Walker had hem alles over Sarah en Rachel verteld. Misschien zou Walker dan automatisch bij Kim terecht zijn gekomen en zou hij in plaats van verwarde aanduidingen helder en duidelijk hebben gezegd wat hij met haar had gedaan. En waar ze te vinden was.

Misschien had hij een grote fout gemaakt. Zijn besluit was gebaseerd geweest op het gevoel dat de tijd drong. Dat Kim nog leefde, maar dat ze snel moest worden gevonden. Dat er geen tijd meer was om naar Walkers eindeloze beschrijvingen te luisteren, in de hoop dat hij op een gegeven moment datgene zou zeggen waar iedereen vol ongeduld op zat te wachten.

Gevoel. Instinct. Hij had zich er vaak door laten leiden. En hij had vaak gewonnen. Maar ook een paar keer verloren.

God, stel dat ik er deze keer naast zit. En dat dan uiteindelijk blijkt dat een klein meisje voor mijn vergissing heeft moeten boeten.

Hijgend bleef hij staan. Het liefst had hij rechtsomkeert gemaakt, was hij in de auto gestapt en zo snel mogelijk naar King's Lynn teruggereden om Jack Walker onder handen te nemen. Het liefst had hij de informatie over Kim Quentin uit hem geslagen. Maar dat zou een paniekreactie zijn. En in zijn beroep mocht je je absoluut niet door paniek laten leiden.

Kalm blijven, zei hij tegen zichzelf, je maakt af wat je begonnen bent. Je doorzoekt deze kelder en dan de volgende. Daarna pas zet je een punt achter deze zoekactie.

En toen hoorde hij het.

Het geluid was zo zwak dat hij het met zijn voetstappen zou hebben overstemd als hij niet stil was blijven staan. Vermoedelijk waren de aanwezigheid van Stella en haar ademhaling voldoende geweest om het geluid onhoorbaar te maken. Omdat hij alleen was en omdat hij juist op dat moment stopte, omdat het even volkomen stil om hem heen was, kon hij het geluid horen.

Het klonk alsof er heel zacht werd gekrabbeld. Zo zacht dat hij een moment later alweer dacht dat hij zich had vergist. Maar toen hoorde hij het opnieuw. Het kwam uit de richting van de donkere gang voor hem.

Plotseling viel alle vermoeidheid van hem af en liep hij snel verder. Hij zei tegen zichzelf dat hij niet té zeker moest zijn van succes. Misschien waren het slechts ratten die hier rondrenden, misschien hoorde hij alleen maar hun klauwtjes op de stenen vloer.

Telkens bleef hij staan, hield zijn adem in en probeerde nogmaals het geluid te peilen, bang dat het ophield voordat hij de bron ervan had gevonden.

Maar het bleef doorgaan. Zacht, krachteloos.

Hij bereikte het eind van de gang. Rechts en links waren twee ruimten, waarvan de deuren op de grond lagen.

Opnieuw luisterde hij. Het geluid kwam uit de ruimte rechts van hem. Hij ging naar binnen. Stella en hij waren daar op hun eerste ronde ook al geweest. Een slordige stapel planken van kapotte rekken had hun aandacht getrokken. Ze hadden het schijnsel van de zaklantaarn over de planken laten dwalen, maar ze hadden niets van belang ontdekt. Nu meende hij heel zeker te horen dat het krabbelen precies achter de planken vandaan kwam. Hij liep naar de rekken. Het waren er zóveel en het was zó'n chaos, dat het moeilijk was iets achter de planken te zien. Hij legde de zaklamp zo neer dat het licht de stapel planken bescheen en begon de rekken opzij te zetten. Aangezien hij niet wist wat zich daarachter bevond, moest hij heel voorzichtig te werk gaan. Hij wilde niet dat de hele opbouw instortte.

Hij hijgde. Het gekrabbel was gestopt.

Toen klonken er stappen achter hem en het schijnsel van een andere zaklantaarn verlichtte de ruimte.

'Dus hier ben je,' zei Stella. 'Wat ben je aan het doen?'

'Er was een geluid,' antwoordde hij, 'achter deze rekken. Help eens een handje.'

Stella legde haar zaklantaarn ook neer. Met haar hulp ging het een stuk makkelijker en sneller. Ze kon een paar planken tegenhouden, terwijl hij andere er voorzichtig onder vandaan trok. De stapel werd kleiner.

'Daar staat iets,' zei Stella.

Ze pakte haar zaklamp en richtte hem op het voorwerp dat onder de rekken verstopt was. 'Een kist!' riep ze verbaasd uit.

Baker merkte dat zijn oren begonnen te suizen. Het gekrabbel. Een houten kist onder een stapel ineengestorte rekken. Zijn instinct dat hem had aangeraden het niet op te geven.

'Hou die lamp goed vast,' zei hij. Met een snelle blik verzekerde hij zich ervan dat er niets op zijn hoofd kon vallen. Toen klom hij over de laatste planken en boog zich over de kist. Er zat geen slot op, maar het deksel was zwaar. Hij had al zijn kracht nodig om de kist open te maken.

Kim Quentin lag op een stapel dekens. Ze hield haar benen gebogen, omdat ze die niet kon uitstrekken. Het licht verblindde haar en ze deed meteen haar ogen dicht. Ze leefde!

Baker tilde haar verzwakte lichaampje op. Licht als een veertje lag ze in zijn armen.

'Mijn god,' hoorde hij Stella zachtjes mompelen, 'wat goed dat we...' Ze maakte de zin niet af.

'Kim,' zei hoofdinspecteur Baker, terwijl hij voorzichtig over de vochtige, aan elkaar vastgeplakte haren van het kind streek. 'Kim, het komt allemaal weer goed.'

Kim sloeg haar ogen op en keek hem met een heldere blik aan.

'Ik heb zo'n ontzettende dorst,' zei ze.

Dinsdag 12 september

1

De avond viel. Het was bijna acht uur 's avonds. De herfst naderde met rasse schreden. Als de zon onderging, werd het meteen behoorlijk fris. In de lucht hing een kruidige, ietwat vochtige geur.

Virginia stond in de open keukendeur. Ze ademde de koude lucht in die uit het park naar binnen stroomde. De takken van de grote bomen bewogen zacht. Ze keek omhoog. Ze had zo graag de hemel in het verdwijnende daglicht gezien, maar het dichte gebladerte liet dat niet toe. Verwonderd vroeg ze zich af waarom ze dat tot nu toe niet jammer had gevonden.

Ze huiverde en liep de keuken weer in. De deur liet ze open. Ze begon de tafel af te ruimen en de vaat in de afwasmachine te stoppen. Vanwege Kim had ze uitgebreid gekookt, hoewel ze zelf absoluut geen honger had. Maar ook Kim had haar eten bijna niet aangeroerd en alleen Frederic had wat gegeten. In feite was vrijwel alles overgebleven. Virginia zuchtte. Kim was nu vier dagen thuis. Het was moeilijk om een gesprek met haar te voeren en haar over te halen iets te eten. Zelfs in haar lievelingsgerechten zat ze alleen maar wat rond te prikken. Dan legde ze snel haar vork neer en keek haar moeder ongelukkig aan. 'Ik kan niet eten, mama. Het spijt me. Het gaat gewoon niet.'

Virginia had voor de volgende dag een afspraak gemaakt met een psychotherapeut, die gespecialiseerd was in het behandelen van getraumatiseerde kinderen. Er was nog een lange weg te gaan, dat wist ze. Maar Kim leefde en was weer bij hen! Dat was het enige dat telde.

Het was doodstil in huis. Net als de andere avonden na haar redding was Kim vroeg naar bed gegaan. Ze had zich behaaglijk, met haar beer in haar armen, in het kussen gevlijd, als een klein dier dat beschutting en bescherming in zijn hol zoekt. Virginia had haar toegedekt en een verhaaltje voorgelezen. Daarna had ze gevraagd of ze nog een tijdje bij Kim moest blijven zitten. Maar Kim had haar hoofd geschud. 'Ik ben zo moe, mama. Ik wil slapen.'

Toen Virginia tien minuten later naar haar was gaan kijken, waren Kims ogen al dichtgevallen en haalde ze regelmatig en diep adem.

Frederic was om kwart voor acht weggegaan om de zwaar geschokte, wanhopige Grace Walker naar het station te brengen. Ze ging naar haar broer in Kent, om daar op de een of andere manier de catastrofe die haar zo onverwachts had getroffen te boven te komen. Toen afgelopen vrijdag de politiemensen haar huis binnendrongen, overhoop haalden en Jacks computer in beslag namen, stortte haar wereld in. Nadat ze hoorde van de misdrijven van haar man en van zijn seksuele voorliefde, die hij tientallen jaren voor haar had verzwegen, was ze binnen een paar uur een gebroken mens. Frederic, die er zeker van was dat ze écht niets had geweten, had haar aangeboden in Ferndale te blijven, maar Grace had, zoals verwacht, alleen nog maar weg gewild. Met niet meer dan twee koffers en een reismand, waarin haar kat zat. Weg, ergens heen waar ze zich nog op straat durfde te vertonen en waar ze kon proberen de schok te boven te komen.

Virginia ruimde de borden af en schraapte de etensresten in de afvalbak. Ze kromp ineen toen ze plotseling een geluid achter zich hoorde. Ze draaide zich om en zag Nathan Moor in de deuropening staan.

Hij had nog steeds een bruine teint. De paar dagen die hij in voorlopige hechtenis had doorgebracht, hadden geen afbreuk aan zijn gezonde uiterlijk gedaan. Hij droeg een trui die te krap was bij de schouders, zoals gewoonlijk. Toen Virginia aandachtiger keek, zag ze dat het een trui van Frederic was, die in Dunvegan in de kast had gelegen. Blijkbaar had Nathan zichzelf weer bediend toen ze daar waren.

Ze staarde hem verbijsterd aan, niet in staat een woord uit te brengen. Ten slotte verbrak hij de stilte.

'Hallo, Virginia,' zei hij, 'mag ik binnenkomen?'

Eindelijk herstelde ze zich.

'Waar kom je vandaan? Waarom zit je niet meer in de gevangenis?'

Hij scheen het feit dat ze met hem sprak te beschouwen als een teken dat hij verder mocht komen, want hij stond al in de keuken en sloot de deur achter zich. 'Ik kom uit de stad. En de gevangenis... Ik sta niet meer onder verdenking.'

Ze was teruggedeinsd toen hij de deur dichtdeed. Het liefst had ze gezegd dat hij de deur meteen weer open moest doen, maar ze wilde niet laten merken hoe zenuwachtig ze was. Maar hij had het schijnbaar toch in de gaten, want hij glimlachte.

'Ben je bang voor me?'

'Frederic is...'

'Frederic is zojuist weggereden,' onderbrak Nathan haar. 'Of denk je dat ik hier zou binnenlopen als ik er niet zeker van was dat je alleen bent?'

'Hij kan elk moment terugkomen.'

Nathan glimlachte opnieuw, niet kil of boosaardig, maar ook niet warm of hartelijk. Het was een volstrekt emotieloze glimlach. 'Waar ben je bang voor? Ik heb die kinderen niet verkracht en ook niet vermoord. Ik heb Kim niet ontvoerd. Ik ben geen crimineel.'

'O nee? Hoe definieer je dan het begrip "afpersing"? Is dat soms geen misdrijf?'

'Póging tot afpersing. Dat is iets anders.'

'Voor mij niet.' Langzaam kreeg Virginia haar zekerheid weer terug. En nu ontstak ze ook in woede. Om alles wat hij haar had aangedaan: zijn telefoontje na Kims verdwijning, maar ook de leugens over zijn zogenaamde carrière. De schaamteloosheid waarmee hij haar leven was binnengedrongen.

'Maak dat je wegkomt,' zei ze. 'Ga gewoon weg! Je eigen weg! Laat mij en mijn gezin met rust!'

Sussend stak hij zijn handen op. Hij kon voelen hoe kwaad ze was – maar ook de teleurstelling die hij haar had bezorgd. Het kon zijn dat ze hem haatte, maar in haar haat klonken ook nog veel gekwetste gevoelens door. Hij had de indruk dat hij haar heftige 'maak dat je wegkomt!' gewoon kon negeren. 'Virginia, ik zou graag...'

'Hoe komt het eigenlijk dat je niet in de gevangenis zit? Waarom laten ze iemand als jij gewoon lopen?'

'Zoals ik al zei, als dader kom ik nauwelijks meer in aanmerking. Wat die andere kwestie betreft – mijn telefoontje naar jullie – ik heb vanaf het begin gezegd dat ik daar schuldig aan was. Ik mag alleen het land niet verlaten, zelfs niet King's Lynn en omgeving, en de politie wil weten waar ik te bereiken ben. Maar voor de bajes ben ik nu een te kleine vis. Ik zal er uiteindelijk wel met een voorwaardelijke straf van af komen.'

'Dan is voor jou alles in orde. Waarom moet je mij dan nog spreken?'

Hij zweeg even. 'Omdat er tussen ons iets was wat niets met die hele zaak te maken heeft,' zei hij ten slotte.

'Er wás iets. Maar er ís niets meer. Daarom...'

'En daarom wil je niet eens meer met me praten? Virginia, het was zo belangrijk voor me om je te ontmoeten dat ik vanmorgen hierheen ben gelopen en in dat rotpark heb rondgehangen, in de hoop je even alleen te kunnen spreken. Je zei dat je man zo weer terugkomt? Geef me dat halfuurtje dat we misschien hebben en jaag me dan pas weg!'

'Ik kan ook de politie bellen.'

Hij haalde zijn schouders op. 'Natuurlijk. Ik zou niet proberen je tegen te houden.'

Plotseling voelde ze zich ontwapend. Te leeg en te moe om met hem te strijden. Ook te uitgeput om hem te haten. Met trage bewegingen liep ze naar de tafel en liet zich op de stoel zakken waarop Kim tijdens het avondeten had gezeten. 'Het speelt geen rol meer wat er tussen ons was en hoe erg je me hebt gekwetst. Belangrijk is alleen nog maar dat Kim weer bij ons is.'

'Hoe is het met haar?'

'Moeilijk te zeggen. Ze praat weinig. Slaapt veel en heeft de neiging zich te verstoppen. Dat is niet goed. Daarom ga ik morgen met haar naar een psychotherapeut. Lichamelijk is alles in orde, zegt de dokter. En ze is niet seksueel misbruikt. Godzijdank, dat tenminste niet!'

Nathan schudde zijn hoofd. 'Jack Walker! Die aardige, oude man! Wie had dat nou gedacht?'

'Als ik bedenk dat ik Kim de afgelopen jaren regelmatig aan de zorg van de Walkers heb toevertrouwd, word ik kostmisselijk,' zei Virginia. Ze kreeg weer kippenvel op haar armen. 'Maar er was niets van te merken, niets van te zien. Ik had nooit gedacht...' Ze zweeg abrupt. Het was ook niet te bevatten!

'Heeft hij zich vroeger al eens aan kinderen vergrepen?' vroeg Nathan. 'Of hen omgebracht?'

Virginia schudde haar hoofd. 'Hij beweert van niet, en hoofdinspecteur Baker gelooft hem. Jack heeft zijn seksuele neigingen al vroeg onderkend. Hij heeft er vrijwel zijn hele leven tegen gestreden. Hij bezocht weliswaar pornosites en heeft dergelijke foto's opgeslagen, maar hij heeft alles gedaan om zo ver mogelijk uit de buurt van kinderen te blijven. Hij wilde per se niet dat Grace kinderen zou krijgen. En hij solliciteerde naar de post van opzichter in Ferndale House om zo ver mogelijk van de bewoonde wereld te kunnen leven. Waarschijnlijk besefte hij wat er anders zou kunnen gebeuren.'

Nathan, die nog steeds bij de deur stond, kwam een stap dichterbij. Hij leek te voelen dat er nu geen enkele aanval van Virginia kwam. Ze ging helemaal op in het schokkende besef dat haar buurman een gevaarlijke zedendelinquent was en dat ze daar niets van had gemerkt. 'En toen zijn jullie met Kim naar Ferndale verhuisd...'

'Twee jaar geleden. Een catastrofe voor Jack. Ineens liep er bijna dagelijks een klein meisje vlak voor zijn neus rond. Tot overmaat van ramp greep Grace ook de kans aan om weliswaar geen moeder, maar toch een soort grootmoeder te kunnen zijn. Ze haalde Kim zoveel mogelijk in huis. Jack merkte dat bij hem geleidelijk aan de stoppen begonnen door te slaan.'

'Wat het doodsvonnis voor de andere kinderen was.'

'Op een gegeven moment had hij een uitlaatklep nodig. Kim mocht het niet zijn, dus sprak hij andere kleine meisjes aan. Hij lokte Rachel Cunningham in de val. En hij nam Sarah Alby mee van het strand van Hunstanton. Hij zat in dezelfde bus als Sarah en haar moeder, en hoorde de kleine vragen of ze een ritje in de draaimolen mocht maken. Ze begon te krijsen toen het niet mocht. Hij is hen gevolgd, en toen Sarah een tijdje alleen was, haalde hij haar zonder enig probleem over om met hem mee te gaan. Hij stelde haar simpelweg een ritje in de draaimolen in het vooruitzicht. Maar in plaats daarvan...'

'Hij ging bedachtzaam te werk.'

'Ja. Hij plukte niet door plotselinge lust overweldigd een kind van de straat. Hij is, hoe gek het ook klinkt, niet echt een gewelddadig mens. Hij bereidde de ontvoeringen voor en zorgde dat ze heel onopvallend plaatsvonden. De kinderen gingen gewillig met hem mee. Ook met Janie Brown heeft hij dat geprobeerd.'

'Het meisje dat hem op de begraafplaats herkende,' zei

Nathan. Hij was goed op de hoogte van het hele verhaal. De afgelopen drie dagen hadden de kranten er vol van gestaan. 'Het meisje dat hij een verjaardagspartijtje had beloofd. Door een samenloop van omstandigheden is ze er levend van af gekomen. De ene keer kon ze haar afspraak niet nakomen omdat haar moeder ziek was. En een andere keer...'

'Ja?'

'Waarschijnlijk heb ík haar een keer gered,' zei Virginia. Ze glimlachte, maar het was geen blije glimlach. 'Jack heeft dat aan Baker verteld. Op de dag waarop ik naar de stad ging om een jurk te kopen... je weet wel, voor dat diner in Londen...'

'Ja, ik weet het,' zei Nathan.

'Ik ging eerst een kantoorboekhandel binnen, uitgerekend de winkel waar Jack en de kleine Janie Brown hadden afgesproken. Ik herinner me dat de winkelier een klein meisje afblafte omdat ze een hele tijd naar de uitnodigingskaarten had staan kijken zonder er een te kopen. Ik weet nog hoe beteuterd ze was, en dat ik medelijden met haar had. Dat meisje was Janie Brown.'

'En Walker...'

'... had me naar binnen zien gaan en maakte zich snel uit de voeten. Anders had hij Janie die dag meegenomen.'

'Grote goedheid,' zei Nathan, 'dat kind heeft een hele schare beschermengelen!'

'Zondag is ze jarig,' zei Virginia, 'en ik ga een feestje voor haar geven. In Ferndale. Haar hele schoolklas komt. Je had eens moeten zien hoe blij ze was.'

'Dat is heel gul van je.'

'Ik ben haar bijzonder dankbaar. Zonder haar hadden we Kim niet teruggekregen.'

'Waarom heeft hij Kim niet vermoord?'

'Dat kon hij niet over zijn hart verkrijgen. Hij kende haar te goed, ze had een te hechte band met hem. Hoe gestoord hij ook was, hij was wel tot menselijke gevoelens in staat, en met

Kim had hij een echte band. Toen Grace hem belde en vroeg of hij Kim van school wilde halen, weigerde hij vol ontzetting en beweerde nog veel te ver van King's Lynn verwijderd te zijn. Hij was bang voor zichzelf. Maar toen kon hij toch geen weerstand bieden en reed naar de school. Natuurlijk stapte Kim meteen in de auto. Ze reden een eind. Toen stopte hij. Hij was gek van verlangen en begon haar te strelen. Dat vond Kim eng. Ze verzette zich en werd hysterisch. Jack was er zeker van dat ze het aan ons zou vertellen. Hij kon haar niet meer laten gaan. Maar in plaats van haar te doden, zoals de andere meisjes, bracht hij haar naar het verlaten terrein van het transportbedrijf waar hij ooit had gewerkt. Hij wist daar de weg. Hij verstopte haar in een kist, die hij onder een stapel planken verborg.'

'Wat weldra ook haar dood tot gevolg zou hebben gehad.'

'Ja, maar hij kon het niet eigenhandig doen.'

'Die vent moet wel krankjorem zijn,' zei Nathan. 'Als je bedenkt hoe hij Kim zou hebben laten sterven...'

Virginia schudde heftig haar hoofd. 'Daar wil ik niet aan denken. Geen moment. Anders word ik gek! We hebben zoveel geluk gehad, Nathan. Ze huilde omdat ze zo'n dorst had. Ze was totaal verzwakt en verkeerde in shocktoestand, maar ze leefde! Nu is ze aan het herstellen. Ik kan niet genoeg bidden en dankzeggen.'

'Had Grace Walker er geen idee van?'

'Blijkbaar niet. Het kwam voor haar als een donderslag bij heldere hemel. Ze is er helemaal kapot van. Zíj komt dit nooit meer te boven.'

Nathan knikte peinzend. Toen, zonder overgang, vroeg hij: 'En hoe moet het nou met ons?'

Nog maar een paar minuten geleden zou Virginia die vraag stuitend hebben gevonden. Nu voelde ze alleen maar droefheid. En vreemd genoeg maakte het haar te moe om antwoord op die vraag te geven.

'Dat heb ik je al gezegd. "Ons" bestaat niet meer zoals het was.'

'Vanwege mijn telefoontje? Vanwege die idiote fout, waar ik heel veel spijt van heb en die ik meteen ongedaan zou maken als dat kon?'

Ja. En nee. Ze vroeg zich af of ze hem duidelijk kon maken wat er in haar omging.

'Het was een schok om erachter te komen dat jíj de afperser was,' zei ze, 'dat je mijn – onze – onmetelijk diepe angst en vertwijfeling wilde gebruiken om je te verrijken. Maar wat ook telt, is dat ik je op dat moment voor het eerst zag zoals je werkelijk bent. Het was of er een gordijn opzij werd geschoven en dat jij daar stond, als een man naar wie ik tot dan toe heel anders had gekeken – of naar wie ik anders had wíllen kijken.'

'En die man stond jou niet aan?'

'Ik vond hem onberekenbaar. Ondoorgrondelijk. Opeens was er heel veel wat ik niet met elkaar in overeenstemming kon brengen.'

'Zou je die man niet willen leren kennen? Misschien zou je dan een en ander relativeren.'

Ze schudde haar hoofd. 'Nee. Ik wil die man niet leren kennen.' Ze haalde diep adem. 'Het is over, Nathan. Ik... kan het niet meer. Het is gewoon over.'

De woorden dreunden na in de stilte die de keuken minutenlang vulde.

Ten slotte sloeg Virginia haar handen voor haar gezicht. 'Het spijt me,' fluisterde ze, 'ik kan het echt niet.'

Opnieuw werd het stil.

'Oké,' zei Nathan ten slotte, 'dat moet ik accepteren.'

Ze keek op. 'Wat ga je nu doen?'

Hij haalde zijn schouders op. 'Eerst "ter plaatse wachten en me beschikbaar houden", zoals hoofdinspecteur Baker zei. En dan ga ik terug naar Duitsland. Misschien lukt het me om van daaruit toch een proces aan te spannen om schadevergoeding voor mijn boot te krijgen. Al slaag ik er niet in om een aanzienlijk bedrag in de wacht te slepen, dan heb ik in elk geval tijd gewonnen. En ik ga weer schrijven. Misschien komt er ooit nog eens een boek van me uit!'

'Dat hoop ik voor jou.'

Hij liep dichter naar haar toe en bracht aarzelend zijn hand omhoog. Toen hij merkte dat ze niet terugdeinsde, streek hij heel snel en teder over haar wang. 'Je bent me nog iets verschuldigd.'

'Wat dan?'

'Het einde van je verhaal. Het verhaal waarvan je zei dat er aan het einde een grote schuld bestond. Het laatste hoofdstuk ontbreekt.'

'Ik heb het aan Frederic verteld.'

'O,' zei Nathan verbaasd, 'uitgerekend aan Frederic?'

'Ja.'

'Dan zal ik het waarschijnlijk nooit te horen krijgen.'

'Nee.'

'Blijf je bij Frederic? Vergeeft hij je en sluit hij je weer in zijn armen?'

'Nathan, dat gaat je geen zier aan.'

'Mijn god,' zei Nathan. 'Wat kun jij meedogenloos zijn als je niets meer met iemand te maken wilt hebben.'

'Ik probeer eerlijk te zijn.'

'Ja, dan... is het nu tijd voor me om te gaan,' zei Nathan.

'Je hebt nog een lange weg te gaan.'

Hij zuchtte. 'Naar North Wooton. Daar heb ik het goedkoopste pensionnetje gevonden. Ik zal de halve nacht onderweg zijn.'

'Ik bedoelde niet alleen die weg.'

Nu glimlachte hij. Niet meer de emotieloze glimlach waarmee hij de keuken binnengestapt was. Dit was de glimlach die Virginia ooit in de ban had gehouden. En op dit moment kon ze zichzelf tenminste een béétje vergeven: het was een glimlach vol belofte, warmte en erotische kracht. Hij leek je te omarmen met die glimlach. Waarschijnlijk was het een onechte glimlach, alleen maar berekend op effect.

Maar het werkte heel goed, dacht ze.

'Ik weet,' zei hij, 'dat je niet alleen die weg bedoelde. Goed, het is tijd om afscheid van elkaar te nemen.'

Ze ging staan, liep naar de keukendeur en deed hem open. 'Het is tijd, ja,' beaamde ze.

Hij knikte en liep langs haar heen de donkere avond in. Ze was dankbaar dat hij niet probeerde haar een afscheidskus te geven en haar niet in zijn armen nam. Ze voelde een ontzettende pijn. Verdriet. Niet om hem, maar om alle beloften in het begin van hun relatie – die een vergissing waren geweest. Als hij haar nu naar zich toe had getrokken, zou ze in tranen zijn uitgebarsten. Ook vanwege de trui die hij droeg, de trui die naar Skye rook.

Als een grote, lange schaduw stond hij voor haar. Hij keek haar aan. In het maanlicht, dat zwak door de bomen scheen, kon ze zijn gezicht zien. Zijn gelaatstrekken waren haar zo vertrouwd dat ze haar lippen heel stevig op elkaar moest persen om niet te zeggen hoe groot haar verdriet was.

En toen was hij plotseling weer de Nathan van wie Livia, zonder zich illusies te maken, had gezegd: *Hij denkt van 's morgens vroeg tot 's avonds laat alleen maar aan geld!*

De Nathan die, hoe beminnelijk, meelevend, aantrekkelijk en sensueel hij ook mocht zijn, toch altijd in de eerste plaats aan zichzelf en zijn voordeel dacht.

Een klaploper, dacht Virginia zakelijk, ondanks de triestheid van het moment. Een buitengewoon begaafde klaploper.

Hij toverde nog eenmaal zijn ontwapenende glimlach tevoorschijn.

'Voor ik het vergeet, lieve Virginia, kun je me misschien nog wat geld lenen?'

2

Virginia stond voor het raam in de zitkamer in het duister te kijken toen Frederic terugkeerde. Ze had zijn auto en zijn voetstappen gehoord en schrok dus niet toen hij tegen haar begon te praten. Hij kwam niet aansluipen, zoals Nathan. Frederic was eerlijk en betrouwbaar, je kon op hem rekenen.

'Ik ben er weer,' zei hij. 'Grace zit met haar kat in de trein. Ze durfde me niet meer aan te kijken. Hoe gaat het met Kim?'

Virginia draaide zich om. 'Ze slaapt. Ik ben even naar haar gaan kijken, ze slaapt heel vredig. Ik heb niet de indruk dat ze gekweld wordt door nare dromen.'

'Toch vrees ik dat ze later...'

'Natuurlijk. Het leed is nog niet geleden. Maar Kim leeft, ze is bij ons, en ze slaapt. Op dit moment is dat ontzettend veel.'

'Ja.'

Hij had beide handen in de zakken van zijn spijkerbroek gestoken. Voor het eerst viel het Virginia op hoe hij in de afgelopen dagen was vermagerd. Waarschijnlijk niet alleen vanwege Kim. Ook vanwege haar.

'Grace is er helemaal kapot van,' zei hij. 'Ik geloof dat ik nog nooit zo'n wanhopig mens heb gezien.'

'Heb je nóg een keer tegen haar gezegd dat...'

'Dat ze hier mag blijven? Ja. Maar ze wil niet. Ze kan het gewoon niet verdragen. En dat kan ik begrijpen.'

'Jack Walker,' zei Virginia, 'heeft ontzettend veel ellende aangericht.'

'Hij is ziek.'

'Is dat een excuus?'

'Nee. Alleen maar een verklaring.'

Weifelend stonden ze tegenover elkaar.

507

'Die vrouw... Liz Alby, heeft me vanmiddag gebeld,' zei Frederic, 'om te zeggen hoe blij ze is dat we onze Kim terughebben. Ze gaat met de vader van haar dochter naar Spanje.'

'Op vakantie?'

'Ze gaan emigreren. Ze willen het nog één keer met elkaar proberen, zei ze. In een ander land. Een nieuw begin maken. Ongetwijfeld een goed besluit.'

'Gewoon verdergaan,' zei Virginia, 'is de enige mogelijkheid om je lot enigszins te verdragen, is het niet?'

Ze lachte zonder vrolijkheid.

'We proberen nu allemaal de scherven op te ruimen. Misschien zelfs te lijmen. Tenminste, voor een deel. Maar er zijn twee dode kinderen. En twee die het bijna niet hebben overleefd. Dat is iets wat nooit zal genezen.'

'Laten we het nu over ons hebben,' zei Frederic.

'Ja. En weet je wat zo erg is? Wij zijn niet meer gewoon wij. We zitten onlosmakelijk aan onze schuld vast.'

'Virginia...'

Ze schudde heftig haar hoofd. Haar gezicht was bleek. 'Bijna, Frederic, het was bijna opnieuw gebeurd. Precies hetzelfde als toen. Elf jaar geleden is een kleine jongen gestorven omdat ik lichtzinnig en dol op avontuurtjes was, en niet goed oplette. En deze keer was mijn eigen kind bijna gestorven. Omdat ik opnieuw alleen maar aan mezelf dacht. Omdat ik er niet was. Omdat het me om andere dingen ging. Het is een... een vervloekte rode draad in mijn leven!'

Hij had medelijden met haar. Hij had haar nog nooit zo vertwijfeld meegemaakt. Wat zou hij haar graag in zijn armen hebben genomen, maar hij durfde het niet.

'Ik zou het me heel gemakkelijk kunnen maken,' zei hij, 'en je, afgezien van je affaire met Nathan Moor, waarmee je me diep in mijn ziel hebt geraakt, ook nog de schuld van Kim in de schoenen kunnen schuiven. Ik zou kunnen hopen dat met jouw ziel hetzelfde gebeurt! Maar dat zou niet eerlijk zijn, en het zou niet waar zijn. Je verzaakte die middag je plicht niet. Alle omstandigheden hadden samengezworen. Tegen jou, tegen Kim, tegen ons. En het had bij elke andere gelegenheid ook kunnen gebeuren. Snap je? Het was een samenloop van omstandigheden. Een afspraak bij de tandarts. Een defecte auto. Een verstuikte voet. Duizend dingen hadden je kunnen verhinderen om Kim van school op te halen. En verder was er nog een zieke Grace, die de griep had en die de opdracht aan haar man probeerde door te geven. Hetzelfde verhaal. Het is geen kwestie van schuld. Het is een kwestie van pech. Misschien ook van noodlot. Maar niet van schuld.'

'Maar...'

Hij onderbrak haar. 'Laat eindelijk de kleine Tommi los, Virginia. Hij werpt al elf jaar een schaduw over je leven. Letterlijk. Voor hem ben je weggevlucht en heb je je verstopt achter deze muren, onder deze donkere bomen. In de hoop hem in het schemerlicht niet meer zo duidelijk te zien. Laat hem los. Het is nu eenmaal gebeurd. Er is niets meer aan te veranderen.'

Ze merkte niet dat ze begon te huilen. Geluidloos biggelden de tranen over haar wangen.

'De kleine Tommi...' begon ze. Toen zweeg ze abrupt en boog haar hoofd. 'Ik kan het niet vergeten,' fluisterde ze, 'nooit.'

'Vergeten niet,' zei Frederic, 'maar wel accepteren. Als iets wat in jouw leven is gebeurd. Er zit niets anders voor je op.'

Ze veegde haar tranen weg en staarde naar haar natte handen. Plotseling dacht ze: ik heb voor het eerst om Tommi gehuild. Voor het eerst sinds elf jaar. Sinds het is gebeurd.

'Michael,' zei ze. Ze schraapte haar keel, omdat haar stem zo hees was. 'Ik moet Michael zien te vinden, Frederic. Ik weet niet of hij nog leeft, waar hij zich bevindt, wat er van hem is geworden. Maar je had gelijk toen je zei dat ik alleen dán in vrede kan leven als ik een deel van mijn schuld aflos. Ik moet tegen hem zeggen dat híj niet degene was die de auto destijds onafgesloten heeft achtergelaten, maar dat ík de dader was. Hij moet weten dat hij geen schuld heeft aan Tommi's dood.'

'Als je wilt, help ik je hem te vinden,' zei Frederic.

Ze knikte.

Toen keken ze elkaar weer zwijgend aan. De afgelopen dagen, waarin ze zich zo'n zorgen om Kim hadden gemaakt en gesidderd hadden van angst, waren niet geschikt geweest om over hun situatie te praten. Ze wisten alle twee dat niets meer was zoals vroeger en dat het nooit meer zo zou worden. Maar hoe het verder moest, daar hadden ze geen flauw idee van. Ze dachten dat het probleem op dit moment niet op te lossen was, dat er tijd voorbij moest gaan voordat elk van hen de weg zou kunnen zien die hij of zij wilde gaan. Of het een gezamenlijke weg zou zijn, wisten ze nu nog niet.

Frederic ging naast Virginia staan, en ze keken samen door het raam naar buiten. In de weerspiegeling van de donkere ruit konden ze elkaar vaag zien. De hoge bomen die zo dicht rond het huis stonden waren niet te zien.

Ik wil nooit meer in het donker leven, dacht Virginia. En misschien moet ik eindelijk eens een beroep gaan uitoefenen.

Alles moet anders worden. Mijn leven moet anders worden.

Ze zag haar spiegelbeeld in de ruit niet meer. Ze zag andere beelden, die haar vervulden met verlangen en die haar verdrietig stemden, omdat ze tot het verleden behoorden. En die haar toch een weg hadden gewezen die de moeite waard was om te volgen.

Als uit de verte hoorde ze Frederics stem naast zich. 'Stond je aan Nathan Moor te denken?' vroeg hij. Hij had zeker naar haar gekeken en de melancholie op haar gezicht hebben gezien.

Ze schudde haar hoofd. 'Nee. Ik dacht niet aan Nathan Moor.'

Ze vroeg zich af of hij haar geloofde.

Niet de herinnering aan Nathan Moor was wat ze voor al-

tijd met zich mee zou dragen, niet de herinnering aan zijn persoon.

Maar de herinnering aan twee septemberdagen op Skye.

Aan de staalblauwe hemel boven Dunvegan.

En aan de koude zeewind.